李商隱選集

中國古典文學名家選集

周振甫 選注

上海古籍出版社

圖書在版編目(CIP)數據

李商隱選集 / 周振甫選注. —上海：上海古籍出版社，2012.12（2023.2 重印）
（中國古典文學名家選集）
ISBN 978-7-5325-6468-2

Ⅰ.①李… Ⅱ.①周… Ⅲ.①唐詩—詩集 Ⅳ.①I222.742

中國版本圖書館 CIP 數據核字(2012)第 091807 號

中國古典文學名家選集
李商隱選集
周振甫　選注
上海古籍出版社出版發行
（上海市閔行區號景路 159 弄 1-5 號 A 座 5F　郵政編碼 201101）
（1）網址：www.guji.com.cn
（2）E-mail：guji1@guji.com.cn
（3）易文網網址：www.ewen.co
上海中華商務聯合印刷有限公司印刷
開本 890×1240　1/32　印張 15.5　插頁 6　字數 390,000
2012 年 12 月第 1 版　2023 年 2 月第 9 次印刷
印數：11,601—12,700
ISBN 978-7-5325-6468-2
I·2564　定價：72.00 元

出版説明

上海古籍出版社及其前身中華書局上海編輯所一向重視中國古典文學的普及工作，早在二十世紀六十年代，在出版《中國古典文學作品選讀》等基礎性普及讀物的同時，又出版了兼顧普及與研究的中級選本。該系列選本首批出版的是周汝昌先生選注的《楊萬里選集》和朱東潤先生選注的《陸游選集》。

一九七九年，時值百廢俱舉，書業重興，我社爲滿足研究者及愛好者的迫切需要，修訂重印了上述兩書，并進而約請王汝弼、聶石樵、周振甫、陳新、杜維沫、王水照等先生選輯白居易、杜甫、李商隱、歐陽修、蘇軾等唐宋文學名家的作品，略依前書體例，加以注釋。該套選本規模在此期間得以壯大，叢書漸成氣候，初名"古典文學名家選集"。此後，王達津、郁賢皓、孫昌武等先生先後參與到選注工作中來，叢書陸續收入王維、孟浩然、李白、韓愈、柳宗元、杜牧、黄庭堅、辛棄疾等唐宋文學名家的選本近十種，且新增了清代如陳維崧、朱彝尊、查慎行等重要作家的作品選集，品種因而更加豐富，并最終定名爲"中國古典文學名家選集"。

本叢書的初創與興起得到學界和讀者的支持。叢書作品的選注者多是長期從事古典文學研究的名家，功力扎實，勤勉嚴謹，選輯精當，注釋、箋評深淺適宜，選本既有對古典文學名家生平、作品特色的總論,又或附有關名家生平簡譜或相關研究成果,所以推出伊始即深受讀者喜愛,很快成爲一些研究者的重要參考用書,在海内外頗獲好評。至上世紀九十年代,本叢書品種蔚然成林,在業界同類型選集作品中以其特色鮮明而著稱:既可供研究者案頭參閲,也可作爲古典文學愛好者品評賞鑒的優秀版本。由於初版早已售罄,部分品種雖有重印,但印數有限,不成規模,應讀者呼籲,今特予改版,重新排印,并稍加修訂。此叢書將以全新的面貌展現在讀者面前。

上海古籍出版社
二〇一二年十二月

前　言

《唐人選唐詩》十種中，唐末韋莊選的《又玄集》、韋穀選的《才調集》裏都選了李商隱的詩，尤其是《才調集》裏選了李商隱詩四十首，選得比李白的二十八首、白居易的二十七首多得多。韋穀在敍裏説："暇日因閲李杜集、元白詩，其間天海混茫，風流挺特。"但他對李白、白居易詩選得不多，對杜甫詩一首未選。紀昀在《四庫提要》裏指出："實以杜詩高古，與其書體例不同，故不採録。"它要選的是"韻高而桂魄争光，詞麗而春色鬬美"，認爲商隱的詩，是符合這個要求的，在韻高詞麗上商隱已占相當高的地位。但當時李、杜的地位早已確立，所以他雖不選杜詩，在序裏不得不首先提"李杜集"。李、杜作爲偉大詩人的地位，在中唐已經確立。元稹在《杜君墓系銘序》裏稱："時人謂之李杜。"韓愈在《調張籍》裏提到"李杜文章在，光焰萬丈長。"正由於在光焰萬丈的李、杜照耀下，使得後來的詩人難以措手，所以韓愈在《薦士》裏説："勃興得李杜，萬類困陵暴。後來相繼生，亦各臻閫奥。"李、杜以後的詩人，各各要别闢閫奥，另開新途。韓愈以文爲詩，呈奇崛之態；白居易提出"風雅比興"，他的歌行繼承四傑的音節流美，加以風情取勝；李賀以鯨吸鰲擲的虚荒誕幻呈現奇幻的色采；李商隱以儷葉駢花的駢儷文爲詩，加以精純，卓然成爲晚唐詩壇一大家。所以崔珏《哭李商隱》稱：

“虛負凌雲萬丈才,一生襟抱未曾開。”又稱:“詞林枝葉三春盡,學海波瀾一夜乾。”把商隱的去世,稱作詩壇無人。在杜甫成爲詩聖以後,葉夢得《石林詩話》稱:“唐人學老杜,惟商隱一人而已,雖未盡造其妙,然精密華麗亦自得其彷彿。”既稱精密華麗,説明商隱與杜不完全相同,實際上不僅是學杜第一,並且是學杜而自成風貌。葉燮《原詩》:“七言絶句,古今推李白、王昌齡。李俊爽,王含蓄。兩人辭、調、意俱不同,各有至處。李商隱七絶,寄托深而措辭婉,實可空百代,無其匹也!”這樣推尊商隱,雖未免稍過,亦可見商隱詩的爲人尊重。吴喬《西崑發微序》:“夫唐人能自闢宇宙者,惟李、杜、昌黎、義山,義山始雖取法少陵,而晚能規模屈、宋,優柔敦厚,爲此道之瑶草琪花。”指出商隱詩在李、杜外能獨闢一種新的境界,可與韓愈抗衡,這是很有見地的評價。商隱的詩真是詩國中的瑶草琪花,藝苑中的奇葩。

一　李商隱的詩文

韓愈以文爲詩,加以奇崛,在李杜外另辟新徑。錢鍾書先生提出商隱“以駢文爲詩”,足與韓愈比美,這是論商隱詩的從來没有人看到的,是錢先生的創見。因此,在談商隱詩前,先談一下他的駢文。

(一) 清新峻拔的駢文

商隱在《樊南乙集序》裏説:“此事非平生所尊尚,應求備卒(猝),不足以爲名。”他認爲他的四六文,應府主的要求倉猝寫成,不值得稱道。因此章學誠在《李義山文集書後》引了上面的話,説:“蓋有志古人,窮移其業,亦可慨也。”説明商隱的志趣不在這裏,這也有助於説明他不滿於在幕府中的生活。但這不能説明他的四六文的突出成就。章學誠又説:

> 辭命之學，本於縱横。六朝書記，文士猶有得其遺者。至四六工而羔雁先資，專爲美錦，古人誦詩專對，言婉多風，行人之義微矣。然自蘇（頲）、張（説）以還，長辭命者類鮮特立之操，則詩人六義之教不明，而興起好善惡惡之心，學者未嘗以身體也。徒取其長於風諭，以便口給，孔子所由惡夫佞矣。

在這裏，章學誠誤信《舊唐書·文苑傳》説商隱"無特操"，所以提到"長辭命者類鮮特立之操"，貶低商隱的四六文是"羔雁先資"，等於府主送人禮品前的禮單，没有"言婉多風"的作用。這樣説是不符合實際的。按商隱的四六文，往往駢散結合，有情韻聲勢，高出於當時的四六文，可以稱爲駢文。

朱鶴齡對商隱的四六文是有研究的，他在《新編李義山文集序》裏説：

> 唐初四傑以及燕（張説）、許（蘇頲）諸公，踵事增華，號稱絶盛。其體裁宏博，音響琳琅，較過前人，而清新俊拔，則微有間焉。……義山四六，其源出於（庾）子山，故章摛造次之華，句挾驚人之豔，以礫裂爲工，以纖妍爲態。迄於宋初，楊（億）、劉（筠）刀筆，猶沿習其制，誠厥體中之栴檀（香木）薝蔔（香花）也已。若夫雪皇太子書、諭劉稹檄，則侃論正辭，有風情張日、霜氣横秋之概；及讀張懿仙一啓，又見其悟通禪悦，所得於知玄本師之教深矣。此豈區區妃青儷白、鏤月裁雲者所能及，而唐史稱其文，第以繁縟恢譎目之，豈得爲知言哉？

在這裏，朱鶴齡認爲初唐王、楊、盧、駱和張説、蘇頲的四六文同六朝的浮靡不同,内容宏博,音節響亮,突破六朝,可是清新俊拔還不够。這裏,含有商隱的四六文和初唐作者的又有不同,即具有清新俊拔的風格。又指出商隱的四六文出於庾信,庾信時還没有四六文的名稱,只稱爲駢文或麗辭。庾信的駢文有兩方面:一方面是"清新庾開府",一方面是"凌雲健筆意縱横"。朱鶴齡指出他有清新的一面,也指出他句挾驚人之豔,實際上也包括了這兩方面,所謂"侃論正辭","霜氣横秋",就指後一方面,所以稱爲香花。從章學誠的話裏,有輕視四六文的意味,所以錢先生説"商隱以駢文爲詩",而不提四六文。商隱的四六文確實高出於一般的四六文而當稱爲駢文。至於説"以礫裂爲工,以纖妍爲態",割裂典實,陷於纖靡,這是商隱四六中偶有的小疵,並不損害瑾瑜的美好。

商隱的駢文清新而不浮靡,挺拔而不纖弱,華藻而不淫蕩,雖稱四六而駢散兼行,托體較尊,有情韻之美。他在《樊南甲集序》裏説:"後又兩爲祕省房中官,恣展古集,往往咽噱於任(昉)、范(雲)、徐(陵)、庾(信)之間。有請作文,或時得好對切事,聲勢物景,哀上浮壯,能感動人。"他對於梁陳任昉、范雲、徐陵以及由梁入北周的庾信,被人推重的駢文家,都加以嗤笑,可見他並不滿意於他們的駢文。他的駢文,調諧聲律,有氣勢,善寫景物,感情昂揚而强烈,能感動人。駢文講對偶聲律,却寫得有氣勢,這很難辦到。加上"哀上浮壯,能感動人",正説明他的駢文是駢散兼行,得錯綜之美,富有情韻的。

在《重祭外舅司徒公(岳父王茂元)文》裏説:

> 苟或以變而之有(指生),變而之無(指死),若朝昏之相交,若春夏之相易;則四時見代,尚動于情,豈百生莫追,遂可無恨。

這樣的駢文所謂有“聲勢”,既有聲律,又有氣勢,雖有對偶,已使人忘其對偶,已經超越了駢散的隔閡,富有感情,不再爲任、范、徐、庾所限了。

再像《太尉衛公會昌一品集序》:

> 帝又曰:“舜何人也?回何人哉?朕思丕承,汝勉善繼,無忝乎爾之先!”公復拜稽首曰:“《易》曰‘中心願也’,《詩》曰‘何日忘之’,臣敢不夙夜在公,以揚鴻烈。”

這正是駢散兼行,在對偶中引語來表達兩人的心情,措辭得體,無駢文板滯的毛病。

又同篇寫澤潞帥劉從諫死,他的姪子劉稹抗拒朝命,據地自立,德裕主張發兵進討道:

> 公乃挺身而進曰:“重耳在喪,不聞利父;衛朔受貶,祇以拒君。今天井雄藩,金橋故地,跨摇河北,脅倚山東。豈可使明皇舊宫,坐爲污俗,文宗外相,行有匪人?”忠謀既陳,上意旋定。

這裏也是駢散結合,以駢爲主來敍述德裕提出討伐的論點,由於用典貼切,借典故來發議論,能這樣得心應手,極見商隱的工於駢文,敍事議論,無不如意。

商隱的駢文,還有即景抒情。如《謝河東公(柳仲郢)和詩啓》:

> 某前因暇日,出次西溪,既惜斜陽,聊裁短什。蓋以徘徊勝境,顧慕佳辰,爲芳草以怨王孫,借美人以喻君子。

這裏雖是駢文,幾乎不覺得在用典,芳草王孫,美人君子,當時人熟極,已成常識。這裏情景結合,又寫出作者的用意,有情韻之美。

又有即事抒情的,如《上河東公啓》:

> 至於南國妖姬,叢臺妙妓,雖有涉於篇什,實不接於風流。況張懿仙本自無雙,曾未獨立,既從上將,又託英僚。汲縣勒銘,方依崔瑗;漢庭曳履,猶憶鄭崇。寧復河裏飛星,雲間墮月,窺西家之宋玉,恨東舍之王昌。誠出恩私,非所宜稱。

這是商隱妻死後,府主柳仲郢把無雙的歌女張懿仙嫁給他,他寫信婉謝。即事抒情,情文並茂。其中"雖有涉於篇什,實不接於風流",成爲研究商隱豔情詩的重要準則。這段寫得情意真摯,終於使柳仲郢打消了他的用意。

論駢文的,首推劉勰《文心雕龍·麗辭》,他推本自然:"造化賦形,支體必雙。"雙是出於自然,奇也是出於自然,四肢是成雙的,頭和軀幹又是奇的,奇偶配合,更合於自然,所以他指出"奇偶適變,不勞經營"。又説:"若氣無奇類,文乏異采,碌碌麗辭,則昏睡耳目。必使理圓事密,聯璧其章,叠用奇偶,節以雜佩,乃其貴耳。"對駢文要求"理圓事密",已經不易;還要求有氣勢,要求"叠用奇偶",合於自然美的法則,奇偶錯綜,這是極高的要求。商隱的駢文完全做到了這一步。正因爲他的駢文達到了這樣的成就,所以錢先生提出了商隱以駢文爲詩。

在這裏,附帶談一下商隱的古文。他在《樊南甲集序》裏説:"樊南生十六,能著《才論》、《聖論》,以古文出諸公間。"他在年輕時就以古文著名。章學誠《李義山文集書後》:"義山古文,今不多見。集中所存,如《元次山集序》、《李長吉小傳》、《白傅墓誌銘》,其文在孫樵、杜牧間;紀事五首、析微二首,頗近元、柳雜喻,小有理致。大約不能持論,故無卓然經緯之作,亦其佐幕業工,勢有以奪之也。”他把商隱的古文排列在孫樵、杜牧間,把商隱的小品文,認爲接近元次山、柳宗元的雜喻,這個評價是符合實際的。孫樵的古文,錢子泉師《韓愈文讀》稱爲“清言奥旨,出以鎔鑄,筆峭而韻流”,“以筆勢緊健爲奇”。杜牧的古文,也是筆峭韻流,可以用來説明商隱古文的特點。商隱古文在思想上更有特出表現。他在《上崔華州書》裏説:

> 夫所謂道,豈古所謂周公、孔子者獨能耶?蓋愚與周、孔俱身之耳。以是有行道不係今古,直揮筆爲文,不愛攘取經史,諱忌時世,百經萬書,異品殊流,又豈能意分出其下哉!

商隱講的道,主張親身體會,認爲自己同周公、孔子都在親身體會,不主張學習周公、孔子的道。對於作文,他不肯居於經史百家之下,要從親身體會中直揮筆爲文。這是一方面。他在《與陶進士書》裏,又説:“嘗於《春秋》法度,聖人綱紀,久羡懷藏,不敢薄賤。聯綴比次,手書口詠。”這又是一方面。他既辛勤地學習古代的著作,又不以它爲限,要注重親身體驗。又贊賞劉迅説的:“是非繫於褒貶,不繫於賞罰;禮樂繫於有道,不繫於有司。”把理論上的是非有道同王朝的賞罰禮樂分開,把是非有道看得高於王朝的賞罰禮樂。這些見解在當時是非常突出的。跟當時人只看重向周公、孔子學道,向經史百家學文,只尊重朝廷的禮樂賞罰的不同,説明他的見識高出於當時人。他既尊重孔子的《春秋》,又不局限於學孔子之道,這也顯示他的辯證觀點。

商隱的這種觀點,在《容州經略使元結文集後序》裏也有闡述道:“而論者徒曰:次山不師孔氏爲非。嗚呼!孔氏於道德仁義外有何物?”“孔氏固聖矣,次山安在其必師之耶!”這是對道要靠親身體驗的説法。又説:“次山之作,其綿遠長大,以自然爲祖,元氣爲根,變化移易之。”即不論學道學文,都是效法自然,即反對從經史百家中學文的意思。這也説明他的駢文,“往往咽噱於任、范、徐、庾之間”,所以有新的成就。

(二)以駢文爲詩

錢鍾書先生提出“商隱以駢文爲詩”,這是前人從未談到過,亦見錢先生論學多創闢之見。他在信裏説:“樊南四六與玉溪詩消息相通,猶昌黎文與韓詩也。楊文公(億)之崑體與其駢文,此物此志。末派撏撦晦昧,義山不任其咎,亦如乾隆‘之乎者也’作詩,昌黎不任其咎。所謂‘學我者病’,未可效東坡之論荀卿李斯也。”

商隱論詩,見於《獻侍郎鉅鹿公啓》:“夫玄黄備採者綉之用,清越爲樂者玉之奇。固已慮合玄機,運清俗累;陟降於四始之際,優游於六藝之中。”他是主張文采音韻,還要求合乎自然的變化,清除庸俗的思慮。這些説明,他的駢文與詩是消息相通的。他的詩與駢文都寫得玄黄備采,音韻鏗鏘,善用比喻,思合自然。他在駢文和詩裏,都把議論、敍事和典故結合,如《哭遂州蕭侍郎二十四韻》:

> 遥作時多難,先令禍有源。初驚逐客議,旋駭黨人冤。密侍榮方入,司刑望愈尊。皆因優詔用,實有諫書存。苦霧三辰没,窮陰四塞昏。虎威狐更假,隼擊鳥愈喧。

從蕭澣的貶斥中看到禍難發作的根源,屬於黨禍,含冤被貶。蕭澣以有諫書,選拔爲刑部侍郎,豈意在小人的蒙蔽中,使朝廷昏暗,狐假虎威,終遭搏擊,被貶斥。這裏就把説明、議論、抒情同典故結合，用典和對偶都很靈活，避免板滯。他的駢文也這樣，如《爲濮陽公與劉稹書》：

語有之曰：政亂則勇者不爲鬬，德薄則賢者不爲謀。故吴濞有奸而鄒陽去，燕惠無德而樂生奔。晉寵大夫，卒成分國之禍；衛多君子，孰救渡河之災。此之前車，得不深鏡。

這裏的引事引言都跟議論和説理結合，引事不但不覺堆砌，反而起到例證的作用，完全化板滯爲靈活。

詩裏還結合典實來抒情，如《淚》：

永巷長年怨綺羅，離情終日思風波。湘江竹上痕無限，峴首碑前灑幾多。人去紫臺秋入塞，兵殘楚帳夜聞歌。朝來灞水橋邊問，未抵青袍送玉珂。

以上六句用了六個下淚的事，衹在結句點明正意，正對李德裕被貶官説的，指青袍寒士送貴人李德裕貶官時的悲痛，勝過以上各式各樣的悲痛。有這一轉，以上的各種下淚，不再成爲堆砌，起到襯托作用，加强抒情的力量。他在《太尉衛公會昌一品集序》裏説：

許靖廊廟之器，黄憲師表之姿，何晏神仙，叔夜龍鳳，宋玉閑麗，王衍白皙，馬援之眉宇，盧植之音聲，此其妙水鏡而爲言，託丹青而爲裕。

這裏彙集了許多典故，像才具、風姿、品貌、識鑒，用來説明李德裕的“慶是全德”，也是化堆砌爲靈活。衹是“慶是全德”放在前面，

“青袍送玉珂”放在後面罷了。運用這些典實,表達作者對德裕無限傾慕的感情。

再説商隱的詩,清新綺豔,挺拔凝鍊,跟他的駢文一致,這點在上文談駢文時已論及,下文談詩時還要談到。這裏試舉商隱駢文中用比喻的一例來作説明。在《獻相國京兆公啓》裏,提出“昔師曠薦音,玄鶴下舞,后夔作樂,丹鳳來儀”,認爲别的人奏樂,不聞有鶴和鳳來,難道鶴和鳳對師曠、后夔“或有所私”,“不能無黨”,舉了兩個比喻,提出了疑問。第二段講京兆公杜悰贊賞詩文,是“師曠之玄鶴,后夔之丹鳳”,指出師曠、后夔比作者,玄鶴、丹鳳比杜悰。第三段講自己向杜悰獻詩,得到贊賞,歸到“是以疑玄鶴之有私,意丹鳳之猶黨者,蓋在此也”,歸結到“故欲仰青田(指鶴)之敍感,瞻丹穴(指鳳)以興懷”,表示對杜悰的感激。這樣用了兩個比喻提出疑問,貫穿全篇。既用玄鶴、丹鳳來贊美杜悰,又用師曠、后夔來自估身份。全篇就是圍繞這兩個比喻寫的。這種寫法,在詩裏也有,如《玉山》:

玉山高與閬風齊,玉水清流不貯泥。何處更求回日馭?此中兼有上天梯。珠容百斛龍休睡,桐拂千尋鳳要棲。聞道神仙有才子,赤簫吹罷好相攜。

玉山、玉水比令狐綯的地位崇高而清貴。回日馭、上天梯,比綯有回天之力,可以推薦人入朝。珠容百斛和桐拂千尋比喻朝廷可以容納大批人才。神仙的才子比綯,相攜比盼望綯的提攜。“何處”是提出問題,上天梯是回答。龍比綯,鳳比自己,點出自己的願望。全篇通過比喻來寫,説明自己用意。同玄鶴、丹鳳比李悰,師曠、后夔自比,通過疑問來表達正意的寫法相似。從風格、辭藻到諷喻的手法，可以看到商隱的以駢文爲詩來。

（三）“筆補造化”“選春夢”

商隱的傑出成就自然是詩，他的詩的美學觀點可以用錢先生的兩段話來作説明。錢先生《談藝録》論李賀詩：

> 長吉《高軒過》篇有“筆補造化天無功”一語，此不特長吉精神心眼之所在，而於道術之大原，藝事之極本，亦一言道著矣。夫天理流行，天功造化，無所謂道術學藝也。學與術者，人事之法天，人定之勝天，人心之通天者也。

錢先生講藝術，分法天，即摹仿自然；勝天，即勝過自然；通天，即通於自然。藝術首先是摹仿自然，但僅限於摹仿還不够，《文心雕龍·物色》裏説：“物色盡而情有餘者，曉會通也。”物色有盡，光是摹仿自然的物色是會窮盡的，所以要情景結合，補造化的不足，這就是勝天，就是“筆補造化天無功”。但這種勝天有一定的限度，不能漫無限制，這種限度就是通天，即通於自然，超於自然而又合於生活真實，不背離自然。

錢先生在《談藝録補訂稿》裏説：

> 長吉尚有一語，頗與“筆補造化”相映發。《春懷引》云：“寶枕垂雲(髮)選春夢。”情景即《美人梳頭歌》之“西施曉夢綃帳寒，香鬟墮髻半沉檀”，而“選”字奇創。曾益注：“先期爲好夢。”近似而未透切。夫夢雖人作，却不由人作主。太白《白頭吟》曰：“且留琥珀枕，或有夢來時。”言“或”則非招之即來者也。唐僧尚顔《夷陵即事》曰：“思家乞夢多。”言“乞”則求而不必得者也。放翁《蝶戀花》亦曰“祇有夢魂能再遇，堪嗟夢不由

人做”。作夢而許操“選”政，若選將選色或點菜點戲然，則人自專由，夢可隨心而成，如願以作（弗洛伊德論夢爲“願欲補償”）。醒時生涯之所缺欠，得使夢完“補”具足焉，正猶造化之以筆“補”矣。

醒時所得不到的願慾，在夢中得到補償。但夢不由人做主，詩人却能選夢，使不由人做主的夢。通過創作得以實現。這也是筆補造化。從“筆補造化”到“選夢”，都是錢先生論藝術創作的特點。這種特點也表現在商隱的詩裏。

商隱的詩有摹寫自然的。

日射紗窗風撼扉，香羅拭手春事違。回廊四合掩寂寞，碧鸚鵡對紅薔薇。（《日射》）

無事經年别遠公，帝城鐘曉憶西峯。烟爐消盡寒燈晦，童子開門雪滿松。（《憶住一師》）

這兩首詩都是摹寫環境的，“碧鸚鵡對紅薔薇”，紅碧映照極寫色彩的鮮豔；加上回廊四合，想見屋宇的環抱；“日射紗窗風撼扉”，日光明浄，風吹不到；香羅拭手，雖在拭手時還用香羅帕，寫出其中的一位婦人來。這是從她的居處、花鳥、用物來襯出她的富麗生活，是摹寫她所處的生活環境。在“春事違”和“掩寂寞”裏又寫出她孤獨寂寞的心情。那末他的反映生活，不光寫了生活環境，還寫出人物的心情來。另一首寫住一師，爐烟消盡了，燈暗了，門外松樹上積滿了雪，這也摹寫了住一師的生活環境，寫出一種高寒清冷的境界，從這個境界裏襯出住一師清高絶俗的品格來。通過生活環境來寫人物，寫出人物的心情或品格，從中表現出商隱對婦人的同情和對住一師尊敬的心情。這樣的反映生活,是摹寫自然而又不限於摹寫自然。因爲婦人和住一師的生活環境,接觸他們的人都可以看到,但他們的心情和品格不是一般人所能看到的,從生活環境中寫出人物的心情和品格來,已經超過了摹寫自然。不過這樣寫,其他著名的詩人都可達到,不能顯示商隱詩的特色。

再就摹寫自然説,像楊万里《曉出净慈寺送林子方》:“畢竟西湖六月中,風光不與四時同。接天蓮葉無窮碧,映日荷花别様紅。”這是看到自然之美,把它摹寫出來,是摹寫自然的佳作。再看商隱的《宿駱氏亭寄懷崔雍崔衮》:“竹塢無塵水檻清,相思迢遞隔重城。秋陰不散霜飛晚,留得枯荷聽雨聲。”荷花的盛開和枯落這是自然,贊美盛開的荷花,這是摹寫自然之美。這首詩結合自己的心情,希望秋陰不散,能够下雨,要留得枯荷來聽雨聲,這種獨特的想望,表達出他的獨特感受,對雨打枯荷聲的愛好,是不是對盛開荷花的贊賞的一種補充。這種補充,是商隱所獨創,是不是“筆補造化天無功”?但又符合自然。這詩所表達的風格,還不是商隱所獨具的風格。

商隱的《錦瑟》詩:“莊生曉夢迷蝴蝶,望帝春心託杜鵑。滄海月明珠有淚,藍田日暖玉生烟。”莊周想望的逍遥遊,在現實生活中只是一種想望,是很難實現的,他通過曉夢,化爲蝴蝶,實現了他的栩栩自得的逍遥,這就是選夢,這種選夢也是補造化的不足。望帝的春心無法永遠表達出來,寄託到杜鵑的哀鳴裏,就可以長期不斷的表達出來,這又是一種補造化。珠圓玉潤,這是自然之美,歸功於造化。但玉冷珠圓,是没有感情的。珠不會生出熱淚來,玉不會有蓬勃如烟的生氣。詩人使珠有情,有熱淚,玉有生氣,玉生烟,這是“筆補造化天無功”。這種筆補造化是不是又符合自然呢?莊周有逍遥遊的想望,因而見於夢中,這是符合自然的。望帝的哀怨使人感念不忘,因聽到杜鵑的哀鳴,就想像出望帝化爲杜鵑的神話,這也是符合神話産生的自然的。珠雖然没有熱淚,但人們往往稱熱淚爲珠淚,以淚比珠,因此想像珠有淚也是自然。玉是冷的,但人們想像藍田日暖時,藴藏的良玉一定有所表現會生出烟來,這也是自然的。所以這些話雖然是筆補造化,但又符合人民心意的自然,是補天而通於自然的。這又是商隱的創造。因爲“迷蝴蝶”的不是莊生,是作者,是作者在“思華年”中有栩栩自得的情事,但這種情事却像莊生的曉夢。“託杜鵑”的不是望帝,是作者,是作者一生中有像望帝的哀怨,託杜鵑來哀鳴。“珠有淚”不是一般説的珠淚,一般人説的“珠淚”不過説淚如珠,是一種比喻,其實並没有珠。“珠有淚”是作者的創造,跟“玉生烟”一致。“玉生烟”不是“玉化烟”,玉化烟是玉化爲烟,玉已經消失了。也不真是“良玉生烟”,因爲這裏不在講珠玉,在講他自己的作品,既珠圓玉潤,又有熱淚和蓬勃生氣(見《錦瑟》説明,用錢先生説),所以是創造。這種創造,是筆補造化而又合於自然,即補天而又通天,貫徹了商隱的美學觀點。這種美學觀點,構成了商隱詩的獨特風格,擴大了唐詩中的境界,成爲商隱詩在藝術的獨特成就。

錢先生在《談藝録》裏又接着説:

> 莎士比亞嘗曰:“人藝足補天功,然而人藝即天功也。”圓通妙澈,聖哉言乎! 人出於天,故人之補天,即天之假手自補;天之自補,則必人巧能泯;造化之祕,與心匠之運,沆瀣融會,無分彼此。

這是對“人心之通天”作進一步闡述。“人事之法天”是摹仿自然,這種摹仿就創作説,要像“清水出芙蓉,自然去雕飾”,不露斧鑿痕跡而出於自然。不論是色彩鮮豔的“碧鸚鵡對紅薔薇”,或意境高寒的“童子開門雪滿松”,都是自然而没有斧鑿痕的。在“人定之勝天”裏即“人之補天”,這種補天即“天之假手自補”,就假手於人來説,還是人的補天,還是“筆補造化天無功”,還是作家的創造;就“天之自補”來説,這種“筆補造化”又要求“人巧能泯”,出於自然,不是刻意雕飾。商隱的《無題》詩,不是雕繪滿眼,而是寫得補天功而泯人巧,合於自然,像“春蠶到死絲方盡,蠟炬成灰淚始乾”,“風波不信菱枝弱,月露誰教桂葉香”,“身無綵鳳雙飛翼,心有靈犀一點通”,都做到了“造化之祕與心匠之運沆瀣融會,無分彼此”,達到“人心之通天”的藝術境界。

商隱論詩,在前引《獻侍郎鉅鹿公啓》裏提出“慮合玄機”,已經看到“造化之祕”,要求匠心獨運合于造化之祕。“玄機”即造化之祕,《莊子・至樂》:“萬物皆出於機,皆入於機。”疏:“機者發動,所謂造化也。”玄是玄妙,所以“玄機”是造化之祕。機要注意它的發動,即看到造化變動的苗頭,要求心思符合這種苗頭,在這裏雖然商隱不可能有錢先生那樣深刻而明確的美學觀點,但他已經能够提出“慮合玄機”,那末他在藝術上達到“人心之通天”,他對這種高度的藝術境界應該不是毫無感覺的。

(四)“轉益多師是汝師”

在《獻侍郎鉅鹿公啓》裏,商隱論唐詩説:

> 我朝以來,此道尤盛,皆陷於偏巧,罕或兼材。枕石漱流,則尚於枯槁寂寞之句;攀鱗附翼,則先於驕奢豔佚之篇。推李杜則怨刺居多,效沈宋則綺靡爲甚。

商隱論唐詩,一方面肯定“此道尤盛”,一方面又看到它的不足,“皆陷於偏巧,罕或兼材”。就題材説,寫山林的偏於枯槁,寫朝廷的偏於驕淫。就學習説，學李杜的多怨刺，學沈宋的偏綺靡，他要求兼材。在這方面，他像杜甫《戲爲六絶句》提出的"轉益多師是汝師"，是經過多方面學習，然後構成他獨具的風格。

商隱的詩有學習韓愈的，如《韓碑》，沈德潛《唐詩别裁》評："晚唐人古詩，穠鮮柔媚，近詩餘矣。即義山七古，亦以辭勝。獨此篇意則正正堂堂，辭則鷹揚鳳翽，在爾時如景星慶雲，偶然一見。"極力推重。《韓碑》像"帝得聖相相曰度，賊斫不死神扶持"，"表曰臣愈昧死上，詠神聖功書之碑"，這些就是仿照韓愈的以文爲詩。詩中稱"文成破體書在紙"，韓愈的《平淮西碑》是破壞了當時流行的文體，所以《韓碑》也破壞了當時流行的詩體。商隱《李肱所遺畫松詩書兩紙》，何焯評其中寫松的一段説："此一段酷似昌黎，蘇黄所祖，唐人不用此極力形容。"紀昀評："前半規摹昌黎，語多龐雜。'淮山'以下，居然正聲。入後層層唱嘆，興寄横生，伸縮起伏之妙，略似工部《韋諷録事宅觀曹將畫馬歌》。"指出它寫松的一段摹仿韓愈，唱嘆的一段摹仿杜甫。韓愈有《南山詩》，用了好多比喻來刻劃南山的石頭，如"或連若相從，或蹙若相鬭，或妥若弭伏，或竦若驚雊，或散若瓦解，或赴若輻湊"等，是刻意描摹，窮極工巧。唐詩往往情景相生，不這樣寫。商隱寫畫松："孤根邈無倚，直立撑鴻濛，端如君子身，挺若壯士胸。樛枝勢夭矯，忽欲蟠拏空，又如驚螭走，默與奔雲逢。"寫樹幹用君子、壯士作比，寫樛枝用蟠龍、驚螭作比等。仿韓愈的刻劃而又有變化。杜甫的觀畫馬圖詩，從"憶昔巡幸新豐宫"，寫到唐玄宗死後，在他的陵墓松柏裏，"龍媒（馬）去盡鳥呼風"，發出感嘆。商隱的詩，從松樹的"或以大夫封"，到"死踐霜郊蓬"，從松樹畫的"平生握中玩，散失隨奴僮"，畫的成珍玩到散失，發生感慨。這裏仿杜甫詩而有變化。

商隱《行次西郊作》，紀昀評："氣格蒼勁，則胎息少陵，故衍而不平，質而不俚。”這詩開頭“蛇年建丑月，我自梁還秦”，同杜甫《北征》的“皇帝二載秋，閏八月初吉。杜子將北征，蒼茫問家室”的寫法相似。中間寫人民的苦難，也與“三吏”、“三別”相似。這篇的特點是通過人民的話來議論政治，這些議論是結合具體的人事寫的，是好的。但它實際是商隱的議論，這同“三吏”、“三別”的反映生活的真實，寫出不同人物的聲口的不同，在這點上顯得遜於杜甫。《蔡寬夫詩話》：“王荆公晚年亦喜稱義山詩，以爲唐人知學老杜而得其藩籬者，惟義山一人而已。每誦其‘雪嶺未歸天外使，松州猶駐殿前軍’，‘永憶江湖歸白髮，欲回天地入扁舟’，與‘池光不受月，暮氣欲沉山’，‘江海三年客，乾坤百戰場’之類，雖老杜無以過也。”這些律句，有曲折頓挫，用思深沉，富有感慨；有寫景名句，觀察極爲深細，都是受杜甫影響的。再像《河清與趙氏昆季宴集得擬杜工部》，寫得形神具似。像“勝概殊江右，佳名逼渭川。虹收青嶂雨，鳥没夕陽天。”是形貌似杜；“客鬢行如此，滄波坐眇然”，感慨深沉，得杜的精神。他的《杜工部蜀中離席》，是代杜甫寫的，何焯評：“起用反喝，便曲折頓挫，杜詩筆勢也。‘暫’字反呼‘堪送’，杜詩脈絡也。”即“離席起，蜀中結，仍自一絲不走也”，即起句“人生何處不離羣”，與結句“美酒成都堪送老”。商隱學杜，更重要的是吸取了杜甫關心國家命運，表達了憂國憂民的精神，這不僅表達在《行次西郊作》裏，也表達在《有感》二首、《重有感》和《贈劉司户蕡》、哭劉蕡的三首詩裏，對宦官的專横，大臣的被屠戮，文宗的受制，唐朝的趨向没落，人民的苦難，表達了憂深思苦的感情。在這方面，商隱又自有他的特色，在沉鬱頓挫中運用比興含蓄手法，加上用典，更有辭采。商隱的詩在諷刺上與杜甫的忠君也有不同，如同樣涉及到馬嵬坡楊貴妃被縊死的事，杜甫在《北征》裏説：“不聞夏殷衰，中自誅褒妲。”還有“天王聖明”的含意。可是商隱在《馬嵬》裏説：“君王若道能傾國,玉輦何由過馬嵬?""如何四紀爲天子,不及盧家有莫愁?"既諷刺明皇的迷戀女色,又譏諷他不能保護楊妃,這樣寫既符合實際,見解又高出杜甫,更有文彩而含諷,使他在這方面的詩也與杜甫不同。商隱也學習白居易,他的《戲題樞言草閣》,紀昀評:"長慶體之佳者。後段尤佳。"指"榆莢亂不整,楊花飛相隨。上有白日照,下有東風吹",寫得富有情韻。

商隱也學李賀,《輯評》朱彝尊評《海上謡》:"義山學杜者也,間用長吉體作《射魚》、《海上》、《燕臺》、《河陽》等詩,則多不可解。"如《海上謡》:"桂水寒於江,玉兔秋冷咽。海底覓仙人,香桃如瘦骨。紫鸞不肯舞,滿翅蓬山雪。"類似這樣的詩,確實很難索解。馮浩認爲:"蓋嘆李衛公貶而鄭亞漸危疑也。'桂水'二句,借月宫以點桂林。'海底'六句,指衛公貶潮州濱海地矣。其貶以七月,故言秋令。"假使馮箋是符合原意的,這樣寫也過於迂曲,是他有意不願明説,學李賀詩而更加隱晦。他學李賀詩而成功的不在這方面,如《重過聖女祠》:"一春夢雨常飄瓦,盡日靈風不滿旗。萼緑華來無定所,杜蘭香去未移時。"如《利州江潭作》:"自攜明月移燈疾,欲就行雲散錦遥。河伯軒窗通貝闕,水宫帷箔卷冰綃。"這些詩寫得色彩奇詭,也有虚幻之感,極似李賀,但用意還是可解的。他在藝術手法上學李賀,更值得稱道。如錢先生《談藝録》稱:"長吉賦物,其比喻之法,尚有曲折。如《天上謡》云:'銀浦流雲學水聲。'雲可比水,皆流動故,此外無似處;而一入長吉筆下,則雲如水流,亦如水之流而有聲矣。《秦王飲酒》云:'敲日玻璃聲。'日比琉璃,皆光明故;而來長吉筆端,則日似玻璃光,亦必具玻璃聲矣。"又稱:"玉溪爲最擅此,着墨無多,神韻特遠。如《天涯》曰:'鶯啼如有淚,爲濕最高花。'認真啼字,雙關出淚濕也。《病中游曲江》曰:'相如未是真消渴,猶放沱江過錦城。'坐實渴字,雙關出沱江水竭也。"李賀的曲喻,富於想像,而商隱的曲喻,則神韻特遠,又有他的特色。又《河内詩》:“鼉鼓沉沉虬水咽,秦絲不上蠻弦絶。嫦娥衣薄不禁寒,蟾蜍夜豔秋河月。”用詞設想,都像李賀。

杜牧《李長吉歌詩敍》:“蓋騷之苗裔,理雖不及,辭或過之。騷有感怨刺懟,言及君臣理亂,時有以激發人意。”商隱學習李賀詩,也深受《楚辭》影響。他的《宋玉》:“落日渚宫供觀閣,開年雲夢送烟花。”不光借宋玉來自喻,也借楚國來感嘆唐王朝的没落。這方面的詩寫了不少。《離騷》的“吾令帝閽開關兮,倚閶闔而望予”,“閨中既以邃遠兮,哲王又不寤”。這種思想,充分表達在四首哭劉蕡的詩裏:“上帝深宫閉九閽,巫咸不下問銜冤”,“一叫千回首,天高不爲聞”,“并將添恨淚,一灑問乾坤”,“江闊惟回首,天高但撫膺”。他在《謝河東公和詩啓》裏説:“爲芳草以怨王孫,借美人以喻君子。”完全是學《楚辭》的比興手法。《離騷》裏還運用不少象徵手法,借具體的形象來代抽象的概念,如善鳥香草以配忠貞,香花以表高潔。商隱的詠物詩裏也運用了這種手法。

商隱又學習樂府詩,如《無題》:“八歲偷照鏡,長眉已能畫。十歲去踏青,芙蓉作裙衩。”仿漢樂府《焦仲卿妻》:“十三能織素,十四學裁衣,十五彈箜篌,十六誦詩書。”商隱《李夫人三首》:“一帶不結心,兩股方安髻。慚愧白茅人,月没教星替。”這像南朝《讀曲歌》的“花釵芙蓉髻”,“月没星不亮”。他也學習齊梁體詩,如《齊梁晴雲》:“緩逐烟波起,如妒柳綿飄。”兩句皆仄起不黏,而有文彩。又《效徐陵體贈更衣》:“楚腰知便寵,宫眉正鬭强。”中兩聯藻麗不黏。《又效江南曲》:“郎船安兩槳,儂舸動雙橈。”這也是學齊梁體的。

這樣,商隱不僅學習偉大詩人杜甫,也嚮韓愈、白居易、李賀學習,更嚮南朝民歌與齊梁詩學習。在學習齊梁詩的文彩時,會不會也學了齊梁詩的淫靡呢?他能不能像杜甫《戲爲六絶句》的“别裁僞體親《風》《雅》,轉益多師是汝師”。商隱向多方學習,包括向齊梁學習,那末他能不能别裁僞體呢?先看他學習《讀曲歌》的《李夫人三首》。他仿民歌的情詩寫悼亡,來表達他對妻子生死不渝的愛情,一掃齊梁的浮靡。他衹是採取民歌的華藻和巧妙的比喻,來表達真摯的感情和深刻的含意,所以是能别裁僞體的。再看商隱的豔情與《無題》詩,沈德潛《唐詩别裁》裏皆未入選,序裏稱“大約去淫濫以歸雅正”,那末他大概以商隱的豔情與《無題》爲淫濫,屬於齊梁的淫靡之作。是不是這樣呢?先看商隱的豔情與《無題》詩吧。

（五）戀愛與豔情詩

岑仲勉精研史學,在《玉谿生年譜會箋平質》的末了説:“近人朱偰氏《李商隱詩新詮》一文(《武漢文哲季刊》六卷三號)云:‘惟張氏編年詩所列,多由曲解間接推之,未足爲憑。’所論確中張氏之失。顧同人於《無題》等數十首(同前引四號),又别掀一莫須有之獄,斷爲商隱與宫女言情而作,猶是五十步笑百步耳。‘寧闕無濫’,竊願釋李詩者謹之。”這裏説的“别掀一莫須有之獄”,即岑仲勉根據嚴格考證,認爲商隱並無與宫女言情之作。試看朱偰的《新詮》。

《新詮》有《義山與宫女之情詩》節,稱:“義山當盛唐之後,授官祕書,偶識宫娥,故曰‘豈知一夜秦樓客,偷看吴王苑内花’;然禁苑深嚴,銀漢即是紅牆,故曰‘身無綵鳳雙飛翼,心有靈犀一點通’也。”“今將其詩分爲四類:一爲邂逅,二爲傳情,三爲離絶,四爲追憶。一,邂逅:曲江春暖,宫館庭深,偶一邂逅,遂爾目成。於是昨夜星辰,今朝雨露,賈氏窺簾,宓妃留枕,此天下第一才子,遂與深院宫娥,傳遞消息。”下引《無題》“昨夜星辰”二首,稱“今按第一首自是邂逅宫女情景,故曰‘身無彩鳳雙飛翼,心有靈犀一點通’也;

第二首寫其驚喜之情，蓋深宫邂逅，事出偶然，故曰‘豈知一夜秦樓客，偷看吴王苑内花’也。”又引《漢宫詞》，稱“此詩蓋喻君王後宫三千，宫女深居，長年不得臨幸，而‘侍臣最有相如渴，不賜金莖露一杯’，雖爲微詞，意至明也。”三引《蝶》三首“初來小苑中”，“長眉畫了綉簾開”，“壽陽公主嫁時粧”，稱“按此三首全爲喻意之作，將身比蝶得入深宫，但恐好景不長，佳會難再”。四引《聞歌》“斂笑凝眸意欲歌”，稱“按此詩似亦邂逅宫人時所作，‘銅臺罷望’，‘玉輦忘還’，蓋指宫中情事也”。“二，傳情。金鎖門高，星漢非乘槎可上；蓬萊道阻，閬苑無可到之期。況復春徂秋往，相思纏綿；暮去朝來，情好彌篤。於是青鳥殷勤，詩簡頻繁。”一引《楚宫》“月姊曾聞下彩蟾”，稱“按此係與宫女酬酢之作。”三引《無題》四首，稱“今按《無題》四首，全爲深情之作。第一首有約無期，亦‘巧囀豈能無本意，良辰未必有佳期’之意。第二首言相思之深。第三首狀暫見倉皇之情。第四首敍歸來展轉之思”。六引《一片》“一片非烟隔九枝”，稱“按此詩全係寫景描情：寫盛會散後，斗轉星移；夜行多露，步月赴約，惟恐有誤佳期也”。“三，離絶。‘一自高唐賦成後，楚天雲雨盡堪疑’，義山此時，已難久留矣。於是紅顔暗頽，玉容慘淡，月光寒照，雲鬢改色，此天下第一離歌，遂以傳頌人間”，下引《無題》“相見時難别亦難”諸首。“曰，追憶。以至纏綿之心腸，逢至旖旎之才女，有至悽惻之往事，此《錦瑟》諸詩之所由作也。”

《新詮》創爲商隱與宫女之情詩説，稱商隱“得入深宫，但恐好景不長，佳會難再”，認爲商隱已與宫女佳會。又稱“暮去朝來，情好彌篤”，此則必無之事。凡朱偰所引《無題》諸詩，已見選釋，不再重説。《唐會要》卷二五《親王及朝臣行立位》：“文官充翰林學士、皇太子侍讀、諸王侍讀，並不常朝參。其翰林學士，大朝會日，朝會班序，並請朝參訖，各歸所務。”商隱任祕書省校書郎或正字，官位遠低于學士、侍讀，則平日"並不常朝參"；大朝會日，即使朝參，朝參後即歸所務，宮禁深嚴，即欲求一見宮女而不可得，何能入宮與宮女爲好會呢？《新唐書・百官志》有"内寺伯六人，正七品下，掌糾察宮内不法"。此外有"内常侍六人"、"内給事十人"、"主事二人"、"内謁者監十人"、"内謁者十二人"、"寺人六人"、"掖庭局令二人"、"丞三人"、"宮教博士二人"等，宮内有這樣多的官，還有專管糾察、專管宮女的官，一個小小的校書郎或正字求望見宮女都辦不到，能與宮人相戀並入宮與宮人幽會嗎？這是絶對不可能的事。

《新詮》又有《李義山之情詩》節，有"對女道士宋華陽姊妹所發之詩，《聖女祠》'松篁臺殿蕙香幃'、'杳靄逢仙跡'及《無題》'紫府仙人號寶燈'、《重過聖女祠》'白石巖扉碧蘚滋'、《碧城》三首、《華師》'孤鶴不睡雲無心'、《贈華陽宋真人兼寄清都劉先生》、《月夜重寄宋華陽姊妹》、《贈白道者》諸詩屬之。宋華陽姊妹，或即聖女祠之女道士也。又義山嘗學仙玉陽，與道者往還，頗有宿緣。故知《碧城》三首，亦爲宋華陽作也"。《聖女祠》"松篁臺殿蕙香幃"，"按此首蓋初至聖女祠作，義山初識宋華陽姊妹時也"。《贈華陽宋真人兼寄清都劉先生》，"此蓋初通酬酢之作"。《月夜重寄宋華陽姊妹》，"按此詩當在山中所作，有挑之之意"。"《碧城》三首，首言其高寒，如能曉珠明定，願終生相對；次言離思；末言神仙眷屬，自古有之，'武皇内傳分明在，莫道人間總不知'，寓意更顯矣。""按《燕臺》四首，是否爲宋華陽姊妹而發，固不可知，特通篇情調，皆詠女道士，可斷言也。"又《河陽詩》，"按此詩蓋亦詠女道士，情節微巧，陳辭綺麗，是否爲宋華陽而作，則不得而知矣"。又《重過聖女祠》，"按此詩係義山晚年由蜀回京，道經聖女祠所作。回首當年，不勝悵惘，七八兩語，感慨繫之矣"。

朱偰倡爲商隱與女道士宋華陽姊妹相戀説，以《碧城》三首作爲與華陽姊妹相戀的詩。按《碧城》第三首“玉輪顧兔初生魄”是指女方懷孕。“武皇内傳分明在,莫道人間總不知”,明寫這是皇宫内的事,即唐出家公主的道觀内的事,不是人間的事,這是揭露出家公主道觀中的醜事,怎麽拉扯到在人間的商隱身上呢?

以上引了朱偰論商隱情詩的兩説,一爲入宫與宫女有私説,一爲與女道士宋華陽姊妹有私説,皆無稽不足信。這裏引了,因爲這兩説較有影響。蘇雪林《李義山戀愛事跡考》認爲商隱曾爲永道士攜入宫中,與文宗寵妃飛鸞、輕鳳相識,《七月二十八日夜與王鄭二秀才聽雨後夢作》,“這一首夢作的詩是義山出宫後,追憶宫中情形與知己朋友閒話,不敢明言,衹好託之於夢”,這就是與宫女相戀説的發展。按蘇鶚《杜陽雜編》:“(敬宗)寶曆二年,浙東貢舞女二人,曰飛鸞、輕鳳。”是敬宗的事,不是文宗寵妃。文宗開成四年,商隱爲祕書省校書郎,不久調爲弘農尉,他在秘書省的時間極短,這説更是絶無其事。

再看商隱與女道士戀愛説。商隱在三十九歲時,妻王氏死。他在東川節度使柳仲郢幕府,柳選了“本自無雙”的張懿仙歌舞藝女嫁給他,他在《上河東公啓》裏婉言謝絶,説:“至於南國妖姬,叢臺妙妓,雖有涉於篇什,實不接於風流。”他的行動和語言,是真實地反映了他的戀愛與豔情詩。他對妖姬妙妓是寫了豔情詩的,但没有什麽關係。更没有牽涉到道姑,没有牽涉到宋華陽姊妹。唐朝文人倘有所戀,並不諱言,像元稹和他的朋友寫的夢游春詩,像杜牧的“十年一覺揚州夢,贏得青樓薄倖名”,倘商隱確有類似情事,在這裏必不會這樣説,也不會在妻亡後獨居無侶的三十九歲就拒絶“本自無雙”的藝女了。他的豔情詩,突出的是《燕臺詩》四首,那是寫“叢臺妙妓”的;又有《柳枝》五首,那是寫“南國妖姬”一類人的。他在《柳枝五首序》裏説:“讓山下馬柳枝南柳下,詠余《燕臺詩》,柳枝驚問:‘誰人有此?誰人爲是?’讓山謂曰:‘此吾里中少年叔耳。’”這裏説明《燕臺詩》是豔情詩,纔引起柳枝的驚奇。又指出這是商隱少年時寫的,寫在《柳枝》五首前。序裏説:“柳枝,洛中里孃也。”是在洛陽。柳枝約商隱聚會,“會所友有偕當詣京師者,戲盜余卧裝以先,不果留”。商隱没有去會柳枝,就在友人後去京師了,那當是去應考。商隱應進士試,第一次在太和七年二十一歲,令狐楚給資裝,從太原去京師的;第二次在太和九年二十三歲;第三次在開成二年二十五歲,這次纔考中。在這次前,他没有到過湖湘。馮浩對《燕臺詩》作按語説:

> 燕臺,唐人慣以言使府,必使府後房人也。參之《柳枝序》,則此在前,其爲“學仙玉陽東”時,有所戀於女冠歟?其人先被達官取去京師,又流轉湘中矣。以篇中多引仙女事,故知女冠。“鐵網珊瑚”,他人取去也。玉陽在東,京師在西,故曰“東風”“西海”也。玉陽在濟源縣,京師帶以洪河,故曰“濁水清波”也。曰“石城”,曰“瘴花”,曰“南雲”,曰“楚弄”,曰“湘川”,曰“蒼梧”,皆楚地之境,故知又流轉湘中也。與《河内》《河陽》諸篇事屬同情,語皆互映。

按馮浩既認爲《燕臺詩》作於《柳枝》前,即商隱少年時作,又認爲此詩係商隱寫自己的戀情。詩中有“雙璫丁丁聯尺素,内記湘川相識處”。那時商隱未到過湘川,不合一。馮説此女爲商隱“學仙玉陽東”時所戀,詩不稱“玉陽相識”,却説“湘川相識”,不合二。詩稱“冶葉倡條徧相識”,是女方爲冶倡一類人,馮稱她爲女冠,不合三。詩稱“今日東風自不勝,化作幽光入西海”,言東風亦不勝幽怨,化作幽光而消失。馮注“玉陽在東,故曰東風”,以東風指女方,不合四。又稱“京師在西”,“故曰西海”,指府主攜女方入京,何以稱女方化作幽光,不合五。詩稱“濟河水清黄河渾”,馮稱“玉陽在濟源縣,京師帶以黄河”,即指女方入京。按詩稱清濁異源,是指雙方說,不指女方的由濟源入京,不合七。類此不合的還有。

這首詩要是按商隱說的,對妙妓佳人,“雖有涉於篇什,實不接於風流”,那以上問題都可迎刃而解。這個女方是屬於妙妓一流,不是女冠,故詩稱“冶葉倡條”。商隱寫了這首詩,是“有涉於篇什”,他與女方無關,是“不接於風流”,所以他寫這詩時没有到過湖湘。這個女方有所戀,其人無力,女方爲府主取去,其人不勝怨恨,故用東風也不勝怨恨來作陪襯。其人在石城與女方相會,其時女方已被府主所遺棄,故稱濟清河渾,即女方清,府主渾。但女方還受人監視着,男方不能接她出來,所以“安得薄霧起緗裙,手接雲軿呼太君”,安得呼仙人把她接出來。其人别後,收到女方來信,“内記湘川相識處”。

馮浩又説,此詩“與《河内》《河陽》諸篇事屬同情,語皆互映”。再看《河内》詩,馮浩批:“與《燕臺》同意,‘學仙玉陽東’,正懷州河内之境。”馮浩認爲詩寫商隱學仙玉陽東時所戀的女冠。按這首詩裏點明寫的女方是什麽人,説“碧城冷落空蒙烟”,“靈、香不下兩皇子”。商隱有《碧城》詩,稱“碧城十二曲欄杆,犀辟塵埃玉辟寒”。碧城是指唐公主出家的道觀,所以有辟塵犀、辟寒玉那樣的寶物,不是一般道姑所有。《碧城》是諷刺唐出家公主與僧道狎媟的事。這裏點明“碧城”,正寫唐出家公主的事,不僅這樣,還點明“靈、香兩皇子”,皇子即皇女,即公主。經這一點更清楚了。詩寫唐兩公主出家後與人相戀的事,不指一般女冠,與商隱無涉。《河陽詩》與《燕臺詩》相似,寫女方在河陽,也是妙妓。《河陽詩》可能即是《燕臺詩》的另一寫法,互相補充。如《燕臺詩》没有寫女方本在何處,《河陽詩》點明在河陽,《河陽詩》没有寫女方爲誰取去,《燕臺詩》點明是幕府主。這首詩裏的女方那自然也同商隱無關。

馮浩在《河陽詩》的按語裏説:"統觀前後諸詩,似其豔情有二:一爲柳枝而發;一爲學仙玉陽時所歡而發。《謔柳》《贈柳》《石城》《莫愁》,皆詠柳枝之入郢中也;《燕臺》《河陽》《河内》諸篇,多言湘江,又多引仙事,似昔學仙時所戀者今在湘潭之地,而後又不知何往也。前有《判春》,後有《宫井雙桐》,大可參觀互證。但郢州亦楚境,或二美墮於一地,不可細索矣。"馮浩總結了商隱的豔情詩,主要分爲兩個對象:一個是柳枝,在《柳枝五首序》裏指出他只跟她見過一面,"實不接於風流"。一個是《燕臺詩》《河陽詩》《河内詩》,如前所指,也是與商隱無關的。再看馮浩多次提到商隱"學仙玉陽東"所歡,先看商隱是怎樣寫的。他説:

> 憶昔謝四騎,學仙玉陽東。千株盡若此,路入瓊瑶宫。口詠《玄雲歌》,手把金芙蓉。濃藹深霓袖,色映琅玕中。悲哉墮世網,去之若遺弓。(《李肱所遺畫松詩書兩紙得四十一韻》)

玉陽東,指東玉陽山,在河南濟源縣西三十里。唐睿宗女玉真公主在這裏修道,建有道館。按《新唐書·諸公主傳》,玉真公主死在寶應時,寶應只有二年(七六三),商隱去玉陽學仙在太和九年(八三五),玉真公主已死了七十二年。因此馮浩把《河内詩》的"兩皇子(公主)",同商隱玉陽學仙聯係起來,完全是不可能的。又瓊瑶宫即指道館。《藝文類聚》引《漢武内傳》:"西王母命侍女安法嬰,歌《玄雲曲》。"那末"口詠《玄雲歌》",總是道館裏的道姑教的。這裏衹説他到道館裏去學道,没有透露同道姑戀愛的事。又説"悲哉墮

世網”,他又離開道館,回到追求功名的路上了。他又説:

> 心懸紫雲閣,夢斷赤城標。素女悲清瑟,秦娥弄碧簫。山連玄圃近,水接絳河遥。(《送從翁從東川弘農尚書幕》)

馮按:“詩多敍游山學仙之事,從翁蓋同居玉陽者。”那末這首詩也是講玉陽學仙的。裏面講的素女、秦娥,都是道姑,但衹能説他在玉陽接觸到一些道姑,還没有透露有戀愛的事。

商隱有寄道姑的詩,見《贈華陽宋真人兼寄清都劉先生》:

> 淪謫千年别帝宸,至今猶識蕊珠人。但驚茅許多玄分,不記劉盧是世親。玉檢賜書迷鳳篆,金華歸駕冷龍鱗。不因杖屨逢周史,徐甲何曾有此身?

這詩説,他是從仙家謫到塵世,還認識仙家的人。但驚異於宋和劉多有仙緣,不記得宋和劉又是親戚。茅許指茅蒙、許遜,都是仙人。劉盧,指劉琨、盧諶,是親戚。在玉檢上寫着鳳篆字賜給劉先生,指劉的入道。“金華”句指宋真人歸華陽。末聯説自己倘不學仙,不能活到現在。徐甲跟着老子二百餘年,老子給他《太玄清符》,倘没有這符,他早已成爲枯骨。所謂華陽宋真人,指華陽公主道觀裏的道姑,有姊妹兩人。“清都劉先生”,清都指王屋山道觀,劉先生指道士劉從政號昇玄先生。清都接近玉陽,可稱與玉陽學仙有關。華陽在陝西,與玉陽學仙無關,宋道姑姊妹與玉陽學仙也無關了。商隱又有《月夜重寄宋華陽姊妹》:

> 偷桃竊藥事難兼,十二城中鎖彩蟾。應共三英同夜賞,玉

樓仍是水晶簾。

偷桃是東方朔事，指男；竊藥是嫦娥，指女。十二城指仙家，那末宋道姑還是關在華陽道觀裏。三英夜賞，可能指姊妹外還有男道士。這是寄詩，這個"三英"裏沒有商隱是明確的。有人認爲三英即三珠樹。商隱《寄永道士》：

共上雲山獨下遲，陽臺白道細如絲。君今併倚三珠樹，不記人間落葉時。

"三珠樹"是《山海經·海外南經》中說的三株珠樹，這裏有沒有寓意，不清楚。倘指三個道姑，那末與華陽兩姊妹不合。況且陽臺在王屋山，同玉陽學仙相近，同華陽相距極遠，也扯不到宋華陽姊妹身上。再說宋華陽姊妹還是鎖在十二城裏，沒有下山，同《燕臺詩》裏的女子更無關涉了。因此，馮浩箋稱《燕臺》寫的即爲"學仙玉陽時所歡而發"，從詩裏考求，學仙玉陽時不見有所歡，《燕臺》中的女子，同玉陽道姑也無關。宋華陽姊妹同玉陽道姑也無關，也不見有與商隱相戀之事。因此，所謂玉陽所歡、所謂宋華陽姊妹，都同《燕臺》中所寫女子無關，《燕臺》中的"桃葉桃根雙姊妹"，同宋華陽姊妹無關，一爲有力者娶去，一關在華陽觀裏，不宜牽扯在一起。馮浩稱又有《判春》："一桃復一李，井上佔年芳。"馮箋："讀此知桃葉、桃根，實指二美。'井上'者，以屈在使府後房也。"又《景陽宮井雙桐》，馮箋："此直詠（陳後主）張、孔二美人，詞意顯豁，然別有所寄也。《燕臺詩》云：'桃葉桃根雙姊妹。'又曰：'玉樹未憐亡國人。'與此引雙桐意合。"這幾首詩當指同一對象。但我們上面指出原在河陽的一雙姊妹與關在道觀裏的宋華陽姊妹無關，住在華陽觀裏的宋氏姊妹在詩裏没有説就是玉陽觀裏的道姑。從詩裏看,商隱在玉陽求仙時,衹看到一些道姑,看不到他同道姑有相戀的表示;他又同華陽觀裏的宋氏姊妹相識,也看不到他對宋華陽姊妹有相戀的表示。這樣,從馮浩箋注看,除了不可靠的猜測外,所有豔情詩,正如商隱説的,"雖有涉於篇什,實不接於風流"。

回過來再看朱偰講商隱與女冠的戀情,《聖女祠》三首寫聖女淪謫人間,不能回到天上,雙關自己在幕府,不能進入朝廷,見三首詩的説明。朱偰稱第一首爲"義山初識宋華陽姊妹"。按第一首是商隱從興元(漢中)送令狐楚喪回長安,路過寶鷄的聖女祠時所作。宋華陽姊妹住在華陽公主出家後的道觀裏,與聖女祠不在一地,不可能在送喪路上遇見宋華陽姊妹。朱偰把第二首説成商隱"寫己情思",説《重過聖女祠》寫"回首當年,不勝悵望",説成對宋華陽的情思,都不合,詳見對三首詩的説明。朱偰又把《碧城》《燕臺詩》《河陽詩》歸入一類,也都不合,已見上。

又蘇雪林《李義山戀愛事跡考》釋《玉山》的"珠容百斛龍休睡,桐拂千尋鳳要棲",稱"沉湎酒色的君王,正在做着鈞天好夢。這樣如花如玉的美人,我不免要據而有之了"。按驪龍頷下衹有一顆珠,這裏是"珠容百斛",顯然不指要盜取驪珠。又探驪珠要等龍睡,現在是叫龍休睡,更不是探珠了,是要龍來珍惜百斛明珠,指朝廷要珍惜大量人才,加以任用。"桐拂千尋"指朝官地位之高,"鳳要棲"正指士子的求官,"要"是表願望而非現實。又詩稱"玉水清流不貯泥",正寫清澄,倘詩寫淫亂的事,那是汙濁,談不上清流了。蘇雪林又稱《七月二十八日夜與王鄭二秀才聽雨後夢作》,認爲是商隱的豔遇詩。詩稱"少頃遠聞吹細管,聞聲不見隔飛烟",是衹聽見音樂,没有看見人。"又過瀟湘雨",又到了瀟湘,不在宫廷了。"亦逢毛女無憀極",看到毛女,感到無聊,毫無豔遇可説了。那末説他寫豔遇也無憑證。從馮浩到朱偰到蘇雪林,不論馮説比較謹嚴,朱説比較簡略,蘇説馳騁想像。總之,祇要離開商隱説的“雖有涉於篇什,實不接於風流”,結合原詩來看,都扞格難通;祇有依照商隱所講來看,纔能够涣然冰釋,雖然其中還有不可解處,但大體上是可通的。

(六)《無題》詩

商隱《無題》詩,朱鶴齡《箋注李義山詩集序》稱:

> 《離騷》託芳草以怨王孫,借美人以喻君子,遂爲漢魏六朝樂府之祖,古人之不得志於君臣朋友者,往往寄遥情於婉孌,結深怨於蹇修(指媒人),以序其忠憤無聊纏綿宕往之致。唐至太和以後,閹人暴横,黨禍蔓延。義山阸塞當塗,沉淪記室。其身危,則顯言不可而曲言之;其思苦,則莊語不可而謾語之。計莫若瑶臺璚宇歌筵舞榭之間,言之可無罪,而聞之足以勸。其《梓州吟》云:“楚雨含情俱有託。”早已自下箋解矣。吾故曰:義山之詩,乃風人之緒音,屈、宋之遺響,蓋得子美之深而變出之者也。豈徒以徵事奥博,擷采妍華,與(温)飛卿、(段)柯古争霸一時哉!

這段話不限於講《無題》,但《無題》也包括在内。商隱的《無題》,紀昀在《無題》二首“幽人不倦賞”上批:“《無題》諸詩,有確有寄託者,‘來是空言去絶蹤’之類是也;有戲爲豔體者,‘近知名阿侯’之類是也;有失去本題而後人題曰《無題》者,如‘萬里風波一葉舟’之類是也;有與《無題》詩相連,失去本題偶合爲一者,如此‘幽人不倦賞’是也。”這樣分别是對的。商隱寫豔情的《無題》詩也像他的豔情詩一樣,“雖有涉於篇什,實不接於風流”,已見選注,在這裏就不談了。這裏衹就有寄託的《無題》來談談。

杭世駿《李義山詩注序》：

> 蓋詩人之旨，以比興爲本色，以諷喻爲能事。抽青媲白，儷葉駢花，眩轉幻惑以自適其意，固非可執吾之謏聞半解，以揣測窺度之而已。而玉溪一集，蓋其尤也。楚雨含情，銀河悵望，玉烟珠淚，錦瑟無端，附鶴棲鸞，碧城有恨，凡其緣情綺靡之微詞，莫非阨塞牢愁之寄託。

這兩篇都指出《無題》詩的特點，除了比興諷喻以外，“寄遥情於婉孌，結深怨於蹇修”，也就是用象徵手法。婉孌指美人芳草，蹇修指媒人，都是有具體形象的，遥情深怨是抽象的，用具體形象來表達抽象的情怨，是象徵手法。這種手法通過纏綿宕往之致來表達，使人眩轉幻惑，商隱在這方面是最突出的。敖器之詩評：“李義山如百寶流蘇，千絲鐵網，綺密瓌妍，要非自然。”即不是天生的，出於人巧。總之，商隱的《無題》詩，思深意遠，情致纏綿，有百寶流蘇的光豔，有千絲鐵網的細密，有行雲流水的空明，使讀者蕩氣回腸不能自已。李白清新俊逸，没有他的纏綿悱惻；杜甫沉鬱頓挫，没有他的光豔細密；白居易清麗風情，没有他的思深意遠。他在藝術上的創造，是在李白、杜甫、白居易諸大詩人以外，另外開闢一種境界，豐富了唐代詩歌的藝術成就。如《無題》四首：

> 來是空言去絶蹤，月斜樓上五更鐘。夢爲遠别啼難唤，書被催成墨未濃。蠟照半籠金翡翠，麝熏微度綉芙蓉。劉郎已恨蓬山遠，更隔蓬山一萬重。
>
> 颯颯東風細雨來，芙蓉塘外有輕雷。金蟾齧鎖燒香入，玉

虎牽絲汲井回。賈氏窺簾韓掾少，宓妃留枕魏王才。春心莫共花争發，一寸相思一寸灰。

這兩首《無題》表達的是遥情深怨，這種遥情深怨是抽象的，看不見的，詩裏用具體景物來表達，又是思深意遠的。這四首詩的主題是"老女嫁不售"，所謂"劉郎已恨蓬山遠"，把"老女嫁不售"比做"恨蓬山遠"已够了，爲什麽要"更隔蓬山一萬重"呢？爲什麽這樣迫切呢？要到蓬山幹什麽呢？不是在《安定城樓》裏説："欲回天地入扁舟。"要旋乾轉坤嗎？當時正處在"江風揚浪動雲根，重碇危檣白日昏"(《贈劉司户蕡》)的危急之秋，可是"鳳巢西隔九重門"，不正是"更隔蓬山一萬重"，那能不迫切呢？那不正是思深意遠嗎？

這兩首詩又寫出了纏綿悱惻固結不解之情，對方是"來是空言去絶蹤"，已經絶跡不來了，可是這方還是等着，直到"月斜樓上五更鐘"。即使在夢裏也"夢爲遠别啼難唤"，對方不來，却還要替他寫字，"書被催成墨未濃"。聽見對方的車聲，"芙蓉塘外有輕雷"，還是不來看我。對方已經重門深鎖，深井無波，可我的情思還要像香的烟從鎖孔透進去，還要轉動轆轤用長繩打水。對方已因我不像韓掾的年輕，陳王的才華，對我無情了，我還是難以忘情，所謂"一寸相思一寸灰"，祇是感嘆自己徒費深情吧了。這樣寫固結不解之情，寫得這樣纏綿悱惻，確實是少見的。這種固結不解之情，是同思深意遠結合的。是爲了挽救唐王朝的没落，所以迫切地想進入朝廷，迫切地希望令狐綯的推薦，所以有這種固結不解之情，情辭越固結，憂國的心越深。

兩首詩又寫得光豔細密，如"蠟照金翡翠，麝熏綉芙蓉"，有"金蟾齧鎖，玉虎牽絲"，有"賈氏窺簾，宓妃留枕"，寫得綺麗光豔。蠟照是"半籠"，麝香是"微度"，"啼難唤"，用個"難"字，見得夢中也難;“墨未濃”着一“未”字,見得催促得緊;“燒香入”,着一“入”字,見得怎樣深閉固拒,還要使烟穿入;“汲井回”着一“回”字,見得井雖深還要汲水。這裏顯出文思的細密。這兩首詩,第一首前六句近乎白描,文思清麗,末聯用劉郎蓬山,在當時也是耳熟能詳。第二首只用了賈氏、宓妃兩典,這在當時也是耳熟能詳的,那末這兩首正是如行雲流水的空明。

商隱有的詩以首兩字標題的,也屬于《無題》詩,開卷第一首《錦瑟》是最有名的。也有如詠眼前景的,其實也可列爲《無題》詩,如《春雨》:

> 悵卧新春白袷衣,白門寥落意多違。紅樓隔雨相望冷,珠箔飄燈獨自歸。遠路應悲春晼晚,殘宵猶得夢依稀。玉璫緘札何由達?萬里雲羅一雁飛。

這首詩也是寫得思深意遠的,“意多違”不正是“劉郎已恨蓬山遠”嗎?“遠路應悲”,不正是遠去幕府,“更隔蓬山一萬重”嗎?“殘宵夢”,不正是“夢爲遠别”嗎?前兩首寫得情辭迫切,這一首寫得情意委婉,而思深意遠是一致的。這首寫固結不解之情也和前兩首一致,他在“悵卧”、“寥落”中懷念那人,雖然那人跟自己“意多違”了,還要隔雨望紅樓,不能相見,祇好獨自歸來,但還是殘宵入夢,還要送玉璫以表情,寫書信以陳情,固結不解如此。雖是心情寥落,還是寫得綺麗,不但那人住的是紅樓,就是他拿的在雨中的燈,也把雨絲比做珠箔,作“珠箔飄燈”。又像“玉璫”、“雲羅”,也寫得綺麗。再像“相望冷”用一“冷”字,既寫春寒,又寫心頭的感覺,感到對方的冷淡。“春晼晚”有傷春的感慨,“夢依稀”有夢迷離的感覺。“萬里”與“一雁”相對,也有相隔遥遠的感嘆。這些都顯出文心的細密。這首詩除了“白門”一詞外,幾乎都是白描,也寫得像雲水般空明。説明他的《無題》詩確實寫出了一種新的意境,突破了前人的創造。

《無題》詩多用白描,含意深沉,情思纏綿,所以多有名句,長期傳誦着。如“相見時難别亦難,東風無力百花殘。春蠶到死絲方盡,蠟炬成灰淚始乾。曉鏡但愁雲鬢改,夜吟應覺月光寒。蓬山此去無多路,青鳥殷勤爲探看”。這首詩幾乎每一聯都成爲傳誦的名句,其中“春蠶”一聯尤爲著名。這種名句形象大于思維,商隱對此已有認識。他的《謝先輩防記念拙詩甚多異日偶有此寄》:

曉用雲添句,寒將雪命篇。良辰多自感,作者豈皆然。熟寢初同鶴,含嘶欲并蟬;題時長不展,得處定應偏。南浦無窮樹,西樓不住烟;改成人寂寂,寄與路綿綿。星勢寒垂地,河聲曉上天。夫君自有恨,聊借此中傳。

商隱把抽象的“自感”,用具體的“雲”和“雪”來表達,這裏説明作者對此是有清醒認識的,不是不自覺的。他的“同鶴”、“并蟬”,題時是愁眉不展,所得是有它的偏至的特色的。他對詠物詩的獨到處,愁思的深刻處,是有清醒認識的。他的憶别懷歸的詩,他的描繪景物的詩,寄與遠道的友人。所有這些詩,謝防先輩借來表達他自己的感情。就是他的詩所反映的是他的情思,但它有概括性,也概括了别人的情思,所以别人也可以借它來表達各自的情思,“夫君自有恨”,通過這些詩來表達,他對于這點是有清醒的認識的。

（七）感懷和詠物

商隱的感懷有他的特點,是“作者豈皆然”的。他的感懷,最有名的是《安定城樓》:

迢遞高城百尺樓，綠楊枝外盡汀洲。賈生年少虛垂涕，王粲春來更遠遊。永憶江湖歸白髮，欲回天地入扁舟。不知腐鼠成滋味，猜意鵷雛竟未休！

假如説上引的《無題》詩也是感懷，那它跟這樣的感懷詩確有不同。《無題》是"爲芳草以怨王孫，借美人以喻君子"，所謂"男女之情通于君臣朋友"（朱鶴齡序）。感懷不需要這種比喻。《無題》寫了固結不解之情，纏綿悱惻，像上舉的感懷詩寫他的憤慨不平，表情的手法也没有那樣蕩氣回腸。在思深意遠方面，《無題》寫得更爲含蓄隱約，幾乎不易看到，感懷寫得比較明白。當然，感懷詩也有通過《無題》詩的寫法來寫的，那就可以歸入《無題》詩，像上舉的《春雨》就是。

這首詩的思深意遠，表達得最爲突出，即"欲回天地入扁舟"，既要旋乾轉坤，使唐王朝得到中興，自己泛扁舟于江湖，即告歸隱，既有大志，又有高潔的情操。這種志趣抱負在賈生垂涕、王粲遠游裏也透露出來，賈生是要爲漢朝制定一套新的制度，爲長治久安之計的，王粲是要"假高衢而騁力"（《登樓賦》），做一番事業的。在結尾用鵷雛自比，也顯示這種抱負。在《無題》裏就没有這樣明確地表達自己的思深意遠的。其次，詩裏表達憤慨的感情也是顯露的，末聯明顯寫出，在"虛垂涕裏"也表達了，在"更遠游"裏含有《登樓賦》中的感情，也有所透露的。這種感情衹有悲憤，並不是纏綿而固結不解的。但作爲商隱的自感，除了思深意遠這點比較突出外，他的語言的凝鍊也比較突出，如"永憶江湖歸白髮，欲回天地入扁舟"，是雖然欲回天地，而實永憶江湖，惟有髮白時纔能歸去入扁舟耳。這樣的組合，語練思深，王安石極意稱賞，紀昀却發生誤解（見該詩説明），亦見其結構之獨特。此外在用典上既是當時人所熟悉已成常識，又極貼切，商隱去涇原依王茂元，與王粲依劉表正合；商隱試博學宏辭科已録取，而被人擿落，與賈生遭際也有相似處。鵷雛、腐鼠的比喻，更顯示他的志趣，這些都顯示他用典的工巧貼切。

商隱在詠物詩上也有他的特點，他説："熟寢初同鶴，含嘶欲并蟬。"在《酬别令狐補闕》裏説："警露鶴辭侣，吸風蟬抱枝。"跟這裏同樣用鶴和蟬來作比。他的詠物的名篇如《蟬》：

> 本以高難飽，徒勞恨費聲。五更疏欲斷，一樹碧無情。薄宦梗猶泛，故園蕪已平。煩君最相警，我亦舉家清。

這首詠物詩的特點，是物我交融與物我交錯。物我交融即寫物也是寫自己，物和己交織在一起，既是寫物，是不脱，又是寫己，不粘着在物上，即不粘不脱。物我交錯即有幾句寫物，有幾句寫己，是交錯的。如前四句寫蟬，蟬中有己，但還是詠蟬，"薄宦"兩句寫己，不關蟬了；末聯蟬和我又相對寫。物我交錯是一種寫法。這首詩還是思深意遠的，雖然"難飽"，還保持品格"高"，雖然"薄宦"又"梗猶泛"，還是"舉家清"。這首詩也像雲水空明，多用白描，祇在"梗泛"、"蕪平"裏用典，但是融化入詩，即使不知道這兩個詞語有出處，也同樣可以瞭解它們的含意。在物我交融上也寫得貼切，蟬是居高難飽，徒勞費聲，己亦清高難飽，徒費沉吟。"五更"一聯，出以映襯，聲嘶欲斷，而"一樹碧無情"，所謂"傳神空際，超超玄著"，是一篇之警策，更爲難到。

商隱的詠物詩，也有物我交融，借物抒情的，如《柳》：

> 曾逐東風拂舞筵，樂游春苑斷腸天。如何肯到清秋日，已帶斜陽又帶蟬。

這首詩句句寫柳,又句句寫己,是借物抒情。它的含意比較深沉,是概括了一生的感慨。他寫柳的變化,從春到秋。春天,柳樹在東風的吹拂裏,曾經在樂遊苑的舞筵上拂動,但對它説來,還是斷腸天氣,這個舞筵不屬于它的,它可能還是任人攀折的。到了秋天,它在斜陽中帶着蟬的嘶鳴,更爲哀苦。它怎麽肯這樣呢?一切是不由它自主的。這是完全寫柳,也完全寫自己。他在年輕時曾在祕書省作校書郎的小官,正像柳在樂游苑上拂舞筵。但校書郎祇是替人校正文字,不能分享朝廷的光榮,所以還是斷腸的。到了後來,祇在幕府裏當幕僚,雖然已到斜陽時,還發出蟬的哀鳴,怎麽肯這樣呢,也是不由自主。實際上,這是借物喻志的詠物詩。語言上也像雲水的皎潔,是白描的。但它没有像《無題》寫固結不解的愛感,也没有纏綿悱惻的情調。

商隱的詠物詩有工於用典的,在下面用典節裏談。也有刻劃形象純用白描的,如《微雨》:

初隨林靄動,稍共夜涼分。窗迥侵燈冷,庭虚近水聞。

這首詠物是白描,同《蟬》也不同,它祇是刻劃,没有什麽寓意。它的特點就在刻劃得極爲工細,這種工細從體物來的。他住在近水的樓上,遠處有林木。先看到林畔的霧氣在浮動,隔得遠,看不出有雨。接着天夜了,因爲是微雨,入夜看不見,祇感到有些涼意。本來夜裏要比白天涼些,但雨又分得了一些涼意,覺得今夜的涼意要多一些。樓高窗也高,分得的涼意侵入樓内,感到燈光缺少温暖,有冷意。庭空無聲,靠近水邊,這纔聽到雨聲。這裏説明體察的極爲細緻,從幾個動詞和形容詞中透露出來。“動”字寫黄昏時林邊霧氣的浮動,他就感覺到了;“分”字分到一分涼意,他又感覺到了;“冷”字寫這分涼意侵入燈光,他又感到了;“聞”字寫水邊微雨的聲音他聽到了,這跟“虚”有關,庭中空寂,纔能聽到,倘庭中充滿蟲聲就聽不到了;也跟“近”有關,倘離水遠,也聽不見了。這樣細緻的描繪中,又有畫意,寫出背景,如“林靄動”見得遠處有林木,有霧氣。“夜涼”、“庭虚”見得秋意已深,時令也點出來了。“迥”寫窗高,樓高也顯出來了。“虚”字點明庭院;“近”字説明樓是傍水的。文辭精練,寫出詩人的敏感。從這樣細微的體察中,也透露出詩人的寂寞,他衹有一個人在高樓上,所以會感到分涼燈冷,倘有人在一起打破岑寂,就不會感到燈冷庭虚了。像這樣詠物,語簡而精,可供仔細體會,也是他的咏物詩的一個特色。

（八）詠史和政治諷刺詩

商隱有些諷刺詩是通過詠史來寫的,也有衹是詠史看不出有諷刺的,也有諷刺而不屬于咏史的,其中有議論的,有衹是敍事的。這些不同寫法,也是可供體味的。

光是詠史不加議論的,如《齊宫詞》:

> 永壽兵來夜不扃,金蓮無復印中庭。梁臺歌管三更罷,猶自風摇九子鈴。

這是寫齊東昏侯和潘妃的事,衹敍事,不發議論,通過對比的手法來表達用意。梁蕭衍兵來,東昏侯被殺,東昏侯教潘妃步步生蓮自然没有了。齊變爲梁,齊的九子鈴還在爲梁作聲。這裏敍齊的滅亡,衹通過中庭金蓮印的有無,殿角九子鈴的作響,來反映興亡的感慨。在這個感慨裏面,含有東昏侯的荒淫亡國,通過小的事物來顯示,寫得成功。這種地方,不發議論,使讀者自己體會是好的,點破了就缺少意味。

詠史也有敍事同議論結合的，如《賈生》：

宣室求賢訪逐臣，賈生才調更無倫。可憐夜半虛前席，不問蒼生問鬼神。

這裏敍述漢文帝在宣室召見賈生，又提出不問蒼生問鬼神，發議論，感嘆文帝不能用賈生。在這裏，爲什麽有的發議論有的不發議論。前一首通過齊亡梁興的對比來寫，從金蓮脚印和九子鈴聲來看，都顯出興亡之感來，這就不用説明，一説明就索然寡味了。後一首寫文帝召見賈生問鬼神，光敍述這件事，作者的用意是什麽，讀者看不出來，如説："夜來不覺親前席，祇爲殷勤問鬼神。"所以要發議論。這種議論，是結合提問來的，提出"不問蒼生問鬼神"的責問，作者的用意纔明白，不是抽象的議論，是聯繫"問鬼神"來提的。再説，這詩的用意通過提問來透露，還是没有説明，用意批評君主不能用賢，在詩裏没有説出。

詠史不結合諷刺，像沈德潛《唐詩别裁》説："義山長于諷喻，工于徵引，唐人中另開一境。顧其中譏刺太深，往往失之輕薄，此俱取其大雅者。"就他説的"唐人中另開一境"看，如《隋宫》：

紫泉宫殿鎖烟霞，欲取蕪城作帝家。玉璽不緣歸日角，錦帆應是到天涯。于今腐草無螢火，終古垂楊有暮鴉。地下若逢陳後主，豈宜重問《後庭花》？

這首詩，在"唐人中另開一境"，表現在什麽地方。一是構思，一般説來，對這樣的題目，總不免從今昔興亡之感着眼，寫隋宫的昔盛今衰。作者另出新意，着眼在寫煬帝，不寫成詠物而寫成詠史。寫煬帝的逸游,不具體寫,出以推論,要是政權不歸到唐朝,煬帝的逸游應該要到天邊了。寫今昔盛衰,總是用繁榮與荒涼作對,他却另出新意,用腐草螢火來同垂楊暮鴉作對比。寫煬帝荒淫,用"地下若逢陳後主"來推論。總之,在構思上不落舊套,别開生面。二是用推論、假設,把對偶變爲靈活。像二聯的"不緣"、"應是",衹是推論。"若逢"、"豈宜"是假設,使詩句寫得靈活,絶不板滯。三是工于對仗,"玉璽"、"錦帆"顯示文采。"于今"是虚的,無螢火了;"終古"是實的,有暮鴉,虚實相對。"玉璽"歸唐是實的,"錦帆"到天涯是虚的。把這幾樣結合起來,確實給唐詩開一新境。

借詠史來諷刺的,如《隋師東》:

> 東征日調萬黄金,幾竭中原買鬥心。軍令未聞誅馬謖,捷書惟是報孫歆。但須鸑鷟巢阿閣,豈假鴟鴞在泮林?可惜前朝玄菟郡,積骸成莽陣雲深。

這是借隋師東征來諷刺唐軍的進攻滄景。指出軍令不嚴,假傳捷報,浪費國庫。三聯發議論,賢臣在朝,叛亂自消。末聯感嘆人民塗炭。中二聯用了四個典故,正像駢文寫法,但並不板滯,由于中間用了"未聞"、"惟是",用典故來諷刺;"但須"、"豈假"用典故來議論。化板滯爲靈活,是他善用典故處。

商隱的政治諷刺詩,如《瑶池》:

> 瑶池阿母綺窗開,黄竹歌聲動地哀。八駿日行三萬里,穆王何事不重來?

這是諷刺武宗求仙的,唐朝皇帝求仙服金丹死的有好幾個,那它的概括性相當大。這首詩的寫作有它的特點。一，西王母，照《穆天子傳》注，“如人虎齒，蓬髮”。《山海經・西山經》説她“虎尾”。但在《漢武故事》裏西王母已成了仙人，這裏的“綺窗”，是作者加上的想像。二，黄竹，從《穆天子傳》看，黄竹在嵩高山附近，不在瑶池，這裏是把相距遥遠的兩地捏合。三，黄竹歌聲是穆天子唱的，不可能有動地的聲勢，説“動地哀”又是詩人的創造。四，日行三萬里的是神馬，穆天子的馬是千里馬，不可能是神馬，説“日行三萬里”也是創造。在這裏就是筆補造化。在大自然中，西王母没有綺窗，黄竹不在瑶池，黄竹的歌聲不可能動地，八駿不可能日行三萬里，那就不可能寫成這首詩。詩人補大自然的不足，使大自然中不可能有的事都成爲可能了。這樣的補天，又顯得很自然，仙人招待穆天子，自然應該有綺窗。要是像司馬相如《大人賦》:“吾乃今目睹西王母皬然白首，戴勝(首飾)而穴處兮，亦幸有三足烏爲之使。”住在洞穴裏，怎麽招待周天子呢？黄竹地方的歌是寫“北風雨雪，有凍人”的，即“路有凍死骨”的，是寫人民的苦難的。表達人民的苦難，説它有動地的力量，也是很自然的。本來説神馬日行三萬里，要説穆天子到瑶池的並不困難，使八駿成了神馬也是很自然的。這些補天也就成了通天。從八駿的日行三萬里，那末穆王的不再來，正如西王母唱的“將子無死，尚復能來”。不來正説明是死了，説明求仙的無益，達到諷刺武宗及其他唐帝求仙服金丹中毒死去的愚蠢。

（九）用典和朦朧

王士禛《戲仿元遺山論詩絶句》:“獺祭曾驚博奥殫，一篇《錦瑟》解人難。千年毛(亨)鄭(玄)功臣在，猶有彌天釋道安(指釋道源注商隱詩)。”這首詩論商隱詩，提出兩個問題：一指用典，楊億《談苑》稱:“義山爲文，多簡閲書册，左右鱗次，號‘獺祭魚’。”即認爲商隱詩用典太多和深僻；二指不易懂，一篇《錦瑟》詩有種種不同的解釋,含意朦朧不明。

就用典說,一種是屬於語言的自然,在白話中也用典。如魯迅《狂人日記》:"他們——也有給知縣打枷過的,也有給紳士掌過嘴的,也有衙役佔了他的妻子的,也有老子娘被債主逼死的。"這裏點出了他們過去被壓迫和被侮辱的事,就是用典,那可説是用今典。"易牙蒸了他兒子,給桀紂吃",這是用古典。在講話裏,有時想到過去的事,就提了出來,這就是用典。這種聯想是很自然的,有了這種聯想,纔能有力地把意思表達出來,使聽的人聯繫這些故事,引以爲戒。

那末用典太多或用典深僻又怎樣呢?這跟近體詩的形式有關。近體詩衹有八句或四句,篇幅短小。在短小的篇幅裏要表達豐富的思想内容,就免不了用典。如《牡丹》:

錦幃初卷衛夫人,綉被猶堆越鄂君。垂手亂翻雕玉佩,折腰争舞鬱金裙。石家蠟燭何曾剪,荀令香爐可待熏。我是夢中傳彩筆,欲書花葉寄朝雲。

這裏八句詩用了八個典故,可説是用典太多了。其中有的典故像"越鄂君"或"垂手"、"荀令香爐"也不是人們很熟悉的,或者當時認爲很平常的,現在看來已不是很熟悉了。這樣用典又怎樣呢?他詠牡丹,用美人來比,這是很普通的。但他眼中的牡丹,有各種各樣,有盛開的,有初放的;有在風中舞動,像垂手舞的,像折腰舞的;有光彩的,有香氣的。他要把這些都寫出來,這就需要用各種典故。這樣的用典多,正説明他的觀察細緻,要表達的内容豐富所造成的,這同他的文化知識的豐富也有關,他運用這些典故,是自然生動的。他要寫盛放的牡丹,自然想到錦幃初捲的衛夫人;寫含苞初放的牡丹,自然想到用綉被來裹着的越女了。因此用典多而顯得靈活。這種靈活表現在動作上,不是用衛夫人或越女來比,是用錦幃初捲的衛夫人、用綉被裹着的越女來比,顯得生動。不僅這樣,還有含意,像夢中傳彩筆,含有令狐楚教他作時文的用意在内。結合"寄朝雲",既有寄與美人的含意,也有馮浩在按語裏指出祝願令狐楚還朝的用意。這樣多的含意,用兩句話來表達,不用典是無法措手的。這是用典最多的一首。又如《馬嵬》:

> 海外徒聞更九州,他生未卜此生休。空聞虎旅傳宵柝,無復雞人報曉籌。此日六軍同駐馬,當時七夕笑牽牛。如何四季爲天子,不及盧家有莫愁。

這首詩講海外九州是用典,盧家莫愁是用典,此外衹是講馬嵬的事,像"七夕笑牽牛",是《長恨歌》中的事,可説用今典。把用典同今事結合,顯出商隱用典的巧妙來。《長恨歌》裏寫"七月七日長生殿,夜半無人私語時。在天願作比翼鳥,在地願爲連理枝"。即願世世爲夫婦永不分離之意,所以"七夕笑牽牛",笑牛郎織女只有七夕一相會了。可是在"六軍同駐馬"時,即"六軍不發無奈何,宛轉蛾眉馬前死"。把七夕笑牽牛的誓言拋棄了,揭露唐明皇的犧牲楊貴妃,衹把《長恨歌》中的話對照起來,就起到揭露的作用。再根據《長恨歌》中"忽聞海上有仙山"一段,聯繫海外有九州之説,指出"他生未卜此生休",指出唐明皇七夕誓言的虛僞。這樣用典,借它來進行揭露,就有思想性了。中間兩句,寫當時情事,有軍中的宵柝,無雞人的報曉籌,正説明已逃出皇宫,在軍隊中逃跑了。因此感歎不及"盧家有莫愁"了。全詩一氣貫注,從用典中顯出揭露來。沈德潛《唐詩别裁》評温庭筠《蘇武廟》"回日樓臺非甲帳,去時冠劍是丁年”,稱:“與‘此日六軍同駐馬’一聯,俱是逆挽法。律詩得此,化板滯爲跳脱矣。”所謂逆挽,就是先説今天,再説過去。但商隱的今天和過去對照,從中揭露唐明皇的犧牲楊貴妃,説明他的愛情的虚僞性,這就勝過温庭筠,不光是化板滯爲跳脱了。

至于商隱的《錦瑟》詩,所謂“一篇《錦瑟》解人難”,有各種不同的解釋,用意不明,有人或指爲朦朧詩。登廬山或黄山時,雲霧起來,掩蓋了林木和峯巒,衹看到模糊一片,是朦朧的。但就雲海奇觀來説,又並不朦朧。畫家可以畫黄山雲海,並不朦朧。商隱的《無題》詩也這樣,他寫豔情來寄託的《無題》詩,就寄託什麽説可能不够清楚,就他寫的豔情説還是清楚的,並不朦朧。如《無題》“鳳尾香羅薄幾重,碧紋圓頂夜深縫”,它有什麽含意不清楚,就它寫的是用鳳尾羅來縫成圓頂帳説,還是很清楚的。所以跟就文字看也看不懂的朦朧詩是不同的。

再就《錦瑟》詩説,就它的用意説,有悼亡説,有自傷説,有爲青衣説,有自序詩集説;就中間四句看,有夢幻泡影説,有適怨清和説。但就字面看,由錦瑟的五十弦和五十柱而引出思華年來,在將近五十年的華年中,所經歷的生活有各種情狀,有夢蝴蝶的,有托杜鵑,有珠有淚的,有玉生烟的。這各種情狀已是惘然。從字面來看還是清楚的。至于詩中含意,各人有各種不同解釋,這也是可以理解的。詩人借形象來表達情思,他的情思含藴在形象之中,没有明白宣露。讀者衹從他寫的形象中體會他的情思,由于形象大于思維,讀者的體會不一定符合作者原意,所謂作者未必然,讀者何必不然。衹要讀者的體會符合所寫的形象,不妨各人各説。其中究以那一説能符合作者原意,那要看誰對作者的思想感情體會得最深切,最能根據作者的思想感情來體會,最爲接近或符合作者原意。這樣的詩,對作者的用意雖有各種猜測,但詩中所寫的形象還是明確的。因此,它同連文字也看不懂的朦朧詩還是有分别的。這樣看來,倘朦朧詩是指畫黄山雲海,雲海籠罩的峯巒一片朦朧,但雲海奇觀還是清晰的。即指商隱借愛情詩來寄托,寄托的命意不鮮明,但所寫愛情的形象是鮮明的,把這樣的詩稱爲朦朧,那末説商隱有些詩是朦朧的是可以的,但它同連文字也看不懂的朦朧詩是完全不同的。

（十）西崑體及其他

商隱的詩在晚唐已有影響,他的連襟韓維的兒子韓偓,即《韓冬郎即席爲詩相送》裏稱爲"雛鳳清于老鳳聲"的,是學商隱詩的。韓偓的詩,如《已涼》:

> 碧闌干外綉簾垂,猩色屏風畫折枝。八尺龍鬚方錦褥,已涼天氣未寒時。

寫景物色彩鮮豔,中含情思,與商隱《日射》的"回廊四合掩寂寞,碧鸚鵡對紅薔薇"相似。韓偓的《倚醉》:

> 倚醉無端尋舊約,却憐惆悵轉難勝。静中樓閣深春雨,遠處簾櫳半夜燈。抱柱立時風細細,繞廊行處思騰騰。分明窗下聞裁剪,敲徧闌干唤不應。

這首詩同商隱的《春雨》"紅樓隔雨相望冷,珠箔飄燈獨自歸"很相似。這是學了商隱綺麗纏綿的一面。對商隱詩的高情遠意沉鬱頓挫這一面似没有學到。

刻意學商隱詩的,當推宋初的西崑體。《皇宋事實類苑》記楊億稱:

至道中(宋太宗時),偶得玉溪生百餘篇,意甚愛之。……觀其富于才調,兼極雅麗,包蘊密致,演繹平暢,味無窮而久愈出,鑽彌堅而酌不竭,曲盡萬態之變,精索難言之要。……

楊億、劉筠等人很多是文學侍從之臣,他們瞭解宫禁中的生活,這在當時是嚴禁洩露的。因此,他們學習商隱詩的工于運典、綺麗纖密來透露一點消息,如楊億《漢武》:

蓬萊銀闕浪漫漫,弱水回風欲到難。光照竹宫勞夜拜,露溥金掌費朝餐。力通青海求龍種,死諱文成食馬肝。待詔先生齒編貝,那教索米向長安。

王仲犖先生《西崑酬唱集注》前言裏指出,宋真宗僞造天書,行封禪泰山等典禮來鞏固封建統治,楊億等在《漢武》等詩中借古諷今,反映了他們不同意這種求仙祀神、大興土木的作法。這首確實學習商隱的咏史,句句用典。寫仙山難到,候仙不來,仙掌露不靈,方士病死,歸結到讓東方朔索米長安,不能用賢人。跟商隱的咏史比起來,含意比較隱晦,没有商隱詩的深心卓識,諷刺有力,這是宋朝對言論控制得嚴厲所致。這些文學侍從之臣,他們既没有商隱的身世遭遇,又缺乏他的高情遠韻,又不敢對朝廷作有力的諷刺,祇是追求他的綺麗典實,自然成就不大了。

《蔡寬夫詩話》稱:"王荆公晚年亦喜稱義山詩,以爲唐人知學老杜而得其藩籬者,惟義山一人而已。"王安石欣賞商隱的詩,像"雪嶺未歸天外使,松州猶駐殿前軍","永憶江湖歸白髮,欲回天地入扁舟","池光不受月,暮氣欲沉山","江海三年客,乾坤百戰場",是屬于商隱感懷或寫景的詩,是他學杜甫的詩,不屬于商隱獨創的

《無題》的綺豔細密，是屬于他的高情遠韻、沉鬱頓挫的詩。王安石稱贊這些詩句，意不在于學商隱，是在學杜甫，在學商隱的學杜而能自成面目，也要學杜而自成面目。

宋人受商隱詩影響的還推黄庭堅。錢鍾書先生《談藝録》補訂本(一五二頁)稱："許顗《彦周詩話》以義山、山谷並舉，謂學二家，'可去淺易鄙陋之病'。《瀛奎律髓》卷廿一山谷《詠雪》七律批云：'山谷之奇，有崑體之變，而不襲其組織。'即貶斥山谷如張戒，其《歲寒堂詩話》卷上論詩之'有邪思'者，亦舉山谷以繼義山，謂其'韻度矜持，冶容太甚'。後來王船山《夕堂永日緒論》謂'西崑江西皆獺祭手段'。《曾文正詩集》卷三《讀義山詩》：'太息涪翁去，無人會此情。'"又稱山谷"《觀王主簿家酴醿》：'露溼何郎試湯餅，日烘荀令炷爐香。'青神注：'詩人詠花，多比美女，山谷賦酴醿，獨比美丈夫。'李義山詩：'謝郎衣袖初翻雪，荀令香爐更换香。'(《酬崔八早梅有贈兼示》)《野客叢書》卷二十亦謂此聯爲山谷所祖。"又稱："撰《江西宗派圖》之吕居仁《紫薇詩話》云：'東萊公嘗言：少時作詩，未有以異于衆人，後得李義山詩熟讀規摹之，始覺有異。'又云：'東萊公深愛義山一春夢雨一聯，以爲有不盡之意。楊道孚深愛義山嫦娥應悔二句，以爲作詩當如此學。'"

錢謙益《注李義山詩集序》稱釋石林説："元季作者，懲西江學杜之弊，往往躋義山，祧少陵，流風迨國初(明初)未變。"按《四庫提要・楊仲宏集》稱："西崑傷于雕琢，一變而爲元祐之朴雅；元祐傷于平易，一變而爲江西之生新；南渡以後，江西宗派盛極而衰。"亦有學温、李的細密豔冶來矯江西詩派之弊的，但成就不高。清代馮班學商隱，《四庫提要》稱他"所作則不出于崑體，大抵情思有餘，而風格未高，纖佻綺靡，均所不免"。

何焯《義門讀書記》："晚唐中，牧之、義山俱學子美。牧之豪健跌宕,不免過于放,學者不得其門而入,未有不入于江西派者;不如義山頓挫曲折,有聲有色,有情有味,所得爲多。”又稱:“馮定遠謂熟觀義山詩,自見江西之病。余謂熟觀義山詩,兼悟西崑之失。西崑衹是雕飾字句,無論義山之高情遠識,即文從字順,猶有間也。”何焯指出商隱詩有高情遠識,頓挫曲折,有情有味的一面,這就是沈德潛説的“又于唐人中另開一境”。王安石稱贊商隱學杜的,就是指這一方面,即學杜而有自己的面貌。在這一方面,後人學商隱詩的,是通過商隱詩來學杜,要求自成面貌。讀者可以看到他學杜而有自己風貌,看不到他是通過學商隱來學杜的,商隱這方面的影響,像王安石、王庭堅等的詩就是,看不出他是學商隱的。

何焯又指出商隱詩的有聲有色,這同敖器之《詩評》:“李義山如百寶流蘇,千絲鐵網,綺密瓌妍,要非自然。”這也是在唐人外自開一境。這方面學商隱詩的顯得突出,像韓偓和西崑體詩就是。“熟觀義山詩,兼悟西崑之失”,反過來看西崑詩,也看到商隱詩的局限。商隱詩最突出的是綺密瓌妍。這方面的詩雖有寄託,但這種寄託主要是個人的遭際,他對政治,對國家人民命運的關切感慨的,都不用這種詩來表達,因此這方面的詩題材比較狹隘,容易流于寫豔情。還有他學李賀的,像寫豔情的《河陽》、《燕臺》等詩,又不免晦澀。後來學商隱寫豔情的,有神似《無題》的,像黄景仁的《綺懷》:

幾回花下坐吹簫,銀漢紅牆入望遥。似此星辰非昨夜,爲誰風露立中宵。纏綿絲盡抽殘繭,宛轉心傷剥後蕉。三五年時三五月,可憐杯酒不曾消。

“似此星辰”句從《無題》的“昨夜星辰昨夜風”來,“爲誰風露”從“夜吟應覺月光寒”來,“纏綿絲盡”從“春蠶到死絲方盡”來。但衹是寫豔情並無寄託,不如商隱《無題》的思深意遠。景仁不是學商隱的,這也説明商隱詩的影響還是相當大的。

二　李商隱的生平

李商隱的一生約略可以分爲三個時期:一,從唐憲宗元和八年(八一三)到唐文宗開成二年(八三七),即從一歲到二十五歲,從他以古文著稱到學會今體文,從學習到登進士第,即從小漂泊到受知令狐楚。二,從開成三年(八三八)到武宗會昌六年(八四六),從他二十九歲到三十四歲,即從入王茂元幕到作祕書省正字,這時期的會昌一代是李德裕當政。三,從宣宗大中元年(八四七)到大中十二年(八五八),從他三十五歲到四十六年去世,主要是過着游幕生活,即從入鄭亞幕、入盧弘止幕到入柳仲郢幕。這時期是白敏中、令狐綯等屬牛僧孺一派人當政。

(一)從小漂泊到受知令狐楚

李商隱生于唐憲宗元和八年(八一三)[①],死于唐宣宗大中十二

---

① 李商隱的生年,馮浩《玉溪生年譜》同岑仲勉《玉溪生年譜會箋平質》考定在元和八年,根據有兩個:一,《上崔華州書》裏説:“愚生二十五年矣。”又説:“復爲今崔宣州所不取。”崔龜從爲華州,在開成元年(八三六)十二月,崔鄲爲宣州,在二年正月,假定這信在開成二年寫的,上推二十五年,他正生于元和八年。二,《李氏仲姊河東裴氏夫人誌文狀》:“至會昌三年(八四三),距仲姊之殂已三十一年矣。明年冬,以潞寇憑陵,擾我河内。”《祭裴氏姊文》:“靈沉緜之際,殂背之時,某初解扶床,猶能識面。”按:澤潞之亂在會昌三年,那末上文的“會昌三年”當作“二年”,纔與“明年”相合。會昌二年上推三十一年,正是元和八年,當時商隱正扶床,所以定他生于元和八年。當然,商隱扶床識面可能已經二歲,那就生于元和七年。提早一年,即《上崔華州書》是開成元年寫的,但元年崔鄲没有爲宣州,不能提早,所以衹能生在元和八年。商隱在元和八年初生,仲姊當在八年末死,那末商隱已能扶床識面,而他的弟弟也可能誕生了。

年(八五八),字義山,號玉溪生、樊南生[①],懷州河内(今河南沁陽縣)人。他生時,父李嗣在做獲嘉(在今河南)令。下一年,李嗣到浙江去做幕僚,約六年多,商隱九歲時,父親死了。“浙水東西,半紀(六年)漂泊。某年方就傅(十年,當指九歲),家難旋臻。躬奉板輿,以引丹旐。四海無可歸之地,九族無可倚之親。”[②]他跟母親扶柩回到鄭州(在今河南)[③],當時他的家在那裏。境况是極爲艱難的。以上是他小時漂泊的經歷。他“五年誦經書,七年弄筆硯”[④]。他在家,跟堂房叔父學習。“商隱與仲弟羲叟,再從弟宣岳等親授經典,教爲文章。生徒之中,叨稱達者。”這位老師“味醇道正,詞古義奥”[⑤]。教他學習古文。到他十一歲,父喪期滿,遷居洛陽[⑥]。到十六歲,著《才論》、《聖論》,“以古文出諸公間”[⑦]。他的《無題》當作于此時[⑧]:

八歲偷照鏡,長眉已能畫。十歲去踏青,芙蓉作裙衩。十二學彈筝,銀甲不曾卸。十四藏六親,懸知猶未嫁。十五泣春風,背面鞦韆下。

---

① 玉溪在懷州玉陽山,商隱《李肱所遺畫松詩書兩紙》:“憶昔謝四騎,學仙玉陽東。”是他在學仙時到玉溪的,因稱玉溪生。樊南即樊川以南,在長安城南。商隱曾住在樊南,稱他的集子爲《樊南集》,自稱樊南生。

② 見《樊南文集詳注》(下簡稱《文集》)卷六《祭裴氏姊文》。

③ 商隱祖李俌,從懷州遷到滎陽,即鄭州。見《樊南文集補編》(下簡稱《補編》)卷一一《曾祖妣誌文狀》:“寓居于滎陽。”

④ 見《文集》卷八《上崔華州書》。

⑤ 見《補編》卷一一《故處士姑臧李某誌文狀》。

⑥ 同上《祭裴氏姊文》:“占數東甸,傭書販舂。”即占户籍于洛陽,爲人傭書等。

⑦ 見《文集》卷七《樊南甲集序》。

⑧ 見馮浩《玉溪生詩集箋注》(以下簡稱《詩集》)卷一。

這首仿照樂府民歌體的詩，已寫得清麗，有寄托，顯示他的才華。由于家貧，已有托身府主的含意。

文宗太和三年(八二九)，商隱十七歲。十一月，令狐楚爲天平軍節度使(治鄆州，今山東東平縣)，贊賞他的文才，請他到幕府裏去做巡官。"每水檻花朝，菊亭雪夜，篇什率徵于繼和，杯觴曲賜其盡歡。委曲款言，綢繆顧遇。"①"將軍樽旁，一人衣白"②，當時他還是布衣。賓主相得。他在十八歲時，有《天平公座中呈令狐令公》③，反映了幕中生活：

罷執霓旌上醮壇，慢妝嬌樹水晶盤。更深欲訴蛾眉斂，衣薄臨醒玉豔寒。白足禪僧思敗道，青袍御史擬休官。雖然同是將軍客，不敢公然子細看。

當時唐朝尊崇道教，所以幕府中也有道教的醮壇。有女道士在齋戒，直到更深。又有和尚和御史，看到女道士的嬌豔，都想學仙，所以和尚想出家，御史想休官，他還年輕，不敢細看。從這裏看到當時道教的盛行，跟他後來的學仙有關。商隱善寫古文，令狐楚教他和其子令狐綯一起學今體文，即當時通行的講究對偶辭藻的四六文，親加指點。商隱有《謝書》④：

微意何曾有一毫？空攜筆硯奉《龍韜》。自蒙半夜傳衣後，不羨王祥得佩刀。

---

① 見《補編》卷五《上令狐相公狀一》。
② 見《文集》卷六《奠相國令狐公文》。
③ 見詩選，以後凡見本書中者不再注。
④ 見《詩集》卷一。

他到幕府裏來,令狐楚不讓他辦事,所以稱"空攜筆硯"。讓他學習,教他學今體文,他很感激,認爲得到令狐楚的指教勝過得到功名。

太和六年(八三二)二月,令狐楚調河東節度使(治太原,在今山西)。商隱二十歲,跟令狐楚到了太原幕府。令狐楚給他辦了行裝,讓他到京城去應考,被考官賈餗所憎,没考上。又回到太原幕府①。七年(八三三)六月,令狐楚進京爲吏部尚書,商隱回到鄭州家裏。這年三月,給事中蕭澣爲鄭州刺史。商隱進謁蕭澣,得到很好接待。蕭澣把他介紹給華州刺史崔戎,崔戎資送他去京城學習②。八年(八三四)三月,以崔戎爲兖海觀察使(治兖州,在今山東),商隱在崔戎幕府裏。六月,崔戎死。這年,他又去京城應考,考官崔鄲没有取他③。九年(八三五),他從鄭州到京城去弔崔戎④。開成元年(八三六),他奉母遷居濟源(在今河南),在濟源玉陽山學道教。那裏是唐睿宗女玉真公主修道的場所。他説:"學仙玉陽東","路入瓊瑶宫。"⑤"心懸紫雲閣,夢斷赤城標。素女悲清瑟,秦娥弄碧簫。"⑥他在想望那些像仙家的道觀,在那裏有會奏樂的女道士。他没有忘記功名,二年(八三七),他二十五歲,又上京應考。

---

① 見《補編》卷五《上令狐相公狀一》。

② 見《詩集》卷一《哭遂州蕭侍郎》自注:"余初謁于鄭舍。"是在鄭州進謁。《補編》卷七《上鄭州蕭給事狀》:"兖海大夫(崔戎)時因中外,嘗賜知憐。給事(蕭澣)又曲賜褒稱,使垂延納。"即介紹給崔戎,《時集》卷一《安平公(崔戎)詩》:"丈人博陵王名家,憐我總角稱才華。華州留語曉至暮,高聲喝吏放兩衙(朝衙晚衙)。明朝騎馬出城外,送我習業南山阿。"南山阿指京城。

③ 又《上崔華州書》:"凡爲進士者五年,始爲賈相國所憎。明年,病不試。又明年,復爲今崔宣州所不取。"

④ 又《安平公詩》:"明年徒步弔京國。"

⑤ 見《李肱所遺畫松詩書兩紙》。

⑥ 《詩集》卷一《送從翁從東川弘農尚書幕》。

這年，高鍇爲禮部侍郎，做主考。令狐綯爲左補闕。高鍇問綯："八郎之友，誰最善？"綯説了三次"李商隱"，商隱這次登進士第[①]。上一年，令狐楚調興元節度使（治南鄭，在今陝西）。再聘商隱到幕府去。他正在家奉母，"北堂之戀方深，東閣之知未謝"。"今歲累蒙榮示，軫其飄泊，務以慰安。促曳裾之期，問改轅之日。"[②]他約在秋末到興元，令狐楚已病，代楚起草《遺表》。十二月，送楚喪還京。以上是他受知令狐楚的經歷。

在這一時期，商隱的詩已顯示他的特色。如《牡丹》，當是二十一歲，令狐楚資助他去京城考試時作。《長安志》稱《酉陽雜俎》説開化坊令狐楚宅牡丹最盛，商隱到京後看到牡丹，寫這詩寄給令狐楚："錦幃初卷衛夫人，綉被猶堆越鄂君。"寫得極爲穠豔精工。又有《初食笋呈座中》："皇都陸海應無數，忍剪凌雲一寸心。"當是在崔戎幕中作。這首有寄托。這時他也寫了豔情詩，如《和友人戲贈二首》，當是贈任秀才[③]：

> 迢遞青門有幾關？柳梢樓角見南山。明珠可貫須爲佩，白璧堪裁且作環。子夜休歌團扇掩，新正未破剪刀閑。猿啼鶴怨終年事，未抵熏爐一夕間。

首聯想望她的住處，中兩聯寫她整理服飾用具，末聯寫一夕相思，甚于終年的猿啼鶴怨，怨望真不可禁。這樣的豔情詩是寫友人的。

這時比較突出的是他寫的政治諷刺詩，如《富平少侯》："七國三邊未到憂，十三身襲富平侯"，"當關不報侵晨客，新得佳人字莫

① 見《與陶進士書》。
② 見《補編》卷五《上令狐相公狀六》。
③ 又《題二首後重有戲贈任秀才》，馮浩注："上二首當已是贈任。"

愁”。這詩諷刺敬宗不關心國事,游獵無度,賜與不節。寵愛舞女飛鸞、輕風,藏之金屋寶帳,日高猶未上朝。又《隋師東》:“東征日調萬黄金,幾竭中原買鬥心”,“可惜前朝玄菟郡,積骸成莽陣雲深”。這首詩是諷刺唐朝在討伐藩鎮叛亂中所暴露出的種種弊病。

《有感二首》是對文宗太和九年(八三五)甘露之變的感嘆。這年,文宗與李訓、鄭注合謀殺宦官。十一月二十一日,李訓使人報左金吾聽事後石榴上有甘露,李訓奏恐非真甘露,文宗要太監仇士良等去看。仇士良到那裏看到幕後有伏兵,就退出,率領禁兵殺宰相李訓、王涯、賈餗、舒元輿及王璠、郭行餘、韓約等,鄭注爲鳳翔節度使(在陝西),也被殺,捕殺千餘人,血流成渠。當時太監掌握軍權,成爲唐朝大害。文宗與大臣合謀誅太監失敗,從此太監的權力與唐朝相終始。商隱的《有感》説:“如何本初(袁紹)輩,自取(劉)屈氂誅。”他惋惜李訓等人爲謀不善,遭致失敗。“誰瞑銜冤目,寧吞欲絶聲?”他哀悼李訓等人的冤死,在當時敢于指斥太監,要有極大的勇氣。在後來劉蕡之死上,他表現得更爲突出。

文宗開成二年(八三七)十二月,商隱送令狐楚喪從興元回長安,道路所見,寫成《行次西郊作一百韻》,是他反映民生疾苦的最突出之作。“高田長檞櫪,下田長荆榛。農具棄道旁,飢牛死空墩。依依過村落,十室無一存。”田地荒蕪,人民死亡。原因是“奸邪撓經綸”,“中原困屠解”,政治敗壞,人民被屠戮。“盗賊亭午起,問誰多窮民”,所謂“盗賊”,多是窮民。“又聞理與亂,繫人不繫天”。這首詩的風格接近杜甫,這樣反映民生疾苦是商隱詩中罕見之作。

(二)從入王茂元幕到作祕書省正字

從文宗開成三年(八三八)到武宗會昌六年(八四六),即從商隱二十六歲到三十四歲,是他無意中牽入牛李黨争的前一時期,也就是文宗在甘露之變後受制于家奴鬱鬱死去[①]，到武宗時李德裕執政時期。所謂牛李黨争，實際上是官僚之間的奪權鬥争。牛李黨争起因于元和四年（八〇九）李宗閔與牛僧孺考取制科，兩人對策，都指責時政的弊病。當時李吉甫爲宰相，就不用僧孺、宗閔。七年（八一二），吉甫死，兩人纔入朝做官。穆宗長慶元年（八二一），吉甫子德裕爲翰林學士，攻擊宗閔對考官請託，貶劍州刺史（治所在今四川劍閣）。文宗太和三年（八二九）宗閔當國，引用僧孺爲宰相。七年（八三三）德裕爲宰相，出宗閔爲山西南道節度使。八年（八三四），用宗閔爲宰相，出德裕爲鎮海節度使（治潤州，在今江蘇鎮江）。武宗即位，起用德裕爲宰相，不再起用僧孺、宗閔。宣宗即位，罷斥李德裕，僧孺、宗閔等同日北遷，宗閔在遷官中病死，僧孺入京爲太子少保死去。牛李的互相排斥就是這樣。但就用人説，會昌二年（八四二），白敏中爲翰林學士，令狐綯爲户部員外郎，兩人都是牛黨，李德裕没有排斥他們。五年（八四五），德裕用柳仲郢做京兆尹，柳和僧孺善，德裕不以爲嫌。就德裕説，他衹是跟宗閔、僧孺等人不相容，尤其是他同僧孺的政見不同。德裕對藩鎮叛亂要加以討伐，像會昌三年（八四二），昭義節度使（治潞州，在今山西長治）劉稹叛亂，德裕就發兵平亂。僧孺對藩鎮姑息，如太和五年（八三一），盧龍（治幽州，在今河北大興縣）楊志誠叛亂，僧孺説："范陽（即盧龍）自安史以來非國家所有，……不必計其順逆。"雖然范陽與昭義的地位不同，但也反映僧孺的偷安。德裕在政治上有所作爲，僧孺衹求苟安，在太和六年（八三二）説："今四夷不至交侵，百姓不至流散，雖非至理，亦謂小康。"當時藩鎮割據，太監干政，民生困苦，僧孺却説小康。那末德裕和僧孺在政見上確有不

① 開成四年（八三九）十一月，文宗對當值學士周墀説："周赧王、漢獻帝受制于强諸侯，今朕受制于家奴，以此言之，朕殆不如！"泣下沾襟。

同。其實不論德裕或僧孺秉政，對于商隱都毫無關係，因爲他在京祇做個正九品下的祕書省正字，掌管校對典籍，刊正文字。那祇是一個祕書省的校對。對牛李兩黨的奪權也好，政見不同也好，都無權過問，談不上牽涉黨争。他的被排斥，祇説明令狐綯等人的氣量過于偏窄。"論者又謂商隱一生有關黨局，夫德裕會昌秉政五年餘，商隱居母喪已超其三分之一，德裕微論無黨（指用牛黨白敏中、令狐綯），就謂有之，然商隱二年書判拔萃，官止正九品下階之祕書正字，無關政局，何黨之可言？抑開成前王茂元四領方鎮（邕、容、嶺南及涇原），均非德裕當國所除。《會昌一品集·請授王宰兼攻討狀》云：'王茂元雖是將家，久習吏事，深入攻討，非其所長。'德裕又非曲護茂元如黨人所爲者。若曰德裕喜厚遇，則白敏中與綯何嘗不爲德裕所厚，是不特商隱非黨，茂元亦非黨。善哉馮氏所云：'下此小臣文士，絶無與于輕重之數者也。'""（令狐）楚既去世，綯復居喪，且官不過補闕，無如何提挈力，商隱孤貧，一家所託，自不能不憑其文墨，自謀生活；擇婚王氏，就幕涇原，情也，亦勢也。然論者必曰'心懷躁進，遽託涇原'（馮、張説），然則將令商隱全家坐而待斃，以俟乎渺無把握之令狐提挈，是責人出乎情理之外者也。'義山少爲令狐楚所賞，此適然之遇，原非爲黨局而然'（馮説），論誠破的。"[①]這話非常充分有力地説明商隱和黨争的無關。

文宗開成三年（八三八），商隱二十六歲。涇原節度使（治涇州，今甘肅涇川縣）王茂元聘請他去，愛他的才華，把女兒嫁給他。當時商隱雖然已經考中進士，但還要經過吏部考試，纔能給予官職。因此他去考博學宏詞科，考官周墀、李回已經録取他，有個中

① 岑仲勉《玉谿生年譜會箋平質》。

書長者説："此人不堪。"把他的名字塗去了[①]。這時，他寫了《漫成三首》，録後兩首：

沈約憐何遜，延年毁謝莊。清新俱有得，名譽底相傷？
霧夕咏芙蕖，何郎得意初。此時誰最賞？沈范兩尚書。

首句指愛我者，次句指毁我者，認爲他去考博學宏詞，並不妨礙那位中書長者，爲什麽要破壞他。後一首指他的新婚，指周李兩學士録取他。這時他還説得和婉。在《安定城樓》上就有些憤慨了。"賈生年少虚垂涕，王粲春來更遠游。""不知腐鼠成滋味，猜意鵷雛竟未休！"《安定城樓》是商隱的名篇之一，他把功名比作腐鼠，對猜忌者有所指斥。

四年（八三九），參加禮部試書判，中式，授與祕書省校書郎，正九品上[②]。調補弘農尉（今河南靈寶縣），從九品上。因把獄中死囚改判活罪，觸怒觀察使孫簡，被罷官，正碰上姚合代孫簡，要他還任。武宗會昌元年（八四一），商隱二十九歲，辭去弘農尉，在華州刺史（在今陝西華縣）周墀幕府。二年（八四二），在忠武節度使（治許州，今河南許昌縣）王茂元幕，爲掌書記。又入京應禮部試，以書判拔萃，授祕書省正字，正九品下。因母喪居家。三年（八四三），王茂元調河陽節度使（治懷州，今河南沁陽縣），病死。當時商隱遷居永樂縣（今山西永濟縣）。"屬纊之夕，不得聞啓手之言，祖庭之時，不得在執拂之列。""愚方遁跡丘園，游心墳素，前耕後餉，并食

① 見《與陶進士書》。那個中書長者可能屬于牛黨，認爲王茂元是李黨，嫌商隱入王幕，所以認爲不堪。

② 按會昌二年（八四二），商隱以書判拔萃，授祕書省正字，正九品下。這次是書判中式，反授九品上的校書郎，似不合，疑這次也是正字。

易衣。”[①]這是他四年(八四四)寫的。他在家裏栽種花木[②],具有農民望豐年的感情[③]。五年(八四五),守喪期滿,入京,再做祕書省正字。這時他有《無題二首》,録一:

昨夜星辰昨夜風,畫樓西畔桂堂東。身無綵鳳雙飛翼,心有靈犀一點通。隔座送鉤春酒暖,分曹射覆蠟燈紅。嗟余聽鼓應官去,走馬蘭臺類轉蓬。

蘭臺即祕書省,是他在祕書省做官時作。當時他當住在京裏王茂元家,時茂元已死,他有所屬意。這是一首豔情詩,顯示了他的獨特風格。情意纏綿,對仗精工,用典如“靈犀”、“轉蓬”,運化無跡,比喻精巧,使人難忘。

商隱有《獻相國京兆公啓》:“南游郢澤,徒和陽春。”馮浩、張采田稱此爲“江鄉之行”,繫于開成五年,據《與陶進士書》稱九月四日“東去”。按:商隱這年由濟源移家長安,辭弘農尉任,“東去”指由長安去弘農,與南游江鄉無涉。馮浩謂辭尉後南游江鄉,按商隱《哭劉司户蕡》:“去年相送地,春雪滿黄陵。”黄陵在湖南湘陰縣。如馮、張説,商隱于開成五年南游江鄉,至次年即會昌元年春雪時尚在湖南與劉蕡相遇。故岑仲勉《平質》駁他們,商隱于會昌元年春爲華州、陝州作《賀南郊赦表》,從湖南返京至爲華州、陝州作賀表,“今假日行百里,到京已在正月之杪,華、陝迢遞,來去總需半月,賀表能擱筆以俟李返乎?”此馮、張以江鄉之游繫于開成五年説之不可通者。因此《平質》以“南游郢澤”“指大中二年留滯荆門

① 見《文集》卷六《重祭外舅司徒公文》。

② 《詩集》卷一有《永樂縣所居,一草一木,無非自栽,今春悉已芳茂》題。

③ 同上有《四年冬,以退居蒲之永樂,渴然有農夫望歲之志》題。

事”。按：商隱于大中二年離桂北歸，五月至潭州（長沙），在湖南觀察使李回幕留滯，秋初北上，冬初返長安，選爲盩厔（今陝西周至縣）尉。北歸至湖南，怎能稱“南游”，不合者一。夏秋在湖南，怎能于春雪黄陵與劉蕡相會，不合者二。《新唐書·劉蕡傳》載昭宗誅韓全誨等，左拾遺羅衮訟蕡曰：“身死異土，六十餘年。”這年爲天復三年（九〇三），上推六十年爲會昌四年（八四四）。《蕡傳》又稱牛僧孺于節度山南東道，表蕡幕府。《牛僧孺傳》稱牛僧孺于開成四年八月爲山南東道節度使，會昌元年遷爲太子少保。則蕡在牛幕，當在此三年中。假定蕡在會昌元年初貶官，春天到湖南黄陵，與商隱相遇。商隱在開成五年冬爲華州、陝州作《賀南郊赦表》，到會昌元年初南下投楊嗣復，於春雪滿黄陵時與劉蕡相遇，則時無不合了。

商隱與劉蕡相會，在商隱一生中實爲一重要事件。商隱詩篇中思想性最強烈的，有哭劉蕡詩四首。劉蕡死前一年，商隱跟他在黄陵相會。商隱《哭劉蕡》裏説：“上帝深宫閉九閽，巫咸不下問銜冤。”在《哭劉司户》裏説：“一叫千回首，天高不可聞。”又在《哭劉司户蕡》裏説：“路有論冤謫，言皆在中興。”對他的冤謫表達了極度悲憤的心情。商隱受恩最深的是令狐楚和王茂元，但在他們死時，商隱没有寫過一首哭他們的詩，爲什麽跟劉蕡衹見過一面，就寫了四首哭他的詩，寫得那樣沉痛呢？這説明劉蕡的思想對他有極大的震動，在思想上他和劉蕡契合的緣故。他在後期的《漫成五章》裏説：“當時自謂宗師妙，今日惟觀對屬能。”原來認爲令狐楚教他今體文是很了不起的事，後來認爲那不過是講對偶吧了。王茂元對他“忘名器于貴賤，去形跡于尊卑”，“每有論次，必蒙褒稱”而已[①]。

① 見《重祭外舅司徒公文》。

這兩位只使他感恩,没有引起他思想上的極大震動。他從劉蕡那裏得到這種大震動,那就是劉蕡在太和二年(八二八)的對策。對策指出:"宫闈將變,社稷將危,天下將傾,海内將亂","忠賢無腹心之寄,閽寺專廢立之權","威柄陵夷,藩臣跋扈。"提出"揭國權以歸相,持兵柄以歸將","法宜畫一,官宜正名"①。這樣動魄驚心的理論,不僅是令狐楚、王茂元所不敢想,也是李德裕、牛僧孺所不敢想的。這對于"欲回天地"的商隱是大震動,這纔是旋乾轉坤的大理論。因此劉蕡的貶死,不是劉蕡一個人的死,是旋乾轉坤的理想的破滅,是唐王朝没落的喪鐘,所以他的悲痛特别深切。他是呼天不應,求神不靈。想到劉蕡提出的中興策,却被迫冤死,道路上都在痛惜。他是一哭再哭,"一叫千回首,天高不爲聞"②。商隱對于當時的政治雖很少發表意見,通過這四首詩,實際上表達了他的意見。

這時期他寫的政治諷刺詩,有諷刺唐朝皇帝的求仙的。唐憲宗服了方士金丹發病,病中被太監所殺。穆宗服金丹發病死,武宗也服金丹發病死。商隱寫了《華岳下題西王母廟》、《瑶池二首》,《瑶池》前一首道:

神仙有分豈關情?八馬虚追落日行。莫恨名姬中夜没,君王猶自不長生。

周穆王到瑶池去求仙,但不能救盛姬的死,也不能救自己的死,揭出求仙的虚妄。這時的詩寫得情意深摯的,有《落花》:"腸斷未忍掃,眼穿仍欲稀。芳心嚮春盡,所得是沾衣。"惜花和惜春相結合,

① 見《新唐書》卷一七八《劉蕡傳》,《通鑑》卷二四三太和二年。
② 見《哭劉司户二首》。

情思無限。具有商隱詩獨特風格的，有《曲江》：

> 望斷平時翠輦過，空聞子夜鬼悲歌。金輿不返傾城色，玉殿猶分下苑波。死憶華亭聞唳鶴，老憂王室泣銅駝。天荒地變心雖折，若比傷春意未多。

詩寫傷春，有甚于天荒地老，那實是傷唐朝的衰落，聯繫到甘露之變，文宗悒鬱去世，翠輦不來，文宗所寵楊賢妃被害，傾城色不返，太監專權，唐朝將危。這裏反映了劉蕡對策中的思想。含意深沉，對仗精工，情思婉轉，藻采繽紛，自成爲商隱的獨特風格。

（三）流轉的游幕生活

從宣宗大中元年（八四七）到大中十二年（八五八），商隱三十五歲到四十六歲去世。這時期，李德裕屢遭貶謫，在四年（八五〇）死在崖州（治舍城，在今廣東瓊山縣）。二年（八四八），令狐綯知制誥、充翰林學士；四年（八五〇），令狐綯同中書門下平章事，任宰相；五年（八五一），兼禮部尚書。這是商隱屢次向他陳情的原因。商隱在二十六歲時進王茂元幕，當時令狐楚已去世，他爲了謀生而入王幕，並没有考慮到王屬于李德裕黨，令狐楚父子屬于牛僧孺黨，入王幕就是背離令狐楚父子。王把女兒嫁給商隱，衹是愛他的才華，並不考慮要把他拉入李德裕黨。會昌時期李德裕當政，商隱在五年（八四五）十月母喪滿後，入京任祕書省正字，他没有認爲自己是李黨而去接近李德裕請求援引，還在做他的正字小官。到大中時期，令狐綯由知制誥入相，商隱屢次向他陳情，請求援引，商隱不認爲自己是李黨，認爲自己同令狐父子的關係密切，所以向他陳情。但他却認爲商隱入王幕，娶王女，是加入李黨，是負恩。事實上李德裕根本不注意這個正字小官，把商隱看作李黨，是令狐綯冤屈了商隱。商隱在這時期的詩中所以表達了不勝冤抑愁苦的感情。

大中元年（八四七）二月，宣宗再把李德裕降級，又把給事中鄭亞調出去做桂管觀察使（治桂州，在今廣西桂林），鄭亞聘商隱做判官，到了桂州。冬天，鄭亞派他到南郡（今湖北江陵縣）去。在舟行途中編定四六文《樊南甲集》，寫了序。二年（八四八）正月，商隱三十六歲，回桂州。鄭亞派他去代理昭平郡（昭州，今廣西平樂縣）守。二月，鄭亞被貶爲循州（今廣西龍川縣）刺史。商隱離桂州北歸。這時李回任湖南觀察使（治潭州，今湖南長沙），杜悰任西川節度使（治成都，在今四川）。商隱北歸，先碰到李回，替他寫了《賀馬相公（植）登庸啓》。李回没有用他。他又想去投杜悰，到了巴西，考慮到杜悰不會用他，决計北歸，想向令狐綯陳情①。他在巴西寫了《夜雨寄北》②：

> 君問歸期未有期，巴山夜雨漲秋池。何當共剪西窗燭，却話巴山夜雨時。

這年冬，回到長安，選爲盩厔尉。這年商隱去巴西，稱爲往來巴蜀，岑仲勉《平質》認爲没有往來巴蜀之事。因以《夜雨寄北》爲赴東川柳仲郢幕府時作，其時商隱妻王氏已前卒，“若曰詩題或作寄内，而商隱業賦悼亡，則唐人多姬侍，張因謂梓幕未攜家，不必其寄妻也”。按：柳仲郢以無雙歌女張懿仙配與商隱，商隱婉言謝絶，使商隱真有姬侍，則爲仲郢計，何以不使人迎之入川，而欲以懿仙嫁他

① 據張采田《玉溪生年譜會箋》大中二年箋。

② 見《詩集》卷二。

呢？以“巴山夜雨”證商隱之有姬侍，無他旁證，何以使人信服？往來巴蜀之説，馮浩實從詩中得之。如《摇落》：“灘激黄牛暮，雲屯白帝陰。”《過楚宫》：“巫峽迢迢舊楚宫，至今雲雨暗丹楓。”《深宫》：“豈知爲雨爲雲處，祇有高堂十二峯。”倘商隱于這年無往來巴蜀之事，他的入川，只是從柳仲郢到東川幕府，後仲郢派他赴成都推獄，事畢即回梓州，那就不可能經過三峽，怎麽用黄牛峽、白帝城、巫峽、巫山十二峯入詩呢？那末這年往來巴蜀之説還不能證其必無，《夜雨寄北》之爲寄内，也不能證其必誤。商隱事跡記載疏略，有不易詳考的。如《祭小姪女寄寄文》稱“况吾别娶以來，胤緒未立”。那末商隱娶王茂元女是續弦，他的原配是誰，是何年結婚，何年亡故，皆無可考。他的往來巴蜀，祇能就詩來説，不能以無可確考而斷其必無了。大中三年（八四九），商隱三十七歲，以盩厔尉進見京兆府尹，府尹留他署掾曹，專主章奏。府尹説：“吾太尉（牛僧孺）之薨，有杜司勳之誌，與子（商隱）之奠文，二事爲不朽。”①這年，商隱和杜牧相遇，寫了《杜司勳》和《贈司勳杜十三員外》，後首中道：“心鐵已從干鏌利，鬢絲休嘆雪霜垂。漢江遠弔西江水，羊祜韋丹盡有碑。”傾注了他對杜牧欽仰的感情。他對劉蕡的欽仰，由于劉的對策；他對杜的欽仰，由于杜的詩作，更由于杜的談兵論政。杜要解决内部的藩鎮割據，外部的吐蕃侵佔河西、隴右。杜作《罪言》，提出削平河北藩鎮的策略。會昌中，李德裕討伐劉稹的叛亂和抵抗回紇，杜牧都向李上書，陳述用兵方略，得到李的採納。這是商隱非常欽仰的，所以有“心鐵”句。把這詩同他哭劉蕡詩結合起來看，那末商隱的抱負，對内要清除太監的專權，藩鎮的割據，對外要抗擊回紇的侵擾。他雖没有跟李德裕聯繫，在思想上是傾向于李德

① 見《樊南乙集序》。

裕的。但作爲正字,衹能校正文字,是不可能有大的作爲的,所以要向令狐綯陳情,“幾時《綿竹頌》,擬薦《子虛》名?”[1]希望他推薦自己。由于令狐綯的褊心,把商隱看作李黨中人,不肯推薦。五月,以盧弘止爲武寧軍節度使(治徐州,在今江蘇)。十月,弘止聘商隱爲判官,得侍御史銜,從六品下,品級提高了。他在徐州幕中情緒昂揚。“此時聞有燕昭臺,挺身東望心眼開。且吟王粲《從軍樂》,不賦淵明《歸去來》。”“收旗卧鼓相天子,相門出相光青史。”[2]希望弘止安定地方後,入朝爲相,能够推薦自己。

五年(八五一)春,弘止病死。商隱從徐州回京,向令狐綯陳情,補太學博士。他有《無題四首》詩當寫于這時:“來是空言去絶蹤,月斜樓上五更鐘。”“劉郎已恨蓬山遠,更隔蓬山一萬重。”“金蟾齧鎖燒香入,玉虎牽絲汲井回。”“春心莫共花争發,一寸相思一寸灰。”表達他固結不解的感情。這《無題四首》當是入京未補太學博士時寫的,第四首的“東家老女嫁不售”,點明題旨,他借住在令狐綯家裏,令狐綯説來看他却不來,蓬山指翰林院,恨已不能進入翰林院。次首又説,雖金蟾銜鎖,亦將燒香透入,正寫迫切陳情。相思成灰,見得令狐綯不肯汲引。又《無題》:“春蠶到死絲方盡,蠟炬成灰淚始乾。”纏綿之情,到死方了。經過陳情,補太學博士,正六品上,官階稍有提高。這時,妻王氏病死。他寫了《房中曲》來悼念:“枕是龍宫石,割得秋波色。玉簟失柔膚,但見蒙羅碧。”“今日澗底松,明日山頭蘗。愁到天地翻,相看不相識。”見枕想明眸,見簟想柔膚。愁思無窮。處境如澗底的松,又將登山遠行如山頭之蘗。當時河南尹柳仲郢任東川節度使(治梓州,今四川三臺縣),聘商隱爲節度書記。他在去東川前,跟令狐綯告别,住在令狐家,又

① 見《令狐舍人説昨夜西掖玩月因戲贈》。

② 見《偶成轉韻七十二句贈四同舍》。

寫了《無題二首》:“曾是寂寥金燼暗,斷無消息石榴紅。斑騅衹繫垂楊岸,何處西南待好風。”“重幃深下莫愁堂,卧後清宵細細長”。“直道相思了無益,未妨惆悵是清狂。”首言等待令狐綯直到燭暗不來,衹能跟柳仲郢去西南。次言不寐凝思,空齋無侣。雖相思無益,終抱癡情。在臨走時,還在想令狐的援引,希望進入翰林院。商隱對這些《無題》詩的用意,寫了《有感》:“非關宋玉有微辭,却是襄王夢覺遲。一自《高唐賦》成後,楚天雲雨盡堪疑。”屢次向令狐陳情,不加省察,所以稱“夢覺遲”。不得已托爲《無題》,人必疑爲豔情,哪知都是血淚呢。

大中五年(八五一)十月,商隱在東川幕府,改判官,加檢校工部郎中,從五品上。冬,差赴西川推獄,至成都(在今四川)。六年(八五二)春,回東川。七年(八五三)十一月,編定《樊南乙集》,序稱:“三年以來,喪失家道,平居忽忽不樂,始剋意事佛。”在長平山慧義精舍經藏院,建石壁五間,用金字刻《妙法蓮花經》七卷[①]。九年(八五五)十一月,調柳仲郢爲吏部侍郎,商隱隨行。十年(八五六),仲郢入朝。十月,充諸道鹽鐵轉運使。奏商隱充鹽鐵推官。十一年(八五七),以鹽鐵推官事去江東。十二年(八五八),以柳仲郢爲刑部尚書,罷鹽鐵轉運使。商隱罷鹽鐵推官,還鄭州閒居,不久病故,年四十六歲。在東川所作,著名的有《籌筆驛》:

> 猿鳥猶疑畏簡書,風雲長爲護儲胥。徒令上將揮神筆,終見降王走傳車。管樂有才真不忝,關張無命欲何如?他年錦里經祠廟,《梁父吟》成恨有餘。

① 《上河東公第二啓》。

用猿鳥、風雲來襯托，突出諸葛亮的聲威。管、樂以下感慨遥深，絶似杜甫。

商隱晚年的詩，最傳誦的是《錦瑟》，清人"程湘衡謂此義山自題其詩以開集首者"①。這首詩既珠圓玉潤，琢煉精瑩，又復真情流露，生氣蓬勃。這正是商隱獨特的風格。"其《梓州吟》云：'楚雨含情俱有託'，早已自下箋解矣。吾故曰：義山之詩，乃風人之緒音，屈宋之遺響，蓋得子美之深而變出之者也。"②這類詩如"春蠶到死"一聯純用白描，而深情固結，即如"心有靈犀"則運典入化，皆能摇蕩心靈。這是商隱借豔情來寄志托事的。商隱的另一類詩，像《安定城樓》、《籌筆驛》，亦復善于設喻，工于徵事，寄慨遥深，意在言外，自成爲商隱的風格，都是琢煉精瑩，而真情流露。在唐代諸大家和名家外，另成爲商隱的詩，構成一種新的境界，創出一種新的風格，從而豐富了唐詩的藝術寶庫，作出了傑出的貢獻。

順便簡單説一下這個選本，選本以馮浩《玉溪生詩集箋注》爲主，參考了朱鶴齡《李義山詩集箋注》、程夢星《重訂李義山詩集箋注》、姚培謙《李義山詩集》、屈復《玉溪生詩意》、張采田《玉溪生年譜會箋》、岑仲勉《玉溪生年譜會箋平質》、沈厚塽《李義山詩集輯評》輯録朱彝尊、何焯、紀昀三家評、吴喬《西崑發微》，馮浩《樊南文集詳注》、錢振倫《樊南文集補編》注，今人劉學鍇、余恕誠《李商隱詩選》。對論《錦瑟》及《談藝録補訂》中論"寶枕垂雲選春夢"，皆承錢鍾書先生録示手稿尤爲可感，謹此致謝。

在版本上以馮浩箋注本爲主，如涵芬樓影印傅氏雙鑑樓藏明嘉靖刊本《哭劉蕡》"廣陵别後春潮隔"，從馮本改"廣陵"爲"黄陵"。但也有不從馮浩本的，如《贈司勛杜十三員外》，馮本作"清秋一首

① 何焯《義門讀書記・李義山詩集》卷上。

② 朱鶴齡《李義山詩集序》。

杜陵詩”,從影印本改“杜陵”爲“杜秋”。由于這是個選本,對版本問題在注中不一一説明,以避繁瑣。

在詩選的排列上,涵芬樓影印本是分體排的,姚培謙、屈復本同。朱鶴齡、程夢星不分體,先後次序較亂。馮浩、張采田皆按先後排列,馮浩本不編年,把大體上屬于同一時期的排在一起;張采田本編年,把無年可編的彙列于後。岑仲勉《平質》稱:“近人朱偰氏《李商隱詩新詮》云:‘惟張氏(采田)解詩,牽強附會,在在皆是,故其編年詩所列,多由曲解間接推之,未足爲憑。’又云:‘實則除詩題標明年代或實有事實可資證明外,編年詩頗不易爲,寧缺無濫,斯爲得耳。’所論確中張氏之失。”因此,選本排列,以馮浩本爲主,稍有更動。如馮本以《韓碑》居首,稱“煌煌巨篇,實當弁冕全集”。按此詩學步韓愈,不能顯示商隱詩的風格,今略按其作年列後。又以《錦瑟》居首,爲宋本舊次,按程湘衡説有代序之意,錢先生亦加贊同,故仍其舊次。又《燕臺詩》據《柳枝五首序》稱商隱爲“少年叔”,是商隱少年時作,故與《柳枝五首》俱移前。又馮編以《杜工部蜀中離席》、《梓潼望長卿山至巴西復懷譙秀》諸作爲去東川前作,今從岑仲勉《平質》説作入東川幕府後作移後。又《幽居冬暮》,馮本列于母喪中作,與詩稱“頽年寖已衰”似不合,移歸晚年作。選文大多有年可考,故按年排列,無年可考的列後。

這個選本定有應選而未選、不必選而入選的,注釋定有疏失的,一切均請專家和讀者指正,不勝感謝。

目　録

文選

詩選

錦　瑟〔一〕

錦瑟無端五十絃〔二〕，一絃一柱思華年〔三〕。莊生曉夢迷蝴蝶〔四〕，望帝春心託杜鵑〔五〕。滄海月明珠有淚〔六〕，藍田日暖玉生烟〔七〕。此情可待成追憶〔八〕，只是當時已惘然。

〔一〕錦瑟：漆有織錦紋的瑟。《周禮樂器圖》："繪文如錦曰錦瑟。"瑟是一種絃樂器。本篇用開頭兩字作題，實際是無題詩。

〔二〕無端：没來由。五十絃：《漢書・郊祀志》："泰帝使素女鼓五十絃瑟，悲，帝禁不止，故破其瑟爲二十五弦。"

〔三〕一絃一柱：柱，繫絃的短木柱。《緗素雜記》：引《古今樂志》："錦瑟之爲器也，其絃五十，其柱如之，其聲也適怨清和。"五十絃有五十柱。華年：盛年。它的音調適怨清和正寫中四句。

〔四〕莊生句：《莊子・齊物論》："昔者莊周夢爲蝴蝶，栩栩然(自得貌)蝴蝶也。"

〔五〕望帝：《寰宇記》："蜀王杜宇，號望帝，後因禪位，自亡去，化爲子規。"子規即杜鵑，鳴聲凄厲。春心：傷春的心。《楚辭・招魂》："目極千里兮傷春心。"

〔六〕珠有淚：《博物志》："南海外有鮫人，水居如魚，不廢績織。其眼泣則能出珠。"

〔七〕藍田:《長安志》:"藍田山在長安縣東南三十里,其山産玉,亦名玉山。"玉生烟:《困學紀聞》卷一八:"司空表聖云:'戴容州叔倫謂詩家之景,如藍田日暖,良玉生烟,可望而不可置于眉睫之前也。'"

〔八〕可待:豈待。

這首詩,何焯《義門讀書記》説:"亡友程湘衡謂此義山自題其詩以開集首者,次聯言作詩之旨趣,中聯又自明其匠巧也。余初亦頗喜其説之新,然義山詩三卷,出于後人掇拾,非自定,則程説固無據也。"按《李義山詩集輯評》引紀昀批:"因偶列卷首,故宋人紛紛穿鑿。遺山《論詩絶句》,遂獨拈此首爲論端。"那末這首詩,在宋、金時就列在卷首,當保存原來編次。程湘衡認爲這首詩具有自序的作用,所以把它列首。

錢鍾書先生《談藝録》補訂本第一一四頁補訂四,用程湘衡説,稱:"《錦瑟》之冠全集,倘非偶然,則略比自序之開宗明義。'錦瑟'喻詩,猶'玉琴'喻詩,如杜少陵《西閣》第一首:'朱紱猶紗帽,新詩近玉琴。'錦瑟、玉琴,正堪儷偶。義山詩數言錦瑟。《房中曲》:'憶得前年春,未語含悲辛。歸來已不見,錦瑟長于人';'長于人'猶鮑溶《秋思》第三首之'我憂長于生',謂物在人亡,如少陵《玉華宫》'美人爲黄土,誰是長年者',或東坡《石鼓歌》'細思物理坐嘆息,人生安得如汝壽'。義山'長于人'之'長',即少陵之'長年'、東坡之'壽'。《回中牡丹爲雨所敗》第二首'玉盤迸淚傷心數,錦瑟驚絃破夢頻',喻雨聲也,正如《七月二十八日夜與王鄭二秀才聽雨後夢作》所謂'雨打湘靈五十絃'。而《西崑酬唱集》卷上楊大年《代意》第一首'錦瑟驚絃愁別鶴,星機促杼怨新縑',取繪聲之詞,傳傷別之意,亦見取譬之難固必矣。《寓目》'新知他日好,錦瑟傍朱欄',則如《詩品》所謂'既是即目,亦惟所見';而《錦瑟》一詩借此器發興,亦正睹物觸緒,偶由瑟之五十絃而感'頭顱老大',亦行將半百。'無端'者不意相值,所謂'没來由',猶今語'恰巧碰見'或'不巧碰上'也。首兩句言景光雖逝,篇什猶留,畢世心力,平生歡戚,'清和適怨',開卷歷歷,所謂'夫君自有恨,聊借此中傳'。三、四句言作詩之法也。心之所思,情之所感,寓言假物，譬喻擬象；如莊生逸興之見形于飛蝶，望帝沉哀之結體爲啼鵑，均詞出比方，無取質言。舉事寓意，故曰‘託’；深文隱旨，故曰‘迷’。李仲蒙謂‘索物以託情’，即其法爾。五、六句言詩成之風格或境界，猶司空表聖之形容詩品也。兹不曰‘珠是淚’，而曰‘珠有淚’，以見雖凝珠圓，仍含淚熱，已成珍玩，尚帶酸辛，具寶質而不失人氣。‘日暖玉生烟’本‘詩家之景’語；《全唐文》卷八百二十吴融《奠陸龜蒙文》贊嘆其文，侔色揣稱，有曰：‘觸即碎，潭下月；拭不滅，玉上烟。’唐人以此喻詩文體性，義山前有承，後有繼。‘日暖玉生烟’與‘月明珠有淚’，此物此志，言不同常玉之冷、常珠之凝。喻詩雖琢磨光緻，而須真情流露，生氣蓬勃，異于雕繪汩性靈、工巧傷氣韻之作。譬似撏撦義山之‘西崑體’，非不珠圓玉潤，而有體無情，藻豐氣索，淚枯烟滅矣。近世一奥國詩人稱海涅詩較珠更燦爛耐久，却不失活物體，藴輝含淫。非珠明有淚歟？謀野乞鄰，可助張目而結同心。七、八句乃與首二句呼應作結，言前塵回首，悵觸萬端，顧當年行樂之時，即已覺世事無常，摶沙轉燭，黯然于好夢易醒，盛筵必散。即‘當時已惘然’也（引文有删節）。”

錢先生這個解釋，從《錦瑟》詩列于卷首作爲代序來立論，是極切合詩意，勝過舊説的。用錦瑟的“五十絃”來比自己的將近五十歲，用“思華年”來比回憶生平。用錦瑟的音“適怨清和”來指中間四句：“適”指“迷蝴蝶”，“莊周夢爲蝴蝶，栩栩然蝴蝶也”。栩栩，自得之貌，正指適意。“怨”同“托杜鵑”正合。“清”指“珠有淚”，是清淚。“和”指“玉生烟”，正與“藍田日暖”相應。“此情可待成追憶”，在這“思華年”的追憶中，栩栩自得者少，幽怨者多，又有自傷之意，這個意思通貫全集，與以《錦瑟》作爲全集代序正合。錢先生的解釋勝過舊解。

舊解最重要的爲悼亡説。

沈厚塽《李義山詩集輯評》引朱彝尊評：“此悼亡詩也。瑟本二十五絃，絃斷而爲五十絃矣，取斷絃之意也。一絃一柱而接‘思華年’三字，意其人年二十五而殁也。蝴蝶、杜鵑，言已化去也。珠有淚，哭之也。玉生烟，已葬也，猶言埋香瘞玉也。”何焯評：“此悼亡之詩也。首聯借素女鼓五十絃之瑟而悲，言悲思之情有不可得而止者。次聯則悲其遽化爲異物。腹聯又悲其不能復起之九原。錢飲光亦以爲悼亡之詩，云莊生句取義于鼓盆也。”紀昀評：“以‘思華年’領起，以‘此情’二字總承。蓋始有所歡，中有所阻，故追憶之而作。中四句迷離惝怳，所謂惘然也。”朱鶴齡注：“按義山《房中曲》：‘歸來已不見，錦瑟長于人。’此詩寓意略同。”以上四家，都主張悼亡説。四家之説與《錦瑟》不合。先看朱説，按“泰帝使素女鼓五十絃瑟，悲，帝禁不止，故破其瑟爲二十五絃。”不是二十五絃斷爲五十絃，是斷絃説無據。商隱在開成三年(八三八)與王氏結婚，大中五年(八五一)王氏死，計共經歷十三年。如王氏爲二十五歲死，必十二歲出嫁始合，不近情理。莊周夢爲蝴蝶，是夢，非化去。“託杜鵑”，是望帝之怨託杜鵑哀鳴，即己之怨託詩以達，望帝是男性，自比，非指王氏。“玉生烟”，無埋意。朱説皆不合。再看何説，“次聯則悲其遽化爲異物，腹聯又悲其不能復起之九原”，其説不合與朱説同。“莊生句取義鼓盆”，“鼓盆”是用莊子妻死鼓盆，在《至樂》篇，與夢蝶在《齊物論》絶無關係，不能混爲一談。何説亦不合。紀説“始有所歡，中有所阻”，“所阻”指長期分别，何至如“望帝春心託杜鵑”？意亦不合。悼亡説最足以迷人的，即《房中曲》的“錦瑟長于人”，確是用錦瑟的睹物懷人，寫悼亡。錢先生指出，在詩句中用錦瑟各有所指，有指悼亡的，有比雨聲的，有指離别的，有如《詩品》之“既是即目，亦惟所見”的。可見詩中用錦瑟，各有用意，不能皆指悼亡。這樣説，把錦瑟之爲悼亡説全都破除了。

“悼亡”説外，《輯評》又引何焯自傷説：“此篇乃自傷之詞。莊生句言付之夢寐，望帝句言待之來世，滄海、藍田言埋藴而不得自見，月明、日暖則清時而獨爲不遇之人，尤可悲也。”按望帝的怨恨託杜鵑的哀鳴來表達，没有“待之來世”的意思。商隱並不認爲當時是清時，從集中諷刺唐王朝的詩可見。但自傷説，與錢先生的代序説可以結合。“託杜鵑”的哀鳴即有自傷的意思。代序總貫全集，全集中亦多自傷之作。不過自傷不必像何説那樣拘泥。

又張采田主寄託説，《玉溪生年譜會箋》大中十二年：“‘莊生曉夢’，狀時局之變遷；‘望帝春心’，嘆文章之空託。‘滄海’、‘藍田’二句，則謂衛公毅魄，久已與珠海同枯；令狐相業，方且如玉田不冷。衛公貶珠崖而卒,而令狐秉鈞赫赫,用藍田喻之,即‘節彼南山’意也。‘可望而不可前’,非令狐不足當之,借喻顯然。”按“莊生曉夢”指栩栩自得,與時局變遷説不合。所謂時局變遷,指李德裕罷相,直到貶死崖州(治所在今廣東瓊山),無栩栩自得可言。大中四年正月,李德裕死于崖州貶所,後以喪還葬,那末他的遺體與滄海無關。鮫人淚化珠不在珠池,與珠池枯無關。“良玉生烟,可望而不可置于眉睫之前”,指詩家之景,可體會而不可指實,與“可望而不可前”,如“愼莫近前丞相嗔”,兩者亦不同。藍田指産玉地,與“節彼南山,維石岩岩”的高也不同。這樣講,説服力不够。

富平少侯〔一〕

七國三邊未到憂〔二〕,十三身襲富平侯。不收金彈拋林外,却惜銀床在井頭〔三〕。綵樹轉燈珠錯落,綉檀迴枕玉雕鎪〔四〕。當關不報侵晨客,新得佳人字莫愁〔五〕。

〔一〕《漢書·張安世傳》:“封安世爲富平侯。子延壽嗣,尚敬武公主。子放嗣。放以公主子開敏得幸,與上卧起,寵愛殊絶。”《通鑑》漢紀二十三:“上(成帝)始爲微行,從期門郎或私奴十餘人,或乘小車,或皆騎,出入市里郊野,遠至旁縣。鬥鷄、走馬,常自稱富平侯家人。富平侯者,張安世四世孫放也。”

〔二〕七國:漢景帝時吴、膠西、楚、趙、濟南、菑川、膠東七國反。三邊:漢代幽、并、凉三州。七國指藩鎮,三邊指回紇、吐蕃等的侵擾。

〔三〕《西京雜記》:“韓嫣好彈,常以金爲丸,所失者日有十餘。長安爲之語曰:‘苦飢寒,逐金丸。’京師兒童,每聞嫣出彈,輒隨之,望丸之所落,輒拾焉。”《樂府詩集·淮南王篇》:“後園鑿井銀作床,金瓶素綆汲寒漿。”銀床,圓轉木的架子。

〔四〕綵樹轉燈:樹上紮綵懸燈,如明珠的錯落不齊。綉檀迴枕:用檀木做的枕,加上錦綉,裝飾着雕刻的玉鏤(sōu)刻鏤。

〔五〕當關:守門人。侵晨客:破曉時來的客人,指上朝的官員。莫愁:梁武帝《河中之水歌》:“河中之水嚮東流,洛陽女兒名莫愁。”

這首詩是諷刺敬宗的,因爲漢成帝微行自稱富平侯家人,所以借富平侯來指敬宗。敬宗十六歲即位,不便明言,故稱十三身襲。這首詩主要在開頭和結尾,開頭點出“七國三邊未到憂”,概括當時形勢。敬宗在長慶四年正月即位,到寶曆二年十二月被弑,在位三年。在這三年裏,藩鎮和吐蕃、回紇等還没有挑起大的冲突。稱“未到憂”,很有分寸,憂還存在,衹是未到而已,敬宗却在這時安于逸樂。這裏已含有諷刺,不過這個諷刺極爲含蓄。結尾指出兩點:一是早上不上朝,二是愛好女色,這兩者是結合着的。《通鑑》長慶四年三月:“上視朝每晏,戊辰,日絶高尚未坐,百官班于紫宸門外,老病者幾至僵踣。”蘇鶚《杜陽雜編》:“寶曆二年,浙東貢舞女二人,曰飛鸞、輕鳳。帝琢玉芙蓉爲歌舞臺,每歌舞一曲,如鸞鳳之音,百鳥莫不翔集。歌罷,令内人藏之金屋寶帳。宫中語曰:‘寶帳香重重,一雙紅芙蓉。’”這個結尾也寫得含蓄,不説不上朝,却説“當關不報”;不説“一朝選在君王側”,却説“新得佳人字莫愁”,莫愁是民間女子,避開有關宫廷典故,也是含蓄的寫法。

中間兩聯,諷刺敬宗的奢侈好獵,宴游無度,賜與不節,更愛好錦綉雕刻。《通鑑》長慶四年正月敬宗即位後,即稱:“上賜宦官服色及錦綵金銀甚衆。”又寶曆二年六月:“宣索左藏見在銀十萬兩、金七千兩,悉貯内藏,以便賜與。”這就是不收金彈。不收金彈,却惜銀床,正指他措置不當,對大的貴重的隨便抛棄,對小的次要的反而可惜,所謂“當着不着”。綵樹、玉雕,正説明他愛好錦綉雕刻。浙西觀察使李德裕獻《丹扆》六箴:一曰《宵衣》,是諫勸敬宗很少上朝或很晚上朝;三曰《罷獻》,是諫勸他征求玩好;五曰《辯邪》,是諫勸他不要信任羣小;六曰《防微》,是諫勸他不要輕出游幸。這首詩裏概括了這些意思。“當關不報”即《宵衣》,“綵樹”、“綉檀”即《罷獻》,“不收金彈”裏含有《防微》、《辯邪》的意思。這首詩把這些意思通過形象含蓄地透露出來。

覽　古

莫恃金湯忽太平〔一〕,草間霜露古今情。空糊赬壤真何益〔二〕?欲舉黄旗竟未成〔三〕。長樂瓦飛隨水逝〔四〕,景陽鐘墮失天明〔五〕。回頭一弔箕山客,始信逃堯不爲名〔六〕。

〔一〕金湯:《漢書·蒯通傳》:“金城湯池,不可攻也。”師古曰:“金以喻堅,湯喻沸熱不可近。”

〔二〕赬(chēng)壤:赤土。鮑照《蕪城(指揚州)賦》:“糊赬壤以飛文。”用赤土塗城牆,如紫禁城。

〔三〕黄旗:《三國志·吴書·孫權傳》注:陳化使魏,對魏文帝曰:“舊説紫蓋黄旗,運在東南。”

〔四〕《南史·宋前廢帝紀》:“景和元年,以石頭城爲長樂宫,東府城爲未央宫。”《漢書·平帝紀》:“大風吹長安城東門屋瓦且盡。”

〔五〕《南史·武穆裴皇后傳》:“上(齊武帝)數游幸諸苑囿,載宫人從後車。宫内深隱,不聞端門鼓漏聲,置鐘於景陽樓上,應五鼓。及三鼓,宫人聞鐘聲,早起粧飾。”

〔六〕箕山客:許由,《史記·伯夷傳》:“余登箕山,其上蓋有許由冢云。”又:“堯讓天下于許由,許由不受,恥之逃隱。”

姚培謙箋注:“此嘆世運傾頹之難挽也,首二句已盡一篇之意,我于草間霜露之榮枯驗之。”要是依靠金城湯池的堅固，忽視太平的難保，那末就像草間的霜露，由榮到枯，古今的興亡也這樣。像揚州，在漢時城牆上塗上赤土也没用，到吴王濞作亂失敗，終至荒蕪。像三國時的吴國，傳説“紫蓋黄旗，運在東南”，孫權想高舉黄旗北上，畢竟没有成功，吴國終于被晉所滅。像南朝的宋，長樂宫的瓦被風吹走，比喻宋的滅亡。像南朝的齊，宫内報更的景陽鐘墜落了，不再報曉了，比喻齊亡了。跟着一個朝代的滅亡，君主也被俘或被殺。所以憑弔許由，想到他生前不肯做天子，逃往箕山，不是爲了求名，確實看到做天子的危險。

這首詩借古諷今，對唐朝趨向衰落而感嘆，認爲唐敬宗忽視太平，遭致禍亂。“空糊赬壤”可能指敬宗的大興土木；“欲舉黄旗”可能指想收復河北三鎮，如河北成德軍節度使王廷湊害牛元翼家，敬宗傷悼久之，嘆宰執非才，縱奸臣跋扈。“長樂瓦飛”、“景陽鐘墮”，可能指宫廷生變，敬宗被宦官劉克明所殺，宫廷震驚，如鐘墮不能報曉。故以許由逃堯避害作結，感慨極深。

這首詩，何焯批：“《漢書·五行志》曰：‘誅不行則霜不殺草，由臣下則殺不以時，故有草妖。’甘露之事，李訓等合將相之力，奉命誅宦豎而反爲所屠，可謂不行矣。王涯十族，駢首就戮，文宗受制家奴，爲之畫諾，可謂由下矣。草間霜露以慨古之篇，寓傷今之情也。”按甘露之變，是説石榴樹上有甘露，是祥瑞，不是“草間霜露”，不是“霜不殺草”。“草間霜露”，指露水使草榮茂，霜使草枯，即一榮一枯是古今情事，借指一盛一衰，何焯説與詩意不合。馮浩注：“此深痛敬宗也。帝以狎昵羣小，深夜酒酣，猝被弑逆。”張采田《會箋》説：“馮氏謂痛敬宗，精矣。次聯‘赬壤’文飛，慨土木之無藝(限制)，‘黄旗’運去，悲天命之靡常(無定)，方與下‘瓦飛’、‘鐘墮’相應，不必泥‘蕪城’、‘江左’言也。”他認爲“黄旗”指天命無定，亦通。説“蕪城”、“江左”，指馮注稱安史亂後，“東都久不行幸，敬宗欲幸東都，以裴度言而止。其時王播領鹽鐵，在淮南，或聞東幸之意，而並請至江淮，故有蕪城(指揚州)、江左。”當時敬宗想去洛陽，被裴度勸止，没有想去揚州江東的事，故此説是没有根據的。

隋　師　東〔一〕

東征日調萬黄金，幾竭中原買鬬心〔二〕。軍令未聞誅馬謖，捷書惟是報孫歆〔三〕。但須鸑鷟巢阿閣，豈假鴟鴞在泮林〔四〕？可惜前朝玄菟郡，積骸成莽陣雲深〔五〕。

〔一〕隋師東：借隋指唐，指唐軍向東。唐敬宗寶曆二年，横海節度使（治滄州，今河北滄縣東南）李全略死，子副使同捷自爲留後。文宗太和元年，同捷求入朝，後又託爲將士所留，不奉詔。因發七道兵討之。

〔二〕太和二年，七道兵討李同捷，久未成功。每有小勝，則虚張首虜以邀厚賞，朝廷竭力奉之，江淮爲之耗弊。當時唐朝財賦，依靠江淮一帶。

〔三〕兩句指戰敗不處罰，只是虚報戰功。《三國志·蜀書·諸葛亮傳》："亮身率諸軍攻祁山，使馬謖督諸軍在前，與郃（魏將張郃）戰于街亭，謖違亮節度，舉動失宜，大爲郃所破。亮拔西縣千餘家，還于漢中，戮謖以謝衆。"《晉書·杜預傳》：太康元年，杜預以計直至吴都督孫歆帳下，"虜歆而還。王濬先列上得孫歆頭，預後生送歆，洛中以爲大笑"。

〔四〕兩句指但須朝廷用德高望重的大臣，豈容地方上作亂。《説文》："鸑鷟（yuè zhuó），鳳屬，神鳥也。"《尚書中候》："黄帝時，天氣休通，五行期化，鳳凰巢阿閣，讙於樹。"阿閣，四面可以注雨水的閣。《詩·魯頌·泮水》："翩彼飛鴞，集于泮林。"泮林，學宫旁的樹林。假：借。

〔五〕兩句指滄州經這次戰亂，骸骨蔽地，城空野曠，户口存者十無三四，戰雲密布。前朝，借隋指唐。玄菟郡：漢武帝置，後漢時治所移至瀋陽，此指滄州。

這首詩寫唐朝討伐横海軍李同捷的叛亂，化費了大量軍費，軍令不嚴，虚傳捷報，經過三年纔平定。其實衹要朝廷能重用德高望重的大臣，怎能容地方上作亂。可惜滄州一帶，長期戰雲密布，弄到屍骨遍地。馮浩箋:"敬宗嘆宰執非才，致奸臣悖逆。學士韋處厚力請復用裴度，河北、山東必稟廟算(服從朝廷)。度自興元入朝，復知政事。及同捷竊弄兵權，以求繼襲，度請行誅伐，踰年而同捷誅。度前後在朝，衆望所尊，惜屢被讒沮，時則以年高多病，懇辭機務矣。故詩有含意焉。"詩裏感嘆像裴度這樣的大臣，不能長期執政，以致藩鎮跋扈，造成戰禍蔓延。同時也譏諷討伐同捷，軍令不嚴，賞罰不明，以致拖了三年纔平定叛亂。這首詩的意義，尤其在"但須"一聯，指出藩鎮叛亂的癥結所在，在于朝廷任用宰相不得人所致。

何焯評這首詩:"憂不在東藩之不服，而在中原之力竭，將有隋末羣盗之起，師出無名，不當遂非也。"這是説，唐朝發七道兵去討同捷是錯的，因爲這次用兵，會使中原財力空竭，引起各地農民起義。這樣講是不對的。詩裏説"幾竭"，幾乎用盡，没有説中原力竭。詩裏説"但須鸑鷟巢阿閣"，指要起用裴度，裴度主張討伐同捷，可見他不是以討伐同捷爲非，他是説不能常用裴度，也没有説討伐同捷會引起農民起義，所以這樣解釋是不符合詩意的。何焯又評"豈假鴟鴞在泮林"，説:"當班師，且置此子度外，以隋爲鑒。"按:"豈假"句説，難道可以容忍鴟鴞在泮林嗎？即不能容忍意，何焯解與原意相反，主張容忍他了。照何焯解，這首詩反對討伐藩鎮叛亂，主張容忍，那末這首詩也不能成立了。

無　　題〔一〕

八歲偷照鏡，長眉已能畫〔二〕。十歲去踏青，芙蓉作裙衩〔三〕。十二學彈筝，銀甲不曾卸〔四〕。十四藏六親，懸知猶未嫁〔五〕。十五泣春風，背面鞦韆下〔六〕。

〔一〕這首詩表面上寫少女，實際上是自喻，故稱《無題》。

〔二〕偷：指羞澀，怕人看見。長眉：《古今注》："魏宫人好畫長眉。"

〔三〕踏青：《月令粹編》引《秦中歲時記》："上巳（陰曆三月三日）賜宴曲江，都人士于江頭禊飲，踐踏青草，謂之踏青履。"芙蓉：荷花。《離騷》："集芙蓉以爲裳。"裙衩（chà）：下端開口的衣裙。

〔四〕箏：樂器，十三絃。銀甲：銀製假指甲，彈箏用具。

〔五〕六親：本指最親密的親屬，這裏指男性親屬。藏在深閨，避開男性親屬。懸知：猜想。

〔六〕泣春風：在春風中哭泣，怕春天的消逝。背面：背着女伴。鞦韆下：女伴在高興地打鞦韆。

這首詩摹仿《焦仲卿妻》的"十三能織素，十四學裁衣，十五彈箜篌，十六誦詩書。十七爲君婦，心中常苦悲。"稍加變化，用兩句來説一個年歲。但用意完全不同，是借少女來自喻。馮浩《玉溪生詩集箋注》説："（商隱）《上崔華州書》'五年讀經書，七年弄筆硯'；《（樊南）甲集序》：'十六著《才論》、《聖論》，以古文出諸公間。'"那末他七歲已能作文，所以説八歲已能畫長眉。他十六歲已以古文著名，所以有"十五泣春風"的説法。商隱父于他九歲時去世，家道困難。他在《祭裴氏姊文》："及衣裳外除（父喪期滿後），旨甘是急（急于奉養母親），乃占數東甸（定居洛陽），傭書販舂（找工作做）。"未嫁指没有找到合適的府主。

天平公座中呈令狐令公〔一〕

罷執霓旌上醮壇〔二〕，慢粧嬌樹水晶盤〔三〕。更深欲訴蛾眉斂，衣薄臨醒玉豔寒。白足禪僧思敗道〔四〕，青袍御史擬休官〔五〕。雖然同是將軍客〔六〕，不敢公然子細看。

〔一〕天平：天平軍節度使(治鄆州，在今山東東平縣西北)。公座：公宴。令狐令公：令狐楚(七六六—八三七)，字殼士，咸陽(在陝西)人。文宗太和三年任天平軍節度使。令公，指中書令。令狐楚没有作過中書令，做過檢校右僕射，因尊稱之。這個詩題下還有“時蔡京在坐，京曾爲僧徒，故有第五句”十五字。徐逢源箋：“京幼嘗爲僧徒二句，乃方回《瀛奎律髓》評語，後人誤入題中也。”蔡京，邕州(今廣西邕寧縣)人，出家爲僧。令狐楚勸他還俗從學，中進士，作御史。

〔二〕霓旌：畫有虹采的旗。醮壇：道士的祭壇。

〔三〕慢粧：猶淡粧。嬌樹水晶盤：壇上陳設。

〔四〕《魏書·釋老志》：“惠始到京都，世祖甚重之，每加禮敬。雖履泥塵，初不汙足，色愈鮮白，世號之曰白脚師。”

〔五〕青袍御史：幕府僚屬帶御史銜，穿青袍，其人姓名不詳。

〔六〕將軍客：商隱自指。將軍指令狐楚，他在做節度使。

這首詩，商隱寫他在令狐楚幕中所見。當時女道士出入豪門，亦與節度使交往，替他們作道場，直到夜深。次聯極寫女道士的嬌豔幽怨，使出家爲僧的想還俗，當幕僚的想辭官，説明女道士的嬌豔使人顛倒，正像《陌上桑》寫羅敷的美麗，使“耕者忘其犂，鋤者忘其鋤”一樣。商隱也在幕府，因爲他年輕，雖然也是僚屬，不敢公然看她。這首詩，反映了當時幕府生活中的片段。朱彝尊批：“豔辭必極深婉，亦天縱也。”指第二聯寫女道士的玉豔，又寫她的幽怨。

牡　丹

錦幃初卷衛夫人〔一〕，綉被猶堆越鄂君〔二〕。垂手亂翻雕玉佩，折腰争舞鬱金裙〔三〕。石家蠟燭何曾剪，荀令香爐可待熏〔四〕。我是夢中傳采筆，欲書花葉寄朝雲〔五〕。

〔一〕錦幃句：錦帳卷起，看到美人南子，比盛開的牡丹。《典略》："夫人在錦帷中。"夫人指衛靈公夫人南子。

〔二〕綉被句：鄂君用綉被裹着越女，比含苞初放的牡丹。劉向《説苑·善説》："鄂君子晳之泛舟于新波之中也，越人擁楫而歌，曰：'今日何日兮，得與王子同舟。蒙羞被好兮，不訾（猶嫌）詬恥；心幾煩而不絶兮，知得王子。'于是鄂君子晳乃揄修袂（垂長袖），行而擁之，舉綉被而覆之。"按鄂君是楚王弟，是楚鄂君擁越女。這裏可能誤以鄂君爲越女，故稱。

〔三〕垂手聯：舞蹈時翻動佩帶，飄動裙子，比牡丹在風中擺動。大垂手、小垂手、折腰舞，都是舞蹈名。雕玉佩：佩帶上裝飾着雕玉。鬱金裙：用鬱金草的地下莖染成的黄色裙子。

〔四〕石家聯：石崇家蠟燭光比牡丹花的光采，荀彧的爐香比牡丹花的香氣。《世説·汰侈》："石季倫用蠟燭作炊。"用蠟燭代柴燒，所以不用剪燭芯。習鑿齒《襄陽記》："荀令君至人家，坐處三日香。"荀彧衣上熏香。

〔五〕《南史·江淹傳》："夢一丈夫自稱郭璞，謂淹曰：'吾有筆在卿處多年，可以見還。'淹乃探懷中，得五色筆一以授之。"這裏指令狐楚教他寫四六文。朝雲：指神女，宋玉《高唐賦》："旦爲朝雲。"

馮浩稱："《長安志》曰：'《酉陽雜俎》載開化坊令狐楚宅牡丹最盛。'"商隱在令狐宅看了牡丹作。當時令狐楚任東都留守。這首詩極力描寫牡丹的美豔，用好多比喻來比，寫出牡丹的盛開、初放，牡丹的摇動，牡丹的光采和香氣，這是極力刻畫的詩篇。末聯聯繫令狐楚，指出他曾經教他寫四六文，懷念他，要寫在花葉上寄給他。用神女來比他，也好比用美人來指所懷念的友人。用"朝雲"還有含意，照馮浩按，令狐楚出鎮時，他在長安的家裏牡丹盛開，他有《赴東京别牡丹》詩："十年不見小庭花，紫萼臨開又别家。上馬出門回首望，何時更得到京華。"他是很想回朝做官的。商隱言"寄朝雲",馮浩指出"楚猶在鎮,故兼祝其還朝。"這樣説是確切的。

這首詩的特點是善于用典。《輯評》引朱彝尊評:"八句八事,而一氣涌出,不見襞積(折叠)之迹。"何焯評:"非牡丹不足以當之。起聯生氣涌出,無復用事之跡。"這篇用典好處,化板滯爲靈活。用八事來寫牡丹,寫牡丹的開放、舞動、光香,兩句寫一個方面,不嫌重複。再就八句看,從美人顯示色相,到舞蹈,到光采、香氣,寫得也生動。這樣纔使它一句一事而不嫌堆砌,是一種創新的咏物詩。錢鍾書先生《談藝録》補訂本新補注黄山谷詩三十四,引李義山《酬崔八早梅有贈兼示》"謝郎衣袖初翻雪,荀令薰爐更换香",指出"兼取美婦人與美男子爲比"。按《牡丹》用"石家蠟燭""荀令香爐"即用美男子比花了。

初食筍呈座中

嫩籜香苞初出林,於陵論價重如金〔一〕。皇都陸海應無數〔二〕,忍剪凌雲一寸心。

〔一〕於陵:在今山東長山縣西南。
〔二〕《漢書·地理志》:"(秦地)有鄠、杜(在陝西西安一帶)竹林,南山檀柘,號稱陸海。"

馮浩箋引徐逢源注:"此疑從崔戎兗海作。"馮箋:"《竹譜》云:'般腸實中,爲筍殊味。'注曰:'般腸竹生東郡緣海諸山中,有筍最美,正兗海地也。淄(於陵屬淄州)亦與兗鄰,何疑焉?'"商隱在兗海觀察使(治兗州,在山東)崔戎幕府,吃到筍。因此想到長安附近稱爲陸海的應該有無數的筍,哪裏忍心加以剪伐,指人才彙集首都,豈忍糟蹋,即應培養,使筍成爲凌雲美竹,正指當時的長安是糟蹋人才的。

對這首詩,何焯批:“陸海,言陸地海中所產之物也,注非是。”這樣解釋,就把“皇都”忽略了,因此認爲這首詩衹是“憐才”;紀昀評:“亦病其淺。”衹是憐才,就覺得淺了。要是聯繫皇都,知道他指的是長安有無數人才,那就含有唐朝糟蹋人才的意思,就顯得含意深沉了。可見不是這首詩的用意淺,是紀昀的體會淺。

海　上

石橋東望海連天〔一〕,徐福空來不得仙〔二〕。直遣麻姑與搔背,可能留命待桑田〔三〕!

〔一〕《三齊略記》:“始皇作石橋,欲過海看日出處。”

〔二〕《史記·秦始皇本紀》:“齊人徐市等上書,言海中有三神山,名曰蓬萊、方丈、瀛州,仙人居之。請得齋戒,與童男女求之。于是遣徐市發童男女數千人,入海求仙人。”徐市,《史記·淮南王傳》作徐福。

〔三〕《麻姑山仙壇記》:“麻姑至蔡經家,經見麻姑手似鳥爪,心中念言:背癢時,得此爪以爬背乃佳也。”又:“麻姑自言:接待以來,見東海三爲桑田。嚮到蓬萊,水乃淺于往者會時略半也,豈將復還爲陸陵乎?”

紀昀評:“此刺求仙之作,似爲武宗發也,微傷于快。”姚培謙箋:“此又是喚醒癡人,透一層意,莫説不遇仙,便遇仙人何益。”秦始皇派徐福求仙不遇,可以刺武宗派方士求仙。蔡經遇麻姑,是已經碰見仙人了,他也等不到看滄海變桑田,也不能成仙,進一步揭露求仙的虛妄。這首詩用兩個不相關聯的典故結合起來,表達用意,與《瑶池》的寫法不同。

安平公詩〔一〕

丈人博陵王名家，憐我總角稱才華〔二〕。華州留語曉至暮，高聲喝吏放兩衙〔三〕。明朝騎馬出城外，送我習業南山阿〔四〕。仲子延岳年十六，面如白玉欹烏紗〔五〕。其弟炳章猶兩丱，瑶林瓊樹含奇花〔六〕。陳留阮家諸姪秀，邐迤出拜何駢羅〔七〕。府中從事杜與李，麟角虎翅相過摩〔八〕。清詞孤韻有歌響，擊觸鐘磬鳴環珂〔九〕。三月石堤凍消釋，東風開花滿陽坡〔一〇〕。時禽得伴戲新木，其聲尖咽如鳴梭。公時載酒領從事，踴躍鞍馬來相過。仰看樓殿撮清漢，坐視世界如恒沙〔一一〕。面熱脚掉互登陟，青雲表柱白雲崖〔一二〕。一百八句在貝葉，三十三天長雨花〔一三〕。長者子來輒獻蓋，辟支佛去空留鞾〔一四〕。公時受詔鎮東魯，遣我草奏隨車牙〔一五〕。顧我下筆即千字，疑我讀書傾五車〔一六〕。嗚呼大賢苦不壽，時世方士無靈砂〔一七〕。五月至止六月病，遽頽泰山驚逝波〔一八〕。明年徒步弔京國，宅破子毁哀如何〔一九〕。西風冲户捲素帳，隙光斜照舊燕窠。古人常嘆知己少，况我淪賤艱虞多。如公之德世一二，豈得無淚如黄河〔二〇〕。瀝膽呪願天有眼，君子之澤方滂沱〔二一〕。

〔一〕《新唐書·宰相世系表》：“（崔戎）博陵安平大房崔氏，封安平縣公。”《舊唐書·崔戎傳》：“（崔戎）改華州刺史，遷兖海沂密都團練觀察等使，太和八年五月卒。”

〔二〕《舊唐書·崔戎傳》:"高伯祖元暐,神龍初有大功,封博陵郡王。"憐:愛。總角:把頭髮束成兩角,是童子的裝飾。商隱十六歲,以《才論》、《聖論》爲士大夫所知。當時十六歲稱童子。

〔三〕華州:今陝西華縣。商隱二十一歲,在華州刺史崔戎幕府。放兩衙:早衙晚衙都不辦公,要接待商隱。

〔四〕南山:指華縣以南的山,當即華山。阿:曲處。

〔五〕烏紗:帽子,當時官民都戴。攲:斜戴。

〔六〕丱(guàn):紮髮爲兩角。《晉書·王戎傳》:"王衍神姿高徹,如瑶林瓊樹。"

〔七〕《晉書·阮籍傳》:籍,陳留尉氏人也。兄子咸,咸子瞻,瞻弟孚,咸從子修,族弟放,放弟裕。姓:子姓,子孫。邐迤:連綿不斷。駢羅:成對排列。

〔八〕杜勝、李潘,是幕府中屬官。麟角:指難得的人才。虎翅:如虎添翼,喻文采英俊。過摩:過從切摩。

〔九〕環珂:環,佩玉。珂:馬口勒上裝飾。用環珂的鳴聲,比詩歌的韻律。

〔一〇〕陽坡:向日的山坡。

〔一一〕撮清漢:猶高聳入銀河。《金剛般若經》:"恒河沙數三千大千世界。"此指望世界如微塵。

〔一二〕脚掉:脚抖,狀害怕。柱:疑指山峯,高入青雲。崖:石壁高入白雲。

〔一三〕《楞伽經》有不生、生等一百八句,是大智大慧。貝葉:印度貝多羅樹的葉,佛教用來寫經,轉爲佛經。《妙法蓮華經》:"佛前有七寶塔,高至四天王宫,三十三天雨(落下)天曼陀羅華,供養寶塔。"

〔一四〕《維摩經》:"毗耶離城有長者子,名曰寶積,與五百長者子俱持七寶蓋來詣佛所,各以其蓋供養佛。"《水經注·河水》:"(于闐國)城南十五里,有利刹寺,中有石鞾,石上有足跡,彼俗言是辟支佛跡。"此指佛寺中有寶蓋和佛跡。

〔一五〕車牙,指車。《周禮·考工記·輪人》:"牙也者,以爲固抱也。"牙指輪子外固輪的東西。

〔一六〕《莊子·天下》:"惠施多方,其書五車。"指書多。

〔一七〕《本草》:"靈砂,久服通神明,不老。"按靈砂指方士鍊的丹藥,猶言靈丹。

〔一八〕《禮·檀弓》:"泰山其頹乎!"比崔戎死。

〔一九〕弔京國:到長安崔戎故居去弔問。子毀:崔戎子居喪哀毀。

〔二〇〕世一二:兼指令狐楚。《晉書·顧愷之傳》:"桓温引爲大司馬參軍,甚見親昵。温薨後,愷之拜温墓,賦詩云:'山崩溟海竭,魚鳥將何依!'或問之曰:'卿憑重桓公乃爾,哭狀其可見乎?'答曰:'聲如震雷破山,淚如傾河注海。'"

〔二一〕蔡琰《悲憤詩》:"謂天有眼兮,何不見我獨漂流!"滂沱:大雨貌,指恩澤廣大,延及子孫。

這首詩保留了商隱兩次入崔戎幕府的經歷,對考訂商隱事跡有幫助。詩中寫商隱在南山讀書,崔戎前往看望一段,更爲生動。描繪春日光景,殿宇情狀,比較突出。風格明快,情意真摯,在商隱詩中有它的特色。

過故崔兖海宅與崔明秀才話舊因寄舊僚杜趙李三掾〔一〕

絳帳恩如昨,烏衣事莫尋〔二〕。諸生空會葬,舊掾已華簪〔三〕。共入留賓驛,俱分市駿金〔四〕。莫憑無鬼論〔五〕,終負托孤心。

〔一〕崔兖海:崔戎爲兖海觀察使,治兖州。商隱于太和八年在崔戎幕府。崔明:程夢星箋:"戎之弟戢,戢子朗,字内明,崔明或即崔朗之訛耳。"杜趙李：杜勝、趙晳、李潘，皆崔戎幕府中僚屬。

〔二〕《後漢書·馬融傳》："常坐高堂，施絳紗帳，前授生徒，後列女樂。"《宋書·謝弘微傳》："（謝混）唯與族子靈運、瞻、曜、弘微並以文義賞會。嘗共宴處，居在烏衣巷，故謂之烏衣之游。"

〔三〕華簪：簪是用來連貫冠與髮的，華貴的簪，指貴官。指杜、趙、李三掾已入仕。

〔四〕《漢書·鄭當時傳》："每五日洗沐，常置驛馬長安諸郊，請謝賓客，夜以繼日。"《戰國策·燕策》："燕昭王收破燕後即位，卑身厚幣，以招賢者。郭隗先生曰：'臣聞古之君人，有以千金求千里馬者，三年不能得。涓人言於君曰："請求之。"君遣之。三月得千里馬，馬已死，買其骨五百金，反以報君。君大怒曰："所求者生馬，安事死馬而捐五百金？"涓人對曰："死馬且買之五百金，況生馬乎？天下必以王爲能市馬，馬今至矣。"于是不能期年，千里之馬至者三。今王誠欲致士，先從隗始；隗且見事，況賢於隗者乎？豈遠千里哉？'"此言崔戎延攬人才，都分到金帛。

〔五〕《晉書·阮瞻傳》："瞻素執無鬼論。"

崔戎做華州刺史時，商隱即在戎幕府，又隨戎到兗海觀察使幕府，承受戎的教導，故稱戎如師長。戎死後，戎子不在兗州，故居冷落，像謝家子弟聚居烏衣巷的盛況，已無可追尋。戎死時，士子會葬的盛況已成過去，戎手下僚屬已入仕。這些士子曾經得到戎的盛情接待，僚屬都分到戎的金帛。不要憑着無鬼論，認爲戎已死，辜負他託孤的心意。錢鍾書先生《管錐編》二十頁引本詩末聯，稱："道出'神道設教'之旨，詞人一聯足抵論士百數十言。"又頁十八引《禮記·祭義》："因物之精，制爲之極，明命鬼神，以爲黔首則（民的法則），百衆以畏，萬民以服。"即聖人以神道設教，利用宗教來輔助他的統治，使人迷信宗教，不負死者託孤的心願，歸于忠厚，便于統治。這是從末聯加以推論。就詩說，勉勵昔日受恩之人，勿負府主，馮浩箋："《後村詩話》：'末二句有門生故吏之情，可以矯薄俗。'"

宿駱氏亭寄懷崔雍崔袞〔一〕

竹塢無塵水檻清，相思迢遞隔重城〔二〕。秋陰不散霜飛晚，留得枯荷聽雨聲。

〔一〕駱氏亭：屈復《玉溪生詩意》稱："詩有'隔重城'，則春明門外之駱亭爲是。蓋崔二方官于朝，義山閒游宿此，故懷之也。"駱氏亭，在長安春明門外。崔雍、崔袞：崔戎子，商隱的從表兄弟。

〔二〕竹塢：有竹林而四周高、中央低的地區。水檻：靠水有欄杆的亭子。迢遞：遥遠。

《輯評》引何焯評："下二句暗藏永夜不寐，相思可以意得也。"通過景物來寫相思，越顯得相思的深切。着眼在"留得枯荷"，寫出獨特感受，未經人道，跟作者身世感觸有關。

有感二首〔一〕

九服歸元化，三靈叶睿圖〔二〕。如何本初輩，自取屈氂誅〔三〕。有甚當車泣，因勞下殿趨〔四〕。何成奏雲物，直是滅萑苻〔五〕。證逮符書密，辭連性命俱〔六〕。竟緣尊漢相，不早辨胡雛〔七〕。鬼籙分朝部，軍烽照上都〔八〕。敢云堪慟哭，未免怨洪爐〔九〕。

〔一〕自注："乙卯年（太和九年）有感，丙辰年（十年）詩成。"這是寫甘露之變的。《通鑑》：太和七年，文宗得風疾，不能言。太監王守澄薦鄭注爲文宗治病，病轉好，遂有寵。八年，鄭注引李訓見王守澄，守澄薦訓，上以爲奇士。九年，上因宦官益横，内不能堪。又以訓、注皆因王守澄以進，宦官不疑，遂密以誠告，訓、注遂以誅宦官爲己任。宦官仇士良與王守澄有隙，訓、注爲上謀，升士良以分守澄權。訓勢位俱盛，心頗忌注，出注爲鳳翔節度使。訓、注密言于上，請除王守澄，遣中使賜酖（毒酒）殺之。注與訓謀，令内臣中尉以下，盡集滻水送王守澄葬，因令親兵殺之，使無遺類。訓以事成，則注專有其功，不如先誅宦官。十一月二十一日，上在紫宸殿上朝，韓約奏稱金吾仗院石榴開，夜有甘露。訓勸上往觀，上乘軟輿出紫宸門，升含元殿，命左右中尉仇士良、魚志弘率諸宦者往視之。士良等至左仗視甘露，風吹幕起，見執兵者甚衆，士良等驚駭走出，奔詣上告變，宦者即舉軟輿迎上，疾趨入宫，門隨閉。士良命禁兵出閣門討賊，大臣王涯、羅立言等皆不知情，亦被誣謀反。王涯受刑不勝苦，自誣服，稱與李訓謀行大逆，尊立鄭注。因訓、注而滅族者十一家。注在鳳翔被監軍張仲清所殺。自此宦官氣益盛，迫脅天子，下視宰相，陵暴朝士如草芥。

〔二〕九服兩句：指君主的德化使全國歸向，君主的規劃上應天心，即文宗要誅滅宦官是應人心，順天意，不應失敗。九服：《周禮·職方氏》分全國爲九服，王畿方千里，千里外每五百里爲一服，有侯、甸、男、采、衛、蠻、夷、鎮、藩九服。元化：君主的德化。三靈：日月星，指天象。叶：合。睿（ruì）圖：英明的規劃。

〔三〕如何兩句：指李訓、鄭注等怎麽謀劃不善，自取其咎，陷于叛逆而被殺呢？本初：袁紹的字。漢少帝光熹元年，大將軍何進與袁紹謀誅宦官，事泄，何進入宫，被宦官所殺。袁紹引兵入宫，把宦官全部捕殺。見《後漢書·袁紹傳》。這裏借袁紹來比李訓、鄭注要捕殺宦官。屈氂（lí）：劉屈氂，征和二年爲左丞相。次年，宦官郭穰誣告他使巫者詛咒武帝，欲立昌邑王爲帝，被腰斬。見《漢書·劉屈氂傳》。比李訓被仇士良誣爲叛逆，立鄭注爲帝，被滅族。

"如何"、"自取",指他們謀劃不善,自取失敗。

〔四〕有甚兩句:指李訓要殺盡宦官,比叱退宦官更利害,因而使天子被宦官劫持受困。漢文帝與宦官趙談同乘一車,爰盎伏車前諫阻道:"天子所與共六尺輿者,皆天下豪英,奈何與刀鋸之餘(閹人)共載?"于是使趙談下車,談泣。見《漢書·袁盎傳》。《通鑑》武帝中大通六年:"上以諺云'熒惑入南斗,天子下殿走。'"

〔五〕何成兩句:哪裏是奏報有祥瑞,簡直是把大臣當作盜賊來剿滅。雲物:日旁雲氣,用來辨吉凶。《左傳》僖公五年:"凡分(春分、秋分)、至(夏至、冬至)、啓(立春、立夏)、閉(立秋、立冬),必書雲物。"指報甘露的祥瑞。萑(huán)蒲:蘆葦。《左傳》昭公二十年:"鄭國多盜,取(劫取)人于萑苻之澤。大叔悔之曰:'吾早從夫子,不及此。'興徒兵以攻萑苻之盜,盡殺之。"指把王涯等當作叛逆來剿滅。

〔六〕證逮兩句:宦官仇士良用嚴刑逼使王涯屈招,根據屈招的供辭下文書逮捕,牽連者被殺。證:指王涯誣服的證辭。符書:文書。

〔七〕竟緣兩句:竟因爲尊崇李訓,没有早辨别鄭注的奸邪。漢相:《漢書·王商傳》:"爲人多質有威重,長八尺餘,身體鴻大,容貌甚過絶人。(匈奴)單于來朝,仰視商貌,大畏之,遷延却退。天子聞而嘆曰:'此真漢相矣。'"《舊唐書·李訓傳》:"形貌魁梧,神情灑落。"辨胡雛:《晉書·石勒載記》:"石勒年十四,隨邑人行販洛陽,倚嘯上東門,王衍見而異之,顧謂左右曰:'向者胡雛,吾觀其聲視有奇志,恐將爲天下之患。'馳遣收之,會勒已去。"當時人都憎惡鄭注,把他比作叛逆。

〔八〕鬼籙兩句:鬼名册上分載許多朝官,指朝官大量被殺。太監統率的禁衛軍的烽火照耀京城。朝部:朝官上朝按部就班。上都:京城。

〔九〕敢云兩句:哪兒敢説可以痛哭,未免怨天地不仁,使良莠同盡。洪爐:大爐。《莊子·大宗師》:"今一以天地爲大鑪。"

丹陛猶敷奏，彤庭欻戰争〔一〇〕。臨危對盧植，始悔用龐萌〔一一〕。御仗收前殿，凶徒劇背城〔一二〕。蒼黄五色棒，掩遏一陽生〔一三〕。古有清君側，今非乏老成〔一四〕。素心雖未易，此舉太無名〔一五〕。誰瞑銜冤目，寧吞欲絶聲〔一六〕。近聞開壽宴，不廢用《咸》《英》〔一七〕。

〔一〇〕丹陛兩句：上朝奏報時，忽然發生宫廷戰争。丹陛：殿前紅色臺階。敷奏：臣向君陳述奏報。彤庭：漢皇宫用紅漆漆中庭。班固《西都賦》："玉階彤庭。"後泛指皇宫。欻(hū)：忽然。

〔一一〕臨危兩句：指文宗在危難時召見令狐楚，開始悔恨錯用了李訓、鄭注。《後漢書・何進傳》：太監張讓、段珪"因將太后、天子及陳留王，又劫省内官屬，從複道走北宫。尚書盧植執戈於閣道窗下，仰數段珪。段珪等懼，乃釋太后。遂將帝與陳留王數十人步出穀門，奔小平津。公卿並出平樂觀，無得從者，唯尚書盧植夜馳河上，王允遣河南中部掾閔貢隨植後。貢至，手劍斬數人，餘皆投河而死。明日，公卿百官乃奉迎天子還宫。"《後漢書・劉永傳》："帝常稱曰：'可以託六尺之孤，寄百里之命者，龐萌是也。'拜爲平狄將軍，與蓋延共擊董憲。時詔書獨下延而不及萌，萌以爲延譖己，自疑，遂反。"《通鑑》：太和九年癸亥(二十二日，甘露之變次日)，"上御紫宸殿，問：'宰相何爲不來？'仇士良曰：'王涯等謀反繫獄。'因以涯手狀(即受刑誣服辭)呈上。召左僕射令狐楚、右僕射鄭覃等升殿示之，上悲憤不自勝，謂楚等曰：'是涯手書乎？'對曰：'是也！''誠如此，罪不容誅！'因命楚、覃留宿中書，參決機務。使楚草制宣告中外。楚叙王涯、賈餗反事浮泛，仇士良等不悦，由是不得爲相。"令狐楚比不上盧植，這裏對他美化。李訓等没有反，比龐萌也不合。

〔一二〕御仗兩句：指仇士良把文宗從含元殿劫回宫内，並令禁軍出宫與李訓部下拚死搏鬥。御仗：皇帝的儀仗，指宦官用軟輿載文宗入内。劇背城：《左傳》成公二年："請收合餘燼，背城借一。"劇力拚死一戰。

〔一三〕蒼黄兩句：指李訓匆忙舉事失敗，把初生的生機扼殺了。蒼黄：倉猝、匆忙。五色棒：《三國志·魏書·武帝紀》："太祖（曹操）除洛陽北部尉。"注："太祖造五色棒，懸門左右各十餘枚，有犯禁者，不避豪強，皆棒殺之。"指李訓召募的部下。掩遏：阻扼。一陽生：冬至一陽生，指唐朝的生機被扼殺。

〔一四〕古有兩句：古代有除去君旁的壞人，現在不是缺少老成持重的人，指文宗用人不當。清君側：《公羊傳》定公十三年："晉趙鞅取晉陽之甲，以逐荀寅與士吉射。荀寅與士吉射者曷爲者也，君側之惡人也。"老成：指裴度等大臣。

〔一五〕素心兩句：李訓的動機雖未可輕視，但這一舉太没有名目。素心：本心，動機。無名：僞造甘露來舉事，没有道理。

〔一六〕誰瞑兩句：含冤被殺的人，誰能瞑目？悲痛欲絶的人，哪能忍氣吞聲。寧：豈。指王涯等無罪被殺。

〔一七〕近聞兩句：近來聽説皇帝開宴祝壽，没有廢除用雅樂。《咸》、《英》、《樂緯》："黄帝之樂曰《咸池》，帝嚳之樂曰《六英》。"《舊唐書·王涯傳》："文宗以樂府之音，鄭、衛太甚，欲聞古樂，命涯詢于舊工（樂師），取開元時雅樂，選樂童按之，名曰《雲韶樂》。"這裏指文宗對王涯含冤被殺，奏《雲韶樂》來懷念他，但不敢替他洗雪。

這是反映甘露之變的政治鬥争的詩。當時，京城裏的禁衛軍掌握在宦官手裏，宦官可以挾制天子，控制朝廷，甚至謀害天子，擁立天子，排斥朝臣。文宗受不了這種控制，要除去宦官。其實，宦官的權力在于掌握禁衛軍。從《韓碑》看，裴度出征淮西，請罷宦官監軍。文宗可以奪去宦官首領王承恩的權，那末依靠像裴度那樣有威望的大臣，逐步廢除宦官統率禁衛軍的制度，擺脱宦官的控制，並非不可能。文宗依靠李訓、鄭注來除去宦官，李訓又猜忌鄭注，把他調到鳳翔，又怕他成功，要獨自除去宦官，他依靠手下人招募的武力，來同宦官所統率的禁衛軍鬬，是一定要失敗的。商隱在詩中指責李訓、鄭注,“自取屈氂誅”;尤其是指責李訓,“直是滅萑苻”,使不少人無辜被殺,這樣的指責是符合實際的。他也批評文宗,“今非乏老成”,爲什麽不與老成持重的人謀劃。“始悔用龐萌”,文宗有没有悔恨,在歷史上没有記載。但用人不當,這樣的批評還是恰當的。更重要的,是對宦官的指斥,“清君側”,指宦官仇士良等是壞人;“銜冤”、“吞聲”,指仇士良的亂殺無辜;“兇徒”更是深加斥責。錢龍惕箋:“義山詩感憤激烈,有不同于衆論者,予故表而出之。”對于甘露之變,商隱寫了《有感二首》和《重有感》,激烈地抨擊宦官,這在同時的詩人中還没有可以跟他比的。這三首是商隱表示他的政治態度的重要作品。

錢龍惕箋稱:“當時士大夫深疾訓、注之奸邪,反若假手宦寺,殲除大憝者。”他們深恨李訓、鄭注,把他們看作奸邪,不加同情,這自然放鬆了對宦官的抨擊。商隱指斥宦官,同情王涯,在這點上就勝過當時的士大夫。當然,詩中也有措辭不恰當的。對李訓,指出他的圖謀不善是對的,用龐萌的叛亂來比是不對的。對鄭注,把他比作胡雛,更不恰當。在《行次西郊作一百韻》裏,指斥鄭注爲城狐社鼠,爲“盲目把大旆”,“樂禍忘怨敵”,他的看法同當時的士大夫一致。按《通鑑》大和九年:“李訓、鄭注爲上畫太平之策,以爲當先除宦官,次復河、湟,次清河北,開陳方略,如指諸掌。上以爲信然;寵任日隆。”可見訓、注還是有他們的策略的,他們提出的問題,確是當時的三個大問題,不幸失敗,遂受惡名罷了。詩中對令狐楚,用盧植來比,不免美化。王涯不知情,被毒打成招。文宗據屈招問令狐楚:“是涯手書乎?”對曰:“是也。”于是就判定王涯、賈餗謀反。又奏請新任節度使出發前,要帶部隊到兵部告辭,請停罷,這是討好宦官的。可見令狐楚不敢觸犯宦官。不過商隱能够指斥宦官,已經是高出于同時人了。

重 有 感〔一〕

玉帳牙旗得上遊,安危須共主君憂〔二〕。竇融表已來

關右，陶侃軍宜次石頭〔三〕**。豈有蛟龍愁失水，更無鷹隼與高秋**〔四〕**。晝號夜哭兼幽顯，早晚星關雪涕收**〔五〕**。**

〔一〕商隱作《有感二首》咏甘露之變，再寫《重有感》來感嘆時事。甘露之變後，開成元年昭義軍節度使（治潞州，今山西長治）劉從諫三次上章請問王涯等罪名，宦官仇士良稍稍收斂，文宗得以保全。

〔二〕玉帳牙旗：大將的營帳和旗子。玉帳，表示堅不可攻。牙旗，用象牙裝飾的旗。上遊：占有形勝的地勢。指昭義軍在山西長治地區。安危：偏義復詞，指危。主君：指文宗，即當爲文宗分憂。

〔三〕竇融：東漢初封涼州牧，上表光武帝，請求出兵討伐不肯歸順的隗囂。關右：函谷關以西地區，指涼州。陶侃：東晉時任荆州刺史。成帝咸和二年，蘇峻叛亂，攻入京城，遷成帝于石頭城（在今南京市）。陶侃被推爲盟主，會師石頭，擊斬蘇峻。這兩句説劉從諫的表已來，何以不出兵。

〔四〕蛟龍：喻文宗。失水：喻失權。賈誼《惜誓》："神龍失水而陸居兮，爲螻蟻之所裁。"鷹隼：指鷹隼在秋天搏擊。《禮記·月令》："孟秋，鷹乃祭鳥。"指搏擊凡鳥。更無：指没有誰能像鷹隼那樣搏擊專權的宦官。

〔五〕晝號夜哭：人鬼同哭。幽，指鬼的夜哭。顯，指人的晝號。宦官的大屠殺，人鬼同憤。早晚：多早晚，何時。星關：《晉書·天文志》："東方角二星爲天關。"比宫門，指宫廷。雪涕：抹淚。末句指何時肅清宫禁，可以拭去淚水，共慶升平。

馮浩注："此篇專爲劉從諫發。"《仇士良傳》："從諫言：'謹修封疆，繕甲兵，爲陛下腹心。如奸臣難制，誓以死清君側。'書聞，人人傳觀，士良沮恐。帝倚其言，差自强。故三四言既遣人奉表，宜即來誅殺士良輩也。"《輯評》紀昀批："'豈有'、'更無'開合相應，上句言無受制之理，下句解受制之故也。"何焯評："逼真工部合作。"商隱這篇感事詩，同杜甫的感事詩《諸將五首》相似。他在用典中運用虛詞，將典故活用，以表達情思。

“竇融表已來關右”，用“已”字，贊美劉從諫的上表；“陶侃軍宜次石頭”，用“宜”字，感嘆應該進軍而不進軍。用“豈有”，從道理講，天子不應爲家奴所制；用“更無”，從事實説，由于没有鷹隼的搏擊，造成天子受制家奴。用“早晚”，表期望，期望有人來清理宫廷。從這裏，顯示商隱對甘露之變的悲憤。

張采田《會箋》：“按《邵氏聞見後録》云：‘李義山《樊南四六集》載《爲鄭州天水公言甘露事表》云：宰臣王涯等或久服顯榮，或超蒙委任，徒思改作，未可與權。敷奏之時，已彰虚僞；伏藏之際，又涉震驚云云。當北司（宦官）憤怒不平，至誣殺宰相，勢猶未已。文宗但爲涯等流淚而不敢辯。義山之表謂‘徒思改作，未可與權’，獨明其無反狀，亦難矣。義山持論，忠憤鬱盤，實有不同于衆論者，乃紀曉嵐撰《四庫提要》，于此詩猶復肆意譏訶，何歟？”按紀昀《李義山詩注》稱：“所謂‘竇融表已來關右，陶侃軍宜次石頭’者，竟以稱兵犯闕望劉從諫，漢十常侍之已事，獨未聞乎？”對商隱的詩，應該看到他的悲憤，看到他的敢于指斥宦官，無所畏懼。詩人用典，衹是説劉從諫上表以後當有行動，否則空言無補，不必拘泥于用典的字面，當體會他的用意，不必苛求。

方東樹《昭昧詹言》卷十九稱此詩：“雖興象彪炳，而骨理不清，字句用字，亦似有皮傅不精之病。如第四句與次句複，又與第六句複，是無章法也。‘早晚’七字不免飣餖僻晦。”按次句指劉從諫上表言與君同憂；四句言從諫宜有行動，針對上表而無行動言，與次句不同。五六句已如上引紀昀所釋，另有含意，與上四句並無重複。“早晚”句言文宗何時可收雪淚，其中只是用“星關”指皇居，比文宗，並無飣餖僻晦。方東樹不知首句指劉從諫，又加批評：“首句若非實指一人，則起爲無著；若實指王茂元一人，則又偏枯，與全詩章法不稱。”這個批全錯了。

故番禺侯以贜罪致不辜事覺母者他日過其門〔一〕

飲鴆非君命，兹身亦厚亡〔二〕。江陵從種橘，交廣合投香〔三〕。不見千金子,空餘數仞牆〔四〕。殺人須顯戮,誰舉漢三章〔五〕。

〔一〕番禺:在廣東。贓罪:指多財。不辜:無辜。事覺母者:當作"事毋(無)覺者",被害事無人發覺。《新唐書·胡証傳》:"胡証拜嶺南節度使卒。廣有舶貝奇寶,証厚殖財自奉,養奴數百人,營第修行里,彌亘閭陌,車服器用珍侈,遂號京師高訾(貲)。素與賈餗善,李訓敗,衛軍利其財,聲言餗匿其家,争入剽劫,執其子溵内(納)左軍,至斬以徇。"《舊唐書》作"仇士良命斬之以徇"。

〔二〕飲鴆:比胡溵在甘露之變中被宦官仇士良所殺,非有文宗命。厚亡:以家財富厚而死。《老子》:"多藏必厚亡。"

〔三〕《三國志·吴志·孫休傳》注:"丹陽太守李衡,每欲治家,妻輒不聽,後密遣客十人于武陵龍陽氾洲上作宅,種甘橘千株。臨死,敕兒曰:'汝母惡我治家,故窮如是。然吾州里有千頭木奴,不責汝衣食,歲上一匹絹,亦可足用耳。'衡亡後二十餘日,兒以白母,母曰:'此當是種甘橘也。人患無德義,不患不富,若貴而能貧,方好耳。'"《晉書·良吏傳》:"吴隱之爲廣州刺史,後至自番禺。其妻劉氏齎沉香一斤,隱之見之,遂投于湖亭之水。"此指不需積財。

〔四〕千金子:指胡証之子。數仞牆:指胡証家已被毁,只剩空牆罷了。

〔五〕《史記·高祖本紀》:"吾當王關中,與父老約法三章耳:殺人者死,傷人及盗抵罪。"

這首詩是寫甘露之變的,暴露宦官仇士良統率禁軍的罪惡。禁軍爲了掠奪財物,濫殺無辜,不是君命,違反法律。《通鑑》太和九年十一月:"故嶺南節度使胡証,家鉅富,禁兵利其財,託以搜賈餗,入其家,執其子溵,殺之。又入左常侍羅讓、詹事渾鐬、翰林學士黎埴等家,掠其貲財,掃地無遺。"這首詩借胡証家的被誣受害,來反映禁軍在這一方面的罪惡,可以補《有感》的不足。

哭遂州蕭侍郎二十四韻〔一〕

遥作時多難，先令禍有源〔二〕。初驚逐客議，旋駭黨人冤〔三〕。密侍榮方入，司刑望愈尊〔四〕。皆因優詔用〔五〕，實有諫書存。苦霧三辰没，窮陰四塞昏〔六〕。虎威狐更假，隼擊鳥逾喧〔七〕。徒欲心存闕，終遭耳屬垣〔八〕。遺音和蜀魄，易簀對巴猿〔九〕。有女悲初寡，無男泣過門〔一〇〕。朝争屈原草，廟餒若敖魂〔一一〕。迴閣傷神峻，長江極望翻〔一二〕。青雲寧寄意？白骨始霑恩〔一三〕。早歲思東閣，爲邦屬故園〔一四〕。登舟慚郭泰，解榻愧陳蕃〔一五〕。分以忘年契，情猶錫類敦〔一六〕。公先真帝子，我系本王孫〔一七〕。嘯傲張高蓋，從容接短轅〔一八〕。秋吟小山桂，春醉後堂萱〔一九〕。自嘆離通籍，何嘗忘叫閽〔二〇〕。不成穿壙入，終擬上書論〔二一〕。多士還魚貫，云誰正駿奔〔二二〕。暫能誅倏忽，長與問乾坤〔二三〕。蟻漏三泉路，螿啼百草根〔二四〕。始知同泰講，徼福是虚言〔二五〕。

〔一〕《通鑑》唐文宗太和九年五月："京城訛言鄭注爲上合金丹，須小兒心肝，民間驚懼，上聞而惡之。鄭注素惡京兆尹楊虞卿，與李訓共構之，云：'此語出于虞卿家人。'上怒。六月，下虞卿御史獄。會(李)宗閔救楊虞卿，上怒，叱出之；壬寅，貶明州刺史。秋，七月，甲辰朔，貶楊虞卿虔州司馬。壬子，再貶(宗閔)處州長史。貶吏部侍郎李漢爲汾州刺史，刑部侍郎蕭澣爲遂州刺史，皆坐李宗閔之黨。八月，丙子，又貶李宗閔潮州司户。丙申，楊虞卿、李漢、蕭澣爲朋黨之首,貶虞卿虔州司户,漢汾州司馬,澣遂州司馬。"蕭澣不久死于貶所。遂州:在今四川遂寧縣。

〔二〕遥作:遠起。多難:指太和九年十一月甘露之變,見《有感二首》"九服歸元化"注〔一〕。指多難將起,諸人的受誣被貶,是禍害的源頭。

〔三〕逐客議:李斯《上秦王書》諫逐客議,指鄭注、李訓合謀構陷楊虞卿。黨人冤:指以李宗閔、楊虞卿、李漢、蕭澣爲黨人。

〔四〕《通鑑》太和七年二月,"以兵部尚書李德裕同平章事。德裕入謝,上與之論朋黨事,德裕因得以排其所不悦者。三月,以(給事中)楊虞卿爲常州刺史,以蕭澣爲鄭州刺史。"密侍:指親近文宗。司刑:指刑部侍郎。蕭澣爲刑部侍郎。

〔五〕優詔:詔書起用楊虞卿、蕭澣,實際是李宗閔爲相後引用的。

〔六〕苦霧、窮陰:指李訓、鄭注專權。三辰:指日月星。四塞:四面蔽塞。指天地昏暗。

〔七〕狐假虎威:見《戰國策·楚策》稱狐借虎威來嚇百獸。指李訓、鄭注竊弄文宗大權。隼擊:《禮·月令》:"立秋日,鷹隼始擊。"指李訓、鄭注引用李宗閔來排斥李德裕,再借外傳謡言來排擊楊虞卿、李宗閔、蕭澣。

〔八〕心存闕:《莊子·讓王》:"心居乎魏闕(指宫廷)之下。"指想留在朝廷。耳屬垣:《詩·小雅·小弁》:"君子無易由言,耳屬于垣。"指李訓、鄭注派人刺探楊虞卿與蕭澣等人的行動。

〔九〕遺音:猶遺囑。《易·小過》:"飛鳥遺之音,不宜上,宜下。"蜀魄:左思《蜀都賦》:"鳥生杜宇之魄。"蜀王杜宇死後化爲杜鵑鳥哀鳴。易簀:《禮·檀弓上》稱曾子病危,睡在大夫睡的席上,叫换了席子後死去。巴猿:《水經注·江水》:"巴東三峽巫峽長,猿鳴三聲淚霑裳。"此指死在遂州,冤魂不散。

〔一〇〕原注:"公止裴氏一女(嫁裴家),結褵之明年,又喪良人(丈夫)。"泣過門:指女哭泣過家。

〔一一〕《史記·屈原傳》:"(楚)懷王使屈原造爲憲令,屈平屬草稿未定,上官大夫見而欲奪之。"《左傳》宣公四年:"若敖氏之鬼,不其餒而?"因無子,無人祭祀,故稱鬼餒。

〔一二〕迴閣句:劍閣山高路遠,使人神傷。長江句:長江波浪翻騰,極望不見京城。此指貶官入川。

〔一三〕青雲句:豈肯奢望騰達。青雲,指高升。白骨:死後始受到恩典。甘露之變,李訓、鄭注被殺,文宗始大赦,量移貶謫諸臣,但蕭澣已死。

〔一四〕東閣:《漢書·公孫弘傳》:"開東閣以延賢人。"詩原注:"余初謁于鄭舍。"太和七年,蕭澣爲鄭州刺史,商隱住在鄭州,去進謁。故稱鄭州爲故園。

〔一五〕《後漢書·郭泰傳》:"後歸鄉里,衣冠諸儒送至河上,車數千兩(輛)。林宗(郭泰字)惟與李膺同舟而濟,衆賓望之,以爲神仙焉。"又《徐穉傳》:"時陳蕃爲太守。蕃在郡不接賓客,惟穉來,特設一榻,去則懸之。"指受蕭的優待。

〔一六〕《後漢書·禰衡傳》:"衡始弱冠(二十歲),而(孔)融年四十,遂與爲交友。"即忘年交。《詩·大雅·既醉》:"孝子不匱,永錫爾類。"長期賜給你的族類。指待他像同族人。敦:情誼厚。

〔一七〕蕭澣的祖先是梁帝蕭氏後代。商隱同唐帝的祖先是同宗。

〔一八〕《漢書·循吏傳》:"(黄)霸爲潁川太守,秩比二千石,居官賜車蓋,特高一丈。"《晉書·王導傳》:"短轅犢車。"此指蕭地位高,却能接待比他地位低的人。

〔一九〕《文選》淮南小山《招隱士》:"桂樹叢生兮山之幽。"淮南王劉安門客所作詩稱"小山""大山",猶《詩》大雅小雅。《詩·衛風·伯兮》:"焉得萱草,言樹之背。"此指蕭請他作詩,並和他在後堂宴會。

〔二〇〕離通籍:指朝官調外。籍,挂在宫門上的官員名册,出入時要檢查;通籍指朝官。叫閽:揚雄《甘泉賦》:"選巫咸兮叫帝閽。"叫開天門。此指蕭自嘆貶官在外,未忘回朝。

〔二一〕穿壙:《史記·田儋傳》:"田横乃與其客乘傳(驛車)詣洛陽,未至三十里,遂自剄。以王者禮葬田横。既葬,二客穿其冢旁孔,皆自剄,下從之。"此指己不能像二客的從死,終想爲蕭鳴冤。

〔二二〕《詩・周頌・清廟》:"濟濟多士,秉文(王)之德。對越(于)在天,駿(大)奔走在廟。"此指朝廷上百官魚貫入朝,誰能奔走對天訴冤。

〔二三〕《楚辭・招魂》:"雄虺九首,往來儵忽,吞人以益其心些。"儵同倏,儵忽借指雄虺。此指雖誅李訓、鄭注,誰呼天訴冤。

〔二四〕《韓非子・喻老》:"千丈之堤,以螻蟻之穴潰。"《史記・秦始皇本紀》:"始皇初即位,穿治驪山,及并天下,天下徒送詣七十餘萬人,穿三泉,下銅而致椁。"此言蕭因小人排擠貶死。三泉路,猶黄泉路。螿:寒蟬。草根:宿草陳根,指墓地。

〔二五〕梁武帝于同泰寺講説《涅槃》、《大品》、《净名》、《三慧》諸經。名僧碩學,四部聽衆,常萬餘人。見《梁書・武帝紀》。此指講經功德,不能得福。借梁武講經比蕭的信佛。

楊虞卿、蕭澣當時被認爲黨魁,他們在李德裕入相時外放,在李宗閔入相時還朝,他們屬于牛僧孺、李宗閔黨,跟李德裕是對立的。從這首詩看,可以看出商隱對牛李黨争的態度。商隱在《會昌一品集序》、《爲李貽孫上李相公啓》裏對李德裕推崇到極點,不論在政治上、品德上、文學上都推崇到無以復加,但都是代人寫的,看不出他黨于李德裕。蕭澣是牛僧孺黨,商隱在這首詩裏對蕭表達了極深厚的感情,但也没有黨于牛僧孺。他哭蕭澣,主要是感激蕭早年接待他的情誼,對他另眼相看,恩同家人。又推重蕭有諫書,能爲朝廷屬草。根本不考慮黨派的鬥争。馮浩《年譜》稱:"要惟爲黨魁者,方足以持局而樹幟,下此小臣文士,絶無與于輕重之數者也。"商隱是文士,名位卑微,所謂"絶無與于輕重之數",對兩黨無足重輕,也不介入兩黨之争,對兩黨中人也没有什麽偏私,看他對李德裕和蕭澣的態度就可知道。

對這首詩,紀昀批:"起手説得與世運相關,高占地位。"這個開頭,把蕭澣的貶逐跟甘露之變聯繫起來,確實所見者大。把李宗閔、楊虞卿、蕭澣排擠走，是李訓、鄭注專權的開始，李訓、鄭注專權才造成甘露之變，這是從大處着眼的寫法，看出事件的重大關係，不同尋常。又批："凡長篇須有次第，此詩起四句提綱，次四句敍其立官本末，次四句敍時事之非，次十二句敍其得罪放逐而死，次十二句敍從前交好，次四句自寫己意，次八句總收，步武井然，可以爲式。"這裏講全篇的段落安排，主要分兩部份，一是寫蕭，一是寫蕭和己的關係。寫蕭，通過總冒，着重寫蕭的被誣陷貶死。寫蕭和己，着重寫恩遇。最後一結，呼應開頭，全篇結構完整。又批："長篇易至散緩，須有沉着語支拄其間，乃如屋有柱。'皆因'四句，'徒欲'四句，'自嘆'四句，皆篇中筋節也。"這裏指寫蕭澣要寫出他的爲人來，"皆因"四句主要寫他的諫書，對朝廷有貢獻；"徒欲"四句主要是寫他心在朝廷，爲國效力；"自嘆"四句主要寫他不忘朝廷。有了這些，纔顯出他的爲人可敬，值得悼念，所以成爲篇中筋節。"'苦霧'四句極悲壯，'白骨'二句極沉痛，妙皆出以藴藉，是爲詩人之筆。""苦霧"四句指斥朝廷的黑暗，蕭的貶逐，敢于這樣寫，透露出他的悲壯激烈的感情。但不明説，祇用比喻來暗示，是比較含蓄的。"白骨"兩句寫朝廷要起用他時，他已死了，所以極悲痛。"青雲寄意"寫他並不爲了高升，寫得也較含蓄。"先有'早歲'一段，'自嘆'四句乃有根，此皆上下血脈轉注處。"此指先有受恩深重一段敍述，纔有想爲蕭鳴冤圖報的話，反映了悲痛的感情，前後映照，更爲有力。

和友人戲贈二首（之二）

迢遞青門有幾關，柳梢樓角見南山〔一〕。明珠可貫須爲珮，白璧堪裁且作環〔二〕。子夜休歌團扇掩，新正未破剪刀閑〔三〕。猿啼鶴怨終年事，未抵熏爐一夕間。

〔一〕青門：古長安城門名。《三輔黄圖》："長安城東出南頭一門曰霸城門，民見門色青，名曰青城門，或曰青門。"南山：即終南山，在長安正南。

〔二〕《爾雅·釋器》："肉（圓形物之邊）倍好（中孔）謂之璧，肉好若一謂之環。"

〔三〕子夜：夜半子時。休歌：停歌。團扇：《宋書·樂志》："《團扇歌》者，中書令王珉與嫂婢有情，愛好甚篤。嫂捶撻婢過苦，婢素善歌，而珉好捉白團扇，故製此歌。"新正未破：程云："謂新正未動剪刀也。"《荆楚歲時記》："正月七日爲人日，剪綵爲人。"

馮浩注："首二想其所居。中四寫其整理服飾，深居少事，皆遥思而得之也。結言一夕相思，甚于終年怨望，真不可禁。"《輯評》引紀昀批："後一首代寫閨怨，所謂'戲'也。末二句寫怨曠之深。"這是寫閨怨，首二句是寫閨中人的想望，從閨中望出來，青門要隔幾道闞門，相當遥遠，從樓角可以望到終南山。這個開頭同結尾呼應，終南山當是猿啼鶴怨的處所。望青門到望南山，到猿啼鶴怨，她所想望的人當在終南山隱居，終南捷徑，當時隱居終南山正是提高身價，等待朝廷徵聘入朝做官的捷徑。可能因此造成閨怨。閨中人用明珠作佩，用白璧作環，正寫她的高潔。"作環"有盼望所想念的人回來的意思。到子夜未睡，與熏爐一夕相應，説明她一夜不睡。時在新正，不用團扇，團扇指《團扇歌》，正表她的想念。一夕想思，超過終年的猿啼鶴怨，正説明想思的深切。

錢鍾書先生《談藝録》補訂本（頁二五），論王國維《出門》的"百年頓盡追懷裏，一夜難爲怨别人"，稱："酷似唐李益《同崔邠登鸛雀樓》詩之'事去千年猶恨速，愁來一日即知長'；宋遺老黄超然《秋夜》七絶亦云：'前朝舊事過如夢，不抵清秋一夜長'；皆《淮南子·説山訓》：'拘囹圄者以日爲修，當死市者以日爲短'之意。張茂先《情詩》即曰：'居歡惕夜促，在戚怨宵長。'李義山《和友人戲贈》本此而更進一解曰：'猿啼鶴怨終年事，未抵熏爐一夕間。'"商隱一聯，用"終年"不如"一夕"來説，同"千年"不如"一日"，"前朝"不抵"一夜"，"百年"不抵"一夜"是一致的，它的"更進一解”,是用來表達怨曠之深;上舉各家祇用來比長短,商隱在長短外更表怨曠,這就更進了。商隱又結合“猿啼鶴怨”與“熏爐”來説,更能喚起讀者聯想,更富有意味。

李肱所遺畫松詩書兩紙得四十一韻〔一〕

萬草已涼露,開圖披古松。青山徧滄海,此樹生何峯?孤根邈無倚,直立撐鴻濛〔二〕。端如君子身,挺若壯士胸。樛枝勢夭矯〔三〕,忽欲蟠拏空。又如驚螭走〔四〕,默與奔雲逢。孫枝擢細葉,旖旎狐裘茸〔五〕。鄒顛蓐發軟,麗姬眉黛濃〔六〕。視久眩目睛,倏忽變輝容。竦削正稠直,婀娜旋敻夆〔七〕。又如洞房冷,翠被張穹籠〔八〕。亦若暨羅女〔九〕,平旦粧顔容。細疑襲氣母,猛若争神功〔一〇〕。燕雀固寂寂,霧露常衝衝〔一一〕。重蘭愧傷暮,碧竹慚空中〔一二〕。可集呈瑞鳳,堪藏行雨龍〔一三〕。淮山桂偃蹇,蜀郡桑重童〔一四〕。枝條亮眇脆,靈氣何由同〔一五〕?昔聞咸陽帝,近説嵇山儂,或著佳人號,或以大夫封〔一六〕。終南與清都〔一七〕,烟雨遥相通。安知夜夜意,不起西南風〔一八〕?美人昔清興,重之由月鐘〔一九〕。寶笥十八九,香緹千萬重〔二〇〕。一旦鬼瞰室,稠疊張羂罿〔二一〕。赤羽中要害,是非皆忽忽〔二二〕。生如碧海月,死踐霜郊蓬。平生握中玩,散失隨奴僮〔二三〕。我聞照妖鏡,及與神劍鋒〔二四〕。寓身會有地,不爲凡物蒙〔二五〕。

伊人秉兹圖，顧盼擇所從〔二六〕。而我何爲者？開懷捧靈蹤〔二七〕。報以漆鳴琴，懸之真珠櫳〔二八〕。是時方暑夏，座内若嚴冬。憶昔謝四騎，學仙玉陽東〔二九〕。千株盡若此，路入瓊瑶宫。口咏《玄雲歌》，手把金芙蓉〔三〇〕。濃藹深霓袖，色映琅玕中〔三一〕。悲哉墮世網，去之若遺弓〔三二〕。形魄天壇上，海日高曈曈〔三三〕。終期紫鸞歸，持寄扶桑翁〔三四〕。

〔一〕《雲溪友議》："開成元年秋，高鍇復司貢籍。主司先進五人詩，其最佳者李肱。乃以榜元及第。"李肱似與商隱同于開成二年及第。

〔二〕撑鴻濛：撑于空中。鴻濛，大氣。《淮南子·道應》："東開鴻濛之光。"

〔三〕樛枝：互相糾結的枝。天矯：屈曲上伸。

〔四〕螭：龍類。

〔五〕孫枝：從枝上生出來的枝。嵇康《琴賦》："乃斵孫枝。"原指桐樹，這裏指松。《左傳》僖公五年："狐裘尨茸。"尨茸形容毛的紛亂，轉指松針茂密。

〔六〕鄒顛：不詳。姚箋："鄒疑雛字之誤，言如童兒之髮也。"䕠：《玉篇》："厚也。"軟：指新抽的松針。《莊子·齊物論》："毛嬙麗姬，人之所美也。"麗姬，春秋晉獻公寵姬。眉黛濃：比松針緑而密。

〔七〕竦削：狀松樹的高聳清瘦，指清秀。稠直：針葉密而直。婀娜：柔美，狀松樹的枝幹盤曲。甹夆(pìn fēng)：在風中摇曳。

〔八〕洞房：很深的内室。穹籠：狀松樹猶圓蓋。

〔九〕《吴越春秋·勾踐陰謀外傳》："乃使相者國中得苧蘿山鬻薪之女曰西施、鄭旦，飾以羅縠，教以容步，三年學服而獻于吴。"注："苧蘿山在諸暨縣。"

〔一〇〕氣母：元氣，《莊子·大宗師》："伏戲氏得之，以襲氣母。"細當指畫松針，猛當指松身的有力。襲氣母，争神功，當指巧奪天工。

〔一一〕燕雀：畫裏没有燕雀，故稱寂寂。衝衝狀多，畫裏有霧氣。

〔一二〕重蘭：重疊的蘭花。傷暮：悲歲晚。襯出松針的經冬不凋。

〔一三〕謝朓《高松賦》："集五鳳之光景。"行雨龍：以松比龍。

〔一四〕淮山桂：見《哭遂州蕭侍郎》注〔一九〕。偃蹇：狀高節。《三國志・蜀書・先主傳》："先主舍東南角籬上有桑樹生，高五丈餘，遥望見童童如小車蓋。"重童，猶童童，狀車蓋貌。

〔一五〕亮眇脆：實少脆弱，指較桑枝堅勁。靈氣：指蜀先主舍東桑有靈氣，與松不同。

〔一六〕咸陽帝：秦始皇都咸陽。《史記・秦始皇本紀》："上泰山，立石，封，祠祀。下，風雨暴至，休于樹下，因封其樹爲五大夫。"樹指松樹。嵇山儂：道源注："晉法潛隱會稽剡山，或問其勝友爲誰，指松曰：'此蒼然叟也。'"佳人：即勝友，指嵇山儂。大夫封：指封五大夫。

〔一七〕終南：即秦嶺，主峯在長安南。清都：天帝居處。《列子・周穆王》："王實以爲清都紫微，鈞天廣樂，帝之所居。"此言終南山的松與清都烟雨相通。

〔一八〕西南風：《史記・律書》："閶闔風居西方。"郭璞《游仙》詩："閶闔西南來，潛波涣鱗起。"閶闔西南有近君意。

〔一九〕清興：清賞松樹畫。重之：看重畫。由：猶。月鐘：《集仙録》："女仙魯妙典居九疑山，有古鏡一面，大三尺；鐘一口，形如偃月，皆神人送來者。"

〔二〇〕笥：盛物竹器。十八九：指神物古鏡與鐘珍藏在一層層的寶笥中。緹：帛丹黄色，用帛裹上千萬層。言珍藏之密。

〔二一〕揚雄《解嘲》："高明之家，鬼瞰其室。"䍦罿（luán tóng），網。指鬼來盜寶，張重重網羅，鬼無法逃避。

〔二二〕《韓詩外傳・九》："對曰：得白羽如月，赤羽如朱。擊鐘鼓上聞於天，下槊於地，使將而攻之，惟由（子路）爲能。"赤羽箭中要害，是非不暇顧及，應下死字。

〔二三〕握中玩：指寶愛之物，死後散失。

〔二四〕《西京雜記》:"宣帝被收繫郡邸獄,臂上猶帶史良娣合采婉轉絲繩,繫身毒(天竺)國寶鏡一枚,大如八銖錢。"《吴越春秋·闔閭内傳》:"湛盧之劍,惡闔閭之無道也,乃去而出,水行如(往)楚。楚昭王卧而寤,得吴王湛盧之劍于床。"

〔二五〕寓身:神物托身有處所,如闔閭無道,則神劍去而托身於楚昭王。

〔二六〕伊人:指李肱。擇所從:爲此圖選擇所托,却送給我。

〔二七〕靈蹤:靈物,指畫松圖。

〔二八〕滚鳴琴:漆有花紋的琴。櫳:窗。

〔二九〕謝四騎:謝絶四方車騎入山。玉陽:《河南通志》:"玉陽山有二,東西對峙。相傳唐睿宗女玉真公主修道之所。"在河南濟源縣西三十里。

〔三〇〕《漢武内傳》:"(西王母)又命侍女安法嬰歌《玄雲之曲》。"李白《廬山謡》:"手把芙蓉朝玉京。"

〔三一〕濃藹:猶濃密。深霓袖:青霓色的衣。琅玕:指竹,衣色與竹色相映照。

〔三二〕墮世網:墮落人間,指離開玉陽山,不再學仙。《孔子家語·好生》:"楚王出遊,亡弓。左右請求之,王曰:'止,楚王失弓,楚人得之,又何求之。'"

〔三三〕《河南通志》:"王屋山絶頂曰天壇。"登天壇可看日出。曈曈:日初出貌。

〔三四〕紫鸞:仙鳥。《十洲記》:"扶桑在碧海之中,地方萬里,上有太帝宫,太真東王父所治處。"

凡是研究李商隱玉陽學仙事跡的,研究他與女冠交往的,研究他所謂戀愛事跡的,都要研究這首詩。因此,此詩就成了研究李商隱事跡的必讀詩。從這首詩看,衹寫到學仙,如"路入瓊瑶宫",則已入道觀了;"口咏《玄雲歌》",《玄雲》本爲西王母侍女唱的歌,那當已與女冠相見了。但没有一點與女冠相戀的記載,就本詩看,找不到他有與女冠相戀的痕跡,反而有助于説明他的"不涉于風流"。因此,對他的所謂戀愛事跡,從這首詩裏可以取得反證。

張采田《會箋》繫此詩于開成元年，箋説："此未第時，故不稱(李)肱爲同年。詩云'是時方暑夏'，蓋是年夏作也。"

這首詩以寫畫松爲主，何焯評："此一段酷似昌黎，蘇、黄所祖，唐人不用此極力形容。"從"孤根邈無倚"起，用二十八句來寫松，摹仿韓愈的刻劃物象。從孤根到直幹，比作君子壯士，用四句來寫根幹；從樛枝拏空，比作驚螭，用四句來寫枝；從孫枝到細葉，比作裘毛、軟鬟、濃眉，用四句寫孫枝。這樣，從根幹到枝到孫枝，就寫了十二句，用了六個比喻。運用比喻又出以變化，如並用君子、壯士以比樹身，一説它的德，一説它的壯健。用螭走比樛枝拏空，聯係"與奔雲逢"，由喻以及他。連用三個比喻裘毛、軟鬟、濃眉來比新抽針葉，由于新抽而軟，故用裘毛、軟鬟作比，由于稠密，故用裘毛、濃眉作比；由于葉緑，故用眉黛作比；這裏不僅疊用三喻，還是一喻比兩方面，如裘毛既比軟，又比密；眉黛濃，既比密，又比緑，在用喻上有它的特色。寫到此似已無可着筆了，作者又寫自己的感受。前十二句描寫松的形貌，劉勰在《文心雕龍・物色》所謂"隨物宛轉"，以下寫的所謂"與心徘徊"了。

寫自己的感受用了二十句，有比喻，有旁襯，有對比。視久目眩以下四句，感到輝容忽變，從葉的稠直和樹幹的削秀變到婀娜摇曳。又用兩喻，比作張翠幕，粧顔容，極寫新葉的丰姿美好。又用兩喻，比作襲氣母，争神功，極寫直幹的勁健。再用燕雀霧露作陪襯，用蘭竹作襯托，又用集鳳藏龍作贊美；再用桂桑作比。不僅寫出它的變化、美好，也寫出它的神奇。這樣寫是工于刻劃，是學韓愈，唐詩中一般是不這樣寫的。

紀昀批："前半規摹昌黎，語多龐雜。'淮山'以下，居然正聲。入後層層唱嘆，興寄横生，伸縮起伏之妙，略似工部《韋諷録事宅觀曹將軍畫馬歌》。若删去'孫枝'以下十韻，直以'默與'句接'淮山'句，便爲完璧。"這裏指出前面仿韓愈，後面像杜甫。紀昀要用杜詩的寫法來要求，主張前面删去二十句，即光寫松的樹幹和樛枝，接下來就用桂桑來相比，認爲這樣纔完整，這樣説不確切。因爲這首詩的前半部正是刻意形容，删去了就失去了它的特點。

到這裏,物貌和感受都寫完了,作者却奇峯突起,所謂"層層唱嘆,興寄橫生"。從松的封號聯繫到它的靈異,歸到想望京都。再聯繫到這幅畫,朱彝尊批:"自'美人昔清興'至'開懷捧靈蹤',言此畫松初見重于貴室,乃身名敗後,流落奴童,然此如寶劍神鏡,終非凡品。乃今遂以遺我,得無興亡之感乎!"那末這首詩,從"隨物宛轉"的刻劃形貌,到"與心徘徊"的寫出感受,再加上寫出興亡之感,都寫得酣暢淋漓,足爲借鑒,不光寫學仙玉陽可資考索了。

壽安公主出降〔一〕

嬀水聞貞媛,常山索鋭師〔二〕。昔憂迷帝力,今分送王姬〔三〕。事等和強虜,恩殊睦本枝〔四〕。四郊多壘在,此禮恐無時〔五〕。

〔一〕《舊唐書·文宗紀》:"開成二年六月丁酉(初五),以成德軍節度使王元逵爲駙馬都尉,尚壽安公主。"《新唐書·王元逵傳》:"元逵其(指王廷湊)次子也,識禮法,歲時貢獻如職。帝悦,詔尚絳王悟女壽安公主。"降:下嫁。

〔二〕嬀水兩句:指王元逵聽説文宗把貞靜的名媛下嫁,派出精鋭部隊來迎娶。嬀(guī)水:在山西。堯把二女嫁給在嬀水的舜,見《書·堯典》。常山:爲成德軍治所,在今河北正定縣。索:娶。

〔三〕昔憂兩句:從前擔憂王廷湊不知帝的恩威,現在理應送王女下嫁。《新唐書·王廷湊傳》:"王廷湊,本回紇阿布思之族。鎮冀自(李)惟岳以來,拒天子命,然重鄰好,畏法,稍屈則祈自新。至(王)廷湊,資凶悖,肆毒甘亂,不臣不仁,雖夷狄不若也。元逵,其次子也。"

〔 四 〕和強虜：用公主來跟強敵和親，表屈辱。廷湊是回紇人，故稱強虜。睦本枝：和睦宗族，指恩典超過了對待宗室。

〔 五 〕《禮記・曲禮上》："四郊多壘，此卿大夫之辱也。"指到處都是工事，國内還有戰爭。假如用下嫁公主來安撫割據的藩鎮，那末這種屈辱的和親怕没有完結的時候了。

徐逢源稱："元逵雖改父風，然據鎮輸誠，不能束身歸國。文宗降以宗女，終有辱國之恥。義山憤王室不振，而諸道效尤也。"朱彝尊批："'分'字深痛，言竟似分宜爾也。"成德軍節度使王廷湊叛亂，朝廷發兵進討，無功而罷，跟他妥協。其子元逵按時貢獻，文宗就把宗女嫁給他來加以安撫，商隱認爲這是屈辱的和親，是朝廷士大夫的恥辱。寫屈辱和親的，有戎昱的《咏史》："漢家青史上，計拙是和親。社稷依明主，安危託婦人。豈能將玉貌，便擬静胡塵？地下千年骨，誰爲輔佐臣！"這詩的"四郊多壘"，認爲是卿大夫之恥，也是"誰爲輔佐臣"的意思。這詩結合壽安公主下嫁來説，戎昱一首的概括性更強，更有名。

病中早訪招國李十將軍遇挈家遊曲江〔一〕

十頃平波溢岸清，病來惟夢此中行。相如未是真消渴，猶放沱江過錦城〔二〕。

〔 一 〕招國：招國里，在長安。李十將軍：自族中行輩第十，名不詳。挈（qiè）攜帶。曲江：在長安東南。康駢《劇談録》："曲江，開元中疏鑿爲勝境，其南有紫雲樓、芙蓉苑，其西有杏園、慈恩寺，花卉環周，烟水明媚。都人游賞，盛于中和上巳之節。"

〔 二 〕《漢書・司馬相如傳》："常有消渴病。"即糖尿病，口渴，欲喝水。

沱江：即郫江，自灌縣分岷江東流，經郫縣至成都，與錦江合。錦城：在成都南十里，即錦官城。

這首詩構思比較曲折。"十頃平波"正指曲江，病中只是夢游曲江。接下去來個轉折，轉到自己的病，是消渴病，聯繫李十將軍攜家游曲江，曲江還是平波溢岸。忽發奇想，自己要真是消渴，會把曲江上游的水喝光，那麽曲江就没有水了。現在曲江水滿，正説明自己還不是真的消渴，否則曲江無水，李十將軍就不好往游了。錢鍾書先生《談藝録》論曲喻："至詩人修辭，奇情幻想，則雪山比象，不妨生長尾牙，滿月同面，儘可妝成眉目。英國玄學詩派之曲喻多屬此體。要以玉溪爲最擅此。著墨無多，神韻特遠。如《天涯》曰：'鶯啼如有淚，爲溼最高枝。'認真啼字，雙關出淚溼也。《病中游曲江》曰：'相如未是真消渴，猶放沱江過錦城。'坐實渴字，雙關出沱江水竭也。《春光》曰：'幾時心緒渾無事，得及游絲百尺長。'執著緒字，雙關出百尺長絲也。"

韓同年新居餞韓西迎家室戲贈〔一〕

籍籍征西萬户侯，新緣貴壻起朱樓〔二〕。一名我漫居先甲，千騎君翻在上頭〔三〕。雲路招邀迴綵鳳，天河迢遞笑牽牛〔四〕。南朝禁臠無人近，瘦盡瓊枝咏《四愁》〔五〕。

〔一〕韓瞻字畏之，與商隱同年中進士，爲王茂元壻，王爲韓建新居。韓赴涇原迎接其妻。

〔二〕籍籍：著名。王茂元爲涇原節度使，治涇州（在今甘肅涇川縣北），故稱征西萬户侯。

〔三〕居先甲：指進士試居甲等在先。在上頭：指爲王茂元女壻。樂府

《陌上桑》:"東方千餘騎,夫壻居上頭。"

〔四〕迴綵鳳:茂元女婚後迴涇原,故韓畏之去涇原迎接。

〔五〕《晉書·謝混傳》:"孝武帝爲晉陵公主求婿,謂王珣曰:'主婿但如劉真長、王子敬便足。'珣對曰:'謝混雖不及真長,不減子敬。'帝曰:'如此便足。'未幾帝崩。袁崧欲以女妻之,珣曰:'卿莫近禁臠。'初,元帝始鎮建業,公私窘罄。每得一㹠,以爲珍膳,項上一臠尤美,輒以薦帝,羣下未嘗敢食,于時呼爲'禁臠',故珣以爲戲。混竟尚主。"此指韓畏之。瓊枝:屈原《離騷》:"折瓊枝以繼佩。"張衡《四愁詩》每章以"我所思兮"起句。這裏指商隱爲求茂元幼女而瘦。

《唐摭言》卷三稱:進士宴曲江日,"公卿家傾城縱觀於此,有若中東床之選者,十八九鈿車珠鞍,櫛比而至"。王茂元也在新進士中擇壻,把一個女兒嫁給韓瞻,還爲他建新居。商隱同韓瞻同年中進士,想娶茂元幼女,所以有"千騎君翻在上頭"的戲語,有"瘦盡瓊枝咏《四愁》"的逼切感情,"我所思兮"正是在想念茂元的小女,當時他的婚事未成,所以有"瘦盡瓊枝"的感嘆。"雲路"一聯寫韓瞻西迎家室,富有才華。末聯莊諧雜陳。全詩寫得風華綺麗,不用僻典,以清詞麗句顯示其迫切求偶的感情。

西南行却寄相送者〔一〕

百里陰雲覆雪泥,行人只在雪雲西。明朝驚破還鄉夢,定是陳倉碧野鷄〔二〕。

〔一〕却寄:猶轉寄。

〔二〕陳倉:在今陝西寶鷄縣東。《史記·封禪書》:"秦文公得陳寶於陳倉北坂,其神若雄雞。"《水經注·渭水》:"陳倉縣有陳倉山,山上有陳寶雞鳴祠。昔秦文公遊獵於陳倉,遇之於此坂,得若石焉,其色如肝,歸而寶祠之,故曰陳寶。其來也,自東南,暉暉聲若雷,野雞皆鳴,故曰雞鳴神也。"《漢書·郊祀志》:"宣帝時,或言益州有金馬碧鷄之神。"注:"金形似馬,碧形似鷄。"按陳倉的野鷄即陳寶,益州的碧鷄,是另一事,這裏合而爲一,借指雄鷄。

馮浩注:據"此詩情態",無"遲暮之悲,羈孤之痛",定爲在開成二年冬赴興元(今陝西漢中市)令狐楚幕,在陳倉寄宿時作。懷念家鄉,故有明朝鷄鳴驚夢的説法。紀昀批:"以風致勝。詩固有無所取義而自佳者。着眼在'還鄉夢'三字,却借陳倉碧鷄反點之,用筆最妙。"按《史記·封禪書》"野鷄夜雊",即野鷄夜鳴,所以説驚夢。紀昀認爲在這裏用了"陳倉碧野鷄"這個典故,又點明了地址,寫得自然而不費力,所以認爲妙。前兩句寫西南行遇雪,不説自己在陰雲覆雪泥中走了百里,却説自己衹在雪雲西,西去已無雪泥,反映當時心情,絶無道路艱辛之恨。這樣借景抒情,可供體味。上句説"陰雲雪泥",下句用"雪雲"呼應,亦有複疊的好處。

聖女祠〔一〕

杳靄逢仙跡,蒼茫滯客途〔二〕。何年歸碧落?此路向皇都〔三〕。消息期青雀,逢迎異紫姑〔四〕。腸迴楚國夢,心斷漢宮巫〔五〕。從騎裁寒竹,行車蔭白榆〔六〕。星娥一去後,月姊更來無〔七〕?寡鵠迷蒼壑,羈凰怨翠梧〔八〕。惟應碧桃下,方朔是狂夫〔九〕。

〔一〕聖女祠:在陳倉(在今陝西寶鷄市東)、大散關間,懸崖旁有神像,狀似婦人,稱爲聖女神。《水經注・漾水》:"(秦岡)山高入雲,懸崖之側,列壁之上,有神像若圖,指狀婦人之容,其形上赤下白,世名之曰聖女神。"

〔二〕杳靄:迷茫。仙跡:指聖女神。神像在遠處,看去有些迷茫。蒼茫:狀暮色。

〔三〕碧落:天上。問聖女何時歸天。皇都:京城,商隱由興元(今陝西漢中市)到長安。

〔四〕青雀:即青鳥。《漢武故事》:"七月七日,忽有青鳥飛集殿前。東方朔曰:'此西王母欲來。'有頃,王母至,三青鳥夾侍王母旁。"後因稱使者曰青鳥。紫姑:女神。《顯異録》:"紫姑,萊陽人,姓何名媚,字麗卿。壽陽李景納爲妾,爲大婦曹氏所嫉,正月十五夜,陰殺之於廁間。上帝憫之,命爲廁神。"指聖女高于紫姑。

〔五〕腸迴:指愁腸九迴。楚國夢:《高唐賦》寫楚襄王夢見神女,比聖女。漢宫巫:《漢書・郊祀志》:"(高祖于)長安置祠,祀官女巫,皆以歲時祠宫中。"

〔六〕裁寒竹:截竹爲杖。《後漢書・方術傳》:"(費)長房辭歸,翁(壺公)與一竹杖,曰:'騎此任所之(往),則自至矣。'"《隴西行》:"天上何所有?歷歷種白榆。"

〔七〕星娥:織女。月姊:嫦娥。

〔八〕寡鵠:指寡婦。羈凰:《禮記・内則》:"男角女羈。"凰,雄鳳雌凰。翠梧:鳳凰非梧桐不棲。

〔九〕方朔:東方朔。《博物志》:"時東方朔竊從殿南廂朱鳥牖中窺(王)母,母顧之,謂(武)帝曰:'此窺牖小兒嘗三來盜吾此桃。'"

《水經注・漾水》稱懸崖之側,有神像曰聖女神。不説有聖女祠,可能在唐朝蓋起了祠廟。商隱寫了兩首《聖女祠》,一首《重過聖女祠》,是有祠廟的。這首詩,從"滯客途"、"向皇都"、"從騎"、"行車"來看,是商隱路過聖女祠,留下來觀看。這條路是到長安去的,馮浩《箋注》認爲是從興元到鳳州,即開成二年,令狐楚病死在興元任上,十二月,商隱送令狐楚喪回長安,路過聖女祠所作。那時有從騎,有行車,當是令狐楚的喪車。

在“何年歸碧落”裏當是雙關,商隱這年春已考中進士,想再通過一次考試,可以入朝爲官,當時把朝廷比做天上,所以這樣說;雙關聖女何年上天。從“何年”裏,提出“消息期青雀,逢迎異紫姑”。聖女何年回到天上,又望青鳥帶來好消息;他何年入朝做官,想向紫姑卜問,但聖女不同于紫姑,是不能卜問的。“腸迴”一聯,馮注認爲指令狐楚說,“謂我望其入柄國鈞,而今不可再遇,夢醒高唐,心斷漢宫矣。”他本望令狐楚入相後推引自己入朝,今則望斷了。“‘從騎’二句,謂奉其喪而歸。”裁寒竹,或用費長房跨竹游行,指趕路。蔭白榆,《淮南子·説林》:“蔭不祥之木。”因喪車停在白榆下,所以稱蔭。“星娥”兩句,問月亮再來看望神女嗎?雙關令狐楚死後,更有有力者來汲引自己嗎?“寡鵠”兩句指聖女的孤獨,當有幽怨;雙關令狐楚一死,自己無所依靠,有似寡鵠羈凰。最後歸到過聖女祠,自己像東方朔偷看西王母那樣,去偷看聖女像。結合東方朔的偷桃是狂夫,雙關自己的想取得功名,也像東方朔的偷桃了。

這首詩善用雙關寫法,透露他當時的心情,一方面迫切希望有人援引,一方面想入朝爲官。所以他接着就進入王茂元幕府,一生以不能進入朝廷爲恨事。

行次西郊作一百韻〔一〕

蛇年建丑月,我自梁還秦〔二〕。南下大散嶺,北濟渭之濱〔三〕。草木半舒坼,不類冰雪晨。又若夏苦熱,燋卷無芳津〔四〕。高田長檞櫪,下田長荆榛〔五〕。農具棄道旁,飢牛死空墩。依依過村落〔六〕,十室無一存。存者皆面啼,無衣可迎賓。始若畏人問,及門還具陳:

〔一〕次：止宿。西郊：京西郊區。開成二年十二月，商隱從興元（今陝西漢中）回長安，路過京西郊區，寫出耳聞目睹的人民苦難情狀。

〔二〕蛇年建丑月：開成二年丁巳，巳屬蛇。夏曆以正月爲建寅，上推十二月爲建丑。梁，州名，治所在興元。秦，指長安。

〔三〕大散嶺：在寶鷄縣西南。這裏指向南下嶺，再北渡渭水。

〔四〕舒坼：萌芽。燋卷：乾枯卷縮。芳津：指水分。天暖没有冰雪，草樹抽芽；又因天旱，抽出的芽乾枯卷縮。

〔五〕槲（hú）櫪、荆榛（zhēn）：泛指野生雜樹，寫田地荒蕪。

〔六〕依依：狀惆悵牽掛的感清。

右輔田疇薄，斯民常苦貧〔七〕。伊昔稱樂土，所賴牧伯仁〔八〕。官清若冰玉，吏善如六親〔九〕。生兒不遠征，生女事四鄰〔一〇〕。濁酒盈瓦缶，爛穀堆荆囷〔一一〕。健兒庇旁婦，衰翁舐童孫〔一二〕。況自貞觀後，命官多儒臣。例以賢牧伯，徵入司陶鈞〔一三〕。

〔七〕右輔：指京城西郊。斯民：此民。

〔八〕伊昔：從前。伊，發語詞。牧伯：地方最高行政長官。

〔九〕冰玉：指廉潔。《晉書·賀循傳》："循冰清玉潔。"六親：指親近的親屬。

〔一〇〕遠征：遠行。事四鄰：嫁給附近鄰居，侍奉公婆丈夫。

〔一一〕濁酒：一種家釀的酒。瓦缶：瓦製酒器。爛穀：穀多得吃不了而霉爛。荆囷（jūn）：荆條編的糧囤。

〔一二〕庇旁婦：養外婦。舐（shì）：舔，老牛舐犢，比喻老人愛撫孩子。

〔一三〕貞觀：唐太宗年號。儒臣：指文臣。徵入：調到朝廷。司陶鈞：主持政事，即任宰相。《漢書·鄒陽傳》："是以聖王制世御俗，獨化于陶鈞之上。"陶鈞，製陶器的轉輪，轉動它來製成陶器，喻治理國家。

降及開元中，奸邪撓經綸〔一四〕。晉公忌此事，多録邊將勳〔一五〕。因令猛毅輩，雜牧昇平民〔一六〕。中原遂多故，除授非至尊。或出倖臣輩，或由帝戚恩〔一七〕。中原困屠解，奴隸厭肥豚〔一八〕。皇子棄不乳，椒房抱羌渾〔一九〕。重賜竭中國，強兵臨北邊。控弦二十萬，長臂皆如猿〔二〇〕。皇都三千里，來往如雕鳶。五里一换馬，十里一開筵〔二一〕。指顧動白日，暖熱迴蒼旻。公卿辱嘲叱，唾棄如糞丸〔二二〕。大朝會萬方，天子正臨軒〔二三〕。綵旂轉初旭，玉座當祥烟〔二四〕。金障既特設，珠簾亦高褰。捋須蹇不顧，坐在御榻前〔二五〕。忤者死跟履，附之升頂顛〔二六〕。華侈矜遞衒，豪俊相併吞〔二七〕。因失生惠養，漸見徵求頻〔二八〕。

〔一四〕開元：唐玄宗年號。撓經綸：擾亂政治。理絲稱經，分類稱綸，用來比治理國事。

〔一五〕晉公：李林甫在開元二十五年封晉國公。忌此事：忌用文臣任地方長官，積功後入相，來分自己的權力，請專用蕃將，蕃將立功後不能入相。

〔一六〕猛毅輩：指武臣。牧：統治。昇平民：太平時代的人民。

〔一七〕多故：多事。除授：任命官職。非至尊：不由皇帝。倖臣：寵臣。

〔一八〕屠解：屠殺肢解。奴隸：權臣貴族家裏的僕役。厭：同饜，飽足。豚：小猪。

〔一九〕不乳：不養。不養皇子事無考，一説玄宗寵愛武惠妃，欲立武惠妃子，殺太子瑛、鄂王瑶、光王琚。椒房：后妃宫，用椒和泥塗壁，指楊貴妃。抱羌渾：指以安禄山爲兒。《安禄山事跡》："禄山生日後三日，召禄山入内。貴妃以綉繃子繃禄山，令内人以采輿舁之，歡呼動地，玄宗使人問之，報云：'貴妃與禄山作三日洗兒。'自是宫中皆呼禄山爲禄兒,不禁出入。"禄山是雜種胡人,羌渾是借用。

〔二〇〕控弦:拉弓的戰士。長臂:《史記·李將軍列傳》:"(李)廣爲人長猨臂,其善射亦天性也。"安禄山領平盧(治青州,今山東益都縣)、范陽(治薊,今北京大興縣)、河東(治太原,在山西)三道節度使。《安禄山事跡》:"十一載三月,禄山引蕃、奚步騎二十萬,直入契丹,以報去秋之役。"

〔二一〕三千里:《舊唐書·地理志》:"范陽在京師東北二千五百二十里。"雕鳶:皆猛禽善飛。指禄山部下的牒報人員。《安禄山事跡》:"禄山乘驛馬詣闕,每驛中間,築臺以换馬,不然馬輒死。飛蓋蔭野,車騎雲屯,所至之處,皆賜御膳,水陸畢備。"

〔二二〕蒼旻(mín):《爾雅·釋天》:"春爲蒼天,秋爲旻天。"手指眼看,態度或温和或熱烈,都可以影響皇帝。公卿受到嘲弄叱責,被看輕得像糞丸。《古今注》:"蜣蜋能以土包糞,推轉成丸。"寫禄山的氣焰不可一世。

〔二三〕大朝:天子在元旦冬至大會各方臣子稱大朝,與平日的常朝不同。臨軒:天子不坐正殿,在平臺接見臣下。

〔二四〕綵旂:上朝時,綵旗在初升的陽光中轉動。祥烟:皇帝座位前銅爐内香烟繚繞。

〔二五〕《舊唐書·安禄山傳》:"上御勤政樓,於御坐東爲設一大金鷄障(屏風),前置一榻坐之,捲去其簾。"褰(qiān):掛。蹇(jiǎn):驕傲。

〔二六〕跟履:踐踏。頂顛:指高位。《新唐書·安禄山傳》:"(禄山)反狀明白,人告言者,帝必縛與之。"此即忤者死跟履。又:"其軍中有功位將軍者五百人,中郎將二千人。"即附者升頂顛。

〔二七〕矜遞衒:驕傲地繼續誇耀自己的豪華。《新唐書·安禄山傳》:"帝爲禄山起第京師。爲瑣户交疏(門户都雕刻),臺觀沼池華僭(華麗過制度),帟幕率緹綉(用丹黄色帛刺綉)。"併吞:又:"(阿)布思者,九姓首領也。禄山厚募其部落降之。禄山已得布思衆,則兵雄天下,愈偃肆。又奪張文儼馬牧。”

〔二八〕因失兩句:玄宗因失于督察,只對禄山加恩,禄山的要求越來越多。《新唐書·安禄山傳》:“進禄山東平郡王。九載,兼河北道採訪處置使,賜永寧園爲邸。詔上谷郡置五鑪,許鑄錢。又求兼河東,遂拜雲中太守、河東節度使。既兼制三道,意益侈。又請爲閑厩隴右羣牧等使,因擇良馬内(納)范陽。”

奚寇東北來,揮霍如天翻。是時正忘戰,重兵多在邊〔二九〕。列城繞長河,平明插旗幡。但聞虜騎入,不見漢兵屯〔三〇〕。大婦抱兒哭,小婦攀車轓〔三一〕。生小太平年,不識夜閉門。少壯盡點行,疲老守空村。生分作死誓,揮淚連秋雲〔三二〕。廷臣例麞怯,諸將如羸奔〔三三〕。爲賊掃上陽,捉人送潼關〔三四〕。玉輦望南斗,未知何日旋〔三五〕。誠知開闢久,遘此雲雷屯〔三六〕。逆者問鼎大,存者要高官〔三七〕。搶攘互間諜,孰辨梟與鸞〔三八〕。千馬無返轡,萬車無還轅。城空雀鼠死,人去豺狼喧〔三九〕。

〔二九〕奚寇:指禄山叛軍,禄山養同羅、奚、契丹八千餘。東北:原作“西北”。朱注:“當作東。”揮霍:行動極快。《舊唐書·安禄山傳》:“(天寶十四載)十一月,反于范陽。以諸蕃馬步十五萬,夜半行,平明食,日六十里。天下承平日久,人不知戰。聞其兵起,朝廷震驚。”

〔三〇〕禄山叛軍十二月渡黄河,連陷陳、滎陽、東都洛陽。屯:駐守。《安禄山事跡》:“所至郡縣無兵禦捍。兵起之後,列郡開甲仗庫,器械朽壞,兵士皆持白棒。”

〔三一〕轓(fān):車箱兩旁横木。小婦攀着車箱旁横木想擠上去逃難。

〔三二〕點行:按户口册征兵。生分:活着分離作死别的誓言。

〔三三〕例麏怯：像麏一樣膽怯。麏似小鹿，膽小善驚。羸（léi）：瘦羊。

〔三四〕掃上陽：打掃東都洛陽的上陽宫。送潼關：從長安捉百官、宦者、宫女、樂工送出潼關到洛陽。《通鑑》至德元載正月："禄山（在洛陽）自稱大燕皇帝。"六月，"乃遣孫孝哲將兵入長安。禄山命搜捕百官宦者宫女等，每獲數百人，輒以兵衛送洛陽"。

〔三五〕玉輦（niǎn）：皇帝的車，指玄宗奔蜀。南斗，二十八宿的斗宿，指蜀地。旋：指回京。

〔三六〕開闢久：開天闢地已經久遠，指唐朝建國已久。遘：遭遇。雲雷屯：《易·屯》："屯，剛柔始交而難生。"屯卦雷下雲上，即剛下柔上相交接而生災難。指安禄山之亂。

〔三七〕逆者：叛亂者，指禄山。問鼎大：《左傳·宣公三年》："定王使王孫滿勞楚子，楚子問鼎之大小輕重焉。"楚莊王問九鼎的輕重，即有窺覦周朝政權意。存者：未叛亂的藩鎮。要高官：要挾朝廷封官。

〔三八〕搶攘：紛擾。互間諜：互相刺探。梟與鸞：梟比叛臣，鸞比忠臣。

〔三九〕千馬、萬車：指唐玄宗、肅宗派去討伐叛軍的部隊全軍覆没。城空：指人民逃走。豺狼：指叛軍。

南資竭吴越，西費失河源〔四〇〕。因令右藏庫，摧毁惟空垣〔四一〕。如人當一身，有左無右邊。筋體半痿痹，肘腋生臊膻〔四二〕。列聖蒙此恥，含懷不能宣。謀臣拱手立，相戒無敢先〔四三〕。萬國困杼軸，内庫無金錢。健兒立霜雪，腹歉衣裳單〔四四〕。饋餉多過時，高估銅與鉛〔四五〕。山東望河北，爨烟猶相聯。朝廷不暇給，辛苦無半年〔四六〕。行人權行資，居者税屋椽〔四七〕。中間遂作梗，狼藉用戈鋋〔四八〕。臨門送節制，以錫通天班〔四九〕。破者以族滅，存者尚遷延〔五〇〕。禮數異君父，羈縻如羌零〔五一〕。直求輸赤誠，所望大體全〔五二〕。巍巍政事堂，宰相厭八珍〔五三〕。敢問下執事，今誰掌其權〔五四〕？瘡疽幾十載，不敢抉其根。國蹙賦更重，人稀役彌繁〔五五〕。

〔四〇〕吴越：指東南地區，安禄山叛亂後，唐朝的財政收入依靠淮南江南地區。河源：黄河上游的河西隴右一帶陷于吐蕃。

〔四一〕右藏庫：藏各地所貢金玉珠寶玩好之物；左藏庫藏全國賦税財物。安史亂後，金玉寶貨爲各地藩鎮壟斷，不再進貢。右藏庫只剩空垣。

〔四二〕有左無右：有左藏庫無右藏庫，又失去河西隴右，也無右，如人半身不遂，即痿痹。河西隴右是唐朝肘腋之地，陷于吐蕃，他們以牛羊肉爲食，因稱膻膻。

〔四三〕列聖：指肅宗、代宗、德宗、順宗、憲宗等。蒙恥：受辱，指藩鎮割據，隴右失陷。含懷：容忍。無敢先：無人敢提出削平藩鎮收復失地。

〔四四〕萬國：各地區。杼軸：織布機，指織布帛。《詩·大東》："小東大東，杼軸其空。"腹歉：肚飢。

〔四五〕饋餉：運送軍糧。高估：物價高漲。《新唐書·食貨志》："（德宗時）江淮多鉛錫錢，以銅盪（鍍）外，不盈斤兩，帛價益貴。"

〔四六〕山東：華山以東。河北：黄河北部。爨（cuàn）烟：炊烟。從山東到河北，炊烟相聯。不暇給：無暇顧及。無半年：辛苦一年無半年口糧，指山東河北在藩鎮壓榨下，朝廷管不了。

〔四七〕行人：行商。擢：同"榷"，專利，轉爲征税。行資：行商的物資。居者：有房産者。《舊唐書·德宗紀》：建中三年九月，"（趙）贊乃于諸道津要置吏税商貨，每貫税二十文，竹木茶漆皆什一税一"。四年六月，"初税屋間架除陌錢"。《新唐書·食貨志》："屋二架爲間，上間錢二千，中間一千，下間五百。除陌法，公私貿易，千錢舊算二十，加爲五十。"指朝廷的剥削。

〔四八〕作梗：阻塞朝命，作亂。狼藉：雜亂。用戈鋋（yán）：用兵。鋋，短矛。指河北藩鎮朱滔、田悦、王武俊以及朱泚、李懷光、李納、李希烈的叛亂。

〔四九〕臨門：朝廷使人到門。節制：旌節和制書，旗子符節，皇帝文書。錫：賜。通天班：朝廷官階。中唐以來，節度使死，其子往往自稱留後，朝廷派使臣把旌節制書送上門去，正式任命。並賜朝官銜，如僕射、同中書門下平章事，即宰相銜。

〔五〇〕破者：被朝廷討平的藩鎮。族滅：滅族。憲宗時討平西蜀劉辟、淮西吴元濟等。存者：指河北藩鎮。遷延：拖下去。

〔五一〕禮數：禮儀制度。異君父：跟朝廷上的君臣不同。羈縻：馬籠頭、牛繮繩，指籠絡。朝廷對待藩鎮像對待少數民族，只是籠絡而已。羌零(lián)：西方羌族，先零，羌族的一支。

〔五二〕直：豈。對藩鎮豈求他們效忠，只望他們顧全大體，不要叛亂而已。

〔五三〕巍巍：崇高。政事堂：中書省(主管大政)、門下省(出納帝命)、尚書省(管領百官)的長官討論政事的地方。厭(饜)八珍：吃飽各種珍品。政事堂議政後會食。

〔五四〕下執事：手下辦事員，是對對方的尊稱，指作者。誰掌權：《新唐書・宰相表》，當時宰相有鄭覃、李石、陳夷行。

〔五五〕瘡疽：比國家的禍害。抉：挖掘。國蹙：朝廷直轄區縮小。役：勞役。賦役負擔更重。《新唐書・食貨志》："元和中，供歲賦者，浙西、浙東、宣歙、淮南、江西、鄂岳、福建、湖南八道，户百四十四萬，比天寶才四之一；兵食于官者八十三萬，加天寶三之一。"

近年牛醫兒，城社更攀緣。盲目把大旆，處此京西藩〔五六〕。樂禍忘怨敵，樹黨多狂狷。生爲人所憚，死非人所憐〔五七〕。快刀斷其頭，列若猪牛懸〔五八〕。鳳翔三百里，兵馬如黄巾〔五九〕。夜半軍牒來，屯兵萬五千。鄉里駭供億,老少相扳牽〔六〇〕。兒孫生未孩,棄之無慘顔。不復議所適,但欲死山間〔六一〕。

〔五六〕牛醫兒:《後漢書·黄憲傳》:"父爲牛醫。同郡戴良,才高倨傲,而見憲未嘗不正容,及歸,惘然若有失也。其母問曰:'汝復從牛醫兒來耶?'"這裏借指鄭注,因他用醫藥取得文宗信任。城社:城狐社鼠,依托城牆和社樹,不易驅除,比鄭注依靠文宗信任。攀援:攀附援引,指結黨營私。盲目:鄭注近視,詆爲盲目。京西藩:指鳳翔府,宰相李訓以鄭注爲鳳翔節度使。把大旆:指鄭注爲節度使。

〔五七〕樂禍:當時文宗與李訓、鄭注密謀誅殺宦官,引起禍害,忘記了宦官這個怨敵。樹黨:鄭注結黨多是狂躁的人。狂狷:狂躁和褊狹,這裏只用狂義。李訓、鄭注排斥李宗閔、李德裕,把所惡朝臣稱爲二李之黨,多所斥逐,爲人所畏憚。鄭注被殺後,不爲人所憐憫。

〔五八〕斷頭:李訓、鄭注本約内外合力誅宦官,訓欲獨自居功,詭言甘露降,見《有感二首》注〔一〕。事敗,宦官仇士良密令鳳翔監軍宦官張仲清誘殺鄭注,把頭送長安,在興安門懸頭示衆。

〔五九〕三百里:《舊唐書·地理志》:"鳳翔在京師西三百十五里。"黄巾:後漢末農民起義部隊,用黄巾裹頭。這裏誣蔑黄巾爲盜賊。《通鑑》太和九年十一月甘露之變,太監仇士良等率禁兵捕殺李訓鄭注連及王涯等。開成元年二月劉從諫上表稱"内臣擅領甲兵,恣行剽劫,延及士庶,横被殺傷,流血千門,僵尸萬計,搜羅枝蔓,中外恫疑"。可見太監的横暴,人民的受害。

〔六〇〕軍牒:兵書。屯兵:駐軍。供億:供給安置。扳牽:牽挽。《通鑑》稱太監用左神策大將軍陳君奕爲鳳翔節度使。這裏寫他率軍到鳳翔時擾民的情況,人民扶老攜幼逃到山里去。

〔六一〕孩:小兒笑,指還不會笑的嬰兒。適:往。所適:去的地方。

爾來又三歲，甘澤不及春。盜賊亭午起，問誰多窮民〔六二〕。節使殺亭吏，捕之恐無因〔六三〕。咫尺不相見，旱久多黄塵。官健腰佩弓，自言爲官巡。常恐值荒迥，此輩還射人〔六四〕。愧客問本末，願客無因循。郿塢抵陳倉，此地忌黄昏〔六五〕。

〔六二〕爾來：近來。三歲：從太和九年甘露之變到開成二年作者作此詩時共三年。甘澤：甘霖，指春旱。亭午：正午。問誰：問是什麽人。窮民：指窮民被迫反抗。

〔六三〕節使：節度使。亭吏：亭長。亭是基層行政單位，十里一亭，十亭一鄉。亭有亭長，主管捕盜賊。窮民起來反抗，亭吏很難制止，殺亭吏也没用。

〔六四〕官健：官兵。巡：巡查盜賊。荒迥：荒野。此輩：指官兵，官兵在荒野也害人。

〔六五〕客：指作者。本末：從頭到尾的經過。因循：耽擱。郿塢：在今陝西郿縣北。陳倉：在今陝西寶鷄縣東。忌黄昏：切忌在黄昏趕路，因路上不太平。

我聽此言罷，冤憤如相焚。昔聞舉一會，羣盜爲之奔。又聞理與亂，繫人不繫天〔六六〕。我願爲此事，君前剖心肝。叩額出鮮血，滂沱污紫宸。九重黯已隔，涕泗空沾脣〔六七〕。使典作尚書，廝養爲將軍〔六八〕。慎勿道此言，此言未忍聞。

〔六六〕如相焚：《詩 · 小雅 · 節南山》："憂心如惔(焚)。"舉一會：《左傳 · 宣公十六年》："(晉景公)以黻冕命士會將中軍，且爲太傅。于是晉國之盜逃奔于秦。"理與亂：治和亂。繫：關係，决定。

〔六七〕滂沱：形容淚流得多。紫宸：殿名，皇帝聽政處。九重：《楚辭・九辨》："君之門兮九重。"指朝廷。黯：昏亂。隔：被阻隔，不能進入朝廷。

〔六八〕使典：胥吏，下級小吏。尚書：中央設尚書省，下分六部，吏、户、禮、兵、刑、工，各部長官爲尚書。廝養：僕役，指宦官。《舊唐書・李林甫傳》："時朔方節度使牛仙客在鎮有政能，玄宗加實封。（張）九齡又奏曰：'邊將訓兵秣馬，儲蓄軍實，常務耳。陛下賞之可也，欲賜實賦，恐未得宜。'玄宗欲行實封之命，兼爲尚書。九齡對曰：'仙客本河湟一使典耳，目不識文字，若大任之，臣恐非宜。'"當時往往給節度使加尚書銜，讓宦官領兵作將軍。

這首詩，先寫當時京城西郊一帶田地荒蕪，人民逃亡和苦難。再通過農民的口，説出貞觀之治，人民富庶。轉到開元中李林甫、楊國忠亂政，玄宗寵信安禄山，釀成禍亂。由于安史之亂，國庫空虚，河西淪陷，藩鎮跋扈，人民遭災。加上甘露之變，太監專横，使人民再受苦難。從貞觀之治到甘露之變，作了高度的概括。

在這首詩裏，作者表達了他的政治觀點。他認爲貞觀時，選拔賢明的地方長官入朝主管大政，政治清明，人民樂利；開元中，任用奸人李林甫敗壞朝政，就會釀成禍亂。文宗任用鄭注，也使人民受難。他主張賢人政治，是儒家的政治觀點。比起同時期的劉蕡、杜牧來，似較遜色。當時唐朝政治的病根，一在宦官執掌軍權，干預大政；一在藩鎮割據，削弱了朝廷的力量；一在剥削加重，使人民生活不下去。劉蕡在甘露之變以前就指出宦官的禍害，杜牧《罪言》，就指出藩鎮的危害。商隱在這裏强調賢人政治，對藩鎮的割據、宦官的禍害、人民的苦難都寫了，但光靠賢人政治來解决這些重大問題，似嫌不够。

作爲詩歌，同政論不同，是通過形象來反映，這首詩寫得是成功的。他運用對比手法，用當時田地荒蕪，人民苦難，同貞觀時官清吏善，人民富裕構成對比。用貞觀時的賢牧伯，來同開元中的李林甫、楊國忠、安禄山作比，構成治亂的對比。用安禄山的驕横暴亂，同朝廷將相的羸奔麐怯作對比,用藩鎮的横暴和宰相的貪冒作對比。用鄭注的樂禍同禁軍的横暴作對比。通過這些對比,寫出他憂心國事,心内如焚。

這首詩在藝術上的特點,何焯評:“不事雕飾,是樂府舊法,唐人可比,唯老杜《石壕》諸篇,(韓愈)《南山》恐不及也。”紀昀評:“亦是長慶體,而氣格蒼勁,則胎息少陵,故衍而不平,質而不俚。雖未敢遽配《北征》,然自在《南山》以上。”這裏指出這首詩在風格上比較質樸,所謂“樂府舊法”,所謂“長慶體”,都指它質樸地反映生活説的。但它同樂府和長慶體有不同處,就是“氣格蒼勁”,本于杜甫,鋪敍有波瀾而不平,語言質樸而不俚俗,説明它是摹仿杜甫反映人民生活苦難的“三吏”“三别”的詩的,比起杜甫的《北征》來稍感不足,勝過韓愈的《南山》。《南山》極力刻劃南山的景物,窮極工巧,不在反映人民生活,自然不能與這首詩相比。

《北征》寫北行的經歷,同這詩寫行次西郊的經歷相似。但《北征》不光寫所見所聞的事物,還寫出人物的神情和性格,如“妻子衣百結”的慟哭,嬌兒“見爺背面啼”的陌生,小女的短褐上補着顛倒的海圖、舊綉,這是初回家時的情況。後來“瘦妻面復光”,癡女“畫眉闊”,嬌兒“問事競挽鬚”,寫出了這些變化,很真實。也寫到自己的心情變化,對國事的關切。商隱這篇,也寫所見所聞,主要是通過農民的口來敍述政治的治亂,王朝的盛衰,人民的從安樂到苦難,没有對西郊農民作人物的刻劃,没有通過對農民的一家作細緻描繪來反映時代,在這方面,比《石壕吏》也顯得有些不足。不過這首詩的特點不在寫人物,是在寫政治變亂、人民苦難,大氣包舉,有它的特色。末後寫太監統率的神策軍的害民,寫得具體生動。在太監權勢熏灼時敢于這樣揭露是難得的。《統籤》:“末及開成事,乃近事,乃生色耳。”也指出寫近事比較生色。紀昀批:“我聽以下,淋漓鬱勃,非此一束,不能結此長篇。”這篇是通過農民之口來説的。在農民説完後,表達我的感情,用“我聽此言罷”來説,表達冤憤如焚的心情,要剖心出血來向君王陳情,這段寫得有力。末聯“慎勿道此言,此言未忍聞”,以含蓄作結,餘味不盡。總之,這一段的結束是寫得有力的。

撰彭陽公誌文畢有感〔一〕

延陵留表墓，峴首送沉碑〔二〕。敢伐不加點，猶當無愧辭〔三〕。百生終莫報，九死諒難追。待得生金後，川原亦幾移〔四〕。

〔一〕彭陽公：令狐楚封彭陽郡開國公，參見《天平公座中呈令狐令公》注〔一〕。

〔二〕《集古録》："孔子題季札墓曰：'嗚呼，有吴延陵季子之墓。'"沈炯《歸魂賦》："映峴首之沉碑。"《晉書·杜預傳》："（預）刻石爲二碑，紀其勳績，一沉萬山之下，一立峴山之上，曰：'焉知此後不爲陵谷乎？'"此指商隱代令狐楚草遺表，又作墓誌。

〔三〕伐：誇耀。《後漢書·禰衡傳》："人有獻鸚鵡者，（黄）射舉巵于衡曰：'願先生賦之，以娱嘉賓。'衡攬筆而作，文無加點，辭采甚麗。"《後漢書·郭泰傳》："司徒黄瓊辟，太常趙典舉有道，並不應。卒于家。乃其刻石立碑。蔡邕爲文，既而謂涿郡盧植曰：'吾爲碑銘多矣，皆有慚德，惟郭有道無愧色耳。'"

〔四〕道源注："王隱《晉書》：'永嘉初，陳國項縣賈逵石碑中生金，人鑿取賣，賣已復生，此江東之瑞也。'"

這首詩表達了商隱對令狐楚感激的感情，極爲真摯。何焯己巳年批："末二句欲收到碑文，却與彭陽公無關。"庚午年批："梁、陳詩體亦多有之。"癸酉年批："恩門非尋常可報，惟作此文，使托以不朽而已。落句意微旨遠，非細讀無由知也。"何焯第一第二次批都没有看懂末聯的含意，直到第三次批纔看到它的用意，可見商隱詩的含意深沉，不易理解。這個結尾跟開頭的峴首沉碑呼應，峴首沉碑就怕陵谷變遷，沉碑還可以出現,所以説川原幾移,即指此碑久而不滅,令狐楚的功績永留人間,他能報答的就是這一點,緊緊同“百生終莫報”聯繫。

燕臺詩四首〔一〕

風光冉冉東西陌,幾日嬌魂尋不得〔二〕。蜜房羽客類芳心,冶葉倡條徧相識〔三〕。暖藹輝遲桃樹西,高鬟立共桃鬟齊〔四〕。雄龍雌鳳杳何許?絮亂絲繁天亦迷〔五〕。醉起微陽若初曙,映簾夢斷聞殘語〔六〕。愁將鐵網罥珊瑚,海闊天寬迷處所〔七〕。衣帶無情有寬窄,春烟自碧秋霜白〔八〕。研丹擘石天不知,願得天牢鎖冤魄〔九〕。夾羅委篋單綃起,香肌冷襯琤琤佩〔一〇〕。今日東風自不勝,化作幽光入西海〔一一〕。　**右春**

〔一〕燕臺:戰國時燕昭王築黄金臺招賢,後稱幕府招賢爲燕臺。馮浩箋:“燕臺,唐人慣以言使府,必使府後房人也。”

〔二〕冉冉:漸進。陌:路。嬌魂:指女的。

〔三〕蜜房:蜂房。羽客:郭璞《蜂賦》:“亦託名於羽族。”指心思像蜂房那樣多。

〔四〕輝遲:春日遲遲。桃鬟:指桃花。共桃鬟齊:指長成。

〔五〕雄龍:比貴人,指府主。杳何處:指被取去,不知何往。絮亂絲繁:比其人心思的繁亂。

〔六〕微陽:夕陽。夢斷:夢被打斷。聞殘語:在夢中聽到一些不完全的話。

〔七〕鐵網罥珊瑚:用鐵網罩住珊瑚,等珊瑚長大後舉鐵網來採,見《碧城》注〔一〇〕。海闊天寬:指不知去處。

〔八〕衣帶寬窄：人消瘦則衣帶寬。寬窄指寬。春烟自碧：春景是美好的，但對她説來如秋霜之白，即春天裏的秋天。

〔九〕研丹擘石：《吕氏春秋·介立》："石可破也而不可奪堅，丹可磨也而不可奪赤。"指用情真誠不變。《晉書·天文志》："天牢六星在北斗魁下，貴人之牢也。"冤魄：冤魂。

〔一〇〕夾羅委篋：把夾羅衫放在竹箱裏，穿上單綢衣，天轉入夏了。香肌冷襯：肌膚上襯着玉佩還有些涼。

〔一一〕東風兩句：東風也受不了這種怨恨，消失在西海裏面。這首寫女的被人奪去而怨恨。

前閣雨簾愁不卷，後堂芳樹陰陰見〔一二〕。石城景物類黄泉，夜半行郎空柘彈〔一三〕。綾扇唤風閶闔天，輕帷翠幕波洄旋〔一四〕。蜀魂寂寞有伴未，幾夜瘴花開木棉〔一五〕。桂宫流影光難取，嫣熏蘭破輕輕語〔一六〕。直教銀漢墮懷中，未遣星妃鎮來去〔一七〕。濁水清波何異源？濟河水清黄河渾〔一八〕。安得薄霧起緗裙，手接雲軿呼太君〔一九〕？　**右夏**

〔一二〕雨簾愁不卷：愁雨如簾不止。陰陰見：陰暗中見。

〔一三〕石城：在今湖北鍾祥縣。指女子被人娶至石城。類黄泉：似在地下。柘彈：《南部烟花記》："陳宫人喜於春林放柘彈。"在夜半攜柘彈不能彈鳥。

〔一四〕綾扇唤風：團扇摇風。閶闔天：楚天，楚人名門皆曰閶闔，見《説文》。指在楚地。波洄旋：風吹帷幕如波紋的回旋。

〔一五〕蜀魂：指"望帝春心化杜鵑"，見《錦瑟》注〔五〕。兩句指其人在春天如杜鵑的寂寞幽怨，不知現在有伴否？瘴花：木棉開紅花，當時以石城等地爲瘴癘地。

〔一六〕桂宫流影：月影流照。光難取：光綫不明。嫣熏蘭破：嫣然一笑，吐氣如蘭，指私語。

〔一七〕直教：簡直要使天河掉在懷裏。未遣：没有使織女星經常來去。這是想望的話。

〔一八〕濁水清波：《戰國策·燕策》："吾聞齊有清濟濁河，足以爲固。"指水的清濁異源，不能相合。

〔一九〕安得句：哪能親手接住車子呼仙女出來，看到她的緗裙像薄霧呢？雲軿：雲車，車有帷蔽的叫軿。太君：《雲笈七籤》："太微中有三君，曰太皇君。"

月浪衡天天宇溼，涼蟾落盡疏星入〔二〇〕。雲屏不動掩孤嚬，西樓一夜風筝急〔二一〕。欲織相思花寄遠，終日相思却相怨〔二二〕。但聞北斗聲迴環，不見長河水清淺〔二三〕。金魚鎖斷紅桂春，古時塵滿鴛鴦茵〔二四〕。堪悲小苑作長道，玉樹未憐亡國人〔二五〕。瑶琴愔愔藏楚弄，越羅冷薄金泥重〔二六〕。簾鉤鸚鵡夜驚霜，唤起南雲繞雲夢〔二七〕。雙璫丁丁聯尺素，内記湘川相識處〔二八〕。歌脣一世銜雨看，可惜馨香手中故〔二九〕。　**右秋**

〔二〇〕月浪：月的光波。衡天：横天，指月波如水平。涼蟾落：月落。疏星入：星光入户。

〔二一〕雲屏句：雲母屏風遮住女的顰眉。風筝急：簷間鐵馬風吹作聲急促，寫怨。

〔二二〕欲織兩句：要在錦上織花寄遠人，相思却引起相怨。

〔二三〕但聞句：北斗星的旋轉好像有聲。不見句：看不見銀河的水淺。水淺可以渡水相會，水深不相見。

〔二四〕金魚鎖句：魚形的金鎖隔斷了丹桂的盛開。古時句：舊時的塵土落滿綉着鴛鴦的褥子上。重門深鎖,茵褥生塵,其人已去。

〔二五〕堪悲句:可悲小的園庭成了長路,人人可游。玉樹句:陳後主作《玉樹後庭花》來贊張、孔兩美人,不用再唱《玉樹》歌來憐惜亡國的兩美人,她比兩美人更美。

〔二六〕瑶琴句:玉琴的聲音安和中有楚調,即幽怨。愔愔,狀安和。楚弄,楚調。越羅句:越地的羅衣薄而覺冷。羅衣上塗金飾覺重。

〔二七〕簾鉤句:簾鉤上掛的鸚鵡因霜寒驚叫。喚起句:喚起了南雲回繞着雲夢。雲夢,大澤名。指其人已到了雲夢一帶。

〔二八〕雙璫:一雙耳珠。《風俗通》:"耳珠曰璫。"丁丁:珠玉聲。尺素:書信。湘川:長沙。信上寫在長沙相識。

〔二九〕歌脣:想她的唱歌。一世:一生要含淚來想望。銜雨:含淚。馨香句:香氣留在手中的舊物上。故,指女方贈物。

天東日出天西下,雌鳳孤飛女龍寡〔三〇〕。青溪白石不相望,堂中遠甚蒼梧野〔三一〕。凍壁霜華交隱起,芳根中斷香心死〔三二〕。浪乘畫舸憶蟾蜍,月娥未必嬋娟子〔三三〕。楚管蠻弦愁一概,空城罷舞腰支在〔三四〕。當時歡向掌中銷,桃葉桃根雙姊妹〔三五〕。破鬟矮墮凌朝寒,白玉燕釵黄金蟬〔三六〕。風車雨馬不持去,蠟燭啼紅怨天曙〔三七〕。　**右冬**

〔三〇〕天東句:日出于東而没于西,指冬天天短。雌鳳句:指女的獨行而無偶。

〔三一〕青溪句:《古今樂録》:"神弦歌十一曲,五曰《白石郎》,六曰《清溪小姑》。"指男女不相見。堂中句:堂中之遠比蒼梧更遠。指堂中無人,生死相隔。蒼梧,舜南巡死在蒼梧。

〔三二〕凍壁句:壁上的霜花交錯隆起。芳根句:香草的根斷了,心死了。

指緣分已斷,愁心欲死。

〔三三〕浪乘句:浪中畫船裏的嫦娥,已經愁苦消瘦未必如昔日的美好了,想像她在江湖上漂泊。蟾蜍,指嫦娥。張衡《靈憲》:"姮娥託身于月,是爲蟾蜍。"嫦娥比女的。嬋娟子,美好的人。

〔三四〕楚管句:楚地或少數民族地區的音樂一概使人生愁,因爲人去城空,不再舞蹈,當時的舞姿只留在想像中了。

〔三五〕當時句:當時看到女的作掌上舞,是歡樂的,有一雙姊妹。漢趙飛燕體輕,能爲掌上舞,見《飛燕外傳》。桃葉、桃根姊妹,見《古今樂録》。

〔三六〕破鬟句:幼女束髮稱小鬟。矮墮,婦人髮髻,作下墮形的。破除小鬟改成矮墮指出嫁,冲着朝寒。髻上插着白玉的燕形釵和黄金蟬(首飾)。

〔三七〕風車兩句:風雨形容愁苦,在愁苦中坐馬車走了,留下這些首飾没有拿去。徹夜相思,看到蠟燭垂淚直到天亮。

這四首詩,紀昀評:"以'燕臺'爲題,知爲幕府託意之作,非豔詞也。"不過他没有説明是什麽幕府託意。張采田《會箋》稱:"四詩爲楊嗣復作也。首章起二句一篇之骨。'風光冉冉',喻嗣復相業方隆;'幾日嬌魂',喻無端貶竄。'蜜房'二句,記己與嗣復相見。當時語曰:'欲趨舉場,問蘇、張、三楊。'義山之識嗣復以此。'冶葉倡條',點其姓也。'暖藹'二句,初見時態,義山方年少,故曰'高鬟立共桃鬟齊'也。'雄龍'二句,既見未及提攜,所以有'絮亂絲繁'之況。'醉起'四句,言文宗忽崩,嗣復漸危。'衣帶'二句,狀危疑之意。'研丹'二句,爲嗣復剖冤。'夾羅'句點景。結則以東風不勝比中官傾軋,而嗣復之冤,將從此沉淪海底矣。"這是對第一章的解釋。又説"次章專紀楊賢妃安王溶事","三章嗣復至湘約已赴幕之事","四章義山赴湘,嗣復已去之事",這三首的解釋不再詳引。因爲如第一章的解釋不能成立,其餘三章的解釋就不用詳引了,這四首是一組詩,彼此有關聯的。先看他對首章的解釋,説"'幾日嬌魂'喻無端貶竄",貶竄有一定地方,怎麽説"覓不得"呢?"蜜房"指"蜂房",改作“密房”,非是。又商隱應舉,與嗣復無關,所釋舉場説亦不確。“冶葉倡條徧相識”,稱“徧”,不指一人,説點嗣復姓,是指一人,與“徧”不合。“高鬟”承上指嬌魂,即指女的説,釋作指商隱,亦不合。“雄龍雌鳳杳何許”,指男女都不見,解作“未及提攜”,更不合。“醉起微陽若初曙”,指陽光微弱像早晨,“初曙”。怎麽指“文宗忽崩”呢? 總之,這個解釋經不起推敲,並不符合詩意,因此把《燕臺詩》説成爲楊嗣復作的政治詩是不符合原意的。

再看馮浩箋注:“首篇細狀其春情怨思,次篇追敍舊時夜會,三篇彼又遠去之嘆,四篇我尚羈留之恨。”“其人先被達官取去京師,又流轉湘中矣。以篇中多引仙女事,故知女冠。‘鐵網珊瑚’,他人取去也。玉陽在東,京師在西,故曰‘東風’、‘西海’也。玉陽在濟源縣,京師帶以洪河,故曰‘濁水清波’也。曰‘石城’,曰‘瘴花’,曰‘南雲’,曰‘楚弄’,曰‘湘川’,曰‘蒼梧’,皆楚地之境,故知又流轉湘中也。”馮浩解釋存在不少問題,已見前言,不再重説。

馮浩認爲“參之《柳枝序》,則此在前”。《柳枝序》説這首詩是“此吾里中少年叔”所作,是商隱在少年時作。柳枝在洛陽,商隱又在友人後去京師,當時正是春天,當去應試。在這年以前他没有去過湖湘。商隱九歲侍母歸鄭州,以後由從叔李處士“親授經典,教爲文章”。十六歲以古文著名,當時他還没有入幕,不可能寫幕府中事。十七歲,入令狐楚幕,在鄆州。到二十歲,隨令狐楚於太原幕。二十一歲,令狐楚資給他入京應試未中。入華州崔戎幕,又隨崔戎入兖州幕。二十四歲奉母居濟源縣,二十五歲應舉得中。《燕臺詩》既在應試前作,應試前他没有到過湖湘,可見這不是寫他自己的事。

再就詩看,先看《春》,這首詩從女方的戀人着眼來寫的,“幾日嬌魂覓不得”,其人在找女的,“冶葉倡條徧相識”,在徧相識的倡女中都找不到。“雄龍雌鳳杳何許?”男貴人和女方都不見了。“鐵網罥珊瑚”,男貴人把女的取去了。“衣帶寬窄”,“研丹擘石”,寫其人因而消瘦,但對女的還是矢志丹誠。“東風不勝”,春光也不勝怨恨,“化作幽光入西海”,化作幽光消失在西海裏了。這時,其人已知道女的被府主取去,對女的也有怨，稱“天牢鎖冤魄”，指出女方會像冤魄那樣被鎖在貴人的囚籠裏。

次看《夏》，女的已被貴人所棄，關在石城，過着像在黄泉的幽暗生活。其人在夏夜裏去相會。“蜀魂寂寞有伴未?”女的像蜀魂所托的杜鵑那樣幽怨，不再有伴了，其人在木棉花開的夏夜去會她。但那是夏夜，還不到桂宫流影的秋天，很想等到秋天，可使星妃經常來去，説“未遣”，這個想望還没有實現，聯繫到女方清，府主濁，難以相合。怎麽可以呼仙人把她接出來。

三看《秋》，“不見長河水清淺”，長河水深，不能渡河相見了。“塵滿鴛鴦茵”，女的又被送走了，人去塵滿。“南雲繞雲夢”，女的到了雲夢一帶。只有尺書雙璫寄來表達情愫，留作永遠的紀念。

四看《冬》，她還是一個人獨居，與他不再相見，緣分已斷，愁心欲死。想像她在江湖上漂泊，不勝憔悴。當時姊妹歌舞的盛況，現在只留下燕釵黄金蟬，對着它使人流淚而已。

這個女的是否女道士，從“冶葉倡條”和“高鬟”來看，大概是歌女，所以有“舞罷腰肢在”，“歡向掌中銷”的説法。相仙人來比美女是很普通的，不能作爲女道士的證據。“東風不勝”，“化作幽光入西海”，指春去而不勝幽怨意，也没有玉陽在東的意思。“濁水清波”指清濁不同，也没有玉陽與京師的分别，以女的爲玉陽女道士，説她是清的，以京師帶洪河爲濁，那末這個濁又指誰呢？也不合。馮注要把女的説成玉陽女道士，在詩裏找不出根據，是不可信的。馮注又稱它“幽咽迷離，或彼或此，忽斷忽續，所謂善于埋没意緒者。”指出它在表現手法上的特點，是有見地的。

柳 枝 五 首

柳枝，洛中里娘也。〔一〕父饒好賈，風波死湖上。其母不念他兒子，獨念柳枝〔二〕。生十七年，塗粧綰髻，未嘗竟，已復起去〔三〕。吹葉嚼蕊，調絲擫管，作天海風濤之曲，幽憶怨斷之音〔四〕。居其旁，與其家接故往來者，聞十年尚相與，疑其醉眠夢物斷不娉〔五〕。余從昆讓山，比柳枝居爲近〔六〕。他日春曾陰，讓山下馬柳枝南柳下，咏余《燕臺詩》〔七〕。柳枝驚問："誰人有此？誰人爲是？"〔八〕讓山謂曰："此吾里中少年叔耳。"〔九〕柳枝手斷長帶，結讓山爲贈叔乞詩〔一〇〕。明日，余比馬出其巷，柳枝丫鬟畢妝，抱立扇下，風鄣一袖〔一一〕，指曰："若叔是？後三日，鄰當去濺裙水上，以博山香待〔一二〕，與郎俱過。"余諾之。會所友有偕當詣京師者，戲盜余卧裝以先，不果留〔一三〕。雪中讓山至，且曰："東諸侯取去矣。"明年，讓山復東，相背于戲上，因寓詩以墨其故處云〔一四〕。

〔一〕洛：河南洛陽。里娘：民居的姑娘。

〔二〕念：愛護關切。

〔三〕塗粧：搽粉擦胭脂等。綰髻：挽髮作髻。竟：完畢。起去：起來做別樣。寫她嬌憨的態度。

〔四〕吹葉：《舊唐書·音樂志》："嘯葉，銜葉而嘯，其聲清震，橘柚尤善。"用葉子放在口内吹出聲來。嚼蕊：嚼花蕊，當指吐氣如蘭。調絲：指彈琴。擫管：按簫笛孔，指吹簫笛。天海風濤：天風海濤。怨斷：哀怨斷續。斷，指音低沉似斷。

〔五〕接故：交往熟識；故，故舊。這裏指老鄰居。相與：相交往，指跟她來往的男友。醉眠夢物：醉夢顛倒，神經不正常。斷不娉，斷絶關係不來聘她。

〔六〕從昆：從兄，堂兄。比近：靠近。

〔七〕他日：以前的一天。曾陰：層陰，陰天。《燕臺詩》：寫豔情的詩，分春夏秋冬四首。

〔八〕誰人有此情，誰人作此詩。

〔九〕叔：伯仲叔季的叔，即弟。

〔一〇〕結：交結、結識，結交讓山弟。乞詩：請把詩題在長帶上。

〔一一〕比馬：與讓山並馬。丫鬟：梳雙髻，未嫁女的裝束，指十五歲時。畢妝：妝扮完畢，與上文妝未嘗竟相反。抱立扇下：兩臂交錯立在門下，扇指門。鄣：用長袖遮面。

〔一二〕濺裙：《玉燭寶典》一："元日（元旦）至于月晦（陰曆月底），民並爲酺食渡水，士女悉湔裳（洗裙袴），酹（澆）酒于水湄（邊），以爲度厄（解災）。"博山香：《考古圖》："香爐像海中博山，下盤貯湯，使潤氣蒸香，以像海之四環。"這裏指焚香以待。

〔一三〕會：剛好。不果留：不能留下來。

〔一四〕東：往東去。背：別。戲上：戲水上，在陝西臨潼縣東。寓詩以墨其故處：寄詩給讓山請他題在柳枝的舊居。

花房與蜜脾，蜂雄蛺蝶雌。同時不同類，那復更相思〔一五〕？

〔一五〕花房：花冠。蜜脾：蜜蜂釀蜜的機體，像内分泌腺的脾，稱蜜脾，見《本草綱目》。這首說，蜂和蝴蝶雖在花叢相遇，但蜂釀蜜與蝴蝶不同，又是兩類，不能配合。

本是丁香樹，春條結始生。玉作彈棋局，中心亦不平〔一六〕。

〔一六〕丁香樹：花淡紅，多花簇生莖頂。結：丁香結，指丁香的花蕾，春天抽條後始生花蕾。彈棋局：見《無題》"照梁初有情"注〔四〕。這是說，無從結合，徒抱不平。

嘉瓜引蔓長,碧玉冰寒漿。東陵雖五色,不忍值牙香〔一七〕。

〔一七〕碧玉:比瓜的皮色。冰:冷凍。寒漿:冷的瓜汁。東陵:漢初有召平,是秦東陵侯。他種瓜長安城東,瓜美,稱東陵瓜。阮籍《咏懷》:"昔聞東陵瓜,近在青門外,連畛距阡陌,子母相鉤帶。五色曜朝日,嘉賓四面會。"

柳枝井上蟠,蓮葉浦中乾。錦鱗與綉羽,水陸有傷殘〔一八〕。

〔一八〕蟠:根的曲屈。綉羽:當指黄鶯。

畫屏綉步障〔一九〕,物物自成雙。如何湖上望,只是見鴛鴦?

〔一九〕步鄣:帳幕,出行時所用。

這是有本事的豔情詩,可以作爲研究商隱豔情詩的材料。他在《上河東公啓》裏説:"南國妖姬,叢臺妙妓,雖有涉于篇什,實不接于風流。"這五首詩可以作説明。序裏對柳枝作了描繪,"塗粧綰髻,未嘗竟,已復起去",寫她的任性和嬌態。"作天海風濤之曲,幽憶怨斷之音",寫她的幽怨和情緒激越,所以彈奏的是天風海濤之曲。寫她對豔情詩的愛好和賞識,聽了《燕臺詩》,問:"誰人有此? 誰人爲此?"寫得色飛神動,商隱對她有知己之感。她出見商隱,"丫鬟畢妝",是經過打扮的,約期會晤,是有情的。序裏生動而有情意地寫出了這個姑娘。

五首詩用樂府體,多用比喻,寫得含蓄而富有情意。第一首借蜂和蝶的不同類,不能配合,説明不會相思。要真是這樣,那末這五首詩就不用寫了,這篇序更不用寫了。那末所謂不相思,正由于相思。柳枝被東諸侯娶去,他是士子,她和他的志趣不同。她既嫁到東諸侯家,他就不必再想念她了,事實上却忘不了。第二首着重在丁香結上,用結來指結合,感嘆不能結合,徒然胸懷不平。那末所謂不同類,有志趣不合的一面,但又有志趣相投的一面。柳枝能够賞識《燕臺詩》,又約他去,可見他是難以忘情的,不能不感嘆不能結合。第三首感嘆柳枝的嫁東諸侯。碧玉雙關柳枝。樂府《情人碧玉歌》:"碧玉小家女,來嫁汝南王。"又:"碧玉破瓜時(二八十六歲),郎爲情顛倒。"東陵侯正如汝南王,馮注:"'五色'喻貴人,末句謂不忍遭其採食也。"那末對柳枝的嫁東諸侯,替她的命運關心。第四首估計她出嫁後命運,"柳枝井上蟠",井上是轆轤打水的處所,不是柳根盤曲的地方,比東諸侯家不是柳枝托身之地。蓮浦乾了,蓮葉就要枯萎,比喻柳枝會憔悴。錦鱗本來可以"魚戲蓮葉間"的,因水旱而傷殘;黄鶯本來可以在柳枝上鳴叫,可是柳枝在井上,那是人們打水處,它也無法在那裏,所以水中陸上都有傷殘。不僅爲柳枝感嘆,也有爲自己感嘆的意思。第五首,不論從屏風上的畫看,從步幛上的繡看,都是成雙作對的。怎麽向湖上望去,衹見鴛鴦是成雙的,再望不見柳枝了。從這五首詩看,他是很懷念柳枝的,這種懷念衹有結合序來看纔可以理解。從這裏也可以看到他所懷念的對象是怎樣的人了。

錢鍾書先生《談藝録》補訂本(九頁)稱:"李義山《柳枝》詞云:'花房與蜜脾,蜂雄蛺蝶雌。'按斯意義山凡兩用,《閨情》亦云:'紅露花房白蜜脾,黄蜂紫蝶兩參差。'(按下句"春窗一覺風流夢,却是同衾不得知",指同牀異夢,性不相投。)竊謂蓋漢人舊説。《左傳》僖公四年'風馬牛不相及',服虔註:'牝牡相誘謂之風。'《列女傳》卷四齊孤逐女傳'夫牛鳴而馬不應者,異類故也';《易林》革之蒙曰'殊類異路,心不相慕;牝牛牡豭,獨無室家';《論衡·奇怪》篇曰:'若夫牡馬見雌牛,雄雀見牝鷄,不相與合者,異類故也。'義山一點换而精采十倍。"從《左傳》到《列女傳》都講馬牛異類,《易林》改爲牛豕,《論衡》又加上雀鷄,這樣來説異類不相慕是可以的,但結合少男少女來説,這些比喻都不合適。因此商隱加以點换,作"蜂雄蛺蝶雌",這就同"花"結合;"蛺蝶"與"花房"相聯,"蜂"與"蜜脾"相聯,所求各有不同;但又同與"花"結合。這個巧妙的比喻,跟商隱與柳枝的關係極爲切合,是新創,所以精采十倍了。

馮浩《河陽詩》箋:"統觀前後諸詩,似其豔情有二:一爲柳枝而發;一爲學仙玉陽時所歡而發。"這後一所歡,詳《燕臺詩》説明。他又説:"《謔柳》、《贈柳》、《石城》、《莫愁》,皆詠柳枝之入郢中也。"按《謔柳》:"已帶黄金縷,仍飛白玉花。長時須拂馬,密處少藏鴉。眉細從他斂,腰輕莫自斜。玳梁誰道好?偏擬映盧家。"馮箋:"拂馬藏鴉,喻其冶態;結則妒他人有之也。"按《柳枝》稱:"如何湖上望,衹是見鴛鴦。"那末柳枝被東諸侯娶去後,商隱不再與她相見。豈商隱後來去湖南時,又見到她呢?這詩裏没有明顯的證據。又《贈柳》:"章臺從掩映,郢路更參差。見説風流極,來當婀娜時。橋回行欲斷,堤遠意相隨。忍放花如雪,青樓撲酒旗。"馮箋:"上言其由京至楚,下言己之憐惜。"按柳枝從洛陽到湖南,也可説由京至楚。但己的憐惜是否指柳枝,還難證明。又柳枝已被東諸侯娶去,那末"青樓撲酒旗"的説法,對柳枝説來恐也不合。"侯門一入深如海",怎麼撲酒旗呢?又《石城》:"石城夸窈窕,花縣更風流。簟冰將飄枕,簾烘不隱鉤。玉童收夜鑰,金狄守更籌。共笑鴛鴦綺,鴛鴦兩白頭。"柳枝在洛陽,潘岳使"河陽一縣并是花",説花縣也合。她可能又到石城。那末這首詩裏寫的,當是《河陽詩》裏的女子,不是"柳枝"了。又《石城》:"雪中梅下與誰期,梅雪相兼一萬枝。若是石城無艇子,莫愁還自有愁時。"這裏也講到石城。按《燕臺詩》"石城景物類黄泉",也提到石城。那末《燕臺》、《河陽》、《石城》、《莫愁》指的都是同一個女子。柳枝當是另一個,因爲柳枝聽到讀《燕臺詩》而驚問的,當時她還没有和商隱相識。馮注認爲商隱豔情有二,當可信。這裏還有可疑的,就是《燕臺》、《河陽》、《石城》、《莫愁》指的是同一個女子,商隱到湖南時還和她相見。而做《燕臺詩》時商隱還是少年,他少年時没有到過湖南,或商隱故意寫得撲朔迷離,使人難辨,也説不定。

張采田《會箋》稱《擬意》爲柳枝作。他列《擬意》于大中元年，商隱三十六歲，則與《柳枝序》稱少年叔不合，又稱"空看小垂手，忍問大刀頭"。寫看她舞蹈，豈忍問幾時回來，與序裏講的都不合。又稱"帆落啼猿峽"，似指三峽，與序稱"東諸侯取去"亦不合。又稱"夫向羊車覓"，是女方自找美男子，與東諸侯來娶更不合。從詩看，序裏稱商隱爲少年，當是三十歲以前作，馮注、張箋：所説皆無可證明是寫柳枝。能證明的，祇是他的"實不接于風流"吧了。

贈　柳

章臺從掩映，郢路更參差〔一〕。見説風流極，來當婀娜時〔二〕。橋迴行欲斷，隄遠意相隨。忍放花如雪，青樓撲酒旗〔三〕。

〔一〕章臺：街名，在長安西南。《漢書·張敞傳》："時罷朝會，走馬章臺街。"唐代韓翃有《章臺柳》詩。郢路：郢，楚都。屈原《九章·哀郢》："惟郢路之遼遠兮，江與夏之不可涉。"郢路，指江陵境。

〔二〕風流：《南史·張緒傳》："劉悛之爲益州，獻蜀柳數株，枝條甚長，狀若絲縷。時舊宫芳林苑始成，武帝以植於太昌靈和殿前，嘗賞玩咨嗟曰：'此楊柳風流可愛，似張緒當年時。'"婀娜：狀柔美。

〔三〕青樓：指美女住處。曹植《美女篇》："青樓臨大路，高門結重關。"

馮浩注："全是借詠所思，上言其由京至楚，下言己之憐惜。"唐韓翃有《章臺柳》詞，寄其所戀柳氏。這詩贈柳，亦有所戀。寫她在京城時光采映照，到楚地後參差不遇，相見更少。祇聽説風流柔美。橋迴堤遠正寫不能親近；行斷意隨，寫行蹤雖隔斷，心意還是不捨。末聯説不忍看她像柳絮那樣飄泊,落到歌樓酒館中去賣唱。

紀昀批:"五六句空外傳神,極爲得髓,結亦情致可思。"錢鍾書先生《管錐編》(一三六頁):"'昔我往矣,楊柳依依。'按李嘉祐《自蘇臺至望亭驛悵然有作》'遠樹依依如送客',于此二語如齊一變至于魯,尚着跡留痕也。李商隱《贈柳》'隄遠意相隨',《隨園詩話》卷一嘆爲'真寫柳之魂魄'者,于此二語遺貌存神,庶幾魯一變至于道矣。'相隨'即'依依如送'耳。"《文心雕龍·物色》講到描繪景物,主張"隨物宛轉","與心徘徊",舉"'依依'盡楊柳之貌"爲"情貌無遺"。"依依"既描繪柳枝的柔弱,又寫出依依不舍的感情,所以是兼寫情貌。"遠樹依依如送客",是借用"楊柳依依",還落痕跡,衹取它的依依不舍的感情。"隄遠意相隨",寫出了依依不舍的感情,但不用"依依"字,所以更進一步。這裏用"風流""婀娜"來寫它的風貌,也做到情貌無遺。末聯還表達了對她身世的同情。這首詩句句咏柳,句句寫人,寫得又極貼切,確是咏物中的佳作。前四句對仗極工,用意聯貫下來,也很不易。

河内詩二首〔一〕

鼉鼓沉沉虬水咽,秦絲不上蠻絃絶〔二〕。嫦娥衣薄不禁寒,蟾蜍夜豔秋河月〔三〕。碧城冷落空蒙烟,簾輕幕重金鉤欄〔四〕。靈、香不下兩皇子,孤星直上相風竿〔五〕。八桂林邊九芝草,短襟小鬢相逢道〔六〕。入門暗數一千春,願去閏年留月小〔七〕。梔子交加香蓼繁,停辛佇苦留待君〔八〕。 **右一曲樓上**

〔一〕河内:猶河陽,河陽屬河内郡。參見《河陽詩》注〔一〕。

〔二〕鼉鼓:鼉皮鼓。沉沉:狀無聲。虬水咽:狀銅壺滴漏聲。《初學記・漏刻》:"以銅爲器,再疊差置,實以清水。下各開孔,以玉虬吐漏水入兩壺。"此句指夜深。秦絲:指秦箏。蠻絃:少數民族的絃樂器。此句指夜深不奏樂。

〔三〕蟾蜍:癩蝦蟆,相傳月中有蟾蜍。夜豔:指秋月皎潔。嫦娥夜寒,指女的孤獨寂寞。

〔四〕碧城:仙家居處,見《碧城》注〔一〕。空蒙:狀夜霧迷濛。金鉤欄:飾金的曲折欄杆,指居處華貴。

〔五〕靈、香:道源注引《真誥》:"(周)靈王第三女名觀靈,于(王)子喬爲别生妹。又有妹觀香成道。"皇子:皇女。相風竿:候風竿,見《河陽詩》注〔一八〕。

〔六〕八桂:《山海經・海内南經》:"桂林八樹,在番隅東。"九芝草:《漢書・宣帝紀》:神爵元年:"金芝九莖,産於函德殿銅池中。"

〔七〕朱鶴齡注:"仙家相逢以千歲爲期,惟留待之切,故欲去閏年而留月小也。"

〔八〕馮浩注:"梔子、香蓼,味皆辛苦,且皆夏時開花,與上文相映。

閶門日下吴歌遠,陂路緑菱香滿滿〔九〕。後溪暗起鯉魚風,船旗閃斷芙蓉幹〔一〇〕。傾身奉君畏身輕,雙橈兩槳樽酒清。莫因風雨罷團扇,此曲斷腸惟此聲〔一一〕。低樓小徑城南道,猶自金鞍對芳草。　右一曲湖中

〔九〕閶門:蘇州城西門。吴歌:吴地的歌,《樂府詩集・清商曲辭》有吴聲歌曲。又江南弄有《採菱曲》。陂路:陂塘水路。緑菱:指《採菱曲》。

〔一〇〕《歲時記》:"九月風曰鯉魚風。"李賀《江樓曲》:"樓前流水江陵道,鯉魚風起芙蓉老。"芙蓉幹:荷葉莖,與"芙蓉老"相應。

〔一一〕團扇:《古今樂録》:"(謝)芳姿即轉歌云:'白團扇,憔悴非昔容,羞與郎相見。'"

這首詩分《樓上》《湖中》兩曲,“樓上”指碧城十二樓,是仙家的樓。《碧城》是寫唐出家公主的。出家公主的生活自與貴族豪門不同,不是徹夜笙歌。所以在夜深時不再奏樂,寂寞孤冷,像月中的嫦娥,衹有月光相伴了。這裏點明碧城,正指出家公主説的。“靈、香不下兩皇子”,正指兩位得道的公主,這是明寫。“不下”也説明公主在樓上。“孤星直上”正寫出家公主的相戀者,要登樓會出家公主。“八桂林邊九芝草”,他是在八桂林邊種仙草的道人,即在仙山修道的。“短襟小鬢”,寫修道者的服飾打扮。仙家以千歲爲期,希望能早日相會,所以望時間能過得快些。這也説明相待之久,所以有停辛佇苦的感嘆。大概道人與出家公主相會,要等待一定的節日,如《中元作》,在中元節“空國來”道觀觀看盛大道場時,纔可以相會。所以希望時間過得快些,盼望佳期。這首詩裏寫的出家公主與《碧城》的放縱者不同,她一定要等節日纔能與修道者相會,是另一種情況。

第二首《湖中》曲,是寫河内的歌女。這個歌女大概是從吴地來的,所以會唱吴歌,會唱《採菱曲》。她在黄昏時坐船唱吴歌。那時已是秋天,荷葉凋零了。她在船裏侍候貴人,請貴人聽歌飲酒,就怕不能得到貴人的歡心,又擔心自己出身低微,唱出了斷腸聲來。斷腸聲即“憔悴非昔容,羞與郎相見”,這也同秋風起處,荷葉凋零相應。“低樓小徑城南道”,當是歌女的住處。歌女走了,貴人還是騎馬來找她,已是對芳草,人去樓空了。

這裏第一曲寫出家公主,指出她與道人相戀。第二曲寫歌女,傾身侍奉貴人。這是河内的兩種人。出家公主所戀的是道人,歌女所奉侍的是貴人,都與商隱無關。他寫這兩種人,是《碧城》《河陽詩》的補充,即是《碧城》以外的出家公主,《河陽詩》以外的歌女。對《碧城》中的出家公主他是揭露的,對這裏寫的出家公主和歌女,是同情的。這種同情,表現在“停辛佇苦留待君”和“莫因風雨罷團扇”裏。對這兩種貴賤不同的女子,他都能體察她們苦悶的心情,把這種心情寫出來,這就是這首詩的意義。

河　陽　詩〔一〕

黄河摇溶天上來，玉樓影近中天臺〔二〕。龍頭瀉酒客壽杯，主人淺笑紅玫瑰〔三〕。梓澤東來七十里，長溝複塹埋雲子〔四〕。可惜秋眸一臠光，漢陵走馬黄塵起〔五〕。南浦老魚腥古涎，真珠密字芙蓉篇〔六〕。湘中寄到夢不到，衰容自去抛涼天〔七〕。憶得鮫絲裁小卓，蛺蜨飛迴木棉薄〔八〕。緑綉笙囊不見人，一口紅霞夜深嚼〔九〕。幽蘭泣露新香死，畫圖淺縹松溪水〔一〇〕。楚絲微覺竹枝高，半曲新詞寫綿紙〔一一〕。巴陵夜市紅守宫，後房點臂斑斑紅〔一二〕。隄南渴雁自飛久，蘆花一夜吹西風〔一三〕。曉簾串斷蜻蜓翼，羅屏但有空青色〔一四〕。玉灣不釣三千年，蓮房暗被蛟龍惜〔一五〕。溼銀注鏡井口平，鸞釵映月寒錚錚〔一六〕。不知桂樹在何處，仙人不下雙金莖〔一七〕。百尺相風插重屋，側近嫣紅伴柔緑〔一八〕。百勞不識對月郎，湘竹千條爲一束〔一九〕。

〔一〕河陽：在河南孟縣，古爲繁華勝地。江淹《别賦》："又若君居淄右，妾家河陽。同瓊佩之晨照，共金爐之夕香。"

〔二〕玉樓：《十洲記》"玉樓十二"。在崐崙山。中天臺：《列子·周穆王》："西極之國有化人來。穆王乃爲之改築臺，其高千仞，臨終南之上，號曰中天之臺。"

〔三〕龍頭：盛酒器。《樂府詩集》卷四八《三洲歌》："湘東酃醁酒，廣州龍頭鐺。玉樽金鏤椀，與郎雙杯行。"主人：指宴客的美人。紅玫瑰：指嘴脣。

〔 四 〕梓澤：即晉富豪石崇的金谷園，在河陽，見《晉書·石崇傳》。埋雲子：埋如雲的女子。指富豪取很多女子深藏於長溝複塹的園林裏。

〔 五 〕一鸞光：嘗鼎一臠的眼波，指衆女中被富豪看中的一位。漢陵：後漢諸帝陵在洛陽附近。走馬黄塵起：指富豪挾美人遷走。

〔 六 〕南浦：送别處，借指南方。老魚腥涎：指魚書，信藏魚腹，故沾有魚腥。芙蓉篇：《詩品》："謝(靈運)詩如芙蓉出水。"信寫得像荷花出水那樣美好。

〔 七 〕衰容：指玉容憔悴。抛涼天：指南方炎熱。

〔 八 〕鮫綃：鮫人織綃，見《七月二十八日夢作》注〔四〕。裁小卓：在小几上裁輕綃。蛺蝶飛迴：指刺綉。木棉薄：在薄布上綉。

〔 九 〕紅霞：或指紅絨，刺綉時含在口内。或嚼檳榔作紅色。

〔一〇〕幽蘭：指畫蘭。淺縹：淡青白色。松溪水：似松溪水色。

〔一一〕楚絲：猶湘絃，指琴瑟一類。竹枝：劉禹錫作朗州司馬，仿民歌作《竹枝》，見《新唐書·劉禹錫傳》。

〔一二〕巴陵：在湖南岳陽縣。紅守宫：壁虎。《博物志》："(壁虎)以器養之以朱砂。體盡赤，所食滿七斤，治擣萬杵，點女人支體，終身不滅，有房室事則滅。"此言女方被棄，關在後房。

〔一三〕渴雁：馮浩注："自謂久飛始到，不意其人又被西風吹去。"

〔一四〕馮浩注："其人去後，舊居空冷之象。"曉簾不捲，故蜻蜓飛來，翼爲簾子所串斷了。

〔一五〕馮浩注："垂釣無人，蓮房清冷，皆寓言也。"

〔一六〕馮浩注："溼銀，鏡光。井口，鏡形。"鸞釵：鸞形釵。映月：指其人已去，只有月照鸞釵了。

〔一七〕桂樹：月中桂樹，指其人不知在何處。雙金莖：《杜陽雜編》："更有金莖花，其花如蝶，每微風至，則摇蕩如飛。婦人競採之以爲首飾。"當指一雙姊妹花。

〔一八〕相風：候風儀。《述征記》："又有相風銅烏，遇風乃動。"相風儀插在層樓上。嫣紅柔緑：紅花緑葉，狀屋中無人。

〔一九〕馮浩注:“伯勞東飛與吹西風,應是其人已去,不識我猶在湘中悲思墮淚也。”

馮浩按:“首二點地;三四追敍初會之歡;‘梓澤’二句言被人取來;‘可惜’二句言其遂有遠行也;其行當赴湖湘,故‘南浦’四句緊敍湘中寄書之事,其寄當在義山赴湘之先矣;‘憶得’八句想見其在湘中之情事;‘巴西(陵)’二句言其徒充後房,未嘗專寵;‘隄南’二句言我方來此,不料其人又將他往也;‘曉簾’以下十二句則其人已去,簾屏猶在,遥憶銀鏡鸞釵,光寒色冷,徒令我見彼美之舊居,對月光而零淚矣。”馮浩所解有相合有不相合的。這首詩同《燕臺詩》寫的,當是一事,詳見下“玉灣不釣三千年”句解。大概寫《燕臺詩》後,意猶未盡,再寫此詩。兩詩可以互相補充。如《燕臺詩》在題目上點明這位女子被府主取去,這詩裏對這點就不談了。《燕臺詩》不説這位女子原在何處,這詩裏寫明在河陽。《燕臺詩》没有寫這位女子的才藝,這詩裏寫她會繡蛺蜨,會畫蘭花,會彈瑟,會唱竹枝詞,會譜曲,會寫一手小楷,像真珠那樣可貴,信寫得像芙蓉出水那樣美好。《燕臺詩》寫女方被取走後,“夜半行郎”,男方就去找她,對這次相會寫得很細緻,這詩裏就不寫了。《燕臺詩》含蓄地寫她的被棄,這詩點明“巴陵夜市紅守宫,後房點臂斑斑紅”。兩詩又可互相印證,這詩寫“真珠密字芙蓉篇”是“湘中寄到”,《燕臺詩》也説“雙璫丁丁聯尺素,内記湘川相識處”。這詩裏點明的“對月郎”,即《燕臺詩》裏的“夜半行郎”。這詩的“仙人不下雙金莖”,即《燕臺詩》裏的“桃葉桃根雙姊妹”。商隱寫《燕臺詩》時没有到過湖湘,因此《燕臺詩》不是寫他自己的事,這首詩是《燕臺詩》的另一篇,自然也不是寫他自己的事。馮浩把兩首詩都作爲商隱寫自己的豔情,認爲商隱與女方歡會,都是不確的,是不可能的。

在這首詩裏,商隱寫出了對這位河陽女子的同情。從她的開笑口來招待客人,裁輕綃來刺繡,會彈瑟,會唱竹枝歌,會譜曲子,會寫小楷,再加上被貴人取去,她當是一位藝女,不同於女冠。馮浩把她同“玉陽學仙”的女冠相聯繫是不確的。商隱寫她被富豪取去爲“長溝複塹埋雲子”,用“埋”字,表達了對她的深切同情。寫她的畫蘭花,“幽蘭泣露新香死”,用“泣”寫她的悲泣,用“新香死”寫她的“衰容”,煥發的容光都消失了。用“死”同“埋”相應,極寫她命運的悲慘,用來襯出對相愛者的同情。“玉灣不釣三千年”,可與《河内詩》的“入門暗數一千春”對看,仙家相逢以千歲爲期,三千年即可以有三次相逢的約會,但三次都没有釣魚。從詩裏看,第一次是“主人淺笑紅玫瑰”,男的參加了女主人的宴會;第二次寫在《燕臺詩》裏,“夜半行郎空柘彈”,夜半不能彈鳥,即不釣;第三次詩裏寫的“隄南渴雁自飛久,蘆花一夜吹西風”,女方已去了。可見馮浩説男的與女方歡會的説法是不確的。“蓮房暗被蛟龍惜”,寫他的同情。他的同情在被壓迫被拋棄者的一邊,是可取的。

中　元　作〔一〕

絳節飄颻空國來,中元朝拜上清迴〔二〕。羊權雖得金條脱,温嶠終虚玉鏡臺〔三〕。曾省驚眠聞雨過,不知迷路爲花開〔四〕。有娀未抵瀛洲遠,青雀如何鴆鳥媒〔五〕。

〔一〕中元:陰曆七月十五日爲中元節,道觀寺院在這天大作齋醮,作盂蘭盆會,置百味五果于盆中,延僧尼誦經施食,以解脱餓鬼之苦。見《歲華紀麗·中元》。

〔二〕絳節:使者所持的紅色符節,節上有毛,隨風飄摇。空國來:京城中人全來了。上清:道家仙境,指道觀。

〔三〕萼緑華以晉升平二年十一月十日夜降羊權家,贈以金玉條脱(手鐲)各一枚。見《真誥》。東晉温嶠從姑劉氏有一女,屬嶠覓婚,嶠有自婚意,因下玉鏡臺一枚作定物。及婚,女以手披紗扇,大笑曰:“我固疑是老奴。”見《世説新語·假譎》。兩句指雖得女方贈物,但不能成爲婚姻。

〔四〕雨過：夢中雨過，用楚王在高唐夢見神女典。迷路：東漢劉晨、阮肇入天臺山採藥迷路，遇兩仙女，相邀回家。見《幽明録》。此兩句指有人入道觀與道姑歡好。

〔五〕有娀：《離騷》：“望瑶臺之偃蹇(狀高)兮，見有娀之佚(美)女。吾令鴆爲媒兮，鴆告余以不好。”兩句指有娀女不像仙山的仙女那樣相隔遥遠，仙女還可請青雀去問訊，有娀既近，怎麼請鴆鳥作媒，鴆鳥既認爲不好，即不能成爲配偶。

馮浩按：“此亦爲入道公主作。”皇帝派使臣持絳節來，她又去朝拜上清，這裏點明是入道公主。羊權兩句指入道公主有情人，但既已入道，故不能成婚。雖不成婚，但已與情人有好會，所以是諷刺。有娀不遠，請青鳥作媒怎樣，却讓鴆鳥作媒，終於不合。仍回到入道不好婚配。

對這首詩，有一種説法，認爲指商隱與入道公主有私。按商隱《碧城》三首寫入道公主，是諷刺。這首詩寫入道公主，也是諷刺。“聞雨過”用巫山神女來比入道公主，“爲花開”用劉、阮與仙女同居來比入道公主，都是諷刺。寫“聞雨過”，商隱只是聽人説，没有碰見神女，更可證與商隱無關。

漫成三首〔一〕

不妨何范盡詩家，未解當年重物華〔二〕。遠把龍山千里雪，將來擬並洛陽花〔三〕。

〔一〕漫成：隨意寫成。杜甫《江上值水如海勢聊短述詩》“老去詩篇渾漫與”，指隨意付與，是論詩的，這裏也用漫成來論詩。

〔二〕何、范：《梁書・何遜傳》：“弱冠，州舉秀才。南鄉范雲見其對策，大相稱賞，因結忘年交好。自是一文一詠，雲輒嗟賞。”何遜詩以情詞婉轉勝，范雲詩清便婉轉，都是當時著名詩人。物華：景物的光采。

〔三〕龍山：在遼寧朝陽以北。鮑照詩："胡風吹朔雪，千里度龍山。"何遜《范廣州宅聯句》范雲作："洛陽城東西，却作經年別。昔去雪如花，今來花似雪。"

沈約憐何遜，延年毁謝莊〔四〕。清新俱有得，名譽底相傷〔五〕？

〔四〕《梁書·何遜傳》："沈約亦愛其文，嘗謂遜曰：'吾每讀卿詩，一日三復，猶不能已(止)。'"憐：愛。《南史·謝莊傳》："孝武嘗問顔延之曰：'謝希逸(莊)《月賦》何如？'答曰：'美則美矣，但莊始知"隔千里兮共明月"。'帝召莊，以延之答語語之，莊應聲曰：'延之作《秋胡詩》，始知"生爲久離别，没爲長不歸"。'帝撫掌竟日。"顔延之字延年。

〔五〕底：何事。

霧夕詠芙蕖，何郎得意初〔六〕。此時誰最賞？沈范兩尚書〔七〕。

〔六〕何遜《看伏郎新婚詩》："霧夕蓮出水，霞朝日照梁。何如花燭夜，輕扇掩紅粧。"

〔七〕沈范兩尚書：沈約遷尚書令，范雲遷尚書右僕射。范雲《貽何秀才》"聞君饒綺思"，又《答何秀才》"少年射策罷，擢第雲臺中"。

《輯評》朱彝尊評："此仿少陵《戲爲六絶句》而作。"杜甫的《戲爲六絶句》是論詩絶句的開頭。這三首也是論詩絶句，不過借論詩來述懷。第一首論范雲、何遜，認爲范不如何。因爲范把雪來比花，不能顯出花的特色。第二首講沈、何、顔、謝四位詩人，認爲沈約愛何遜的詩才，這是好的。顔延之毀謗謝莊，兩人互相譏評，是不好的。顔、謝兩家詩，都有得于清新的好處，何事要互相毀傷呢？第三首贊美何遜，認爲何遜得意的詩句，深得沈、范兩位詩人的贊賞。何遜比較年輕，沈約、范雲都是何遜的前輩。三首詩都贊美何遜。

商隱用何遜自比，他當時年輕而富有才華，跟何遜相似。開成三年，商隱去考博學宏詞科，得到周墀、李回兩學士的賞識，但也遭到他人猜忌，當時正是他和王茂元女兒結婚不久，所以説"何郎得意初"；又得到兩學士的贊賞，所以説"沈范兩尚書"；也遭人猜忌，所以説"延年毀謝莊"。馮浩注認爲三首詩寫在"不中選之前，雖已遭忌，尚未太甚，故語尤婉約"。是可信的。

無　題

照梁初有情，出水舊知名〔一〕。裙衩芙蓉小，釵茸翡翠輕〔二〕。錦長書鄭重，眉細恨分明〔三〕。莫近彈棊局，中心最不平〔四〕。

〔一〕宋玉《神女賦》："其始來也，耀乎如白日初出照屋梁。"曹植《洛神賦》："灼若芙蕖（荷花）出渌波。"寫女子的容光焕發，又有情意。

〔二〕裙衩：見《無題》"八歲偷照鏡"注〔三〕。釵茸：宋玉《諷賦》："以其翡翠之釵挂臣冠纓。"用翡翠鳥羽裝飾的釵，有絨毛，稱茸。寫服飾的華貴。

〔三〕錦書：唐武后《璇璣圖序》稱前秦蘇蕙織錦爲回文詩寄與夫竇滔。

指婦人書信。鄭重:《廣韻》:"殷勤也。"

〔四〕彈棊局:《夢溪筆談》:"棊局方二尺,中心高如覆盂,其巔爲小壺,四角隆起。"按彈時兩人對局,當指彈棊入壺。

這首詩馮浩《箋注》説:"此寄内詩。蓋初婚後,應鴻博不中選,閨中人爲之不平,有書寄慰也。"當是。從錦書爲妻寄夫書著眼,加以恨分明,則有不平的意思,與棊局的中心不平相聯繫。眉細和照梁出水,聯繫初日,正與初婚相應。初有情,當指初婚相愛,舊知名,當指婚前仰慕。

安定城樓〔一〕

迢遞高城百尺樓,緑楊枝外盡汀洲〔二〕。賈生年少虚垂涕,王粲春來更遠遊〔三〕。永憶江湖歸白髮,欲迴天地入扁舟〔四〕。不知腐鼠成滋味,猜意鵷雛竟未休〔五〕。

〔一〕安定:郡名,唐稱涇州安定郡,是涇原節度使府所在地,郡治在今甘肅涇川縣。當時商隱在涇原節度使王茂元的幕府裏。

〔二〕迢遞:形容城牆的綿長繚繞。盡:盡處,指遠處。汀洲:指涇水流至涇川縣所匯集成的湖泊中的平地。

〔三〕賈生:漢朝賈誼年輕,通諸子、百家的書。他屢次上疏議論政事:"臣竊惟(思)事勢可爲痛哭者一,可爲流涕者二,可爲長太息者六。"未得漢文帝重用。王粲,東漢末年人,他因亂避到荆州去投靠劉表,作《登樓賦》説:"冀王道之一平兮,假高衢(大路)而騁力。"想爲全國統一貢獻力量,有不得志的感嘆。

〔四〕永憶:長期想望。江湖:歸隱的地方。歸白髮:到老了歸隱。迴天地:旋乾轉坤,做一番大事業。入扁舟:坐小船。用春秋時范蠡幫助越王勾踐滅吴以後乘扁舟泛五湖歸隱的故事。

〔五〕《莊子·秋水》:"惠子(施)相梁,莊子往見之。或謂惠子曰:'莊子來,欲代子相。'惠子恐,搜于國中三日三夜。莊子往見之,曰:'南方有鳥名鵷雛(鳳凰屬),發于南海,而飛于北海,非梧桐不止,非練實(竹實)不食,非醴泉不飲。于是鴟(鷂鷹)得腐鼠,鵷雛過之,仰而視之曰:"嚇!"今子欲以子之梁國而嚇我耶!'"此針對猜忌者而發。

開成二年春,商隱考中進士。冬,到興元(今陝西漢中)令狐楚幕府。十一月,令狐楚病死,他送楚喪回長安。開成三年,商隱入涇原節度使王茂元幕府,娶王茂元女。到長安應博學宏詞科考試,考官周墀、李回兩學士録取了他,復審時被一"中書長者"抹去,落選後回涇原幕府,寫了這首詩。商隱受到令狐楚的賞識,本在楚幕府做巡官。楚死後,到了王茂元幕府。令狐楚屬于牛僧孺黨,王茂元屬于李德裕黨。中書長者當是屬于牛黨的,所以排斥商隱,使他落選。商隱因此寫了這首詩,表達自己的志願和憤慨。

他用賈生、王粲來比,賈誼在年輕時就有替漢改定法令、創立制度的規劃,受到排擠,使他對當前的時勢痛哭流淚。王粲在荆州依靠劉表,要想爲平治天下貢獻力量,無法施展。商隱有旋乾轉坤的抱負,想通過考試,進入朝廷,却被黜落,跟賈誼、王粲兩人有相似的遭遇。商隱又"永憶江湖",一直在想念歸隱。估計旋乾轉坤需要付出畢生的精力,所以只能希望頭白時纔歸隱。紀昀評:"'欲迴'句言歸老扁舟,舟中自爲世界,如縮天地于一舟然。"把旋乾轉坤的"迴天地"説成"縮天地于一舟",把商隱的大抱負看得太渺小了。再説那個中書省的長者把考試中選這事當作寶貝,在商隱眼中,那不過像鴟得到的腐鼠吧了,這裏顯出他的高尚志趣,故用鵷雛來比。

《輯評》何焯評:"此二句(五、六兩句)亦是荆公一生心事,故酷愛之。"《蔡寬夫詩話》:"王荆公晚年亦喜稱義山詩,以爲唐人知學老杜而得其藩籬,惟義山一人而已。"即指"永憶江湖"等句。張采田《會箋》:"義山一生躁于功名,蓋偶經失志,姑作不屑語以自慰也。"説他熱中功名,考不上姑作看不起功名來自欺欺人。這樣説,未免不瞭解商隱。商隱對甘露之變的態度,對劉蕡的哀悼,對李德裕的敬仰,都顯示他要中興唐朝的抱負。在這裏,張采田未免太小看商隱了。

回中牡丹爲雨所敗二首〔一〕

下苑他年未可追,西州今日忽相期〔二〕。水亭暮雨寒猶在,羅薦春香暖不知〔三〕。舞蝶殷勤收落蕊,有人惆悵卧遥帷〔四〕。章臺街里芳菲伴,且問宫腰損幾枝〔五〕。

〔一〕回中:在安定郡高平縣,即今甘肅固原縣。

〔二〕下苑:即曲江,見《病中早訪招國李十將軍》注〔一〕。西州:指安定郡。長安曲江的牡丹過去見過已無可追尋,今天在安定忽然看到牡丹。期:會。

〔三〕《漢武帝内傳》:"(帝)以紫羅薦地,燔百和之香,以候雲駕。"水亭邊的牡丹因雨而感到寒意,雖然鋪羅燒香還不暖和。

〔四〕蕊:花蕊,兼指花瓣。因花落而惆悵,不忍心看,所以卧在遠遠的帷帳裏。

〔五〕章臺街:見《贈柳》注〔一〕。芳菲伴:指柳。宫腰:宫女舞腰,比柳條。此言牡丹零落,想來柳條也要消瘦。

浪笑榴花不及春,先期零落更愁人〔六〕。玉盤迸淚傷心數,錦瑟驚弦破夢頻〔七〕。萬里重陰非舊圃,一年生意屬流塵〔八〕。《前溪》舞罷君迴顧,併覺今朝粉態新〔九〕。

〔六〕浪笑：空笑。《舊唐書·文苑傳》："(孔)紹安大業末爲監察御史，監高祖之軍，深見接遇。及高祖受禪，紹安自洛陽間行來奔，高祖見之甚悦，拜内史舍人(正五品上)。時夏侯端亦嘗爲御史，監高祖軍，先紹安歸朝，授祕書監(從三品)。紹安因侍宴，應詔詠《石榴詩》曰：'祇爲時來晚，開花不及春。'"此指牡丹在不應零落時零落，比榴花趕不上春天開放更爲可悲。

〔七〕玉盤：比牡丹花。《文選》左思《吴都賦》"淵客慷慨而泣珠"注："鮫人臨去，從主人索器，泣而出珠滿盤，以與主人。"迸淚：淚珠飛濺，比雨水滴滿花冠。數(shuò)：多數。錦瑟驚弦：彈奏錦瑟的哀音使人心驚。見《錦瑟》注〔三〕。破夢頻：多次打破好夢。看到雨打牡丹而傷心，歸卧遥帷，聽到雨聲而驚心。

〔八〕萬里重陰：滿天陰雲。非舊圃：不是在曲江舊花圃時所看到的那樣美好。一年生意：一年中開花時的生機。屬流塵：付給塵土，指花落。

〔九〕《前溪》舞：前溪在浙江武康縣，南朝時那裏有歌舞，有《前溪歌》，稱"花落隨流去，何見逐流還"。併：且。指花落盡以後再看看，會覺得今朝雨中牡丹的粉態還算新豔。

這兩首詩寫牡丹被雨打落，從驚弦裏表達了惆悵、傷心的惜花之情。寫背景是"寒猶在"，"暖不知"，是"萬里重陰"；寫雨中牡丹是"玉盤迸淚"。在這裏，主要是烘托氣氛，來借物抒情。一開頭就用下苑與西州對比，再用重陰來同舊圃對比，即用曲江的牡丹盛況同回中的牡丹零落構成對比。唐朝考中進士的，在曲江賜宴，從這種對比裏，當含有他考中進士時的盛況與考博學宏詞科被黜落而回安定的心情在内。他本已考上，並不是像榴花的不及春；是被中書省長者把名字抹去，是不應黜落而黜落，正像"先期零落更愁人"。這就感到"萬里重陰"，不再像曲江賜宴的情況了。這次考試被黜落的當不止他一人，想到當時同在曲江賜宴的芳菲伴，也要瘦損腰肢吧。落試歸來，只有舞蝶殷勤相慰問。這種打擊，恐怕不限于落試，還有比落試更甚的。所以覺得雨中牡丹粉態猶新，這裏有進一步的感嘆。這裏寫出詩人的敏感,他的落試不光是那個中書長者對他過不去,可能還牽涉到黨派的糾紛,因此他的感慨更深了。這一切通過雨中牡丹表達出來,顯示他的工于用形象來透露情思。

《輯評》紀昀評:"神乎唱嘆,何處着一滯筆。第四句對面襯出,對法奇變,意亦妙遠。結句言他日零落,更有甚于今日者。攙過一步,與長江'并州故鄉'同一運意。"這裏指出,他的感嘆是結合雨中牡丹來寫的,是具體的,又是有寓意的,是情景結合,所以無一滯筆。四句指"羅荐春香暖不知",作爲水亭牡丹的襯托,水亭是實,羅薦是虚,所以説對法變化。最後"《前溪》"一聯,是推進一層的寫法,同賈島《渡桑乾》"無端更渡桑乾水,却望并州是故鄉"的推進一層的寫法相似。

戲贈張書記〔一〕

別館君孤枕,空庭我閉關。池光不受月,野氣欲沉山。星漢秋方會,關河夢幾還。危弦傷遠道,明鏡惜紅顔。古木含風久,平蕪盡日閑。心知兩愁絶,不斷若尋環〔二〕。

〔一〕《樊南文集》卷六有《祭張書記文》,張行五,名審禮。祭文稱"始自渚宫",當爲湖北江陵人,爲朔方節度使書記。又稱"晚獲聯姻",與商隱爲連襟,亦王茂元壻。

〔二〕尋環:猶循環。《史記·高祖本紀贊》:"三王之道若循環,終而復始。"

紀昀評:"戲張之憶家也,妙不傷雅。"從"星漢秋方會"看,正是七月七日夜牛郎織女渡河相會,可是張書記却離家在外,遠隔關河,只好在夢裏幾次回去。兩地相思,像循環不斷。何焯評:"王介甫云:'二語(指"池光"一聯)雖杜少陵無以過'(見《蔡寬夫詩話》)。"從"野氣欲沉山"看,是夜間的霧氣將山隱没。加上七夕是上弦月,又有霧氣,所以稱"池光不受月",上弦月影不可能倒映水中。但月還有光,在池水波動中閃閃發亮,所以稱池光。這樣寫極爲細緻,用字又凝練,故得王安石稱賞。還有"危弦"兩句,"危弦"指弦急聲悲,是傷道遠難歸,對明鏡是惜青春易逝,這也屬于戲贈。

無 題 二 首

昨夜星辰昨夜風〔一〕,畫樓西畔桂堂東。身無綵鳳雙飛翼,心有靈犀一點通〔二〕。隔座送鈎春酒暖,分曹射覆蠟燈紅〔三〕。嗟余聽鼓應官去,走馬蘭臺類轉蓬〔四〕。

〔一〕《書·洪範》:"星有好風。"含有好會的意思。

〔二〕《漢書·西域傳》:"通犀翠羽之珍。"如淳曰:"通犀,謂中央色白,通兩頭。"指兩心相通。

〔三〕邯鄲淳《藝經》:"義陽臘日飲祭之後,叟嫗兒童爲藏鈎之戲,分爲二曹(隊),以校勝負。"隔座送鈎,一隊用一鈎藏在手内,隔座傳送,使另一隊猜鈎所在,以猜中爲勝。射覆:《漢書·東方朔傳》:"上嘗使諸數家(方術家)射覆,置守宫(壁虎)盂下射之,皆不能中。"把東西放在覆蓋物下使人猜。

〔四〕聽鼓應官:到官府上班,古代官府卯刻擊鼓,召集僚屬,午刻擊鼓下班。走馬:跑馬。蘭臺:《舊唐書·職官志》:"祕書省,龍朔(高宗年號)初改爲蘭臺。"當時商隱在做祕書省校書郎。轉蓬:《埤雅》:"蓬,末大于本,遇風輒拔而旋。"指身如蓬草飛轉。

聞道閶門萼緑華,昔年相望抵天涯〔五〕。豈知一夜秦樓客,偷看吴王苑内花〔六〕。

〔五〕閶門:江蘇吴縣城西北門。吴王闔閭稱爲閶門。萼緑華:傳説中的女仙,陶弘景《真誥》:"以升平三年(東晉時)十一月十日夜降于羊權家。"指仙女。抵天涯:指相距極遠。

〔六〕秦樓客:《列仙傳》:"蕭史善吹簫,作鳳鳴。秦穆公以女弄玉妻之。"吴王苑内花:馮浩《箋注》:"暗用西施。"

這首詩從"走馬蘭臺"看,當是商隱在開成四年做祕書省校書郎時所作。他上一年在涇原王茂元幕府,這年入京做校書郎,不久又調補弘農(在今河南靈寶縣)尉,流轉不定,所以説"類轉蓬"。這年,王茂元在涇原。當時商隱已與王的女兒結婚,所以稱"一夜秦樓客",那末"偷看吴王苑内花"指什麽呢?馮浩《箋注》引趙臣瑗説,指商隱偷看王茂元家姬妾。但商隱在京做校書郎時,王在涇原,無從偷看。商隱在會昌二年再入京做祕書省正字時,王茂元在許州(今河南許昌)做忠武節度使,也無從偷看。因此,説商隱偷看王家姬妾之説顯然不合。

那末"吴王苑内花"指什麽呢?馮浩《箋注》指出:"或係王氏之親戚,而義山居停于此,頗可與《街西池館》及《可嘆》等篇參悟。"《街西池館》稱"國租容客旅",池館裏可以借住。《可嘆》裏説"幸會東城宴未回",那他也在那裏會過主人。又説:"宓妃愁坐芝田館,用盡陳王八斗才。"他可能住在這樣的豪家裏,跟那個宓妃有情愫吧。吴王苑内花可能就指這個宓妃。那末上一首正是寫他的"用盡陳王八斗才"了。

在昨夜的星光和好風中,在畫樓西邊桂堂東邊,他在想望那位宓妃。他雖然不能到樓上去,但兩人是心心相印的。他想像她在樓上隔座送鈎,分曹射覆。他由于做了王茂元家的女壻,所以有機會看到這位宓妃。説偷看,表示不敢正視的意思。説"一夜",指一朝,即有一天的意思,有一天成了王家的女壻,纔有機會看到她。那位宓妃,正像仙女萼緑華那樣,從前就聞名想望,衹是相隔天涯,這時纔有機會接近。但我忙于聽鼓應官,走馬蘭臺,身像蓬草流轉不定,終難親近吧了。

這首詩寫"昨夜星辰昨夜風",用了兩個"昨夜",寫出這是不同尋常的星辰和風,這是昔年想望已久,而今可以一見的昨夜的星辰和風,這個昨夜特別可以珍惜,這裏含蘊着深厚的感情。這裏有奇思幻想,用綵鳳靈犀,既表達對她不過是想望,又寫出心心相印。還結合身世之感,爲小官而奔走,類轉蓬的身世,那麼衹是難得一見,難于親近。這首詩情致纏綿,設色工麗,把可望而不可即的情境寫出。構思奇妙,感慨深沉,圓轉流美,精工富麗,尤其是前一首,成爲《無題》中傳誦的名篇之一。

張采田《會箋》:"萼緑華以比衛公(李德裕)。閶門在揚州(揚州亦有閶門),此指淮南(德裕曾爲淮南節度使)。下言從前我于衛公可望而不可親,今何幸竟有機遇耶!'秦樓客',自謂茂元壻也。義山本長章奏,中書掌誥,固所預期。當衛公得君之時,藉黨人之力,頗有立躋顯達之望,而無如文人命薄,忽丁母憂也。此實一生榮枯所由判歟?"按"閶門萼緑華"爲"吴王苑内花",那末這個閶門只能指蘇州的閶門,不能指揚州的閶門,不在淮南,與李德裕無關。李德裕當時爲相,把他比作"吴王苑内花",顯得不倫不類。説商隱在做祕書省正字,是校正書籍文字的九品下小官。"中書掌誥",是中書省的舍人,正五品上,纔起草詔制,正字根本不可能到中書省去掌誥,因此張説是不可通的。

荆　　山〔一〕

壓河連華勢孱顔〔二〕,鳥没雲歸一望間。楊僕移關三百里〔三〕,可能全是爲荆山。

〔一〕荆山:在河南閿鄉縣南,一名覆釜山,相傳爲黄帝鑄鼎處。

〔二〕壓河連華:壓黄河,連華山。孱(chán)顔:狀高峻。

〔三〕《漢書·武帝紀》:“元鼎三年冬,徙函谷關於新安,以故關爲弘農縣。”應劭曰:“時樓船將軍楊僕,數有大功,恥爲關外民,上書乞徙東關,以家財給其用度。武帝意亦好廣闊,於是徙關於新安,去弘農三百里。”

這首詩不説楊僕恥爲關外民,請把函谷關東移三百里,使自己成爲關内人。却説楊僕的移關,可能因爲荆山的形勢過于雄偉的緣故。這詩是感慨自己由京城調外,即由祕書省校書郎調補弘農尉,但不直説,藉楊僕的移關來暗示,用意比較曲折,説移關爲了荆山,來掩飾移關爲了恥爲關外民,是一個轉折。從這個轉折透露恥爲京外官,是第二個轉折,所以張采田《會箋》説:“此義山獨創之詩格也。”

十一月中旬至扶風界見梅花〔一〕

匝路亭亭豔,非時裛裛香〔二〕。素娥惟與月,青女不饒霜〔三〕。贈遠虚盈手,傷離適斷腸〔四〕。爲誰成早秀?不待作年芳〔五〕。

〔一〕扶風:今陝西鳳翔縣一帶。馮浩注:“自鳳翔扶風西南至興元入蜀,西北至涇州也。”張采田《會箋》:“余按:此調尉時乞假赴涇西迎家室之作。”指開成四年調補弘農尉,去涇元節度使幕迎家之作。

〔二〕匝路:回繞着路旁。亭亭:狀挺立。非時:十一月中旬不是開梅花時。裛(yì)裛:狀香氣浸染。

〔三〕素娥:嫦娥。與:贊助。青女:霜神。饒:寬恕。

〔四〕贈遠:《御覽》卷九七〇引《荆州記》:“陸凱與范曄相善,自江南寄梅花一枝詣長安與曄,並贈范詩曰:'折花奉驛使,寄與隴頭人。江南無所有,聊贈一枝春。'"

〔五〕早秀:早開。年芳:到年初開花。

十一月中旬不是梅樹開花的時候,所以稱爲非時;開得早了,等不到年初開花,所以説"早秀","不待作年芳"。花繞着路旁開,不是開花的地方。這是借喻,比喻自己在年輕時已有名,得到令狐楚的贊賞,請他到幕府中去。但他考博學鴻詞時,又受到排擠落第,不能進入朝廷,好像"不待作年芳"。

陰曆十一月中旬,正是月滿有霜,霜月正可作爲梅花的映襯。《瀛奎律髓》方回批:"此謂梅花最宜月,不畏霜耳。添用素娥青女四字,則謂月若私之而獨憐,霜若挫之而莫屈者,亦奇。"紀昀:"三四愛之者虚而無益,妒之者實而有損。"從咏梅説,月跟霜都可以作爲襯託,在月下更顯出梅花的風姿,在霜中更顯出梅花的傲霜精神,這是方回的意思。但這個意思與詩句不合。詩句説嫦娥只是贊助月亮,不是贊助梅花,嫦娥使月光皎潔,不是爲了梅花;青女不肯饒恕梅花,還要下霜來打擊它。所以方回認爲嫦娥特别愛它不合。紀昀認爲愛它的是空的,對它無益;妒忌它的是實在的,對它有害。同"嫦娥唯與月"還有距離。不是嫦娥愛梅花是空的,是嫦娥並不愛梅花,她放出皎潔的月光,不是爲了梅花。這兩句還是自喻。嫦娥比喻府主,府主請他去管章奏,府主關心的是自己地位的升遷,並不關心他的地位;但妒忌他的人打擊他,是給他帶來害處,像妨礙他考中博學宏詞。

贈遠是折梅送給所懷念的遠人,雖有盈手的梅花,還是看不到遠人,所以是虚的。傷離斷腸却是實的。這兩句同前兩句就虚實説有相似處,月的照映是虚而無助,霜的打擊是實而有害。紀昀批:"寓慨頗深,異乎以逃虚爲妙遠。"指出這首詩的特色,是有感慨的,是借物自喻,是有寄託的,跟摹寫梅花神態的詩不同。

曲　江〔一〕

望斷平時翠輦過，空聞《子夜》鬼悲歌〔二〕。金輿不返傾城色，玉殿猶分下苑波〔三〕。死憶華亭聞唳鶴，老憂王室泣銅駝〔四〕。天荒地變心雖折，若比傷春意未多〔五〕。

〔一〕曲江：見《病中早訪李十將軍》詩注〔一〕。《舊唐書・文宗紀》：太和九年十月，"時鄭注言秦中有災，宜興土功厭之，乃浚昆明、曲江二池。上好爲詩，每誦杜甫曲江行(《哀江頭》)云：'江頭宫殿鎖千門，細柳新蒲爲誰緑？'乃知天寶以前，曲江四面皆有行宫臺殿、百司廨署，思復升平故事，故爲樓殿以壯之。"十一月有甘露之變，流血塗地，京師大駭。十二月甲申，勅罷修曲江亭館。

〔二〕望斷：望極而不見。翠輦(niǎn)：皇帝的車，用翠羽飾車蓋。子夜：《晉書・樂志》："《子夜歌》者，女子名子夜，造此聲。孝武太元中，琅邪王軻之家有鬼歌《子夜》，則子夜是此時人也。"

〔三〕傾城色：漢李延年歌："北方有佳人，絶世而獨立。一顧傾人城，再顧傾人國。"此句指后妃一去不返。下苑波：曲江水。指曲江水與御溝相通，引入宫中。

〔四〕《晉書・陸機傳》："(宦人孟玖)遂譖(陸)機於(成都王)穎，言其有異志。穎大怒，使(牽)秀密收機。(機)既而歎曰：'華亭鶴唳，豈可復聞乎！'遂遇害。"華亭在今上海市松江區，是陸機家鄉。《晉書・索靖傳》："靖有先識遠量，知天下將亂，指洛陽宫門銅駝，嘆曰：'會見汝在荆棘中耳。'"

〔五〕天荒地變：指大變亂。李賀《致酒行》："天荒地老無人識。"折：摧傷。傷春：借指悲唐王朝的没落。

這首詩有四種解釋：一，張采田根據“金輿不返傾城色”，在《會箋》裏認爲：“此詩專詠明皇貴妃事。首二句言曲江久廢巡幸，只有‘夜鬼悲歌’，亟寫荒涼滿目之景。‘金輿’一聯，言‘苑波’猶分‘玉殿’，而‘傾城’已不返‘金輿’矣，所謂‘傷春’也。”按詩意認爲傷春比天荒地老更爲可悲，安史之亂屬于天荒地老，那末楊貴妃的死，只是安史之亂中的悲劇，不屬于傷春的範圍，把傷春説成悼念貴妃，顯然不確。二，也根據“金輿不返”句，馮浩《箋注》認爲：“此蓋傷文宗崩後，楊賢妃賜死而作也。楊賢妃有寵于文宗，陰請以安王爲嗣。帝謀于宰相李鈺，鈺非之，乃立陳王成美。及仇士良立武宗，遂摘此事，譖而殺之。五六則以甘露之變作襯，而謂傷春之痛較甚于此。”他把傷春解作傷楊賢妃之死，看得比甘露之變更嚴重，跟詩意不合。三，朱鶴齡注稱：“此詩前四句追感玄宗與貴妃臨幸時事，後四句則言王涯等被禍，憂在王室，而不勝天荒地變之悲也。”那是説寫天荒地變之悲，同詩裏講的傷春更勝于天荒地變不合。四，程夢星《箋注》：此詩專言文宗。起句言自從勑罷工役，無復臨幸可望。次句言自從王涯等被禍，空有冤鬼之聲。三句謂召取李孝本二女入宫，因魏謩諫而出之。下句謂初罷紫雲樓彩雲亭，但有水色波聲而已。五句謂王涯、賈餗等被禍于宦官，下句謂鄭覃、李石憂國之孤忠。八句言甘露之變固可傷，下句言開成元年正月賜百官宴于曲江，尤可傷也。把傷春説成宴百官于曲江，比甘露之變更可傷，顯然不合。

這首詩的主旨是説傷春比天荒地變更可悲，傷春是悲春天的消逝，指唐王朝的没落，比大變亂更可悲。因爲大變亂還可以平定，而唐王朝的没落却無法挽救。天荒地變的大變亂指安史之亂，安史之亂使金輿不返，楊貴妃被縊死在馬嵬坡，但曲江的水還分流入宫庭，唐王朝還有振興之望。到了甘露之變，宰相駢戮，太監專權，唐王朝趨向没落，比安史之亂更爲可悲。商隱的卓識深心，從中透露出來。《輯評》引何焯批看到了這詩的用意：“發端言修曲江宫室，本昇平故事，今則望斷矣。第三言當時僅妃子不返，天子猶復歸南内。若今之椓人(宦官)制命，宰相駢首孥戮，王室將傾；豈止天寶之亂，蕃將外叛，平盪猶易乎？故落句反覆嗟惜，有倍于天荒地變也。”

詠　史

歷覽前賢國與家，成由勤儉破由奢〔一〕。何須琥珀方爲枕，豈得真珠始是車〔二〕。運去不逢青海馬，力窮難拔蜀山蛇〔三〕。幾人曾預《南薰曲》，終古蒼梧哭翠華〔四〕。

〔一〕《韓非子・十過》："昔者戎王使由余聘於秦，穆公問之曰：'願聞古之明主得國失國何常以（因）？'由余對曰：'臣嘗得聞之矣：常以儉得之，以奢失之。'"

〔二〕《西京雜記》："趙飛燕爲皇后，其女弟在昭陽殿，遺飛燕書曰：今日嘉辰，貴姊懋膺洪册，謹上襚（衣物）三十五條，以陳踴躍之心！……琥珀枕……"琥珀，由樹脂形成的化石。《史記・田敬仲完世家》："梁（惠）王曰：'若寡人國小也，尚有徑寸之珠照車前後各十二乘者十枚，奈何以萬乘之國而無寶乎？'"

〔三〕《隋書・西域傳・吐谷渾》："青海周迴千餘里，中有小山，其俗至冬輒放牝馬於其上，言得龍種。吐谷渾嘗得波斯草馬，放入海，因生驄駒，能日行千里，故時稱青海驄（青白色馬）焉。"《蜀王本紀》："天爲蜀王生五丁力士，能徙山。秦獻美女于蜀王，王遣五丁迎女。還至梓潼，見一大蛇入山穴中，五丁共引蛇，山崩，壓殺五丁，化爲石。"馮浩《箋注》："句意本劉向《災異封事》：'去佞則如拔山。'"

〔四〕南薰曲：相傳舜作《南風》詩："南風之薰兮，可以解吾民之愠兮。"見《史記・樂書・集解》引《尸子》。蒼梧：即九疑山，在湖南寧遠縣南。《史記・五帝紀》："（舜）南巡狩，崩於蒼梧之野。"翠華：司馬相如《上林賦》："建翠華之旗。"用翡翠鳥羽裝飾的旗，指天子儀仗，代指文宗。

這首詩,開頭兩句好像是抽象的議論,不像詩。實際上它不是在發議論,是説像文宗那樣勤儉,應該使國家興盛的,怎麽反而破敗呢? 這裏充滿着惋惜和同情,是抒情而不是議論。這樣通過表面上的議論來抒情的寫法是很特别的。接下來就寫文宗的儉樸,在宫内不用琥珀枕,出外不用照乘珠。即力崇儉樸,不用珍寶。那末怎麽會使國家走向失敗呢? 是國運已去,没有碰到千里馬。千里馬像杜甫《房兵曹胡馬》説的:"所向無空闊,真堪託死生!"能够突破各種艱險,可以把性命相託的。文宗所信賴的李訓、鄭注都没有這樣才能,不可信賴,反而壞事。那時的宦官掌握禁軍,盤據朝廷,象蜀山大蛇,難以拔除。文宗好詩,夏日唸柳公權詩"薰風自南來,殿閣生微涼",稱爲"辭清意足,不可多得"。張采田《會箋》稱文宗"詔太常卿馮定采開元雅樂,製《雲韶法曲》《霓裳羽衣舞曲》。義山開成二年登第,恩賜詩題《霓裳羽衣曲》,故結語假事寓悲,沉痛異常"。幾人曾經聽過文宗所頒布的雅樂,參預過文宗賜題的考試,終古哀悼文宗在太監扼制下悒鬱死去。

垂　柳

娉婷小苑中,婀娜曲池東〔一〕。朝佩皆垂地,仙衣盡帶風〔二〕。七賢寧占竹,三品且饒松〔三〕。腸斷靈和殿,先皇玉座空〔四〕。

〔一〕娉婷(pīng tíng):狀女子姿態美好。婀娜:柔美。

〔二〕朝佩:上朝禮服的佩帶,比柳條。仙衣:比柳枝在風中飄拂。

〔三〕七賢:《世説新語・任誕》:"陳留阮籍、譙國嵇康、河内山濤,三人年皆相比,康年少亞之。預此契者,沛國劉伶、陳留阮咸、河内向秀、琅邪王戎,七人常集于竹林之下,肆意酣暢,故世謂七林七賢。"三品:《嵩山志》稱少林寺有唐代武后封的三品松。
〔四〕見《贈柳》注〔二〕。

商隱一共寫了十四首柳詩,這首《垂柳》,是反映他的政治態度的。馮浩《箋注》:"此借喻朝貴之爲新君所斥者,語意顯豁,當在文宗後作。"何焯評:"落句謂文宗。"從"先皇玉座空"看,是確有所指的,説是指文宗。那末垂柳是比文宗朝的風流人物,像靈和殿的垂柳。前四句寫他的風流,正像南齊的張緒。程夢星注:"五六因柳而及于竹,柳不讓竹,竹乃以七賢得名;又因柳而及松,柳不讓松,松且以三品驪貴。喻當時之得志者也。"寫那位像風流張緒,他在朝中,雖不像七賢的有賢名,也不像三品松的地位高,但他的風流並不讓竹和松。到先皇去世,他却腸斷靈和殿,受到新皇的排斥。這個垂柳比誰不清楚,馮浩説:"或者垂柳即垂楊,暗寓嗣復之姓歟?"《舊唐書·楊嗣復傳》稱嗣復深得文宗信賴,與鄭覃、陳夷行持論不合,"帝方委用,乃罷鄭覃、夷行知政事,自是政歸嗣復"。武宗即位,出嗣復爲湖南觀察使,再貶潮州刺史。因此嗣復對文宗的感情是很深的,説腸斷是切合的。程夢星以垂柳爲商隱自指,"文宗開成二年登第,故不能已于成名之感"。按唐代中進士不能入官,用來比靈和殿前垂柳,顯然不合。

這首詩寫垂柳極切,垂柳枝條甚長,狀若絲縷,所以比垂地的朝佩,迎風的仙衣。這株垂柳正是種于靈和殿的,故可與竹松比美。它的寄託也極切,朝佩和七賢、三品正指朝官,靈和殿在宫内,加上先皇,用指風流張緒亦極切合。商隱咏柳的詩,除這首借來咏政治外,還有借柳來咏身世之感的,參見《柳》"曾逐東風拂舞筵";有借柳來寫豔情的,見《柳》"動春何限葉"。把這三首咏柳的詩結合起來,可以看到商隱咏柳詩的全貌。

酬别令狐補闕〔一〕

惜别夏仍半,回途秋已期。那修直諫草,更賦贈行詩〔二〕。錦段知無報,青萍肯見疑〔三〕。人生有通塞,公等繫安危〔四〕。警露鶴辭侶,吸風蟬抱枝〔五〕。彈冠如不問,又到掃門時〔六〕。

〔一〕開成五年,令狐綯爲左補闕、史館修撰。綯爲令狐楚子,字子直。舉進士,累官至左補闕、右司郎中,出爲吳興太守。宣宗時召入知制誥,累官同平章事,輔政十年。

〔二〕夏半告别,回來時已經秋天,過了預定時期,承你賦詩送行。綯任左補闕,所以提直諫草。

〔三〕張衡《四愁詩》:"美人贈我錦綉段,何以報之青玉案。"陳琳《答東阿王箋》:"君侯體高俗之材,秉青萍干將之器。"青萍,寶劍名。鄒陽《獄中上書自明》:"臣聞明月之珠,夜光之璧,以暗投人於道,衆莫不按劍相眄者,何則,無因而至前也。"此指綯贈詩情意難以酬答,己之答詩如以青萍相投,豈肯相疑。

〔四〕通指綯的入朝任左補闕、史館修撰,塞指己任弘農尉被觀察使孫簡罷官等。安危指進賢人則國安,任小人則國危,暗含希望綯推荐的意思。

〔五〕《風土記》曰:"鳴鶴戒露,此鳥性警,至八月,白露降,流于草上,點滴有聲,因即高鳴相警,移徙所宿處。"温嶠《蟬賦》:"飢吸晨風,渴飲清露。"

〔六〕《漢書·王吉傳》:"王吉字子陽。吉與貢禹爲友,世稱王陽在位,貢公彈冠,言其取舍同也。"《史記·齊悼惠王世家》:"魏勃少時,欲求見齊相曹參,家貧,無以自通,乃常獨早夜掃齊相舍人門外。相舍人怪之,得勃。勃曰:'願見相君。'於是舍人見勃,言事,参以爲賢,言之齊悼惠王,悼惠王召見,則拜爲内史。"

這首詩作于開成五年,已在商隱入王茂元幕,與茂元女結婚以後。這時,令狐綯和商隱的關係,表面上還是好的,實際上已由親密轉向疏遠。商隱同綯告别,綯還賦詩相贈,表達了表面上的友情。實際上,商隱已經感覺到他對自己的態度,“青萍肯見疑”,一方面認爲商隱是有才華的,是青萍,一方面有些不信任,説“肯見疑”,豈肯見疑,實際上已經見疑,從這裏已顯示有些嫌隙了。説到自己的抑塞,希望他推薦,忽然又提到鶴的警露,蟬的哀鳴,彈冠如不問,要掃門,變成極爲疏遠,若不相識,所以提到是否薦賢,是安危所繫了。

紀昀批:“曲折圓勁,甚有筆力。末二句太無骨格,遂使全篇削色,凡歸宿處最吃緊。”曲折正指賦詩贈别之情,有如贈我錦綉段,忽然轉入青萍見疑,又轉入通塞安危,但意思圓足。三聯警露吸風正由于綯的見疑,所以要警露遠避,抱枝哀鳴了。“彈冠如不問”要掃門了,這是承接哀鳴來的。哀鳴以後,倘綯還是不理,就只好辭侣遠行,或陳情哀鳴。彈冠兩句正是從哀鳴如不問來的。紀昀認爲“太無骨格”,即認爲哀鳴以後,如果不理,就該走了,不必掃門。其實商隱正是這樣做的,他去桂府,去東川,正因綯的不肯引薦而走的。但是走了以後,却不能貫徹他的志事,即欲迴天地,所以還想回到朝廷,要想到掃門了。掃門不是無骨格,正是爲了實現大的志願,不妨委屈一下自己,這是他同隱士不同的地方,不是無骨氣。

贈劉司户蕡〔一〕

江風揚浪動雲根,重碇危檣白日昏〔二〕。已斷燕鴻初起勢,更驚騷客後歸魂〔三〕。漢廷急詔誰先入?楚路高歌自欲翻〔四〕。萬里相逢歡復泣,鳳巢西隔九重門〔五〕。

〔一〕《新唐書·劉蕡(fén)傳》:字去華,昌平(在今北京市)人。大和二年,舉賢良方正能直言極諫。是時第策官馮宿、賈餗、龐嚴見蕡對嗟伏,以爲過古晁、董,而畏中官(太監)眦睚(指嫉恨),不敢取。

蕡對後七年,有甘露之難。令狐楚、牛僧孺節度山南東西道,皆表蕡幕府,授祕書郎,以師禮禮之。而宦人深嫉蕡,誣以罪,貶柳州司户參軍,卒。

〔二〕雲根:《公羊傳》僖公三十一年:"觸石而出,膚寸而合,不崇朝而徧雨乎天下者,唯泰山爾。"因稱石爲雲根。碇:繫船的石墩。危檣:指高檣。

〔三〕燕鴻:燕地的鴻,比劉蕡是燕人。初起勢:開始要起飛,指劉受宦官打擊,對策落第。騷客:屈原被讒放逐,作《離騷》,故稱騷客。後歸魂,指劉的遭遠貶,魂夢難歸。

〔四〕漢廷句:《漢書·賈誼傳》:"以誼爲長沙王太傅。後歲餘,文帝思誼,徵之至。"賈誼被漢朝急詔召回,誰能像他那樣先回,指劉蕡不會被召回。楚路高歌:《論語·微子》:"楚狂接輿歌而過孔子,曰:'鳳兮鳳兮,何德之衰。'"劉蕡在楚,故稱楚路。翻:轉,轉變原意,接輿的歌説德衰,劉蕡德不衰,所以是意欲翻。

〔五〕鳳巢:《帝王世紀》:"(黄帝時,鳳凰)止帝之東園,或巢于阿閣(四面有簷霤的屋)。"九重門:宋玉《九辯》:"君之門兮九重。"指朝廷。這是説劉蕡跟西北的朝廷相隔極遠,不能回朝。

這首詩,是劉蕡被貶爲柳州司户參軍,在去柳州的路上,與商隱相遇,商隱寫來送他的,所以稱司户。令狐楚在開成元年爲興元尹,那末楚表蕡幕府,當在開成元年;牛僧孺在開成四年爲襄州刺史,那末僧孺表蕡幕府,當在開成四年。會昌二年,僧孺留守東都,劉蕡貶柳州司户,可能在會昌元年或二年。張采田《會箋》稱"《新傳》(《新唐書·劉蕡傳》)載昭宗誅韓全誨等,左拾遺羅衮訟蕡曰:'身死異土,六十餘年。'是歲天復三年癸亥(九〇三),上距會昌四年甲子(八四四),得六十年。蕡當于會昌元年春初貶柳,路經湘潭,與義山晤别。"劉蕡在大和二年對策,指出"宫闈將變,社稷將危,天下將傾,海内將亂"。到大和九年,就有甘露之變,劉蕡的對策不幸言中,宦官更加横暴,終于誣陷劉蕡,把他貶到柳州。當時宦官的氣焰不可一世,文宗也受到壓制。正像"江風揚浪",弄到"白日昏";雖然劉蕡堅定得像石,像重碇,也被吹動,有重碇的舟也陷入險境。劉蕡像鴻鵠那樣起飛,就被狂風吹折了。他又被遠貶,魂夢難歸。他既不能回到朝廷,就無法挽救唐朝的危亡,所以"歡復泣",爲相逢而歡喜,爲劉蕡的被貶,爲唐朝的末落而泣,一結中充滿深沉的感嘆。

這首詩善于用比喻,從江風到雲根,從重碇到白日昏,從燕鴻到鳳巢都是。從比喻中表達出無限深情。

潭　州〔一〕

潭州官舍暮樓空,今古無端入望中〔二〕。湘淚淺深滋竹色,楚歌重疊怨蘭叢〔三〕。陶公戰艦空灘雨,賈傅承塵破廟風〔四〕。目斷故園人不至,松醪一醉與誰同〔五〕。

〔一〕潭州:唐爲潭州長沙郡,今湖南長沙市。

〔二〕暮樓空:即"目斷故園人不至",等待的人不到,所以説樓空。無端:没來由。

〔三〕《述異記》:"湘水去岸三十里許,有相思宫、望帝臺。昔舜南巡而(殁),葬於蒼梧之野。堯之二女娥皇女英(舜妃)追之不及,相與慟哭,淚下沾竹,竹上文爲之斑斑然。"《史記·屈原傳》:"楚人既咎子蘭以勸懷王入秦而不反也。"朱鶴齡注:"《楚辭·九歌》稱澧蘭秋蘭者不一,故曰重疊怨蘭叢。"

〔四〕《晉書·陶侃傳》:"陳敏之亂,(劉)弘以侃爲江夏太守,加鷹揚將軍。敏遣其弟恢來寇武昌,侃出兵禦之。(弘)又加侃爲督護,侃乃以運船爲戰艦,於是擊恢,所向必破。"《西京雜記》:"賈誼在長沙,鵩鳥集其承塵。長沙俗以鵩鳥至人家,主人死,誼作《鵩鳥賦》齊死生,等榮辱,以遣憂累焉。"《釋名》:"承塵,施于上以承塵土也。”指天花板。《寰宇記》:“賈誼廟在長沙縣南六十里,廟即誼宅。”

〔五〕故園:故鄉。松醪:《本草》:“松葉、松節、松膠皆可爲酒。”

何焯評:“此隨鄭亞南遷而作,第三思武宗,第四刺宣宗,五六則悲會昌將相名臣之流落也。《楚詞》以蘭比令尹子蘭,蓋指白敏中、令狐綯。”這首詩是有寓意的。寓意在“今古”中透露。詩裏寫的湘淚、楚歌、陶公戰艦、賈傅承塵,都是古,没有今;但明提“今古”,可見是借古喻今。“今古”又同“淺深”“重叠”相應,或者淚痕有今古,所以分淺深;怨恨有今古,所以稱重疊。寓意又在“無端”中透露。何焯評:“無端二字有怨意,要知只是自己無聊,與古人原無與。惟其意有未得,故無端所見皆增悲感,觀首末可知。”再就寓意説,今的湘淚指思武宗,《通鑑》武宗會昌六年:“武宗疾困,顧王才人曰:‘我死,汝當如何?’對曰:‘願從陛下于九泉(地下)。’武宗以巾授之。武宗崩,才人即縊。”這是今的湘淚。今的楚歌,宣宗即位,白敏中同平章事,李德裕集團屢被斥逐,令狐綯召拜考功郎中,又知制誥,充翰林學士。怨子蘭指白敏中、令狐綯亦是。陶公戰艦、賈傅承塵是古,今則成爲空灘破廟。何焯評:“雨中壞艦,風中破廟,使人不堪回首。”這兩句,程夢星稱李德裕“立功于東川回鶻者,不啻(止)陶侃長沙之功,立言于丹扆六箴(指對君主的箴諫),無異賈誼治安之策也。”李德裕的功高陶侃,規劃同于賈誼,却被罷斥,引起無限感慨。這首詩借懷古來諷今抒懷,表面上在懷古,他的感懷只在個别詞中透露,是耐人尋味的。開頭的“官舍暮樓空”,與結尾的“故園人不至”相呼應,但所指不明。張采田《會箋》以爲指李回,恐不確。

楚　宫〔一〕

湘波如淚色漻漻,楚厲迷魂逐恨遥〔二〕。楓樹夜猿愁

自斷，女蘿山鬼語相邀〔三〕。空歸腐敗猶難復，更困腥臊豈易招〔四〕。但使故鄉三户在，綵絲誰惜懼長蛟〔五〕。

〔一〕大中二年，商隱離桂北歸，五月至潭州（今長沙市），詩或作于此時。

〔二〕漻漻（liáo）：狀水清而深。厲：鬼無依則爲厲。楚厲，指屈原的冤魂。

〔三〕楓樹：《招魂》："湛湛（狀水深）江水兮上有楓，目極千里兮傷春心。"夜猿：《九歌·山鬼》："猿啾啾兮狖夜鳴，風颯颯兮木蕭蕭。"又："若有人兮山之阿（曲處），被薜荔兮帶女蘿。既含睇兮又宜笑，子慕予兮善窈窕。"女蘿，松蘿，地衣類，自樹梢懸垂，全體絲狀如帶。

〔四〕腐敗：指尸體腐敗。復：《禮記·檀弓》："復，盡愛之道也。"注："復謂招魂。"腥臊指魚。《韓非子·五蠹》："民食果蓏蚌蛤腥臊惡臭而傷害腹胃。"屈原投江而死，葬身魚腹。

〔五〕三户：《史記·項羽紀》："楚南公曰：'楚雖三户，亡秦必楚也。'"指只要楚人在，一定要紀念屈原。綵絲：《續齊諧記》："屈原五月五日投汨羅水，楚人哀之，至此日，以竹筒子貯米投水祭之。漢建武中，長沙區曲忽見一士人，自云三閭大夫（即屈原），謂曲曰：'聞君當見祭，甚善。常年爲蛟龍所竊。今若有惠，當以楝葉塞其上，以綵絲纏之，此二物蛟龍所憚。'曲依其言。"

《史記·賈誼傳》："及渡湘水，爲賦以弔屈原。"商隱在大中二年五月至長沙，可能也在那時寫這首詩來弔屈原。説湘水如淚，正寫楚人悼念的深切，屈原的冤魂隨江水遠去，抱恨無窮。他所看到的只是江上的楓樹，聽到的只是猿的哀鳴，望斷千里，愁腸自斷，能够和他作伴的，只有山鬼。這一聯刻劃屈原的遺恨，就用《楚辭》的《招魂》《山鬼》中語來寫，所謂"傳神空際"，是商隱詩中最擅長的寫法。他不執着寫屈原，只寫出一種意境，確是屈原作品中所構成的意境，反映屈原當時的心情，所以寫得成功。接下來寫他的投江,葬身魚腹,遺體敗壞,難以招魂。歸結到楚人對他的悼念,只要有三户在,就要在端午日用綵絲裹粽子來祭他。屈原憂國殉身,死後楚日以削,數十年竟爲秦所滅。他的殉身,並不能引起楚國君臣的醒悟,所以設想他的冤魂的沉痛,寄託着作者深沉的哀思。

七月二十八日夜與王鄭二秀才聽雨後夢作

初夢龍宫寶焰燃,瑞霞明麗滿晴天〔一〕。旋成醉倚蓬萊樹,有箇仙人拍我肩〔二〕。少頃遠聞吹細管,聞聲不見隔非烟。逡巡又過瀟湘雨,雨打湘靈五十絃〔三〕。瞥見馮夷殊悵望,鮫綃休賣海爲田〔四〕。亦逢毛女無憀極,龍伯擎將華嶽蓮〔五〕。恍惚無倪明又暗,低迷不已斷還連〔六〕。覺來正是平階雨,未背寒燈枕手眠。

〔一〕龍宫:龍宫始見於佛經,如《法華經·提婆達多品》有"娑竭羅龍宫"。龍宫多寶藏。

〔二〕郭璞《遊仙詩》:"左挹浮丘袖,右拍洪崖肩。"浮丘、洪崖皆仙人。

〔三〕逡巡:頃刻,不一會。湘靈五十絃:湘水女神鼓瑟,瑟有五十絃。《楚辭·遠遊》:"使湘靈鼓瑟兮,令海若舞馮夷。"海若,海神。馮夷,河神,這裏指水神。

〔四〕鮫綃:《博物志》:"南海水有鮫人,水居如魚,不廢織績。從水中出,寓居人家積日,賣綃將去,泣而成珠滿盤,以與主人。"此言海已變田,不要賣鮫綃了。

〔五〕毛女:仙女,字玉姜,秦始皇宫人,逃入華陰山中,形體生毛。遇道士教食松葉,遂不飢寒。見《列仙傳》。無憀,同無聊,無依靠。

龍伯：巨人，在海中釣魚，一釣而連六鼇。見《列子·湯問》。華嶽蓮：韓愈《立意》："太華峯頭玉井蓮，花開十丈藕如船。"

〔六〕無倪：無邊際。低迷，迷濛。兩句狀夢中情態。

這首詩何焯解："述夢即所以自寓。"是對的，即馮浩説："假夢境之變幻，喻身世之遭逢也。首二句比宫闕之美富；三四比爲祕省清資（指作校書郎），仙人指注擬之天官，必非猶謂座主也；五六比外斥爲尉，尚得聞京華消息，而地已隔矣；七八指湘中之遊；九似以馮夷比楊嗣復，取弘農、華陰之居也；十喻又有變更，我無所依；十一二謂得見意中之人，而總不可攀；十三十四虚寫總結。"馮説大體可信，但後面幾句解釋不確。

夢龍宫寫進入皇宫，認爲前途光明，所以瑞霞明麗。蓬萊比祕書省，仙人拍肩，正指他被分配去任校書郎。少頃即不久調爲弘農尉，離開皇宫，所以是遠聞皇家消息了。又過瀟湘雨，離開弘農到了湖南，"雨打湘靈"極寫心中的愁苦。去湖南依湖南觀察使楊嗣復，楊嗣復被貶爲潮州司馬，所以"瞥見馮夷殊悵望"。"海爲田"，滄海桑田，極見朝局的變化，所以"鮫綃休賣"了。他要進楊嗣復幕府，楊又貶官，鮫綃没有人買了。湘靈鼓瑟是在湘江中，即水中，毛女在山裏，山裏的毛女可在水中相見，何焯批"高岸爲谷"，所以毛女到了水裏了。龍伯是在海裏釣鼇魚的，却擎着華山頂上的蓮花，不正是"深谷爲陵"嗎？這正説明朝政變化的劇烈。所以雖像毛女、龍伯那樣的仙人，也感到無所依靠，更不要説自己了。這就是借夢境以自寓了。

朱彝尊批："律詩而無對偶，古詩而叶今調，此格僅見。"馮浩按："詩係古體，古體原有似律者，觀初唐人集便曉，無庸故爲高論。"按朱批是，馮按非。初唐詩，如王勃《滕王閣》："滕王高閣臨江渚，佩玉鳴鸞罷歌舞。"用仄韻不合律調。盧照鄰《長安古意》："長安大道連狹斜，青牛白馬七香車。"兩句平起不合律調。沈佺期《入少密谿》用"斜""花"轉"口""後"韻，不合律韻。所以説"觀初唐人集便曉"，不確。又朱批："'獨背寒燈'則二秀才已去矣，此不點題而襯題之法。"

七月二十九日崇讓宅讌作〔一〕

露如微霰下前池，風過迴塘萬竹悲。浮世本來多聚散，紅蕖何事亦離披〔二〕。悠揚歸夢惟燈見，濩落生涯獨酒知〔三〕。豈到白頭長只爾，嵩陽松雪有心期〔四〕。

〔一〕《韋氏述征記》:"洛陽崇讓坊有河陽節度使王茂元宅。"

〔二〕紅蕖：紅荷花。離披：分散，指零落。

〔三〕濩(huò)落：空廓，廓落。

〔四〕嵩陽：嵩山南，在今河南登封縣。

露下風過寫秋天景物，何焯批:"(謝莊)《月賦》:'涼夜自凄，風篁成韻。'"可作比照。浮世聯，朱彝尊批:"情深于言，義山所獨。"看到荷花的花瓣零落，感嘆人生的漂泊，聚散不定，移情于景。這裏提出"本來"和"何事"，在情景相對中作比較説明，見得人生本多聚散，更覺難堪。這樣通過比較來作對，是另一種表達法，較爲少見。紀昀批:"已開宋派。三四對法活似江西派不經意詩。"按江西派詩，如黄庭堅《寄黄幾復》:"桃李春風一杯酒，江湖夜雨十年燈";陳師道《九日寄秦觀》:"九日清樽欺白髮，十年爲客負黄花。"都是情景相對，所以説三四情景對舉近于宋派。但三四一句情一句景，在相對中用比較的詞，又有它的特色。從"歸夢唯燈見"，"生涯獨酒知"裏，極寫思鄉之切，孤獨之感。夢貼切燈字，見得夜中只一燈相伴。生涯貼切酒字，見得只有借酒澆愁。馮浩注:"此在崇讓宅宴别，而下半全從閨中着筆。時義山與妻京洛分處，結言終圖偕隱。"當得詩意。

哭劉蕡〔一〕

上帝深宫閉九閽,巫咸不下問銜冤〔二〕。黄陵别後春濤隔,湓浦書來秋雨翻〔三〕。只有安仁能作誄,何曾宋玉解《招魂》〔四〕? 平生風義兼師友,不敢同君哭寢門〔五〕。

〔一〕劉蕡:見《贈劉司户蕡》注〔一〕。

〔二〕九閽:天帝的宫門九重。巫咸:古神巫。屈原《離騷》:"巫咸將夕降兮,懷椒糈(椒香拌精米)而要(邀)之。"指朝廷不來查問劉蕡的冤屈,無可控訴。

〔三〕黄陵:在湖南湘陰縣,是商隱與劉蕡相會處。春濤隔:分别時在春天,黄陵當湘水入洞庭湖處。湓浦:即潯陽,在今江西九江。秋雨翻:在秋雨傾盆時得劉蕡去世的噩耗。

〔四〕安仁:晉潘岳字,他善作哀誄(lěi)。誄是敍述死者生前行事的哀悼文。招魂:《楚辭》中的《招魂》,王逸認爲是宋玉招屈原魂而作。這是説,他只能寫點哀誄文,却無法招魂,使劉蕡復生。

〔五〕風義:風度節操,指在《對策》中敢于抨擊宦官。同君:與君同等,即看作朋友。哭寢門:《禮記·檀弓》:"孔子曰:'師,吾哭諸寢;朋友,吾哭諸寢門之外。'"即不敢看作朋友,看作老師。

對劉蕡的死,首先是譴責朝廷。宦官誣陷劉蕡,朝廷不加省察,讓他冤死,這裏充滿着作者的憤慨悲痛。回想黄陵一别,江湖懸隔,湓浦書來,即得噩耗。他除了作詩痛悼,實無起死之力。最後對劉蕡的節概,表達了極爲尊敬的心情。《舊唐書·劉蕡傳》説令狐楚、牛僧孺"以師禮禮之"。在對待劉蕡的態度上,商隱與令狐楚牛僧孺一致,這也説明他並没有背離牛黨而親近李黨的黨派觀點。

哭劉司户二首〔一〕

離居星歲易，失望死生分〔二〕。酒甕凝餘桂，書籤冷舊芸〔三〕。江風吹雁急，山木帶蟬曛。一叫千迴首，天高不爲聞。

〔一〕馮浩《箋注》："玩詩語雖貶柳州，而實卒于江鄉，似未至貶所也。"
〔二〕星歲：指歲月，言歲月改變，即過了一年。
〔三〕桂：桂酒，屈原《九歌・東皇太一》："奠桂酒兮椒漿。"芸：芸香，魚豢《魏略》："芸香辟紙魚蠹。"

有美扶皇運，無誰薦直言〔四〕。已爲秦逐客，復作楚冤魂〔五〕。湓浦應分派，荆江有會源〔六〕。并將添恨淚，一灑問乾坤〔七〕。

〔四〕有美：《詩・鄭風・野有蔓草》："有美一人，清揚婉兮。"贊劉蕡。直言：劉蕡對策應賢良方正直言極諫科考試。
〔五〕秦逐客：《史記・李斯傳》："秦宗室大臣請一切逐客。"指劉蕡被貶官。楚冤魂：指屈原。杜甫《天末懷李白》："應共冤魂語。"
〔六〕湓浦：潯陽，《漢書・地理志》注："江自尋陽分爲九。"指分成九派。《岳陽風土記》："鼎、澧、沅、湘合諸蠻南黔之水，匯于洞庭，至巴陵與荆江合。"指劉在湓浦與己分隔不復會合，但兩心又如荆江之合。
〔七〕姚培謙稱："此恨只堪訴與湓浦、荆江耳，然將此二水都化爲恨淚，亦訴冤不盡也。"

第一首從兩人的交誼説,含有無限失望,既有永别的悲痛,又有劉蕡政治抱負永遠完了的悲痛。回想他的生前,病酒愛書;他的遭遇,像雁的被吹折,像夕陽中蟬的哀鳴。他一叫而天不聞,千回首而無人理會,對唐王朝表達了深切的憤慨。李延年歌:"北方有佳人,絶世而獨立。一顧傾人城,再顧傾人國。"只是一顧再顧,就有空城空國的人來看她。可是劉蕡却是千回顧而無人理會,這是既爲他悲哀,又刺及唐王朝。

第二首就劉蕡同唐王朝關係説,劉蕡也是絶世佳人,所謂有美一人,他要扶持皇朝的國運,敢于對策直言。用"無誰"直接唐王朝的無人,終于讓宦官横行,把他放逐,讓他銜冤而死。再歸結到自己的悲憤,雖永遠分别,但兩心相會合。劉蕡扶皇運的懷抱也是自己的懷抱,劉蕡的恨也是自己的恨,所以呼天搶地,雖合湓浦、荆江之水都化爲恨淚,也訴不盡冤屈,充滿了對唐王朝逼害劉蕡的無限悲憤。

哭劉司户蕡

路有論冤謫,言皆在中興〔一〕。空聞遷賈誼,不待相孫弘〔二〕。江闊惟迴首,天高但撫膺〔三〕。去年相送地,春雪滿黄陵〔四〕。

〔一〕論(lún):議論,指輿論。中(zhòng):再。

〔二〕遷賈誼:《史記·賈生傳》:"(賈生)悉更秦之法,於是天子議以爲賈生任公卿之位,絳(侯周勃)、灌(嬰)、東陽侯(張相如)、馮敬之屬盡害之,乃以賈生爲長沙王太傅。"相孫弘:《漢書·公孫弘傳》:"以賢良徵爲博士。使匈奴,還報,不合意,弘乃移病免歸。元光五年,復徵賢良文學,策奏,天子擢弘對爲第一,拜爲博士。一歲中至左内史。元朔中,代薛澤爲丞相。"這裏説劉蕡被貶,不等像公孫弘那樣被貶後再相，就死了。

〔三〕江闊：指大江遥隔。迴首：回頭遥望。撫膺：捶胸痛哭。

〔四〕黄陵：相會處，見《哭劉蕡》注〔三〕。

這首詩從行路的人都在議論劉蕡的銜寃遠貶，從輿論著眼，顯得這不是作者一人的悲哀。所以這樣，因爲他的直言都是爲了唐王朝的中興，更見冤屈。《通鑑》太和二年稱："自元和（憲宗年號）之末，宦官益横。建置天子，在其掌握，權威出人主之右（上），人莫敢言。劉蕡對策極言其禍。禍稔蕭牆，奸生帷幄（即奸禍將生于宫内）。忠賢無腹心之寄，閹寺（宦官）持廢立之權。陛下誠能揭國權以歸相，持兵柄以歸將，則心無不達，行無不孚矣。"要文宗奪宦官干政的權交給宰相，奪宦官掌握的軍權歸給大將。消弭宦官的禍害，以圖唐王朝再興。可是他却因此被貶，等不到起用就死了。這裏含有深沉的痛惜。作者不能親往弔祭，只能捶胸痛哭。天高難問，還是刺向朝廷。一結追訴去年相會情事。《輯評》紀昀評："逆挽作收，結法甚好。"

韓　　碑〔一〕

元和天子神武姿，彼何人哉軒與羲〔二〕。誓將上雪列聖恥，坐法宫中朝四夷〔三〕。淮西有賊五十載，封狼生貙貙生羆〔四〕。不據山河據平地，長戈利矛日可麾〔五〕。帝得聖相相曰度，賊斫不死神扶持〔六〕。腰懸相印作都統，陰風慘澹天王旗〔七〕。愬、武、古、通作牙爪，儀曹外郎載筆隨〔八〕。行軍司馬智且勇，十四萬衆猶虎貔〔九〕。入蔡縛賊獻太廟，功無與讓恩不訾〔一〇〕。帝曰"汝度功第一，汝從事愈宜爲辭〔一一〕。"愈拜稽首蹈且舞，"金石刻畫臣能爲〔一二〕，古者世稱大手筆，此事不繫于職司，當仁自古有不讓”，言訖屢頷天子頤〔一三〕。公退齋戒坐小閣，濡染大筆何淋漓〔一四〕。點竄《堯典》《舜典》字，塗改《清廟》《生民》詩〔一五〕。文成破體書在紙，清晨再拜鋪丹墀〔一六〕。表曰“臣愈昧死上”，咏神聖功書之碑〔一七〕。碑高三丈字如斗，負以靈鰲蟠以螭〔一八〕。句奇語重喻者少，讒之天子言其私。長繩百尺拽碑倒，粗砂大石相磨治〔一九〕。公之斯文若元氣，先時已入人肝脾。湯盤孔鼎有述作，今無其器存其詞〔二〇〕。嗚呼聖皇及聖相，相與烜赫流淳熙。公之斯文不示後，曷與三五相攀追〔二一〕。願書萬本誦萬過，口角流沫右手胝。傳之七十有三代，以爲封禪玉檢明堂基〔二二〕。

〔一〕韓碑：韓愈《平淮西碑》。唐憲宗元和九年，彰義節度使(治蔡州，今河南汝南縣)吴少陽死，子元濟自領軍務，發兵四出，攻屠城邑。唐發諸道兵討元濟，久無功。十二年正月，李愬至唐州。七月，宰相裴度充淮西宣慰處置使，韓愈爲彰義行軍司馬判官書記。八月，度赴淮西。十月，李愬襲破蔡州，擒吴元濟。十二月，詔愈撰《平淮西碑》，多敍裴度事。李愬不平。愬妻唐安公主女，出入宫庭，因訴碑詞不實。詔令磨愈文，命段文昌重撰。

〔二〕元和天子：指唐憲宗李純。軒與羲：軒轅氏黄帝與伏羲氏。用伏羲來代表三皇，用黄帝來代表五帝。用三皇五帝來比憲宗，稱頌他的功德。

〔三〕雪：洗刷。列聖恥：指唐玄宗時有安禄山叛亂，玄宗逃往四川；德宗因朱泚之亂逃往奉天等。法宫：正殿。

〔四〕淮西句：寶應元年，拜李忠臣淮十一州節度，鎮蔡州。軍無紀綱，所至縱暴，爲部下李希烈所逐。大曆末，授李希烈蔡州刺史、淮西節度留後。德宗時，希烈僭稱建興王，大擾亂，後爲其將陳仙奇所毒死。仙奇又爲吴少誠所殺，少誠出兵攻掠城邑。少誠死，吴少陽自爲留後。少陽卒，吴元濟自領軍務。從寶應元年至元和九年爲五十四年。封狼：大狼。貙(chú)：似貍而大。羆(pí)：人熊。

〔五〕日可麾(揮)：《淮南子·覽冥訓》："魯陽公與韓搆難，戰酣日暮，援戈而撝(揮)之，日爲之反三舍(三個星宿)。"指擊退朝廷來討伐的部隊。

〔六〕《通鑑》元和十年"六月癸卯(初三)，天未明，(武)元衡入朝，出所居靖安坊東門。有賊自暗中突出射之，從者皆散走。賊執元衡馬而殺之，取其顱骨而去。又入通化坊擊裴度，傷其首，墜溝中。度氈帽厚，得不死。"當時宰相武元衡、御史中丞裴度堅主討伐吴元濟，淄青鎮李師道派刺客行刺武元衡、裴度。斫(zhuó)：砍。

〔七〕《通鑑》元和十二年七月："丙戌(十七)，以(裴)度爲門下侍郎同平章事(宰相)，兼彰義軍節度使，仍充淮西宣慰招討處置使。度以韓弘已爲都統，不欲更爲招討，請但稱宣慰處置使。"都統是統帥，裴度雖辭招討，實際還是統帥。陰風：《春秋繁露·陽尊陰卑》："陰，刑氣也。"天王旗：皇帝的旗子。

〔八〕愬：李愬爲隨唐鄧節度使。武：淮西諸軍行營都統韓弘只派其子公武率兵三千隸屬李光顔軍。古：李道古爲鄂岳蘄安黄團練使。通：李文通爲壽州團練使。牙爪：《詩·小雅·祈父》："祈父，予王之爪牙。"指武將。儀曹外郎：即禮部員外郎。裴度出征時，以禮部員外郎李宗閔爲判官書記。

〔九〕行軍司馬：以右庶子韓愈爲行軍司馬。貔(pí)：貔貅，猛獸。

〔一〇〕入蔡句：元和十二年十月辛未(十五日)，李愬雪夜襲蔡州。癸酉(十九日)擒吴元濟。十一月，以吴元濟獻廟社，斬于獨柳之下。太廟：皇帝的祖廟。無與讓：指"當仁不讓"。恩不訾(zī)：恩典不可計量。十三年二月，加裴度金紫光禄大夫、弘文館大學士、賜勳上柱國、封晉國公，食邑三千户，復知政事。

〔一一〕功第一：裴度到淮西，上奏請罷太監監軍，使主將不受太監牽制；

軍法嚴肅,號令劃一;李愬密白裴度,要夜襲蔡州,度贊美他是良圖。這些都是裴度的功勞。從事:屬員,韓愈是裴度手下屬員。

〔一二〕稽(qǐ)首:叩頭。蹈且舞:即手舞足蹈。金石刻畫:即刻在鐘鼎或碑石上的文字。

〔一三〕大手筆:著作朝廷重大文告的大名家。見《會昌一品集序》注〔一五〕。職司:朝廷中起草文告的官員,如翰林。當仁不讓:《論語・衛靈公》:"當仁不讓于師。"頷(hàn)頤:點頭。頤,下巴。

〔一四〕齋戒:素食、沐浴、獨居以表虔敬。濡染:指筆酣墨飽。淋漓:描繪盡致。

〔一五〕點竄、塗改:點和塗指抹去文字,竄和改指改換文字。《堯典》《舜典》:《尚書》中的兩篇。《清廟》《生民》:《詩經》中的兩篇。指《平淮西碑》序事像《尚書》,銘文像《詩經》,極爲莊重典雅。

〔一六〕破體:當時朝廷文告用四六文,《平淮西碑》破除文告體,用《尚書》《詩經》體。丹墀(chí):殿前塗紅漆的階上臺地。

〔一七〕昧死:冒死,向皇帝奏事時的敬語,表敬畏。

〔一八〕靈鰲(áo):大龜類,負碑的龜形石座。螭(chí):龍類,碑上刻有盤繞的龍紋。

〔一九〕句奇語重:語句奇特不平凡而莊重。喻:懂得。《舊唐書・韓愈傳》:"詔愈撰《平淮西碑》,其辭多敍裴度事。時先入蔡州擒吴元濟,李愬功第一,愬不平之。愬妻(唐安公主女)出入禁中,因訴碑辭不實。詔令磨愈文,憲宗命翰林學士段文昌重撰文勒石。"羅隱《説石烈士》,稱李愬舊部石孝忠因憤韓碑不敍李愬功績,推碑幾仆,致爲憲宗所聞。孝忠因得以面陳李愬功。憲宗乃召翰林學士段文昌撰淮西碑。治(chí):修理。

〔二〇〕斯文:此文。元氣:精氣。湯盤:商湯沐浴用的銅盤。孔鼎:孔子先世正考父的鼎。上面都有銘文,盤鼎雖不存,銘文却流傳下來。比韓碑不存,碑文不朽。

〔二一〕烜(xuǎn)赫:顯耀。淳熙:正大光明。曷:怎麽。三五:三皇五帝。

〔二二〕胝(zhī)：生老繭。七十三代：《史記·封禪書》："古者封泰山、禪梁父者七十二家。"加唐代爲七十三。封泰山，在泰山築壇祭天；禪梁父，在泰山下梁父小山闢地祭地；是皇帝告成功的大典禮。玉檢：玉製的石函蓋，石函中藏文書。明堂：帝皇宣明政教舉行大典的地方。指韓碑可以作爲帝皇舉行大典的基石。

馮浩《箋注》是編年的，獨以這首詩列在第一篇，稱："今以其賦元和時事，煌煌巨篇，實當弁冕(居首)全集，故首登之，無嫌少通其例。"沈德潛《唐詩別裁》也推重這篇，稱："獨此篇意則正正堂堂，辭則鷹揚鳳翽(猶飛騰)，在爾時如景星慶雲，偶然一見。"蘅塘退士孫洙《唐詩三百首》稱："咏《韓碑》即學韓體，才大者無所不可也。"這篇學韓愈詩體，在商隱詩中極少見。商隱從令狐楚學四六文，以四六文著名，却不欣賞段文昌重撰的一篇，贊美韓碑，這是有識見的。錢鍾書先生《管錐編·全漢文一五》論破體稱："《韓碑》'文成破體書在紙'，釋道源注：'破當時爲文之體'，是也。又'破當時之體'，故曰'句奇語重喻者少'；韓碑拽倒而代以段文昌《平淮西碑》，取青配白，儷花鬥葉，是'當時之體'矣。"亦見韓碑爲當時大文字，不宜用儷花鬥葉之文，此則文各有體。商隱贊韓碑之破體，是深通文各有體之義。以此等大文字當求莊重的緣故。

商隱贊賞韓碑，稱唐憲宗爲"神武姿"，"雪列聖恥"，稱裴度爲"功第一"，"稱聖皇及聖相"，是有用意的。唐朝自安史亂後，藩鎮割據成爲大患之一，削平藩鎮叛亂，鞏固中央政權，在當時是有進步作用的。韓碑正着眼在這點上，寫憲宗有意要削平藩鎮叛亂，他即位後，"明年平夏(平夏綏銀節度留後楊惠琳叛)，又明年平蜀(平劍南節度使行軍司馬劉闢叛)，又明年平江東(平鎮海軍節度使李錡叛)，又明年平澤潞，遂定易定(義武節度使張茂昭以易定二州歸於主管官員)"。這樣，就顯出憲宗確有削平藩鎮叛亂加強朝廷統治的用心。這樣平淮西叛亂，首先歸功于憲宗的用心和决心，是符合實際的。在討伐淮西時，朝廷上有不少大臣主張苟且偷安，反對用兵，憲宗不聽，决意用兵。裴度雖因主張討伐，被刺客擊傷，還堅决主張討伐，還親自督師，請罷太監監軍的掣肘，統一軍令，加強作戰，贊同李愬的偷襲，所以稱裴度的功第一，是符合實際的。寫李愬襲破蔡州，作："十月壬申，愬用所得賊將，自文城因天大雪，疾馳百二十里，用夜半到蔡，破其門，取元濟以獻，盡得其屬人卒。"對李愬的功勳作了具體敍述，比較突出的。商隱肯定韓碑，着重稱美憲宗裴度，也是符合實際的。詩的末了，稱美平淮西的功業"烜赫流淳熙"，馮浩説："淮西覆轍在前，河朔（藩鎮）終于怙惡，作者其以鋪張爲風戒乎？"指出商隱的這首詩，還有風戒河北藩鎮的用意，指出他用意的深刻。

何焯評："氣雄力健，足與題稱。與韓（愈）《石鼓詩》氣調魄力，旗鼓相當。"紀昀評："筆筆挺拔，步步頓挫，不肯作一流易語。'誓將上雪列聖恥'句，説得爾許關係，已爲平淮西高占地步。淮西四句極言元濟之強，便令平淮西之功益壯。入手八句，句句争先，非尋常鋪敍之法。帝得句遥接起四句，大書特書，提出眉目。十四萬兵如何鋪敍，只陰風七字空際傳神，便見出森嚴氣象。蓋從《詩》'蕭蕭馬鳴，悠悠旆旌'化來。層層寫下，至帝曰二句，羣龍結穴，此一篇之主峯。公之斯文四句，揞拄全篇。凡大篇有精神固結之處方不散緩，李杜元白分界在此。"這些藝術分析，對我們有啓發。

妓席暗記送同年獨孤雲之武昌〔一〕

疊嶂千重叫恨猿，長江萬里洗離魂。武昌若有山頭石，爲拂蒼苔檢淚痕〔二〕。

〔一〕同年：同一年考中進士。獨孤雲：字公遠，官至吏部侍郎，見《新唐書·宰相世系表》。之：到。

〔二〕山頭石：《初學記》五引劉義慶《幽明録》："武昌北山上有望夫石，狀若人立。古傳云：昔有貞婦，其夫從役，遠赴國難，攜弱子餞送此山，立望夫而化爲立石。"

程夢星箋:“唐詩多有用望夫石者,劉賓客則反用之,其悼妓云:‘從此山頭似人石,丈夫形象淚痕深。’此特正用,然能曲盡其形容,窮極其要渺。較杜牧之《湘竹簟》詩‘何忍將身卧淚痕’同一深情,而此則更幻。通此三者,可悟用事之法。”這裏提出反用和正用,在正用上又有幻和更幻的分别。所謂反用,不是正面贊望夫石,説婦因望夫而化石;而説石因似人而有情,因有情而念夫垂淚,是石化爲婦人,不是婦人化爲石,將石擬人化,是反用。這首寫婦化爲石,地當有淚痕,是正用。同“何忍將身卧淚痕”比,湘竹的斑點是淚痕所化,所以用淚痕來代湘竹簟,卧湘竹簟成了卧淚痕,這是幻想。湘竹的淚痕即斑點是看得見的,望夫石下的淚痕是看不見的,是想像,所以更幻。

何焯批:“上二句極嘆其癡,欲洗其魂。下二句因送别,借武昌事唤醒之,但問執心不移,豈待相持狂哭耶?”又批:“倡優下材,安能相守,徒作兒女之態。彼有望夫化石者,豈屬此輩耶?”這是説,獨孤雲臨别時與妓不忍分别,如疊嶂千重的三峽中,猿啼三聲淚沾裳,黯然銷魂,所以要用江水來洗刷他的離魂。叫他到武昌去看望夫石,檢點她的淚痕。只有這位多情的婦人望夫化石,應該留下淚痕,至于這個妓女的淚就不一定可信了,所以是唤醒他不要迷戀妓女的意思。妓席暗記,指在妓席上暗暗記住友人與妓臨别灑淚的情景。後兩句具有這種含意,所以用思更幻了。

這首詩,馮浩注:“詞意沉痛,必非徒感閑情也。座主觀察武昌,遷鎮西蜀,義山不能依倚,必有隱恨,故于宴送同年,大鳴積憤,聲與淚俱。”按題稱送獨孤雲到武昌,是否入幕不詳,所謂座主云云,無法取證。張采田《辨證》:“此暗記大中二年蜀游失意,留滯荆門之恨。不欲顯言,故借妓席晦其意耳。”也無法證明。故改用何焯説。

寄令狐郎中〔一〕

嵩雲秦樹久離居,雙鯉迢迢一紙書〔二〕。休問梁園舊賓客,茂陵秋雨病相如〔三〕。

〔一〕即令狐綯,見《酬别令狐補闕》注〔一〕。綯官左司郎中,馮浩《箋注》附《年譜》定爲會昌四年。

〔二〕嵩雲秦樹:會昌四年,商隱回河南故鄉葬母,故稱嵩山雲。令狐綯在朝,故稱秦樹。雙鯉:指書信。古樂府《飲馬長城窟行》:"客從遠方來,遺我雙鯉魚。呼童烹鯉魚,中有尺素書。"

〔三〕《史記·司馬相如傳》:"客游梁,梁孝王令與諸生同舍。居數歲,乃著《子虚之賦》。上(武帝)讀《子虚賦》而善之,(楊)得意曰:'臣邑人司馬相如自言爲此賦。'上驚,乃召問相如。相如既病免,家居茂陵。"梁園:梁孝王的園林,在今河南商丘市。茂陵:見《茂陵》注〔一〕。

當時令狐綯在京任右司郎中,商隱卧病在河南家中,接到綯的慰問信,他既以梁園的舊賓客自比,又以卧病茂陵家中的司馬相如自比。在這兩個自比中,都有含意。商隱在太和三年起在綯父令狐楚幕府,與綯同學時文,所以他是令狐家的舊賓客。當時他在家卧病,用司馬相如自比,含有相如被楊得意推薦入京,希望綯推薦的用意,是意在言外,寫得極含蓄的。

漢宫詞

青雀西飛竟未迴,君王長在集靈臺〔一〕。侍臣最有相如渴,不賜金莖露一杯〔二〕。

〔一〕《漢武故事》:"七月七日,上于承華殿齋。日正中,忽見有青鳥從西來。上問東方朔,朔對曰:‘西王母暮必降尊像。’有頃,王母至。”集靈宫、集仙宫,皆武帝宫觀名,在華陰縣界。見《三輔黄圖》。

〔二〕相如渴:見《病中早訪招國李十將軍》注〔二〕。金莖露:《三輔故事》:“建章宫承露盤高二十丈,大七圍,以銅爲之,上有仙人掌承露,和玉屑飲之。”

紀昀評:“筆筆折轉,警動非常,而出之以深婉。露若能醫消渴,猶可冀飲之長生,何不以一杯試之,用意最曲。”何焯評:“深婉不露,方是諷諫體。”程夢星注:“考武宗會昌五年正月,築望仙臺于南郊,則次句比事屬辭,最爲親切也。”這詩是諷刺唐武宗求仙求長生。築望仙臺,青鳥不來,説明仙人不到,君王空在臺上守候。用仙人手掌擎盤承露以求長生,爲什麽不賜相如來治他的消渴病呢?病都不能治,怎能求長生呢?這個用意含蓄不説出。從青雀未回裏已含有求仙不至,從長在臺上裏含有徒勞,後兩句指不能治病,所以稱筆筆折轉,即筆筆含不盡之意。

落　花

高閣客竟去,小園花亂飛。參差連曲陌,迢遞送斜暉〔一〕。腸斷未忍掃,眼穿仍欲稀。芳心向春盡,所得是沾衣。

〔一〕曲陌:曲徑。迢遞:遥遠。

首句蘅塘退士孫洙批:“花落則無人相賞,故竟去也。”先不提落花,所以沈德潛説:“起法之妙,黏着者不知。”黏着者就是一定先點明落花,所以起得超脱。首兩句其實是倒裝，即因爲小園花亂飛，所以高閣客竟去，倒裝了詩句就不平弱。像後來歐陽修《戲答元珍》："春風疑不到天涯，二月山城未見花。"也是倒裝，倒裝了纔動人。次聯寫看花飛，看到花飛向曲徑，看到花飛得遠，在送别斜陽。這也寫出詩人惜花的心情。孫洙批六句："望春留而春自歸。"那末腸斷既是惜花，又不光是惜花，花落表示春歸。望眼欲穿希望春的留駐，春仍要回去，由惜花變爲傷春，用意更進一步。紀昀批："稀一作歸，非。"紀昀着眼在落花，落花説不上歸，所以説非。孫洙由惜花轉到傷春，所以贊美用"歸"字。看來孫洙的看法是對的。最後點明從惜花到惜春，芳心正是惜花之心，對着春天的消逝，只有淚沾衣了。何焯批："一結無限深情，'得'字意外巧妙。"屈復《詩意》："芳心盡緊承五六，是進一步法。"即都指惜花與傷春。

茂　陵〔一〕

漢家天馬出蒲梢，苜蓿榴花遍近郊〔二〕。内苑只知含鳳嘴，屬車無復插鷄翹〔三〕。玉桃偷得憐方朔，金屋修成貯阿嬌〔四〕。誰料蘇卿老歸國，茂陵松柏雨蕭蕭〔五〕。

〔一〕《漢書·武帝紀》："葬茂陵。"注："在長安西北八十里。"這裏借武帝來指唐武宗。

〔二〕《史記·樂書》："後伐大宛，得千里馬，馬名蒲梢。"《漢書·西域傳》：大宛"俗耆(嗜)酒，馬耆目宿(金花菜)。漢使采蒲陶目宿種歸。天子以天馬多，又外國使來衆，益種蒲陶目宿，離宫(行宫)館旁極望(滿望都是)焉"。《初學記》二八引《博物志》："張騫西域還，得安石榴、胡桃、蒲桃。"

〔三〕内苑：御苑，皇帝的園林。《十洲記》："仙家鳳喙及麟角合煮作膠，名續絃膠，或名連金泥，此膠能續弓弩已斷之絃，刀劍斷折之金。武帝天漢三年，西國王使至，獻此膠。武帝幸華林園射虎，而弩絃斷，使者又上膠一分，使口濡以續弩絃。”含鳳嘴：指口濡膠。屬車：《後漢書・輿服志》：“大駕，屬車八十一乘。”屬車，皇帝車子的隨從車，借指帝車。鷄翹：《後漢書・輿服志》：“鸞旗者，編羽毛列繫幢旁，民或謂之鷄翹，非也。”鸞旗是天子用的。這句説天子車上不插鸞旗，指武宗已死。意是弓絃可續，人命難延。

〔四〕《神農經》：“玉桃，服之長生不死。”《漢武故事》：“東郡送一短人，長五寸。(東方)朔呼短人曰巨靈。短人因指(朔)謂上曰：‘王母種桃三千年一結子，此兒不良，三過偷之。’”又：“(武帝)立爲膠東王。膠東王數歲，(長)公主抱置膝上問曰：‘兒欲得婦否？’指其女：‘阿嬌好否？’笑對曰：‘好！若得阿嬌作婦，當作金屋貯之。’”兩句指武宗既愛長生，又好美色。

〔五〕《漢書・蘇武傳》：“武字子卿。(武帝)天漢元年(一〇〇)至匈奴。武以(昭帝)始元六年(一一九)春至京師。詔武奉一太牢(牛)謁(祭)武帝園廟，拜爲典屬國。”

唐朝人往往借漢比唐，這首寫漢武帝，實際指唐武宗。《舊唐書・武宗紀》稱贊他：“雄謀勇斷，振已去之威權；運策勵精，拔非常之俊傑。屬天驕失國，潞孽阻兵，不惑盈庭之言，獨納大臣之計。戎車既駕，亂略底寧，紀律再張，聲名復振。”這是説文宗時，大權已經落到宦官手裏。武宗即位後，能够重振王朝的權威，選用李德裕那樣俊傑。正碰上回鶻衰亂，唐王朝討平回鶻；昭義節度使(治潞州，今山西長治)劉從諫死，其侄劉稹據鎮自立。朝臣多主張姑息。李德裕力勸武宗用兵，平定叛亂。這是武宗所建立的武功。馮浩《箋注》説：“武宗武功甚大，故首聯重筆寫起。”用武帝伐大宛，得千里馬，採苜蓿作比。

朱鶴齡《箋注》稱：“武宗好游獵及武戲，親受道士趙歸真法籙，又深寵王才人，欲立爲后。”這是中兩聯所寫的。末聯，屈復《詩意》稱：“蘇卿，自喻也。宣宗元年，鄭亞請(商隱)爲觀察判官，檢校水部員外郎，故曰：

誰料蘇卿老歸國,茂陵松柏雨蕭蕭。"按商隱于大中二年冬返長安,那時武宗陵墓上已松柏雨蕭蕭了。感嘆武宗能建立武功,却是好仙好色,終于早死,很有感慨。

《輯評》引何焯評:"此詩始不甚愛之,後觀《西崑酬唱集》,求如此者絶少,乃嘆義山筆力之高。八句中包括貫穿,極工整而不牽卒。"紀昀評:"前六句一氣,七八掉轉作收,義山多用此格。此首尤神力完足,其言有物故也。"這首雖借武帝來比武宗,但用典貼切,感慨深沉,所以成功。

瑤　池〔一〕

瑤池阿母綺窗開,《黄竹》歌聲動地哀〔二〕。八駿日行三萬里,穆王何事不重來〔三〕?

〔一〕瑤池:《集仙傳》:"崑崙之圃,閬風之苑,左帶瑤池,右環翠水。"阿母:西王母稱玄都阿母,見《武帝内傳》。《穆天子傳》卷三:"天子賓(作客)于西王母。天子觴(舉杯請酒)西王母于瑤池之上。西王母爲天子謡曰:'道里悠(遥)遠,山川間(隔)之。將子無死,尚能復來。'天子答之曰:'萬民平均,吾顧見汝。比(將)及三年,將復而(汝)野。'"

〔二〕《穆天子傳》卷五:"日中大寒,北風雨(下)雪,有凍人。天子作詩三章以哀民,曰:'吾徂(往)黄竹。'"黄竹當在嵩高山西。

〔三〕八駿:《穆天子傳》卷一:"八駿之乘。"駕車的八匹駿馬。又卷四:"天子大朝于宗周之廟,乃里(計里數)西土之數。各行兼數三萬有五千里。"

《輯評》何焯評:"疑諷武宗也。詩云:'將子無死,尚復能來。'不來則死矣,譏求仙之無益也。"《通鑑》武宗會昌五年:"上餌方士金丹,性加躁急，喜怒不常。"六年三月死。這首詩通過反問來表達穆王到底死了，顯得求仙無益，來諷刺武宗的求長生，服金丹，中毒死去。它的特點還在于詩的構思。按照《穆天子傳》，穆王和西王母相會，在崑崙山的瑶池，穆王作《黄竹》歌，在河南嵩高山，這兩事既不在一地，也不在一時，作者把它們捏合在一起。爲什麽這樣寫呢？因爲要寫出"北風雨雪，有凍人，天子作詩三章以哀民"，把這事同"綺窗開"的歡宴作對照。一方面是有凍死骨，一方面是開綺窗歡宴，這就有意義。再加上"動地哀"，這是《穆天子傳》裏所没有的。這一加就加強了哀歌的力量，突出了人民的苦難，提高了原文的意義。原文衹是説穆王作詩哀民，那就不可能有動地的力量。動地是震動大地，衹有從穆王一個人的哀歌變成人民的哀歌，纔有動地的力量，這就使這首詩超越了諷刺武宗的求仙無益。武宗求仙無益的含意早已爲人忘掉，"黄竹歌聲動地哀"却長久地爲人傳誦，它的意義更爲深遠。

四　皓　廟〔一〕

本爲留侯慕赤松，漢庭方識紫芝翁〔二〕。蕭何只解追韓信，豈得虚當第一功〔三〕？

〔一〕漢初隱居商山的四老，名東園公、綺里季、夏黄公、甪里先生。高祖欲廢太子，吕后用張良計迎四皓，使輔太子。高祖乃召戚夫人指示四人者曰："我欲易之（太子），彼四人輔之，羽翼已成，難動矣。"遂罷廢太子議。見《史記・留侯世家》。

〔二〕《史記・留侯世家》："願棄人間事，欲從赤松子游耳。"赤松子，指仙人。紫芝翁：指四皓。《古今樂録》："商山四皓隱居南山，高祖聘之，四皓不出，仰天嘆，而作《紫芝之歌》。"有"曄曄紫芝，可以療飢"句。

〔三〕《史記・淮陰侯列傳》："（蕭）何聞（韓）信亡（逃），不及以聞，自追之。居一二日,何來謁上,上罵何曰:'若(汝)亡何也?'何曰:'臣不敢亡也,臣追亡者。'上曰:'若所追者誰?'何曰:'韓信也。諸將易得耳,至如信者,國士無雙。'"又《蕭相國世家》:"蕭何轉漕關中,給食不乏。陛下雖數亡山東,蕭何常全關中以待陛下,此萬世之功也。蕭何第一。"

馮浩箋:"徐(逢源)曰:'此詩爲李衛公(德裕)發。衛公舉石雄,破烏介,平澤潞,君臣相得,始終不替。而卒不能早定國儲,使武宗一子不得立,有愧紫芝翁多矣,故假蕭相以譏之。'浩曰:'徐箋甚精。《通鑑》云:諸宦官密于禁中定策,下詔稱皇子冲幼,須選賢德。則其時武宗之子未盡也。留侯之使吕澤迎四皓,已在多病道引不食穀、杜門不出歲餘矣。衛公始終秉鈞,而竟不能建國本,扶冲人,何哉?"按德裕所處時代與漢初不同,漢初廢立之權在劉邦,劉邦不廢太子,太子之位即定。德裕時廢立之權在宦官。《通鑑》文宗開成四年十月,"立敬宗少子陳王成美爲皇太子。"五年正月,"中尉仇士良魚弘志以太子之立,功不在己,遂矯詔立(潁王)瀍爲太弟。"當時太子已立,宦官可以任意廢去另立。故德裕即使勸武宗立太子,也是無法扶助他即位的。再説,連德裕的相位,也要靠宦官的助力。《通鑑》開成五年,德裕在淮南,以珍玩數牀賂監軍楊欽義。"欽義知樞密,德裕柄用,欽義頗有力焉。"德裕的入相還得靠宦官的助力,他怎麽能够抗拒宦官勢力,來扶武宗幼子即位。因此,這種責難是不符合當時的情勢的。

張采田《會箋》:"非譏衛公,蓋惜其能爲蕭何,而不能爲留侯也。留侯身退,薦賢以扶社稷;衛公恃功自固,所賞拔者武人而已。卒至僉壬旅進,身亦不保,欲求一紫芝翁不可得矣。"這樣解可能較合原意。

晚　　晴

深居俯夾城,春去夏猶清〔一〕。天意憐幽草,人間重晚晴〔二〕。併添高閣迥,微注小窗明〔三〕。越鳥巢乾後,歸飛體更輕〔四〕。

〔一〕深居:幽靜的住處。夾城:大城外的小城。深居有高閣,可以俯視夾城。夏猶清:謝靈運《游赤石進帆海》:"首夏猶清和。"

〔二〕憐幽草:雨後晚晴,草既得雨的滋潤,又得陽光照耀,是天愛草。重晚晴:雨後晚晴,天氣更爲清新,爲人們所珍惜。

〔三〕迥:遠。天晴在高閣望得更遠。注:照射。雨後放晴,夕陽斜照,小窗光明。

〔四〕越鳥:南方的鳥。《古詩十九首》:"越鳥巢南枝。"

這首詩,《會箋》稱:"詩用'越鳥',是桂林作。"把它列入大中元年。《輯評》引紀昀評:"輕秀是錢郎一格,五六再健,則大曆以上矣。末二句細意熨貼,即無寓意亦自佳。"指出上半首的風格輕秀。但第二聯語秀而意深,成爲名句。小草既需要雨水滋潤,又需要陽光,所以雨後放晴,正是天意垂愛。人間既需要雨水洗塵,又愛晴光,晚晴更爲人間所愛。這是情景結合,可能反映作者的心情,希望時局能够開朗。放晴以後,雲開日出,高閣可以望得更遠,日照小窗更明。越鳥巢乾,更有輕快之意,見得詩人觀察的細緻。全詩表達作者輕快的心情。

訪　秋

酒薄吹還醒,樓危望已窮〔一〕。江皋當落日,帆席見歸風。烟帶龍潭白,霞分鳥道紅〔二〕。殷勤報秋意,只是有丹楓。

〔一〕樓危：樓高。
〔二〕馮浩注："龍潭，桂州亦有之，而鳥道泛比高險。"

這首詩是在桂林作，桂林秋暖，訪問秋意，正是對家鄉的懷念。借酒消愁，但桂林酒味薄，給風一吹就醒，未能消愁。商隱《北樓》："此樓堪北望，輕命倚危欄。"爲了能北望，甚至于輕命。樓危而極目力北望，正是輕命倚危欄之意，對家鄉懷念的深切，真是無以復加了。但是能够看到的，只是江邊當落日的歸帆罷了。歸帆只引起人的羨慕，自己却不能北歸。要找到家鄉的秋色，不論龍潭上的烟霧，高山鳥道上的紅霞，都不是。只有丹楓，纔報道家鄉的秋意，更爲可貴了。這詩通過訪秋來懷鄉，寫得極爲深切。詩裏不寫懷鄉，不寫鄉愁，但通過酒薄來寫愁，樓危來遠望來寫懷念，見歸帆來寫思鄉，通過烟白霞紅來反襯丹楓的報秋，結合報秋來寫懷鄉，所以寫得形象鮮明，情思深切。

何焯批："對起，次聯流水蹉對，便不死板。集中詩律，多半如是。所以望歸之切者，以地暖無秋色也。只有丹楓，又傷心物色，此豈暫醉所能忘哉！"江皋兩句意思連貫而下，故稱流水對。何批認爲望歸之切，以地暖無秋色，當作因望歸之切，所以感到地暖無秋而要訪秋了。

念遠

日月淹秦甸，江湖動越吟〔一〕。蒼梧應露下，白閣自雲深〔二〕。皎皎非鸞扇，翹翹失鳳簪〔三〕。牀空鄂君被，杵冷女嬃砧〔四〕。北思驚沙雁，南情屬海禽。關山已摇落，天地共登臨。

〔一〕秦甸：秦國都城郊外地，指長安。越吟：《史記・陳軫傳》："越人莊舄仕楚執珪(官名),有頃而病。楚王曰:'舄,故越之鄙細人也;今仕楚執珪,貴富矣,亦思越不?'中謝(侍御官)對曰:'凡人之思故,在其病也;彼思越則越聲,不思越則楚聲。'使人往聽之,猶尚越聲也。"

〔二〕蒼梧:山名,亦稱九疑,在湖南寧遠縣東南。白閣:山名。紫閣、白閣、黄閣三峯,俱在圭峯東,在陝西鄠縣東南。

〔三〕鸞扇:畫有鸞鳥的團扇。江淹《擬班婕妤咏扇》:"紈扇如圓月,出自機中素。畫作秦王女,乘鸞向烟霧。"鳳簪:裝飾着鳳鳥形的髮簪。

〔四〕鄂君被:見《牡丹》注〔一〕。女嬃砧:《水經注·江水》:"秭歸縣北有屈原宅,宅東北六十里有女嬃廟,擣衣石猶存。"女嬃,屈原姊。

《念遠》是懷念遠人,主要是懷念妻子。馮浩評:"首句即《(樊南)甲集序》所謂'十年京師寒且餓'也;次句謂動旅思;三四一南一北;'皎皎'兩聯,憶内也;結處明點南北,而言兩地含愁,互相遠憶,忽覺雄壯排宕,健筆固不可測。"

這首詩當是在桂州鄭亞幕府時作,首句追念淹留在長安時的寒餓生活,次句寫在桂州的懷念家鄉。説"江湖"暗用《莊子·讓王》:"身在江海之上,心居魏闕(朝廷)之下。"把京師和江湖相對。不説"魏闕"而用"秦甸"出以變化。魯迅《無題》"大野多鈎棘"首:"下土惟秦醉,中流輟越吟",當從此一聯化出。雖用"秦醉""越吟",與"秦甸""越吟"有相似處,但命意全然不同,憂憤更爲深廣,真是已入化境。三句"蒼梧"與二句指桂州的"江湖"相應,桂州與蒼梧相近;四句"白閣"與首句"秦甸"相應。三句應二句,四句應首句,錢鍾書先生的《管錐編》稱這爲丫叉句法,"先呼後應,有起必承,而應承之次序與起呼之次序適反"(六六頁),錯綜流動以求變化。"蒼梧應露下",指已入秋令,"悲哉秋之爲氣也,草木摇落而變衰",則直接與末句的"摇落"相應。"白閣自雲深",有浮雲蔽日,望長安而不見的感慨,又與末句的"登臨"相應。

上面只説到懷念家鄉,到"皎皎"兩聯纔突出懷念妻子。"皎皎"指圓月的光,但圓月非伊人手中的團扇;翹翹狀高舉,《詩·周南·漢廣》"翹翹錯薪",非伊人髮上的簪;牀上没有鄂君擁船家女之被,水邊没有搗衣的砧聲。這些都指望妻子而不見的懷念之情。這時情思忽又宕開,轉到時局,想到北方,呼應長安,驚心于沙灘上的雁,怕有人要加害,可能聯繫牛黨的排斥李黨。想到南方,呼應桂州,有杜甫《奉贈韋左丞丈》的"白鷗没浩蕩,萬里誰能馴"的感慨。加上秋氣已深,草木摇落,關山迢遞,望白閣而不見,天地悲涼,共登臨而銜悲。從纏綿綺思轉入健筆凌雲,有俯仰身世之感,這就反映情思的深沉,與一般的憶内不同了。

宋　玉〔一〕

何事荆臺百萬家,惟教宋玉擅才華〔二〕?《楚辭》已不饒唐勒,《風賦》何曾讓景差〔三〕!落日渚宫供觀閣,開年雲夢送烟花〔四〕。可憐庾信尋荒徑,猶得三朝託後車〔五〕。

〔一〕宋玉:《史記·屈原傳》:"屈原既死之後,楚有宋玉、唐勒、景差之徒者,皆好辭而以賦見稱,然皆祖屈原之從容辭令,終莫敢直諫。"

〔二〕荆臺:在湖北監利縣北。《説苑·正諫》:"楚昭王欲之荆臺游,司馬子綦進諫。"

〔三〕《楚辭》:《楚辭》裏有宋玉《九辯》,《文選》裏收宋玉《風賦》,都超過唐勒、景差的作品。

〔四〕渚宫:《左傳·文公十年》:"王在渚宫。"渚宫在湖北江陵縣。供館閣:渚宫只是供游賞。開年:獻歲發春,開春。雲夢:楚大澤名,在湖北安陸縣等地。送烟花:送走春光。

〔五〕《渚宫故事》:"庾信因侯景之亂,自建康遁歸江陵,居宋玉故宅。"尋荒徑:庾信《哀江南賦》:"誅茅宋玉之宅,穿徑臨江之府。"尋宋玉故宅,三徑就荒。三朝:庾信在梁武帝時爲東宫抄撰學士,遷通直散騎常侍。梁簡文帝命信率宫中文武千餘人營于朱雀航,及侯景至,信奔江陵。梁元帝承制除御史中丞,及即位,轉右衛將軍。故稱三朝。見《北史·庾信傳》。

這首詩借宋玉來感嘆身世。在荆臺百萬家中,只有宋玉獨擅才華。屈原死後,唐勒景差都不能和宋玉相比。但這又有什麽呢?楚國的渚宫的觀閣,只供游賞;雲夢的花柳,送走春光。在渚宫觀閣裏,只看到落日而感嘆楚國趨向没落,對雲夢的花柳,只感嘆它在送年華而已。他的才華還是無從施展,只留下故居罷了。後來庾信遭亂,逃到江陵找尋荒凉的宋玉故居,他還得在梁朝的三代託身于天子車駕後的隨從車,得接近三朝的天子。商隱也到江陵來找宋玉故居,他也經歷了唐文宗、武宗、宣宗三朝,但他却長期在各地幕府中流轉,想在朝還得不到,比庾信更不如。

程夢星《箋注》説:"落日乃日復一日之義,開年乃年復一年之義,不可作夕陽獻歲解。若只就本字論之,落日猶可,開年無謂,豈有千載之下,推求古人之明年耶?其所以言及年月者,乃自嘆歷佐藩幕之久。"馮浩《箋注》:"開年,明年也,言無早晚、無年歲,皆足逞其才華。"按"開年"無年年意,"落日"無日日意。"送烟花"與逞才華似亦不同。且"供觀閣"則在渚宫,亦非藩幕,宋玉在楚宫,不在藩幕。故落日當指趨向没落,在渚宫中雖有供游賞之觀閣,楚國總在趨向没落。開年指開春,不免送走烟花,指春光易逝。則與宋玉的遭際相合,亦與唐王朝的趨向没落相合。

鳳

萬里峯巒歸路迷,未判容彩借山鷄〔一〕。新春定有將雛樂〔二〕,阿閣華池兩處棲〔三〕。

〔一〕判：同"拚"，捐棄。未拋容彩，豈借山鷄，指鳳凰的容彩遠勝山鷄。《尹文子·大道上》："楚人擔山雉者，路人問：'何鳥也？'擔雉者欺之曰：'鳳凰也。'"

〔二〕《晉書·樂志》："吴歌雜曲，《鳳將雛》歌者，舊曲也。"將，帶領。

〔三〕阿閣：鳳凰棲息處，見《隋師東》注〔四〕。《文選·天台山賦》："漱以華池之泉。"注："崑崙，其上有華池。"

程夢星箋："此寄婦之詞也。"首句指詩人離家萬里，歸路已迷，不能歸去。次句指妻，容彩未減，豈借山鷄，寫妻容彩之美。三句寫妻有將雛之樂。末句寫夫婦兩處分居。程箋："此詩當作于從事桂管時。"這首詩借鳳來作比，暗用"丹山鳳"的典故，見《韓冬郎即席爲詩相送》注〔三〕。正由于丹山鳳纔同"萬里峯巒"相應。在"借山鷄"裏用了《文子》"楚人擔山鷄"爲鳳凰的典故，顯出鳳凰與山鷄的不同。這是這首詩裏用典的特點。用鳳來比，既寫他的妻的容采，也暗示自己的才華。用"兩處棲"，更提出夫婦分居問題，猶爲罕見。

賈　生〔一〕

宣室求賢訪逐臣，賈生才調更無倫〔二〕。可憐夜半虚前席，不問蒼生問鬼神〔三〕。

〔一〕《史記·賈生傳》："天子後亦疏之，乃以賈生爲長沙王太傅，後歲餘，賈生徵見（召還相見）。孝文帝方受釐（祭神後肉）坐宣室。上（文帝）因感鬼神事而問鬼神之本，賈生因具道所以然之狀。至夜半，文帝前席。既罷，曰：'吾久不見賈生，自以爲過之，今不及也。'"

〔二〕宣室：未央殿前正屋。逐臣：指賈誼。無倫：無比。

〔三〕虚：徒然。前席：古人席地而坐，在坐席上向前挪動身子，靠近對方。蒼生：人民。

這首詩開頭兩句是説明，説明賈誼的才能一時無與倫比，所以文帝求賢才，把他從放逐地長沙召回來訪問。後兩句是議論，可憐文帝只問他鬼神的道理，不問他人民的疾苦，治國的道理。這首詩的形象只有"前席"兩字，寫文帝在坐席上挪動身子靠近賈誼，顯出他聽得出神。那末這首詩的詩意在哪裏呢？通過議論有什麽含蓄的意思呢？屈復《詩意》説："文帝之賢，所問如此，亦有賈生遇而不遇之意歟？"求賢訪問，這是賈誼得遇賢君；只問鬼神，不能施展賈誼的才能，那末所謂遇賢君是空的，同于不遇。詩裏有這樣的含意，有這樣深沉的感慨，這就有詩意，不是抽象的議論了。《輯評》引何焯評："徒問鬼神，賈生所以弔屈(原)也。彤庭(指宫殿，漆紅色)私至(不在朝會上見)，才調莫知，傷如之何！又後死之弔賈矣。"只問鬼神，是不遇，所以賈誼要弔屈原，屈原也是不遇；感嘆賈誼的不遇，所以商隱要爲賈誼嘆息。

張采田《會箋》稱："此刺牛黨也。武宗崩，宣宗立，凡從前黨人見逐于衛公(李德裕)者，無不一一召還。乃不能佐君治安，專以傾陷贊皇(李德裕)爲事，假吴汝納事大興詔獄。且吴湘冤獄，枯骨已寒，舊讞重翻，又豈宣室求賢之本意哉？不徵于人而徵于鬼，真所謂但問鬼神，不問蒼生矣。"按《通鑑》會昌五年："淮南節度使李紳，按江都令吴湘盗用程糧錢(出差時補發的路程糧食費)，強娶所部百姓顔悦女，估其資裝爲贓，罪當死。詔遣監察御史崔元藻、李稠覆之，還言湘盗程糧錢有實，顔悦妻亦士族，與前獄異。德裕貶元藻爲端州司户，即如紳奏，處湘死。"大中元年九月，"吴汝納訟其弟湘罪不至死，乞召江州司户崔元藻等對辨。崔元藻所列吴湘冤狀，如吴汝納之言。貶太子少保分司李德裕爲潮州司馬"。這是召崔元藻回來論吴湘獄，崔不能説才調本無倫，問的是吴湘案子，不同于問鬼神的道理，所以張説與詩意不合。詩意説有賢而不能用，與重審案件，從而貶斥李德裕不同。

李　衛　公〔一〕

絳紗弟子音塵絶，鸞鏡佳人舊會稀〔二〕。今日致身歌舞地，木棉花暖鷓鴣飛〔三〕。

〔一〕《舊唐書·李德裕傳》："(武宗)會昌四年八月，平澤潞(劉稹)，以功兼守太尉，進封衛國公。宣宗即位，罷相。大中元年秋，尋再貶潮州司馬。明年冬，又貶潮州司户。又貶崖州司户，至三年正月，方達珠崖郡。十二月卒。"朱鶴齡《箋注》："按詩有木棉鷓鴣語，蓋衛公投竄南荒時作也。"張采田把這詩列入大中二年李德裕貶崖州司户參軍時作。

〔二〕絳紗弟子：《後漢書·馬融傳》："嘗坐高堂，施絳紗帳，前授生徒。後列女樂。"音塵絶：音訊斷絶。鸞鏡：《異苑》："罽賓王一鸞三年不鳴，夫人曰：'聞鸞見影則鳴。'懸鏡照之。鸞睹影悲鳴，中宵一奮而絶。"這裏指同佳人離别。

〔三〕致身：指貶官。歌舞地：崖州(廣東瓊山縣)少數民族愛好歌舞。木棉：木棉樹正月開花，紅色。種子生長毛，可織布。鷓鴣：叫聲像行不得也哥哥。

李德裕在大中二年冬貶崖州司户，三年春到崖州，所以説"木棉花暖鷓鴣飛"。《唐摭言》：李德裕"頗爲寒畯(貧寒士子)開路"。他當權時，引用貧寒的士子；他被貶官後，這些士子都跟他音信隔絶了。《續博物志》説衛公"乃于都下採聘名姝，至百數不止。"他貶官後，這些佳人跟他疏遠了。這裏含有人情冷暖的意思。接下來用少數民族的民間歌舞來反襯他當權時鸞鏡佳人在達官府第裏的歌舞，又結合鷓鴣的飛鳴，有"行不得也哥哥"的感嘆。馮浩《箋注》："下二句不言身赴南荒，而反折其詞，與'舊時王謝堂前燕，飛入尋常百姓家'同一筆法，傷之，非幸之也。"用尋常百姓家來反襯貴族王謝堂,有盛衰的感慨。世情冷暖同盛衰之感結合,表達對李德裕被貶的傷感的感情。張采田《會箋》:"木棉花暖,鷓鴣亂飛,所謂歌舞者如是而已。'絳紗''鸞鏡'之樂,安可復得耶?言雖似諷,意則深悲。"

寄令狐學士〔一〕

祕殿崔嵬拂彩霓,曹司今在殿東西〔二〕。賡歌太液翻黄鵠〔三〕,從獵陳倉獲碧鷄〔四〕。曉飲豈知金掌迥〔五〕,夜吟應訝玉繩低〔六〕。鈞天雖許人間聽,閶闔門多夢自迷〔七〕。

〔一〕《新唐書·令狐綯傳》:(大中二年)"即召爲考功郎中,知制誥,入翰林爲學士。"

〔二〕祕殿:宫内的殿。王延壽《魯靈光殿賦》:"立靈光之祕殿。"崔嵬:狀高峻。曹司:指宫内各部院,如翰林院在麟德殿西,學士院在翰林院南,别户東向。令狐綯充翰林學士,在翰林院辦公。

〔三〕《西京雜記》:"始元元年,黄鵠下太液池。上(漢昭帝)爲歌曰:'黄鵠飛兮下建章。'"賡歌:指和皇帝所作詩。翻:翻飛。

〔四〕這裏把秦文公獲陳寶與益州有金馬碧鷄結合,見《西南行却寄相送者》注〔二〕。言從帝獵得寶。

〔五〕《漢書·郊祀志》:"其後(武帝)又作柏梁、銅柱、承露、仙人掌之屬矣。"注引《三輔故事》稱"承露盤高二十丈",故稱迥,迥指高遠。此指帝賜飲。

〔六〕玉繩:北斗星斗柄北兩星爲玉繩。謝朓《暫使下都夜發新林》:"玉繩低建章。"此指夜深。

〔七〕鈞天:《史記·趙世家》:“簡子寤,語大夫曰:‘我之(到)帝所甚樂,與百神游于鈞天(中央的天),廣樂九奏萬舞,不類三代之樂,其聲動人心。’”指令狐綯在朝廷所作詩文。閶闔:指天門。天門太多,雖做夢也迷而難入。

商隱同令狐綯的關係表現在商隱的一部分《無題》詩裏,因此對這種關係作較全面的瞭解是有必要的。按照時間的先後來看,開成元年,令狐綯做左拾遺,商隱還没有中進士。他有《别令狐拾遺書》,稱“一日相從,百年是肺肝”,每一會面,一分散,“至于慨然相執手,嚬然相慼,决然相泣者”,極寫兩人交誼之深,不同尋常。他有《令狐八拾遺綯見招送裴十四歸華州》:“嗟余久抱臨邛渴,便欲因君問釣磯。”用司馬相如有消渴疾,在臨邛得卓文君,比自己的求偶,用裴十四去華州,華州有姜太公釣魚磯,要盼他作媒。把這樣的話寫給令狐綯,顯示兩人關係密切,無所顧忌。商隱又有《酬别令狐補闕》,約在開成五年後,綯做左補闕,詩稱:“錦段知無報,青萍(寶劍名)肯見疑?”“警露鶴辭侣,吸風蟬抱枝。彈冠如不問,又到掃門時。”綯幫助商隱中舉,自愧無報。自己與王茂元女結婚,希望他不要見疑。他像鶴辭侣,跡雖暫離,又像蟬抱枝,心仍永託。要是他在位不推薦自己,只好來替他掃門了。從這詩看,商隱與王茂元女結婚後,綯對商隱已心懷疑忌,不肯推薦,商隱還是向他表達情懷。

會昌二年,綯做户部員外郎,商隱在做祕書省正字,有《贈子直花下》:“官書推小吏,侍史從清郎。並馬更吟去,尋思有底忙。”商隱和綯還是接近的,可以並馬聯吟。綯有小吏侍史,比較清閑。當時是跡近情疏。會昌三年,商隱在河南,有《寄令狐郎中》:“嵩雲秦樹久離居,雙鯉迢迢一紙書。休問梁園舊賓客,茂陵秋雨病相如。”雖然情分已疏,綯還是去信問候。當時商隱居母喪,只是感嘆自己的病困。

約在大中元年,商隱到桂管觀察使鄭亞幕府,令狐綯做湖州刺史,寫詩給商隱,商隱作《酬令狐郎中見寄》:“補羸貪紫桂,負氣託青萍。萬里懸離抱,危于訟閣鈴。”講自己的瘦弱,希望自己像青萍寶劍能得到賞識。離懷萬里,踪跡遼遠,心事危疑。從中反映綯的來詩的含意,使他感到兩人的交誼，已在危疑中了。大中二年二月，綯從湖州召拜考功郎中，不久知制誥，充翰林學士。這時，商隱因府主鄭亞貶循州，他離桂州北歸，有《寄令狐學士》，就是這裏寫的一首。這時綯已得到宣宗的信任，賡歌太液池，從獵陳倉，都説明親近宣宗。可是他却遠在外地，即使要夢到天門，也迷離難尋，含有希望綯引薦的含意。

商隱又有《夢令狐學士》："山驛荒涼白竹扉，殘燈向曉夢清暉。右銀臺路雪三尺，鳳詔裁成當直歸。"正是綯作學士時作。商隱在荒涼的山驛中，夢見綯，醒來只有殘燈相伴而已。想到綯的處身華貴，在翰林院值班，裁成鳳詔，與己淒涼處境構成對照。

大中三年二月，令狐綯拜中書舍人。商隱有《令狐舍人説昨夜西掖玩月因戲贈》，可見商隱又接近綯。"昨夜玉輪明，傳聞近太清。涼波衝碧瓦，曉暈落金莖。露索秦宫井，風絃漢殿箏。幾時《綿竹頌》，擬薦《子虛》名。"皇宫正殿旁有東西掖門，綯值宿宫内，故有西掖玩月。涼波指月光，曉暈指日出時的日旁氣。想像玩月光景。揚雄作《綿竹頌》，直宿郎楊莊誦此文于成帝，也像楊得意把司馬相如的《子虛賦》推薦給漢武帝。末聯希望綯推薦自己。商隱還有一首《子直晉昌李花》，《戊籤》在題下注"得分字"，可見此詩是商隱在綯的晉昌里府第裏，分韻賦詩所作。那末商隱只要在京裏，跟綯的踪跡始終是親近的。詩稱："樽前見飄蕩，愁極客襟分。"借李花來自比，感到自己的飄泊，離恨已極，可見綯還是不肯推薦。

從商隱給綯寫的九首詩看，可以説，在商隱和王茂元女結婚以後，兩人的關係，只要商隱在京，始終是跡近情疏，踪跡是接近的，商隱多次到綯府上，又聽綯講值宿宫内的事，有在宴席上分韻賦詩，但綯始終不肯推薦他進入翰林院。知道了這點，有助于理解《九日》詩的争論，也有助于理解一些《無題》詩的用意了。

玉　山

玉山高與閬風齊〔一〕，玉水清流不貯泥。何處更求回日馭?此中兼有上天梯〔二〕。珠容百斛龍休睡,桐拂千尋鳳要棲〔三〕。聞道神仙有才子,赤簫吹罷好相攜〔四〕。

〔一〕《山海經·西山經》:"曰玉山,是西王母所居也。"郭璞云:"《穆天子傳》謂之羣玉之山。"《楚辭·哀時命》:"望閬風之板桐。"閬風,崑崙山上的一山,相傳爲神仙所居。

〔二〕回日馭:指極高的山,羲和駕着太陽的車到這裏過不去而回轉。上天梯:王逸《九思》:"緣天梯兮北上。"

〔三〕《莊子·列禦寇》:"夫千金之珠必在九重之淵,而驪龍頷下。子能得珠者,必遭其睡也。"《初學記》三十《鳳》:"《毛詩疏》曰:'鳳非梧桐不棲,非竹實不食。'"

〔四〕見《碧城三首》之二注〔二〕。

閬風,仙山,唐人以翰林院比仙山;玉山,比相位。大中四年,令狐綯以翰林學士承旨兵部侍郎同平章事,故稱玉山高與閬風齊。清流與玉山,正指綯的清貴。回日馭言綯有回天之力,上天梯言綯可以推薦他進入朝廷。珠容百斛、桐拂千尋,言朝廷可以容納衆多人才。鳳要棲指他要相投,龍休睡喻綯勿不顧。神仙有才子指令狐楚有才能之子,希望能够提攜自己。大概商隱向綯陳情之作,都表達求援手之意。這首詩含意更爲明顯,可以用來參證向綯陳情的《無題》詩。

謁　山

從來繫日乏長繩〔一〕,水去雲回恨不勝。欲就麻姑買滄海〔二〕,一杯春露冷如冰。

〔一〕傅休奕《九曲歌》:"歲暮景邁羣光絶,安得長繩繫白日。"
〔二〕《神仙傳·王遠》:"麻姑自説云:'接待以來,已見東海三爲桑田。'"

謁山即謁玉山,謁令狐綯。商隱與綯跡近情疏,見《寄令狐學士》。跡近所以去進謁,恨不能長繩繫日,可以多吐露積愫。水去雲回,像水的逝去雲的回轉,感嘆自己在外飄泊又回到京城,不勝悵恨。要請綯推薦入朝廷,像要向神仙買滄海那樣渺茫,因爲滄海已經變爲桑田了。只有一杯春露冷如冰,馮浩箋:"唐時翰林學士不接賓客,義山雖舊交,中心已暌,遂以體格疏之。"

燈

皎潔終無倦,煎熬亦自求〔一〕。花時隨酒遠,雨夜背窗休。冷暗黄茅驛,暄明紫桂樓〔二〕。錦囊名畫掩,玉局敗碁收〔三〕。何處無佳夢,誰人不隱憂〔四〕?影隨簾押轉,光信簟文流。客自勝潘岳,儂今定莫愁〔五〕。固應留半焰,迴照下幃羞〔六〕。

〔一〕《莊子·人間世》:"山木自寇也,膏火自煎也。"
〔二〕柳宗元《嶺南江行》:"瘴江南去入雲烟,望盡黄茅是海邊。"黄茅驛,指驛站附近長滿黄茅。《拾遺記》:"暗河之北有紫桂成林,實大如棗,羣仙餌焉。"此切桂林。
〔三〕《子夜歌》:"明燈照空局,悠然未有期。"
〔四〕《詩·邶風·柏舟》:"耿耿不寐,如有隱憂。"傳:"隱,痛也。"指甚憂。

〔五〕《世説新語·容止》:"潘岳妙有姿容,好神情。少時挾彈出洛陽道,婦人遇者莫不連手共縈之。"《樂府詩集·莫愁樂》:"莫愁在何處?莫愁石城西。"莫愁爲石城女子。

〔六〕梁朝紀少瑜《殘燈》:"惟餘一兩焰,纔得解羅衣。"

馮浩箋:"此桂府初罷作也。首二句領起通篇,'皎潔'言不負故交,'煎熬'言屢遭失意,'自求'二字慘甚。三、四溯昨春從行而背京師,五謂行近桂管,六則抵桂幕,七、八不意其遽貶也。'何處'一聯,言倏喜倏憂,人世皆然。'影隨'二句,謂蹤跡又將流轉。結二韻謂兩美終合,定有餘光之照。雖未見明切子直(令狐綯),而此外固無人矣,正應轉首句。"

這首詩借燈自喻,皎潔指燈光,煎熬指燈火,也比自己的心地光明,始終如一。煎熬指生活困苦,也是自找的。當時朝廷上既有牛李黨争,他却要超然于兩黨之外,這是自找苦吃。花時四句以寫自己爲主,他以花時去桂林,賞花飲酒,秉燭夜游,雨夜背窗,一燈相對,都離不開燈。"冷暗"指驛外黄茅,暄明指樓中景象,這裏也有燈在。錦囊掩名畫,玉局收敗碁,寫人事蹉跌,也有燈在照着。"佳夢""隱憂",都有燈在伴着。影轉光流,也有燈在。留半焰、照下幃,也有燈在,這就是處處寫燈,也處處寫己。借燈喻己,要不即不離。這詩寫燈,開頭兩句的"皎潔"、"煎熬",是以寫燈爲主,雙關自己。"花時"以下八句,以寫自己爲主,連帶寫燈。"影隨"一聯以寫燈爲主,連帶寫自己。影是燈光所照的,又是自己的影。自己出入房間,要揭動簾押,押是壓住簾子的,所以影也隨着簾押轉動。光指燈光,光在竹簟上流動,竹簟又是自己牀上鋪的。最後四句寫自己,自比莫愁,以客比潘岳,下幃時又連帶寫燈光的半焰回照。這樣,所寫或以燈爲主,或以己爲主,連帶寫燈,真正做到不即不離,借物喻意,是很好的詠物詩。

漢南書事〔一〕

西師萬衆幾時迴,哀痛天書近已裁〔二〕。文吏何曾重刀筆，將軍猶自舞輪臺〔三〕。幾時拓土成王道，從古窮兵是禍胎〔四〕。陛下好生千萬壽，玉樓長御白雲杯〔五〕。

〔一〕《爾雅·釋地·九州》："漢南曰荆州。"這詩是商隱從桂州北歸路過荆州一帶時作。

〔二〕《通鑑》武宗會昌五年："党項侵盜不已，攻陷邠、寧、鹽州界城堡，屯叱利寨。宰相請遣使宣慰，上决意討之。六年春二月庚辰，以夏州節度使米暨爲東北道招討党項使。"《漢書·西域傳》："上乃下詔，深陳既往之悔，曰：'輪臺西于車師千餘里。乃者貳師(將軍)敗，軍士死略離散，悲痛常在朕心。今請遠田輪臺，欲起亭隧，是擾勞天下，非所以優民也，今朕不忍聞。'"贊曰："孝武末年，棄輪臺之地，而下哀痛之詔，豈非仁聖之所悔哉？"

〔三〕《史記·汲黯傳》："黯時與(張)湯論議，湯辯常在文深小苛，黯伉厲守高不能屈，忿發罵曰：'天下謂刀筆吏不可以爲公卿，果然！'"《漢書·西域傳》："輪臺在車師國西北千餘里。"又《李廣利傳》："至輪臺，輪臺不下，攻數日，屠之。"

〔四〕枚乘《奏吴王書》："福生有基，禍生有胎。"

〔五〕《書·大禹謨》："好生之德，洽于民心。"玉樓：仙人居處。《十洲記·崑崙》："玉樓十二所。"白雲杯：《穆天子傳》三："天子觴西王母於瑶池之上，西王母爲天子謡曰：'白雲在天，山陵自出。'"此祝宣宗長壽。

這首詩稱《漢南書事》，商隱離桂州北返，在大中二年，到漢南作這詩，當在二年秋初。党項攻陷邠、寧、鹽州界城堡，唐發兵攻打，《通鑑》列於會昌六年春。從這年到大中二年，並無哀痛詔。《通鑑》大中四年九月："党項爲邊患，發諸道兵討之，連年無功，戍饋不已。右補缺孔温裕上疏切諫。上怒，貶柳州司馬。"那末到大中四年，宣宗還没有悔心。五年春，"上頗知党項之反，由邊帥利其羊馬，數欺奪之，或妄誅殺。党項不勝憤怨，故反。乃以右諫議大夫李福爲夏綏節度使。自是繼選儒臣以代邊帥之貪暴者。行日,復面加戒勵,党項由是遂安。三月,以白敏中爲司空同平章事、充招討党項行營都統制置等使。四月,敏中軍於寧州。定遠城使史元,破党項九千餘帳於三交谷,敏中奏党項平”。那末既没有哀痛詔,也不是派儒臣去撫慰,還是派宰相白敏中用武力壓平的。

商隱這首詩寫於大中二年,實際是表達了他對党項的看法,對宣宗和牛黨白敏中的譏諷。商隱詩裏,譏諷牛黨政治措施的不多見,所以這詩可以重視。這詩的主要意見,是反對拓土窮兵,矛頭是針對宣宗的。不過他用了婉轉的説法,好像宣宗已經像漢武帝那樣有悔心,有好生之德了,這樣表面上放開宣宗,針對白敏中一流人。他不説宣宗任用刀筆吏,却説何嘗重用刀筆吏呢?實際上正指他任用刀筆吏,所以將軍還在用武力來濫施殺伐。事後證明商隱的看法是正確的。宣宗還是用白敏中,用武力去鎮壓的。

舊將軍〔一〕

雲臺高議正紛紛,誰定當時蕩寇勳〔二〕。日暮灞陵原上獵,李將軍是舊將軍。

〔一〕《漢書·李廣傳》:“與故潁陰侯屏居藍田南山中射獵。嘗夜從一騎出,從人田間飲。還至亭,霸陵(在陝西長安縣東)尉醉,呵止廣。廣騎曰:‘故李將軍。’尉曰:‘今將軍尚不得夜行,何故也。’”舊將軍即故將軍。

〔二〕《後漢書·馬武傳論》:“永平中,顯宗(明帝)追感前世功臣,乃圖畫二十八將于南宫雲臺。”

《新唐書·忠義·李憕傳》:“大中初,又詔求李峴王珪……三十七人畫像,續圖凌烟閣云。”凌烟閣畫像有房玄齡、杜如晦等,不限於將軍。

《舊唐書·李德裕傳贊》:"嗚呼烟閣,誰上丹青!"對於大中初年詔求功臣三十七人像中没有李德裕很感不平,正是高議紛紛。《通鑑》會昌六年二月,"宣宗即位。四月,以門下侍郎同平章政事李德裕同平章事、充荆南節度使。德裕秉權日久,位重有功。衆不謂其遽罷,聞之莫不驚駭"。程夢星箋注稱:"德裕之相武宗,自禦回紇,至平澤潞,當時蕩寇之勳不小。於是加太尉,封衛國公,不啻漢顯宗南宫雲臺圖畫功臣也。曾日月之幾何,遽罷政事,出鎮荆南。然則以有用之才,置無用之地,何異於漢之李廣,號稱飛將軍,竟放閑置散,夜獵霸陵,空爲無知之醉尉所呵,而忽其爲故將軍也。"馮浩箋:"《新書》紀文:大中二年七月,續圖功臣於凌烟閣,事詳《忠義·李憕傳》。彼時必紛紛論功,而李衛國(德裕)之攘回紇、定澤潞,竟無一人訟之,且將置之於死地,詩所爲深慨也。"這首詩,反映了商隱對李德裕被貶逐,不得圖畫於凌烟閣的憤慨不平。

淚

永巷長年怨綺羅,離情終日思風波〔一〕,湘江竹上痕無限,峴首碑前灑幾多〔二〕,人去紫臺秋入塞,兵殘楚帳夜聞歌〔三〕。朝來灞水橋邊問,未抵青袍送玉珂〔四〕。

〔一〕《三輔黄圖》:"永巷,宫中之長巷,幽閉宫女之有罪者。"綺羅:指宫女。離情:離愁别恨。風波:坐船遠行,有風波之患。

〔二〕湘竹:《博物志》:"舜之二妃,舜崩,二妃啼,以淚揮竹,竹盡斑。"峴首碑:《晉書·羊祜傳》:"襄陽百姓於峴山(即峴首山)祜平生游憩之所建碑立廟,歲時饗祭焉,望其碑者莫不流淚,杜預因名爲墮淚碑。"

〔三〕紫臺:紫宫,宫牆上塗紫色。漢王昭君離開漢宫到塞外去和親。

杜甫《詠懷古跡》:"一去紫臺連朔漠。"楚歌:《史記·項羽紀》:"項王軍壁垓下,兵少食盡,夜聞漢軍四面皆楚歌。項王則夜起飲帳中,乃悲歌慷慨,泣數行下。"

〔四〕灞橋:在陝西長安縣東,爲唐人送别處,亦稱銷魂橋。青袍:指士子。玉珂:用玉作馬口勒裝飾,指貴人。

程夢星《箋注》:"八句凡七種淚,只結句一淚爲切膚之痛。"首句宫怨之淚,次句送别之淚,三句寡婦之淚,四句懷念恩德之淚,五句身在異域之淚,六句國破兵敗之淚,八句是青袍寒士送玉珂貴人之淚。前六種淚都比不上末一淚爲可悲。爲什麽?馮浩《箋注》説:"此必李衛國(德裕)迭貶時作也。《唐摭言》有'八百孤寒齊下淚,一時南望李崖州'之句,與此同情。"由于李德裕起用貧寒的士子,所以他的貶斥,使八百孤寒下淚,所以比以上六種的淚更爲可悲。這話可備一説。

《輯評》引紀昀評:"六句六事,皆非正意,只于結句一點,運格奇絶,但體太卑耳。"馮浩稱:"此義山獨創之絶作也。"所謂"體太卑",當指有意這樣作。對於這種寫法,宋朝辛棄疾的《賀新郎·别茂嘉十二弟》當是模仿它稍加變化:"緑樹聽鵜鴂,更那堪鷓鴣聲住,杜鵑聲切。啼到春歸無啼處,苦恨芳菲都歇。算未抵人間離别。馬上琵琶關塞黑,更長門翠輦辭金闕;看燕燕,送歸妾;將軍百戰身名裂,向河梁回頭萬里,故人長絶;易水蕭蕭西風冷,滿座衣冠似雪,正壯士悲歌未徹。啼鳥還知如許恨,料不啼清淚長啼血。誰共我,醉明月。"這首詞説"未抵人間離别",就是"未抵青袍送玉珂"。這首詞裏舉了四件離别的事:一是王昭君離漢宫出塞,二是衛莊姜送歸妾,三是李陵送蘇武回國,四是燕太子丹賓客送荆軻入秦。這裏選舉四件事,同《淚》裏選舉六件事的寫法相似。不過《淚》裏用六件事來襯託青袍送玉珂,顯出後者更爲可悲。辛棄疾詞用四件事來同杜鵑悲鳴相比,顯得人間離别更爲可悲,這是寫法的變化。不過兩者又有相似處。《淚》裏用六件事來同寒士送别相比,辛詞用四件事來同别茂嘉弟相比就是。辛詞借四件事來寄託身世之感、家國之悲,《淚》裏所舉的六件事,也可能有所寄託。

張采田《會箋》:“首句失寵;次句離恨;三四以湘淚比武宗之崩,峴碑指節使之職,衛公固以出鎮荆南而疊貶也;五謂一去禁廷,終無歸路;六謂一時朝列,盡屬仇家;結句總納上六事在内,故倍覺悲痛。”這裏進一步説明用典的含意,顯得詩意更爲深沉。

無　題

萬里風波一葉舟,憶歸初罷更夷猶〔一〕。碧江地没元相引,黄鶴沙邊亦少留〔二〕。益德冤魂終報主,阿童高義鎮横秋〔三〕。人生豈得長無謂,懷古思鄉共白頭。

〔一〕夷猶:猶豫不定。

〔二〕没:馮浩注:“或疑作‘脈’,未可定。”黄鶴:在湖北武昌西北的黄鵠磯。《南齊書·州郡志》:“夏口城據黄鵠磯,世傳仙人子安乘黄鶴過此。”

〔三〕《三國志·蜀書·張飛傳》:“張飛字益德。先主伐吴,飛當率兵萬人自閬中會江州。臨發,其帳下將張達、范彊殺飛,持其首,順流而奔孫權。”《晉書·羊祜傳》:“(王)濬又小字阿童。”又《王濬傳》:“除巴郡太守。郡邊吴境,兵士苦役,生男多不養。濬乃嚴其科條,寬其徭課,其産育者皆與休復,所全活者數千人。(及後伐吴)所全育者皆堪徭役供軍。其父母戒之曰:‘王府君生爾,爾必勉之,無愛死也。’”

此篇似從桂府北歸,《偶成轉韻》稱“頃之失職辭南風,破帆壞槳荆江中”。有風波之險,所以説“萬里風波”。馮浩注:“不得已而又就扁舟,故曰‘憶歸初罷更夷猶’也。三句謂沿江之境相連,四句小駐橈於武昌也。

曰'亦少留'者,似追憶會昌初鄂岳之役,今又少留於此也。一結極凄惋,惜五六無可曉耳。"張采田《會箋》:"'益德報主'喻衛公,衛公乃心武宗,竟至投荒,是死報主矣。"按商隱北歸在大中二年,李德裕死於大中四年,此時他還活着,怎麽可稱冤魂呢?益德和王濬都在四川,可能與四川的事有關,不詳。又稱:"阿童比李回始終贊皇(李德裕),被謗左遷,高義固無忝士治(王濬)也。"《通鑑》大中二年正月,"西川節度使李回,坐前不能直吴湘冤,回左遷湖南觀察使。李紳追奪三任告身"。按會昌五年,淮南節度使李紳按江都令吴湘贓罪當死,李德裕如紳奏,處湘死。大中二年替吴湘翻案,貶李德裕爲潮州司馬,李回左遷湖南觀察使。倘阿童高義指李回始終心向李德裕,那末翼德冤魂或指李紳死後追奪三任告身。但此亦係猜測,無確據。

紀昀評:"此是佚去本題而編録者署曰《無題》,非他寓言之比。全篇從'更夷猶'三字生出。前四句低徊徐引,五六振起,七八以曼聲收之,絶好筆意。'懷古思鄉'收繳第二句完密。"説這首詩不屬於《無題》是對的,選這首詩説明確有混入《無題》的詩。這首詩是寫懷古思鄉的,"益德一聯"是懷古,荆江遇險後到了黄鶴沙邊是思鄉。當時李回任湖南觀察使,商隱在湖北武昌,似未去李回幕時作。

九　日〔一〕

曾共山翁把酒時,霜天白菊繞階墀〔二〕。十年泉下無消息,九日樽前有所思〔三〕。不學漢臣栽苜蓿,空教楚客咏江蘺〔四〕。郎君官貴施行馬,東閣無因再得窺〔五〕。

〔一〕九日:即九月九日,爲重陽節。朱彝尊批:"一本下有'懷令狐楚府主'六字",此批不見于《輯評》。

〔二〕山翁：朱鶴齡《箋注》："山翁，(晉)山簡也，以比彭陽公(令狐楚)。"程夢星《箋注》："山公，山濤也。《晉書》濤所甄拔人物，各爲題目，時稱《山公啓事》，以比令狐楚爲宜。"馮浩注"翁，一作公。"按兩説皆通，作山濤似勝。白菊：劉禹錫《和令狐相公玩白菊詩》："家家菊盡黄，梁國獨如霜。"令狐楚愛白菊。

〔三〕十年泉下：令狐楚死在開成二年，這詩當作于大中二年，那時商隱在桂管觀察使鄭亞幕府，因鄭亞被貶爲循州長史而落職。有所思：懷念重陽節與令狐楚把酒時事。

〔四〕栽苜蓿：見《茂陵》注〔二〕。用移種苜蓿比提拔人才，感嘆令狐綯不像他父親能提拔自己。空：徒然。江蘺：蘼蕪。屈原《離騷》："覽椒蘭其若茲兮，又況揭車與江蘺。"指芳草的變得不芳。商隱在桂州，故自比楚客。江蘺不芳，指令狐綯不像其父。

〔五〕郎君：《唐摭言》："義山師令狐文公(楚)，呼小趙公(綯)爲郎君。"官貴：令狐綯在大中二年拜考功郎中，知制誥，充翰林學士。施行馬：在門前設置行馬，阻止人騎馬通過。行馬，用木頭交叉中有木横貫之具。東閣：《漢書·公孫弘傳》："開東閣以延(請)賢人。"指令狐綯不再延請自己。

這首詩，當在大中二年，鄭亞被貶官，商隱不得不離開鄭亞幕，秋初在北歸途中寫的。身在楚地，所以自比楚客。想到曾受令狐楚的延聘，受他接待，他正像山濤那樣選拔人才。重陽節，在他幕府裏陪他喝酒賞白菊。現在令狐綯不再像他父親延攬人才，使他像屈原般感嘆。從前令狐楚像漢相公孫弘開東閣來接待我，現在令狐綯再難接待我了。

對這首詩，《北夢瑣言》卷七説："李商隱員外依彭陽令狐公楚，以箋奏受知(因會寫箋奏受到賞識)。子綯，繼有韋平之拜(拜丞相，韋賢、平當是漢丞相)，似疏隴西(李商隱)，未嘗展分(指接待)。重陽日，義山詣宅，於廳事上留題。相國(綯)睹之，慚悵而已，乃扃閉此廳，終身不處也。"這個故事是靠不住的。令狐綯拜相是在大中四年十一月，拜相后的重陽節商隱寫這詩，當在大中五年。五年春，商隱入朝，謁令狐綯，補太學博士。那就不是"東閣無因得再窺"了。假使商隱把這詩寫在綯的廳事上,那要避他的父名楚字,不應觸犯他的家諱。所以這首詩是商隱北歸時想像綯不會接待他,不是寫實。後來商隱進京,綯雖曾幫他補太學博士,招待他留宿,實際上還是疏遠他。馮浩在按語裏指出:"程氏云:'東閣難窺,又何從題壁?"有所思"非承上思"把酒"之時,正透下思"郎君官貴"之日。"東閣"屬楚,非屬綯也。(按因門前施行馬,故不得入窺東閣,還是指綯,不指楚。)曰"官貴",猶在綯未相之先。若韋平繼拜,又不至於官貴矣。詩當在綯爲學士或舍人時作,義山自嶺表入朝時也。'余更定爲此時途次所作,第六句兼志客程也。"又稱:"預爲疑揣,不作實事解,彌見其佳。"這個按語結合詩詞語作解,很確切。

漫成五章

沈宋裁辭矜變律,王楊落筆得良朋〔一〕。當時自謂宗師妙,今日惟觀對屬能〔二〕。

〔一〕《新唐書·文藝傳》贊曰:"唐興,詩人承陳隋風流,浮靡相矜。至宋之問、沈佺期等研揣聲音,浮切不差,而號律詩,競相沿襲。"指沈宋研究詩的聲律,分清平仄,稱爲律詩。浮切猶平仄。變律:新變的律詩。《舊唐書·王勃傳》:"勃與楊炯、盧照鄰、駱賓王皆以文章齊名,天下稱王楊盧駱四傑。"良朋:指四傑。

〔二〕宗師:《漢書·藝文志》:"儒家者流宗師仲尼。"指尊以爲師。對屬:對偶,指作對偶的四六文。

李杜操持事略齊,三才萬象共端倪〔三〕。集賢殿與金鑾殿，可是蒼蠅惑曙鷄〔四〕？

〔三〕操持：掌握，指才華學識。事略齊：本領大略相等。三才：天地人。萬象：萬物。端倪：苗頭。指李白、杜甫的詩，能寫出自然和社會中一切事物變化的苗頭，能見人所見不到處。

〔四〕《新唐書·張説傳》："帝召説與禮官學士置酒集仙殿，曰：'朕今與賢者樂于此，當遂爲集賢殿。'"又《杜甫傳》："天寶十三載，玄宗朝獻大清宫，饗廟及郊。甫奏賦三篇，帝奇之，使待制集賢院。"又《李白傳》："召見金鑾殿，論當世事，奏頌一篇。"可是：却是。蒼蠅：《詩·齊風·鷄鳴》："非鷄則鳴，蒼蠅之聲。"指杜甫在集賢院應試，李白在金鑾殿召見，應受到玄宗的賞識，像鷄叫天明。却是蒼蠅聲迷惑了玄宗，使他們都不被任用。

生兒古有孫征虜，嫁女今無王右軍〔五〕。借問琴書終一世，何如旗蓋仰三分〔六〕？

〔五〕孫征虜：《三國志·吴書·孫堅傳》："（袁）術表堅（上表漢帝封孫堅）行破虜將軍領豫州刺史。"這裏要用平聲，改爲征虜。又《孫權傳》注引《吴歷》："曹公出濡須，公見（孫權）舟船器仗軍伍整肅，喟然歎曰：'生子當如孫仲謀（孫權的字）。'"王右軍：《晉書·王羲之傳》："時太尉郗鑒使門生求女壻於（王）導，導令就東廂徧觀子弟，門生歸謂鑒曰：'王氏諸少（年）並佳，然聞信至，咸自矜持（拘謹）。惟一人在東牀坦腹食，獨若不聞。'鑒曰：'正此佳壻耶？'訪之，乃羲之也，遂以女妻之。"後羲之爲右軍將軍、會稽内史。

〔六〕琴書：王羲之以書法著稱，琴書往往並稱。旗蓋：《孫權傳》："黄旗紫蓋（車上的傘），運在東南。"三分：孫權與曹操、劉備三分天下。

代北偏師銜使節，關東裨將建行臺〔七〕。不妨常日饒輕薄，且喜臨戎用草萊〔八〕。

〔七〕《舊唐書·石雄傳》："（會昌）三年，迴鶻大掠雲、朔北邊。雄自選勁騎追至殺胡山，急擊之，斬首萬級，生擒五千。以功累遷河中晉絳節度使。昭義（節度使）劉從諫卒，其子稹擅主軍務，朝議問罪。令徐帥李彦佐爲潞府西南面招撫使，未進。雄受代之翌日，破賊。"代北：山西代縣一帶。偏師：指石雄。銜使節：石雄以功受命爲節度使。關東裨將：函谷關以東的偏將，指石雄是徐州人。建行臺：指石雄代爲西南面招撫使，建立行轅。

〔八〕饒輕薄：石雄出身低微，很被看輕。用草萊：草萊，從民間來，指石雄。李德裕用石雄平定劉稹。

郭令素心非黷武，韓公本意在和戎〔九〕。兩都耆舊偏垂淚，臨老中原見朔風〔一〇〕。

〔九〕《通鑑》乾元元年八月，"以郭子儀爲中書令。"廣德元年冬十月，"吐蕃寇涇州，入長安。子儀比至商州，行收兵，並武關防兵合四千人，軍勢稍振。子儀乃泣諭將士，共雪國恥，取長安，皆感激受約束。吐蕃惶駭，悉衆遁去。"素心：本心。《舊唐書·張仁願傳》："（神龍初，仁願爲朔方總管），於河北築三受降城。自是突厥不敢度山放牧，朔方無復寇掠。景龍二年，累封韓國公。"和戎：指與突厥和好。

〔一〇〕兩都：西都長安，東都洛陽。耆舊：父老。見朔風：看到西北邊地的民風，此指收復河湟，河湟老幼來京。《通鑑》大中三年二月："吐蕃秦、原、安樂三州及石門等七關來降。八月，河隴老幼千餘人詣闕，上御延喜門樓見之，歡呼舞躍，解胡服，襲冠帶，觀者皆呼萬歲。"

程夢星《箋注》説："杜子美有《戲爲六絶句》論文章之正變，義山仿之，兼及身世，此即謂之義山小傳可也。"這五首，前兩首的首聯是仿杜甫《戲爲六絶句》的論詩，但用意却不同，所謂"義山小傳"。程雖提出小傳説，怎樣理解這五首詩，張采田《會箋》指出："此詩楊致軒(守智)謂歷敍一生蹤跡：前二首指令狐父子，中二首咏娶茂元之女，末一首結重贊皇(李德裕)。午橋(程夢星)、孟亭(馮浩)本之，大意已創通矣，而馮氏句下所釋不符，今當詳爲解之。"即程、馮兩家的解釋，對有些句子還不合，張説講得更完滿些。

"首章言當日從(令狐)楚受章奏之學，今所得者不過屬對之能而已，深慨己之名位不達，而爲子直(令狐綯)所排也。"這詩講沈佺期、宋之問作詩誇耀新變體，即創作律詩，律詩在他們手裏完成。王勃、楊炯作詩作文得到盧照鄰、駱賓王作爲良朋，杜甫《戲爲六絶句》"王楊盧駱當時體"，也是一種當時流行的體制，同律詩的爲當時體一致。商隱入令狐楚幕府，楚教他做時文，即四六文，也是一種時行的當時體。當他學作時文時，認爲楚是一代宗師，現在看來只是能對偶而已。四六文講究對偶。在這裏，大概有兩層意思，從商隱對劉蕡和杜牧的欽佩説，劉蕡的對策，杜牧的《罪言》等，都對當時的國家大事提出極重要的意見，都不是四六文，這裏顯出他對四六文的看法，不過講究對偶而已。商隱一生想望進入翰林院，替皇帝起草文書，逐步參預討論大政方針，來實現他旋乾轉坤的抱負。當時替皇帝起草文書，用的就是四六文。由于令狐綯的不肯推薦，只有幕府主贊賞他的四六文寫得好，把他請去，没有機會施展他旋乾轉坤的抱負，因而發生感慨。這首詩裏含有這兩種意思。

"二章言李、杜當日齊名四海，而皆不能翱翔華省，豈亦如我之遭毁淪落耶？'蒼蠅惑鷄'，比黨人排笮也。"商隱既認爲四六文只是"對屬能"，從而欽佩李杜的詩篇，他們把自然現象和社會現象都概括進去，但不是現象的羅列，是寫出各種現象的變化的苗頭，這是一般人所看不到的。可是他們都被排擠走了。他們的創作是破曉的鷄啼，排擠他們的不過是蒼蠅的嗡嗡而已，這也就是《安定城樓》寫的"可憐腐鼠成滋味，猜意鵷雛恨未休"。破曉也是"欲回天地"的意思。感嘆自己不能進入翰林院,發出破曉的啼聲。馮注:“義山自負才華,不得内用;而綯以淺陋之胸,居文學禁密之職,豈非蒼蠅之亂晨鷄耶?”

“三章更代妻致慨,言生男古曾有征虜(孫堅)之子(孫權),而嫁女今已無右軍之壻(王羲之),兩世節鉞(節度使,王茂元父棲曜,是鄜坊節度使),不取將種,竟贅窮酸,試問琴書一世,何如旗蓋三分之爲榮乎?斯真相攸(擇壻)之計左矣。”馮注:“夫義山之一生淪落,以見棄於楚之子綯也。其見棄者,以其壻於茂元也。第三首爲五篇之關鍵。”

“四章專美贊皇,言我嘗平日輕薄衛公(此解不確,“饒輕薄”指看輕石雄的出身微賤,不是輕薄李德裕),而豈知當國秉鈞,竟能起用草萊,以成中興之功,今豈有此人哉?代北使節,謂破烏介(回鶻),吴東行臺,謂平澤潞(劉稹),皆指石雄。雄本係寒(故爲人所看輕),又爲衛公所特賞。”

“五章則又爲衛公維州之事辨謗。《舊書·德裕傳》:‘吐蕃維州守將悉怛謀請以城降,盡率郡人歸成都。德裕乃發兵鎮守。時牛僧孺沮議,言新與吐蕃結盟,不宜敗約,乃詔德裕却送悉怛謀一部之人還維州。贊普(吐蕃主)得之,皆加虐刑。’後德裕復入相,奏論之曰:‘維州是漢地入兵之路,欲經略河湟,須以此城爲始。悉怛謀尋率一城之兵衆,空壁歸臣。諸羌久苦蕃中征役,願作大國王人,相率内屬。可減八處鎮兵,坐收千里舊地。況臣未嘗用兵攻取,彼自感化來降。’觀此,則衛公之收維州,豈貪一城之利,其志固未嘗須臾忘河湟也。其後會昌四年,以回紇微弱,吐蕃内亂,議復河湟四鎮十八州,令天德、振武、河東訓卒勵兵,以俟其時。亦皆本此志行之。詩意言若早用衛公廟算,則河湟之復,豈特今日臨老而方見冠帶康衢之盛?此兩都父老所以垂淚也。當衛公之受悉怛謀降也,論者皆以生事外夷爲言。黨人之所以謗衛公者,所見無遠圖如是,故首舉韓郭往事明之。和戎而非黷武,用重筆大書特書,所以表白衛公心跡,蓋兩黨争執,實以此爲一大事也。”李德裕主張接受悉怛謀的投降,收復維州,牛僧孺反對接受投降,反對收復維州,表面上説要遵守對吐蕃的信義。王夫之《讀通鑑論》卷二六説:“夫僧孺豈果崇信以服遠,審勢以圖寧乎?事成於德裕而欲敗之耳。小人必快其私怨,而國家之大利,夷夏之大防,皆不勝其悁疑之邪説。”這正是千古讀者的公論。商隱用郭子儀、張仁願來比李德裕，是對德裕的極力推崇。

紀昀批："全入論宗，絶句變體，不善效之，便成死句，要以有唱嘆神韻爲佳。"認爲這五首用議論爲詩，因爲寫得有唱嘆有神韻所以還是好的。就是指寫得很有感慨、有感情，是抒情的，所以好。這五首也不完全是議論，議論是通過比喻事件來表達的。"蒼蠅惑曙鷄"是比喻，"耆舊垂淚"見朔風是事件，用草萊、旗蓋三分都是事件，所以同抽象議論不同。他的感慨又貫串在五首之中，又是抒情的佳作。

深　宫

金殿銷香閉綺櫳，玉壺傳點咽銅龍〔一〕。狂飇不惜蘿陰薄，清露偏知桂葉濃。斑竹嶺邊無限淚，景陽宫裏及時鐘〔二〕。豈知爲雨爲雲處，只有高唐十二峯〔三〕。

〔一〕櫳：指窗。玉壺：用玉裝飾的銅壺滴漏，水從銅龍口中滴入容器，發出低咽聲。容器内有刻度數的箭計時，一夜分五更，一更分二十五點，到點時傳報，稱傳點。

〔二〕斑竹：見《淚》注〔二〕。景陽宫：《南史·齊武穆裴皇后》："上數游幸諸苑囿，載宫人從後車。宫内深隱，不聞端門鼓漏聲，置鐘於景陽(宫)樓上，應五鼓及三鼓，宫人聞鐘聲早起妝飾。"

〔三〕高唐：宋玉《高唐賦》："妾巫山之女也，爲高唐之客。旦爲朝雲，暮爲行雨。"高唐，臺觀名，在雲夢澤中。十二峯：巫山有十二峯，中有神女峯。

程夢星説："起二句亦追憶夫在朝得志如綯輩者。"比令狐綯在朝得意。姚培謙箋注稱三四句："此嘆恩遇之不均也。蘿陰本薄，偏值狂飇；桂葉本濃,特加清露。"這裏指鄭亞被貶官,商隱在鄭亞幕府連帶去職。特加清露指綯屢承恩寵。馮浩《箋注》:"五謂從桂管湘江而來,六謂綯已及時升用。七八即所遇以寄慨。"指豈知承受恩寵處,只有令狐綯一輩人而已。

這裏節取程、姚、馮三家説,因爲三家之説,結合詩來看,有合有不合,各取其中有合的。如程説,以"三四一聯,上謂當時排擠之黨人,下謂目前辟聘之知己"。把第四句指柳仲郢招商隱入東川節度使幕府,不如馮注認爲商隱因鄭亞貶官北歸時作更合。姚注"斑竹句喻遠臣,景陽句喻近臣",不如馮説的具體。馮説:"三謂彼不我憐,四謂我猶有戀。"把清露句説成"我猶有戀",不如姚説的確切。所以酌取三家説來解。

楚　吟

山上離宫宫上樓〔一〕,樓前宫畔暮江流。楚天長短黄昏雨,宋玉無愁亦自愁〔二〕。

〔一〕離宫:行宫。宋玉《高唐賦》:"昔者楚襄王與宋玉游于雲夢之臺,望高唐之觀。""高唐之觀"就是山上離宫。

〔二〕長短:錢鍾書先生批:"義山《櫻桃花下》'佳人長短是參差',即此長短,今語所謂反正、免不了、老是。歷來注家未得其解。"《高唐賦》稱神女"暮爲行雨"。

何焯批:"長晷短景(日長日短),但有夢雨,則賢者何時復近乎?此宋玉所以多愁也。"長短作日長日短解,與"黄昏雨"結合不密,既着眼在"黄昏雨",何關於日長日短呢?長短以作"老是""反正"解爲確。反正楚王只是夢雨,迷戀女色,所以發愁。錢先生《管錐編》八七五頁稱:"《高唐賦》:'長吏隳官,賢士失志,愁思無已,太息垂淚,登高遠望,使人心瘁。'爲吾國詞章增闢意境,即張先《一叢花令》所謂'傷高懷遠幾時窮'是也。"

又:"温庭筠《寄李外郎遠》'天遠樓高宋玉悲',已定主名,謂此境拈自宋玉也。"何焯的評語,指出這首詩的含意。錢先生指出這首詩提出一種新的意境,即傷高懷遠,這種意境是宋玉開創的。

這首詩像轆轤圜轉,從"離宫"引出"宫上樓"來,再引出"樓前宫畔",迭用三宫字,兩樓字,兩愁字。這種寫法,在商隱詩裹多次碰到。

夢　澤〔一〕

夢澤悲風動白茅,楚王葬盡滿城嬌。未知歌舞能多少,虚減宫廚爲細腰〔二〕。

〔一〕夢澤:楚國有雲夢澤,在湖北安陸縣東南一帶地,本爲二澤,合稱雲夢。

〔二〕《韓非子·二柄》:"楚靈王好細腰,而國中多餓人。"

紀昀批:"繁華易盡,從争寵者一邊落筆,便不落弔古窠臼。"楚澤是楚靈王葬宫女的地方,已經長滿白茅草。這些宫裹的嬌娃,因爲要争取靈王的寵愛,盡量少吃飯,使得腰肢細瘦。她們徒然減少了宫廚的糧食,不知能够給靈王演出多少歌舞。這是説争寵的徒然損害自己並不能够争取寵愛,它的含意不限于指宫女。

夜雨寄北

君問歸期未有期,巴山夜雨漲秋池〔一〕。何當共剪西窗燭，却話巴山夜雨時。

〔一〕巴山：在陝西四川界，支峯綿亘數百里，東接三峽。此當指接近三峽處。

這首詩，洪邁《唐人萬首絶句》題作《夜雨寄内》。馮浩《年譜》認爲是大中二年商隱離鄭亞桂管幕府北歸後去四川所作。但商隱北歸後選爲盩厔(今陝西周至縣)尉，無入川記載。張采田《會箋》以爲商隱北歸，留滯湖南，又入川，由梓潼至巴西南行。巴西(閬州)在梓潼東北，"既至閬州，取漢中還長安，非特通途，尤屬捷徑"。則于地望不合，故岑仲勉《會箋平質》以爲疑。《會箋平質》以《夜雨寄北》詩爲商隱在東川柳仲郢幕府之作，則在大中五年七月，而商隱妻於入川前卒，則寄北不得爲寄妻。《平質》因言"唐人多姬侍，不必其寄妻也"。但商隱似無姬侍，又《摇落》詩。"灘激黄牛暮，雲屯白帝城"，《過楚宫》詩"巫峽迢迢舊楚宫"，則商隱確曾過三峽，而入東川則不需過三峽。是商隱在入東川以前，確曾到過巴山，並不妨礙這首詩爲寄妻之作。或商隱自桂管北歸，留滯湖南時，得妻問歸期之信，即自三峽入川，作此"寄北"詩吧。

何焯批："水精如意玉連環，荆公屢仿此。"這首詩明白如話，悉如意所欲出，所以用水精如意來比，比它的透徹玲瓏。王安石屢次仿此詩。玉連環，指前面説"巴山夜雨"，後面又説"巴山夜雨"。像王安石《謝安墩》："我名公字偶相同，我屋公墩在眼中。公去我來墩屬我，不應墩姓尚隨公。"屈復《詩意》評："即景見情，清空微妙，《玉溪集》中第一流也。"也是推重它的透徹玲瓏。紀昀評："探過一步作收，不言當下如何，而當下可想。"又説："作不盡語，每不免有做作態。此詩含蓄不露，却只是一氣説完，故爲高唱。"指出這首詩寫得含蓄而又自然，深情流露，格調很高。

木　蘭

二月二十二，木蘭開坼初〔一〕。初當新病酒，復自久離居。愁絶更傾國，驚新聞遠書〔二〕。紫絲何日障，油壁幾時車〔三〕？弄粉知傷重，調紅或有餘〔四〕。波痕空映襪，烟態不勝裾〔五〕。桂嶺含芳遠，蓮塘屬意疏〔六〕。瑶姬與神女，長短定何如〔七〕？

〔一〕開坼：開裂，指花苞開放。

〔二〕傾國：以木蘭喻美人。遠書：指從遠方傳來的信悉。

〔三〕《世説新語·汰侈》："君夫（王愷）作紫絲布步障、碧綾裹四十里。"古辭《蘇小小歌》："妾乘油壁車，郎騎青驄馬。"兩句指用絲織品作圍幛來保護花，幾時有美人來賞。

〔四〕宋玉《登徒子好色賦》："著粉則太白，施朱則太赤。"兩句形容木蘭花的白裏帶紅，用美人作比。

〔五〕曹植《洛神賦》："凌波微步，羅襪生塵。"《三輔黄圖》："每輕風時至，飛燕殆欲隨風入水，帝以翠纓結飛燕之裾。"兩句形容木蘭花像洛神凌波，飛燕身輕。

〔六〕桂嶺：指商隱在桂州看到木蘭花。蓮塘：指蓮池邊有木蘭花。

〔七〕《集仙傳》："雲華夫人名瑶姬，王母第二十三女。嘗游東海，過巫山，授禹上清、寶文、理水三策。"宋玉《高唐賦》："妾巫山之女也，爲高唐之客。"指巫山女神。用瑶姬與神女來比花，不知優劣如何。

這是咏物詩，借物寓意，句句在寫木蘭花，又句句有含意，不黏不脱。不黏是不黏着在物上，有寓意；不脱是不脱離物。二月二十二日，寫木蘭開花，不必舉日期，這裏舉日期，按《翰苑羣書·重修承旨學士壁記》稱令狐綯於大中"三年二月二十一日特恩拜中書舍人"，二十二日正式上任。"新病酒"，指如醉；"久離居"，指與綯久别。"愁絶"兩句指得到這一消息又驚喜，又發愁，喜綯如美人得君恩，愁己遠隔。"紫絲"兩句指綯更爲尊貴，自己不知何日能見到他。"弄粉"兩句指自己的才華對綯説來有如弄粉調紅未必有當。"波痕"兩句指自己即使像洛神的凌波，飛燕的身輕，恐亦徒然。“桂嶺”兩句言自己曾在桂州與綯相隔遥遠,蓮塘屬綯府,指綯情意已疏。“瑶姬”兩句指兩美相會,情意的或長或短還未可知。總之,認爲自己回到京裏,可與綯相見,但情意已疏,恐難相親了。白居易有《題令狐家木蘭花詩》:“膩如玉指塗朱粉,光似金刀剪紫霞。從此時時春夢裏,應添一樹女郎花。”可見綯家的木蘭花是極有名的。

杜 司 勳〔一〕

高樓風雨感斯文〔二〕,短翼差池不及羣〔三〕。刻意傷春復傷别,人間惟有杜司勳〔四〕。

〔一〕《舊唐書·杜牧傳》:“牧,字牧之,既以進士擢第,又制舉登乙第。遷左補闕、史館修撰、轉膳部、比部員外郎,出牧黄、池、睦三郡,復遷司勳員外郎、史館修撰,轉吏部員外郎,授湖州刺史,入拜考功郎中、知制誥,歲中遷中書舍人。”

〔二〕風雨:《詩·鄭風·風雨》:“風雨如晦。”指政治昏亂。斯文:指文士。

〔三〕差(cī)池:猶參差。《詩·邶風·燕燕》:“燕燕于飛,差池其羽。”指尾翼不整齊。不及羣:不如同羣。

〔四〕傷春:杜牧《惜春》:“春半年已除,其餘強爲有。即此醉殘花,便同嘗臘酒。悵望送春杯,殷勤掃花帚。誰爲駐東流,年年常在手。”又《贈别》:“多情却似總無情,惟覺樽前笑不成。蠟燭有心還惜别,替人垂淚到天明。”

在高樓風雨中使杜牧引起感觸,也就是在唐王朝的風雨飄摇中,杜牧提出了經邦濟世的規劃。他認爲唐王朝有内憂、邊患:内憂即藩鎮割據,内亂頻繁;邊患即吐蕃侵占河西、隴右,威脅京城。他想解决這兩大問題,振興唐王朝。可是他在做官方面像短翼飛不快,不如跟他同輩的人進升得快,那他的抱負就無法施展。在京裏做官或在地方上做官,要是没有參預討論大政方針的權力,還是不行。那他只好着意傷春又傷别了。要是他能够施展他的抱負,爲唐王朝的興復用力,那就没有心情來傷春傷别了。所以着意傷春傷别,正是杜牧的不幸。就是這樣,當是還只有他在這樣地傷春傷别呢?在這裏既表達了他對杜牧的欽佩,也借杜牧來寄託自己的感慨。他在仕途上比杜牧更不如,更有高樓風雨、短翼差池的感嘆。他的"欲回天地"的旋乾轉坤的抱負更難實現,也只好刻意傷春復傷别了。

贈司勳杜十三員外〔一〕

杜牧司勳字牧之,清秋一首《杜秋詩》〔二〕。前身應是梁江總,名總還曾是總持〔三〕。心鐵已從干鏌利,鬢絲休嘆雪霜垂〔四〕。漢江遠弔西江水,羊祜韋丹盡有碑〔五〕。

〔一〕杜十三:杜牧這一輩,按同一曾祖所生的兄弟姊妹排行,杜牧居第十三。

〔二〕杜秋詩:杜牧《杜秋娘詩序》:"杜秋,金陵女也。年十五,爲(鎮海軍節度使)李錡妾。後錡叛滅,籍之入宫,有寵于景陵(憲宗)。穆宗即位,命秋爲皇子(李湊)傅姆。皇子壯,封漳王。鄭注用事,誣丞相(宋申錫)欲去己者,指王爲根,王被罪廢削,秋因賜歸故鄉。予過金陵,感其窮且老,爲之賦詩。"杜牧詩感嘆杜秋的升沉淪落,聯繫到士人,有得失升沉的變化,借杜秋來感嘆自己。商隱也有同樣感慨,很欣賞這首詩。

〔三〕《南史·江總傳》:"江總字總持,篤學有文辭,仕梁爲尚書殿中郎。”按江總以文學著名,又名總,字總持,跟杜牧以文學著稱,名牧,字牧之,有相似處,所以這樣説。

〔四〕心鐵:曹操《辟王必令》:“長史王必,忠能勤事,心如鐵石。”干鏌:《吴越春秋·闔閭内傳》:“干將者,吴人也;莫邪,干將之妻也。干將作劍,而金鐵之精不消,于是干將妻乃斷髮剪爪投于爐中,金鐵乃濡,遂以成劍,陽曰干將,陰曰莫邪。”鬢絲:杜牧《題禪院》:“今日鬢絲禪榻畔,茶烟輕颺落花風。”

〔五〕《晉書·羊祜傳》:“襄陽百姓于峴山祜平生游憩之所,建碑立廟,歲時饗祭焉。望其碑者莫不流淚,杜預因名爲墮淚碑。”原注:“時杜奉詔撰韋碑。”《通鑑》大中三年正月,“上與宰相論元和循吏孰爲第一,周墀曰:‘臣嘗守土江西,聞觀察使韋丹功德被于八州,没四十年,老稚歌思,如丹尚存。’詔史館修撰杜牧撰遺愛碑以紀之。”

這首詩贊美杜牧的奇才偉抱,“心鐵已從干鏌利”,作了形象的概括。杜牧提出削平河北藩鎮的具體規劃,因爲“不當位而言,實有罪,故作《罪言》”。昭義節度使劉從諫死,其侄劉稹據鎮自立,不服從朝命。李德裕勸武宗用兵平亂。杜牧上書德裕,建議用兵方略。德裕採用他的建議,平定劉稹。當時,回紇被黠戛斯所破,流入漠南。杜牧向德裕建議,出兵取回紇,德裕贊同他的建議。所以商隱用干將鏌耶的利劍贊美他,安慰他不必因髮白而感嘆。杜牧的《杜秋娘詩》因杜秋的升沉得失引起士子的升沉得失,成爲當時傳誦的名篇。他的文章爲宣宗所知,命他作《韋丹遺愛碑》。商隱的才學既不爲李德裕所看重,更不爲唐皇帝所知,不如杜牧,所以借杜牧來感嘆。

姚培謙《箋注》稱:“前借杜秋一詩而以江總比之,後因詔撰韋碑而以杜預比之;前從名字上比擬,後從姓上比擬,詩格絶奇。”馮浩《箋注》:“通篇自取機勢,别成一格也。”紀昀批:“自成别調,不可無一,不可有二。”這是指用“杜牧字牧之”同“江總字總持”相比成文説的。又首句“杜牧字牧之”,用兩牧字,與“清秋杜秋詩”,用兩秋字相應,又兩句重複杜字,末句

“漢江”“西江”重複江字，這些都是所謂自取機勢，别成一格。

促　漏

促漏遥鐘動静聞，報章重疊杳難分〔一〕。舞鸞鏡匣收殘黛，睡鴨香爐换夕熏〔二〕。歸去定知還向月，夢來何處更爲雲〔三〕？南塘漸暖蒲堪結，兩兩鴛鴦護水紋〔四〕。

〔一〕報章：《詩·大雅·大東》：“雖則七襄（織女星七次移動），不成報章（織緯往返成文）。”杳：遠。

〔二〕鸞鏡：見《李衛公》注〔二〕。鸞見鏡中影而舞，含有空閨獨守意。睡鴨：香爐作鴨形。

〔三〕嫦娥奔入月宫，見《嫦娥》注〔一〕。神女入楚王夢，見《聖女祠》注〔五〕。

〔四〕《續述征記》：“烏常沉湖中，有九十臺，皆生結蒲，云秦始皇游此臺，結蒲繫馬，自此蒲生則結。”

這首詩一説寫閨怨，一説向令狐寄意，當以後説爲是。就閨怨説，報章用《詩經》織緯成文，重疊當指緯綫往復很難分别，即無心織錦。用舞鸞鏡也有孤獨之感。收拾殘妝，點起爐香，准備入睡。想到像嫦娥奔月，還是孤獨，像神女入夢，不知何處爲雲，也是渺茫。還不及南塘鴛鴦，可以長相守了。詩裏通過背景描繪來透露人物心情。在“杳難分”裏暗示心緒的撩亂，在“收殘黛”裏含有獨居的“誰適爲容”，爲誰打扮，所以不用理妝了。在“還向月”裏説明無處可歸，在“更爲雲”裏説明依舊渺茫。寫景物很華美，用來反映人物心情，更顯孤獨。最後借鴛鴦來作反襯，點明用意。朱鶴齡箋：“言縱如姮娥入月，終是獨居，神女爲雲，徒成幻夢，豈若南塘之鴛鴦長匹不離哉！"何焯批："王金枝《子夜歌》：'懷情入夜月，含笑出朝雲。'注非是。"認爲"歸去"一聯的注非是。按《子夜歌》是寫歡會，與本篇寫閨怨，情緒不同，以朱注爲是。

馮浩説："徐氏(逢源)以寄意令狐，則次句指屢啓陳情，或屢爲屬草也；三四夜宿；五謂歸惟獨處；六謂更何他求；結則望其終能歡好也。"按徐氏説，"報章重疊"指陳情的篇章很難分别，極言其多。三四夜宿，即寄住在令狐家裏，所以鐘漏動静可以相聞，宿處有鸞鏡香爐。六謂惟求令狐綯，結語謂終能相好。這樣説比較符合詩意，可用《燈》來比照。《燈》："何處無佳夢，誰人不隱憂。"隱憂即"歸去定知還向月"，依舊孤寂，所以憂；"何處無佳夢"，即"夢來何處更爲雲"，都講"何處""夢"，"更爲雲"即佳夢。《燈》的結句："固應留半焰，回照下幃羞"，留半焰用來解衣入寢，就是蒲堪結，鴛鴦護水紋。《燈》的用意，寫回京向令狐陳情，恢復和好，比較明顯。用它來比照此詩，兩詩的用意切合，可證此詩也是寄意令狐之作。

蟬

本以高難飽，徒勞恨費聲〔一〕。五更疏欲斷，一樹碧無情。薄宦梗猶泛，故園蕪已平〔二〕。煩君最相警，我亦舉家清〔三〕。

〔一〕《吴越春秋·夫差内傳》："夫秋蟬登高樹，飲清露，隨風撝撓(謙遜)，長吟悲鳴。"按蟬吸樹汁爲生，古人誤以爲飲露水爲活。

〔二〕薄宦：微官。梗泛：《戰國策·齊策》："有土偶人與桃梗(桃木人)相與語，土偶曰：'今子，東國之桃梗也，刻削子以爲人，降雨下，淄水至，流子而去，則子漂漂然者將何如耳？'"《説苑·正諫》引"漂漂”作“泛泛”。指的漂泊不定。蕪已平：雜草已經埋没小路。陶淵明《歸去來辭》：“田園將蕪胡不歸？”

〔三〕君：指蟬。

紀昀評：“起二句意在筆先。”即蟬和我的含意已包括在裏面。居高而飲露，所以難飽，有恨而費聲，實爲徒勞，這是指蟬；清高而難飽，有恨而費吟，亦屬徒勞，這是指我。所以意在筆先。這兩句又是概括全篇："疏欲斷”，正指“恨費聲”；“碧無情”，正指“徒勞”，這是就蟬説。由“薄宦”而思“故園”，由于“高難飽”；“相警”承“費聲”，“舉家清”承“高難飽”，這個開頭實已籠罩全篇。

紀昀又評：“前四句寫蟬即自喻，後四句自寫，仍歸到蟬，隱顯分合，章法可玩。”首聯不提蟬和我是隱；次聯寫蟬是顯，但借以自喻，又是隱；三聯寫我是分，末聯蟬我雙寫是合。這是把蟬和我結合起來寫的。這裏有借蟬來自喻的，如二聯；有光寫我的，如三聯；有蟬我結合的是末聯。這樣的内容，只有用蟬我結合的寫法纔好表達。否則三聯的内容就不好表達了。

朱彝尊評：“第四句更奇，令人思路斷絶。”蟬有恨而鳴，到五更時聲疏欲斷，哀苦至極，樹若有情，如“天若有情天亦老”，也當爲它愁苦憔悴，不會那樣碧緑，正説明“一樹碧無情”了。這是傳神之筆，以商隱的哀苦陳情，而聽者無動于衷，正説明“一樹碧無情”。所以朱彝尊又批：“三四一聯，傳神空際，超超玄著，咏物最上乘。”咏物而即切合物，又是抒懷而不落痕跡，所以是最上乘。

錢鍾書先生評：“無情二字，出江淹《江上之山賦》：‘草自然而千花，樹無情而百色。’又姜夔《長亭怨》：‘樹若有情時，不會得青青如許。’蟬饑而哀鳴，樹則漠然無動，油然自緑也。樹無情而人(我)有情，遂起同感。蟬棲樹上，却恝置之，蟬鳴非爲‘我’發，‘我’却謂‘相警’，是蟬于我亦‘無情’，而我與之爲有情也。錯綜細膩。”

這首詩的構思有所繼承。北周時，盧思道作《聽鳴蟬篇》，爲庾信所贊嘆：“聽鳴蟬，此聽悲無極。羣嘶玉樹裏，回噪金門側。長風送晚聲，清露供朝食。""故鄉已超忽,空庭正蕪没。""詎念嫖姚嗟木梗,誰憶田單倦土(火)牛。"寫蟬鳴的悲,用玉樹金門的豪華作陪襯,跟"疏欲斷"的悲,同"碧無情"的襯托相應;寫"清露供朝食"同"難飽"相應;寫故鄉"蕪没",同"蕪已平"相應;"嗟木梗"同"梗泛"相應。但商隱這一首比盧思道的更高,寫得更集中,所謂"傳神空際,超超玄著"。因爲商隱把咏物和抒懷密切結合,而盧作衹從聽鳴蟬引出各種想法罷了。

偶成轉韻七十二句贈四同舍〔一〕

沛國東風吹大澤,蒲青柳碧春一色。我來不見隆準人,瀝酒空餘廟中客〔二〕。征東同舍鴛與鸞,酒酣勸我懸征鞍。藍山寶肆不可入,玉中仍是青琅玕〔三〕。武威將軍使中俠,少年箭道驚楊葉〔四〕。戰功高後數文章,憐我秋齋夢蝴蝶〔五〕。詰旦天門傳奏章,高車大馬來煌煌。路逢鄒枚不暇揖,臘月大雪過大梁〔六〕。憶昔公爲會昌宰,我時入謁虚懷待。衆中賞我賦《高唐》,回看屈宋由年輩〔七〕。公事武皇爲鐵冠,歷廳請我相所難〔八〕。我時憔悴在書閣,卧枕芸香春夜闌〔九〕。明年赴辟下昭桂,東郊慟哭辭兄弟。韓公堆上跋馬時,回望秦川樹如薺〔一〇〕。依稀南指陽臺雲,鯉魚食鉤猿失羣〔一一〕。湘妃廟下已春盡,虞帝城前初日曛〔一二〕。謝游橋上澄江館,下望山城如一彈〔一三〕。鷓鴣聲苦曉驚眠,朱槿花嬌晚相伴〔一四〕。頃之失職辭南風,破帆壞槳荆江中〔一五〕。斬蛟破璧不無意,平生自許非忽忽〔一六〕。歸來寂寞靈臺下,著破藍衫出無馬〔一七〕。天官補吏府中趨,玉骨瘦來無一把〔一八〕。手封狴牢屯制囚，直廳印鎖黄昏愁〔一九〕。平明赤帖使修表，上賀嫖姚收賊州〔二〇〕。舊山萬仞青霞外，望見扶桑出東海〔二一〕。愛君憂國去未能，白道青松了然在〔二二〕。此時聞有燕昭臺，挺身東望心眼開〔二三〕。且吟王粲《從軍》樂，不賦淵明《歸去來》〔二四〕。彭門十萬皆雄勇，首戴公恩若山重〔二五〕。廷評日下握靈蛇，書記眠時吞綵鳳〔二六〕。之子夫君鄭與裴，何甥謝舅當世才〔二七〕。青袍白簡風流極，碧沼紅蓮傾倒開〔二八〕。我生粗疏不足數，《梁父》哀吟《鴝鵒舞》〔二九〕。横行闊視倚公憐，狂來筆力如牛弩〔三〇〕。借酒祝公千萬年，吾徒禮分常周旋。收旗卧鼓相天子，相門出相光青史〔三一〕。

〔一〕張采田《會箋》：大中四年："此在徐幕作。"商隱在武寧軍節度盧弘止幕府任節度判官時作。四同舍：四府同僚，徐州管徐、泗、濠、宿四州。

〔二〕沛國：後漢時沛國，唐爲沛縣，屬徐州。漢高祖沛人，那裏有大澤。高祖隆準，即高鼻梁。沛地有高祖廟。瀝酒：滴酒，指酹酒。懷念漢高祖，酹酒來祭。

〔三〕征東：漢有征東將軍，借指盧弘止。鴛鸞：鴛行，同鵷行，指官員行列。鸞：鸞鳳，指瑞鳥。懸征鞍：指留在幕府里。藍山：藍田山産玉。寶肆：珠寶店。青琅玕：青玉。指盧幕中多人才，猶同玉山寶肆，自己不宜混入。

〔四〕武威將軍：指盧弘止。使中俠：節度使中有俠氣的。驚楊葉：《戰國策·西周》："楚有養由基者善射，去柳葉者百步而射之，百發百中。"唐人把考中稱爲穿楊。這裏指盧弘止年輕時考試中式。

〔五〕戰功：《新唐書·盧弘止傳》："（會昌四年）詔爲三州（山西的邢、洺、磁）及河北兩鎮宣慰使。出爲武寧節度使。徐銀刀軍尤不法，弘止戮其尤無狀者，終弘止治，不敢譁。"這些是戰功。數：計數，評量。夢蝴蝶：見《錦瑟》注〔四〕。指盧贊賞商隱的文章，同情他在秋齋作夢，抱負成空。

〔六〕詰旦：明朝。天門：宫門。奏章：上奏請招商隱入幕府。煌煌：光采煊赫。鄒枚：西漢著名辭賦家鄒陽、枚乘，在梁孝王處作客。指路過從前梁地不暇憑吊鄒、枚。臘月：十二月。大梁：開封一帶地。

〔七〕會昌宰：會昌縣，今陝西臨潼縣。賦《高唐》：宋玉《高唐賦》，寫神女事，指商隱作的《過楚宫》等詩。由：同猶。猶年輩，像同屈原宋玉輩行相似，可追配屈宋。

〔八〕鐵冠：用鐵作冠柱，御史的冠。盧弘止在武宗會昌四年被任命爲邢、洺、磁團練觀察留後。唐制，觀察使多帶御史中丞銜，故稱鐵冠。會昌六年，商隱在京做祕書省正字，盧弘止也在京。歷廳：經過廳堂，即從御史臺到祕書省。相所難：察難事，請商隱考慮難事。

〔九〕書閣：祕書省的藏書樓。芸香：辟除蠹魚的香草。闌：盡，指在祕書省值夜。

〔一〇〕明年：大中元年。赴辟：應聘。昭桂：昭州桂州，今廣西平樂縣和桂林市。桂管觀察使鄭亞請商隱入幕府。東郊：長安東郊。兄弟：商隱弟羲叟，中進士，在長安。韓公堆：在藍田縣南。跋馬：勒馬回轉。秦川：關中平原，指長安郊野。樹如薺：梁戴暠《度關山》："今上關山望，長安樹如薺。"登高遠望，樹木如小草。

〔一一〕依稀：仿佛。陽臺雲：宋玉《高唐賦》裏寫神女"旦爲朝雲"，在陽臺山下。鯉魚食鈎：鯉魚跳龍門，比喻進入朝廷。食鈎比喻在幕府。猿失羣：比喻和親人分散。

〔一二〕湘妃廟：舜二妃娥皇女英廟，在湘陰。虞帝城：指桂林。桂州臨桂縣虞山下有舜祠。指入夏到桂州。

〔一三〕謝游橋：謝朓《將游湘水尋句溪》："方尋桂水源，謁帝蒼山垂。"在桂水源有帝舜祠，桂林的帝舜祠和謝游橋、澄江館，不知是否因此來的。謝朓《晚登三山還望京邑》："餘霞散成綺，澄江靜如練。"一彈：指彈丸。

〔一四〕鷓鴣：《本草》："今俗謂其鳴曰行不得也哥哥。"朱槿：紅色的木槿花，朝開午萎，晚上有花苞，故稱"晚相伴"。

〔一五〕頃之：不久。失職：因鄭亞貶官而連帶失去職位。辭南風：乘船北歸。破帆壞槳：指江行遇險。荆江：從湖北枝江縣到湖南城陵磯一段的長江。

〔一六〕斬蛟破璧：《博物志》："澹臺子羽齎（攜）千金之璧濟河，陽侯波起，兩蛟夾船。子羽左操璧，右操劍擊蛟，皆死。既渡，三投璧于河（認爲河神要璧），河伯三躍而歸之（害怕他，不敢受），子羽毁璧而去。"不無意：指既不怕風浪，也不愛寶，這是他的自許。非忽忽：不是忽忙決定的，是經過深思熟慮的。

〔一七〕靈臺：天文臺，唐稱司天臺，在長安。《後漢書·第五倫傳》注引《三輔決録》："（第五頡）寄止靈臺中，或十日不炊。"指回京後處境窮困。藍衫：青袍。《新唐書·車服志》：八品九品，青衣。商隱回京後選爲盩厔（今陝西周至縣）尉，正九品下，故穿青袍。

〔一八〕天官：吏部。補吏：選官。府中趨：被選爲京兆府尹的掾曹，在府中奔走。

〔一九〕狴（bì）牢：門畫狴犴（似虎）的監牢。屯：聚集。制囚：皇命判定的犯人。直廳：在府廳當直住宿。印鎖：蓋印加鎖。馮注："時所署當爲法曹參軍。"主管審案監牢等事，所以他要管牢監裏的事。

〔二〇〕平明：早上。赤帖：赤色的文書紙。修表：起草祝賀的表文，商隱在京兆府裏主管箋奏。嫖姚：西漢名將霍去病曾經做過嫖姚校尉，借指將軍。收賊州：收復被敵人占領的地方。《通鑑》大中三年二月，"吐蕃秦、原、安樂三州及石門等七關來降。六月，涇原節度使康季榮取原州及石門六關。七月，靈武節度使朱叔明取長樂州，邠寧節度使張君緒取蕭關，鳳翔節度使李玭取秦州。十月，西川節度使杜悰奏取維州"。三州七關即被吐蕃占領的河湟。

〔二一〕舊山：故鄉懷州的王屋山。青霞外：《雲笈七籤》："元始天王上憩青霞九曲之房。"指作者曾在王屋山分支王陽山求仙學道。扶桑：

是神話中日出處的神樹。作者在學仙時曾登上王屋山絶頂的天壇望日出,見《李肱所遺畫松詩》。

〔二二〕白道青松:王屋山上的石路青松。了然:狀清楚。學仙舊事宛然在目,因愛君憂國不能去。

〔二三〕燕昭臺:戰國時燕昭王築黄金臺,置千金于臺上,招聘天下賢才。此指盧弘止鎮徐州,聘商隱爲節度判官。徐州在東,故稱東望。

〔二四〕《從軍》:建安二十年,魏王粲從曹操出兵西征張魯,作《從軍詩》五首,稱:"從軍有苦樂,但問所從誰。所從神且武,焉得久勞師?"《歸去來》:東晉義熙二年,陶淵明辭彭澤令歸隱,作《歸去來辭》。指願參加盧弘止幕府,不願歸隱。

〔二五〕彭門:即彭城,春秋時宋邑,即徐州治所。戴公恩:指弘止殺銀刀軍中尤無狀者,部隊皆服從盧的威德。

〔二六〕廷評:大理評事,唐時幕府中的官往往帶大理評事銜。日下:京城。廷評是朝官,所以稱日下。握靈蛇:曹植《與楊德祖書》:"人人自謂握靈蛇之珠。"李善注:"隋侯見大蛇傷斷,以藥傅而塗之,後蛇于大江中銜珠以報之,因曰隋侯之珠。"比才智卓越。書記:節度使幕府掌書記。吞綵鳳:《晉書·文苑·羅含傳》:"嘗晝卧,夢一鳥文綵異常,飛入口中,自此後藻思日新。"指有文才。

〔二七〕之子、夫君:指幕中同僚。《詩·魏風·汾沮洳》:"彼其之子,美如玉。"《楚辭·九歌·雲中君》:"思夫君兮嘆息。"鄭與裴:當指姓鄭與裴的兩位同僚。何甥謝舅:南朝劉宋的何無忌,是劉牢之外甥。東晉謝安,是羊曇的舅舅。同幕中當有甥舅的。

〔二八〕青袍:即上文的藍衫。白簡:白色的文件紙。幕府官穿青袍,用白簡起草文書。碧沼紅蓮:《南史·庾杲之傳》:"杲之,字景行。王儉(領吏部)用杲之爲衛將軍長史。蕭緬與儉書曰:'盛府元僚,實難其選;景行泛緑水,依芙蓉(蓮花),何其麗也?'時人以入儉府爲蓮花池。"傾倒:傾佩。贊美幕僚人才。

〔二九〕不足數:不足比,不足稱道。《梁父》:《三國志·蜀書·諸葛亮傳》:"亮躬耕隴畝,好爲《梁父吟》。"《鴝鵒(qú yù)舞》:《晉書·

謝尚傳》:"(王導)辟(召)爲掾(屬官),謂曰:'聞君能作《鴝鵒舞》,一坐傾想,寧有此理不?'尚曰:'佳。'便著衣幘而舞。導令坐者撫掌擊節,尚俯仰在中,傍若無人。"指自己原在爲國事哀歌,自從得入盧幕就高興得起舞了。

〔三〇〕横行闊視:寫自己意氣飛揚。倚公憐:憑仗盧公的愛護。牛弩:用牛筋作弦的弓。《玉海》:"唐時西蜀有八牛弩。"指筆力的強勁。

〔三一〕吾徒:我輩。禮分:禮節。周旋:追隨。對府主表示尊敬和效力。收旗卧鼓:指立功後凱旋歸來。相門出相:《新唐書·宰相世系表》:盧氏,大房、二房、三房皆有宰相。這裏祝盧弘止立功入朝作宰相。

何焯評:"一篇皆爲盧發,而緯以生平所歷,傲岸激昂,儒酸一洗。"這首詩不光寫出了盧弘止和他跟盧的關係,更重要的寫出了他平生的一大段經歷,是研究商隱的重要資料。其中寫出了下昭桂時的感情,從桂州北回時的遭遇,回長安後的困頓,在京兆府的情況,對盧弘止的傾心,都寫得鮮明生動。紀昀評:"直作長慶體,接落平鈍處未脱元白習徑;中間沉鬱頓挫處,則元白不能爲也。"這詩的音節,四句一轉韻,平韻和仄韻交錯,音節流美這方面是學元稹白居易體。末四句兩句一轉韻,音節急促。中間沉鬱頓挫,如"戰功高後數文章,憐我秋齋夢蝴蝶",情意轉折;如"鶗鴂聲苦曉驚眠,朱槿花嬌晚相伴",寫物寓情也有變化;"舊山萬仞青霞外",忽然插入舊事。其中感慨深沉處,與元白詩不同。馮注稱爲"順序中變化開展,語無隱晦,詞必鮮妍,神來妙境,本集中少有匹者"。

戲題樞言草閣三十二韻〔一〕

君家在河北,我家在山西〔二〕。百歲本無業,陰陰仙李枝〔三〕。尚書文與武,戰罷幕府開〔四〕。君從渭南至,我自仙游來〔五〕。平昔苦南北,動成雲雨乖〔六〕。逮今兩攜手,對若牀下鞋。夜歸碣石館,朝上黄金臺〔七〕。我有苦寒調,君抱陽春才〔八〕。年顔各少壯,髮緑齒尚齊〔九〕。我雖不能飲,君時醉如泥。政静籌畫簡,退食多相攜。掃掠走馬路,整頓射雉翳〔一〇〕。春風二三月,柳密鶯正啼。清河在門外,上與浮雲齊〔一一〕。欹冠調玉琴,彈作松風哀〔一二〕。又彈《明君怨》,一去怨不迴〔一三〕。感激坐者泣,起視雁行低。翻憂龍山雪,却雜胡沙飛〔一四〕。仲容銅琵琶,項直聲凄凄〔一五〕。上貼金捍撥,畫爲承露鷄〔一六〕。君時卧棖觸〔一七〕,勸客白玉杯。苦云年光疾,不飲將安歸?我賞此言是,因循未能諧〔一八〕。君言中聖人〔一九〕,坐卧莫我違。榆莢亂不整,楊花飛相隨。上有白日照,下有東風吹。青樓有美人,顔色如玫瑰。歌聲入青雲,所痛無良媒。少年苦不久,顧慕良難哉〔二〇〕!徒令真珠肶,裛入珊瑚腮〔二一〕。君今且少安,聽我苦吟詩。古詩何人作,老大猶傷悲〔二二〕。

〔一〕戲題:用來掩飾自己的感慨,說成只是玩笑的話。樞言:當是草閣主人的字。

〔二〕山西:《漢書·趙充國傳》:"山東出相,山西出將。"山西指太行山以西,即天水、隴西等地。商隱先世是隴西郡人。

〔三〕百歲:指一生。無業:不事生産作業。陰陰:指茂盛。仙李枝:指李氏宗族,是老子後代,老子屬《神仙傳》中人。

〔四〕尚書:指盧弘止,時爲武寧軍節度使(治徐州),有文武才。會昌中討劉稹,以弘止爲宣慰使,故稱"戰罷幕府開"。弘止在徐州任上病卒,贈尚書右僕射。此詩當在弘止卒後作。

〔五〕渭南:在今陝西,樞言當從渭南尉赴徐州幕。仙游:在今陝西周至縣。商隱由盩厔(周至)尉赴徐州幕。

〔六〕雲雨乖：雲在天上，雨落下地，兩相乖離。

〔七〕碣石館：《史記·孟荀傳》："騶衍如(往)燕，昭王築碣石宮，身親往師之。"黄金臺：燕昭王築黄金臺延攬人才。鮑照《放歌行》："豈伊白璧賜，將起黄金臺。"館和臺借指徐州幕府，比弘止招賢。

〔八〕《子夜警歌》："誰知苦寒調，共作《白雪》絃。"宋玉《對楚王問》稱曲調高的有《陽春》《白雪》。這裏以苦寒和陽春對舉，指淒苦之音與向榮之調。

〔九〕少壯：商隱大中五年爲三十九歲。髮緑：髮黑。

〔一〇〕掃掠：猶掃清。射雉翳：射野雉用來隱身的茅草障。《西京雜記》："茂陵文固陽善馴野雉爲媒(引誘野雉的鳥)，用以射雉。每以三春之月，爲茅障以自翳。"

〔一一〕清河：徐州城靠汴水泗水交流處。浮雲齊：遠望水天相接。

〔一二〕玉琴：用玉爲飾的琴。松風：《樂府詩集》琴曲有《風入松》。

〔一三〕《樂府詩集》琴曲有《昭君怨》，晉時避文帝諱改稱《明君怨》。

〔一四〕鮑照《學劉公幹體》之三："胡風吹朔雪，千里度龍山。"龍山在胡地，故稱"胡沙"。

〔一五〕仲容：阮咸字。《國史纂異》："元行沖爲太常少卿時，有人破古塚，得銅器，似琵琶，身正圓，人莫能辨。元行沖曰：'此阮咸所作器也。'"《樂府雜録》："琵琶有直項者，曲項者。"

〔一六〕金捍撥：彈琵琶時撥弦用，上面鍍金。《江表傳》："南郡獻長鳴承露鷄。"

〔一七〕棖(chéng)觸：感觸。

〔一八〕諧：和合。未諧，指不能飲酒。

〔一九〕中聖人：中酒，喝醉。《三國志·魏書·徐邈傳》："爲尚書郎，時科禁酒，而邈私飲至於沉醉。校事趙達問以曹事(部裏的事)，邈曰：'中聖人。'達白之太祖，太祖甚怒。鮮于輔進曰：'平日醉客謂酒清者爲聖人，濁者爲賢人。邈性修慎，偶醉言耳。'"

〔二〇〕顧慕：回頭望，内心羨慕。指想望難得，青春易逝，宜飲酒消愁。

〔二一〕真珠脾：脾指腑臟。真珠比淚。腑臟傷痛出淚。裛：潤濕。珊瑚腮：紅顔。指淚流面頰。
〔二二〕《古樂府》："少壯不努力，老大徒傷悲。"

這首詩反映了商隱矛盾的心情。一方面，他在徐州幕府，府主盧弘止極尊重他，像燕昭王築碣石館和黄金臺那樣來接待他們，這應該使他們有得遇知己之感。可是另一方面，又是"松風哀"，"《明君怨》"，像昭君出塞那樣哀怨；自比美人，恨無良媒。這到底爲什麽？原來府主對他們的尊重是一回事，這是使他們感激的。但在幕府裏，不過替府主起草文書，政静事簡，無所作爲，所以又覺不滿。認爲這樣下去，徒然浪費青春，將來有老大徒傷的悲痛。這裏顯示出商隱想的是進入朝廷，能建立一番事業，這種矛盾心情，正反映他想有所作爲的意願。

紀昀評："長慶體之佳者。'對若'句粗俚。中段寫景有致，後段尤佳，結四句長慶劣調，最忌效之。"這首詩採用敍述體，音節流美，像元稹白居易的長慶體。"對若牀下鞋"，即兩人相對像一雙鞋，這句是比較俚俗。這首詩中段寫景有情韻之美，不光像丘遲《與陳伯之書》："暮春三月，江南草長，雜花生樹，羣鶯亂飛。"這裏用"春風二三月，柳密鶯正啼"兩句來概括這種情景，寫出柳密鶯啼，更有視聽之美。再加上河水清澄，雲水相接，玉琴彈奏，感激生哀。再浮想聯翩，從龍山雪到阮咸銅琵琶，引起更深的感觸。這段敍述，情景相生，是寫得動人的。

後段描繪情景也極好，榆莢亂飛，楊花飛舞，這不光在寫景物，也在寫春光將逝，是景中含情，所以説"尤佳"。從而引出美人的紅顔，感嘆青春不久，恨無良媒，所願難遂，是全篇主旨所在。珠淚溼紅顔，寫得極爲豔冶。最後稱"長慶劣調"，即白居易在《新樂府序》裏説的"卒章顯其志"，要説明用意，這種説明要是概念的就成爲劣調了。不過在這裏，結句"老大徒傷悲"，是承接美人感嘆青春易逝來的，與上文的描寫呼應，不能算作劣調。

辛未七夕〔一〕

恐是仙家好别離，故教迢遞作佳期。由來碧落銀河畔，可要金風玉露時〔二〕。清漏漸移相望久，微雲未接過來遲。豈能無意酬烏鵲，惟與蜘蛛乞巧絲〔三〕。

〔一〕辛未：大中五年辛未，商隱回京補太學博士時作。《荆楚歲時記》："七月七日，爲牽牛織女聚會之夜。"

〔二〕碧落：天上。《度人經》注："東方第一天，有碧霞遍滿，是云碧落。"

〔三〕《風俗記》："（七夕），織女當渡河，使鵲爲橋。"《荆楚歲時記》："是夕（七夕），人家婦女結彩縷，穿七孔針，陳瓜果于庭中以乞巧。有蟢子網于瓜上者，則以爲符應。"蟢子，蜘蛛之一種。

紀昀評："首四句作問之之辭，後四句即與就事論事，又逼入一層問之，超忽跌宕，不可方物，命意高則下筆得勢耳。惟其望久來遲，故幸得渡河，當酬烏鵲。"這首詩是咏七夕牛女相會的，但構思却和一般不同，不説他們被迫一年一度相會，却説恐怕是仙家好别離，所以一年一會，要在七夕金風玉露時相會。夜深了，雲還未接上，織女還没有過河。要烏鵲在河上架橋以後纔好渡河，所以應該謝烏鵲，怎麽只向蜘蛛乞巧呢？這詩的特色，"超忽跌宕，不可方物"，方物是識别，他的用筆構思這樣超忽轉折，不易辨别。起得突然，出人意外。轉到七夕相會，又轉到"微雲未接"，不好相會；又轉到烏鵲架橋，又轉到向蛛蜘乞巧。這裏提到命意高，當即超出一般人的想法，從仙家着想吧。

柳

曾逐東風拂舞筵，樂遊春苑斷腸天〔一〕。如何肯到清秋日，已帶斜陽又帶蟬。

〔一〕樂遊：苑名，漢宣帝建，在今陝西西安市郊。亦稱樂遊原。《長安志》："樂遊原居京城之最高，四望寬敞，京城之内，俯視指掌"。

這首詩先寫東風春苑，是春天的柳，後寫清秋的斜陽暮蟬，是寫秋天的柳。因此朱鶴齡箋注引楊慎曰："形容先榮後悴之意。"先榮指春天的柳，後悴指秋天的柳。馮浩《箋注》引田蘭芳評："不堪積愁，又不堪追往，腸斷一物矣。"這個"腸斷"是指秋天的柳，既帶斜陽，又帶暮蟬，所以説積愁。春天的柳是先榮，到了秋天後悴，所以不堪追往，也是先榮後悴的意思。既然先榮，爲什麽在春天裏就説"樂遊春苑斷腸天"呢？應該到秋天的斜陽暮蟬纔使人斷腸哩。先看他説柳在春天，是商隱自比早先在秘書省任校書郎，後又任祕書省正字，這時他身在朝廷，得與貴人接觸，所以是"曾逐東風拂舞筵"。那爲什麽斷腸呢？大概他官正字是正九品下，是小官，做的是校正書籍文字一類的事，官校書郎正九品上，都談不上什麽先榮，所以在春天也是斷腸天。他進入朝廷，正像柳樹的曾逐東風；但他只能做些校正文字的工作，跟他的"欲回天地"要做旋乾轉坤的大事業的抱負，相去不可以道里計，那末他在朝還是斷腸天。就地位説，他在盧弘止幕府，做判官，得侍御史銜，是從六品下。他在柳仲郢幕府，做節度書記，改判上軍，得檢校工部郎中銜，是從五品上。他早年在朝，只是正九品上、正九品下的官，後來在幕府，做從六品下到從五品上的官，已經升了好幾級了，怎麽説先榮後悴呢？

馮浩説："初承東川命，假物寓姓而言哀也，意最深婉。上痛不得久官京師，下慨又欲遠行。東川之辟在七月，正清秋時。'斜陽'喻遲暮，

‘蟬’喻高吟,言沉淪遲暮,豈肯尚爲人書記耶?尋(不久)乃改判上軍。若僅以先榮後悴解之,淺矣。此種入神之作,既以事徵,尤以情會,妙不可窮也。”這詩咏柳,在京城的樂遊苑,是自喻,同柳仲郢請他到東川節度使幕府去的柳姓無關。柳在東川,不在京城。“上痛不得久官京師”,他在京師做九品小官,從事校正文字工作,怎麽會爲“不得久官京師”而痛苦呢?詩裏講曾逐東風時就斷腸,即在京裏做小官時就斷腸,不是因不得久官京師而斷腸,這個解釋不確切。下面的解釋大概是對的。這首詩是借物自喻,對柳説,在東風春苑裏,雖曾拂舞筵,但是斷腸天;到了秋天,帶着斜陽暮蟬,還是斷腸。就自喻説,早年在朝廷是斷腸天;現在去東川,已是遲暮,還爲人作書記,也是斷腸。既貼切咏物,又貼切抒懷,所以稱爲入神之作。這樣解釋是否可靠,不妨用商隱别的咏柳詩作旁證。

商隱詠柳詩共有十九首:《垂柳》是反映他的政治態度的;這首詩和另外五首是寫身世之感的;《柳》“動春何限葉”等十二首是寫豔情的。就反映身世之感説,這首外還有《巴江柳》、《柳》“爲有橋邊”、《柳》“柳映江潭”、《柳下暗記》、《闕門柳》五首,今分述如下。

《巴江柳》:“巴江可惜柳,柳色綠侵江。好向金鑾殿,移陰入綺窗。”馮浩稱巴江一名涪陵江,認爲是商隱入川(不是去東川)時作。他看到巴江柳樹,綠陰倒影江中,想到南齊時,蜀地獻垂柳,種在靈和殿前(見《垂柳》),認爲這株巴江柳,也該移到金鑾殿,讓它的綠陰照入綺窗。朱注引《五代會要》:“金鑾殿與翰林院相對。”那末這首詩是感嘆自己飄泊在巴蜀,得不到有力者的推薦,不能進入翰林院。這首詩可與“曾逐東風”首相印證,他在朝做官時爲什麽斷腸呢?原來他是想到面向金鑾殿的翰林院去,在那裏可以給皇帝起草文書,做知制誥,再進而參預政治,達到他“欲回天地”的目的,他不甘心做校正書籍文字的工作,所以在曾逐東風時就斷腸了。

《柳》:“爲有橋邊拂面香,何曾自敢占流光?後庭玉樹承恩澤,不信年華有斷腸。”李白《金陵酒肆留别》“風吹柳花滿店香”,這當指柳仲郢,商隱在柳仲郢幕府,爲他效力,那末風光都屬于府主,怎麽敢自占風光呢?揚雄《甘泉賦》“玉樹青葱”,玉樹在漢宫裏承受皇恩,不信自己的年華有什麼斷腸。自己在柳幕,不能與玉樹相比,不免有斷腸之恨。這首詩也是感嘆自己不能像玉樹那樣在朝廷裏承恩,也就是上一首的意思。

《柳》:“柳映江潭底有情?望中頻遣客心驚。巴雷隱隱千山外,更作章臺走馬聲。”柳樹倒映在江潭中爲什麼有情?馮注引庾信《枯樹賦》稱桓温“昔年移柳,依依漢南。今看摇落,悽愴江潭。樹猶如此,人何以堪”。看到柳樹從依依茂密到摇落江潭,感到人的衰老而慨嘆,所以望見柳樹的摇落,多次使作客的人驚心。聽到巴山的雷聲,就想到在京城的章臺走馬的車聲。在京城正當盛年,尚且不能像垂柳那樣栽到靈和殿,何况現在正像淒愴江潭的柳樹呢?這跟“既帶斜陽又帶蟬”密切相關。

《柳下暗記》:“無奈巴南柳,千條傍吹臺。更將黄映白,擬作杏花媒。”梓州在巴南,即商隱在柳仲郢幕府時,他依靠府主,正像漢朝梁王增築吹臺(在今河南開封市東南),鄒陽、枚乘去投靠梁王。柳仲郢的兒子柳璧要入京應考,商隱替他作啓事,用的是妃青儷白的四六文,替柳璧的考試作媒,使他能够考中,稱杏花媒。當時的考試,要得名人的揄揚,纔能被考官録取,所以要商隱作啓事。這是寫他作幕僚的生活,有爲人作嫁的感慨。這跟“如何肯到清秋日”,還在爲人作嫁的用意一致。

《關門柳》:“永定河邊一行柳,依依長發故年春。東來西去人情薄,不爲清陰減路塵。”馮注稱從潼關到渭津有漕渠,渠上植柳,關門柳當指此。永定河當指這一段中的河。在這條堤上的柳,給來往行人送上清陰,但東來西去的人車塵馬足還是揚起塵土沾污柳樹,並不因柳陰而緩緩徐行,減少路塵。這首詩寫自己把清陰給人,人們却以路塵相報。這是“既帶斜陽又帶蟬”的另一種説法,更表達他的不滿。聯繫這五首柳詩來看,那末他爲什麼在春天裏斷腸,在秋天裏不滿的用意就可明白了。下面再看一下這幾首詠柳詩的表現手法。

這六首柳詩的表現手法,有貼切詠柳而有寄托的,如“曾逐東風”和《關門柳》便是,這兩首的寫法又稍有不同。如“曾逐東風”是通過春和秋的變化來寫的,這種變化是柳樹本身的變化。作者提出疑問,怎麼肯“已帶斜陽又帶蟬”,是根據柳樹本身的帶斜陽和帶蟬來的。《關門柳》是結合柳樹春天抽條成清陰來寫的,抽條成清陰是柳樹本身是這樣的。前一首只就柳樹本身所帶的東西來提問;後一首是作者對行人不減路塵的不平,具有對行人的批評意見。《巴江柳》、《柳》"爲有橋邊"、《柳》"柳映江潭"三首,是另一種寫法。前半首寫柳,後半首寫作者的想像,這種想像不是柳本身所具有的。如《巴江柳》的"好向金鑾殿",《柳》"爲有橋邊"的"玉樹承恩",《柳》"柳映江潭"的"巴雷隱隱",都是作者的想像,不是柳樹本身所具有的。這裏又有些不同,移向金鑾殿是想像把柳移去,玉樹承恩是用玉樹來同柳對比,都和柳有些關係,"巴雷隱隱"同江潭的柳完全無關了。《柳下暗記》是另一種寫法,只是借巴南柳作引子,以下不是寫巴南柳了。傍吹臺的柳已不是巴南柳,借來比自己在柳幕。以下黄映白,杏花媒,已不是寫柳了。這種不同的寫法,都是適應内容的需要形成的。

有　感

非關宋玉有微辭,却是襄王夢覺遲〔一〕。一自《高唐賦》成後,楚天雲雨盡堪疑。

〔一〕宋玉《登徒子好色賦》:"登徒子短宋玉曰:'玉爲人體貌閑麗,口多微辭,又性好色,願王勿與出入後宫。'"微辭:諷刺的話。襄王夢:見《重過聖女祠》注〔三〕。

楊守智評:"此爲《無題》作解。"馮浩《箋注》:"屢啓不省,故曰'夢覺遲',猶云喚他不醒也。不得已而託爲《無題》,人必疑其好色,豈知皆苦衷血淚乎?自後乃真絶望,《無題》之篇少矣。《北夢瑣言》有'宰相怙權'一條,專詆令狐綯,言其尤忌勝已者,以商隱、温岐(温庭筠)、羅隱三才子之怨望,即知綯之遺賢也。余編義山詩,而後之讀者果取史書、文集,事會其通,語抉其隱,當知確不可易耳。"楊和馮兩家,都認爲這首詩是對

《無題》詩説的。《無題》詩裏有婉諷，是有針對性的，正像宋玉的《高唐賦》，是爲襄王的夢覺遲作的。但《高唐賦》寫了楚天雲雨，引起人家的猜疑，不懂得宋玉婉諷的用意。正如《無題》是有針對性的，但也引起了猜疑。

紀昀批："義山深于諷刺，必有以詩賈怨者，故有此辨，蓋爲似有寓意而實無所指者作解也。四家謂爲《無題》作解，失其指矣。"紀昀認爲商隱的諷刺不是有所指的，不是針對某人説的，不指《無題》詩。他在《無題二首》"幽人不倦賞"批："《無題》諸詩，有確有寄託者，'來是空言去絶踪'之類是也；有戲爲豔體者，'近知名阿侯'之類是也；有實有本事者，如'昨夜星辰昨夜風'之類是也；有失去本題而後人題曰《無題》者，如'萬里風波一葉舟'之類是也。"他既認爲《無題》詩有這數種，所以不認爲這首詩講的是《無題》詩。其實，馮浩認爲這首詩爲《無題》作解，指的是有寄託的《無題》詩，是有所指的。這首詩確實是爲《無題》作解的。

無題二首

鳳尾香羅薄幾重，碧文圓頂夜深縫〔一〕。扇裁月魄羞難掩，車走雷聲語未通〔二〕。曾是寂寥金燼暗，斷無消息石榴紅〔三〕。斑騅只繫垂楊岸，何處西南待好風〔四〕。

〔一〕鳳尾羅：鳳文羅。《白帖》："鳳文、蟬翼，並羅名。"圓頂：姚培謙注：程泰之《演繁露》云："唐人婚禮多用百子帳，捲柳爲圈，以相連鎖，百張百闔，大抵如今尖頂圓亭子，而用青氈通冒四隅上下，以便移置。義山殆指此。"按此指裁鳳文羅作圓帳。

〔二〕扇裁月魄：班婕妤《怨歌行》："裁爲合歡扇，團團似明月。"羞難掩：樂府《團扇郎歌》："憔悴無復理，羞與郎相見。"車走雷聲：見

《無題四首》之二注〔一〕。

〔三〕金燼：指燭花。燭花燒完了，故暗。石榴紅：《梁書·扶南國》："南界有頓遜國，有酒樹，似安石榴，採其花汁停甕中，數日成酒。"商隱《寄惱韓同年》："我爲傷春心自醉，不勞君勸石榴花。"石榴花指石榴酒，喻合歡。《舊唐書·孔紹安傳》："應詔詠《石榴詩》曰：'只爲時來晚，開花不及春。'"指没有好消息。

〔四〕斑騅：蒼白雜毛的馬。繫垂楊：指繫柳，即從柳仲郢去東川幕府。西南：東川在西南。

重幃深下莫愁堂，卧後清宵細細長〔五〕。神女生涯元是夢，小姑居處本無郎〔六〕。風波不信菱枝弱，月露誰教桂葉香。直道相思了無益，未妨惆悵是清狂〔七〕。

〔五〕莫愁：唐石城女子，善歌謡，見《舊唐書·音樂志》。

〔六〕神女：見《重過聖女祠》注〔三〕。小姑：樂府《青溪小姑曲》："開門白水，側近橋梁。小姑所居，獨處無郎。"

〔七〕清狂：《漢書·昌邑王傳》："清狂不惠。"指不狂似狂。

馮浩《箋注》："將赴東川，往别令狐，留宿而有悲歌之作也。"商隱在大中五年接受東川節度使柳仲郢邀聘前寫的。他還不想到東川去，希望令狐綯推薦他進入翰林院，去看望綯，住在綯家裏寫的。他把自己比作待嫁的小姑，在《無題四首》裏他自比"東家老女嫁不售"已作了説明，他把自己要求進入翰林院看作待嫁得人，"蓬山此去無多路"，蓬山正指翰林院。他像待嫁的小姑，正在替自己作嫁裝，用薄薄的鳳文羅，重疊起來縫製圓頂的婚帳，裁製合歡的團扇。聽到想望的人坐車的聲音，自己難掩嬌羞，未通一語。只好在房裏坐着，一直等到蠟燭燒完，燭花已暗，還没有好消息。那就只好走了，準備了馬匹，寄託在柳姓的身上，聽從西南來的好風了。石榴紅指合歡酒，無石榴紅指不能合歡；石榴紅也指不及春天開花,無石榴紅即老女嫁不售,没有希望,所以只好走了。

第二首把自己比作重幃深下的姑娘,長夜無眠在細細思量。自己的想望像神女一夢,還没有找到合適的對象。自己像菱枝那樣柔弱,怎麽經得起風波。但在早年,是誰讓月中露水的滋潤使桂花香呢?不是令狐綯的幫助讓我蟾宫折桂中進士嗎?爲了對你的感激,雖説相思無益,不妨終抱癡情。張采田《會箋》説:"'西南'指蜀。"那是要到東川去。"'神女'句言從前顛倒,都若空烟。"馮注稱:"此種真沉淪悲憤,一字一淚之篇。"點出商隱的情懷隱痛,是確切的。

王十二兄與畏之員外相訪見招小飲時予以悼亡日近不去因寄〔一〕

謝傅門庭舊末行,今朝歌管屬檀郎〔二〕。更無人處簾垂地,欲拂塵時簟竟牀〔三〕。嵇氏幼男猶可憫,左家嬌女豈能忘〔四〕?秋霖腹疾俱難遣,萬里西風夜正長〔五〕。

〔一〕馮浩注引徐逢原箋:"文集有茂元子侍御瓘,王十二豈即侍御歟?"張采田《會箋》:"王十二,義山妻之兄弟。"畏之:韓瞻字畏之,與商隱同年中進士,爲王茂元壻。悼亡日近:妻王氏死不久。

〔二〕謝傅門庭:《晉書·謝安傳》:"尋薨,贈太傅。"謝安一家,指王茂元家。舊末行:原來排行最後,商隱年紀比王、韓兩人都小。歌管:在宴會時歌吹。屬檀郎:《臆乘》:"古之以郎稱者,潘岳曰潘郎、檀郎。"潘岳小字檀奴,故稱。按後稱美男子爲檀郎。這裏説今朝歌吹屬于王、韓二兄,因爲他正喪妻,無心赴宴。

〔三〕潘岳《悼亡詩》:"展轉眄枕席,長簟竟牀空。牀空委清塵,室虚來悲風。"

〔四〕《晉書·嵇康傳》引《與山巨源書》:"女年十三,男年八歲,未及成人,況復多疾。"左思《嬌女詩》:"左家有嬌女,皎皎頗白皙。"參見商隱《上河東公啓》。

〔五〕秋霖:秋雨連綿。腹疾:腹瀉。《左傳》宣公十二年:"河魚腹疾(無禦溼藥要肚子瀉)奈何?"

朱彝尊批:"豔情之妙,莫過三四之淡語。今人但以翡翠鴛鴦求之,謬甚。"三四句寫悼亡的悲痛,不用悲痛字,只寫眼前所見;簾垂地,顯出更無人處,塵滿牀,簟竟空,景物依然,人事全非,悲痛之情從這裏透露出來,更顯得可悲。正由于悲痛的深切,所以睹物懷人,觸物傷情。何焯評:"西風加'萬里',夜長加'正',極寫鰥鰥不寐之情。"那末末句裏也含有悼亡的痛苦。

紀昀評:"嵇氏幼男指其子,左家嬌女則對婦族稱王氏也。"這是説,商隱責問王兄與韓畏之,王家嬌女怎能忘掉,怎忍心歡宴呢?這樣説未免過于責備,看來還是指他的兒女説的。張采田《會箋》説:"末句'萬里西風'云云,則初承梓辟(柳仲郢聘請),又將遠行。"這同"萬里西風"相合。正因有遠行,對兒女放心不下,所以説"豈能忘",是對自己説,寫出自己内心的矛盾。

無　題

相見時難别亦難,東風無力百花殘。春蠶到死絲方盡,蠟炬成灰淚始乾。曉鏡但愁雲鬢改,夜吟應覺月光寒。蓬山此去無多路,青鳥殷勤爲探看〔一〕。

〔一〕蓬山:見《無題四首》注〔二〕。

張采田《會箋》把這首詩繫于大中五年，商隱在徐州盧弘止幕府，弘止死，商隱從徐州到長安，他長期在各地幕府中做幕僚，想回京進翰林院，向令狐綯陳情。綯入相後，禮絶百僚，商隱求見極難。但商隱除了向他陳情外，又無路可走，所以説“相見時難别亦難”，求見難，就這樣辭去也難。“東風無力百花殘”，何焯評，“所謂光陰難駐，我生行休也。”東風無力指没法挽留春光，春光消逝，百花零落，表示青春易逝。但對綯陳情的心情還是固結不解，“春蠶到死絲方盡，蠟炬成灰淚始乾”，未死則情思不盡，未灰則蠟淚難乾。承接青春易逝，所以愁雲鬢改；用吐絲來比夜吟，感到月光寒的孤寂。《離騷》：“日月忽其不淹兮，春與秋其代序。惟草木之零落兮，恐美人之遲暮。”表達了同樣的心情。《無題四首》裏説“劉郎已恨蓬山遠”，這裏説“蓬山此去無多路”，大概在迫切陳情中，認爲請綯推薦入翰林院有希望，所以説蓬山不遠，請青鳥去探望。何焯評：“末聯不作絶望語愈悲。”紀昀評：“不作絶望語，詩人忠厚之遺。”説蓬山不遠，還在希望綯的援手，實際上已經絶望，却還要“到死”“成灰”纏綿不解，所以愈加可悲。這樣不肯决絶，所以是忠厚。這也構成了《無題》詩蕩氣回腸的特點。

朱彝尊批：“義山《無題》詩當以‘春蠶’一聯爲冠。”這一聯是比喻，朱批：“思作絲，猶准作懷，古樂府有此。”那末絲字還雙關思字。這一聯的比喻是新的創造，用來比纏綿固結不解的心情，非常貼切，自然生動，形象鮮明，文辭清麗，所以構成歷代傳誦的名句。何焯批：“己蒼先生（馮舒）云，第二句畢世接不出。”指出它意象經營出人意外。首句講難見難别，從難見中已透露出對方的寡情，于是轉入自己的“到死”“成灰”的固結不解之情，“東風無力”句插入中間似不相銜接，但所以有“到死”“成灰”的感慨，正因爲有遲暮之感所引起的，它又同“雲鬢改”結合。因此，“東風”句直接同“曉鏡”句呼應，暗中又轉入“到死”“成灰”的話，特别顯出作者的意匠經營來。

無 題 四 首

來是空言去絶蹤，月斜樓上五更鐘。夢爲遠别啼難喚，書被催成墨未濃。蠟照半籠金翡翠，麝熏微度綉芙蓉〔一〕。劉郎已恨蓬山遠，更隔蓬山一萬重〔二〕。

〔一〕翡翠：《楚辭·招魂》："翡翠珠被，爛齊光些。"芙蓉：杜甫《李監宅》："褥隱綉芙蓉。"

〔二〕劉郎：李賀《金銅仙人辭漢歌》："茂陵劉郎秋風客。"指漢武帝求仙，與蓬山相應。《後漢書·竇章傳》："學者稱東觀爲老氏藏室，道家蓬萊山。"

颯颯東風細雨來，芙蓉塘外有輕雷〔三〕。金蟾齧鎖燒香入，玉虎牽絲汲井迴〔四〕。賈氏窺簾韓掾少，宓妃留枕魏王才〔五〕。春心莫共花争發，一寸相思一寸灰。

〔三〕輕雷：司馬相如《長門賦》："雷隱隱而響起，聲象君之車音。"

〔四〕《海録碎事》："金蟾，鎖飾也。玉虎，轆轤（飾）也。"絲：井繩。

〔五〕《世説新語·惑溺》："韓壽美姿容，賈充辟（召）以爲掾（屬官）。賈女于青瑣（指門窗）中看，見壽，悦之。"曹植《洛神賦》："余朝京師，還濟洛川。斯水之神，名曰宓妃。"李善注："（曹）植將息洛水上，忽見女來，自云：我本託心君王，其心不遂。此枕是我在家時從嫁，今與君王。"

含情春晼晚，暫見夜闌干〔六〕。樓響將登怯，簾烘欲過難〔七〕。多羞釵上燕，真愧鏡中鸞〔八〕。歸去横塘曉，華星送寶鞍〔九〕。

〔六〕晼晚：晼，日斜。宋玉《九辯》："白日晼晚其將入兮。"闌干：狀横斜。古樂府《善哉行》："月没參横，北斗闌干。"指近五更入朝時。

〔七〕樓響簾烘：寫聲光之盛。

〔八〕《洞冥記》："元鼎元年起招仙閣。(有)神女留玉釵以贈帝，帝以賜趙婕妤。至昭帝元鳳中，宫人猶見此釵，共謀欲碎之，明旦發匣，惟見白燕飛升天。後宫人學作此釵，因名玉燕釵。"鏡鸞：見《李衛公》注〔二〕。

〔九〕華星：啓明星。

何處哀筝隨急管，櫻花永巷垂楊岸〔一〇〕。東家老女嫁不售，白日當天三月半。溧陽公主年十四〔一一〕，清明暖後同牆看。歸來展轉到五更，梁間燕子聞長嘆。

〔一〇〕哀筝急管：聲高而急。曹丕《與吴質書》："高談娱心，哀筝順耳。"鮑照《白紵曲》："催絃急管爲君舞。"永巷：長巷。見《淚》注〔一〕。

〔一一〕溧陽公主：《南史·梁簡文帝紀》："(侯)景納帝女溧陽公主。公主有美色，景惑之。"

這《無題四首》是一組，它的命意，朱彝尊評："末章微露本旨。"何焯評："此篇明白。"即第四首已經明白點出，即"東家老女嫁不售"。張采田《會箋》把這組詩繫在大中五年，作者從徐州入京，向令狐綯陳情，補太學博士，是他住在令狐家裏作的。那時作者已經在好幾個幕府裏做過幕僚，又回京補太學博士，怎麽自比老女嫁不售呢？原來第一首講的蓬山，馮注:“唐人每以比翰林仙署。”作者希望令狐綯推薦他入翰林院,這纔比作出嫁得人。因此他把在外當幕僚,入京補太學博士,都比作老女嫁不售。這個主旨是貫穿這四首詩的。第一首“劉郎已恨蓬山遠,更隔蓬山一萬重”,即不能進入翰林院,是嫁不售。第二首“賈氏窺簾韓掾少,宓妃留枕魏王才”,紀昀批:“賈氏窺簾以韓掾之少,宓妃留枕以魏王之才,自揣生平,諒非所顧。”即作者認爲自己在令狐綯眼中,已不像韓掾的年輕,即老了,即老女;已不像曹植的多才,已不能打動他了,即老女嫁不售的意思。第三首“春畹晚”,已含有老女意,所以感到“多羞”“真愧”。這個主旨是通貫四首的。

根據這個主旨來理解這四首詩,那時作者住在令狐綯家裏,他和綯的關係雖有些好轉,但綯以宰相之尊,又不滿于作者入王茂元幕,還是不肯接見他。綯五更入朝,不來看他,所以有“來是空言去絶踪”之嘆。綯上朝前託人找作者寫稿,《會箋》稱“《文集》有《上兵部相公啓》云:‘令書元和中《太清宫寄張相公》舊詩上石者,昨一日書訖。’”即是一例,是“書被催成”。作者借宿綯家,所以房内陳設富麗,有翡翠被、芙蓉褥。他在夢中爲遠别而啼,綯既已絶跡不來,也難唤回。這個遠别,比蓬山之遠更超過一萬重。原來綯未入相時已像蓬山那樣遠,不好接近,現在綯入相後,禮絶百僚,更隔一萬重了。

第二首寫綯上朝回來,在東風細雨中,作者聽見綯的車聲,但綯不來看他,對他深閉固拒,他還要向綯陳情。“金蟾齧鎖燒香入”這句前人很少能作出合理解釋。馮注:“三句取瓣香之義”,張采田同;程夢星作“曉則伺門啓焚香而入”;姚培謙作“金蟾齧鎖,非侍女燒香莫入”。原文的燒香入是針對金蟾齧鎖而來,解作瓣香便與齧鎖無關;解作“門啓焚香而入”,亦與齧鎖無與;憑添侍女燒香入亦是無關原文。只有朱彝尊批:“鎖雖固,香能透之;井雖深,絲能汲之。”是符合原意。但他又批:“‘入’‘迴’二字相應,言來去之難也。”那他對“燒香入”還解作“來”,不確切。只有錢鍾書先生對這句詩的解釋深入透闢,符合全詩原意。錢先生説:“‘金蟾’句當與義山《和友人戲贈》第一首‘殷勤莫使清香透,牢合金魚鎖桂叢’,又《魏侯第東北樓堂郢叔言别》‘鎖香金屈戌’合觀。蓋謂防閑雖嚴,而消息終通，願欲或遂，無須憂蟾之鎖門或爐（參觀陸友仁《硯北雜志》卷上），畏虎之鎮井也。趙令畤《烏夜啼》：'重門不鎖相思夢，隨意繞天涯'，馮夢龍《山歌》卷二《有心》：'郎有心，姐有心……囉怕人多屋有深。人多那有千隻眼，屋多那有萬重門！'足相映發。古希臘詩人有句'誘惑美人，如烟之透窗入户'，《玉照新志》卷一載張生《雨中花慢》：'入户不如飛絮，傍懷争及爐烟！'莎士比亞詩：'美人雖遭禁錮，愛情終能開鎖'，莫不包舉此七字中矣！"（《馮注玉溪生詩集詮評》未刊稿）。因爲這首詩是用愛情詩來抒懷，所以金蟾一聯寫愛情像燒香的烟那樣，能够透過金蟾嚙鎖進入重門，像轆轤牽繩那樣，能够把深井裏的水打上來，比喻令狐綯對自己深閉固拒，即使像金蟾嚙鎖，玉虎鎮井，也要向他陳情，像燒香入、汲井迴那樣，使他瞭解我的真情，受到感動。無奈自己在令狐綯眼中，已經不像韓掾那樣年輕，像老女了；老則醜，已經不像曹植那樣富有才華了，無論怎樣向他陳情都不能打動他了，所以春心不要同花争放，只有"一寸相思一寸灰"了。

第三首"含情春畹晚"，畹晚指太陽將落山，即春天快過去，相見又在夜深時，也含有老女的意思。這次的暫見，當在五更上朝前，所以樓響簾烘，樓響指令狐綯上朝前樓上有人在侍候；簾烘指簾内燈燭輝煌，有烘暖的感覺。這時候去見綯，所以自慚形穢，有"將登怯"，"欲過難"。不説自己慚愧，却説釵上燕多羞，鏡中鸞真愧，實是借物喻意，表達出自己的心情。鏡中鸞影就是他自己，鏡中鸞真愧，更明顯地寫出自己的真愧。鏡中鸞更説明他雖去見綯，但兩人的相見並不融洽，所以只有鏡中鸞影相對而已。《會箋》稱"結言失意而歸，只有'華星'相送耳。"

第四首，《會箋》説："四章紀歸來展轉思憶之情。'何處'二句謂惟令狐一門可以告哀，'櫻花永巷'，比子直（令狐綯的字）得時貴顯也。'老女不售'，自喻；'溧陽公主'，比令狐。'同牆看'，亦可望而不可親之意。末二句則極寫獨自無聊耳。"何焯評"白日當天三月半"爲"懷春而後時也"，與"含情春畹晚"相應。

這四首詩的表達手法，用老女來作比，用老女同溧陽公主來作對照，這種比喻和對照手法不限于第四首。像用劉郎作比，用劉郎同"來是空言去絶踪”的人,即禮絶百僚的“更隔蓬山一萬重”的人的對照;像把“一寸相思一寸灰”的自己,同愛韓掾少、魏王才而不愛自己的人作對比;把多羞、真愧的自己,同樓響簾烘的人作對比;反映出自己“燒香入”“汲井迴”的陳情無用的凄苦心情。這四首詩還善于映襯,寫“月斜樓上五更鐘”的寂寞凄苦,却用極其濃豔的“金翡翠”和“綉芙蓉”作襯託;用“賈氏窺簾”“宓妃留枕”的濃豔辭藻,來陪襯“一寸相思一寸灰”的孤寂心情;用“釵上燕”“鏡中鸞”和“華星”這些辭藻,來陪襯寂寞歸去的冷落。寫凄苦的心情用凄涼的景物來襯託,這是常見的手法。用濃豔富麗的景物來作映襯,越顯出心情的凄苦,更見力量。

這四首詩還善用深一層寫法,不説蓬山難到,却從“已恨蓬山遠”,説到“更隔蓬山一萬重”;不説自己迫切陳情,却説即使金蟾嚙鎖,玉虎鎮井,還要燒香入,汲井迴。不説自己的多羞真愧,却説釵上燕、鏡中鸞的多羞真愧;不説無人來安慰自己,却説“梁間燕子聞長嘆”,都是深一層寫法,更顯力量。

赴職梓潼留别畏之員外同年〔一〕

佳兆聯翩遇鳳凰,雕文羽帳紫金牀〔二〕。桂花香處同高第,柿葉翻時獨悼亡〔三〕。烏鵲失棲常不定,鴛鴦何事自相將〔四〕? 京華庸蜀三千里〔五〕,送到咸陽見夕陽。

〔一〕梓潼:東川節度使柳仲郢治所,在今四川三臺縣。畏之:韓瞻字,見《韓同年新居餞韓》注〔一〕。

〔二〕佳兆:《左傳》莊公二十二年:“懿氏卜妻敬仲,其妻占之,曰:‘吉,是謂鳳凰于飛,和鳴鏘鏘。’”聯翩:猶連接,在韓畏之與王茂元女兒結婚後,接連着商隱與茂元女兒結婚。羽帳:用翡翠毛飾牀帳。

〔三〕桂花:《晉書·郤詵傳》:"詵對(武帝)曰:'臣舉賢良對策,爲天下第一,猶桂林之一枝,崑山之片玉'。"後因稱登科爲折桂。此指同一年中進士。柿葉:《南史·劉歊傳》:"歊未死之春,有人爲其庭中栽柿,歊謂兄子弇曰:'吾不及見此實,爾其勿言。'至秋而亡。"

〔四〕失棲:李義府《詠烏》:"上林如許樹,不借一枝棲。"此指職業不安定,又要赴職梓潼。相將:相攜,指畏之夫婦相偕同行。

〔五〕庸:古國名,在今湖北竹山縣東南。《書·牧誓》中並稱庸蜀,都參加武王伐紂。此指蜀。

這首詩裏記載着商隱妻在他去梓潼前死去,死在柿葉翻時,當在秋天。詩裏寫兩人的不同遭遇,同時中進士,先後接連着娶王茂元女兒,畏之夫婦相偕,他却悼亡了,烏鵲句雙關,失棲既指職業不定,又將遠行;也指失去妻子,中心哀悼,與畏之形成相反的對照。末句寫在夕陽中相别,有不勝惆悵的情意。

餞席重送從叔,余之梓州〔一〕

莫嘆萬重山,君還我未還。武關猶悵望,何況百牢關〔二〕。

〔一〕程夢星箋:"中卷有鄭州獻從叔舍人褎詩,意此從叔即舍人褎也。按文集有爲褎《上崔相國啓》云:'某本洛下諸生。'此詩蓋送舍人歸洛下,而義山之(往)梓州,故曰'君還我未還'也。"

〔二〕武關:在陝西商縣東。百牢關:在陝西沔縣西南,從長安入蜀經百牢關。

程夢星箋:"武關近洛下而(君)猶悵望,何況(我)遠歷百牢而之梓州耶?"這首詩當在武關餞别從叔,寫對故鄉的懷念。跟從叔對比,從叔到了武關,接近故鄉,還在悵望;他却要遠去百牢關,離故鄉越來越遠。通過對比,進一步襯出思鄉的感情。賈島《渡桑乾》:"客舍并州已十霜,歸心日夜憶咸陽。無端更渡桑乾水,却望并州是故鄉。"這首寫思鄉,同商隱詩寫思鄉一致;這首寫在并州已思鄉,用渡桑乾來進一步寫思鄉。商隱詩寫在武關已思鄉,用百牢關來進一步寫思鄉。兩詩的構思有相似處。不過賈詩就一己的渡桑乾説,商隱詩就兩人的對比説,又各不同。

悼傷後赴東蜀辟至散關遇雪〔一〕

劍外從軍遠〔二〕,無家與寄衣。散關三尺雪,回夢舊鴛機。

〔一〕大中五年,商隱妻王氏死。柳仲郢任東川節度使,辟商隱爲節度書記,商隱在入蜀途中作。散關:在陝西寶鷄縣西南。
〔二〕劍外:劍閣外。

紀昀評:"'回夢舊鴛機',猶作有家想也。陳陶《隴西行》曰:'可憐無定河邊骨,猶是春閨夢裏人',是此詩對面。"不説悼念妻子,却説夢中看見妻子在織鴛鴦錦,用一"鴛"字,顯得夢中根本不知道妻子已死,還是夫婦相聚。夢醒後,既有離家之悲,又有死别之恨,更見悼亡之痛。這個夢,又從散關三尺雪,聯繫到無家寄衣來的,見得極爲自然。

李夫人三首〔一〕

一帶不結心，兩股方安髻〔二〕。慚愧白茅人〔三〕，月没教星替〔四〕。

〔一〕《漢書·外戚傳》："孝武(帝)李夫人本以倡進。及夫人卒，上思念李夫人不已。方士齊人少翁，言能致其神，乃夜張燈燭，設帳帷，陳酒肉，而令上居他帳遥望見好女如李夫人之貌。"

〔二〕雙帶可以打同心結，一帶不能打。金釵兩股可以固定髮髻，一股不行。

〔三〕白茅人：指東川節度使柳仲郢。《易·大過》："藉用白茅。"古代封諸侯，取封地的土用白茅墊着用作社土。節度使相當于諸侯，因稱。

〔四〕《讀曲歌》："月没星不亮，持底明儂緒。"

剩結茱萸枝，多擘秋蓮的〔五〕。獨自有波光〔六〕，綵囊盛不得。

〔五〕《續齊諧記》："汝南桓景隨費長房遊學累年，長房謂曰：'九月九日，汝家中當有災，宜急去，令家人各作絳囊，盛茱萸以繫臂，登高飲菊花酒，此禍可除。'"蓮的：蓮子。

〔六〕波光：指眼光。《楚辭·招魂》："娭光(目光歡樂)眇視(偷看)，目曾層波些。"

蠻絲繫條脫，妍眼和香屑〔七〕。壽宫不惜鑄南人(金)〔八〕，柔腸早被秋眸割。清澄有餘幽素香，鰥魚渴鳳真珠房〔九〕。不知瘦骨類冰井〔一〇〕，更許夜簾通曉霜。土花漠碧雲茫茫，黄河欲盡天蒼蒼。

〔七〕條脱：臂釧，手鐲。香屑：百合香屑。

〔八〕《三輔黄圖》："北宫有神仙宫、壽宫，張羽旗設供具以禮神君。"《漢書·郊祀志》："神君者長陵女子，以乳死，見神于先後宛若。"鑄南人：應作"鑄南金"，指用荆揚的金來鑄神君像。

〔九〕鰥魚：《釋名·釋親屬》："無妻曰鰥。其字從魚，魚目恒不閉者也。"

〔一〇〕冰井：《鄴中記》："中臺名銅雀臺，南名金獸臺，北名冰井臺。"爲藏冰處。

這三首詩題作《李夫人》，張采田《會箋》："潘岳《悼亡》詩：'獨無李氏靈，仿佛睹爾容。'題取此意。"即借李夫人來比他的亡妻，實際上是悼亡。當時商隱在東川節度使柳仲郢幕府。柳仲郢因他喪妻，就把樂籍的歌女張懿仙配給他，他上啓力辭。第一首説：一根帶子不能打同心結，兩股釵纔能固定髮髻，因此柳仲郢把一個歌女配他。他感到慚愧，真像月亮没了，要教星來代替是不行的。第二首説，茱萸枝可以放在綵囊裏，秋蓮子可以擘開蓮房取出來放在綵囊裏，只有妻子的眼波光，綵囊裏裝不得，比喻妻子死了，她的眼波也無法保持了。用眼波來指妻子的精神。第三首結合漢武帝請方士召來李夫人的神，又在壽宫裏鑄成神君女子的像，看到那個神和像，就像看到他的亡妻，還是用絲綫繫住臂釧，可是她的美麗的眼睛，像着了百合香的末屑，已經没有流動的眼波，因此痛得柔腸寸斷。這時花色清涼，幽花吐香，他自己像鰥魚、渴鳳。可是他已經瘦骨伶仃，寒冷如冰，更怎能受到曉霜的寒威打擊呢？一結是"上窮碧落下黄泉，兩處茫茫皆不見"的意思，"土花漠碧"當指下窮黄泉，"雲茫茫"同"天蒼蒼"當指"上窮碧落"，天上地下都無覓處，"黄河欲盡"當指河聲嗚咽，寫出長恨。

這三首詩,第一第二首借鑑民歌《子夜》、《讀曲》的寫法,像"一帶""兩股"的比喻,"月没星不亮"的説法都是。用這種寫法來表達生死不渝的愛情,極爲難得。第三首是想像。姚培謙箋:"《拾遺記》:'少君使人求得潛英之石于黑海北對都之野,色青,輕如毛羽,冬温夏清,刻爲人像,神悟不異于人。帝如其言,置之幕中,宛若生時。'此詩似用其事。首四句,刻爲人像也。清澄四句,置之幕中也。"想像即使鑄爲亡妻的像,也看不到亡妻的美目流盼,只有使人腸斷而已。從他自己的鰥魚瘦骨説明他對亡妻懷念的深切。馮浩箋:"三章上四句又申明波光不可復得,而深致其哀,故一曰'妍眼',一曰'秋眸'。蓋婦人之美,莫先于目,義山妻以此擅秀,于斯更信。"

即　日

一歲林花即日休,江間亭下悵淹留。重吟細把真無奈,已落猶開未放愁。山色正來銜小苑,春陰只欲傍高樓。金鞍忽散銀壺滴,更醉誰家白玉鈎〔一〕。

〔一〕銀壺:指銅壺滴漏,計時器。白玉鈎:飲酒時藏鈎之戲用,見《無題二首》注〔三〕。

何焯評:"一歲之花遽休,一日之景遽暮,真所謂刻意傷春也。金鞍忽散,惆悵獨歸,泥醉無從,排悶不得,其強裁此詩,真有歌與泣俱者矣。山色一聯,言並不使我稍得淹留也。落句言風光忽過,不醉無以遣懷,然使我更醉誰家乎?無聊之甚也。"又云:"觀江間之文,疑亦在東川時所作。"紀昀評:"純以情致勝,筆筆唱嘆,意境自深。"朱彝尊評:"頷聯于冷閑處偏搜得到,宋人之工全在此。”這是寫傷春的詩,從春末花落寫起,爲了惜花,也爲了惜春,所以在江間亭下久留不去。“無可奈何花落去”,所以重吟細把,雖有猶開的花,但即日就完了,所以並未解愁。這裏的寫景,真像“細數落花因坐久,緩尋芳草得歸遲”,反映一種無聊的心情。山色正來,寫夕陽西下。金鞍忽散,游人忽歸,要借酒澆愁也没有處所。這首詩的特點,筆筆唱嘆,從“即日休”,“悵淹留”,“真無奈”,“未放愁”等都出以感嘆之筆,使人盪氣回腸。又從冷處閑處着眼,寫人所不注意處,如花落猶開,從中寄託情思,在藝術上有特色。

西　溪〔一〕

悵望西溪水,潺湲奈爾何〔二〕?不驚春物少,只覺夕陽多。色染妖韶柳,光含窈窕蘿〔三〕。人間從到海,天上莫爲河〔四〕。鳳女彈瑤瑟,龍孫撼玉珂〔五〕。京華他夜夢,好好寄雲波。

〔一〕西溪:在梓州(今四川三臺縣)西門外。
〔二〕潺(chán)湲:狀水的緩流。
〔三〕妖韶:狀美好而富有生機。蘿:女蘿,地衣類植物。
〔四〕從到海:有朝宗于海的意思。莫爲河:不作天河去隔斷牛郎織女相會。
〔五〕鳳女:指秦穆公女弄玉,乘鳳凰飛去。見《列仙傳》。龍孫:《正字通》:“青海旁馬多龍種,曰龍孫。”玉珂:用玉裝飾的馬口勒。

這首詩是商隱在梓州柳仲郢幕府時作的,仲郢寫了首和韻詩,參見《謝河東公和詩啓》,裏面談到了這首詩的用意。

先看朱彝尊批:"(不驚)二句承悵望來,(色染)四句溪中之水,(鳳女)二句溪上之人,結歸自己。"開頭"悵望"這條西溪,説明溪水清澄,從水裏看到倒映的春天景物,只覺得夕陽比景物更多,這就是他在《謝河東公和詩啓》裏説的"既惜斜陽",即"夕陽無限好,只是近黄昏"之意。再寫水中倒映景物,在水和光的照映下,柳樹的倒影給映染得更美好了,女蘿的倒影,給映染得更窈窕了。水是在緩緩流動的,水中的柳樹和女蘿的倒影也在飄動,更覺美好。這裏,"色染""光含"是互文,不論是柳和蘿,都是"色染""光含",在溪水和陽光的映染照耀下。描寫景物,極爲細緻。溪邊有彈瑟的歌女,有騎馬的王孫。西溪是游覽勝地,所以有鳳女王孫。最後歸到自己,他夜夢到京城,好好寄信,託雲中的飛雁,波上的魚書。他在謝啓裏説:"蓋以徘徊勝境,顧慕佳辰,爲芳草以怨王孫,借美人以喻君子。"指明西溪是勝景。那末鳳女龍孫即美人王孫,借以作喻。"彈瑶瑟"表怨,跟夢京華相應,跟"從到海"的朝宗于海的想歸朝的感情聯繫起來了。"撼玉珂"寫王孫的飄泊,同"怨王孫不歸"相聯繫,這就由寫景而抒情了。

楊本勝説於長安見小男阿衮〔一〕

聞君來日下〔二〕,見我最嬌兒。漸大啼應數〔三〕,長貧學恐遲。寄人龍種瘦,失母鳳雛癡〔四〕。語罷休邊角〔五〕,青燈兩鬢絲。

〔一〕《樊南乙集序》:"大中七年十月,弘農楊本勝始來軍中。"《新唐書·宰相世系表》:"(楊漢公子)籌,字本勝,監察御史。"

〔二〕日下:京城。《世説新語·排調》:"陸(雲)舉手曰:'雲間陸士龍。'荀(隱)答曰:'日下荀鳴鶴。'"

〔三〕馮浩注:"漸大則知思父遠游,傷母早背,故'啼應數'"。
〔四〕龍種:指唐朝宗室。商隱《哭遂州蕭侍郎》:"我系本王孫。"鳳雛:見《韓冬郎即席爲詩相送》注〔三〕。
〔五〕邊角:邊遠地區的軍號聲;角,畫角。

這首詩感情真摯深切,想到嬌兒漸漸懂事了,應多次啼哭,又關心他不能及時就學,語言樸素,表達了痛苦的心情。又想到他的寄人籬下,失去母愛;無限關懷,却不説下去,只用"休邊角""兩鬢絲"作結,説明爲了打聽嬌兒消息,一直談到夜深,直到角聲停止,自己愁苦得兩鬢成絲。真是含不盡之意,見于言外。

驕兒詩〔一〕

衮師我嬌兒,美秀乃無匹。文葆未周晬,固已知六七〔二〕。四歲知姓名,眼不視梨栗。交朋頗窺觀,謂是丹穴物〔三〕。前朝尚器貌,流品方第一〔四〕。不然神仙姿,不爾燕鶴骨〔五〕。安得此相謂?欲慰衰朽質。青春妍和月,朋戲渾甥姪。繞堂復穿林,沸若金鼎溢。門有長者來,造次請先出〔六〕。客前問所須,含意不吐實。歸來學客面,闒敗秉爺笏〔七〕。或謔張飛胡,或笑鄧艾吃〔八〕。豪鷹毛崱屴,猛馬氣佶傈〔九〕。截得青篔簹,騎走恣唐突〔一〇〕。忽復學參軍,按聲喚蒼鶻〔一一〕。又復紗燈旁,稽首禮夜佛。仰鞭罥蛛網,俯首飲花蜜〔一二〕。欲争蛺蝶輕,未謝柳絮疾。階前逢阿姊,六甲頗輸失〔一三〕。凝走弄香奩,拔脱金屈戌。抱持多反倒,威怒不可律〔一四〕。曲躬牽窗網,略唾拭琴漆。有時看臨書,挺立不動膝〔一五〕。古錦請裁衣,玉軸亦欲乞。請爺書春勝,春勝宜春日〔一六〕。芭蕉斜卷箋,辛夷低過筆〔一七〕。爺昔好讀書,懇苦自著述。憔悴欲四十,無肉畏蚤虱。兒慎勿學爺,讀書求甲乙〔一八〕。穰苴《司馬法》,張良黄石術。便爲帝王師,不假更纖悉〔一九〕。况今西與北,羌戎正狂悖。誅赦兩未成,將養如痼疾〔二〇〕。兒當速成大,探雛入虎窟。當爲萬户侯,勿守一經帙〔二一〕。

〔一〕驕兒:驕縱的孩子。杜甫《北征》:"平生所驕兒,顔色白勝雪。"

〔二〕文葆:有文綉的包被。晬:滿周歲的孩子。知六七:懂得數六到七。陶潛《責子》詩:"雍端年十三,不識六與七。通子垂九齡,但覓梨與栗。"

〔三〕丹穴:《山海經·南山經》:"又東五百里曰丹穴之山。有鳥焉,其狀如鷄,五采而文,名曰鳳皇。"

〔四〕器貌:度量容貌,如四歲就眼不視梨栗,是有度量。流品:評量的次第。唐朝以前的南朝很注意人物的器貌,見于《世説新語·容止》。

〔五〕神仙姿:指風度灑脱,氣概不凡。《世説新語·企羡》:"王恭乘高輿,被鶴氅裘,于是微雪,(孟)昶于籬間窺之,嘆曰:'此真神仙中人!'"燕鶴骨:《後漢書·班超傳》:"生燕頷虎頸,飛而食肉,此萬里侯相也。"孟郊《石淙》:"飄飄鶴骨仙,飛動鼇背庭。"指骨相清奇。

〔六〕長者:輩分、地位、品德高的人。造次:匆忙。

〔七〕闖(wěi)敗:衝開門,像把門衝壞。秉笏:拿着朝版。笏,上朝用的手版。

〔八〕謔:開玩笑。張飛胡:胡,頷下肉,指胡鬚。摹仿客人像張飛的胡鬚。鄧艾吃:《世説新語·言語》:"鄧艾口吃,語稱艾艾。"

〔九〕郋劦(xī lì)：狀挺拔。佶傈(jí lì)：狀壯健。

〔一〇〕篔簹(yún dāng)：一種大竹子，指竹，作竹馬騎。唐突：衝撞。

〔一一〕參軍：戲劇角色名，扮官員的，見《樂府雜録》。蒼鶻：戲劇角色名，老生，指扮僕人。參軍喚蒼鶻，指主叫僕。

〔一二〕稽首：叩頭至地。罥(juàn)：挂。

〔一三〕蛺蝶：蝴蝶的一種。争輕：比蝴蝶飛舞得輕快。謝：辭，指不比柳絮飛得慢。六甲：一説古代用干支來記年或日，有甲子、甲寅、甲辰、甲午、甲申、甲戌。《漢書·食貨志》上："八歲入小學，學六甲五方書計之事。"指用干支來計年或日有誤。一説引虞裕《談撰》："凡白黑各用六子，乃今人所謂六甲是也。"六甲即雙陸，指與姊賭雙陸不勝。見紀昀批語。

〔一四〕凝走：紀昀批："當是癡走之訛。"屈戌：鉸鍊。把姊的奩具拿着跑走，把奩具的鉸鍊拔掉。把他抱住，就掙脱，發怒，不可制止。

〔一五〕窗網：長窗上刻着網紋的格子，低身去拉窗格。峈(kè)唾：《廣韻》："峈，唾聲也。"用吐沫來擦琴上的漆紋。臨書：臨摹書法。

〔一六〕玉軸：書卷，寫在紙或帛上，下端裝軸子可捲，軸上飾玉。乞：求，要玉軸。春勝：祝春好的吉語，猶春聯。

〔一七〕斜卷箋：斜卷的箋紙，比芭蕉葉。辛夷：木筆花。低過筆：低着遞過來的筆，比木筆花。

〔一八〕蚤虱：《南史·文學·卞彬傳》："仕既不遂，乃著《蚤虱》《蝸蟲》《蝦蟆》等賦，皆大有指斥。其《蚤虱賦序》曰：'蚤虱猥流，淫痒渭濩，無時恕肉，探揣擭撮。'"甲乙：考試分甲等乙等。《新唐書·選舉志》："經策(論)全通爲甲第，策通四(四題)、帖(把經文貼去一些字，要補上)過四以上爲乙第。"

〔一九〕穰苴：《史記·司馬穰苴傳》有《司馬穰苴兵法》。穰苴以善于用兵破敵著名。黄石術：《史記·留侯世家》："(老父)出一編書，曰：'讀此則爲王者師矣。後十年興，十三年孺子見我濟北穀城山下黄石，即我矣。'"黄石術，即用兵的方略。不假：不須借用更細小東西。

〔二〇〕羌戎：借指西方和北方的少數民族。程夢醒《箋注》："考開成二年秋七月，西有党項，北有突厥，交訌剽掠，當是其時。"痼疾：不治之病。

〔二一〕虎窟：《後漢書·班超傳》："不入虎穴，不得虎子"。帙：書的布套。

這首詩以描寫孩子極生動著名，其中"或謔張飛胡，或笑鄧艾吃"，與"忽復學參軍，按聲喚蒼鶻"，在談到三國故事和戲劇時，也都被引用，這詩就成了傳誦的篇章。紀昀批："太冲詩以竟住爲高，若按譜填腔，即歸窠臼，故末以寓慨爲出路，方有變化。且古人言簡，可以言外見意，既已拓爲長篇，而言無歸宿，隨處可住則非矣。凡長篇須知此意。"這首詩對驕兒的生動描寫，同左思對嬌女的生動描寫有相似處。左思寫到"瞥聞當與杖，掩淚俱向壁"爲止，專寫嬌女。這篇從"爺昔好讀書"起，轉入感慨，出以變化，就和《嬌女詩》的寫法不同。紀昀又批："借'請爺書春勝'四語，遞入'爺昔讀書'，引起結束一段，有神無跡。"即轉入感慨的話，寫得極爲自然，不落痕跡。

籌筆驛〔一〕

猿鳥猶疑畏簡書，風雲長爲護儲胥〔二〕。徒令上將揮神筆，終見降王走傳車〔三〕。管樂有才真不忝，關張無命欲何如〔四〕？他年錦里經祠廟，《梁父吟》成恨有餘〔五〕。

〔一〕籌筆驛：在今四川廣元縣北，相傳諸葛亮出兵攻魏，在這裏籌劃軍事。

〔二〕簡書：古代寫在竹簡上的軍書。《詩·小雅·出車》："豈不懷歸，畏此簡書。”儲胥：保護軍營的藩籬木栅。指諸葛亮的聲威還在。
〔 三 〕徒令：空使。上將：指諸葛亮。降王：指後主劉禪。傳車：驛站中準備的車。《通鑑》魏元帝景元四年，“鄧艾至成都城北，漢主面縛輿櫬(棺)詣軍門”。他後來被送到洛陽。
〔 四 〕管樂：管仲，春秋時爲齊桓公相，輔佐桓公建立霸業。樂毅，戰國時，齊國侵入燕國。燕昭王築黄金臺招賢，樂毅從趙國到燕國，幫助燕國報仇，大敗齊國。《三國志・蜀書・諸葛亮傳》：“每自比于管仲、樂毅。”真不忝：真不愧。關張：關羽，鎮守荆州，出兵攻魏。吴國孫權使吕蒙襲取荆州，關羽兵敗被殺。劉備起兵攻吴，張飛爲部下張達、范強所殺。無命：非壽終。欲何如：怎麽辦。指得不到關張的幫助。
〔 五 〕他年：往年。錦里：在成都南，有武侯祠。《梁父吟》：諸葛亮好作《梁父吟》，稱齊相晏嬰使三士論功食二桃，一士功大不得桃，即自殺，二士也自殺，因稱“一朝被讒言，二桃殺三士”。似嘆有才能的士被讒害。

張采田《會箋》把這詩列在大中十年商隱途過籌筆驛時作。又稱商隱在“大中五年西川推獄，曾至成都”。他經過武侯祠，作《武侯廟古柏》，説：“誰將《出師表》，一爲問昭融(天)。”指出以諸葛亮的忠誠才能，天爲什麽不幫助他使完成統一大業。這就是末聯説的，往年經過武侯祠，詩成恨有餘的含意，是爲諸葛亮恨，不是爲自己恨。《梁父吟》成，借指作《武侯廟古柏》詩，不指諸葛亮的《梁父吟》。這首詩也表達了這種恨，諸葛亮的才不讓管樂，只是天不幫助，使關張無命，不能幫助他完成統一大業。他死後，又使蜀國覆滅，後主被傳車送到洛陽，這也使作者懷恨。

這種想法，構成這首詩的獨特結構。紀昀批：“起二句極力推尊。三四句忽然一貶，四句殆自相矛盾，蓋由意中先有五六二句，故敢如此離奇用筆。見若横絶，乃穩絶也。”何焯批：“起二句即目前所見，覺武侯英靈奕奕如在。”看到猿鳥還像在畏簡書，風雲常在保護儲胥，極力寫出諸葛亮的英靈如在。照屈復《詩意》説法，“三四當頌忠武(諸葛亮)之神機，鬼神莫測”,贊美他的神機妙算,那是一般寫法。商隱獨出心機,忽然一抑,説諸葛亮的神筆是空的,終無救于後主的被俘,跟開頭的寫諸葛亮的英靈相反。這樣歸到天不祚漢,所以“關張無命”,引起“恨有餘”來。這就造成轉折頓挫。何焯評:“議論固高,尤當觀其抑揚頓挫,使人一唱三嘆,轉有餘味。”詩是抒情的,這首詩中間四句是議論,但不是抽象的議論,是抑揚頓挫,一唱三嘆,是充滿感情,是強烈抒情。通過議論來表達天不祚漢的恨,使人感嘆,所以是抒情的。

這首詩的用意,大概本于陳壽《三國志・蜀書・諸葛亮傳論》:“昔蕭何薦韓信,管仲舉王子城父,皆忖己之長,未能兼有故也。亮之器能政理,抑亦管蕭之亞匹也。而時之名將,無城父韓信,故使功業陵遲,大義不及耶? 蓋天命有歸,不可以智力争也。”“管蕭之亞匹”,即“管樂有才真不忝”;時“無城父韓信”,即“關張無命”;“天命有歸”即“徒令上將”與“無命”。“梁父吟成”倘指才人被讒,與諸葛亮《出師表》“親小人,遠賢臣,此後漢所以傾頽也”用意一致。這詩的特點還在表現手法上。

望喜驛别嘉陵江水二絶〔一〕

嘉陵江水此東流,望喜樓中憶閬州〔二〕。若到閬州還赴海,閬州應更有高樓。

〔一〕望喜驛:在四川昭化縣南嘉陵江邊,有樓可望嘉陵江水東南流去。嘉陵江:源出陝西鳳縣,東南流入四川經望喜驛,再東南流經閬州,至重慶入長江赴海。

〔二〕閬州:在今四川閬中縣。

千里嘉陵江水色，含烟帶月碧於藍。今朝相送東流後，由自驅車更向南〔三〕。

〔三〕由：同"猶"。

這首詩有個自註："此情別寄。"當指另有所寄。商隱經陝西入四川去梓州柳仲郢幕府，先到望喜驛，登樓望嘉陵江水向東南流去，流向閬州。他倘能順流而下，到了閬州，估計應有更高的樓，可望嘉陵江水再向東南流，流向重慶。他倘能到了重慶，估計還可以登樓東望，想像嘉陵江水流入長江後再東流入海，達到朝宗于海。這裏表達出他想望出峽歸朝廷的感情。可是他在望喜驛却要告別嘉陵江，向西南到梓州去，背離他想東去的願望，表達了他的痛苦。

馮注引徐逢源曰："杜詩：'嘉陵江色何所似，石黛碧玉相因依。'義山亦云然，當是川水之最清者。"含烟帶月，寫嘉陵江上烟霧迷漫、月色朦朧中景象更美，水更清澄。送碧水東流，自己却還是向西南去。寫碧水的可愛，更難爲懷。他説的"情有別寄"，當指有歸朝廷的想望吧。何焯評："水必朝宗，人彌背闕，何地不魂摇目斷耶？"這首詩用連環寫法，從"望喜樓"到"有高樓"，兩"樓"字相應；從"憶閬州"到"到閬州"到"閬州應更"，三個"閬州"相應。在寫法上有特色，紀昀批："曲折有味。"

井　絡〔一〕

井絡天彭一掌中，漫誇天設劍爲峯〔二〕。陣圖東聚烟江石，邊柝西懸雪嶺松〔三〕。堪嘆故君成杜宇，可能先主是真龍〔四〕。將來爲報奸雄輩，莫向金牛訪舊蹤〔五〕。

〔一〕井絡：左思《蜀都賦》："遠則岷山之精，上爲井絡。"李善注："言岷山之地，上爲東井維絡，岷山之精，上爲天之井星也。"井是二十八宿之一，即蜀地屬于井宿的範圍。

〔二〕天彭：山名，在四川灌縣。《水經注・江水》引《益州記》："（李）冰見氐道縣有天彭山，兩山相對，其形如闕，謂之天彭門。"《舊唐書・地理志》："劍州劍門縣界大劍山，即梁山也，其北三十里所有小劍山。"《元和郡縣志・劍門縣》："其山峭壁千丈，下瞰絶澗，作飛閣以通行旅。"

〔三〕烟江：霧氣籠罩的長江。《晉書・桓温傳》："初，諸葛亮造八陣圖于魚復平沙之上，壘石爲八行，行相去二丈。温見之，謂此常山蛇勢也。"雪嶺：雪山，見《杜工部蜀中離席》注〔三〕。

〔四〕杜宇：見《錦瑟》注〔五〕。《三國志・吴書・周瑜傳》："劉備以梟雄之姿，必非久屈爲人用者。恐蛟龍得雲雨，終非池中物也。"

〔五〕《華陽國志・蜀志》："（秦）惠王喜，乃作石牛五頭，朝瀉金其後，曰牛便金。蜀人悦之，使使請石牛，惠王許之，乃遣五丁迎石牛。"爲秦開了通蜀的路。

何焯評："第一便破盡全蜀，第二是門户，第三是東川，第四是西川。四句中包括後人數紙。"馮浩注："蜀地恃險，自古多乘時竊據，憲宗時尚有劉闢之亂。詩特戒之，言先主尚不免與杜宇同悲，況么魔輩乎？"何焯引"定翁（馮班）云：'中四句萬鈞之力。'"這首詩表達了商隱反對藩鎮割據，藩鎮恃險，故以蜀爲喻。首句點出全蜀的險要不過在一掌之中，説明險要的不可靠。以劍閣爲門户，"東聚""西懸"概括東川西川，以劉備諸葛亮來建國，終不免于覆亡，用來警戒後來的割據者，所以稱有萬鈞之力。馮浩注稱："如此工緻，却非補紉。義山佳處，在議論感慨；專以對仗求之，只是崑體諸公面目耳。"這首詩，主要是借議論來抒情，所以有力量。

杜工部蜀中離席〔一〕

人生何處不離羣，世路干戈惜暫分〔二〕。雪嶺未歸天外使，松州猶駐殿前軍〔三〕。座中醉客延醒客，江上晴雲雜雨雲〔四〕。美酒成都堪送老，當壚仍是卓文君〔五〕。

〔一〕杜工部：《舊唐書·杜甫傳》："嚴武鎮成都，奏爲節度參謀、檢校尚書工部員外郎。"杜甫做的是節度使的參謀，檢校尚書工部員外郎是虛銜，後人因稱他爲杜工部。

〔二〕離羣：和朋友離别。干戈：戰争。離别本是常事，但在戰亂時雖暫時分别也覺得難捨，因戰亂時難以會合。

〔三〕雪嶺：在今四川松潘縣一帶雪山。天外使：《舊唐書·吐蕃傳》："寶應二年三月，遣李之芳、崔倫使于吐蕃，至其境而留之。(廣德)二年五月，李之芳還。"松州：今四川松潘縣。殿前軍：京城神策軍(禁衛軍)。當時邊兵給養薄，要求改隸神策軍，可以增加給養，稱神策行營。這兩句承干戈説，指有戰亂。

〔四〕延：請，醉客請醒客喝酒，即惜暫分。雜：夾雜，晴雲和雨雲夾雜，指氣候的變化不定。

〔五〕當壚：《史記·司馬相如傳》："買一酒舍酤酒，而令文君當壚。"壚是用土作成，四邊高，中放酒甕賣酒。

這首詩，程夢星《箋注》認爲不是擬杜甫，因爲"杜子美未嘗有'蜀中離席'之題，義山何從擬之？况義山與趙氏昆季宴五律，明言'擬杜'，何獨于此無擬字耶？"商隱有《河清與趙氏昆季宴集得擬杜工部》，稱"擬杜"，有"擬"字。這首詩，實際上是代杜甫作"蜀中離席"。因爲"雪嶺未歸天外使，松州猶駐殿前軍"，寫的是杜甫時的事。所以説成是擬杜完全可以，不過不是摹仿杜甫來寫商隱時事，而是代杜甫來寫杜甫時事，所以稱“杜工部蜀中離席”。程注指出商隱在大中五年入東川柳仲郢幕府，大中六年也有天外使被留，也有殿前軍猶駐，商隱寫的是當時的事。這是誤解。所謂“天外使”，指這個使者派到唐朝以外的地方，即派到吐蕃去。程注指“巴南有賊，上（宣宗）遣京兆少尹劉潼擬梁州招諭之。”按《通鑑》大中六年，劉潼到山中，“賊皆投弓列拜請降。潼歸館，而王贄弘與中使似先、義逸引兵已至山下，竟擊滅之”。那末既不是“天外使”，也没有被拘留，是在梁州，也不在松州，是當地將領和太監貪功殺降，與“猶駐殿前軍”也不同。這兩句是代杜甫寫當時的事，正説明“世路干戈”。馮浩《箋注》没有注意這首詩是代杜甫寫的，是寫杜甫時的事，求其説而不得，認爲“此蓋别有寓意”。認爲“義山斯行有望于東西川而迄無遇合”，與杜甫幸遇嚴武不同。又説三四句“言外見旁觀者不得贊畫”，“五六暗喻相背相軋之情”。其實杜甫在嚴武幕，同商隱在柳仲郢幕一樣，商隱在柳幕代掌書記，得柳的信任，怎麽説“迄無遇合”？寫的是杜甫時的事，商隱怎麽贊畫。醉客請醒客不要走，江上晴雲夾雜雨雲，看來還要下雨，不忙走，都是講“惜暫分”，有何寓意。在成都有美酒，有佳人，可以送老，也是勸客人不要走，正和杜甫住在成都的情事相合。當時商隱在柳仲郢幕府，在梓州不在成都。大中五年冬，柳仲郢派他到成都辦理審案事，事畢就在六年春初回梓州，怎麽能够久留成都。這首詩反映的不是他自己的生活。紀昀稱這首詩：“起二句大開大合，矯健絶倫。頷聯申第二句，頸聯正寫離席。”大開指開出“世路干戈”和“惜暫分”來，三四句正寫“世路干戈”，五六句正寫“惜暫分”。何焯批：“美酒文君仍與上醉醒雲雨雙關”。那末晴雲雨雲既是寫眼前景物，又呼應文君之美，有雙關意。何焯又評：“起用反唱，便曲折頓挫，杜詩筆勢也。‘暫’字反呼‘堪送’，杜詩脈絡也。”開頭用反問句起，顯得有力；“暫”即“惜暫分”，和“送老”首尾呼應；指出代杜甫寫就用杜詩筆法。

錢鍾書先生《談藝録》補訂本（頁十一）：“此體創于少陵，而名定于義山。少陵聞官軍收兩河云：‘即從巴峽穿巫峽，便下襄陽向洛陽’；《曲江對酒》云：‘桃花細逐楊花落，黄鳥時兼白鳥飛’；《白帝》云：‘戎馬不如歸馬逸,千家今有百家存。'義山《杜工部蜀中離席》云:'座中醉客延醒客,江上晴雲雜雨雲';《春日寄懷》云:'縱使有花兼有月,可堪無酒又無人',又七律一首,題曰《當句有對》,中一聯云:'池光不定花光亂,日氣初涵露氣乾。'"這體即指當句對。

梓潼望長卿山至巴西復懷譙秀〔一〕

梓潼不見馬相如,更欲南行問酒罏〔二〕。行到巴西覓譙秀,巴西惟是有寒蕪。

〔一〕《太平寰宇記》:"長卿山在梓潼縣治南,舊名神山。唐明皇幸蜀,見有司馬相如讀書之窟(山洞),因改名。"巴西:郡名,治所在今四川閬中縣。《晉書·隱逸傳》:"譙秀,字元彦。桓温滅蜀,上疏薦之,朝廷以年在篤老,兼道遠,故不徵。"

〔二〕酒罏:罏,放酒甕處。見《杜工部蜀中離席》注〔五〕。

商隱在梓州柳仲郢幕府,從梓州到梓潼縣望長卿山,懷念司馬相如。由于司馬相如曾經和卓文君在成都設有酒罏賣酒,所以想到成都去問問司馬相如賣酒的地方。但他終于向東北方走到巴西郡閬州,懷念巴西人譙秀。他爲什麼要懷念司馬相如和譙秀呢?因爲司馬相如的《子虚賦》得到漢武帝的賞識,有蜀人楊得意告訴武帝他在成都,武帝就把他召去。譙秀隱居巴西,有桓温把他推薦給朝廷。商隱在柳仲郢幕府,懷念這兩個人,正是想有人能把他推薦給朝廷,他想回朝廷去做一番事業。但是巴西只有一片寒蕪,反映他失望的心情,認爲他的願望很難實現。這裏又反映他不甘心當幕僚,迫切想回朝廷的意願,這是他所以屢次向令狐綯陳情的原因。馮浩《箋注》評:"語澹而神味無窮,更當于蹤跡外領之也。"這裏指出他含蓄的意味,感傷的感情,流露于語言之外。

利州江潭作〔一〕

神劍飛來不易銷,碧潭珍重駐蘭橈〔二〕。自攜明月移燈疾,欲就行雲散錦遥〔三〕。河伯軒窗通貝闕,水宫帷箔卷冰綃〔四〕。此時燕脯無人寄,雨滿空城蕙葉凋〔五〕。

〔一〕利州:在今四川廣元縣。《名勝記》:"縣之南有黑龍潭。"按唐武則天誕生地。

〔二〕神劍:《晉書·張華傳》:"(雷)焕爲豐城令,掘獄屋基,得雙劍。遣使送一劍與(張)華,留一自佩。華誅,失劍所在。焕卒,子華持劍行經延平津,劍忽躍出墮水,但見兩龍蟠縈,有文章。"馮浩注:"武后盗帝位,誅唐宗室,故以龍劍比之。"《舊唐書·李淳風傳》:"有《祕記》云:'唐三世之後,則女主武王代有天下。'太宗嘗密召淳風以訪其事,淳風曰:'天之所命,必無禳避之理。'"碧潭:胡震亨《唐音癸籤·詁箋八》:"則天父士彠爲利州都督,泊舟江潭,後母感龍交孕后。"按這是武后稱帝以後的傳説。

〔三〕明月:指夜明珠,用來代燈。行雲:指神女"朝爲行雲"。散錦:木華《海賦》:"雲錦散文於沙汭之際。"《唐音癸籤·詁籤八》:"言龍銜珠爲燈,而散鱗錦以交合。龍性淫,義山爲代寫其淫,工美得未曾有。"

〔四〕河伯:屈原《九歌·河伯》:"紫貝闕兮珠宫。"冰綃:左思《吴都賦》:"泉室潛織而卷綃。"指南海中鮫人織綃。兩句指江潭有皇澤寺,寺有武皇真容殿,有貝闕珠宫,冰綃帷箔。

〔五〕燕脯:《梁四公記》:"傑公乃命(羅)子春兄弟賫(攜)燒燕五百枚,入震澤(太湖)中洞庭山洞穴,以獻龍女。龍女食之大喜,以大珠三、小珠七以報,子春乘龍載珠還國。"

這首詩原注:“感孕金輪所。”《舊唐書·則天皇后紀》:“武后如意二年,加金輪聖神皇帝號。”這詩是過武則天誕生地,爲紀念武則天寫的。何焯評:“武后見駱賓王檄文,猶以爲斯人淪落,宰相之過。義山爲令狐綯所擯,白首使府,天子曾不知其姓名,有不與后同時之恨。故因過其所生之地,停舟賦詩。落句蓋言己之漂泊西南,曾不若羅子春之獻燕脯于龍女,猶得乘龍載珠而還也。”這是説武則天愛人才,他恨不與武則天同時,不能得到她的賞識。紀昀對全詩作了解釋:“通首以龍女託意,起二句言精靈長在,過者留連。三句言其神光離合,四句言可望而不可即,但見雲如散錦耳。五六句想其所居,末二句以悵望意結之。”

這首詩從它所表達的感情看,像説“珍重”,像對于燕脯無人寄的感嘆,對空城蕙葉凋的傷感,具有懷念武則天的意思,不像在譏諷她。要是在譏諷她,那末路過江潭時就不必珍重停船,看到蕙葉凋零時也不必寫作結尾了。那末燕脯無人寄當是含有没人來向武則天的真容殿獻上祭品的意思。爲什麽要懷念她,何焯的評語是説出了這個道理。因此,馮浩的《箋注》説成譏諷,恐不合。馮引胡震亨《唐音癸籤》:“言龍銜珠爲燈,而散鱗錦以交合。”又説:“言乘時御天而多醜行也。”又説:“武后嬖張六郎兄弟。此影借漢事,用龍嗜燕肉爲隱語,又以羅子春兄弟比二張。”這就把這首詩説成譏諷武則天,看來跟詩裏表達的情調不合,也把這首詩的格調降低了。從何焯説,那末這首詩所表達的感情是深沉的,也是有意義的。

梓州罷吟寄同舍〔一〕

不揀花朝與雪朝,五年從事霍嫖姚〔二〕。君緣接坐交珠履,我爲分行近翠翹〔三〕。楚雨含情皆有託,漳濱多病竟無憀〔四〕。長吟遠下燕臺去,惟有衣香染未銷〔五〕。

〔一〕大中九年十一月,調梓州柳仲郢爲吏部尚書。商隱隨仲郢入朝,罷梓州幕職,寄贈同僚之作。

〔二〕不揀:不挑選。花朝與雪朝:春天或冬天,概括一年四季。五年:從大中五年到九年,在梓幕五年。從事:做幕僚。霍嫖姚:漢名將霍去病曾爲嫖姚校尉,借指柳仲郢。

〔三〕兩句互文,即君和我因座位相接得交結珠履貴客,因分行接近歌妓。珠履,《史記·春申君(黄歇)傳》:"其上客皆躡珠履以見趙使,趙使大慚。"指貴客。翠翹:婦女首飾,形似翡翠鳥的長毛。指歌妓。唐代幕府中有官妓,歌舞時分行而立。

〔四〕楚雨:用《高唐賦》中神女"暮爲行雨",指官妓。皆有託:寫神女的豔情詩都有寄託,不是真有豔情。漳濱:劉楨《贈五官中郎將》:"余嬰沉痼疾(抱重病),竄身清漳濱。"指抱病别居。無憀:無依託。

〔五〕燕臺:燕昭王黄金臺,指幕府。下燕臺,指離開幕府。衣香:見《牡丹》注〔三〕,本于荀令衣香,指府主柳仲郢的恩情。

商隱在梓州幕府五年,在幕府中跟同僚接待貴賓,接近官妓。他《上河東公(柳仲郢)啓》説:"某悼傷以來,光陰未幾。梧桐半死,纔有述哀;靈光獨存,且兼多病。……至于南國妖姬,叢臺妙妓,雖有涉于篇什,實不接于風流。"寫的詩裏談到"近翠翹"和"楚雨含情",就是指妖姬妙妓,即有涉于篇什,但是實不接于風流,没有關係。那末爲什麽要寫呢?"楚雨含情皆有託",是有寄託的。他像梧桐半死,没有豔情。"下燕臺"可能雙關,他的《燕臺詩》是寫豔情的。下燕臺,只留下衣香,正是有涉于篇什,不接于風流。何焯批:"《無題》注脚。"即指"皆有託"説,借美人香草來表達政治上的不得志。姚培謙注:"首聯是倒裝法,次聯是互文法。相聚既久,吟詠自多,雖有流連風景之作,無異《離騷》美人之思。"這樣説是符合原意的。

留贈畏之三首〔一〕

清時無事奏明光，不遣當關報早霜〔二〕。中禁詞臣尋引領，左川歸客自迴腸〔三〕。郎君下筆驚鸚鵡，侍女吹笙引鳳凰〔四〕。空記大羅天上事，衆仙同日詠《霓裳》〔五〕。

〔一〕畏之：見前《寄惱韓同年二首》注〔一〕。

〔二〕明光：《漢官儀》："尚書郎主作文書起草，夜更直五日于建禮門内。尚書郎奏事明光殿。"《三輔舊事》："未央宫漸臺西有桂宫，中有明光殿。"當關：守門。

〔三〕中禁：即禁中，宫中。左川：即東川，高隱時爲東川節度使柳仲郢幕僚。

〔四〕郎君：指韓畏之子韓偓，見《韓冬郎即席爲詩》注〔一〕。驚鸚鵡：《後漢書・禰衡傳》："(黄)射時大會賓客，人有獻鸚鵡者，射舉卮於衡曰：'願先生賦之。'衡攬筆而作，文不加點，辭采甚麗。"吹笙：《漢武内傳》："王母又命侍女董雙成吹雲和之笙。"引鳳凰：蕭史吹簫引鳳凰，見《碧城三首》之二注〔二〕。

〔五〕大羅天：《三洞宗玄》："最上一天名曰大羅。"霓裳：《新唐書・禮樂志》："文宗詔太常卿馮定采開元雅樂，製《雲韶法曲》《霓裳羽衣舞曲》。"《唐摭言》："開成二年，高侍郎鍇主文，恩賜詩題《霓裳羽衣曲》。"此言開成二年應進士試，商隱與韓瞻俱同榜得中。

待得郎來月已低，寒暄不道醉如泥。五更又欲向何處？騎馬出門烏夜啼。户外重陰暗不開，含羞迎夜復臨臺〔六〕。瀟湘浪上有烟景，安得好風吹汝來〔七〕。

〔六〕臨臺：臨妝臺，對妝鏡理妝。
〔七〕瀟湘浪上：馮浩注："指竹簟，猶云水文簟也。"

這三首詩有原注："時將赴職梓潼，遇韓朝回三首。"這個注，唐人韋縠選的《才調集》卷六李商隱詩《留贈畏之》題下已有，不過只選"待得郎來"一首。馮浩注："原注必有誤。第一首第三首並非朝回，第一首並非將赴梓潼也。第二首似遇韓朝回，而以豔情寄意，原注中爲後人妄添上六字，又移于首章題下耳。"即認爲"時將赴職梓潼"六字爲後人妄添，因爲詩稱"左川歸客"，詩注説將赴東川，即不當稱"歸客"。張采田《會箋》："自注不誤。'左川歸客'，猶言思歸之客，虛擬之詞耳。"商隱將去東川，却説"左川歸客"，恐無此理，張説似不確。不過這個注唐人選本中亦有，並且已注明三首，似非後人妄添，疑莫能明。

第一首寫早朝無事可奏，不必派守門的報時。中禁詞臣指韓瞻是宮廷詞臣，尋引領祝他掌製誥，自迴腸，寫己在外作幕僚而自悲。郎君指韓瞻子韓偓的才華，侍女借指韓瞻妻，夫婦生活有如登仙。想到昔年同登進士，今日則榮悴不同。開頭兩句正寫上朝回來。第二首連類而及，寫夜裏去看他，他喝醉了，一早又忙着去上朝。三首承二首來，説夜裏等他，在盼望他來。

何焯批："居中禁者際會清時，并不須早露趨朝（在宮中值夜）；淪使府者飄零萬里，加以左川涉險，所以一日九迴腸也。""'引領'狀其意氣揚揚。"又批後二首："難于明言，而託于狎昵之詞，此《離騷》之旨也。"又："二篇畫出一失路、一得意相對情味來，讀之可以泣下也。從第一篇'自迴腸'三字咀味，則作者之微情自見。"這是把三首聯貫起來，看出他的微情妙旨來的。

馮浩注第一首："此東川歸後作也。余故以爲東川府罷，義山必由京而至鄭州，時畏之方得意，故泝及第之年而嘆榮枯不齊也。"又認爲後二首"題既當作《無題》，則并非爲畏之發也。同年僚壻，必不淡漠至此。上首是去而留宿以候，及入朝時，終不得見；下首是傍晚又往謁也。惟子直（令狐綯）之家情事宜然。綯于十三年始罷相，義山自東川歸時必往相見,豈怨恨之深,并其題而亦削之歟?”把後兩首作爲《無題》,認爲爲綯作,似是。

霜　　月

初聞征雁已無蟬,百尺樓南水接天。青女素娥俱耐冷,月中霜裏鬥嬋娟〔一〕。

〔一〕青女:《淮南子·天文訓》:“至秋三月(秋季第三個月),青女乃出,以降霜雪。”素娥:謝莊《月賦》:“集素娥于後庭。”指嫦娥。

聽到南飛的雁鳴聲,已經没有蟬噪,是到了深秋。何焯批:“第二句先虚寫霜月之光,最接得妙。”霜的潔白,月的皎潔,在水天相接中更顯得突出。紀昀批:“次句極寫摇落高寒之意,則人不耐冷可知。妙不説破,只從對面襯映之。”百尺樓高是寫高,水天相接是用來襯託霜月的,霜月的光在水天相接中閃耀,顯出高處不勝寒。從青女素娥的耐冷裏,反襯出人的不耐冷。青女素娥不但耐冷,並且在高寒的環境裏還要顯示美好的姿態。越是高寒,越顯得耐冷,越是争妍鬥勝,這是對青女素娥的贊美。假如説《蟬》的“我亦舉家清”是耐冷,那末《李花》的“自明無月夜”,在無月夜的黑暗中,還要“自明”,顯示它的潔白,那末這首的越冷越要鬥嬋娟就更爲可貴了。

聖　女　祠

松篁臺殿蕙香幃,龍護瑶窗鳳掩扉〔一〕。無質易迷三里霧，不寒長著五銖衣〔二〕。人間定有崔羅什，天上應無劉武威〔三〕。寄問釵頭雙白燕，每朝珠館幾時歸〔四〕？

〔一〕臺殿前種有松竹，幃帳上繡有花草，或幃帳前擺着花草。門窗上雕刻着龍鳳。

〔二〕《後漢書·張楷傳》："張楷字公超，性好道術，能爲五里霧。時關西人裴優亦能作三里霧。"《博異志》："貞觀中，(岑)文本下朝，多於山亭避暑。有叩門者，云：'上清(天上)童子元寶參(參見)奉。'冠淺青圓角冠，衣淺青圓帔。文本曰：'冠帔何制度之異？'對曰：'僕外服圓而心方正，此是上清五銖服'。"二十四銖爲一兩，五銖約兩錢多一點，極輕細。

〔三〕《酉陽雜俎·冥跡》："長白山西有夫人墓。魏孝昭之世，清河崔羅什被徵詣州，夜經於此。忽見朱門粉壁，俄有一青衣出曰：'女郎須見崔郎。'什怳然下馬，入兩重門，入就牀坐。其女在户東立，與什敍溫涼。什乃下牀辭出，以玳瑁簪留之，女以指上玉環贈什。什上馬行數十步，回顧乃一大冢。"劉夢得《誚失婢》詩："不逐張公子，即隨劉武威。"

〔四〕釵頭燕：見《無題四首》之三注〔三〕。

這首詩先寫聖女祠，有臺殿幃帳，有松竹，窗門上雕有龍鳳。這同《重過聖女祠》的"白石巖扉碧蘚滋"的門上長滿苔蘚，有一盛一衰的不同。屈復《詩意》："三，聖女之神雲霧迷離。四，聖女之像常著銖衣。五六，聖女應在天上，今在人間者，人間定有羅什，而天上應無劉郎耶？自喻也。故寄問釵頭雙燕，每朝珠館，何時可歸而一會也。後五言長律，與此意同。"照屈復説，這首詩中的關鍵句，即五六兩句是自喻，即人間有崔郎可戀，天上無劉郎可念，所以還在人間。商隱多次被招聘入幕府，即人間有崔郎可戀；他不能進入朝廷，即天上無劉郎可以援手，借聖女的一直在人間來寄慨，這就是屈復説的自喻。聖女雖然没有上天，聖女頭上的釵頭雙白燕是飛到天上去的，每次飛去朝見珠宫時亦知聖女幾時可以回到天上呢？即問自己幾時可以回到朝廷去呢？姚培謙箋注："此喻仕途託足之難也。"姚説與屈説把這首詩比作自喻這點是一致的。朱彝尊批："此首全是寄託，不然何慢神乃爾？"朱主張寄託，也是自喻。自喻的説法，不僅在這首詩裏講得通，也同另一首《聖女祠》和《重過聖女祠》相通。另一首《聖女祠》的"何年歸碧落"就是《重過聖女祠》的"憶向天階問紫芝"，何時可以成仙；就是借問雙白燕的"每朝珠館幾時歸"，幾時回到天上的珠宮。人間天上之説，也就是《聖女祠》的楚夢漢巫是在人間，星娥月姊是在天上；《重過聖女祠》的萼緑華來人間，杜蘭香去天上。問"幾時歸"，同《聖女祠》的"何年歸碧落"，《重過聖女祠》的"上清淪謫"相一致。"三里霧""五銖衣"同《聖女祠》的"杳靄仙跡"和"楚夢"及《重過聖女祠》的"夢雨""靈風"相通，五銖衣像輕霧，霧同夢雨都顯得杳靄。這三首詠聖女祠的詩有這樣相通的話，它們所表達的思想感情應該是一致的。

紀昀却提出另一種看法："合聖女祠三詩觀之，却是刺女道士之淫佚。但結句太露，有傷大雅，皆不及白石巖扉之藴藉。"結句指"方朔是狂夫"。怎麽刺女道士呢？程夢醒《箋注》説："'一春夢雨'，言其如巫山神女，暮雨朝雲，得所歡也。'盡日靈風'，言其如湘江帝子(舜的二妃)，北渚秋風，離其偶也。下緊接云'無定所'，'未移時'，言其暗期會合無常。論其情慾，有如溱洧之詩(指《詩經》中男女調笑的詩)。蕩閑踰檢，何不明請下嫁？"又説："'道家妝束，偏稱輕盈'，故云'三里霧'，'五銖衣'也。然而去來無定，有類幽期，戢影藏形，終無仙術，故云'人間定有'，'天上應無'也。結句問其釵頭雙燕墮落之由，珠館九天難歸之故，蓋曲終奏雅，正言以詰之也。"又説："首二句(杳靄逢仙跡)明見有女懷春，秉蕳洧上矣。次聯謂其上清所不受，都邑所易知也。自通消息，有同王母之遣青禽。縱情雲雨，盤回神女之巫峯，穢亂清規，雅負甘泉之祠宇。時利宵行，戴星天漢。寡鵠羈凰，難孤棲于人世。貴重王姬，一出瑶池，任人窺竊矣。"(引文有節略)

先看《重過聖女祠》，"上清淪謫"同"問紫芝"首尾呼應，從天上謫到人間，到問紫芝可服以成仙，重歸天上，這是全詩主旨。因此"萼緑華來無定所，杜蘭香去未移時"，是用來對照聖女的居有定所，不能上天去。

不是寫聖女的暗期會合無常。"一春夢雨",即《無題》的"神女生涯原是夢,小姑居處本無郎",既在夢中,何言"得所歡"呢?聖女本來無偶,怎麽説"離其偶"呢?"問紫芝"要求成仙上天,何以"明請下嫁"?再看《聖女祠》,聖女本是道家,道家妝束不足爲病。"人間定有"相戀之崔郎,天上應無可愛之劉郎,這兩句好像指女道士的有所戀,但在人間既有所戀,何必再説天上?何必託雙白燕每次上天朝見珠宫時,問聖女幾時可回到天上呢?可見聖女在人間雖有所戀,還是想回到天上,正比做商隱雖受到府主的看重,還是想回到朝廷,並無女道士幽期藏形終于暴露之意。人間定有,並不藏形,何言暴露?要託雙燕問何時可以回去,更説不上雙燕墮落。再看《聖女祠》,"杳靄逢仙跡",是看到聖女在杳靄中,怎麽變成有女懷春,與男子調笑呢?問何年回到天上,這條路通向京城,説成天上不受,都邑易知,有醜跡彰聞之意,就和原意不同了。腸迴是"腸一日而九迴"正寫愁苦,楚夢正由于神女不能上天而愁苦,説作"縱情雲雨"的荒淫,那就同腸迴連不起來了。"從騎裁寒竹,行車蔭白榆",寫商隱扶喪時的從騎和行車,同聖女無關,怎麽説成"時利宵行,戴星天漢"?把三首聖女祠説成諷刺女道士,是把詩句割裂開來,不考慮全詩的主旨,不聯繫上下文,不結合作者的身世,貶低了這三首詩的思想意義,也是講不通的。

重過聖女祠〔一〕

白石巖扉碧蘚滋,上清淪謫得歸遲〔二〕。一春夢雨常飄瓦,盡日靈風不滿旗〔三〕。萼緑華來無定所,杜蘭香去未移時〔四〕。玉郎會此通仙籍,憶向天階問紫芝〔五〕。

〔一〕聖女祠:見前《聖女祠》注〔一〕。

〔二〕上清:神仙居住的仙境。《靈寶太乙經》:"四人天外曰三清境,玉清、太清、上清,亦名三天。"

〔三〕夢雨:宋玉《高唐賦序》稱楚王游高唐夢見神女,神女稱"旦爲行雲,暮爲行雨"。

〔四〕萼緑華:見《無題二首》(昨夜星辰)之二注〔一〕。杜蘭香:《晉書·曹毗傳》:"桂陽張碩爲神女杜蘭香所降。"杜蘭香,後漢人,三歲時爲湘江漁父所養。十餘歲,有青童靈人自空而下,攜女去。女臨昇,謂其父曰:"我仙女杜蘭香也,有過謫人間,今去矣。"後降於洞庭包山張碩家。見曹毗《杜蘭香傳》。

〔五〕玉郎:《金根經》:"青宫之内,北殿上有仙格,格上有學仙簿籙,領仙玉郎所典(主管)也。"紫芝:《茅君内傳》:"勾曲山有神芝五種,其三色紫。"

這首詩是商隱在東川節度使柳仲郢幕府,于大中九年隨柳仲郢回京,重過聖女祠時作。他在開成二年經過聖女祠時,就提出"何時歸碧落",問聖女何時上天,雙關自己何時入朝。經過十八年,再過聖女祠,他還没有入朝,所以有淪謫的感慨。何焯評:"以巖扉碧蘚滋,知淪謫已久。'夢雨'言事之虚幻,不滿旗言全無憑據,日見荒涼、困頓,一無聊賴也。萼緑華、杜蘭香以比當時之得意者,'無定所'則非淪謫,'未移時'則異歸遲,來去無常,特欲相炫以攪我心,更無可以相語耳。玉郎會通仙籍,紫芝得仙所由,憶一問之,誠知是也,則自不淪謫,即淪謫亦不至得歸之遲,爲彼所揶揄矣。看來只借聖女以自喻,文亦飄忽。"

這首詩表面上句句寫聖女祠,夢雨靈風,正切聖女的神靈,萼緑華、杜蘭香是仙人。玉郎是掌管仙籍的。聖女長期淪謫在下界,所以要玉郎向天階問自己的名字是不是在仙籍上,何時回到天上。紫芝服了可以成仙,問紫芝即問何時成仙,可以上天。句句又是自比。門長碧蘚,比自己的冷落;上清淪謫,比自己由朝廷轉爲地方幕僚;夢雨靈風,比自己想入朝的虚幻。兩位仙女,比當時入朝爲官的。玉郎比令狐綯,問紫芝問何時可以被引薦入朝。

詩寫聖女,聖女是神聖,所以也用神靈的典故,寫得飄忽。吕本中

《紫微詩話》:"東萊公深愛義山'一春夢雨常飄瓦,盡日靈風不滿旗'之句,以爲有不盡之意。"夢雨是虛幻,不滿是無憑據,所以是飄忽,是不盡,可供體味。

韓冬郎即席爲詩相送,一座盡驚。他日余方追吟"連宵侍坐徘徊久"之句,有老成之風,因成二絶寄酬,兼呈畏之員外〔一〕

十歲裁詩走馬成,冷灰殘燭動離情〔二〕。桐花萬里丹山路,雛鳳清于老鳳聲〔三〕。劍棧風檣各苦辛,别時冬雪到時春〔四〕。爲憑何遜休聯句,瘦盡東陽姓沈人〔五〕。(自注:沈東陽約嘗謂何遜曰:"吾每讀卿詩,一日三復,終未能到。"余雖無東陽之才,而有東陽之瘦矣。)

〔一〕《南部新書》:"冬郎,韓偓小字。父瞻字畏之,義山同年(同年中進士)。"老成:功力深。呈:送上。

〔二〕走馬:跑馬,指快。冷灰殘燭:指夜深,燭已燒殘,香灰已冷。

〔三〕丹山鳳:《山海經·南山經》:"又東五百里曰丹穴之山。有鳥焉,其狀如鷄,五綵而文,名曰鳳皇。"雛鳳句:指冬郎的詩清麗勝過他的父親。

〔四〕劍棧:四川劍閣的棧道,指陸路。風檣:風中的帆桅,指水路。

〔五〕何遜聯句:見《漫成三首》。東陽:指沈約,曾爲東陽太守。沈約《與徐勉書》:"百日數旬,革帶常應移孔。"指腰瘦。

張采田《會箋》説:"義山大中五年秋末赴梓(州),《散關遇雪》詩可證,有留别畏之作,故云'别時冰雪'。九年冬隨(柳)仲郢還朝,十年春至京,有《樓上春雲》詩可證,故曰'到時春'。畏之自義山赴梓後,亦出刺果州(作果州刺史),有《迎寄》詩可證。其還朝當在大中十年,所謂'劍棧風檣各苦辛'也。'劍棧',自謂(商隱走陸路,經過劍閣棧道);風檣,指畏之(韓瞻走水路,坐船)。冬郎十歲裁詩相送,則追述大中五年赴梓時事,故《留贈畏之》詩有'郎君下筆驚鸚鵡'之句,至大中十年,冬郎當十五歲矣。"

從題目看,韓冬郎十歲時,商隱到梓州柳仲郢幕府去,冬郎在餞别席上作詩相送,有"連宵侍坐徘徊久"之句。到商隱從柳仲郢回京,想起了冬郎的詩,唸他的詩句,認爲不像十歲孩子寫的,倒像老成人寫的,把他比作雛鳳清聲,勝過老鳳。再想到自己同韓瞻都入四川,有走陸路和走水路的不同,都是路途辛苦。回京後,請韓瞻不要跟他聯句,因爲他已經非常消瘦,没有精神聯句了。從"劍棧風檣各苦辛"説,當指自己和韓瞻,那末當以何遜比韓瞻。這二首詩,用桐花丹山和雛鳳的典故,有文采而比喻貼切,極爲傳誦。不説陸路水程而説"劍棧風檣"也顯得具體而挺拔。用何沇作比,亦貼切。紀昀評:"雖無深味,風調自佳。"指出這兩首詩没有深刻的含意,但清辭麗句,很有風韻,可供探索。

寫　意

燕雁迢迢隔上林〔一〕,高秋望斷正長吟。人間路有潼江險〔二〕,天外山惟玉壘深〔三〕。日向花間留返照,雲從城上結層陰。三年已制思鄉淚,更入新年恐不禁。

〔一〕上林:苑名,司馬相如有《上林賦》。苑在今陜西長安縣西。此指京都。

〔二〕潼江：即梓潼水，源出四川平武縣，流入涪江。按商隱到梓州東川節度使幕府，要渡過潼江。
〔三〕玉壘：山名，在成都。

這首詩寫在東川幕府裏已留滯三年，懷念家鄉，實際上是想回京都，所以説隔上林很遠。紀昀評："潼江玉壘豈必獨險獨深，意中覺其如此耳。"所以有這種感覺，正由于思歸之切，所以稱爲"寫意"。四川多陰天，日光在返照時纔看見，雲經常結成層陰。這也是思歸的一因。紀昀又評："結恐太直，故縈拂一層，纔進一步收之。此新年乃未來之新年，或泥此二字，欲改'高秋'爲'高樓'，失其旨矣。"不説思鄉，説"已制思鄉淚"，到下一個新年怕制不住了，這樣推進一步説。何焯評："落句即老杜所謂'叢菊兩開他日淚'(《秋興八首》)也。"

天　涯

春日在天涯，天涯日又斜。鶯啼如有淚，爲濕最高花。

姚培謙箋："最高花，花之絶頂枝也，花至此開盡矣。"馮浩箋引楊守智評："意極悲，語極豔，不可多得。"春日是最好季節，聽鶯啼，看花，所以是語極豔。可是人却在天涯漂泊，加上又是日斜黄昏時，引起遲暮之感，因此，由鶯啼的啼轉成啼哭，所以如有淚，由淚轉到濺濕最高花。這裏的日斜同最高花相呼應。開到最高花，别的花都謝了，春天快要過去了，春盡和遲暮結合，那末啼和淚實際上是詩人要啼哭灑淚，是移情作用，所以説意極悲。用極豔來襯託極悲，所以難得。錢鍾書先生在《談藝録》論曲喻，引"鶯啼如有淚，爲濕最高花"爲例，參見《病中早訪招國李十將軍遇挈家遊曲江》詩説明。這首詩裏的鶯啼不會有淚，把"啼"字轉成啼哭，由啼哭引出“淚”來，由“淚”引出淚“濕”來，這是一種曲折的比喻。這種曲喻可以表達難顯之情。杜甫《春望》“感時花濺淚”，不論是杜甫在感時，對花淚濺，或者看到花上有露水，以爲花在濺淚，總之是有淚或有似淚的露水。這裏説成“如有淚”，“爲濕”，這是曲喻所構成的特色。不用曲喻，詩人這種在天涯漂泊中，傷春遲暮之悲，想哭泣的心情就無法表達了。

二 月 二 日〔一〕

二月二日江上行，東風日暖聞吹笙。花鬚柳眼各無賴，紫蝶黄蜂俱有情〔二〕。萬里憶歸元亮井，三年從事亞夫營〔三〕。新灘莫悟游人意，更作風簷雨夜聲。

〔一〕《全蜀藝文志》：“成都以二月二日爲踏青節。”“江上行”正指踏青。商隱時在梓州柳仲郢幕。

〔二〕花鬚：花蕊。柳眼：柳葉初放時如眼。無賴：用春天的風光來挑逗人。

〔三〕元亮井：東晉陶淵明字元亮。他的《歸田園居》：“井竈有遺處，桑竹殘朽株。”從事：辦事；又州刺史的佐吏稱從事史。這裏指佐柳仲郢幕。亞夫營：漢文帝時，周亞夫駐軍細柳，文帝親自去勞軍，見他嚴格遵守軍紀，稱他爲“此真將軍矣！”認爲他不可侵犯。見《史記·絳侯周勃世家》。細柳在長安西南，指柳姓。

這首詩在大中七年作，已在柳仲郢幕府三年了。何焯評：“亦是客中思鄉，説來温雅清逸。此等詩其神似老杜處，在作用不在氣調。”認爲不是風格上像杜甫，是構思上像杜甫；不是沉鬱頓挫，是用清麗的筆調，反映出思歸的感情。又評：“同一江行也，耳目所接，萬物皆春，不覺引動歸思。及憶歸未得，則江上灘聲，頓有風雨凄凄之意。筆墨至此，字字俱有化工矣。杜荀鶴詩'此時情繭愁于雨，是處鶯聲苦似蟬'，當以此求之。”從春游引起思鄉，因思鄉不寐，聽到新灘水聲，變成了凄風苦雨聲，更使人愁苦。新灘水聲，夜夜如此，這時正由於心情的愁苦，所以變作風雨聲了。没有講心情的愁苦，却借這種感覺上的變化來透露，所以説化工之筆。這樣寫，比“情繭愁于雨”，“鶯聲苦似蟬”更勝。因爲光説“風簷夜雨聲”，不用“愁”、“苦”字。又批：“前半逼出憶歸，如此濃至，却使人不覺，所謂'國風好色而不淫'也。”前四句只寫春日風光，寫得濃麗。對于這樣濃麗的風光，不是盡情贊賞，没有被陶醉，是“好色而不淫”，不過分。不光不過分，還説“無賴”，好像不滿於春光的挑逗那樣，這就透露出作者心情，無心賞玩春光。爲什麼？這就逼出思歸的念頭來。這種構思，就像杜甫。又批：“老杜云：'回身如緑野，慘淡如荒澤'。”把緑野看作荒澤，同這首詩把灘上水聲當作風簷夜雨的構思一致。這就説明“其神似老杜處，在作用不在氣調也。”

何焯又批：“拗體。”指一、二句作：仄仄仄仄平仄平，平平仄仄平平平，開頭連用四仄，結處連用三平，都是拗體。大概用後的三平來和前的四仄相應。這裏開頭要用四個聲字，因爲“二月二日”是踏青節，不好改動，只好用四仄，這是内容决定的。第二句跟它相應，就在句末連用三個平聲了。杜甫也有拗體，象《暮歸》：“霜黄碧梧白鶴棲，城上擊柝復烏啼。客子入門月皎皎，誰家搗練風凄凄。南渡桂水缺舟楫，北歸秦川多鼓鼙。年過半百不稱意，明日看雲還杖藜。”“霜黄（平）碧梧（平）”兩個平音步，用“城上（仄）擊柝（仄）”兩個仄音步來應；“月皎皎”三仄，用“風凄凄”三平來應；“南渡（仄）桂水（仄）”兩個仄音步，用“北歸（平）秦川（平）”兩個平音步來應。這是全篇拗，跟商隱的拗句不同。

水　　齋

多病欣依有道邦，南塘晏起想秋江。卷簾飛燕還拂水,開户暗蟲猶打窗。更閲前題已披卷,仍斟昨夜未開缸。誰人爲報故交道? 莫惜鯉魚時一雙〔一〕。

〔一〕鯉魚: 指書信。樂府《飲馬長城窟行》:“客從遠方來,遺我雙鯉魚。呼兒烹鯉魚,中有尺素書。”

何焯評:“一病忽忽,疑已入秋,及見飛燕拂水,暗蟲打窗,始覺猶是夏令。寫病後真入神。更閲已披之書,仍斟昨夜之酒,水齋之中,病夫所以遣日者賴此。如此寂寞,不能出户,惟望故交時時書至,以當披寫,亦字字是多病人心情也。”又説:“簾已卷而飛燕還拂水不入,户已開而暗蟲猶打窗未休,是多病晏起即目事。”又説:“故交却要他人爲言,豈相依初指哉!”田蘭芳箋:“五六已開劍南(陸游)門庭,唐人雖中晚,餘馥猶沾溉不少。”何焯認爲開頭的“欣依”,就指相依的老友,即“故交”。“相依初指”,即開始的指望,能得到他的關懷,現在却連書信也不來,有些失望,這裏寫得是含蓄的。何焯指出這詩寫病後入神,就在於細緻真實地反映了病後的生活。像這樣用白描來寫,寫得自然生動,含有情思,所謂已開陸游門庭。

爲　有

爲有雲屏無限嬌,鳳城寒盡怕春宵〔一〕。無端嫁得金龜壻〔二〕,辜負香衾事早朝。

〔一〕雲屏: 雲母屏風,華貴的裝飾品。《漢書·王莽傳》:“莽常翳雲母屏風。”鳳城: 指長安,見《流鶯》注〔二〕。

〔二〕金龜壻:《舊唐書·輿服志》:“天授元年九月,改内外所佩魚並作龜。久視元年十月,職事三品以上龜袋宜用金飾,四品用銀飾,五品用銅飾。”

這首詩選入《唐詩三百首》,很有名。何焯批:“此與‘悔教夫壻覓封侯’同意,而用意較尖刻。”按王昌齡《閨怨》借閨人的“悔教夫壻覓封侯”來諷刺朝廷的窮兵黷武給人民造成苦難,出以含蓄婉轉的筆調,是名篇。至于從事早朝跟丈夫從軍,一去不回,生死未卜的,情況完全不同,何批未必切合。朱彝尊批:“喜恨二意俱有之。”因爲嫁給三品以上官所以喜,辜負香衾所以恨,但這樣解究竟要説什麽,還不清楚。屈復箋:“玉溪以絶世香豔之才,終老幕職,晨入暮出,簿書無暇,與嫁貴壻負香衾者何異,其怨宜也。”詩裏講的是“辜負香衾事早朝”之怨,還不是夫婦分離。商隱作幕僚,是夫婦分離,情事也不同。馮箋:“言外有刺。”較合。金龜壻是三品以上官,做到三品以上官當是年事已高,而娶嬌女,或年齡不相當而怨,出以婉轉的説法,所以説“辜負香衾事早朝”了。

碧城三首

碧城十二曲闌干,犀辟塵埃玉辟寒〔一〕。閬苑有書多附鶴,女牀無樹不棲鸞〔二〕。星沉海底當窗見,雨過河源隔座看〔三〕。若是曉珠明又定,一生長對水精盤〔四〕。

〔一〕《太平御覽》六七四《上清經》:“元始(天尊)居紫雲之闕,碧霞爲城。”十二:商隱《代應二首》:“十二玉樓空更空。”十二指樓。闌干:欄杆。《述異記》:“却塵犀,海獸也。然其角辟塵,致之于座,塵埃不入。”《嶺表録異》:“辟塵犀爲婦人簪梳,塵不着也。”《杜陽雜編》下:“火玉色赤,長半寸,上尖下圓,光照數十步,積之可以燃鼎，置之室内，則不復挾纊（穿絲綿）。”

〔二〕閬苑：神仙居處。《續仙傳·殷七七傳》：“此花在人間已逾百年，非久即歸閬苑去。”《錦帶》：仙家以鶴傳書。《山海經·西山經》“女牀之山有鳥焉，其狀如翟（雉）而五綵文，名曰鸞鳥。”

〔三〕雨：用宋玉《高唐賦序》神女“暮爲行雨”典。

〔四〕曉珠：《唐詩鼓吹》注：“日也。”水精盤：《三輔黄圖》：“董偃以玉晶爲盤，貯冰于膝前。”又一説，《飛燕外傳》：“真臘夷獻萬年蛤、不夜珠，光彩皆若月，照人無妍醜皆美豔。”又：“成帝獲飛燕，身輕欲不勝風，恐其飄翥，帝爲造水晶盤，令宫人掌之而飛舞。”

對影聞聲已可憐，玉池荷葉正田田〔五〕。不逢蕭史休回首，莫見洪崖又拍肩〔六〕。紫鳳放嬌銜楚珮，赤鱗狂舞撥湘絃〔七〕。鄂君悵望舟中夜，綉被焚香獨自眠〔八〕。

〔五〕玉池：王金珠《歡聞歌》：“豔豔金樓女，心如玉池蓮。”古詩：“江南可採蓮，蓮葉何田田。”

〔六〕《列仙傳》：“蕭史者，善吹簫。（秦）穆公有女弄玉好之，公遂以女妻焉。日教弄玉（吹簫）作鳳鳴。”《神仙傳》：“衛叔卿歸華山，與數人博，（其子）度問曰：‘向與博者爲誰？’叔卿曰：‘是洪崖先生、王子晉、薛容也。’”郭璞《游仙詩》：“右拍洪崖肩。”

〔七〕《舊唐書·張鷟傳》：“大父曰：‘吾聞五色赤文鳳也，紫文鸑鷟也。’”屈原《離騒》：“紉秋蘭以爲佩。”《列仙傳》：“江妃二女游於江濱，逢鄭交甫，遂解佩與之；交甫受佩而去。”江淹《别賦》：“聳淵魚之赤鱗。”《韓詩外傳》：“瓠巴鼓瑟而潛魚出聽。”

〔八〕鄂君：見《牡丹》注〔一〕。

七夕來時先有期，洞房簾箔至今垂〔九〕。玉輪顧兔初生魄，鐵網珊瑚未有枝〔一〇〕。檢與神方教駐景，收將鳳紙寫相思〔一一〕。《武皇內傳》分明在，莫道人間總不知〔一二〕。

〔九〕《漢武帝內傳》："帝閒居承華殿，忽見一女子，著青衣，美麗非常，曰：'我墉宮玉女王子登也。七月七日王母暫來也。'"箔：簾子。

〔一〇〕玉輪：指月。屈原《天問》："厥(其)利維何，而顧兔在腹。"注："月中有兔，何所貪利，居月之腹而顧望乎？"《書・康誥》："惟三月，哉(初)生魄。"初生魄，指陰曆十六日。生魄指十五日，死魄指初一。《本草》："珊瑚生海底磐石上，一歲黄，三歲赤。海人先作鐵網沉水底，貫中而生，絞網出之。"

〔一一〕《漢武帝內傳》："上元夫人即命侍女紀離容徑到扶廣山，勑青真小童出六甲左右靈飛致神之方十二事，當以授劉徹也。"駐景：駐顔，使容光不老。景，光。鳳紙：王建《宫詞》："每日進來金鳳紙，殿頭無事不教書。"唐時封官用金鳳紙。

〔一二〕《武皇內傳》：即《漢武帝內傳》，題班固著。

這三首詩講什麽，明朝胡震亨《唐音戊籤》説："此似詠其時貴主事。味蕭史一聯及引用董偃水精盤故事，大指已明，非止爲尋恒(常)閨閣寫豔也。"這裏用了蕭史的故事，蕭史是秦穆公女兒弄玉的丈夫，又是成仙的；董偃是漢館陶公主寡居後寵幸的人。這兩個典故都指詩是寫公主的事。這裏還可補充一點。《輿地紀勝》："唐初魯王靈夔、滕王元嬰相繼鎮閬州，以衙宇卑陋，乃修飾宏大之，擬于宫苑，謂之閬苑，中有五城；宋德之爲守，又建碧玉樓于西城之西南隅，亦名十二樓，以成閬苑之勝概。"詩裏講的閬苑，講的碧城十二，可能從碧玉樓和五城十二樓來的，那是唐諸王的事，借指唐諸公主出家後所修建的道館。因爲是公主的事，所以稱《武皇內傳》了。

何焯《義門讀書記》："此以詠其時貴主事。唐初公主每自請出家，與二教(佛、道)人媟近。商隱同時,如文安、潯陽、平恩、邵陽、永嘉、永安、義昌、安康諸主皆先後丐(求)爲道士,築觀在外。史即不言他醜,于防閑復行召入,頗著微詞(譏刺的話)。"馮浩《箋注》更加說明。

"首章泛言仙境,以賦入道。首句高居,次句清麗温柔,入道爲辟塵,尋歡爲辟寒也。三四書憑鶴附,樹許鸞棲,密約幽期,情狀已揭。下半尤隱晦難解,竊意海底河源,暗用三神山反居水下與乘槎上天河見織女事(《博物志》稱每年八月,海邊有浮槎[大木]過,不失期。有人攜糧上槎,至一處,望宫中多織婦),謂天上之星已沉海底而當窗自見,暮行之雨待過河源而後隔座相看,以寓遁入此中,恣其夜合明離之跡也。'曉珠'似當謂日,水晶盤專取清潔之意。本集中'慢裝嬌樹水晶盤'(《天平公座中呈令狐令公》),狀女冠之素豔矣。惟曉珠不定,故得縱情幽會;若既明且定,則終無昏黑之時,一生只宜清冷耳,蓋以反託結之也。"公主出家所造的道觀,比做仙境,所以用碧城閬苑來比。既然用道觀比仙境,所以公主所用的東西也是仙家之物,像辟塵犀、辟寒玉,這裏雙關,辟塵比入道,辟寒玉又稱暖玉,比尋歡。託鶴寄信,樹許鸞棲,暗指密約幽會。星沉海底,馮說用三神山在水下,故星沉海底,當窗可見,但與幽期何關?雨過河源,指天河與海通,過河源見織女,雨指神女化爲行雨,跟織女何關?又稱曉珠明又定指白晝離去,則公主只對水晶盤,一生顯得清冷,又與夜合不相應,既是夜合,怎麽一生清冷?程夢醒箋認爲:"于是當窗所見,每致念于雙星;隔座所看,慣興思于雲雨。當此幽期,惟求長夜。若是趙后之珠,照媸爲妍,能至曉而不變,則不至色衰愛弛,漢主當一生眷之,長對其舞水晶盤上矣。"照這樣説,那末當窗所見,想的是雙星相會;隔座相看,想到雲雨,這就同歡會相合。又認爲曉珠指不夜珠,可以照醜爲美,以水晶盤爲豔舞,一生長對指長得所歡之愛,似可補馮説之不足。第一首寫公主出家的道館像仙家宫殿,服飾珍奇。她與道士幽期密約,像雙星相見,又像神女會襄王,一生過着豔冶的生活。

"次章先美其色,對影聞聲,已極可憐(愛),況得游戲其間耶?不逢蕭史,謂本不下嫁,何有顧忌。莫見洪崖,謂得一浮丘(指仙人,即道士)情當知足。紫鳳赤鱗,狂且(狂夫)放縱之態。然而尚有欲親而未得者,故獨眠而悵望耳。”程說:“首二句不但對玉郎之影,惝怳目成,即或聞玉郎之聲,亦復神往,此所以爲可憐也。”可以作爲補充。又“蓮葉何田田,魚戲蓮葉間”,指男女相戲。“不逢”兩句,指公主用情當有專屬,如專屬于蕭史,那末不見蕭史就不當再有所戀,不要看到洪崖又拍肩留情。這是諷刺公主亂交道士,用情不專。紫鳳赤鱗比與公主游戲的道士,敢于對公主放嬌狂舞。銜楚佩指公主解佩相贈,撥湘絃指公主彈琴,所歡作舞。鄂君是鄂國的公子,指貴族子弟。這句當爲“悵望鄂君舟中夜”,因平仄關系而倒裝。寫公主又想望貴族子弟而不得,只好綉被獨眠。“舟中夜”指越女,比公主。第二首寫公主聲容的美好,與道士嬉戲,用情不專,使得所歡放嬌狂舞。公主還別有所戀,因想望不遂而獨眠。

“三章程(夢星)箋頗妙,謂紀其跡之彰著,而致警于人言之可畏也。首句泝歡會也。次句以深藏引起下聯,兔曾在腹,網未收枝,比喻隱而實顯,當《藥轉》(指墮胎)參看。五六惟願美色不衰,歡情永結。結二句總括三章,《漢武内傳》多紀女仙,故借用之。孝轅(胡震亨)之子夏客云:讀劉中山(禹錫)《題九仙宫主舊院詩》:‘武皇曾駐蹕,親問主人翁。’(漢武帝曾經親自到館陶公主家,稱公主寵幸的董偃爲主人翁。這裏指唐朝皇帝也親自到九仙公主出家的道觀裏,親自問起公主所歡的道士。)前此詩人未嘗諱言,何疑于玉谿哉!以此解之,通體交融矣。”這首詩用七夕牛郎織女相會來比公主與所歡的相會,是先期約定的。道士來了,洞房裏的簾箔一直挂着。直到珠胎暗結,月中兔初生魄,像珊瑚的初生還未有枝,用鐵網來取珊瑚,暗指墮胎。神方駐影,希望容顏不老。鳳紙寫相思,用鳳紙正是公主身份。末聯正指這種醜行,無法隱祕,外間還是知道的。“人間”同天上相對,說明以上指的是天上的事,公主的道觀同于宫庭,所以比作天上。這三首是諷刺詩,諷刺唐朝公主的醜行的。

這三首詩是對唐公主入道的醜行的諷刺。作者的本領,在用含蓄手法,寫得高華富麗,文采照映,把醜行掩蓋起來,在關鍵處加以透露。正由于這種手法,所以引起各種猜測。有一種說法,認爲是作者寫他的戀愛故事。但作者明白指出:“《武皇内傳》分明在,莫道人間總不知。”他寫的是宫庭中的事,不是人間的事。也有人認爲這是寫明皇貴妃的事,作者已經指出“玉輪顧兔初生魄”,暗指懷孕,那就同明皇貴妃無關了。類似這種地方,點明了作意。

偶題二首

小亭閒眠微醉消,山榴海柏枝相交〔一〕。水文簟上琥珀枕,傍有墮釵雙翠翹〔二〕。

〔一〕山榴:山石榴,即石榴。

〔二〕水文簟:織成有水紋的竹席。翠翹:翡翠鳥尾上的長羽毛,指金釵作成翠翹形。

清月依微香露輕,曲房小院多逢迎。春叢定是饒棲鳥,飲罷莫持紅燭行。

紀昀評第一首:“豔而能逸,第二句有意無意絶佳。”山榴是開花的,與海柏枝條相交結,有暗示,所以説在有意無意之間。不説枕上有人,説旁有墮釵,這也是暗示的説法。後來歐陽修《臨江仙》作:“水精雙枕,傍有墮釵横。”即從這首詩裏化出。紀評第二首:“對面寫來,極有情韻,此豔詩之工者。”這是寫富貴家多曲房小院,因爲怕裏面住着的人見到紅燭都要出來迎候,所以便不持紅燭悄悄走過。“春叢定是饒棲鳥”,也在有意無意之間,春叢正像曲房院,棲鳥正像住在裏邊的人,這詩也寫得含蓄,雖寫豔情而不淫靡。

日　射

日射紗窗風撼扉，香羅拭手春事違。迴廊四合掩寂寞，碧鸚鵡對紅薔薇。

薔薇初夏開花，那時春天已經過去，所以稱“春事違”。“香羅拭手”是此中有人，但“掩寂寞”，正寫出深閨獨居，所見的只有“碧鸚鵡對紅薔薇”吧了。程夢星注：“此爲思婦詠也，獨居寂寞，怨而不怒，頗有貞靜自守之意，與他豔語不同，蓋亦以之自喻也，意其在移家永樂時乎?”紀昀批：“佳在竟住。”即寫出鸚鵡薔薇相對，除了點出“寂寞”外，没有别的話，寫得含蓄不露。寫景物處，色采鮮豔，來反襯内心寂寞，巧于運用襯託手法。這首詩寫閨怨，是否自喻，從詩裏還不易判斷。姚培謙箋：“末句妙，不能彌無情作有情也。”指出另一種映襯，即用鸚鵡薔薇的無情，反襯思婦的有情，愈見寂寞。

這首詩，何焯批：“古體。”姚培謙箋與屈復《詩意》都列入七絶，那當是古絶。“回廊”句後五字皆仄，末句後三字皆平，拗句也要求對應。

獨居有懷

麝重愁風逼，羅疏畏月侵〔一〕。怨魂迷恐斷，嬌喘細疑沉。數急芙蓉帶，頻抽翡翠簪〔二〕。柔情終不遠，遥妒已先深。浦冷鴛鴦去，園空蛺蝶尋。蠟花長遞淚，箏柱鎮移心〔三〕。覓使嵩雲暮，回頭灞岸陰〔四〕。只聞涼葉院，露井近寒砧。

〔一〕麝：麝香，指香。羅：指羅幃。

〔二〕急：拉緊。人越來越瘦，所以要幾次拉緊帶子。翡翠簪：見《念遠》注〔三〕。

〔三〕蠟花：燭花。淚：蠟淚。移心：旋緊箏柱上的絃。

〔四〕嵩雲：見《寄令狐郎中》注〔二〕。灞岸：在長安。

何焯評："亦爲令狐而作，觀嵩雲灞岸句可見。柔情句見己之不忘舊好，遥妒句謂李宗閔等間之也。"商隱《寄令狐郎中》有"嵩雲秦樹久離居"句，跟這裏的嵩雲灞岸一致，可見這詩也是爲令狐綯而作。這篇借婦女來自比，她獨居愁苦，怕風怕月，實際上是身體瘦弱怕冷。她幽怨，怕魂斷；氣息弱，越來越細。人瘦，腰帶多次收緊；髮脱，髮簪幾次抽换。她的柔情不改，别人的遥妒已深。鴛鴦棲宿的浦上，因鴛鴦的分飛而顯得冷落；蝴蝶雙飛的南園，因蝴蝶的分飛顯得空廓，只剩下她一個人來尋找舊蹤跡了。入夜，蠟燭爲她掉淚；彈箏，由于調促絃柱經常轉動；前者像她的愁苦掉淚，後者像對方的變心。要找個使人，那嵩山雲暮，一時難找，回望長安那人居處，只有陰雲遮住視綫。夜裏只聽見院裏的涼風吹樹葉，跟着井畔搗衣的砧聲相應。

這首詩，嵩雲灞岸是點題，柔情遥妒是關鍵。不説對方薄情，却説有人遥妒，這是温柔敦厚的寫法，希望對方能回心轉意。正由于對方的薄情，害自己愁苦消瘦，愁風畏月都由此而來。以下的話，也由此而來。

紀昀評："格不甚高，而語意清麗，純以情韻勝人。"這裏用了芙蓉帶、翡翠簪、鴛鴦浦、蛺蝶園、嵩雲、灞岸，是運用辭藻。這種辭藻不礙清新。全詩寫情，委宛曲折，以清麗勝。

龍　池〔一〕

龍池賜酒敞雲屏，羯鼓聲高衆樂停〔二〕。夜半宴歸宫漏永，薛王沉醉壽王醒〔三〕。

〔一〕龍池：引龍首渠水成池，在今西安市興慶公園内。開元二年，唐玄宗在這裏建興慶宫。見《長安志》。

〔二〕敞：張開。雲屏：雲母屏風。羯(jié)鼓：由羯族(匈奴族的一支)傳來的鼓，聲音高亢急促，用兩杖擊。玄宗愛聽羯鼓。

〔三〕宫漏永：銅壺滴漏的計時器聲音長久，指夜深不能入睡。薛王：唐玄宗弟李業封薛王，開元二十二年死，子李琄封嗣薛王，這裏指嗣薛王。壽王：玄宗第十八子。《新唐書・楊貴妃傳》："始爲壽王妃。(玄宗)召納禁(宫)中，即爲自出妃意者，丐籍女官，號太真。"

《鶴林玉露》説："詞微而顯，得風人之旨。"楊貴妃原是壽王的妃子，玄宗奪來封爲貴妃。因此，薛王、壽王去興慶宫赴宴，薛王喝醉了，壽王喝不下酒，還醒着，回去睡不着，一直聽見銅壺的滴漏聲。另一首《驪山有感》，寫的是同一主旨："驪岫飛泉泛暖香，九龍呵護玉蓮房(指温泉噴處刻成玉蓮房，又有九龍回繞)。平明每幸長生殿，不從金輿惟壽王。"何焯批："太露，少含蓄。"兩首詩的用意相同，這首詩説"壽王醒"，從中透露出他喝不下酒，再透露出他的心事。從龍池賜宴到聽樂，都没有接觸到貴妃，寫得比較隱約。另一首説"幸長生殿"，坐"金輿"，這裏就有明皇和貴妃兩人在内，壽王自然不便隨從。因此，"不從金輿"的提法就顯得太露了。所以《驪山有感》不如這一首。

齊宫詞

永壽兵來夜不扃，金蓮無復印中庭〔一〕。梁臺歌管三更罷，猶自風摇九子鈴〔二〕。

〔一〕《南史·齊東昏侯紀》："又别爲潘妃起神仙、永壽、玉壽三殿。蕭衍師（兵）至，（王）珍國、張稷懼禍，乃謀應蕭衍，夜開雲龍門，勒兵入殿。是夜，帝在含德殿，吹笙歌作《女兒子》，卧未熟，聞兵入，趨出，直後張齊斬首，送蕭衍。"扃（jiōng）：關閉。《南史·齊東昏侯紀》："又鑿金爲蓮華以帖地，令潘妃行其上，曰：'此步步生蓮華也。'"

〔二〕梁臺：梁宫，齊爲梁所滅。《容齋續筆》："晉宋間謂朝廷禁省（宫廷）爲臺，故稱禁城（宫城）爲臺城。"《南史·齊東昏侯紀》："莊嚴寺有玉九子鈴，外國寺佛面有光相，禪靈寺塔諸寶珥，皆剥取以施潘妃殿飾。"

紀昀批："意只尋常，妙從小物寄慨，倍覺唱嘆有情。"這首詩不發議論，用即小見大的寫法，就九子鈴來感嘆齊的覆亡。屈復《詩意》説："不見金蓮之跡，猶聞玉鈴之音，不聞于梁臺歌管之時，而在既罷之後。荒淫亡國，安能一一寫盡，只就微物點出，令人思而得之。"從不見金蓮之跡，想像東昏侯使潘妃步步生蓮；從風摇九子鈴，想見東昏侯寵愛潘妃；顯出荒淫亡國。姚培謙批："荆棘銅駝，妙從熱鬧中寫出。"寫齊朝的亡，不是從齊朝的荆棘或荒蕪來寫，從梁臺歌管和風摇九子鈴來寫，即從熱鬧中寫，見得構思的巧妙。這樣寫又是符合真實的，因爲在梁臺歌管時，聽不見風吹九子鈴聲，要到歌管停後，夜深静寂，纔聽得見風吹九子鈴聲。

野　菊

苦竹園南椒塢邊，微香冉冉淚涓涓〔一〕。已悲節物同寒雁，忍委芳心與暮蟬。細路獨來當此夕，清樽相伴省他年。紫雲新苑移花處，不取霜栽近御筵〔二〕。

〔一〕苦竹：竹的一種，筍籜上有黑斑。苦竹園、椒塢，竹苦、椒辛，都喻愁恨。冉冉：漸漸。涓涓：狀不斷。

〔二〕紫雲：一作紫微，開元元年，改中書省曰紫微省，中書郎曰紫微郎。

程夢星注："此詩與《九日》詞旨皆同，但較渾耳。中間已悲節物、忍委芳心二語，即《離騷》'老冉冉其將至，恐修名之不立'意。蓋日月逝矣，能無慨然。五六二語與'九日樽前有所思'正同。七八二語與'不學漢臣栽苜蓿'正同，故知此詩爲一情一事。野菊命題，即君子在野之嘆也。"這首詩的苦竹園、椒塢指在野艱辛，正切"野"字，與"紫微新苑"之在宮庭中的有朝野的分別。"紫微新苑移花"，指令狐綯官中書舍人，故稱紫微。微香冉冉喻己之高潔，淚涓涓與愁苦相應。雖悲同寒雁，不忍與暮蟬同盡，向令狐綯陳情。細路獨來回思往事，在重九節曾伴令狐楚同飲。今則令狐綯已入中書省，不取野菊移入宮庭，有希望他推薦的意思。這首詩句句寫野菊，"已悲"一聯能寫出野菊的精神，又寄託身世之感，是詠物詩中的傳神之句。

無　　題

紫府仙人號寶燈，雲漿未飲結成冰〔一〕。如何雪月交光夜，更在瑤臺十二層〔二〕？

〔一〕紫府：仙人居處。《抱朴子・祛惑》："及到天上，先過紫府，金牀玉几，晃晃昱昱，真貴處也。”道源注：“佛有寶燈之名。”《漢武故事》：“西王母曰：‘太上之藥有玉津金漿，其次藥有五雲之漿。’”

〔二〕《拾遺記・崑崙山》：“崑崙山者，上有九層。傍有瑶臺十二，各廣千步，皆五色玉爲臺基。”

馮浩《箋注》：“《新唐書・令狐綯傳》：綯爲承旨，夜對禁中，燭盡，帝以乘輿金蓮華炬送還。院吏望見，以爲天子來，及綯至，皆驚。可爲此首句類證也。時蓋元夕在綯家，候其歸而飲宴，故言候之久而酒已成冰，當此寒宵，何尚不歸乎？”紫府瑶臺都比宫廷，十二層極言綯地位的崇高，雪月交光正指他處境的優越。

昨　日

昨日紫姑神去也，今朝青鳥使來賒〔一〕。未容言語還分散，少得團圓足怨嗟。二八月輪蟾影破，十三絃柱雁行斜〔二〕。平明鐘後更何事，笑倚牆邊梅樹花。

〔一〕紫姑神：見《聖女祠》“杳靄逢仙跡”注〔四〕。

〔二〕二八：指陰曆十六日；十五日月圓，十六日開始破壞月圓。蟾影：月影。《後漢書・天文志》注：“羿請無死之藥于西王母，姮娥竊之以奔月，是爲蟾蠩。”十三絃：《玉篇》：“箏似瑟，十三絃。”雁行斜：《輯評》引朱彝尊評：“雁行斜，言箏柱斜有如雁飛也。”

《昨日》用詩的開頭兩字爲題，也是“無題”詩。正月十五日夜迎接紫姑神，紫姑神去後的今朝是十六日。《無題》“相見時難”：“蓬萊此去無多路，青鳥殷勤爲探看。”青鳥使來賒，賒是緩，爲青鳥使不來的婉轉説法，即探看蓬萊没有消息。那是“相見時難别亦難”,這時是“未容言語還分散”,即使相見了,不等傾吐衷腸就送客了,這正是指令狐綯不容聽他傾訴。就是這樣的接見也極少,所謂“相見時難”,所以够使他怨恨了。這正像月圓開始破,筝的絃柱像大雁的飛行排成斜陣,發出悲哀的聲音。經過了一夜,到天亮後更有什麽事可辦呢?馮浩注:“‘更’字慘極,味乃不窮。詩爲元夕次日作。三句憶匆匆往還,四句嘆歡聚甚少,五句取破鏡之義,六指哀筝之調,皆互見爲令狐所賦諸詩中,結則極狀無聊也。考其元宵在京之跡,則大中四年。”結句笑倚梅樹花,使人想到《十一月中旬至扶風界見梅花》:“素娥惟與月,青女不饒霜。贈遠虚盈手,傷離適斷腸。”素娥只幫助月亮,不肯幫助梅花,正像令狐綯只爲自己的地位上升打算,不肯幫助他進入翰林院。就“還分散”説,正是“傷離適斷腸”了。但着一“笑”字,或是笑梅花的不被素娥所贊助,跟自己的遭遇相似吧。末聯的“更”和“笑”,耐人尋味。

錢鍾書先生《談藝録》補訂本(一八一頁)論詩中用虚字,獨稱:“李義山《昨日》首句‘昨日紫姑神去也’,摇曳之筆,尤爲絶唱。”“昨日”一聯是流水對,意義連貫而下,對仗極工,却使人不覺它是對仗,它的妙處在用“也”字,變對仗的板滯爲靈活,所以摇曳生姿。

一　片

一片非烟隔九枝,蓬巒仙仗儼雲旗〔一〕。天泉水暖龍吟細,露畹春多鳳舞遲〔二〕。榆莢散來星斗轉,桂花尋去月輪移〔三〕。人間桑海朝朝變〔四〕,莫遣佳期更後期。

〔一〕《漢書·天文志》:“若烟非烟,若雲非雲,鬱鬱紛紛,蕭索輪囷,是謂慶雲。”九枝:一幹九枝燈。沈約《傷美人賦》:“拂螭雲之高帳,陳九枝之華燭。"蓬巒：即蓬萊仙山。《楚辭·離騷》："載雲旗之委蛇。"指仙家儀仗之一。

〔二〕《晉書·禮志》：晉中朝公卿以下至于庶人，皆禊洛水之側。"(三月)三日，會天泉池賦詩。"天泉池在河南洛陽東，在晉代都城。這裏借指唐代都城内的泉水。馬融《長笛賦》："龍鳴水中不見已，截竹吹之聲相似。"畹：十二畝爲畹。

〔三〕榆莢：榆樹的果實，陰曆二月生，三月落。星斗轉：北斗星斗柄所指各月不同，故稱斗轉。宋之問《靈隱寺》："桂子月中落。"相傳月中有桂樹。

〔四〕桑海：《神仙傳·王遠》："麻姑自説云：'接待以來，已見東海三爲桑田。'"

馮浩《箋注》："愚謂總望令狐身居内職，日侍龍光，而肯垂念故知，急爲援手，皆在屢啓陳情之時。"朱彝尊批："詩中九枝星月，俱以夜景言，則一片亦泛言夜色朦朧也。"非烟既指慶雲，蓬巒仙仗以比朝廷，則當指内庭夜召。何焯批：龍吟細"嘆好音之難得"，鳳舞遲"嘆美質之難親"。令狐綯身居相位，日在内庭，嘆未能援手。榆莢散錢在三月，桂花尋去已九月，佳期已誤，不要再誤了，希望他加以援手的迫切心情。

白雲夫舊居〔一〕

平生誤識白雲夫〔二〕，再到仙簷憶酒壚〔三〕。牆柳萬株人絶跡，夕陽惟照欲棲烏。

〔一〕白雲夫：姚培謙箋："白雲夫必是異人，如丹丘子之屬。"馮浩注引徐逢源箋，據《唐書·藝文志》有令狐楚《白雲孺子表奏集》十卷，因以白雲夫爲令狐楚。

〔二〕誤識：姚箋："誤識者，惜其當面錯過也。"紀昀評："誤識猶言錯認，言當時竟不深知其人。"徐箋："誤識即'早知今日繫人心，悔不當初不相識'之類，深感之之詞也。"

〔三〕《世説·傷逝》："王濬仲經黄公酒壚下過，顧謂後車客：'吾昔與嵇叔夜、阮嗣宗酣飲於此壚，自嵇生夭、阮公亡以來，便爲時所羈紲。今日視此雖近，邈若山河。'"

這首詩，從"誤識"和"仙簷"看，白雲夫當是道家一流人，不象是令狐楚。楚是商隱的第一知己，商隱的工于時文，善爲章奏，得到楚的指教，不能説成誤識。令狐楚是大臣，不能稱他的故居爲仙簷。從《九日》看，他的故居也不是"人絶跡"。當以姚箋紀評爲是。

"再到"是第二次到，"憶酒壚"，白雲夫已經去世，亦見他不是令狐楚。這詩的特點，正像《憶住一師》，寫出一種境界來襯出人物，前者用"爐烟消盡寒燈晦，童子開門雪滿松"來寫住一師，這裏用"牆外萬株人絶跡，夕陽惟照欲棲烏"來寫白雲夫。前者對住一師有敬仰意，所以寫出清絶高潔的境界；這裏對白雲夫有哀悼意，所以寫出冷落悲涼的境界。這又顯出兩者的不同。

謝先輩防記念拙詩甚多異日偶有此寄〔一〕

曉用雲添句，寒將雪命篇。良辰多自感，作者豈皆然？熟寢初同鶴，含嘶欲並蟬〔二〕。題時長不展，得處定應偏。南浦無窮樹〔三〕，西樓不住烟。改成人寂寂，寄與路綿綿。星勢寒垂地，河聲曉上天。夫君自有恨，聊借此中傳。

〔一〕謝防：馮浩注："一作昉。"疑當作謝昉。先輩：科舉時代同年考中進士的人互稱"先輩"。《國史補》下："得第謂之前進士，互相推敬，謂之先輩。"

〔二〕《初學記·鶴》："常夜半鳴，其聲高朗，聞八九里。"此稱"熟寢"，或指熟眠時同鶴的無聲，到夜半警醒。

〔三〕《楚辭·九歌·河伯》："送美人兮南浦。"指送别。

這首詩是商隱寫他作詩的，對理解他怎樣作詩有幫助。首聯點出"曉"和"寒"，下面"星勢寒垂地，河聲曉上天"，用"寒"和"曉"呼應，這裏又點晝夜，曉屬晝，星屬夜。提"寒將雪"後，又提"良辰"，即春秋佳日。那末，即從晝到夜，從春到冬，都在寫作。寫的内容，"用雲""將雪"，是點染景物，"多自感"，是多的感懷。"同鶴""並蟬"，指鶴唳蟬嘶的悲鳴。因此題時不展，從心頭到眉頭，即有愁苦，就無法開展了。得處應偏，即有所得，也不能没有偏蔽，即偏于愁苦之音，缺少歡樂之作。其中有南浦送别的，有西樓懷人的。詩成而人已去，寄與則道路遥遠。

下面提到他的詩在藝術上的特色，馮浩箋："'星勢'二句，言聲光在此而感發在彼，方吸(引)起謝自有恨，借我詩傳之，故記念甚多也。"這是説，商隱的詩，像星光在天，下垂于地，像河聲在地，上及于天，即聲光在此而感發在彼。因此，他的詩引起謝防的感觸。謝防對他的詩記誦甚多，是謝自有恨，借他的詩來寄託自己的感情，不是感商隱之所感。换言之，商隱的詩不是寫他一人的感觸，也寫出當時象謝防這樣的人的感觸，所以謝防要借他的詩來傳達自己之所感，即商隱的詩是特殊性與普遍性的結合，對當時的一部分人有它的代表性。朱鶴齡箋引劉禹錫《唐故柳州刺史柳君集》："天下文士，争執所長，與時而奮，粲焉如繁星麗天。而芒寒色正(朱注引"粲焉"兩句，"焉"作"然")，人望而敬者，五行(五大行星)而已。"這是用"芒寒色正"來注"寒垂地"的"寒"字。正因芒寒色正，使人望而敬，跟一般的星不一樣，這也顯出商隱的詩有它的特色。它的聲光在詩壇上照耀傳布，不同平常。這聯對我們理解他的詩有幫助，可供體味。

馬嵬二首〔一〕

冀馬燕犀動地來，自埋紅粉自成灰〔二〕。君王若道能傾國，玉輦何由過馬嵬〔三〕？

〔一〕馬嵬：在今陝西興平縣西。《舊唐書·楊貴妃傳》："(安)禄山叛，潼關失守。(天寶十五載六月)從幸至馬嵬，禁軍大將陳玄禮密啓太子，誅(楊)國忠父子。既而四軍不散，曰'賊本尚在'，蓋指貴妃也。帝不獲已，與妃訣，遂縊死于佛室，時年三十八，瘞于驛西道側。"

〔二〕冀馬：《左傳》昭公四年："冀之北土，馬之所生。"燕犀：燕地所出犀牛皮甲。《後漢書·蔡邕傳》："幽冀舊壤，鎧馬所出。"

〔三〕傾國：本李延年歌"再顧傾人國"，指空國的人來看。又《詩·大雅·瞻卬(仰)》："哲夫成城，哲婦傾城。""傾城"即"傾國"。指周幽王迷戀褒姒亡國。此説玄宗倘知迷戀佳人會傾覆國家，就不會有出奔過馬嵬之事了。

海外徒聞更九州，他生未卜此生休〔四〕。空聞虎旅鳴宵柝，無復鷄人報曉籌〔五〕。此日六軍同駐馬，當時七夕笑牽牛〔六〕。如何四紀爲天子，不及盧家有莫愁〔七〕。

〔四〕《史記·騶衍傳》："以爲儒者所謂中國者，于天下乃八十一分居其一分耳，中國名曰赤縣神州，赤縣神州内自有九州。中國外如赤縣神州者九，乃所謂九州也。"陳鴻《長恨歌傳》："玉妃(楊貴妃)茫然退立，若有所思，徐而言曰：'昔天寶十載，侍輦避暑於驪山宫。

秋七月,牽牛織女相見之夕,時夜殆半,獨侍上。因仰天感牛女事,密相誓心,願世世爲夫婦。'"

〔五〕虎旅：指禁衛軍。宵柝(tuò)：夜裏巡邏報更的梆子。鷄人：宫中代替公鷄報曉的人。籌：報曉用的工具。

〔六〕此日：天寶十五載六月十四日,玄宗和禁衛軍駐紮馬嵬坡,禁衛軍駐馬不前,要求殺死楊貴妃。

〔七〕四紀：四十八年,十二年爲一紀。玄宗在位四十五年。盧家莫愁：梁武帝歌:"河中之水向東流,洛陽女兒名莫愁。十五嫁爲盧家婦,十六生兒字阿侯。"

馮浩注"自埋紅粉自成灰"句:"兩'自'字凄然,寵之適以害之,語似直而曲。"從寵之適以害之看,楊妃雖非明皇所殺,但明皇的愛寵反而害了她,正是諷刺明皇的迷戀女色,荒淫召亂,以致逃奔入川。杜甫《北征》:"不聞夏殷衰,中自誅褒妲。"歸美玄宗。鄭畋《馬嵬坡》:"總是聖明天子事,景陽宫井又何人!"推美玄宗。羅虬《比紅兒詩》:"馬嵬好笑當時事,虚賺明皇幸蜀川。"歸罪楊妃。都没有諷刺明皇,都不如此詩的富有思想性。

紀昀批:"歸愚(沈德潛)謂起無原委,則不然,此本第二首,前首已有原委。"兩首連讀可以看得全面些。第一首諷刺明皇,第二首,何焯評:"末句乃不能保其妻子之意,專責明皇,極有識也。"這首的責備玄宗,是結合"願世世爲夫婦"的傳説,認爲玄宗對楊妃是確實相愛的,那爲什麽不能保護她呢？這個意見是商隱獨特的看法,所以第二首超過第一首,成爲傳誦之作。何焯評:"起聯變化之至,超忽。"這個開頭確是突出,正是從獨特的命意來的,"他生未卜此生休",跟"七夕笑牽牛"聯繫。紀昀批:"五六逆挽之法,如此用筆便生動。温飛卿《蘇武(廟)》詩亦此法也。"温庭筠詩"回日樓臺非甲帳,去時冠劍是丁年",先説"回日",倒泝"去時",同先説"此日",倒泝"當時",所以説逆挽,不是順敍,顯得生動。

離亭賦得折楊柳二首〔一〕

暫憑樽酒送無憀，莫損愁眉與細腰〔二〕。人世死前惟有别，春風争擬惜長條〔三〕。

〔一〕離亭：離别的驛亭，即驛站，是離别處。賦得折楊柳：賦詩來詠折柳送别。《折楊柳》是曲子名。

〔二〕無憀(liáo)：無所依賴，指愁苦。愁眉與細腰：柳葉比眉，柳枝的柔軟比腰，有雙關意。

〔三〕争擬：怎擬，即不擬，即爲了惜别，不想愛惜柳條。

含烟惹霧每依依，萬緒千條拂落暉〔四〕。爲報行人休盡折，半留相送半迎歸。

〔四〕含烟惹霧：茂密的柳條像籠罩在烟霧中。依依：狀戀戀不舍。

這兩首是告别的詩，從愁眉細腰看，是和一位姑娘作别，姑娘因離别而愁苦。這種離别只比死差一點，爲了安慰，怎麽能愛惜柳條？不能不折柳贈别。開頭的借酒澆愁，跟愁眉呼應，正因爲别離而愁苦，所以要折柳送别，同不擬惜長條相應。"莫損"是勸慰那位姑娘，不要因離别的愁苦使你的愁眉細腰再受到損害了；愁眉細腰雙關柳樹，那不成了不要去攀折柳枝了嗎？這又和"惜長條"相應。忽然來個轉折，這次的分别，不是一般的分别，是比死只差一點的分别，那就顧不得惜長條。從惜長條轉到不惜長條，正竭力寫出别愁之深，第三句在這裏起了極大的轉折。在這個從惜長條到不惜裏，也含有從"莫損愁眉細腰"到有損愁眉細腰在内。莫損是寬慰,實際由于愁苦的深切還是要有損的。含意就是這樣的深沉和曲折。何焯評“人世死前惟有别”是“驚心動魄,一字千金”,就指這句話的深刻,在詩中也起到關鍵性的轉折作用。

前一首寫得愁苦到極點,這一首加以寬解,跟“莫損”呼應。愁苦是由于離别,離别後還可以相逢,這就有了希望,真的勸她莫損了。不論是早上的含烟惹霧,晚上的在夕照中拂動着,柳條每每依依惜别,非常多情。這個依依既指柳,也指告别的雙方。柳條既極多情,那末既可以送别,當然也可以迎歸,那就轉出“爲報行人休盡折”,要“半留相送半迎歸”了。何焯批:“折字前正此反,阿那曲折。”上一首不擬惜長條是盡量折,指折;這首一半不折,一正一反,摇曳生姿。

無　題

近知名阿侯,住處小江流〔一〕。腰細不勝舞,眉長惟是愁〔二〕。黄金堪作屋,何不作重樓〔三〕?

〔一〕《河中之水歌》:“河中之水向東流,洛陽女兒名莫愁。十五嫁爲盧家婦,十六生兒是阿侯。”阿侯是男,此作女,或誤記。

〔二〕《後漢書·五行志》:“桓帝元嘉中,京都婦女作愁眉、啼粧,所謂愁眉者細而曲折,啼粧者薄拭目下若啼處。”

〔三〕黄金作屋,見《茂陵》注〔四〕。重樓:樓上之樓。

《有感》的説明裏引了紀昀對《無題》詩的較全面説明,認爲“有戲爲豔體者,‘近知名阿侯’之類是也”。因此選了這首詩,便于對《無題》詩作研究。紀昀又批:“此三韻律詩,韓集白集俱有之。”又説:“藏于屋中,人不得見,樓上則或得見矣。此小巧弄姿,無關大雅。”這是豔體詩,没有寓意,可備《無題》詩的一種。

咸陽

咸陽宫闕鬱嵯峨，六國樓臺豔綺羅〔一〕。自是當時天帝醉，不關秦地有山河〔二〕。

〔一〕《史記·秦始皇本紀》："秦每破諸侯，寫放其宫室，作之咸陽北阪上，南臨渭，自雍門以東至涇渭，殿閣複道周閣相屬，所得美人鐘鼓以充入之。"

〔二〕張衡《西京賦》："昔者大帝（上帝）悦秦穆公而覲（接見）之，饗以鈞天廣樂。帝有醉焉，乃爲金策（封册），錫（賜）用此土，而剪諸鶉首（二十八宿中的井宿到柳宿，它的分野當秦地，指把秦地賜給秦穆公）。"《史記·六國表序》："秦始小國，僻遠諸夏。然卒并天下，非必險固便、形勢利也，蓋若天所助焉。"

何焯評"六國"句："有多少意思。"又評"天帝醉"："'醉'字妙，明是天之未定。"説"六國樓臺豔綺羅"，指六國諸侯掠奪人民的財富，來建築豔于綺羅的樓臺，以致滅亡；秦再掠奪人民的財産，來建築豔于綺羅的六國樓臺，以致滅亡。即杜牧《阿房宫賦》説："嗚呼！滅六國者，六國也，非秦也；族（滅族）秦者，秦也，非天下也。"這裏指六國的滅亡是一層，秦的滅亡是兩層，唐敬宗的大建宫室也不會有好結果三層。説"當時天帝醉"，指上帝醉了把秦地賜給穆公，但等醒了可能又要收回，所以説"天之未定"。《孟子·萬章上》："天視自我民視，天聽自我民聽。"天的意旨通過民的意旨表達出來，天醒了也就是民醒了，就起來把秦朝推翻了，秦地雖有山河之險也没有用。這是告誡唐朝君主，要是走秦朝掠奪人民的老路，即使秦地有山河之險也是不可靠的，即使皇權神授也是不可靠的。它比《阿房宫賦》的用意相似，但語言更爲精練；比《阿房宫賦》多一層含意，即指皇權神授也靠不住。後來黄巢起義，攻入長安，正應了它的論點,“明是天之未定。”

魯迅《無題二首》“大江日夜”的“六代綺羅成舊夢”,即暗用“豔綺羅”句;又《無題》“大野多鉤棘”的“下土惟秦醉”,即暗用“當時天帝醉”句。“六國樓臺豔綺羅”,没有點明,把六國和秦的滅亡含蓄在内;魯迅句借古諷今,所以點明“成舊夢”,用意不同,隱顯各異。“自是當時天帝醉”,指明“當時”,暗指後來可能有變;“下土惟秦醉”,指明“下土惟秦”,由于天帝之醉,舉出“下土”切合當時情事。這裏也見出用意不同,雖同用一個典故,還是有變化的。這樣根據用意來運用典故,自然出以變化,不同于貌襲了。

青 陵 臺〔一〕

青陵臺畔日光斜,萬古貞魂倚暮霞。莫訝韓憑爲蛺蝶,等閒飛上别枝花〔二〕。

〔一〕青陵臺:在今河南封丘縣東北。《搜神記》:“宋康王舍人韓憑,娶妻何氏,美,康王奪之。憑自殺。其妻乃陰腐其衣。王與之登臺,遂自投臺下,左右攬之,衣不中手而死。”(《太平寰宇記》濟州鄆城縣韓冢引《搜神記》作“着手化爲蝶”)

〔二〕《山堂肆考》:“俗傳大蜨必成雙,乃韓憑夫婦之魂。”等閒:隨便。

馮浩《箋注》:“此詩之眼全在‘莫訝’二字,言雖暫上别枝,而貞魂終古不變。蓋自訴將傍他家門户,而終懷舊恩也。疑爲令狐作於將游江南時矣。《太平御覽》引《郡國志》:青陵臺在鄆州須昌縣,與《寰宇記》所引,皆唐時鄆州屬也。疑義山受知令狐,實始鄆幕,故以託意歟?”馮説大概可信,既稱“萬古貞魂”,又要“飛上别枝花”,似有矛盾,所以用“莫訝”來自解。作爲貞魂,萬古不變,只能倚暮霞,倚傍於青陵臺畔;化爲蝴蝶,不能不依傍花枝。即内心還是傾向令狐楚,但在楚死後,不能不投向别的府主。"暮霞"與"日光斜"相應,即傾心於青陵臺畔,故稱"貞魂"。

代魏宫私贈〔一〕

來時西館阻佳期,去後漳河隔夢思〔二〕。知有宓妃無限意,春松秋菊可同時〔三〕。

〔一〕原注:"黄初三年,已隔存没,追代其意,何必同時,亦廣《子夜》鬼歌之流變。"魏文帝黄初三年,曹植到京城朝見文帝,這時甄后已死,生死永隔。追想前事,代甄后意,託宫人私下贈詩給曹植,何必同時都活着,也是擴大《子夜》鬼歌之變化類。鬼歌《子夜》見《曲江》注〔二〕。這是代甄后私下贈詩給曹植。甄后原是袁紹的媳婦,爲曹丕所得,相傳曹植也懷念甄后,這傳説不可信。

〔二〕西館:曹植來京師朝見,文帝不接見他,讓他住在西館。因此甄后不能會見曹植。漳河:魏都在鄴,爲漳河所經過。曹植去後,由於漳河的阻隔,要夢想也難。按曹丕稱帝後,已遷都到洛陽,不在鄴了,這裏有意顛倒着説。

〔三〕宓妃:洛水的女神。曹植《洛神賦》:"古人有言,斯水(指洛水)之神,名曰宓妃。"春松秋菊:《洛神賦》:"榮耀秋菊,華茂春松。"

這首詩,借用曹植和甄后互相想念的傳説,代甄后寫這首詩送給曹植,表示想念的感情。事實上當時曹植和甄后,生死永别,所以作爲甄后的鬼作詩贈别。不便點明甄后,故稱做魏宫人。詩裏説,曹植來時被阻隔在西館,不能相見;曹植去後,在夢裏相思也難。你在《洛神賦》裏知道宓妃對你有無限深情,你倘接受這種深情,那末春松同秋菊可能同時出現的。愛情會把不可能的事變爲可能的。這首詩實際上不是代甄后寫給曹植，因爲兩人已經生死永別了。這是借來寫自己的事的。大概有一位女子熱情地戀着他，只是他來時因事被阻不能會面，他去後那女子還在想念。只要他能接受這種愛情，那末一切阻礙都可能破除的。

代元城吴令暗爲答〔一〕

背闕歸藩路欲分，水邊風日半西曛〔二〕。荆王枕上元無夢，莫枉陽臺一片雲〔三〕。

〔一〕這是代吴質回答魏宫私贈的。吴質，做元城令。魏宫私贈是送給曹植的，爲什麽不代曹植回答，却要代曹植的朋友吴質來回答呢？這裏含有曹植不接受對方的愛情的意思。

〔二〕背闕歸藩：曹植《洛神賦》："余從京師（京城），言歸東藩（指鄄城，在山東濮縣東）。背伊闕（龍門山，在洛陽南），越轘轅（坂名，在河南鞏縣西南）。日既西傾，車殆（危）馬煩（疲）。"

〔三〕宋玉《高唐賦序》："昔者先王（懷王）嘗游高唐，怠而晝寢，夢見一婦人，曰：'妾巫山之女也，爲高唐之客，聞君游高唐，願薦枕席。'王因幸之。去而辭曰：'妾在巫山之陽，高丘之阻，旦爲朝雲，暮爲行雨，朝朝暮暮，陽臺之下。'"

代吴質回答，實際上是代曹植回答，因爲曹植封鄄城王，所以用吴質來代，好比用宫人來代甄后。曹植背離伊闕，也可解作背離宫闕，回到藩國去。在日向西斜時，到洛水邊看到宓妃。他没有夢，不要徒然煩勞陽臺的一片雲，不用神女來入夢了。即宓妃有情，自己無情。上一首是寫有位女子在愛戀他，這首是説自己無情，不接受她的愛情。

代贈二首

樓上黄昏欲望休，玉梯横絶月中鈎〔一〕。芭蕉不展丁香結，同向春風各自愁。

〔一〕欲望休：望遠人望不見，所以不望。玉梯：猶玉階。横絶：横度。《史記·李將軍傳》："南絶幕。"正義："度也。"即從樓上下來。月中鈎：月合于鈎。

東南日出照高樓，樓上離人唱《石州》〔二〕。總把春山掃眉黛〔三〕，不知供得幾多愁。

〔二〕《陌上桑》："日出東南隅，照我秦氏樓。"《石州》："自從君去遠巡邊，終日羅幃獨自眠。"

〔三〕《西京雜記》："（卓）文君姣好，眉色如望遠山，臉際常若芙蓉。"《事文類聚》引《炙轂子》："漢明帝宫人掃青黛娥眉。"

第一首先説"樓上"，後説"玉梯"，與李白《菩薩蠻》先説"暝色入高樓，有人樓上愁"，後説"玉階空佇立，宿鳥歸飛急"一致。先是樓上望遠人，爲什麼要黄昏時望呢？《詩·王風·君子于役》："日之夕矣，牛馬下來。君子于役，如之何勿思。"她望的，正如《石州》説的"自從君去遠巡邊"，也是"君子于役"。從樓上下來，石級是横的，所以是横度，這正是月成鈎形。月圓像團圓，所以月如鈎正寫離别。芭蕉不展，丁香花結蕾，都像月如鈎，都表愁緒鬱結。同向春風既指芭蕉丁香，也指思婦。朱彝尊批："妙在同，又妙在各，他人千言不能盡者，此以七字盡之。"第二首寫思婦唱《石州》,正指思遠人。"青山掃眉黛",即用青黛掃眉作春山,或"青山——掃眉黛"。眉如春山,也容不下這許多愁。紀昀批:"二首情致自佳,豔體之不傷雅者。"第一首用"芭蕉不展丁香結"來比,巧于用思。第二首用春山比眉,引出能供幾多愁來,成爲寫愁的名句。

柳

動春何限葉,撼曉幾多枝?解有相思苦,應無不舞時。絮飛藏皓蛺,帶弱露黄鸝。傾國宜通體,誰來獨賞眉?

在春天,柳樹很早抽芽,從柳芽上可以看到春天的到來,所以説"動春",從柳葉的身上可以看到動人的春色,描摹入微。但動人的不光是柳葉,柳枝也動人,柳枝迎風起舞是動人的。這比舞女,她的眉是動人的,她的舞腰也是動人的。但她的身世飄零有如柳絮,她無法避免蝴蝶黄鸝的追逐。她的傾國之美是通體美好的,誰來獨自賞眉呢?這個誰當指作者自己,作者是獨賞眉的。她的相思當是對他而説的。這首詩當是同情她的身世,但他只能獨自賞眉,不能再有所幫助,只能造成相思的痛苦。説明他雖"有涉于篇什,實不接于風流"。程夢星評:"此首語語是柳,却語語是人。'動春何限葉',言其會合之情也。'撼曉幾多枝',言其離别之時也。'解有相思苦,應無不舞時',言黯然銷魂,彼此無奈,望遠惆悵,當有同心也。'絮飛藏皓蝶,帶弱露黄鸝',言弱質飄蕩,難保迷藏,蝶去鸝來,恐所不免也。結句則舉其豔麗殊絶,以著其相思難已也。唐人言女子,好以柳比之,如(白)樂天之'楊柳小蠻(侍女名)腰',(韓)昌黎之'倩桃、風柳(侍女名)',以及《章臺柳》詞(韓翃作,比柳氏)皆然,《韻語陽秋》可爲此詩左證也。"《韻語陽秋》卷十九裏提到商隱的《柳枝五首》,即指洛中女子。這裏指出這首《柳》是豔詩。

商隱詠柳詩有十九首,其中反映政治態度的見《垂柳》,反映身世之感的見《柳》"曾逐東風"並其他五首;反映豔情的是這首並《柳枝五首》《離亭賦得折楊柳》二首和其他四首。今列其他四首如下。

《贈柳》:"章臺從掩映,郢路更參差。見説風流極,來當婀娜時。橋回行欲斷,堤遠意相隨。忍放花如雪,青樓撲酒旗。"贈柳是借柳比人。章臺在京城,郢路在湖北的江陵,指這個人從京城到郢路。從掩映到參差不齊,顯得在郢路並不得意。但她正當芳年,又極風流。"行欲斷"指形迹要斷絶,"意相隨"指情意難捨。豈忍心讓她像柳絮在風中飄泊撲向青樓的酒旗呢?正因爲對她的關切,不忍她像柳絮的飄零。

《謔柳》:"已帶黄金縷,仍飛白玉花。長時須拂馬,密處少藏鴉。眉細從他斂,腰輕莫自斜。玳梁誰道好?偏擬映盧家。"黄金縷、白玉花,説她生活的富麗。拂馬藏鴉,比喻柳枝所接觸的各個方面。斂眉指她有愁,腰輕指她善舞,莫自斜指她不要傾向到那一方面去,可她偏偏準備照映盧家。沈佺期《獨不見》:"盧家小婦鬱金堂,海燕雙棲玳瑁梁。"謔柳就是譏笑他的拂馬藏鴉,投向盧家。

《柳》:"江南江北雪初消,漠漠輕黄惹嫩條。灞岸已攀行客手,楚宫先騁舞姬腰。清明帶雨臨官道,晚日含風拂野橋。如綫如絲正牽恨,王孫歸路一何遥。"輕黄是早春時,到清明春色正濃。何焯評:"第四所謂阿婆三五少年時,當摧殘而轉憶盛年,含結句恨字。"清明比阿婆,輕黄比三五少年時,已攀比摧殘。又批:"陡接第三,下句復打轉,變化生動。只領受許多風雨耳。"即三句陡接攀折,四句轉入舞腰,五六句只領受風雨,歸到恨字。馮注:"直作詠柳固得,或三四比其人自京來楚,結悵歸路尚遠,其楚中豔情之作歟?"

《垂柳》"垂柳碧鬅茸",馮注亦見《唐彦謙集》,可能是唐作,從略。

商隱詠柳寫豔情的,除去《垂柳》見于《唐彦謙集》外,還有十一首,其中以《柳枝》五首有序最爲明確。序中稱柳枝是洛中里娘,他只有一見,無緣接近,被東諸侯娶去。唐朝稱函谷關以東爲關東,東諸侯也包括楚地,所以詩裏稱"如何湖上望",柳枝可能嫁在楚地。馮浩稱《柳》"動春何限葉”:“余更信其爲柳枝作。”假使馮説可信,那末詩中的“藏皓蝶”“露黄鸝”,與《謔柳》的“須拂馬”“少藏鴉”相應;其人嫁於楚地,與《贈柳》的“郢路”相應。《柳》“江南江北雪初消”稱“楚宫”亦復相應。但也不一定,可能另有人從京中至楚,不必限于柳枝一人。

商隱詠柳來寫豔情,從他的表達手法看,《柳枝五首》用樂府體,全用比喻,情思綿邈,通過比喻來表達,修辭比較婉曲,如不説相思而説不同類“那復更相思”,不説不平而説彈棋的“中心亦不平”,不説受傷,而説鱗羽有傷殘。《柳》“動春何限葉”,借物寓情,在寫柳中寄託情思,如“動春”“撼曉”“絮飛”“帶弱”在寫柳的情態中表達情思;又用提問來透露,如“誰來獨賞眉?”《贈柳》中“橋回行欲斷,堤遠意相隨”一聯,紀昀批爲“五六句空外傳神,極爲得髓。結亦情致可思”。袁枚《隨園詩話》稱“‘堤遠意相隨’,真寫柳之魂魄”。這兩句没有點柳,也没有用有關柳的典故,所以説“空外傳神”,着重在傳神上。橋回堤遠顯得相隔遠了,但是“意相隨”,情意不斷,既有柳的依依不舍,也寫人的情意難忘,所以稱爲傳神得髓,這是又一種更高的表達手法。《柳》“江南江北雪初消”一首,在結合時令來寫柳中透露情思,從雪消到輕黄的嫩條,到清明的緑陰,從嫩條被攀折,到緑陰的隨風舞蹈,到受風雨的吹打,從中寄託對柳的同情,是一種寫法。《賦得離亭折楊柳》二首别出新意,以情思的曲折變化見長。先是“莫損愁眉與細腰”,還是不要攀折;又轉到别只比死差一點,在這樣的情況中怎禁攀折,還是要攀折的。忽然又轉到還有迎歸之樂,要“半留相送半迎歸”。通過情思的轉折變化來寫,又具有特色。

無　題

白道縈迴入暮霞,斑騅嘶斷七香車〔一〕。春風自共何人笑? 枉破陽城十萬家〔二〕。

〔一〕白道：走車的大路，黄昏時顯白色。斑騅：蒼白雜黑色馬。七香車：用多種香料裝飾的車。

〔二〕陽城：楚國貴公子封地。宋玉《登徒子好色賦》："嫣然一笑，惑陽城，迷下蔡。"

何焯批："二句先透枉字。"程夢星箋注："此亦感懷之作，比之美女，空駕七香之車。"這個"空"字裏就透露"枉"字。紀昀批："怨語以唱嘆出之，不露怨悵之色。"這就是所謂"感懷之作"。"春風自共何人笑"呢？對誰笑是不明確的，不是有所鍾情而笑，是春風自笑，這一笑，"枉破陽城十萬家"，是絶代佳人的"一笑傾人城"。既是絶代佳人，所以駕斑騅，坐七香車，但是陽城十萬家不是她所屬意的人，因此斑騅嘶斷，駕車的馬跑着長鳴，直到鳴聲斷絶叫不動了，車還停不下來。在白道上曲折地向暮霞中奔去，找不到歸宿處。陽城十萬家，大概指幕府吧。一笑傾人城，他的才華可以使府主傾倒吧，但他並不是傾心于府主，所以只在各地游幕，直到遲暮還找不到歸宿吧。他想望的蓬山，是朝廷的翰林院，一直進不去，所以斑騅嘶斷，還只好在暮霞中奔馳吧。這就是所謂怨語。但詩裏没有寫怨，是寫春風自笑，寫惑陽城，寫鳴騅寶車，寫暮霞，文采照映，有豔情，這就構成商隱詩的風格吧。

到　　秋

扇風淅瀝簟流離〔一〕，萬里南雲滯所思〔二〕。守到清秋還寂寞，葉丹苔碧閉門時。

〔一〕淅瀝：狀風聲。簟：竹席。流離：狀光滑。

〔二〕南雲：指南方的友人。陶淵明《停雲》："停雲，思親友也。"

紀昀評:"到字好,以前有多少話在。不言愁而愁自見,住得恰好。"這首是懷人之作,大概對方約在秋天來相見,所以説"到秋"。用扇子風涼,竹席光滑,説明秋天已到。他還留滯在那裏懷念南來的友人。守到清秋友人還不來,過着寂寞閉門的生活。這首詩的寫法,像《天涯》的用春日鶯啼和花開的美好景物,來反襯悲涼的心情。這裏用"葉丹苔碧"的秋天景物的色采來反襯寂寞的心情。《天涯》是思鄉,這一首是懷人,從懷人中寫出失望的心情。因此,這首詩的含意又超過《天涯》。先是有期望,望的是"到秋",到了秋天就可以滿足自己的期望了。可是到了秋天,所期望的還是落望,那末景物雖好,更增寂寞之感。這種期望落空的感慨,在生活中有更大的概括性。

春　雨

悵卧新春白袷衣,白門寥落意多違〔一〕。紅樓隔雨相望冷,珠箔飄燈獨自歸〔二〕。遠路應悲春晼晚,殘宵猶得夢依稀〔三〕。玉璫緘札何由達? 萬里雲羅一雁飛〔四〕。

〔一〕白袷(jiā)衣:白夾衣,不是官家的禮服。白門:南朝宋都城建康城西門。《楊叛兒》:"暫出白門前,楊柳可藏烏。歡作沉水香,儂作博山爐。"白門楊柳,指男女相會處。

〔二〕紅樓:富貴家居處。珠箔:狀細雨如珠。

〔三〕晼(wǎn)晚:黄昏時。依稀:仿佛,指夢的迷離恍忽。

〔四〕玉璫:玉製耳飾。作者《燕臺詩・秋》"雙璫丁丁聯尺素",玉璫和書信一起送去。雲羅:雲如薄羅。

紀昀批:"此因春雨而感懷,非詠春雨也,亦宛轉有致,但格未高耳。"

這裏的白袷衣，説明作者閒居在家。白門寥落，他的處境是寂寥冷落的，結合白門楊柳，跟他原來交好的人，現在意見相違，不再交好了。這個人的居處，是紅樓隔雨，可以相望而不可以相親，有冷落之感，紅樓正寫富貴。他只好在春雨如珠的夜裏，拿着燈獨自回來。那就只能遠投幕府，有春歸遲暮之感。夜不成寐，直到夜快過去時纔朦朧入睡，夢裏仿佛看到那人。我要遠去了，陳情的玉璫和書信怎樣送去呢？只靠一雁在春雲如羅的萬里長空中傳送了。大概在離開長安時對令狐綯陳情不蒙省察的感慨吧。作者的感情，在"悵卧""寥落""獨自""應悲"裏表達出來，所寫的事物，像"紅樓隔雨"，"珠箔飄燈"，"玉璫""雲羅"，還是富有色采和辭藻的，寫得文采照映、情致纏綿。

涼　思

客去波平檻，蟬休露滿枝〔一〕。永懷當此節，倚立自移時。北斗兼春遠，南陵寓使遲〔二〕。天涯占夢數，疑誤有新知〔三〕。

〔一〕檻：軒前欄杆。

〔二〕北斗：《春秋合誠圖》："北斗有七星，天子有七政也。"南陵：在今安徽。寓使：當指寄信的使人。

〔三〕天涯：天邊，極遠處。數(shuò)：多次。

何焯批："起聯寫水亭秋夜，讀之覺涼氣侵肌。"從北斗看，知在夜裏；從蟬休看，知在深秋；從波平檻看，正在秋汛水漲時。波平露滿，正寫涼夜；客去蟬休，更見寂寞。在這時有懷人的念頭。何焯批："思字入神。"倚欄立着，不覺移時，正寫思字。杜甫《秋興》："每依北斗望京華。"看北斗就想到京城,北斗像春天那樣遥遠,説明自己離開京城很遠。當時正在盼望南陵寓使,却遲遲未來,他因此在南方留滯。南陵唐屬宣州,必宣州有使人來聯係。他在天涯漂泊,多次夢見所懷念的人,多次占夢,錯誤地疑心對方别有新交,把自己忘了。紀昀評:"起四句一氣涌出,氣格殊高。五句在可解不可解間,然其妙可思。結句承寓使遲來,言家在天涯,不知留滯之故,幾疑别有新知也。"姚培謙注稱:"顧南北相違,音書難達,遥想天涯占夢人,必誤疑有所繫戀而未歸耳。"馮浩注:"此言身在天涯,頻訊占夢,誤意有新相知者而竟不得也。"馮注天涯指作者説,姚以天涯指家人説,兩説不同。就詩説,既然懷念的在京華,那末天涯當指自己,似以馮説爲合。

風　雨

淒涼寶劍篇,羈泊欲窮年〔一〕。黄葉仍風雨,青樓自管絃〔二〕。新知遭薄俗,舊好隔良緣。心斷新豐酒,銷愁斗幾千〔三〕?

〔一〕《新唐書·郭震傳》:"武后召與語,奇之,索所爲文章,上寶劍篇。"即郭振《古劍篇》,説:"非直(特)結交游俠子,亦曾親近英雄人。何言中道遭棄捐,零落飄淪古岳邊。雖復沉埋無所用,猶能夜夜氣衝天。"借寶劍被棄來自比,所以羈旅漂泊。窮年:指終生。

〔二〕黄葉:自比身世飄零。青樓:指富貴人家歌吹享樂。

〔三〕心斷:猶絶望。新豐酒:《舊唐書·馬周傳》:"西游長安,宿於新豐逆旅。主人惟供諸商販而不顧待周,遂命酒一斗八升,悠然(自得貌)獨酌。至京師,舍(住)于中郎將常何之家,爲何陳便宜二十餘事,事皆合旨(合于唐太宗的意旨)。太宗即日召之,與語甚悦,令直門下省。六年,授監察御史。”銷愁:《漢書·東方朔傳》:“銷憂者莫若酒。”曹植《名都篇》:“美酒斗十千。”

馮浩《箋注》:“曰‘羈泊’,是江鄉客中作矣。”可能是大中二年在鄭亞幕府,由于鄭亞貶官,商隱北歸,在湖南短期逗留時所作。當時没有找到府主,客况凄涼,漂泊無歸宿。馮浩又説:“引國初二公爲映證,義山援古引今皆不夾雜也。不得官京師,故首尾皆用内召事焉。”開頭引郭元振事,他是得到武后召見的,結尾用馬周事,他是得到唐太宗召見的。這兩件事,表面上是説《古劍篇》寫古劍被棄的凄涼,新豐酒的借酒銷愁,實際上含有他們兩人都得到朝廷召見,自己却得不到的悲哀,這是作者用典的深刻處。即含不盡之意,見于言外。在這裏,還有明用和暗用的分别。點明寶劍篇,有被棄之悲,這是明用。只説新豐酒,不點明馬周,這是暗用。黄葉仍舊在風雨中,青樓自在奏樂,這是對比寫法,何焯評:“相形更覺難堪。”新知,如果是游江鄉時作,則當指鄭亞被貶官,遭到世俗的誹薄。舊好,指令狐綯,他因商隱入王茂元幕府,認爲王是李德裕黨,自己是牛僧孺黨,因此同商隱的關係疏遠了。這樣,他在凄涼飄泊中,只好借酒銷愁了。

南　　朝

玄武湖中玉漏催,鷄鳴埭口綉襦回〔一〕。誰言瓊樹朝朝見,不及金蓮步步來〔二〕。敵國軍營漂木柹,前朝神廟鎖烟煤〔三〕。滿宫學士皆顔色,江令當年只費才〔四〕。

〔一〕玄武湖:在今南京市玄武門外。《宋書·文帝紀》:“元嘉二十三年,築北堤,立玄武湖。”按玄武湖爲晉北湖,宋改爲玄武湖。玉漏:宫中計時器。鷄鳴埭:玄武湖水通潮溝以入秦淮河,溝上爲雞鳴埭。《南史·武穆裴皇后》："車駕數幸琅邪城，宫人常從，早發，至湖北埭，雞始鳴，故呼爲雞鳴埭。"綉襦：指宫人。

〔二〕瓊樹：《陳書·皇后傳·史臣論》："其曲有《玉樹後庭花》《臨江樂》等，大指所歸，皆美張貴妃、孔貴嬪之容色也。其略云：'璧月夜夜滿，瓊樹朝朝新。'"二句乃江總詞也。金蓮：步步生蓮：見《齊宫詞》注〔一〕。

〔三〕木柹(fèi)：木片。《通鑑》陳禎明元年十一月："(隋文帝)命大作戰船。人請密之，隋主曰：'吾將顯行天誅，何密之有！'使投其柹于江，曰：'若彼懼而能改，吾復何求。'"又："章華上書極諫，略曰：昔高祖南平百越，北誅逆虜；世祖東定吴會，西破王琳；高宗克復淮南，闢地千里。三祖之功勤亦至矣。陛下不思先帝之艱難，惑于酒色，祠七廟而不出，拜三妃(龔、孔、張)而臨軒。今隋軍壓境，如不改絃易張，麋鹿復游于姑蘇矣。"前朝神廟：指高祖、世祖、高宗等祖廟。鎖烟煤：指後主不親祭祖廟，祖廟積滿烟塵。

〔四〕學士：《陳書·皇后傳論》："以宫人有文學者袁大捨等爲女學士，使諸貴人及女學士與狎客共賦新詩，互相贈答，採其尤豔麗者以爲曲詞。"又《江總傳》："江總字總持。後主即位，授尚書令。總當權宰，不持政務，但日與後主游宴後庭，當時謂之狎客。"

這首詩，何焯認爲首句指宋，次句指齊；程夢星認爲："起二句言宋文帝、齊武帝盛時，已開游幸之端。""江總歷事梁陳，始終誤人家國。"認爲這首詩概括宋齊梁陳説的。紀昀批："以南朝爲題，實專詠陳事，六代終于陳也。舊解牽於首二句，故兼宋齊言之，實無此詩法。宋齊游幸之地，何妨至陳猶在乎？"馮浩注："首二句志舊地而紀新游。"沈德潛《唐詩别裁》批："題概説南朝，而主意在陳後主。玄武湖、雞鳴埭雖前朝事，而玉漏催、綉襦回，已言後主游幸，無明無夜也。"看來這首詩不是概括宋齊，是寫陳後主的，沈説很清楚。紀昀批："三四言叔寶(陳後主)荒淫，不亞(次於)東昏(齊東昏侯)，誰言不及。弄筆取姿，三四字流水句也。五六提筆振起，七八冷語作收，義山慣法。"三四句意思連貫而下，故稱流水句。五六句寫荒淫亡國,警動人心,所以振起。七八不提亡國,但荒淫的意思自見,所以稱冷語作收。

朱彝尊批:"羅列故實,無他命意,此義山獨創之格。西崑祖之,遂成堆金砌玉,繁碎不堪。"這首詩確實羅列許多故事,但在故事中有議論,"誰言""不及",指出後主荒淫並不稍遜東昏。"只費才",指出作爲宰輔的江總,只在寫豔詞,顯出後主不會用人。此外,像"玉漏催""綉襦回"用了辭藻,却寫後主的無明無夜的游幸;"漂木柹""鎖烟煤",寫不憂國事,自取滅亡。有了這些含意,雖用故事,已化堆垛爲烟雲,比純粹編織故事的還有不同。

隋宮〔一〕

乘輿南遊不戒嚴,九重誰省諫書函〔二〕。春風舉國裁宮錦,半作障泥半作帆〔三〕。

〔一〕隋宮:指在江都(揚州)的行宮。《通鑑》隋大業元年:"又自大梁(開封)之東,引汴水入泗,達于淮。又發淮南民十餘萬開邗溝,自山陽(淮安)至揚子(儀徵)入江。渠廣四十步,旁皆築御道,樹以柳。自長安至江都,置離宮四十餘所。"

〔二〕九重:君門九重,指皇宮。省:察。諫書函:《通鑑》隋大業十二年:"宇文述勸(煬帝)幸江都。建節尉任宗上書極諫,即日於朝堂杖殺之。奉信郎崔民象以盜賊充斥,於建國門上表諫。帝大怒,先解其頤,然後斬之。"

〔三〕宮錦:《通鑑》:隋大業元年:"上行幸江都。御龍舟,皇后御翔螭舟;別有浮景、漾彩、朱鳥等數千艘。其挽漾彩以上者九千餘人,謂之殿脚,皆以錦綵爲袍。"錦袍也屬于宮錦。這是大業元年的南游,借來說明大業十二年的南游。障泥:披在馬身上以防泥土的。《晉書・王濟傳》:"濟善解馬性,嘗乘一馬,著連乾障泥,前有水,終不肯渡。濟云:'此必惜障泥。'使人解去便渡。"

何焯批:"極寫其奢淫盤游之無度。""不戒嚴"正寫出隋煬帝游樂的無度,本來天子出游是要戒嚴的。含意還在第二句,説"誰省"即不省,不考慮諫書,不省實際是拒諫,是殺諫巨的含蓄説法。這是諷刺的話。紀昀批:"後二句微有風姿,前二句詞直而意盡。"其實前二句是有含蓄的,是有言外之音的,不是意盡。尤其是"誰省"裏含意曲折。後兩句的風姿,何焯評:"借錦帆事點化得水陸繹騷,民不堪命之狀,如在目前。"這是寫一件小事來反映深刻的含義,著"舉國"兩字,更顯出浪費驚人,隋的滅亡,從這個角度裏也可見一斑。

隋　宫

紫泉宫殿鎖烟霞,欲取蕪城作帝家〔一〕。玉璽不緣歸日角,錦帆應是到天涯〔二〕。於今腐草無螢火,終古垂楊有暮鴉〔三〕。地下若逢陳後主,豈宜重問《後庭花》〔四〕!

〔一〕紫泉:即紫淵,唐人避高祖李淵諱改泉。司馬相如《上林賦》:"左蒼梧,右西極,丹水亘其南,紫淵徑其北。"注:"河南穀羅縣有紫澤。"在今孟縣北。鎖烟霞:棄置不用。蕪城:劉宋時鮑照見廣陵故城荒蕪,作《蕪城賦》。廣陵,即江都,今揚州。作帝家:煬帝在揚州建離宫。

〔二〕玉璽:傳國印。日角:指唐高祖。《舊唐書・唐儉傳》:"太宗白高祖,乃召入,密訪時事,儉曰:'明公日角龍庭。'"日角指額角突出。錦帆:《開河記》:"煬帝御龍舟,幸江都。錦帆過處,香聞十里。"

〔三〕《隋書·煬帝紀》:"上於景華宫徵求螢火,得數斛,夜出游山放之,光徧巖谷。"又:"自板渚引河達于淮。"河畔築御道,樹以柳,名曰隋堤,一千三百里。見《揚州府志·古跡》。

〔四〕《隋遺録》:"(煬)帝昏湎滋深,往往爲妖祟所惑。嘗游吴公宅鷄臺,恍惚間與陳後主相遇。後主舞女數十許,中一人迥美,帝屢目之,後主云:'即麗華也。'因請麗華舞《玉樹後庭花》。麗華徐起,終一曲。"

何焯批:"前半篇筆勢開展,真是大家。"所謂"筆勢開展",即紀昀説的:"無限逸游,如何鋪敘。三四只作推算語,乃并未然之事亦包括無遺,最善用筆。"題目是寫隋宫,從長安到江都,煬帝建離宫四十餘所,怎樣從無限逸游來寫隋宫,開頭兩句作了概括。提紫泉宫殿,是本于《上林賦》。上林在西京,紫泉在孟縣,兼包東都。那末紫泉宫殿,指東西京宫殿都棄置不用,要取江都行宫爲居處,已寫出了他的無限逸游了。作者認爲還不够,用推測語,要是政權不落到唐高祖李淵手裏,要是隋朝不亡,那末他的逸游應該要天涯海角了。這就是包括無遺,筆勢開展了。

腐草句,何焯批:"興在象外。"已經無螢火了,所以不是從形象起興,是從想像當時的情景起興。假如説當時的螢火光照山谷,還有些可觀的話,那末現在隋堤楊柳只有暮鴉聒噪,顯得一片凄涼了。在這裏有感慨。所以何焯批:"激昂瀏亮。定翁(馮班)云:'腹聯慷慨,專以巧句爲義山,非知義山者也。'"一結翻用《隋遺録》,見得興亡之感不光後人憑弔,就是煬帝地下有知,也應該感慨,不再追求聲色了。這樣翻過來説,就把作者的感慨加在煬帝身上,妙在又不説煞,着"豈宜"兩字,顯得煬帝也應該有這種感慨。這個結尾含蓄有力。

詠　史

北湖南埭水漫漫,一片降旗百尺竿〔一〕。三百年間同曉夢，鍾山何處有龍盤〔二〕？

〔一〕北湖：即玄武湖。南埭：即清溪閘口。《景定建康志》："吴大帝（孫權）鑿東渠，名青溪，通潮溝以洩玄武湖水，南入秦淮。"溪口有埭，即南埭。漫漫：水勢大。劉禹錫《金陵懷古》："一片降旗出石頭。"指吴主孫皓投降晉龍驤將軍王濬，也指陳後主投降隋廬州總管韓擒虎。

〔二〕張勃《吴録》："劉備曾使諸葛亮至京，因睹秣陵（南京）山阜，嘆曰：'鍾山龍盤，石頭（城）虎踞，此帝王之宅。'"

何焯批："今人都不了首句是諷刺。"又説："盤游不戒，則形勢難憑，空令敗亡洊至，寫得曲折藴藉。"北湖南埭即《南朝》的"玄武湖中玉漏催，鷄鳴埭口綉襦回"，是没日没夜的游樂，所以造成亡國。孫皓亡國時，還没有玄武湖鷄鳴埭的名稱，所以稱爲北湖南埭。《通鑑》："晉咸寧五年，益州刺史王濬上疏曰：'孫皓荒淫凶逆，宜速征伐。'"北湖南埭當兼指孫皓荒淫説。一片降旗，既指孫皓出降于晉，又概括陳後主出降于隋，所以説"三百年間同曉夢"。從孫皓出降的晉咸寧六年（二八〇）到陳後主出降的隋開皇九年（五八九），共歷時三百十年，約計爲三百年，所謂形勝難憑，所以龍盤虎踞的地勢都靠不住了。這首詩對荒淫亡國没有明寫，只寫感慨，所以稱爲"曲折藴藉"。

宫　妓〔一〕

珠箔輕明拂玉墀，披香新殿鬥腰肢〔二〕。不須看盡魚龍戲，終遣君王怒偃師〔三〕。

〔一〕宮妓：宮庭内的歌女舞女。《教坊記》："西京右教坊在光宅坊，左教坊在延政坊。右多善歌，左多工舞。妓女入宜春院，謂之内人，亦曰前頭人，常在上前頭也。"

〔二〕珠箔：《三秦記》："明光殿皆金玉珠璣爲簾箔，晝夜光明。"《三輔黄圖》："武帝時，後宫八區，有昭陽、披香等殿。"《雍録》："唐慶善宫有披香殿。"鬥腰肢：比舞蹈。

〔三〕魚龍戲：一種雜技。《漢書·西域傳贊》："漫衍魚龍角抵之戲。"注："魚龍者，爲舍利之獸，先戲於庭，極畢，乃入殿前激水，化成比目魚，跳躍漱水，作霧障日畢，化成黄龍八丈，出水敖戲於庭，炫耀日光。"《列子·湯問》："臣（偃師）之所造能倡（歌舞人）者，趨步俯仰，顉（動）其頤則歌合律，捧其手則舞應節，千變萬化，惟意所適。王以爲實人也，與盛姬内御（宫内侍女）並觀之。技將終，倡者瞬其目而招王之左右侍妾。王大怒，立欲誅偃師。偃師大懾，立剖散倡者以示王，皆傅會革木膠漆白黑丹青之所爲，内則肝膽心肺，外則筋骨支節，皆假物也，合會復如初見。"

馮浩《箋注》："此諷官禁近（宫庭）者不須日逞機變，致九重（君主）悟而罪之也，託意微婉。楊文公（億）《談苑》云：'余知制誥（起草制書）日，與陳恕同考試（做考官），出義山詩共讀，酷愛此篇，擊節稱嘆曰：古人措辭寓意如此之深妙，令人感慨不已。蓋以同朝有不相得者，故託以爲言也。後人乃謂刺宫禁不嚴，淺哉！'"程夢星注："馮班曰：'此詩是刺也。唐時宫禁不嚴，託意偃師之假人，刺其相招，不忍斥言，真微詞也。'"從詩看，寫明《宫妓》和"披香殿"，是寫宫庭生活的。"鬥腰肢"，是寫宫妓的比舞姿争高下的。看魚龍戲，是看雜技，結合"怒偃師"是指看木偶戲説的，怒的是木偶戲的操縱者。要是説用木偶的相招，來諷刺唐時宫禁不嚴，有人來招引宫女，那怎麽要怒操縱者呢？應該辦招引者纔對。這樣解，確實與詩中所寫情事不合。

楊億作的解釋，指"官禁近者不須日逞機變，致九重悟而罪之"。宫妓是宫庭中的女藝人，向君主獻技的，用來比宫庭中的官員，比向周穆王獻技的傴師,比較貼切。“鬥腰肢”着一“鬥”字,有争妍取寵的含意,是跟同時舞蹈的人鬥,也就是跟其他的官員鬥。這種争妍取寵的鬥腰肢,正像耍雜技的種種變化,即變戲法,是假的,總會露出馬脚來,使得君王怒傴師的。木偶戲中的木偶雖然做得像真人,雜技中的魚龍做得像真的魚龍,究竟是假的,比有的官員的日逞機變。結合詩的内容看,楊億的解釋是言之成理的。這裏反映他的切身體會,用他的體會來解釋,也可以説是一種再創造。通過這種再創造,理解到這首詩表面在講宫妓,實際上在寫宫廷中官員的互相傾軋,就顯得含意深沉,有助於我們的體會。

銀河吹笙

悵望銀河吹玉笙,樓寒院冷接平明〔一〕。重衾幽夢他年斷,别樹羈雌昨夜驚。月榭故香因雨發;風簾殘燭隔霜清〔二〕。不須浪作緱山意,湘瑟秦簫自有情〔三〕。

〔一〕王子晉善吹笙作鳳鳴。七月七日乘白鶴於緱氏山頭,舉手謝時人而去。見《列仙傳》。平明:天亮。

〔二〕月榭:在臺上蓋的屋稱榭,宜於賞月。

〔三〕緱山:在河南登封縣。湘瑟:湘靈鼓瑟,湘水中女神,一説指舜妃。秦簫:秦穆公女弄玉吹簫,嫁與蕭史。

程夢星注:“此亦爲女冠而作,銀河爲織女聚會之期(指七夕),吹笙爲(王)子晉得仙之事,故以銀河吹笙命題。起句揣其情也,次句思其地也;三四承起句,敘其悵望之事也;五六承次句,敘其寒冷之景也;七八謂其入道不如適(嫁)人,浪作緱山駕鶴之想,何似湘靈之爲虞妃、秦樓之嫁蕭史耶?”這首詩説“不須浪作緱山意”,不須徒然要像王子晉在緱氏山那樣成仙，這正指女道士，女道士是爲求仙而入道的。因爲求仙，所以在想望銀河的織女和吹笙的王子晉，他們都是仙人，但望而不見，所以惆悵。那個女道士住在道館裏，是樓寒院冷，直到天亮，説明他一夜不睡。王子晉吹笙在七月七日，一夜不睡正説明是七夕，七夕在望銀河，又同織女渡銀河與牛郎相會，這裏含蓄地寫這個女道士一方面在求仙，一方面又不甘寂寞的心情。她的重衾幽夢在過去斷了，這當是求仙的夢斷了；她像別樹羈雌，昨夜聽了玉笙而吃驚，這就同"吹玉笙"相應。爲什麽吃驚，同既不能成仙，又不甘寂寞有關。一夜不睡，香燒完了，燭燒殘了；但由于下雨，香氣散發不出去，成了故香，舊的香氣；由于有霜，殘燭的光更顯得清冷。還是不要徒然想成仙，像湘妃的嫁舜、弄玉的嫁蕭史那樣出嫁吧。這當是對女冠的同情。

這首詩的描繪，一是一種高華的境界，像銀河吹玉笙；又是高寒的，像樓寒院冷。這首詩寫的人物，又是空際傳神，用夢斷、雌驚來寫，爲什麽？讓讀者自己去體會。寫景物又極細緻，像故香、殘燭，像香因雨發，燭隔霜清都是。在藝術上構成特色。它同《嫦娥》的描繪可以比照。

水天閒話舊事〔一〕

月姊曾逢下彩蟾，傾城消息隔重簾〔二〕。已聞珮響知腰細，更辨絃聲覺指纖。暮雨自歸山峭峭，秋河不動夜厭厭〔三〕。王昌且在牆東住，未必金堂得免嫌〔四〕。

〔一〕此據《唐音統籤》與《玉溪生詩集箋注》，《李義山詩集》朱注、姚注、程注和《玉溪生詩意》皆作《楚宫》，紀昀認爲誤入。"水天"當指秋河和月姊。

〔二〕彩蟾：月亮。《後漢書·天文志》注："羿請無死之藥於西王母，姮娥竊之以奔月,是爲蟾蠩(癩蝦蟆)。"後因稱月亮爲蟾。傾城:指絶色美女,本李延年歌"一顧傾人城"。

〔三〕暮雨:《高唐賦》引神女稱"暮爲行雨"。秋河:銀河。厭厭:狀長久。

〔四〕商隱《代應》:"本來銀漢是紅牆,隔得盧家白玉堂。誰與王昌報消息,盡知三十六鴛鴦。"梁武帝《河中之水歌》:"人生富貴何所望,恨不早嫁東家王。"牆東即東家,金堂即白玉堂。

這是寫豔情的詩,内容跟上引的《代應》相似。《水天閑話舊事》是談這類的事。《代應》裏講盧家少婦,與王昌是一墻之隔,消息未通,有同隔着天河。這裏寫的,可能是相類的事。月裏嫦娥從月宫中下來,可能比她美如天仙。"曾逢"是曾經碰到過。何焯批:"逗一逢字,却反接隔,生下二句。簾是帷薄,消息摹擬入微。"雖然碰到過,但消息不通,有隔膜,是被重重簾幕隔絶。從她行走的環珮聲知道她的身段,從她的彈琴聲知道她的指纖,確是摹寫入微,這裏更含有從她彈奏的曲調裏知道她的情思,很含蓄。暮雨用神女來比,山峭峭,指嚴峻而不可犯;夜厭厭,指愁思而不成寐。因神女自歸而看不到,故愁思不寐。

紀昀評:"重簾相隔,惟以珮響絃聲想像腰細指纖,是相逢而終不見,惟有失望而歸,悵望中夜耳。况彼東家自有王昌,爲所屬意,豈復有分及我耶?不曰及亂而曰不免於嫌疑,詩人忠厚之詞也。此寓言遇合之作。"紀昀認爲這是講遇合,即君臣或主賓遇合。以誰爲君以誰爲臣呢?倘以月姊爲君,月姊下月宫來求臣,臣却不見,此與商隱急於求仕的情事不合。倘以男方爲君,已覺女方腰細指纖極爲傾慕,就可任用,又何嫌疑可説。此詩以作豔情説較合。紀昀稱"相逢而終不見",碰到過却没有看見,何焯批:"此必賦當年貴主之事而不可考矣。"貴公主出外坐車,所以看不見她。

何焯評:"三四虚虚實實,五六起免嫌,言神女天孫,當如此也。"聞珮響、辨絃聲是實,知腰細、覺指纖是虚,這是由實到虚;又由虚到虚,即由辨絃聲到想像她的情思,更耐人尋味。五六從寫暮雨是神女,秋河指天孫即織女,認爲神女天孫應當莊重如此。這個解釋,把“自歸”指神女自歸,不指作者,與紀昀指作者自歸不同。何焯又評:“愈寬愈緊,風人譎諫之妙。”暮雨秋河好像同上文關係疏遠,所以愈寬;但這兩句寫神女天孫的態度,跟月姊是結合得更緊了,也即寫月姊的態度。但怎麽是譎諫呢?譎諫是臣諫君,是諫月姊不該下來彈琴嗎?但詩裏對珮響絃聲又極傾慕,不是譎諫,同譎諫説不合。馮浩批這兩句:“神味勝上聯。”上文是想像她的腰細指纖,恨不一見。這聯是寫神女歸去,秋河不動,即月姊的態度是嚴肅的,所以説神味更勝。寫她回到天上,所以猜她可能是貴主。但王昌住在牆東,她未必得免嫌疑吧。指她還是有所愛的,是愛王昌。詩裏寫他想望的她,已有所愛,求一見而不得。詩裏就寫這一件事。在藝術上,已聞一聯刻劃心理極爲細緻,暮雨一聯含意比較深刻,皆極難得。至于暮雨秋河是寫女的,不是寫當時情景,因爲如果當天有暮雨,就不會看見秋河了,所以自歸是女的自歸,不是作者自歸,作者怎樣,詩裏没有寫。

日　日

日日春光鬥日光,山城斜路杏花香。幾時心緒渾無事,得及游絲百尺長〔一〕。

〔一〕游絲:春天在空中飄動的絲,爲蟲所吐的。

何焯批首句:“驚心動魄之句。”姚培謙箋:“但得心緒無事,不必日隨游絲去也。茫茫身世,痛喝多少。”詩人在杏花香的春光中,不是領略春光中的花香,却感到“春光鬥日光”,這確是奇特的想法。春光和日光本來是一致的,怎麽會鬥呢?是心緒亂,“眼見客愁愁不醒,無賴春色到江亭”(杜甫《絶句漫興》),感到春光無賴。“春日遲遲”(《詩·七月》),日光又遲遲。所以想春光同日光鬥,讓日光跑得快些,讓春光冷落些,用來透露心情的愁苦,借美好的景物來作反襯,更覺難堪。

流　鶯

流鶯漂蕩復參差,度陌臨流不自持。巧囀豈能無本意,良辰未必有佳期。風朝露夜陰晴裏,萬户千門開閉時〔一〕。曾苦傷春不忍聽,鳳城何處有花枝〔二〕?

〔一〕《史記·武帝紀》:"於是作建章宫,度爲千門萬户。"馮浩箋:"此聯追憶京華鶯聲,故下接'曾苦'。"

〔二〕杜甫《夜詩》"銀漢遥應接鳳城",趙次公《杜詩注》:"秦穆公女弄玉吹簫,鳳降其城,因號丹鳳城,其後言京師之盛曰鳳城。"

這首詩是商隱聯係自己的身世來講他的詩作的。他像流鶯的到處漂蕩,環境或合或不合,參差不齊。有時越陌度阡,有時臨流,不能自主。他的詩像流鶯的巧囀,雖用詞設色力求工巧,但都有本意,不光是追求形式之美,這是商隱自道其詩,是讀商隱詩時應加注意的。良辰是就春秋佳日説的,未必有佳期是承上漂蕩説的,在漂蕩中虚度良辰,就談不上佳期了。風朝應門開,露夜應門閉,萬户千門應鳳城,流鶯不論朝夜在巧囀着,未必真有遇合。後兩句轉到自己,曾苦傷春,所以不忍聽流鶯的巧囀。在長安,哪裏有美好的環境來讓流鶯的巧囀呢?花枝比美好環境,商隱在長安找不到好的環境,所以有傷春的感嘆了。

紀昀評:"前六句以鶯寓感,末乃結出本意,運意與《蟬》詩相類,但風格不及耳。"這裏指出風格高下,何以這詩的風格不及《蟬》詩呢?《蟬》詩以蟬寓感,概括性比這首更強。如"本以高難飽,徒勞恨費聲。五更疏欲斷,一樹碧無情。”既寫蟬,又寫己,既切蟬,又切己,寫出蟬的精神,没有點蟬字。本篇點明流鶯巧囀,不如《蟬》的不落痕跡。又蟬的由居高而難飽,由難飽而恨,由恨而費聲,由費聲而聲欲斷,用碧無情來反襯,一意聯貫,極爲自然。至於流鶯,所謂鶯遷,不一定是漂蕩,如“出自幽谷,遷於喬木”,不同於人的漂泊。它的巧囀,既非傷春,不同於哀鳴,不同於未有佳期。即本詩借鶯寓意,不如《蟬》的借蟬寓意的貼切自然。三,《蟬》詩由“本以高難飽”,歸結到“我亦舉家清”,清與高契合,自爲呼應。本詩歸結到“傷春不忍聽”,與鶯的巧囀並非傷春,不相合。總之,《蟬》詩借物寓意,自然契合,與本詩的借鶯寓意,未免落痕跡的不同,所以本詩不及《蟬》詩。

渾　河　中〔一〕

九廟無塵八馬回,奉天城壘長春苔〔二〕。咸陽原上英雄骨,半向君家養馬來〔三〕。

〔一〕《舊唐書·渾瑊(jiān)傳》:“渾瑊,本鐵勒(少數民族)九姓部落之渾部也。會涇師亂(朱泚率涇原兵叛亂,攻入長安),德宗幸奉天。後三日,瑊率家人子弟自京城至。賊四面攻城,晝夜矢石不絶。瑊隨機應敵,僅能自固。(李)晟破賊之日,瑊亦進收咸陽。德宗還宫,以瑊兼河中尹。”

〔二〕九廟無塵:唐朝的祖廟完好,亂事平定。《舊唐書·玄宗紀》:“開元十年六月,增置京師太廟爲九室。”李晟《復京露布》:“臣已肅清宫禁,祗謁寢園,鍾簴不移,廟貌如故。”八馬:相傳周穆王駕八馬,見《瑶池》注〔三〕。奉天:在今陝西乾縣。渾瑊在奉天保衛德宗,擊退朱泚叛軍的圍攻。現在保衛戰的城壘上已長青苔。

〔三〕咸陽原:泛指京畿一帶,包括從奉天到長安郊區,即渾瑊轉戰的地區。養馬:《漢書·金日磾傳》:“金日磾,本匈奴休屠王太子也。與母弟俱没入官,輸黄門養馬。拜爲馬監,遷侍中。後以討莽何羅功封侯。”《渾瑊傳》稱“物論(當人議論)方之金日磾。”這裏翻用,指他的僕役都參加戰争,是英雄。

這首詩是贊美渾瑊的,渾瑊到奉天去保衛德宗,是率領他的子弟和家丁去的,在轉戰中他的家丁也立了功。程夢星注稱:“德宗避難奉天,渾瑊有童奴曰黄芩者,力戰有功,即封渤海郡王。可見當日渾公部下,不知幾許立功者。”紀昀批:“言當時一廝役皆是英雄,則瑊之爲人可知矣。”即借渾瑊手下僕役來突出渾瑊的更爲英雄。養馬不指渾瑊,指渾手下僕役,但用養馬典是從金日磾來的,所以是翻用。作者能從養馬中看到英雄,這是傑出的看法。

北齊二首〔一〕

一笑相傾國便亡,何勞荆棘始堪傷〔二〕。小憐玉體横陳夜,已報周師入晉陽〔三〕。

〔一〕《通鑑》陳太建八年十月:“周主自將伐齊,攻平陽城,克晉州。齊主方與馮淑妃獵於天池。晉州告急者自旦至午,驛馬三至。右丞相高阿那肱曰:‘大家(齊主)正爲樂,邊鄙小小交兵,乃是常事,何急奏聞!’至暮,使更至,云:‘平陽已陷。’乃奏之。齊主將還,淑妃請更殺一圍,齊主從之。十二月,周師圍晉陽,攻東門,克之。”

〔二〕一笑相傾:崔駰《七依》:“一笑千金。”結合李延年歌:“一顧傾人城。”荆棘:《吴越春秋·夫差内傳》:“子胥據地垂涕曰:舍讒攻忠,將滅吴國。城郭丘墟,殿生荆棘。”

〔三〕《北史·馮淑妃傳》:“(齊後主)馮淑妃名小憐,大穆后從婢也。慧黠能彈琵琶,工歌舞,後主惑之,願得生死一處。”宋玉《諷賦》:“主人之女又爲臣歌曰:'内怵惕兮徂玉牀,横自陳兮君之旁。'"晉陽:今山西太原市。

巧笑知堪敵萬機,傾城最在著戎衣〔四〕。晉陽已陷休回顧,更請君王獵一圍〔五〕。

〔四〕敵萬機:與君主相配。君主日理萬機,因借指君主。著戎衣:穿軍裝,馮小憐隨後主到前綫。

〔五〕晉陽:當作平陽,在山西臨汾縣南。参見上首注〔一〕。

這兩首,按時間先後,平陽已陷,更獵一圍在前,入晉陽在後。小憐的耽誤軍機,在於平陽陷落時的更獵一圍,但主要罪責還在齊後主。平陽陷落後,齊後主到了平陽,周主見齊兵勢盛,就退兵,派梁士彦守平陽。齊軍圍攻平陽,城陷十餘步,將士欲入。後主止將士,召小憐來觀,小憐妝點不時至,周人用木拒塞缺口,城遂不下。當時齊國的兵力還可以相抗,因後主昏庸,人心解體,以致覆亡。這兩首詩把北齊的亡國,歸罪小憐,是不恰當的。但它的構思有特點。紀昀批:"議論以指點出之,神韻自遠。若但議論而乏神韻,則胡曾詠史,但有名論矣。詩固有理足意正而不佳者。"這兩首也是有議論的,像一笑傾國,著戎衣傾城。但詩中主要寫的有形象,有對照,像"小憐玉體横陳夜",跟"周師入晉陽"相對,就跟豔詞不同,用綺語來同亡國危機相對照,收到動魄驚心的效果。再像用"晉陽已陷"的警報,同"更獵一回"的打獵結合,也顯得有含意。這就構成韻味,不同於以議論爲詩了。

常　娥〔一〕

雲母屏風燭影深,長河漸落曉星沉〔二〕。常娥應悔偷靈藥，碧海青天夜夜心。

〔一〕常娥：《淮南子·覽冥》："羿請不死之藥於西王母，姮娥竊之以奔月宮。"姮，漢人避文帝名恒諱，改爲嫦，亦作常。

〔二〕雲母：礦物名，成板狀，晶體透明，有各種色采，富真珠光澤。長河：銀河。

對于這首詩，過去有各種解釋，它的關鍵在"偷靈藥"上。靈藥是后羿從西王母那裏要來的，嫦娥厭棄塵世，所以偷吃了靈藥飛升入月宫。因此認爲這首詩是悼亡，比作他的妻子願意離開人間到天上去，這恐説不過去。他們夫婦感情很好，兒女又小，他的妻子不應該有這種想法。説這首詩是諷刺女道士的。唐時的女道士，包括入道的公主在内，並不禁止與佛道兩教中人狎好。那就跟"碧海青天夜夜心"不合了。説是他悔與王氏結婚，因此受到令狐綯的冷待，不能進入翰林院。但他對就婚王氏並無悔恨，這説似也不確。

這首詩的構思跟《銀河吹笙》有些相似。"長河漸落曉星沉"是一夜不睡，同"樓寒院冷接平明"的一夜不睡相似。"嫦娥應悔偷靈藥"，是悔求仙離開塵世，同"不須浪作緱山意"，不須要徒然去求仙，想離開塵世相似。"碧海青天夜夜心"，過着寂寞孤獨的生活，同"重衾幽夢他年斷，别樹羈雌昨夜驚"的孤獨寂寞相似。説"應悔"是悔不該離開塵世，同"湘瑟秦簫自有情"，即還不如像湘妃的有舜、秦女的有蕭史，即不如還俗結婚，意亦相通。那麽這首詩不是諷刺放蕩的女道士，該是對貞静的女道士寂寞孤獨的生活表示同情吧。

雲母屏風是華貴的陳設，當時道館中的陳設是比較華貴的。燭影深，蠟燭的影子射在屏風上深沉了，光暗了，是夜很深了。天河漸落，曉星沉没，天亮了，寫她一夜不睡的情景。這不是偶然這樣，"碧海青天夜夜心"，是夜夜這樣。作爲嫦娥，她夜夜過着這種寂寞孤獨的生活，所以"應悔偷靈藥"了，這是寫另一種女冠。《碧城》三首裏是一種女冠，那是"紫鳳放驕銜楚佩，赤鱗狂舞撥湘弦"，跟"碧海青天夜夜心"完全不同的。

何焯評:“自比有才反致流落不遇。”此説亦通。“雲母屏風”,比喻在幕府中生活。“應悔偷靈藥”,如《驕兒詩》:“爺惜好讀書,懇苦自著述。”“兒慎勿學爺,讀書求甲乙。”即應悔讀書,以致在幕府中過着寂寞的生活。

憶住一師

無事經年别遠公〔一〕,帝城鐘曉憶西峯。爐烟消盡寒燈晦,童子開門雪滿松。

〔一〕《高僧傳》:“慧遠本姓賈氏,雁門樓煩(在今山西崞縣)人。届(至)尋陽,見廬峯清浄,始住龍泉精舍。刺史桓伊復於山東立房殿,即東林是也。卜居三十餘年。”

借遠公來比,住一師住在西峯,憶西峯即憶住一師。紀昀評:“格韻俱高。香泉曰:只寫所住之境,清絶如此,其人益可思矣。相憶之情,言外縹緲。”詩人只寫住一師住處,烟消燈暗,大雪滿松,描繪出一種清絶境界,從中襯出住一師的品格,顯出相憶的感情,所以説“格韻俱高”。這是描繪出一種境界,從中寫出人和情思來。

過華清内廐門〔一〕

華清别館閉黄昏,碧草悠悠内廐門。自是明時不巡幸,至今青海有龍孫〔二〕。

〔一〕華清宫内養馬處。
〔二〕見《詠史》(歷覽前賢)注〔三〕。

華清宫本是唐玄宗巡幸處,到了唐文宗、武宗、宣宗時代,不再像玄宗時那樣巡幸,所以華清宫也關閉了,宫内養馬備巡幸處也長滿碧草,不再養馬了。原來唐朝盛時,從青海得到好馬,這時唐朝衰落,隴右青海等地淪於吐蕃,不能再從青海得到好馬了。詩人過華清宫内厩門,感嘆唐朝的衰落,寫了這首詩。特點是婉而多諷。他不説唐朝衰落,不再巡幸,説"自是明時不巡幸",是清明時代不用巡幸;不説不能再從青海得到好馬,却説青海還有龍馬的子孫,即龍馬還留在青海,只是唐朝得不到了。

程夢星箋注裏提到馬和唐朝盛衰的關係,唐玄宗盛時,有四十三萬匹馬,加上同突厥互市,又得三十二萬匹。到文宗時,銀州(在陝西米脂縣西北)監使奏馬只七千匹。詩"曰明時,曰不巡幸,乃《春秋》諱魯(對魯國不光采的事隱諱)之義,不敢斥言其衰微也。曰'青海有龍孫',微詞也,不敢斥言其遠莫能致也,乃風人之旨也"。

當句有對〔一〕

密邇平陽接上蘭〔二〕,秦樓鴛瓦漢宫盤〔三〕。池光不定花光亂,日氣初涵露氣乾。但覺游蜂饒舞蝶,豈知孤鳳憶離鸞。三星自轉三山遠〔四〕,紫府程遥碧落寬〔五〕。

〔一〕八句各自爲對,稱當句對。如"平陽"對"上蘭","秦樓"對"漢宫","池光"對"花光","日氣"對"露氣"。標題《當句有對》,猶"無題"。
〔二〕平陽:《漢書·衛青傳》:"平陽侯曹壽尚(娶)武帝姊陽信長公主。"此指平陽侯府第。上蘭:《三輔黄圖》:"上林苑有上蘭觀。"

〔三〕鴛瓦：鴛鴦瓦，屋瓦有向上與向下覆蓋的。漢宫盤：承露盤，《漢書·郊祀志》："武帝作柏梁(臺)、銅柱、承露(盤)、仙人掌之屬。"

〔四〕三星：心宿。《詩·唐風·綢繆》："三星在天。""今夕何夕，見此良人。"三山：指海上三神山。

〔五〕紫府：《十洲記》："長洲一名青丘，在南海。有紫府宫，天真仙女游於此地。"碧落：天。《度人經》注："東方第一天，有碧霞徧滿，是云碧落。"

這首詩在形式上的特點是當句對，可備一格。參見《杜工部蜀中離席》引《談藝録》説。馮浩箋："此亦刺入道公主無疑。"唐公主入道，住在道觀裏。這個道觀靠近平陽府和上蘭觀，建築得極爲富麗。公主在道觀裏看到池光不定，花光撩亂，早上露氣漸乾，晚上日氣初含，寫她的懷春。在花光撩亂中多游蜂舞蝶，哪裏知道孤鳳憶離鸞，比喻公主有所戀念。三星自轉指會見良人，三山遠指離開入道很遠，紫府遥亦指離開修道遠。碧落寬，天寬廣，指朝廷不管她們。指出公主入道，離開求仙很遠，借此可以會見情人，所以是諷刺。

子初郊墅〔一〕

看山對酒君思我，聽鼓離城我訪君。臘雪已添牆下水，齋鐘不散檻前雲〔二〕。陰移竹柏濃還淡，歌雜漁樵斷更聞。亦擬村南買烟舍，子孫相約事耕耘。

〔一〕作者有《子初全溪作》，稱"漢苑生春水，昆池换劫灰"，在京郊；這裏的"聽鼓離城"當也在京郊。全溪有水，這裏"歌雜漁樵"也有水。子初的姓名不詳，當是隱居在京郊的人。

〔二〕聽鼓：聽更鼓。齋鐘：佛寺吃飯前打鐘。檻：欄杆。

何焯批："起聯中便籠罩得子孫世世相好，在買舍耕耘，恰從腹聯生下，更無起承轉合之跡。"全詩從君思我、我訪君里引出買舍耕耘來，首尾相應。從訪君到郊墅，看到臘雪初融，到午前聽到齋鐘。到午後陰移竹柏，到黄昏時歌雜漁樵，寫從早上出城到郊墅的一天光景。何焯評："中四句一片烟波。腹聯的是郊墅，讀之覺耳目間都無塵雜，却又不至清净寂寞。曾流連淮海先生(秦觀)碧山莊三日，時維初夏，頗有此意。"中四句寫郊墅景色，從看到的到聽到的都形象鮮明，富有詩情畫意，所以不塵雜而又不净寂。這首詩寫得清新，不用典，也没有感慨牢騷。因此馮浩認爲："筆趣殊異義山，結聯情態亦不類，但未敢直斥其非本集耳。"不過何焯和紀昀都没有懷疑它風格不類商隱作。大概商隱的詩確有不同風格，有似杜甫的，有似李賀的，也可能這首詩送給子初隱士的，所以風格輕婉吧。

細　雨

蕭灑傍迴汀，依微過短亭。氣涼先動竹，點細未開萍。稍促高高燕，微疏的的螢。故園烟草色，仍近五門青〔一〕。

〔一〕五門：鄭康成《明堂位》注："天子五門：皋、庫、雉、應、路。"指京城。

紀昀評："細膩熨貼。結句若近若遠，不黏不脱，確是細雨思鄉，作尋常思鄉不得。"結句聯繫長安的青草色，反映迫切想回京都的感情。寫細雨工於描繪,像蕭灑、依微都形容細雨;“氣涼先動竹”,寫出細雨帶來的涼意,是初秋的細雨,描寫尤工。詩人的觀察,從水邊的迴汀浮萍,到陸上的短亭竹子,從白天的促燕,到夜裏的疏螢,都極細緻。詩人又有一首《微雨》:“初隨林靄動,稍共夜涼分。窗迥侵燈冷,庭虛近水聞。”“氣涼”句概括了“初隨”兩句,不過“初隨”句從遠到近,從遠處的雲氣到近處的細雨。又從白天的林靄到夜裏的燈火,又同這首詩的從晝到夜一致。兩詩對比,可悟描繪有詳略的不同,都要寫出物的神態。

高　花

花將人共笑,籬外露繁枝。宋玉臨江宅〔一〕,牆低不礙窺〔二〕。

〔一〕宋玉故居在江陵城北三里,見《渚宫故事》。庾信《哀江南賦》:“誅茅宋玉之宅,穿徑臨江之府。”

〔二〕宋玉《登徒子好色賦序》:“此女登牆窺臣三年,至今未許也。”

姚培謙箋:“身分自高。”這首詩從《登徒子好色賦序》裏來的,序稱:“天下之佳人莫若楚國,楚國之麗者莫若臣里,臣里之美者莫若臣東家之子(女)。”“然此女登牆窺臣三年,至今未許也。”這就顯得守禮自持,身份高。這裏説花與人共笑,自己住的宋玉宅,牆低,不礙花來窺,雖窺而三年未許,見得守禮極堅。馮浩注:“諸本皆作‘礙’,今從《萬首絶句》。”即改作“擬”。稱“作‘不擬’,謂笑顔常露,偏於易窺者,而意不我屬也,較有味。”作“不礙”,是來窺而我不許,是我高;作“不擬”,是不想窺,是她高。一字不同,命意全異。從這首詩看,當以作“礙”爲是。

送豐都李尉〔一〕

萬古商於地〔二〕,憑君泣路歧。固難尋綺季〔三〕,可得信張儀?雨氣燕先覺,葉陰蟬遽知。望鄉尤忌晚,山晚更參差。

〔一〕豐都:今四川酆都縣。李尉:當是去豐都作縣尉。

〔二〕商於:在今河南淅川縣東。《史記·楚世家》稱張儀騙楚懷王,説秦要割商於地六百里與楚。懷王派使者去受地,張儀説只有六里。

〔三〕《史記·高帝紀》稱高帝要廢太子,吕后用張良計,請商山四皓(老)來輔太子,太子得不廢。四皓中一人名綺里季。

何焯批:"頷聯用筆之妙,百讀方知。"紀昀批:"三四即商於發世途之慨,偶然黏合,不著跡相。上卷《商於》詩亦用此二事,工拙懸矣,此有寓意,彼砌故實也。"三四句好在哪裏?馮浩箋:"借古發慨,正堪泣之情事也。上句用留侯令太子請四皓來,則一助也,謂求助無門也,下句謂人之虚言殊不足恃。"開頭説李尉不願去豐都,所以臨别哭泣。接下去説求助無門,虚言難恃,雖用兩個典故,却有寓意,所以妙。《商於》詩:"割地張儀詐,謀身綺季長。"只是路過商於,想到兩個故事而已,没有寓意,所以不如這首的兩句。這個寓意,初看時不覺,所以百讀方知。"雨氣"一聯借物抒情,寫燕的先知雨氣,蟬的先擇美蔭,感嘆别人比李尉先得優裕的職位。馮浩認爲這裏暗用了兩個典故:《湘州記》:"零陵山有石燕,遇風雨則飛,雨止還爲石。"《莊子·山木》:"蟬得美蔭而忘其身。"那末這裏又是活用典故,好在有寓意。末聯何焯批:"細讀真使人欲泣。"又稱:"千巖萬壑,風雨晦冥,僕痡(病)馬瘏(病),進退維谷,去鄉失路之感,何由不劇。"末聯寫晚上望鄉,看到山路的高低不平,行路之難,思鄉之悲,所以欲哭,正説明詩寫得感人。

訪　隱

路到層峯斷,門依老樹開。月從平楚轉,泉自上方來〔一〕。薤白羅朝饌,松黄暖夜杯〔二〕。相留笑孫綽,空解賦天台〔三〕。

〔一〕平楚:登高遠望,見樹梢齊平。楚,叢林。上方:僧人住處。
〔二〕薤:似韭而葉闊,多白,可作菜。松黄:松花上黄粉,釀酒用,有酒名松醪春。
〔三〕孫綽《天台山賦序》:"余馳情運思,不任吟想之至,聊奮藻以散懷。"孫綽没有到過天台山,按照想像來寫《天台山賦》。

朱彝尊批:"四句同一句法,又是一格。"首四句就路、門、月、泉來説,是同一句法。四句形式上並列,内容又有聯係。先是走路,次是到門。到門後留宿,看到月色,聽到泉聲。下兩句薤白、松黄並列,聯係上文,夜裏喝松黄作的酒,朝上進餐,用薤白作菜。何焯評:"落句反醒訪字,興公(孫綽)蓋卧游而不至者也。"訪隱是親自上山來訪問,"路到層峯斷",也是層層山峯,是親到,不是孫綽的想像,所以要笑孫綽。這首詩,六句都標舉一物開頭,似並列而實聯係,前四句與後兩句又有變化,是它的特點。

滯　雨

滯雨長安夜,殘燈獨客愁。故鄉雲水地,歸夢不宜秋。

紀昀評:“運思甚曲而出以自然,故爲高調。”這是因雨滯留在長安,獨客無伴,燈殘夜深,不能入睡,寫思鄉的詩。結合秋雨連綿,想到故鄉是雲水鄉,已水潦徧地,無法行走,這時連做夢回去都不合適。是從只有夢中可以回鄉,轉到連夢中都不宜回鄉,用思曲折。這樣的運思,結合滯雨來説,顯得自然。

樂　遊　原〔一〕

向晚意不適,驅車登古原。夕陽無限好,只是近黄昏。

〔一〕樂遊原:見《柳》(曾逐東風)注〔一〕。

這首詩的用意,在“向晚意不適”中透露,但不説明,意有何不適。次聯點明,夕陽雖好,只是近黄昏了。這樣説還是含蓄,所以是詩而不是説理。何焯批:“遲暮之感,沉淪之痛,觸緒紛來,悲涼無限。嘆時無(漢)宣帝,可致中興,唐祚將淪也。”這是講有個人的遲暮,有地位的沉淪,有國運的衰落,所以觸緒紛來。但詩裏寫的是“近黄昏”,是太陽還没有下山,是晚霞紅如火,是無限好景。何焯的評語不免過于消沉一點。正因爲作者寫的是“近黄昏”,應該是近遲暮而没有遲暮,近沉淪而没有沉淪,近衰落而没有衰落,只是看到了一種不好的趨向,所以意不適。正因爲是一種趨向,所以他要“欲回天地”,想挽回這種傾向了。

這首詩後兩句極有名,只就寫當前的情景看,他創造了一個新的意境。宋玉《九辯》“白日晼晚其將入兮”,雖寫將入,但已晼晚,逼近黄昏,看不到無限好景了。這首詩雖寫近黄昏，但是跟黄昏還有一些距離，還寫出了無限好景，象晚霞紅似火那樣。這是一種新的意境。不僅這樣，還寫出好景不長的感慨，所以值得玩味。

這首詩的結構和音節也可玩味。紀昀評："末二句向來所賞，實妙在第一句倒裝而入，此二句乃字字有根。或謂夕陽二句近小詞，此充類至義之盡語，要不爲無見，賴起二句蒼勁足相救耳。"他認爲因登古原，看到近黄昏而感到意不適，所以是倒裝，但也可能是"向晚"即"近黄昏"，"意不適"即因無限好景不長所以感到不適，因不適所以要驅車登古原來排解，首句實籠罩全篇，那就不必看作倒裝了。又説夕陽兩句像小詞，是"充類至義之盡"，就是把柔婉的句子看作是詞，推究到極點，把稍帶一點柔婉的句子也算作是詞。其實，夕陽兩句也不能説是柔婉，最多只算略帶一點柔婉而已，不能看作是詞而不是詩。這詩開頭兩句是仄仄仄仄仄，平平平仄平，用的是古絶，音節比較質樸。後兩句配合着前兩句的質樸，所以説蒼勁足相救了。

幽居冬暮

羽翼摧殘日，郊園寂寞時。曉鷄驚樹雪，寒鶩守冰池。急景倏雲暮，頹年寖已衰〔一〕，如何匡國分，不與夙心期。

〔一〕急景：日短；一年快完了。鮑照《舞鶴賦》："窮陰殺節，急景凋年。"頹年：衰頹之年，晚年。

這首詩，馮浩據郊園句，定在會昌四年春移家永樂之前。這時商隱三十二歲，似不當稱"頹年"。這詩似當在商隱罷鹽鐵推官，還鄭州閒居時作,不久即病故。羽翼摧殘,或指罷鹽鐵推官;郊園寂寞,或指還鄭州閒居。曉鷄寒鶩,商隱自比。鷄棲樹上則有雪,鴨守池中則結冰,極寫處境的寒苦。商隱歲暮年衰,感嘆自己志在匡扶國運,那知一生遭遇,不跟早年的心事一致,以致抱恨終天。這詩寫出他晚年不忘匡扶國運的志願。

何焯評"曉雞"兩句:"工於比興。"即認爲這兩句是有會意的,用來自比的。紀昀評:"無句可摘,自然深至。此由火候成熟,强效之非枯則率。"按葉夢得《石林詩話》稱:"唐人學老杜,惟商隱一人而已。雖未盡造其妙,然精密華麗,亦自得其彷彿。"商隱的詩以精密華麗著稱,所以便於摘句。紀昀稱這首詩"無句可摘",由於"火候成熟",也含有這首詩是晚年所作,達到爐火純青的境界,所以"自然深至"。不過應該説,這首詩由於"自然深至",所以"無句可摘"。至於"非枯則率",由於缺乏"自然深至"的情思所造成,決定這首詩的妙處,還在於所表達的情思的"自然深至"。這亦説明了商隱詩的風格的多樣化。

文選

李賀小傳[一]

京兆杜牧爲李長吉集序，狀長吉之奇甚盡[二]，世傳之。長吉姊嫁王氏者語長吉之事尤備。長吉細瘦，通眉，長指爪[三]，能苦吟疾書。最先爲昌黎韓愈所知[四]。所與遊者王參元、楊敬之、權璩、崔植爲密[五]。每旦日出與諸公遊，未嘗得題然後爲詩，如他人思量牽合以及程限爲意。

〔一〕李賀(七九〇—八一六)：字長吉，唐福昌(今河南宜陽縣)人。做過奉禮郎的小官。他的詩想像豐富，有奇幻色采，情辭幽詭，别具風格，見杜牧爲李長吉集序，有王琦注的《李長吉詩歌》。杜牧序作于太和五年，這篇傳在杜序後作。

〔二〕杜牧：見《杜司勛》注〔一〕。杜牧序稱李賀詩"虚荒誕幻"，"蓋騷之苗裔，理雖不及，辭或過之。"

〔三〕通眉：兩眉幾近相連。

〔四〕《新唐書・李賀傳》："七歲能辭章，韓愈、皇甫湜始聞未信，過其家，使賀賦詩，援筆輒就如素構，自目曰《高軒過》。二人大驚，自是有名。"按《高軒過》稱"龐眉詞客感秋蓬"，自比秋蓬，非七歲作。

〔五〕王參元：王茂元之弟，柳宗元之友。楊敬之：字茂孝，弘農(在陝西靈寶縣)人，官至工部尚書。權璩，字大圭，略陽(在甘肅秦安縣東北)人,曾做中書舍人。崔植,字公修,長安人,官至同中書門下平章事。

恒從小奚奴騎距驉〔六〕,背一古破錦囊。遇有所得,即書投囊中。及暮歸,太夫人使婢受囊出之,見所書多,輒曰:"是兒要當嘔出心始已耳。"上燈與食。長吉從婢取書,研墨疊紙足成之,投他囊中,非大醉及弔喪日率如此,過亦不復省。王、楊輩時復來探取寫去。長吉往往獨騎,往還京洛,所至或時有著,隨棄之,故沈子明家所餘四卷而已〔七〕。

〔六〕奚奴:僕人。距驉(xū):《廣韻》:似驢。

〔七〕沈子明:官至集賢殿學士。杜牧序稱李賀將死,以所作詩"離爲四編,凡二百三十三首"授沈子明。

長吉將死時,忽晝見一緋衣人駕赤虬,持一版,書若太古篆或霹靂石文者〔八〕,云當召長吉。長吉了不能讀,歘下榻叩頭言:"阿㜷老且病〔九〕,賀不願去。"緋衣人笑曰:"帝成白玉樓,立召君爲記。天上差樂,不苦也。"長吉獨泣,邊人盡見之。少之,長吉氣絶。常所居窗中,勃勃有烟氣,聞行車嘒管之聲〔一〇〕。太夫人急止人哭,待之如炊五斗黍許時,長吉竟死。王氏姊非能造作謂長吉者,實所見如此。

〔八〕緋:赤色帛。虬:龍子有角者。霹靂石文:石斧文。

〔九〕歘(chuā)：突然。阿瓕：母。
〔一〇〕勃勃：狀烟氣向上。嘒(huì)管：聲輕的管樂器。

嗚呼，天蒼蒼而高也，上果有帝耶？帝果有苑囿、宫室、觀閣之玩耶？苟信然，則天之高邈，帝之尊嚴，亦宜有人物文彩愈此世者，何獨眷眷于長吉而使其不壽耶？噫，又豈世所謂才而奇者不獨地上少，即天上亦不多耶？長吉生二十四年，位不過奉禮太常，當時人亦多排擯毁斥之〔一一〕。又豈才而奇者，帝獨重之，而人反不重耶？又豈人見會勝帝耶？

〔一一〕奉禮太常：太常寺，主管禮樂祭祀等的衙門。奉禮郎：行禮時主管位置司儀等的官。排擯毁斥：賀父名晉肅，他去應進士試，有人認爲"進""晉"同音，賀應避諱不參加進士試，賀竟不就試。

李賀的傑出成就是他的詩歌創作，具有獨特藝術特色，這點杜牧在序裏作了全面的論述。因此，商隱在傳裏只點了一下，説序裏"狀長吉之奇甚盡"。這個奇即《文心雕龍·辨騷》裏"酌奇而不失其貞"的奇，即指他的藝術特色。這是寫古文善于避開重複處。這裏只寫長吉如何作詩以及他的朋友，特出地寫姊語長吉事，這些是杜牧序裏所没有的。這些敍述主要寫他騎驢覓句，怎樣足成，幾乎嘔出心來。這些敍述都極有名。又講了他將死時的奇突故事，指出不是王氏所能造作的。在李賀病危時，他是有這樣事，他母親是有這樣看法。這是李賀平日的奇思幻想所造成的幻影，和李賀母親受這種幻影的影響所造成的幻覺。這個故事也極有名。最後的議論感慨，也有自己有才而不遇的感嘆在内。

上令狐相公狀〔一〕

不審近日尊體何如？太原風景恬和，水土深厚，伏計調護，常保和平，某下情無任忭賀之至〔二〕！豐沛遺疆，陶唐故俗〔三〕。自頃久罹愆亢，頗至荒殘，軒車才臨，日月未幾，旱雲藏燎于天末，甘澤流膏于地中〔四〕。堡障復完，汙萊盡闢〔五〕。此皆四丈膺靈岳瀆，稟氣星辰，繫庶有之安危，與大君之休戚〔六〕。再勤龍闕，復還鳳池，凡在生靈，冀在朝夕〔七〕。伏惟爲國自重。

〔一〕這是太和七年令狐楚任河東節度使(治太原)時，商隱向他寫的狀，狀是陳述事件的文書。令狐楚見《天平公座中呈令狐公》注〔一〕。

〔二〕恬：安。無任：不勝。忭：歡喜。

〔三〕《史記・高祖紀》："高祖，沛豐邑中陽里人。"太原相傳是唐堯都城，唐高祖封在這裏，稱唐國公，後由這裏起義，建立唐朝。因此用漢高祖的起自豐沛來比太原。帝堯稱陶唐氏，因稱太原還保留陶唐氏的好風俗。

〔四〕罹：遭受。愆亢：過于乾旱。荒殘：田地荒廢。軒車：大夫乘的有屏蔽的車，指令狐楚。天末：天邊。甘澤：甘雨。

〔五〕堡障：防禦工事。汙萊：低地有汙水，高地有野草，都開闢了。

〔六〕四丈：令狐楚排行第四，是長輩，故稱。膺靈岳瀆：受了五岳四瀆(入海大河)的靈氣所誕生。稟氣星辰：承受天上星宿的氣所生。這是古代阿諛大官的話。庶有：百姓。大君：天子。休戚：喜慶憂愁。

〔七〕龍闕：《三輔舊事》："未央宫東有蒼龍闕(兩個相對的望樓)。"鳳池：荀勖以中書省比鳳凰池，見《晉書·荀勖傳》。生靈：百姓。指令狐楚再回朝廷做官。

某才乏出羣，類非拔俗，攻文當就傅之歲，識謝奇童；獻賦近加冠之年，號非才子〔八〕。徒以四丈東平方將尊隗，是許依劉〔九〕。每水檻花朝，菊亭雪夜〔一〇〕，篇什率徵于繼和，杯觴曲賜其盡歡，委曲款言，綢繆顧遇。自叨從歲貢，求試春官，前達開懷，後來慕義〔一一〕，不有所自，安得及兹。然猶摧頹不遷，拔剌未化，仰塵裁鑒，有負吹嘘〔一二〕。倘蒙識以如愚，知其不佞，俾之樂道，使得諱窮〔一三〕。則必當刷理羽毛，遠謝鷄烏之列，脱遺鱗鬣，高辭鱣鮪之羣；逶迤波濤，沖唳霄漢〔一四〕。伏惟始終憐察。

〔八〕就傅：十歲。《禮記·内則》："十年出就外傅。"《後漢書·杜根傳》："(根)父安，少有志節。年十三，入太學，號奇童。"加冠：古代男子滿二十歲行加冠禮。《禮·曲禮上》："二十曰弱，冠。"才子：德才兼備的人。《左傳》文十八年："昔高陽氏有才子八人。"

〔九〕東平：大和三年，令狐楚爲天平軍節度使，治鄆州。鄆州在隋爲東平郡。燕昭王尊崇郭隗來招請天下賢才，見《戰國策·燕策》。王粲因西京擾亂到荆州依靠劉表，見《三國志·魏書·王粲傳》。這裏指楚招商隱到幕府。

〔一〇〕水檻：水邊欄杆。劉禹錫有《和令狐相公玩白菊》詩，楚種有白菊。

〔一一〕歲貢：按年向朝廷推薦人才。春官：《周禮》以春官掌邦禮，後因稱禮部爲春官，進士在禮部考試。前達開懷：前輩接待。後來慕義：後輩歸向。這裏指楚給資裝使商隱進京應試。

〔一二〕摧頹：羽毛零落，失意，指落選。拔剌：魚跳聲。未化：《三秦記》:“江海大魚集龍門下數千,不得上,上則爲龍,故云暴腮龍門。”未化龍,指考試落選。吹嘘:指稱揚。

〔一三〕如愚:《論語·爲政》:“子曰:‘吾與回言終日,不違如愚。’”不佞:《論語·公冶長》:“雍也仁而不佞。”不佞指不善言語。這裏以孔子弟子自比,所以樂道不言窮。

〔一四〕刷理:整刷羽毛使光潤。鷄烏之列:《法苑珠林》:僧祇律云:“有狸侵食雄鷄,唯有雌在,後有烏來覆之,共生一子,非烏復非鷄。”這裏把鷄烏比作凡鳥,他要刷理羽毛,不同凡鳥,希望考中進士。脱遺鱗鬣:指鯉魚跳過龍門化龍,比考中進士,一舉成名。鱣鮪(zhān wěi):鱘魚一類的魚。逶迤:起伏而去。沖唳:沖天高鳴。指終當考中進士。

這是商隱上令狐楚狀七篇中的第一篇。楚資助商隱進京應試,落第回來,寫了這個狀。在這篇裏,寫到令狐楚招聘他到鄆州幕府,不論花朝雪夜,都是歡宴題詠,寫出了他在鄆州幕府中得到厚待的情况。也寫出了他落第後再要繼續應試,一舉成名的願望。可以幫助我們理解他跟令狐楚的關係和這一段時期的生活。

别令狐拾遺書〔一〕

子直足下,行日已定。昨幸得少展寫〔二〕。足下去後,憮然不怡。今早垂致葛衣,書辭委曲,惻惻無已。自昔非有故舊援拔,卒然於稠人中相望,見其表得所以類君子者,一日相從,百年見肺肝〔三〕。爾來足下仕益達,僕困不動,固不能有常合而有常離〔四〕。足下觀人與物,共此天地耳,錯行雜居,蟄蟄哉〔五〕!不幸天能恣物之生而不能與物慨然量其欲，牙齒者恨不得翅羽，角者又恨不得牙齒，此意人與物略同耳〔六〕。有所趨故不能無争，有所争故不能不於同中而有各異耳〔七〕。足下觀此世，其同異如何哉！

〔一〕令狐綯，字子直，見《酬别令狐補闕》注〔一〕。開成元年爲左拾遺，是諫官，爲侍從之臣，得親近皇帝。當時商隱還未得進士，與令狐綯交好。令狐綯把他推薦給高鍇，登進士第，當在寫這書後。

〔二〕展寫：開懷抒誠。

〔三〕商隱與令狐家非親故，一朝與綯相交，開誠相見。卒，同猝。

〔四〕仕益達：指拾遺是清要之官。僕困：指未中進士。常離：太和三年，商隱入令狐楚幕，與綯定交。七年，去京城應試未中，入崔戎幕。九年應試未中，奉母家居。到開成二年相會，是會少離多。

〔五〕錯行：交錯運行，如日出月没。雜居：良莠混雜。蟄蟄：隱伏，不得意。

〔六〕不能與物慨然量其欲：不贊助物慷慨地滿足它的欲望。如虎豹有牙齒的不給翅膀，牛羊有角的不給利齒，人有才華的不給福命。

〔七〕有所趨：奔赴名利則互争，同爲文士而互相傾軋。

兒冠出門，父翁不知其枉正，女笄上車〔八〕，夫人不保其貞污，此於親親不能無異，勢也。親者尚爾，則不親者惡望其無隙哉！故近世交道幾喪欲盡。足下與僕於天獨何稟，當此世生而不同此世〔九〕。每一會面，一分散，至于慨然相執手，嚬然相感〔一〇〕，泫然相泣者，豈於此世有他事哉！惜此世之人，率不能如吾之所樂，而又甚懼吾之徒孑立寡處，而與此世者蹄尾紛然，蛆吾之白，擯置譏誹，襲出不意〔一一〕，使後日有希吾者，且懲吾困而不能堅其守，乃捨吾而之他耳。足下知與此世者居，常紿于其黨何語哉〔一二〕？必曰：吾惡市道〔一三〕。嗚呼！此輩真手搔鼻皻而喉噦人之灼痕爲癩者〔一四〕，市道何肯如此輩耶？

〔八〕冠：男二十加冠。笄：女十五加笄，笄是髮夾。

〔九〕不同此世：此世人不講友誼，他們跟此世人不同，很講友誼。

〔一〇〕嚬：皺眉。慼：憂。

〔一一〕孑立：孤立無助。蹄尾紛然：指世俗不講友誼的人很多，稱蹄尾帶有貶斥意。蛆吾之白：污辱我的清白。襲出不意：出于意外的攻擊。

〔一二〕紿于其黨：受到這派人的欺騙。紿，欺騙。

〔一三〕惡市道：恨市道，這是騙人的話。市道，以做買賣的方法來交友，對自己有利則交，無利則絶。

〔一四〕皻(zhā)：酒渣鼻的渣。這指用手搔鼻發紅説是酒渣鼻，喉裏氣逆咳在人的灼痕上，説人生癩病，真像自己是市道却説恨市道，指這種人比市道還不如。

今一大賈坐滯貨中，人人往須之〔一五〕。甲得若干，曰：其赢若干；丙曰：吾索之；乙得若干，曰：其赢若干；戊曰：吾索之；既與之，則欲其蕃，不願其亡失口舌〔一六〕。拜父母，出妻子，伏臘相見有贄，男女嫁娶有問，不幸喪死，有致饋〔一七〕，葬有臨送弔哭，是何長者大人哉！他日甲乙俱入之不欺，則又愈得其所欲矣。迴環出入如此，是終身欲其蕃不願其亡失口舌，拜父母益嚴，出妻子益敬，伏臘相見贄益厚，男女嫁娶問益豐，不幸喪死，饋贈臨送弔哭情益悲，是又何長者大人哉？唯是於信誓有大欺漫，然後駡而絶之，擊而逐之，訖身而勿與通也。故一市人率少於大賈而不信者，此豈可與此世交者等耶？今日赤肝腦相憐，明日衆相唾辱，皆自其時之與勢耳，時之不在，勢之移去，雖百仁義我、百忠信我，我尚不顧矣，豈不顧已而又唾之，足下果謂市道何如哉！

〔一五〕滯貨：滯銷的貨物。須：需要，求取。

〔一六〕不願其亡失口舌：不願大商人失利，不願他有口舌，説他壞話。

〔一七〕伏臘：夏天伏日、冬天臘日祭神，致送禮物。有問：有贈遺，送禮。饋：祭祀。

今人娶婦入門，母姑必祝之曰：善相宜；前祝曰蕃息〔一八〕。後日生女子，貯之幽房密寢，四鄰不得識，兄弟以時見，欲其好不顧性命，即一日可嫁去，是宜擇何如男子屬之耶？今山東大姓家，非能違摘天性而不如此，至其羔鵞在門〔一九〕，有不問賢不肖健病，而但論財貨，恣求取爲事。當其爲女子時，誰不恨，及爲母婦，則亦然。彼父子男女天性豈有大於此者耶？今尚如此，況他舍外人，燕生越養而相望相救，抵死不相販賣哉〔二〇〕！紬而繹之〔二一〕，真令人不愛此世而欲狂走遠颺耳，果不知足下與僕之守，是耶非耶？首陽之二子，豈蘄盟津之八百，吾又何悔焉〔二二〕。千百年下，生人之權不在富貴而在直筆者〔二三〕，得有此人，足下與僕當有所用意，其他復何云云。但當誓不羞市道而又不爲忘其素恨之母婦耳。商隱再拜。

〔一八〕相宜：指宜室宜家，家庭和好。蕃息：子女多。

〔一九〕羔鶩：小羊和鴨，借指聘禮。

〔二〇〕燕生越養：在燕地出生，在越地長大，即關係疏遠的人。販賣：既指買賣婚姻，又指出賣朋友。

〔二一〕紬繹：推演，從買賣婚姻推演到其人和人的關係。

〔二二〕首陽之二子：伯夷叔齊反對武王伐紂，義不食周粟，餓死首陽山。蘄：求。周武王在盟津會八百諸侯滅紂。指伯夷叔齊豈求爲周興王之佐呢？伯夷叔齊，求仁得仁，餓死無悔。

〔二三〕生人之權：指生死人，即褒貶人之權，在直筆者，指史官。孔子作《春秋》褒貶人，故稱直筆者。《論語・述而》孔子贊美伯夷叔齊爲"求仁而得仁，又何怨？"

這封信，寫在商隱同令狐綯交誼正親密時。商隱感慨當時人不講友誼，他推求不講友誼的原因由于争權奪利。權利是衆人所趨求的，因此相争，在相争中同中有異，同是同爲朋友，異是成爲陌路，不講友誼了。這裏也反映士大夫間的黨派鬥争，爲了争奪權利，互相排斥。他進一步推到父子、母女之親也不能相保没有欺騙，更不要説朋友了。然後轉到他們兩人的友誼，跟當時的不講友誼完全不同，會遭到世人的排擠攻擊。

他又揭露他們的所謂憎惡市道，實際上他們的作爲離市道還差得遠，比商人還不如。他指大商人也是牟利的，有人來求，他只把銷不出去的貨物送人换取好名聲，讓人們按時或有喜慶時給他送禮，倘有對他失信的，他就與那人絶交，因此人們都不敢對他失信。這就是所謂市道交。當時士大夫爲了争奪權利不講交誼怎能和大商人比呢？當時的士大夫只看時勢，有人得勢時向他表示忠誠赤心，到他失勢時向他唾辱，甚至出賣。從這裏引出買賣婚姻，父母對女兒尚且這樣，更何況朋友，真是感慨深沉。他認爲他們兩人的深切交誼，要反抗這種風氣，像伯夷叔齊那樣雖死不悔。

商隱這番議論，並不是説空話，當有感于朝廷上黨派鬥争的激烈而發。他希望他們兩人能够反抗這種風氣。同時他也看到"足下仕益達,僕困不動",看到令狐綯因爲他父親的關係,有榮升的可能,他不能不把希望寄託在他的薦拔。事實上,令狐綯還是追求權勢的,還是陷在黨派鬥争中的人,過不了多久,就把他們兩人深厚的交誼抛棄了。商隱却超出在黨派鬥争之外,還是不忘他們兩人的交誼,向他反覆陳情,終于無法使他回心轉意。因此,這封信可以看出兩人的不同,看出商隱後來所以屢次向他陳情的原因,也可以看出商隱當時對朝廷上黨派鬥争的看法。

上崔華州書〔一〕

中丞閣下:愚生二十五年矣。五年誦經書,七年弄筆硯。始聞長老言,學道必求古,爲文必有師法。常悒悒不快。退自思曰:夫所謂道,豈古所謂周公、孔子者獨能耶?蓋愚與周、孔俱身之耳〔二〕。以是有行道不繫今古,直揮筆爲文,不愛攘取經史、諱忌時世,百經萬書,異品殊流,又豈能意分出其下哉〔三〕!

〔一〕崔華州:崔龜從,開成元年十二月,以中書舍人崔龜從爲華州防禦使,例兼御史中丞銜,故稱中丞。信爲開成二年商隱二十五歲時作。

〔二〕身之:親身體驗。

〔三〕意分:意料。

凡爲進士者五年,始爲故賈相國所憎〔四〕,明年病不試,又明年復爲今崔宣州所不取〔五〕。居五年間,未曾衣袖文章謁人求知〔六〕,必待其恐不得識其面,恐不得讀其書,然後乃出。嗚呼!愚之道可謂強矣,可謂窮矣,寧濟其魂魄,安養其氣志,成其強,拂其窮〔七〕,惟閣下可望。輒盡以舊所爲發露左右。恐其意猶未宣泄,故復有是説。某再拜。

〔四〕賈相國:賈餗,太和七年爲進士試主考,商隱應考,未録取。餗官至集賢殿大學士,故稱相國。

〔五〕崔宣州:崔鄲,太和九年爲進士試主考,商隱應考,未録取。鄲爲宣歙觀察使,故稱宣州。

〔六〕指行卷,見《與陶進士書》第三段注〔三〕。

〔七〕拂其窮:違戾他的窮困,即振拔意。

商隱兩次考進士都没有被録取,開成二年是第三次去考進士。按照當時風氣,士人應試前先抄録詩文送與有聲望者評閲稱行卷,得到有聲望者的贊揚,考官就注意録取。商隱這次録舊作向崔龜從行卷,希望得到他的贊揚。這次他是被録取的,不過是得到令狐綯的推重纔取的。

這封信談他對于學道爲文的看法,他認爲不光周公孔子懂得道,道是從親身體驗中得來的,因此要從親身體驗中去求道。又反對向經史中學文,不管時俗諱忌,認爲百經萬書,分爲各種流品,自己又怎能處在它們之下呢?因此揮筆爲文,不去摹仿古人。對學道爲文的看法,確實站得高。不是從周公孔子那裏學道,直接從生活體驗中學,這在當時是非常了不起的見解。不向經史中學,不求摹仿而求創造,這也是極爲正確的看法。在當時,他能提出這種見解,確實是高出一般,很難得的。

後面提到他不肯以文章謁人求知,雖處境窮困,志氣不衰。文筆也勁健而氣勢旺盛,顯出他工于古文。

奠相國令狐公文〔一〕

戊午歲丁未朔乙亥晦〔二〕，弟子玉谿李商隱叩頭哭奠故相國贈司空彭陽公。嗚呼！昔夢飛塵，從公車輪，今夢山阿，送公哀歌〔三〕。古有從死〔四〕，今無奈何！

〔一〕令狐公：令狐楚，見《太平公座中呈令狐公》注〔一〕。楚在太和九年守尚書左僕射，封彭陽郡開國公，開成元年檢校左僕射、興元尹、充山南西道節度使，二年十一月死在任上，贈司空。因官左僕射，爲宰相職，故稱相國。

〔二〕馮浩注：戊午歲，"開成三年"。丁未朔，"是年六月丁未朔"。乙亥晦，"二十九日"。

〔三〕夢飛塵：夢見飛塵，指追隨在令狐楚的車後。夢山阿：夢見山阿，指送葬在山的阿曲處。

〔四〕從死：《詩·秦風·黃鳥》："國人刺穆公以人從死而作是詩也。"

天平之年，大刀長戟〔五〕。將軍樽旁，一人衣白〔六〕。十年忽然，蜩宣甲化〔七〕。人譽公憐，人譖公罵。公高如天，愚卑如地，脫蟺如蛇，如氣之易〔八〕。愚調京下，公病梁山〔九〕。絶崖飛梁，山行一千〔一〇〕。草奏天子，鐫辭墓門，臨絶丁寧，託爾而存〔一一〕。公此去邪？禁不時歸〔一二〕。鳳棲原上，新舊衮衣〔一三〕。

〔五〕天平之年：太和三年，天平軍節度使(駐鄆州)令狐楚聘商隱入幕府爲巡官。大刀長戟：指幕府中衛士所持兵器。

〔六〕衣白：當時商隱未成進士，穿白衣。

〔七〕蜩宣甲化：蜩甲，蟬殼，指蟬蜕殼。商隱在開成二年登進士第，離太和三年爲九年，舉成數稱"十年"。

〔八〕脱蟺（shàn）：如蛇的蜕殼，指長進。如氣的轉續，指傳授。馮浩注："比令狐授己章奏之學。"

〔九〕京下：指商隱進京應進士試。梁山：指令狐楚爲山南西道節度使，駐興元，那裏有梁山。

〔一〇〕飛梁：指架巖的棧道。一千：指從興元到長安的路程。

〔一一〕草奏：代令狐楚起草遺表。鐫辭：指爲楚寫墓誌銘。丁寧：叮囑商隱草遺表和寫墓誌。

〔一二〕禁：禁地。不時歸：魂不時回來，指魂回到家廟。劉禹錫有《令狐楚家廟碑》，家廟在京城。

〔一三〕鳳棲原：爲長安郊區葬地。新舊衮衣：令狐楚贈司空，楚父承簡亦贈司空，屬上公，衮衣爲上公穿的綉龍禮服，都葬鳳棲原，故稱新舊。

有泉者路，有夜者臺〔一四〕。昔之去者，宜其在哉！聖有夫子，廉有伯夷〔一五〕，浮魂沉魄，公其與之。故山峨峨，玉谿在中〔一六〕。送公而歸，一世蒿蓬〔一七〕。嗚呼哀哉！

〔一四〕泉路、夜臺：指陰間。

〔一五〕夫子：指孔子，聖之時者。伯夷：不食周粟而餓死，聖之清者。

〔一六〕故山：指鳳棲原一帶的山。峨峨：狀山高。玉谿：指那裏的谿水。

〔一七〕蒿蓬：指草野。商隱當時雖已中進士第，還没有入朝授官，是在野。他本望令狐楚推薦入朝，楚死，只能一世在野了。

令狐楚死後，商隱寫了墓誌銘(已失傳)，敍述了楚的一生行事，因此在祭文裏着重寫兩人的交情。馮浩注："楚爵高望重，義山受知最深，鋪敍恐難見工，故拋棄一切，出以短章，情味乃無涯矣！是極慘淡經營之作。"他説本篇是短章有情味是對的，説鋪敍恐難見工不確。再説祭文主要是抒情，不適于鋪敍是對的。

這篇寫他同令狐楚的關係，"將軍樽旁，一人衣白"，形象鮮明。"臨絕丁寧，託爾而存"，寫兩人的相知，楚對他的信任，把最重要的文字遺表及墓誌託給他。最後作"送公而歸，一世蒿蓬"，這話不幸而言中，語簡而意悲。

與陶進士書〔一〕

去一月多故，不常在〔二〕，故屢辱吾子之至，皆不睹。昨又垂示《東岡記》等數篇，不惟其辭彩奥大，不宜爲宂慢無勢者所窺見，且又厚紙謹字，如貢大諸侯卿士及前達有文章積學者，何其禮甚厚而所與之甚下耶〔三〕？

〔一〕此信張采田《會箋》列于開成五年(八四〇)作。陶進士不詳。
〔二〕去一月多故：離開寫信前一個月内多事，不常在家。
〔三〕不惟：不只，不僅。奥大：深厚廣博。厚紙謹字：用厚紙寫工整字，當時送給地位高的人用。甚下：自指地位低。

始僕小時，得劉氏《六説》讀之〔四〕，嘗得其語曰："是非繫于褒貶，不繫于賞罰；禮樂繫于有道，不繫于有司〔五〕。"密記之。蓋嘗于《春秋》法度，聖人綱紀〔六〕，久羨懷藏，不敢薄賤。聯綴比次，手書口詠，非惟求以爲己而已，亦祈以爲後來隨行者之所師稟〔七〕。

〔四〕劉氏《六説》：唐代劉知幾子劉迅著《六説》，成《詩》《書》《春秋》《禮》《樂》五説五卷，《易》説未成。見《新唐書·劉迅傳》及《國史補》。《五説》探索聖人的用意。

〔五〕有司：主管的官員。

〔六〕《春秋》：相傳孔子修訂的歷史書，他褒善貶惡，通過褒貶來分别是非。孔子講究禮樂，作爲治國的大綱。這是説，是非和禮樂不決定于官府，決定于孔子。

〔七〕聯綴比次：把有關法度綱紀的材料聯繫起來加以排比，即編輯這方面材料。師稟：效法接受。

已而被鄉曲所薦，入求京師〔八〕，又亦思前輩達者，固已有是人矣，有則吾將依之。繫鞋出門，寂寞往返其間，數年卒無所得，私怪之。而比有相親者曰：子之書宜貢于某氏，某氏可以爲子之依歸矣〔九〕。即走往貢之，出其書，乃復有置之而不暇讀者；又有默而視之，不暇朗讀者；又有始朗讀而中有失字壞句不見本義者。進不敢問，退不能解，默默已已，不復咨嘆。故自太和七年後，雖尚應舉，除吉凶書及人憑倩作箋啓銘表之外，不復作文，文尚不復作，况復能學人行卷耶〔一〇〕？

〔八〕鄉曲：猶鄉里。入求京師：入京求應試。

〔九〕比：及。貢：獻。依歸：依靠，即靠他贊揚，引起考官注意，取中進士。即指"行卷"，詳下。

〔一〇〕太和七年,商隱應舉未取,九年又應舉未取。吉凶書:爲祭祀及喪禮寫的書信。倩:請託。行卷:抄自己所作詩文請名人評定贊揚,引起考官的注意得以録取。

時獨令狐補闕最相厚,歲歲爲寫出舊文納貢院〔一一〕。既得引試,會故人夏口主舉人,時素重令狐賢明,一日見之于朝,揖曰:"八郎之友誰最善〔一二〕。"綯直進曰"李商隱"者三道而退,亦不爲薦託之辭,故夏口與及第。然此時實于文章懈退,不復細意經營述作,乃命合爲夏口門人之一,數耳〔一三〕。

〔一一〕開成二年,令狐綯爲左補闕。納貢院:交給主管考試衙門,作爲考察考生水平之用。

〔一二〕故人:令狐綯的老朋友。夏口:鄂岳觀察使(治夏口,在湖北武昌)高鍇。主舉人:主管考試進士的主考。八郎:令狐綯排行第八。

〔一三〕數:命定。

爾後兩應科目者〔一四〕,又以應舉時與一裴生者善,復與其挽拽,不得已而入耳。前年乃爲吏部上之中書,歸自驚笑,又復懊恨周、李二學士以大德加我〔一五〕。夫所謂博學宏詞者,豈容易哉!天地之災變盡解矣,人事之興廢盡究矣,皇王之道盡識矣,聖賢之文盡知矣,而又下及蟲豸草木鬼神精魅,一物以上莫不開會〔一六〕,此其可以當博學宏詞者耶?恐猶未也。設他日或朝廷或持權衡大臣宰相，問一事，詰一物，小若毛甲，而時脱有盡不能知者〔一七〕，則號博學宏詞者當其罪矣。私自恐懼，憂若囚械。後幸有中書長者曰〔一八〕："此人不堪。"抹去之，乃大快樂，曰：此後不能知東西左右〔一九〕，亦不畏矣。

〔一四〕兩應科目：唐制中進士後，還要應科目考試，中後才授官。商隱于開成三年應博學宏詞科，已録取而被人抹去；四年，以判事入等，得爲官。

〔一五〕商隱應博學宏詞科在吏部考試，由吏部上報中書省。周、李二學士：周墀，太和末，曾補集賢殿學士；李回，以庫部郎中知制誥，可能兼翰林學士。大德加我：指録取。

〔一六〕皇王之道：三皇之道指道家無爲而治，三王之道指禹傳子，湯武征伐。聖賢之文：指聖賢的經傳。蟲豸：昆蟲。精魅：妖精、物怪。開會：指開通理解。

〔一七〕甲：爪甲。脱：或。

〔一八〕中書長者：吏部考試博學宏詞後，再送中書省核定，中書省某官抹去商隱名。

〔一九〕《後漢書·逢萌傳》："後詔書征萌，託以老耄，迷路東西，尚不知方面所在，安能濟時乎？"

去年入南場作判，比于江淮選人，正得不憂長名放耳〔二〇〕。尋復啓與曹主，求尉于虢〔二一〕。實以太夫人年高，樂近地有山水者，而又其家窮，弟妹細累〔二二〕，喜得賤薪菜處相養活耳。始至官，以活獄不合人意，輒退去。將遂脱衣置笏，永夷農牧〔二三〕。會今太守憐之，催去復任，逕使不爲升斗汲汲，疲瘁低儽耳〔二四〕。然至于文字章句，愈怗息不敢驚張〔二五〕。嘗自呪願得時人曰：此物不識字，此物不知書。是我生獲忠肅之謚也〔二六〕。而吾子反殷勤如此者，豈不知耶？豈有意耶？不知則可，有意則已虚矣。

〔二〇〕南場作判：去吏部試，作判詞。江淮選人：《新唐書·選舉志》："其後江南、淮南、福建，大抵因歲水旱，皆遣選補使，即選其人。"長名放：《封氏聞見記》："高宗龍朔二年後，以不堪任職者衆，遂出長榜放之，冬集，俗謂之長名。"此指參加作判詞後，即可選官，不憂被放。

〔二一〕尋：不久。曹主：一部長官。求尉于虢(guó)：請求調到虢州做縣尉。商隱派在祕書省作校書郎，他請調縣尉。虢州，治弘農，在今河南靈寶縣南。

〔二二〕近地：開成元年，商隱奉母居濟源縣，濟源離弘農較近。細累：小的家累。

〔二三〕活獄不合人意：把死罪改判活罪，觸怒觀察使孫簡，將罷官。夷：平，作平民。

〔二四〕今太守：姚合代孫簡爲觀察使，使商隱還任。儽(lěi)：憔悴頽喪。

〔二五〕怗息：平静呼吸，狀害怕。

〔二六〕生獲忠肅之謚：忠肅，指老實。謚是死後所定稱號。此言活着得老實的稱號，是憤慨的話。

然所以拳拳而不能忘者，正以往年愛華山之爲山而有三得：始得其卑者朝高者，復得其揭然無附著〔二七〕，而又得其近而能遠。思欲窮搜極討，灑豁襟抱，始以往來番番不遂其願〔二八〕。間者得李生于華郵，爲我指引巖谷，列視生植，僅得其半；又得謝生于雲臺觀，暮留止宿，旦相與去，愈復記熟；後又得吾子于邑中〔二九〕，至其所不至者；

于華之山無恨矣，三人力耶。

〔二七〕 拳拳：猶牢牢記住。揭然：狀高聳。

〔二八〕 灑豁襟抱：暢開胸懷。往來番番：一次次往來。

〔二九〕 間：近。華郵：華山的驛站。生植：生物、植物。雲臺觀：在華山觀旁。邑中：似華陰縣。

今李生已得第，而又爲老貴人從事，雲臺生亦顯然有聞于諸公間，吾子之文粲然成就如是。我不負華之山，而華之山亦將不負吾子之三人矣。以是思得聚會，話既往探歷之勝。至于切磋善惡，分擘進趨，僕此世固不待學奴婢下人指誓神佛而後已耳，吾子何所用意耶？明日東去，既不得面，寓書惘惘。九月三日，弘農尉李某頓首。

這是開成四年商隱在做弘農尉時寫的。後一部分講游華山的，馮浩注："似全以華山喻己之于令狐，始居其門，今不復附著，跡雖遠而心猶近，以爲回護之詞；下文切磋數句尤明顯。陶進士必與令狐有相涉者，而令狐氏華原人也。"這話看來是有道理的。後面説自己不學奴婢下人指神佛發誓來表示忠誠，這正如後來他向令狐綯陳情，不願過于卑屈一樣。這封信先寫令狐綯向高鍇推重商隱，商隱因此得中，這是始居令狐門下時的情況。後來去考博學宏詞，已考中而被中書長者抹去，這似説明他已不再附著令狐，曾去王茂元幕，與王女結婚，引起令狐綯的不滿。那個中書長者可能與綯有關。他跟綯的關係，"近而能遠"，即跡近而情疏。但他不學奴婢下人的卑屈以討令狐歡心。因此，踪跡雖或近或遠，而情意終疏，就決定了他和綯的關係。表達了對中書長者的憤慨。

這封信裏又表達了對朝廷的看法，認爲分别是非之權不决定于朝廷的賞罰，禮樂的存廢不决定于有司；即《春秋》法度、聖人綱紀都不在朝廷,這跟他《安定城樓》的"欲迴天地入扁舟"的志事是一致的。正因爲法度綱紀都不在朝廷,所以想旋乾轉坤有一番大作爲。但看到前輩達者很失望,應博學宏詞科,又很失望。講博學宏詞一段,正反映這種憤慨不平。靠了這封信,使我們瞭解他這一段的生活,很可珍貴。

上李尚書狀〔一〕

昨者伏蒙恩造,重有霑賜,兼假長行人乘等,以今月十日到上都訖〔二〕。既獲安居,便從常調〔三〕,成兹志願,皆自知憐。伏以無褐無車,古人屢有;饋飧受館,諸侯不常〔四〕。皆才可持危扶顛,辯或離堅合異〔五〕。尚有歷七十國而不遇其主,曠五百歲而方希一賢〔六〕。道之難行,運不常會〔七〕,苟至于此,知如之何。

〔一〕李尚書:李執方,爲王茂元妻兄弟,開成二年,任河陽三城懷州節度使,又爲忠武軍節度使,治許州。此狀當作于開成五年,商隱移家長安時。

〔二〕恩造:受恩成就,即幫助移家。霑賜:受惠。假:借。長行人乘:走長路的坐騎,即"恤以長途,假之駿足"。上都:長安。

〔三〕從常調:從常例調試判,參加書判考試。

〔四〕《詩·豳風·七月》:"無衣無褐,何以卒歲?"褐,粗衣。《戰國策·齊策》齊人馮煖"復彈其鋏,歌曰:'長鋏歸來乎?出無車'"。饋飧(sūn):送熟食。受館:安排住處。不常:不是經常有的。

〔五〕持危扶顛:《論語·季氏》:"危而不持,顛而不扶,則將焉(何)用彼相(扶持瞎子的人)矣。"離堅合異:《莊子·秋水》:"合同異,離堅白。"把相異的説成相同,相同的説成相異,即合異析同。石又堅又白,堅白石合,辯者要把堅和白分離。借指善辯。

〔六〕李康《運命論》:"應聘七十國而不一獲其國。"指孔子周游列國。《顔氏家訓·慕賢》:"古人云,千載一聖,猶旦暮也;五百年一賢,猶比髆也。"

〔七〕運不常會:世運不能常合,即生不逢辰。

某始在弱齡,志惟絶俗〔八〕。每北窗風至,東皋暮歸〔九〕;彭澤無絃,不從繁手;漢陰抱甕,寧取機心〔一〇〕。巖桂長寒,嶺雲鎮在〔一一〕。誓將適此,實欲終焉。其後以婚嫁相縈,弟兄未立。陽貨有迷邦之誚,王華生處世之心〔一二〕。靡顧移文,言從初服〔一三〕。幸李公之閽者,不拒孔融;讀蔡氏之家書,未歸王粲〔一四〕。粗聞六蓺,聊玩九流〔一五〕。行與時違,言將俗背。方朔雖強於自舉,匡衡竟中於丙科〔一六〕。駕鼓未休,搶榆而止〔一七〕。

〔八〕弱齡:二十歲。絶俗:跟世俗志趣不同。

〔九〕北窗風至:陶淵明《與子儼等疏》:"五六月中,北窗下卧,遇涼風暫至,自謂是羲皇上人。"東皋:東面水邊高地。王績《野望》:"東皋薄暮望,徙倚欲何依。"

〔一〇〕彭澤無絃:陶淵明曾作彭澤令。有素琴一張,無絃。繁手:複雜的彈奏手法。漢陰抱甕:《莊子·天地》:"子貢過漢陰,見一丈人,方將爲圃畦,鑿隧而入井,抱甕而出灌。"子貢勸他用桔槔抽水,他怕用機械者有機心,不幹。

〔一一〕巖桂:指山居。鎮在:常在。

〔一二〕《論語·陽貨》:"(陽貨)謂孔子曰:'懷其寶而迷其邦,可謂仁乎?曰:不可。'"《宋書·王華傳》:"以父存亡不測,布衣蔬食,不交游。高祖欲收其才用。乃發(華父)厥喪問,使華制服。服闋,辟華爲州主簿。”

〔一三〕靡顧移文：不顧有人反對。《齊書·孔稚圭傳》周彥倫隱居鍾山，“後應詔出爲海鹽縣令，欲却過此山，孔生乃假山靈之意移之，不許得至”。寫移文來反對他過山。初服：屈原《離騷》：“退將復修我初服。”做官前的服裝。

〔一四〕《後漢書·孔融傳》：“融欲觀其人，故造(李)膺門，語門者曰：‘我是李君通家子弟。’門者言之。融曰：‘先君孔子與君先人李老君，同德比義而相師友，則融與君累世通家。’”《三國志·魏書·王粲傳》：“時(蔡)邕才學顯著，貴重朝廷，常車騎填巷，賓客盈坐，聞粲在門，倒屣(鞋)迎之，邕曰：‘此王公孫也，有異才，吾不如也。吾家書籍文章，盡當與之。’”

〔一五〕六蔽：《論語·陽貨》：“好仁不好學，其蔽也愚；好知不好學，其蔽也蕩；好信不好學，其蔽也賊(害)；好直不好學，其蔽也絞(急)；好勇不好學，其蔽也亂；好剛不好學，其蔽也狂。”九流：戰國時儒家、道家、陰陽家、法家、名家、墨家、縱橫家、雜家、農家九個流派，見《漢書·藝文志》。

〔一六〕《漢書·東方朔傳》：“朔初來上書，文辭不遜，高自稱譽。”《史記·張丞相傳》附褚先生補：“匡衡才下，數射策不中，至九乃中丙科。”

〔一七〕《後漢書·循吏傳序》：“建武十三年，異國有獻名馬者，日行千里，詔以馬駕鼓車。”《莊子·逍遥游》：“鵬之徙於南冥(海)也，摶扶摇(憑藉旋風)而上者九萬里。蜩(蟬)與學鳩(小鳥)笑之曰：‘我決(急)起而飛，搶(突上)榆枋，時則不至，而控(投)于地而已矣，奚(何)以之(往)九萬里而南爲?’”

然竊觀古昔之事，遐聽上下之交，有合自一言，奬因片善〔一八〕，不以齒序，不以位驕，想見其人，可與爲友。近古以降，斯風頓微。處貴有隔品之嚴〔一九〕，於道絶忘形之契。中間柳濬，年猶乳抱，李北海因與結交，裴遜跡困泥塗,王右丞常所前席〔二〇〕。時之不可,人以爲悲。愚雖甚微,頗嚮斯義。

〔一八〕遐:遠。合自一言:《宋書·周朗等傳》:"徒以一言合旨,仰感萬乘。"獎因片善:《陳書·世祖紀》:"每有一言入聽,片善可求,何嘗不褒獎抽揚,緘書紳帶。"

〔一九〕隔品之嚴:《新唐書·竇易直傳》:"初,元和中,鄭餘慶議僕射上儀,不與隔品官亢禮。"品級不同的官,不得平等相見。

〔二〇〕《新唐書·文藝傳》:"(李邕)出爲汲郡北海太守。"李邕與柳澹相交事未詳。又:"王維三遷尚書右丞。别墅在輞川,地奇勝,有華子岡、敧湖、竹里館、柳浪、茱萸沜、辛夷塢,與裴迪游其中,賦詩相酬爲樂。"裴逖未詳。前席:席地而坐,坐處向前靠近對方。

自頃升名貢籍,廁足人流〔二一〕。未嘗輒慕權豪,切求紹介,用脅肩諂笑,以競媚取容。袁生之門,但聞有雪;墨子之突,曾是無烟〔二二〕。每虞三揖之輕,略以千鈞自重〔二三〕。閣下念先市骨,志在采葑,引以從游,寄之風興〔二四〕。玳筵高敞,畫舸徐牽,分越加籩,事殊設醴〔二五〕。憐賈生之少,恕禰衡之狂〔二六〕。此際舉觴而恨異漏卮,對案而慙非巨壑〔二七〕。謝家東土,延賓而别待車公;王令臨邛,爲客而先言犬子〔二八〕。彼之榮重,殊謂寂寥;伏聞聲塵,已移弦晦〔二九〕。隋王朱邸,方同故掾之心;燕地黄金,更落他人之手〔三〇〕。追攀未及,結戀無任〔三一〕,瞻望門牆,若在霄漢。伏惟始終識察。

〔二一〕升名貢籍：指考中進士。厠足人流：插足流品，即做官。

〔二二〕《後漢書·袁安傳》注引《汝南先賢傳》："時大雪積地丈餘。洛陽令至袁安門，無有行路，謂安已死，令人除雪入户，見安僵卧。"班固《答賓戲》："墨突不黔。"墨子的竈的烟囱不黑，因他到處奔走，不能久住。

〔二三〕虞：憂。三揖：三次作揖。《儀禮·士冠禮》："至于廟門揖，入三揖。"鈞：三十斤。

〔二四〕市骨：《戰國策·燕策》："郭隗先生曰：'臣聞古之君人，有以千金求千里馬者，涓人請求之，得千里馬，馬已死，買其首五百金。於是不能期年，千里馬之至者三。'"《詩·邶風·谷風》："采葑采菲，無以下體。"葑菲根葉皆可食，類似大頭菜。根有時變壞，不要因此拋棄葉子。下體指塊根。此言不因缺點而拋棄他。風興：《詩》有風與興，指作詩。

〔二五〕玳筵：珍貴的筵席。畫舸：畫船。加籩：宴席上增加禮器，超越身分，指優待。籩，竹製禮器，盛水果或菜餚。設醴：《漢書·楚元王傳》："元王敬禮申公等，穆生不嗜酒，元王每置酒，常爲穆生設醴。"

〔二六〕《史記·賈生傳》："年十八，以能誦詩屬書聞于郡中。吴廷尉爲河南守，聞其秀才，召置門下，甚幸愛。"《後漢書·禰衡傳》："（曹）操欲見之，而衡素相輕疾，自稱狂病，不肯往。"

〔二七〕異漏卮：指酒量不大，不能像漏斗那樣。非巨壑：也指酒量不大。

〔二八〕《晉書·車胤傳》："（胤）又善于賞會，當時每有盛坐而胤不在，皆云無車公不樂。謝安游集之日，輒開筵待之。"《史記·司馬相如傳》："司馬相如字長卿，少時其親名之曰犬子。相如素與臨邛令王吉相善，相如往，舍都亭。臨邛令不敢嘗食，自往迎相如。相如不得已，強往，一坐盡傾。"

〔二九〕寂寥：李執方接待商隱的隆重，使得謝安的接待車胤，王吉的接待司馬相如，都顯得寂寞了。聲塵：《梁書·劉峻傳》："餘聲塵寂寞。"指聲望事跡。弦晦：弦月到無月。指接待已半個月。

〔三〇〕謝朓《拜中軍記室辭隨王牋》:"唯待青江可望,候歸艎于春渚;朱邸方開,效蓬心于秋實。"借謝朓感謝隨王的心來自比。《清一統志》:"燕昭王于易水東南築黄金臺,延天下士。"此言回去後,李執方的恩賜要賞給别人。

〔三一〕無任:不勝,不勝戀念。

在這篇狀裏,商隱主要寫他年輕時的志趣,"志惟絶俗",跟世俗的人不同。他嚮往陶淵明的高節,贊美漢陰丈人的淳樸,以求媚取容爲恥,反對争權奪利的機心。只是因有家累,不能不出來求仕,只是做個小官而已。他感嘆當時"處貴有隔品之嚴,于道絶忘形之契。"在官場中嚴分品級,不能脱略形跡。在這裏,可以從另一角度,反映他對待牛李黨争的態度。在李德裕入相時,他並不因王茂元的關係,向李求媚取容。他對令狐綯的陳情,只是因他同令狐家兩世交好,"志在採葑",希望他能够採納。對于他"處貴有隔品之嚴",不無感嘆。也可見他與王茂元女兒結婚,没有"輒慕權豪,切求紹介"之意。令狐綯對他的不滿,實由于不瞭解他的志趣。這篇狀的意義,當在這裏。

爲濮陽公與劉稹書〔一〕

足下前以肺肝,布諸簡素,仰承復命,猶事枝辭〔二〕。夫豈告者之不忠,抑乃聽之而未審。擇福莫若重擇禍莫若輕〔三〕。一去不回者良時,一失不復者機事。噫嘻執事,誰與爲謀,延首北風,心焉如灼。是以再陳禍福,用釋危疑,言不避煩,理在易了。丁寧懇款,至於再三者,誠以某與先太師相國俱沐天光,並爲藩后〔四〕。昔云與國,今則親鄰,而大年不登,同盟未至,飯貝纔畢,襚衣莫陳〔五〕。

乃睠後生，遽乖先訓，遷延朝命〔六〕，迷失臣職。不思先軫之忠，將覆欒書之族〔七〕。此僕隸之所共惜，兒女之所同悲。况某擁節臨戎，援旗誓衆，封疆甚邇，音旨猶存。忍欲賣之以爲己功，間之以開戎役〔八〕。將祛未寤，欲罷不能，願思苦口之言，以定束身之計〔九〕。

〔一〕濮陽公：太和九年，嶺南節度使王茂元遷涇原節度使。甘露之變，茂元懼禍，悉出家産助左右神策軍，封濮陽郡侯，這裏尊稱爲公。會昌三年，昭義節度使劉從諫死，姪劉稹據鎮自立，擁兵抗拒朝命。茂元致書劉稹，勸他歸順朝廷。

〔二〕茂元前有信給劉稹，劉覆信拉扯。枝辭，拉扯的話。

〔三〕擇福兩句：《國語・晉語》晉楚鄢陵之戰中范文子語。

〔四〕丁寧：叮囑。懇款：誠懇。先太師相國：劉從諫，太和七年加同中書門下平章事，武宗時兼太子太師，卒。藩后：節度使。

〔五〕與國：指都是藩鎮，互相贊助。親鄰：茂元調河陽節度使，與昭義節度使鄰近。大年不登：不到大年，不壽。同盟未至：《左傳》隱公元年："諸侯五月(而葬)，同盟至。"指劉從諫未葬。飯貝：《禮・檀弓》："飯用米貝。"古禮，斂時用碎貝殼和米放在死者口中。襚衣：送給死者的衣衾。

〔六〕後生：指劉稹。從諫死，朝廷下詔稹護喪歸洛陽，稹拒命。

〔七〕先軫：春秋晉統帥。《左傳》僖公三十三年："狄伐晉，及箕。先軫免冑(不帶頭盔)入狄師，死焉。"借指從諫的忠。《左傳》襄公二十三年：晉欒書之後"欒盈出奔楚，自楚適齊，齊納諸曲沃。晉人克欒盈于曲沃，盡殺欒氏之族黨"。

〔八〕忍：豈忍，即不忍。間：離間。戎役：戰役。

〔九〕祛：消除，開釋。苦口：良藥苦口而利于病。束身：束身歸罪，向朝廷請罪。

昔先太尉相公常蹈亂邦，不從逆命，翻身歸國，全家受封；居韓之西，爲國之屏；棄代之際，人情帖然〔一〇〕。太師相公以早副軍牙，久從征旆；事君之節已著，居喪之禮又彰，故乃獎其像賢，仍以舊服〔一一〕。納職貢賦，十五餘年。於我唐爲忠臣，於劉氏爲孝子。人之不幸，天亦難忱，纔加壯室之年，奄有壞梁之嘆〔一二〕。主上深固義烈，是降優恩，蓋將顯足下之門，爲列藩之式。不欲劉氏有自立之帥，上黨爲辜恩之軍〔一三〕，俾之還朝，以聽後命。其義甚著，其恩莫偕。昨者祕不發喪，已踰一月，安而拒詔，又歷數旬。祕喪則於孝子未聞，拒詔則於忠臣已失。失忠於國，失孝於家，望此用人，由茲保族，是亦坐薪言泰，巢幕云安〔一四〕，智士之所寒心，謀夫之所齚舌；矧于僕者〔一五〕，得不動心。

〔一〇〕劉從諫父劉悟，爲淄青節度使李師道部下都知兵馬使。憲宗下詔討師道，師道遣悟將兵拒魏博軍。悟以兵取鄆，擒師道，斬其首以獻，拜悟義成軍節度使。穆宗時移鎮澤潞，兼平章事。卒贈太尉。澤潞在山西，在韓的西面。棄代：棄世，死。帖然：狀安定。

〔一一〕劉悟死前，上表請其子從諫繼位。從諫賄賂宰相李逢吉、太監王守澄，得爲昭義軍節度使。副軍牙：作軍府的副佐。牙指衙門。像賢：像他父親的賢能。仍舊服：繼位。

〔一二〕天難忱：《詩・大雅・大明》："天難忱斯。"天難信，指天不保佑從諫。加壯室：《禮・曲禮上》："三十曰壯有室。"加，過于三十。從諫四十一歲死。奄：忽然。壞梁：《禮・檀弓上》："孔子歌曰：'泰山其頹乎！梁木其壞乎！哲人其萎乎！'"指死。

〔一三〕上黨：從諫領昭義軍，駐上黨，在今山西長治縣。

〔一四〕《漢書・賈誼傳》上疏："抱火厝(置)之積薪之下，而寢其上，火未及燃,因謂之安。”泰,安。《左傳》襄公二十九年:“夫子之在此也,猶燕之巢於幕上。”

〔一五〕寒心:害怕。《史記·荆軻傳》:“以秦王之暴,而積怒于燕,足爲寒心。”齰舌:《漢書·田蚡傳》:“魏其必愧,杜門齰舌自殺。”矧:況。

竊計足下之懷,執事之論,當以趙氏傳子,魏氏襲侯,欲以逡巡希恩,顧望謀立耳〔一六〕。夫事殊者趣異,勢別者跡睽,胡不度其始而議其終,搴其華而尋其實,願爲足下一二而陳之。夫趙、魏二侯,於其先也,親則父子,於其人也,職則副戎〔一七〕;賞罰得以相參,恩威得以相抗,義顯事順,故朝廷推而與之。今足下之於太師也,地則相近〔一八〕,職非副戎,賞罰未嘗相參,恩威未嘗相抗。稽喪則於義爽,拒詔則於事乖。比趙、魏二侯,信事殊而勢別矣,此施之于太師,趙、魏則爲繼代象賢之美,施之於足下,足下則爲自立擅命之尤;得失之間,其理甚白。

〔一六〕趙氏傳子:成德節度使王廷湊死,傳子元逵爲節度使。成德軍統趙地,因稱趙氏。魏氏襲侯:魏博節度使何進滔死,傳子重順爲節度使。魏博軍治魏州,因稱魏氏。逡巡:猶徘徊不前。

〔一七〕副戎:成德軍、魏博軍,節度使下有副使,由節度使之子擔任。

〔一八〕地近:從諫與稹是叔姪,地位親近,但還不是父子。

又計足下未必不恃太師之好賢下士,重義輕財。吴國之錢,往往而有,梁園之客,比比而來〔一九〕,將倚以爲牆藩，託以爲羽翼。使之謀取，使以數求。細而思之，此又非計。山高則祈羊自至，泉深則沉玉自來〔二〇〕，己立然後人歸，身正然後士附。語有之曰：政亂則勇者不爲鬥，德薄則賢者不爲謀。故吴濞有奸而鄒陽去，燕惠無德而樂生奔〔二一〕。晉寵大夫，卒成分國之禍；衛多君子，孰救渡河之災〔二二〕。此之前車，得不深鏡〔二三〕。

〔一九〕《漢書·吴王濞傳》："發書遺諸侯曰：'寡人金錢在天下者，往往而有，非必取于吴，諸王日夜用之，不能盡。'"《漢書·梁孝王傳》："招延四方豪傑，自山東游士莫不至。"梁園，梁孝王築的兔園。

〔二〇〕《管子·形勢》："山高而不崩，則祈羊自至；淵深而不涸，則沉玉極矣。"指殺羊祭山神，用璧玉沉淵祭水神來求雨。

〔二一〕《漢書·鄒陽傳》："吴王濞招致四方游士，(鄒)陽與吴嚴忌、枚乘等俱仕吴。吴王陰有邪謀，陽奏書諫。吴王不納其言。于是鄒陽、枚乘、嚴忌皆去之梁。"《史記·燕世家》："昭王以樂毅爲上將軍伐齊，齊城之不下者獨聊、莒、即墨。昭王卒，子惠王立。疑毅，使騎劫代將，樂毅亡走趙。"

〔二二〕《漢書·劉向傳》："昔晉有六卿，齊有田崔，常掌國事，世執朝柄。終後田氏取齊，六卿分晉。"《左傳》襄公二十九年："衛多君子，未有患也。"又閔公二年："狄人伐衛，以逐衛人。宋桓公逆諸河，宵濟。"狄滅衛，衛人渡河入宋。此言從諫雖招有士人，不能救積的滅亡。

〔二三〕《漢書·賈誼傳》："鄙諺曰：前車覆，後車誡。"鏡：以爲鑒戒。

代憲四祖，文明繼興〔二四〕。當時燕趙中山淮陽齊魯，連結者幾姓，旅拒者幾侯〔二五〕。咸逆天用人，背惠忘德，據指掌之地，謂可逃刑，倚親戚之私，謂能取信。一旦地空家破，首裂肢分，暗者不能爲謀，明者固以先去，悔而莫及，未如之何。先太尉與李洧尚書，齊之密戚〔二六〕；楊太保與蘇肇給事，蔡之懿親〔二七〕；並據要地方州，領精甲鋭卒，及其王師戾止，我武維揚〔二八〕，則割地驅人以降，送款輸忠以入，非不顧密戚，非不念懿親，非不思恩，非不懷惠，直以逆順是逼，死生實難，能與其同休，不能與其共戚故也。況足下大未侔齊蔡，久未及李吴，將以其人動於不義。僕因恐夙沙之國，縛主之卒重生，彭寵之家，不義之侯更出〔二九〕。

〔二四〕代憲四祖：代宗、德宗、順宗、憲宗四朝。

〔二五〕燕趙中山淮陽齊魯：燕，盧龍節度使朱滔，德宗建中三年反，僭立國號爲冀，爲王武俊、李抱真所擊敗，死。趙，成德軍節度使李寶臣，代宗大曆十年反，後部下背離，爲妖人所害。中山，指義武軍，爲李寶臣所轄地。寶臣死，爲其子惟岳所轄地。惟岳求襲位，不許，爲部將王武俊所殺。淮陽，淮西節度使李希烈，破汴州，僭稱帝，國號楚，爲親將陳仙奇毒死。齊魯，淄青節度使李正己，又占有曹、濮、徐、兖、鄆五州。德宗建中初，約田悦等叛，會發疽死。當時節度使的背叛，不止于以上所舉。旅拒：聚衆抗拒。

〔二六〕先太尉劉悟與李洧都是齊李正己的親戚。洧是正己從父兄，正己用爲徐州刺史。正己死，子汭犯宋州，洧以徐州歸順朝廷，爲徐海沂觀察使、檢校工部尚書。

〔二七〕楊元卿與蘇肇，皆爲申蔡光等州節度使吴少陽判官，勸少陽歸順朝廷。少陽死，子元濟繼立，元卿即日離蔡，元卿妻與子並爲元濟所殺，蘇肇亦遇害。元卿後授太子太保，卒。按下文據要地方州，指劉悟、李洧，不指楊元卿、蘇肇。稱蘇肇爲給事，不詳。

〔二八〕戾止：到來。戾，涖，臨。《書·泰誓中》："我武惟揚。"

〔二九〕《吕氏春秋·用民》："夙沙之民，自攻其君而歸神農。"《後漢書·

彭寵傳》:"建武二年春,詔徵寵。遂發兵反,自立爲燕王。五年春,寵齋,獨在便室。蒼頭子密等三人,斬寵,馳詣闕,封爲不義侯。"此指劉稹部下會縛稹或殺稹來歸降的。

又計足下當恃太行九折之險,部内數州之饒〔三〇〕,兵士尚強,倉儲且足,謂得支久,謀而使安。危哉此心,自棄何速。昔李抱真相國,用彼州之人,破朱滔於燕國,困田悦於魏郊〔三一〕,連兵轉戰,綿歲經時,而潞人夫死不敢哭,子死不敢悲,何者?李相國奉討逆之命,爲勤王之師,義著而誠順故也。及盧從史釋喪就位,賣降冀功,將乘討伐之時,欲肆凶邪之性,計未就而人神已怒,事未立而兵衆已離,以萬夫之長,困一卒之手,驅檻北闕,棄尸南荒〔三二〕。而潞之人猶老者捫胸,少者扼腕,謂朝廷不即顯戮,深爲失刑,其故何哉?以從史不義不暱〔三三〕,去安就危,衆黜其謀,下不爲用故也。二帥去就,非因傳聞,鳩杖之人,鮐背之叟〔三四〕,知其本末,尚能言之。則太行之險,固不爲勃者之守〔三五〕,數州之衆,固不爲邪者之徒,此又其不足恃也。由此言之,則以何名隳家聲,何事捨君命,何道求死士,何計得人心,此僕者所以對案忘餐,推枕不寢,爲足下惜,爲足下危,而不知其所以然也。

〔三〇〕太行九折:《漢書·地理志》:"上黨壺關縣有羊腸坂。羊腸九折。"數州:《舊唐書·地理志》:"昭義軍節度使治潞州,領潞、澤、邢、洺、磁五州。"

〔三一〕《舊唐書·李抱真傳》:"德宗即位,兼潞州長史、昭義軍節度使。建中三年,田悦以魏博反,抱真與河東節度使馬燧屢敗悦兵。朱滔、王武俊皆救悦,抱真外抗羣賊,内輯軍士,賊深憚之。興元初,遷檢校左僕射平章事。時朱滔悉幽薊軍應(朱)泚,抱真以大義説王武俊,合從擊滔,大破滔于經城。"

〔三二〕《舊唐書·盧從史傳》:"授昭義軍節度使。丁父憂,朝旨未議起復,屬(成德節度使)王士真卒(子承宗自請留後),從史竊獻誅承宗計,用是起授,委其成功。(從史)陰與承宗通謀。吐突承璀將神策兵與之對壘,從史往往過其營博戲,上戒承璀伏壯士縛之,納車中,馳以赴闕,貶驩州司馬。"賣降,指出賣王承宗。困一卒之手,指被縛。檻:囚車。棄尸南荒,指貶驩州(在越南北部)而死。

〔三三〕《左傳》隱公元年:"不義不暱,厚將崩。"行不義,則人不親附。

〔三四〕鳩杖:《後漢書·禮儀志》:"八十九十禮有加,賜玉杖長九尺,端以鳩鳥爲飾;鳩者不咽之鳥,欲老人不咽。"鮐背:老人背有斑點似鮐魚,見《爾雅·釋詁》疏。

〔三五〕勃:通悖,狂悖,悖亂。

況太師比者養牛添卒,畜馬訓兵,旁招武幹之材,中舉將軍之令〔三六〕。然而聽於遠近,頗有是非,雖朝廷推赤心,宏大度,然而不逞者已有乖異之説,横議者屢興悖惡之嘆。人之多言,亦可畏也。誰爲來者,宜其弭之。今足下背季父引進之恩,失大朝文誥之令,則是實先太師之浮議,彰昭義軍之有謀。爲人姪則致叔父於不忠,爲人孫則敗乃祖於無後,亦何以對燕趙之士,見齊魯之人耶?

〔三六〕《新唐書·劉從諫傳》:"善貿易之算,歲榷馬(專利賣馬徵税)徵商人。又熬鹽貨,貨銅鐵。"《舊唐書·武宗紀》討劉稹時製書:"從諫因跋扈之資,恃紀綱(部下辦事人)之力,誘受亡命,妄作妖言,中罔朝廷,潛圖左道。接壤戎帥,屢奏陰謀。"

又計足下旬日之前,造次爲慮,今兹追改,懼有後艱,此左右者不明而咨詢之未盡也。近者李尚書祐、董常侍重質之輩,並親爲賊將,拒我官軍,納質於匪人,效用於戎首〔三七〕。久乃來復,尚蒙殊恩,皆受圭符,咸領旗鼓,不能悉數,厥徒實繁。豈有足下藉兩代之餘資,委數萬之舊旅,俯首聽命,舉宗效誠。則朝廷又豈以一日之稽遲,片辭之疑異,而致足下於不測,沮足下於後至。故事具存,可以明驗。幸請自求多福,無辱前人。護龍旐以歸洛師,秉象笏而朝魏闕〔三八〕,必當勳庸繼代,富貴通身,無爲鄰道所資,使作他人之福。

〔三七〕《舊唐書·李祐傳》:"李祐本蔡州牙將,事吴元濟。自王師討淮西,爲李愬所擒。竟以祐破蔡,擒元濟。以功遷檢校户部尚書、滄德景節度使。"又《董重質傳》:"董重質本淮西牙將,爲元濟謀主。及李愬擒元濟,以書禮召重質于洄曲,乃單騎歸愬。授鹽州刺史,後歷方鎮,檢校散騎常侍,加工部尚書。"納質:指爲臣。

〔三八〕龍旐:即丹旐,喪禮中用的銘旌。洛師:洛陽。象笏:象牙做的朝版。魏闕:指朝廷。

儻尚淹歸款,未整來軒。戎臣鼓勇以争先,天子赫斯而降怒〔三九〕。金玦一受,牙璋四馳〔四〇〕。魏、衛壓其東南,晉、趙出於西北。拔距投石者數逾萬計,科頭戟手者動以千羣,兼驅扼虎之材官,仍率射鵰之都督〔四一〕,感義則日月能駐，拗憤則沙石可吞〔四二〕，使兵用火焚，城將水灌。魏趣邢郡，趙出洺州〔四三〕。介二大都之間，是古平原之地，車甲盡輸于此境，糗糧反聚於他人，恃河北而河北無儲，倚山東而山東不守〔四四〕。以兩州之餓殍，抗百道之奇兵，比累卵而未危，寄孤根於何所〔四五〕？則老夫不佞，亦有志焉，願驅敢死之徒，以從諸侯之末，下飛狐之口，入天井之關〔四六〕。巨浪難防，長飇易扇。此際必當驚地底之鼓角，駭樓上之梯衝〔四七〕。喪貝躋陵，飛走之期既絶；投戈散地，灰釘之望斯窮〔四八〕。自然麾下平生，盡忘舊愛，帳中親信即起他謀。辱先祖之神靈，爲明時之戮笑。靜言其漸，良以驚魂。

〔三九〕淹：遲留。歸款：投誠。戎臣：武將。赫斯：狀發怒。《詩·大雅·皇矣》："王赫斯怒。"

〔四〇〕金玦：飾物，有缺口，表決斷。《左傳》閔公二年："佩之金玦。"牙璋：用象牙製成的兵符。《周禮·春官·典瑞》："牙璋以起軍旅。"

〔四一〕拔距：跳躍。投石：有力舉重投石。科頭：勇士不帶頭盔入敵陣。戟手：舉手如戟指人。扼虎：徒手能扼虎喉。材官：有才能的武士。《北齊書·斛律光傳》："見一大鳥，光射之，旋轉而下，乃大鵰也。當時傳號落鵰都督。"

〔四二〕《淮南子·覽冥訓》："魯陽公與韓搆難，戰酣日暮，援戈而揮之，日爲之返三舍。"即日月能駐。《帝王世紀》："黄帝夢大風吹天下之塵垢皆去。嘆曰：'風爲號令，垢去土，后在也，豈有風姓名后者也，得風后于海隅。'"即沙石可吞。

〔四三〕《新唐書·藩鎮傳》："裴問守邢州，自歸成德軍；王釗守洺州，送款魏博軍；磁州將高玉亦降成德軍。稹聞三州降，大懼。大將郭誼、王協始謀誅稹。"

〔四四〕劉稹據有五州，邢、洺爲魏、趙兩軍所控制，劉稹據守澤、潞兩州，甲兵所聚；但糗糧在邢、洺，反聚于魏、趙二軍。恃河北，即守澤潞而澤潞無糧。倚山東(大行山以東)即邢洺而邢洺不守。

〔四五〕兩州餓殍：澤、潞無糧，要成爲餓死者。累卵：《史記・范雎傳》："秦王之國，危于累卵。"孤根：指蓬草，入秋隨風捲去。

〔四六〕飛狐口：《漢書・酈食其傳》："距飛狐之口。"如淳曰："上黨壺關也。"天井關：澤州治晉城縣南太行山上有天井關。這兩個關口是威脅劉稹據守的澤潞兩州的。

〔四七〕《後漢書・公孫瓚傳》告子續書："袁氏之攻狀若鬼神，梯衝舞吾樓上，鼓角鳴于地中。"

〔四八〕《易・震》："六二，震來厲，億喪貝，躋于九陵，勿逐，七日得。"指震卦是危險的，喪失財貨，登到九陵之上，不用追逐，七天得到。此指喪失財貨，逃登九陵，七天被獲。飛走：逃跑。散地：逃散之地。灰釘：《三國志・魏書・王淩傳》注引《魏略》："淩試索棺釘以觀太傅(司馬懿)意，太傅給之，遂自殺。"

今故再遣使車，重申丹素〔四九〕，惟鑒前代之成敗，訪歷事之賓僚，思反道敗德之難，念順令畏威之易。時以吉日，蹈兹坦途。勿餒劉氏之魂〔五〇〕，勿污潞人之俗。封帛增欷〔五一〕，含毫益酸，延望還章，用以上表，成敗之舉，慎惟圖之，不宣。河陽三城節度使王茂元頓首〔五二〕。

〔四九〕丹素：赤誠的心。李白《贈溧陽宋少府陟》："貴欲呈丹素。"

〔五〇〕餒魂：《左傳》宣公四年："若敖氏之鬼不其餒而。"指劉稹自取滅亡後，會使祖宗不血食。

〔五一〕封帛：帛指信，封是加封。

〔五二〕河陽三城：有南城、北城、中潬城，宋以後廢，在今河南孟縣。

這封信是給劉稹寫的，劉稹是昭義節度使劉從諫的姪子，所以信的文詞力求淺顯。四六文一般都要用典，不易懂，更不易説明事理。這篇四六文却寫得比較淺顯，又反覆説明事理，情與理交織，這正説明商隱寫四六文的技術高明。

開頭提出"再陳禍福，用釋危疑"，從禍與福兩方面來説明事理，再來消釋劉稹心頭的危疑。他的文章是"言不避煩，理在易了"。因爲要反覆説明，所以不避複；要對方明了，所以説理要淺顯。再加上"延首北風，心焉如灼"，又動之以情。

先指出他的禍，抗拒王命是實，"遽乖先訓"是虚。但文中不説抗拒王命，却説"遷延朝命"，只是拖延不執行，不是抗拒，這樣纔有挽回餘地。又指出這樣做有滅族之禍是實，不思前輩之忠是虚。事實證明，他的抗拒王命，結果，他的全家包括嬰孩在内，全被部下郭誼所殺。這不是危言聳聽，確是事實。至于説他的祖和叔父怎麽忠于朝廷是虚的。他的祖劉悟，"上書言多不恭，天下負罪亡命者多歸之"，臨死，"表其子從諫嗣"。從諫使商人"行賈州縣，所在暴横沓貪"，"病甚，令(從子稹)主軍事"，可見他們都並不忠于朝廷。這裏説他們忠，只是借來勸誘，其實是虚的。一實一虚，顯出構思的巧妙。講實禍勸他改悔，講虚忠勸他歸順。

光講禍福怕他聽不進去，所以進一步解除他的徼倖心理。因爲從禍害講，父死要求子繼，已有先例，像趙地傳子，魏地襲侯，那末澤潞爲什麽不可以呢？在這裏駁斥這種想法，又有虚實。當時，李德裕爲相，他對武宗説："澤潞内地，非河朔比，昔皆儒術大臣守之。及劉悟死，敬宗方怠于政，遂以符節付從諫。捨而不討，無以示四方。"就是澤潞在山西長治一帶，是直接由唐朝控制，同河北三鎮不同。河北三鎮在安史之亂後早已脱離唐朝控制，三鎮互相勾結，父死子繼。澤潞屬于内地，不能容許這樣。澤潞節度使劉悟死時，請求子從諫繼位，當時敬宗怠于政治，就允許了，現在要整頓朝綱，不能再允許。但這話在信裏不好説，因此説"趙魏二侯""親則父子"，"職則副戎"，認爲他們是父死子繼，其子早已爲副戎，你劉稹是從諫之姪，不是父子，你又不是副戎，所以不能繼位。這樣説是虚的，不是唐朝所以要討伐的原因。但又指出"事殊者趣異，勢别者跡睽”,指出他的地位同河北三鎮事殊勢别,不一樣,所以朝廷不能容許他襲位。這是實的。但這個意思不好明説,只好點一下就行了。這一點劉稹心裏也就明白,所以不用多説。

其次又破除他的一種徼倖心理,即“吴國之錢”,“梁園之客”,從諫積蓄了大量錢財,網羅了不少人才,要憑藉這些來抗拒朝廷。就指出這些的不可考,從代宗到憲宗四代,違抗朝命的節度使,有不少“地空家破,首裂支分”,部下歸附朝廷,終于自趨覆滅。這裏又有虚有實,虚的是河北三鎮,當時雖然抗拒朝命,朝廷發兵進討,節度使也有不得善終的,但三鎮始終没有收歸朝廷。實的是淮西吴元濟抗拒朝命,部下歸順朝廷,終被擒殺。所以重點講淮西,告誡他抗拒朝命的下場。

再進一步破除他的徼倖心理,即依靠“太行之險”,“數州之衆”來抗拒朝廷。這正如武宗問:“可勝乎?”德裕對:“河朔,稹所恃以爲脣齒也,如令魏鎮不與,則破矣。夫三鎮世嗣,列聖許之,請使近臣明告以澤潞命帥不得視三鎮,今朕欲誅稹,其各以兵會。”只要河北三鎮不幫助劉稹,劉稹就會失敗。文中對這點作了多方面的闡發。一是澤潞一帶的人民歸向朝廷,不願從逆,舉李抱真、盧從史作例,指出人心不會向他。二是指出從諫生前所作所爲遭到物議,他的抗拒對從諫不利。三是指出只有歸順朝廷可以得福。四是指出他想依靠河北三鎮是靠不住的,“魏衛壓其東南,晉趙出于西北”。五是指出他的處境不利,他據守的澤潞無糧,他的糧食産地邢洺在魏趙的控制下不能轉運,會陷于累卵之危。六是指出他的部下會起來背叛。以上指出六點,除勸他歸順可以得福外,其他五點都爲後來的事實所證明,邢洺兩州都歸順朝廷,他的部下郭誼把他和他的全家都殺了。這封信實有先見之明。

這封信裏講禍福是要他歸順,用虚實手法是因爲有些話不好明説,説了對唐朝不利,所以只好虚説。這封信的特點,是商隱對當時的形勢,包括對李德裕的策略,河北三鎮的態度,劉稹的部下和人民,有了全面的瞭解,對于事件的發展,瞭如指掌,對于當時的掌故非常熟悉,所以能够寫成富有説服力、有先見之明的事理明白的名篇。

祭小姪女寄寄文

正月二十五日,伯伯以果子弄物招送寄寄體魄歸大塋之旁〔一〕,哀哉! 爾生四年,方復本族,既復數月,奄然歸無〔二〕。於鞠育而未申,結悲傷而何極,來也何故,去也何緣〔三〕。念當稚戲之辰,孰測死生之位。時吾赴調京下,移家關中,事故紛綸,光陰遷貿〔四〕。寄瘞爾骨,五年于兹。白草枯荄,荒塗古陌〔五〕。朝飢誰抱,夜渴誰憐,爾之栖栖〔六〕,吾有罪矣。今吾仲姊,反葬有期,遂遷爾靈,來復先域〔七〕。平原卜穴,刊石書銘,明知過禮之文,何忍深情所屬〔八〕。

〔一〕正月二十五日:時爲會昌四年。弄物:玩具。大塋:指祖墳。

〔二〕復本族:回老家。老家在滎陽(今河南省)。奄然歸無:忽然死去。

〔三〕鞠育:養育之恩。未申:未報。何極:何限。來去:生死。

〔四〕赴調京下:開成五年,商隱由濟源移家長安,等待調動職位。遷貿:變化,指時光迅速。

〔五〕荄(gāi):草根。陌:路。

〔六〕栖栖:狀孤獨不安。

〔七〕仲姊:嫁裴家的裴氏姊,她的柩從獲嘉遷至老坟,寄寄的柩從濟源遷至老坟。先域:祖先的葬地。

〔八〕過禮:《儀禮·喪服》:"不滿八歲以下,皆爲無服之殤。"寄寄只有四歲,是無服之殤,刻石碑,寫銘旌,是超過禮的規定,但深情所寄,怎忍不這樣做呢?

自爾歿後，姪輩數人竹馬玉環，綉襜文褓〔九〕；堂前階下，日裏風中，弄藥争花〔一〇〕，紛吾左右。獨爾精誠，不知所之。況吾別娶以來，胤緒未立，猶子之誼，倍切他人〔一一〕。念往撫存，五情空熱〔一二〕。嗚呼，滎水之上，壇山之側，汝乃曾乃祖，松檟森行〔一三〕；伯姑仲姑，冢墳相接。汝來往於此，勿怖勿驚。華綵衣裳，甘香飲食，汝來受此，無少無多。汝伯祭汝，汝父哭汝。哀哀寄寄，汝知之耶！

〔九〕竹馬玉環：皆玩具。《後漢書·郭伋傳》："兒童騎竹馬迎拜。"《晉書·羊祜傳》："五歲，詣鄰人李氏東垣桑樹中探得金環。"《御覽》引作"玉環"。襜(chān)：短上衣。褓：抱被。

〔一〇〕藥：芍藥花。

〔一一〕別娶：指與王茂元女結婚。胤緒：嗣子，兒子。未立：未生。猶子：姪。

〔一二〕五情：猶五内，泛指内心。

〔一三〕滎水：在滎陽。壇山：亦在滎陽。乃：語首助詞，無義。檟：楸樹。

這篇祭文，祭的是四歲死的小姪女寄寄，寫得很有感情。當時人把死者歸葬祖墳，看作一樁大事，所以文中提到不能歸葬的原因，想像她"五年于兹"的孤悽，"朝飢誰抱，夜渴誰憐"，真是視死者如生者一樣有情。又寫她死後，看到姪輩數人的游玩，就想到她，講得也極真切自然。最後的安慰，也像她生前那樣，要她"往來于此，勿怖勿驚"，想像中她還是"當稚戲之辰"那樣，給她整備了"華綵衣裳，甘香飲食"，要她來享受。

這是較有名的四六文，四六文長處在運用辭藻，短處在敍事抒情。這篇雖是四六文，却寫得自然生動，駢散結合，敍事處夾雜着散句，把事件交代清楚。寫景抒情，情景結合，多用白描，如"白草枯荄，荒塗古陌"，

“堂前階下,日裏風中”,幾忘記它是四六文。從這裏看到商隱富于感情,也善於抒情。

祭裴氏姊文〔一〕

嗚呼哀哉!靈有行於元和之年,返葬於會昌之歲,光陰迭代,三十餘秋〔二〕。得不以既笄闕廟見之儀,故卜吉舉歸宗之禮〔三〕。不幸不祐,天實爲之〔四〕。椎心泣血,孰知所訴。恭惟先德,實紹玄風〔五〕。良時不來,百里爲政〔六〕。愛女二九,思託賢豪;誰爲行媒,來薦之子〔七〕。雖琴瑟而著詠,終天壤以興悲〔八〕,謂之何哉!繼以沉恙,禱祠無冀,奄忽凋違〔九〕。時先君子以交辟員來,南轅已轄〔一〇〕。接舊陰於桃李,寄暫殯之松楸〔一一〕。此際兄弟,尚皆乳抱,空驚啼於不見,未識會於沉冤。

〔一〕裴氏姊:商隱的二姊,十八歲嫁給裴元。滿一年病死。柩寄存在獲嘉縣東。到會昌四年,返葬祖坟,離二姊之死,已三十一年,是仲姊當死于元和九年。見《請盧尚書撰李氏仲姊河東裴氏夫人誌文狀》。

〔二〕會昌之歲:商隱回故鄉營葬,在會昌四年(八四四),距裴氏姊死約在元和九年(八一四)爲三十一年,故稱三十餘秋。迭代:更替。

〔三〕既笄(jī):指既嫁;笄,束髮用的簪子,古女子十五加笄。廟見:婦到夫家,翁姑已死,則三月後到廟中拜見。歸宗:回到母家。此言嫁夫不善而死,還葬父母家。

〔四〕不祐:天不保祐。

〔五〕先德：祖德。紹：繼承。玄風：指道家。唐朝以老子爲始祖，宣揚道家學説，商隱是唐朝宗族。

〔六〕百里：商隱父李嗣做過獲嘉縣令，百里指縣令。

〔七〕二九：十八歲。之子：這個女子。指裴氏姊出嫁。

〔八〕琴瑟：《詩·關雎》："窈窕淑女，琴瑟友之。"指結婚。天壤：《世説新語·賢媛》："不意天壤之中，乃有王郎！"晉謝道凝嫁王凝之，看不起他，她的叔父謝安勸慰她，她説了這話。這裏借指嫁人不善。

〔九〕沉恙：重病。無冀：無望。奄忽凋違：很快死去。

〔一〇〕先君子：先父。交辟員：交請的人員。南轅：向南方去的車。轄(xiá)：輪子轉動。

〔一一〕桃李：《韓詩外傳》七："夫春樹桃李，夏得陰其下，秋得食其實。"桃李比門下學生。殯：停喪。松楸：墓地所植樹，指墓地。此指通過有關的學生把裴氏姊的柩暫時寄存。

浙水東西，半紀漂泊〔一二〕。某年方就傅，家難旋臻，躬奉板輿，以引丹旐〔一三〕。四海無可歸之地，九族無可倚之親；既祔故丘，便同逋駭〔一四〕。生人窮困，聞見所無。及衣裳外除，旨甘是急〔一五〕。乃占數東甸，傭書販舂，日就月將，漸立門構〔一六〕。清白之訓，幸無辱焉。

〔一二〕浙水東西：商隱父李嗣約在元和九年冬在浙東紹興游幕三年，又在鎮江一帶游幕三年。半紀：六年。鎮江，唐稱潤州，屬浙江西道。

〔一三〕就傅：十歲。見《上令狐相公狀》第二段注〔一〕。家難：指商隱父病死。臻：至。板輿：一種白木做的車。潘岳《閒居賦》："太夫人乃御板輿。"這裏指母。丹旐：喪禮中用的銘旌。

〔一四〕九族：泛指親族。祔：死後葬在祖墳。故丘：指鄭州壇山祖墳。

逋駭：爲欠款而驚慌。當指營葬而欠款。

〔一五〕衣裳外除：指除喪服。旨甘：美味，指奉養母親。

〔一六〕占數：占户籍數，按人數注户籍。東甸：東方的甸服，指洛陽郊區。傭書：爲人抄書。販舂：販賣舂米，泛指爲人服役。日就月將：《詩·周頌·敬之》："日就月將。"日有所成，月有所進。

既登太常之第，復忝天官之選〔一七〕。免跡縣正，刊書祕丘〔一八〕。榮養之志纔通，啓動之期有漸，而天神降罰，艱棘再丁〔一九〕。弱弟幼妹，未笄未冠。世緒猶缺，家徒屢空〔二〇〕。載惟家長之寄，偷存晷刻之命，號天叫地，五内崩摧〔二一〕。然亦以靈寓殯獲嘉，向經三紀，歸祔之禮，缺然未修，是冀苟全，得終前限〔二二〕。

〔一七〕登太常第：指中進士。太常，漢官名，主管禮樂考試等事，此指唐禮部，主管考試。忝：辱。天官選：指試判中式授官。天官，唐指吏部，分配官職。

〔一八〕縣正：縣尉，商隱于開成四年調爲弘農尉。祕丘：在調尉前，任祕書省校書郎。

〔一九〕榮養：以官俸養母。啓動之期：爲裴氏姊遷葬的日期。艱棘再丁：丁艱，指遭母喪。

〔二〇〕世緒：猶後嗣，指無子。家徒：家空只有四壁。《史記·司馬相如傳》："家居，徒四壁立。"徒，空。屢空：屢遭空乏。指家窮。陶淵明《五柳先生傳》："簞瓢屢空。"

〔二一〕載：則。家長之寄：母死後，家中以商隱最長。晷刻：猶片刻。五内：五臟。

〔二二〕獲嘉：縣名，在今河南新鄉縣西南。三紀：三十六年。舉成數稱三紀。苟全：將就完成。前限：以前私限改葬的日期。

屬劉孽叛换,逼近懷城,懼罹焚發之災,永抱幽明之累〔二三〕。遂以前月初吉,攝縗告靈,號步東郊,訪諸耆舊,孤魂何託,旅櫬奚依,垂興欲墮之悲,幾有將平之恨〔二四〕。斷手解體,何痛如之! 灑血荒墟,飛走同感〔二五〕。伏維朝夕二奠,不敢久離〔二六〕。遂遣羲叟一人,主張啓奉,抱頭拊背,戒以信誠,附身附棺〔二七〕,庶無遺缺。壇山滎水〔二八〕,實維我家,靈其永歸,無或棲寓。嗚呼哀哉!

〔二三〕劉孽: 昭義節度使劉從諫死,其姪劉稹據鎮自立,稱兵叛亂。叛换: 跋扈強横。懷城: 在今河南武陟縣西南。罹: 遭受。焚發: 焚燒掘墓。幽明: 死者生者。

〔二四〕前月初吉: 馮浩注:"會昌四年二三月。"攝縗: 披着喪服。旅櫬: 寄存在客地的棺柩。欲墮: 鄭緝之《東陽記》:"獨公山有古墓臨溪,塼文曰:'筮言吉,龜云凶,八百年墮水中。'"將平: 指墳墓將平。

〔二五〕斷手解體: 把裴氏姊的死,比做斷手解體。飛走:《拾遺記》:"田疇往劉虞墓,設鷄酒之禮慟哭之,音動于林野。翔鳥爲之悽鳴,走獸爲之吟伏。"

〔二六〕朝夕二奠:《禮 · 檀弓》:"朝奠日出,夕奠逮日。"朝夕哭祭,不敢久離。

〔二七〕羲叟: 商隱弟。啓奉: 啓請遷葬。附身附棺: 馮浩注:"謂易棺而葬。"

〔二八〕壇山滎水: 皆在鄭州滎陽。

靈沉綿之際,殂背之時〔二九〕,某初解扶牀,猶能記面,長成之後,豈忘遷移。頃者以先妣年高,兼之多恙,每欲諮畫，既動作咸，涕泣既繁，寢膳稍減，雖云通禮，亦所難言，荏苒于斯[三〇]，非敢怠忽。今則南望顯考，東望嚴君，伯姊在前，猶女在後，克當寓殯，歸養幽都[三一]。雖殁者之宅兆永安，而存者之追攀莫及。又以十二房舊域風水爲災，胡子彭兒藐然孤小[三二]。雖古無修墓，著在典經[三三]，而忘禮約情，亦許通變。今則已於左次，别卜鮮原，重具棺衾，再立封樹[三四]。通年難遇，同月異辰，兼小姪寄兒，亦來自濟邑[三五]。騃魂稚魄，依託尊靈[三六]。遠想先域之旁，累累相望，重溝疊陌，萬古千秋。臨穴既乖，飲痛何極！

〔二九〕沉綿：病重。殂背：病死。

〔三〇〕先妣：先母。多恙：多病。諮畫：商量遷葬規劃。作咸：下淚。《書·洪範》："潤下作鹹。"借作下淚。荏苒：漸進。

〔三一〕顯考：《禮·祭法》："皆有顯考廟。"疏："高祖也。"嚴君：《易·家人》："家人有嚴君焉，父母之謂也。"伯姊：徐氏姊。猶女：小姪女寄寄。寓殯：馮浩注："似作寓殯。婦人内夫家，外父母家，故言猶寓殯也。"幽都：似指墳地。

〔三二〕十二房舊域：馮浩注："此改葬叔父。"舊域指舊墳。胡子彭兒：馮浩注："當即瑊瑱二子(叔父的二子)。"按商隱當時還未生子。藐然：狀幼小。

〔三三〕古無修墓：《禮·檀弓上》："孔子泫然流涕曰：'古不修墓。'"指墓築極堅，不用修。

〔三四〕左次：左邊位置。鮮原：善地。《詩·大雅·皇矣》："度其鮮原。"封樹：積土作墳和種樹。

〔三五〕通年：順利的年分，古時遷葬要卜年月日時。寄兒：見《祭小姪女寄寄文》。濟邑：馮浩注："當是濟源縣。"

〔三六〕騃(ái)魂：小兒無知的魂。

惟安陽祖妣未祔,仍世遺憂〔三七〕。昨本卜孟春,便謀啓合。會雍店東下,逼近行營〔三八〕,烽火朝燃,鼓鼙夜動。雖徒步舉櫬,古有其人〔三九〕,用之於今,或爲簡率。潞寇朝弭,則此禮夕行;首夏以來,亦有通吉〔四〇〕。儻天鑒孤藐,神聽至誠,獲以全兹,免負遺託。即五服之内〔四一〕,更無流寓之魂,一門之中,悉共歸全之地。今交親饋遺,朝暮饘餬〔四二〕,收合盈餘,節省費耗,所望克終遠事,豈敢温飽微生,苟言斯不誠,亦神明誅責。

〔三七〕安陽祖妣:商隱的曾祖母,商隱曾祖李叔洪,做安陽(今河南湯陰縣北)令。他曾祖母的柩還没有遷葬到祖坟。仍世:再世,指幾代。

〔三八〕雍店:會昌三年八月,劉稹叛軍過萬善南,焚雍店,逼近王茂元軍營。時茂元駐軍萬善(在河南沁陽縣北),雍店在萬善南。

〔三九〕《後漢書·廉范傳》:"范父遭喪亂,客死蜀漢。范西迎喪,與客步負喪,歸葭萌。"

〔四〇〕潞寇:劉稹據潞地作亂。潞在今山西長治。通吉:通指亂事平定,吉指改葬大吉。

〔四一〕五服:五種按親疏分别等級的喪服。

〔四二〕饘餬:粥。

老舊僕使,纔餘兩人,靈之組綉餘工,翰墨遺跡,並收藏篋笥,用寄哀傷。嗚呼哀哉!蕣夭當年,骨還舊土;箕帚尋移於繼室〔四三〕,兄弟空哭於歸魂。終天銜冤,心骨分裂,胞胎氣類,寧有舊新〔四四〕。叫號不聞,精靈何去,寓詞寄奠,血滴緘封。靈其歸來,省此哀殞。傷痛蒼天,孤苦蒼天,伏維尚饗〔四五〕。

〔四三〕 蕣夭:年輕時死去。蕣,木槿花,朝生暮落。箕帚:簸箕掃帚,爲婦所執,指婦職移於繼娶者。

〔四四〕 終天:指父母喪,終身悲痛,此指母喪。胞胎氣類:指姊弟,是同胞同氣。

〔四五〕 蒼天:悲痛呼天的意思。尚饗:望來接受祭祀。

在這篇裏,商隱寫出了他童年的生活,也可用來考究他的生年,是研究商隱的史料之一。就文章看,這是商隱的四六文,是駢散結合的,有些敘事的話還是保存散文的形式,如:"乃占數東甸,傭書販舂,日就月將,漸立門構,清白之訓,幸無辱焉。"這裏不用對偶,但寫得還是整齊的。這樣駢散結合,便于敘事抒情,避免了純粹用四六文的呆板,顯得靈活些。

爲李貽孫上李相公啓〔一〕

月日,從姪某官某,謹齋沐裁誠,著於啓事,跪授僕者〔二〕,上獻於司徒相國叔父閣下。某伏遠牆藩,亟踰年籥〔三〕。抱徽音於故器,雖賞逐時遷;竊餘潤於奥雲,亦情由類至〔四〕。中阿弭節,末路增懷,沉吟易失之時,悵望難邀之會〔五〕。石崇著引,徒願思歸;殷浩裁書,其如慕義〔六〕。

〔一〕 李貽孫:太和中爲福建團練副使,會昌五年爲夔州刺史,是在上此啓後。李相公:李德裕,開成五年九月任門下侍郎同平章事,會昌三年六月任司徒,四年八月守太尉。此啓作于楊弁已誅、劉積未平時，約爲會昌四年四五月，故啓中尚稱司徒。

〔二〕齋沐：齋戒沐浴，表誠心。跪授：表對李相公的尊敬。僕：送啓事的人。

〔三〕牆藩：牆下籬邊，指在家。亟：屢次。籥：管，用來測驗節氣的管。年籥，指年。這句指過了多年。

〔四〕徽音：指雅音。故器：舊樂器。餘潤：指餘蔭。奧雲：遮陰的雲。這裏指保持雅調，不跟着時調轉，託庇餘蔭，也因同宗的情誼。類：族類，指同族。

〔五〕中阿：中路曲處。弭節：停車；弭，止；節，車進止之節。末路：晚節。沉吟：猶豫不决。易失：指時機容易失去。難邀：難以碰到的機會。此指在仕途上中路停車不前，晚節又想出仕，時機難得，所以寫這信。

〔六〕石崇：晉代富豪，他作《思歸引》曲，有序："尋覽樂篇有《思歸引》，儻古人之情有同于今，故製此曲。"殷浩：東晉大臣，他寫信當道，表達仰慕節義。這指自己中途思歸，現在又想出仕。

伏惟相公丹青元化，冠蓋中州；羣生指南，命代先覺〔七〕。語姬朝之舊族，莊武慚顏；敍漢代之名門，韋平掩耀〔八〕。將鄰三紀，克佐五君〔九〕。勳著嘉猷，行留故事，陶冶於無形之外，優游於不宰之中〔一〇〕。始者主上以代邸承基，瑯琊纘業〔一一〕。明發不寐，懷清廟之景靈；日晏忘飧，念蒼生之定命〔一二〕。爰徵元老，允在賓臣，五載於兹，六符斯炳〔一三〕。

〔七〕丹青：繪畫。元化：元氣變化。此指規劃大政，改造自然，是宰相的責任。冠蓋：猶軒冕，戴冠乘車有蓋，指貴族。中州：中原，指他是中原貴族。羣生：百姓。指南：指南車，指出前進的方向。

命代：著名于當世。

〔八〕姬朝：周朝姓姬。莊武：《左傳》隱公三年："鄭武公莊公爲平王卿士。"這比李吉甫、德裕父子都做唐朝宰相。韋平：漢代韋賢、韋玄成，平當、平晏，皆父子宰相。

〔九〕鄰：近。三紀：三十六年，一紀爲十二年。德裕元和中入仕，至會昌四年，將近三紀。五君：歷事憲宗、穆宗、敬宗、文宗、武宗五君。

〔一〇〕嘉猷：好的謀劃。故事：作爲後來依據的事例。陶冶：製陶器、冶金屬，比政治措施。無形之外：指影響大。優游：從容不迫。不宰：《老子》："長而不宰，是爲玄德。"不加主宰，指道德感化。

〔一一〕代邸承基：代邸，代王在京城的住處。承基，承受基業，從代邸入宫即位。漢文帝封代王，吕后死，諸吕被誅，大臣迎代王入京到代邸，再入宫即天子位。見《漢書·文帝紀》。瑯琊纘業：晉瑯琊王繼承大業。晉元帝繼承瑯琊王位，北方大亂，渡江到建康（今南京）爲晉王，愍帝被害死，即皇帝位。見《晉書·元帝紀》。這裏指文宗死，文宗弟武宗被迎接入宫即位。

〔一二〕《詩·小雅·小宛》："明發不寐。"明發，天亮。清廟：清靜的廟，《詩·周頌·清廟》是周代的祖廟。景靈：大的威靈。日晏：日遲。蒼生：百姓。定命：决定命運，指安定民生。此指武宗追念祖德，要安定民生。

〔一三〕爰徵：于是徵求。元老：元老大臣。允：確實。賓臣：尊爲貴賓的大臣。五載：武宗在開成五年即位，至會昌四年爲五年。六符斯炳：三臺六星明亮。三臺有六星，上臺應天子，中臺應諸侯公卿大夫，下臺應士庶人。三臺明亮，天下太平。符，應驗。此指請德裕爲相，六年政績顯著。

頃單于故境，獯鬻遺疆，屢緣喪荒，亟致攜貳〔一四〕。夙沙自縛其主，冒頓忍射其親，遂去北邊，欲事南牧〔一五〕。既赫斯而貽怒，乃密勿以陳謀〔一六〕。管氏初來，屢發新柴之井，留侯每入，便聞借箸之籌〔一七〕。羣帥受成，中樞獨運〔一八〕。前軍露板，方事於羽馳；清禁壽觴，旋聞於月捷〔一九〕。仍其貴種，慕我華風，或辨姓寫誠，推諸右校，或釋兵伏義，列在周廬〔二〇〕。潞子離狄而《春秋》書，徐夷朝周而《大雅》詠〔二一〕。其餘麇驚鳥散，風去雨還，亘絶幕以銷魂，委窮沙而喪膽〔二二〕。胡琴公主，已出于襜襤；毳幕天驕，行遺其種落〔二三〕。向若非薛公料敵，先陳三策，充國爲學，盡通四夷，則何以雪高廟稱臣之羞，全肅祖復京之好。此廟戰之功一也〔二四〕。

〔一四〕單于：匈奴君長。玁玁：夏代的北方少數民族。亟：屢。攜貳：背叛。此指開成四年，回紇大雪，羊馬多死，部下離叛，又爲黠戛斯（突厥的一部）所逼，向南轉移。

〔一五〕夙沙：古部落名。《吕氏春秋·用民》："夙沙之民，自攻其主而歸神農。"冒頓：《漢書·匈奴傳》："冒頓從其父頭曼獵，以鳴鏑射頭曼。"南牧：南下牧馬。此指回紇相掘羅勿借沙陀兵攻殺彰信可汗，立㕎馺(kè sà)爲可汗。黠戛斯大破回紇，殺可汗及相，回紇部衆南下。

〔一六〕赫斯：勃然發怒，《詩·大雅·皇矣》："王赫斯怒。"密勿：勉力。《漢書·劉向傳》："密勿從事"，指製定對付回紇之策。

〔一七〕發新柴之井：《管子·中匡》："（桓）公與管仲父（尊爲仲父）而將飲之，掘新井而柴（用柴蓋）焉。"借箸：《漢書·張良傳》："臣請借前箸爲大王籌之。"張良借劉邦的筷子來指數謀劃。此指武宗尊重德裕，德裕爲武宗劃策。

〔一八〕受成：接受成命。中樞：中央。此指德裕在朝廷，獨自製定策略。

〔一九〕露板：《魏武奏事》："有警急，輒露板插羽是也。"指告急文書，上插羽毛，以表警急。清禁：宫禁。壽觴：舉杯祝壽。旋：不久。

月捷:《詩·小雅·采薇》:"一月三捷。"此指前軍報警,在德裕策劃下即傳捷報。

〔二〇〕貴種:貴族。辨姓:分別姓氏。寫誠:歸誠。釋兵:放下兵器。伏義:投誠。右校:《史記·陳涉世家》:"秦左右校。"右校,軍中的一部。周廬:《史記·秦本紀》:"周廬設卒甚謹。"圍繞宮廷的宿衛處。此指回紇貴族嗢没斯率部下歸附,賜姓名爲李思忠,他請求歸朝受職。

〔二一〕潞子:《春秋》宣公十五年:"晉師滅赤狄潞氏,以潞子嬰兒歸。"潞子嬰兒離開赤狄歸附晉國,《春秋》加以記載。徐夷:《詩·大雅·常武》:"徐方既來。"徐夷來歸附。此承上指回紇貴族歸附。

〔二二〕麇(jūn):獐子。亘:横渡。絶幕:極遠的沙漠地帶。窮沙:亦指沙漠。此指回紇烏介可汗突入北方大掠,爲德裕命令將領所破,部下作鳥獸散,逃入沙漠地帶。

〔二三〕胡琴公主:漢江都王建女細君嫁烏孫王,稱烏孫公主,在路上彈琵琶以表思念。胡琴即指琵琶。襜(chān)襤:胡名。《史記·李牧傳》:"大破殺匈奴十餘萬騎,滅襜襤,破東胡,降林胡。"此指唐穆宗以妹太和公主嫁與回紇。烏介可汗利用公主向唐借地。德裕命劉沔用奇兵迎公主,沔使石雄迎公主歸京城。毳幕:氈帳。天驕:指烏介可汗,爲劉沔石雄所破,與數百騎遁走,抛下他的部落。

〔二四〕薛公:英布反,高祖問薛公,薛公稱英布有上中下三策,必出下策,見《漢書·英布傳》。《漢書·趙充國傳》:"學兵法,通知四夷事。"高廟稱臣:李靖破突厥頡利可汗,太宗大悦,認爲昔高祖"稱臣於突厥,朕未嘗不痛心疾首。今者暫動偏師,無往不捷,單于款塞,恥其雪乎!"見《舊唐書·李靖傳》。肅祖復京:肅宗請回紇葉護太子率兵助唐收復西京東京,和回紇結好。廟戰:在宗廟策劃。此指德裕瞭解外族情況,料敵制勝,擊破烏介可汗,洗雪唐朝曾受回紇侵侮的恥辱,使嗢没斯歸附,恢復唐與回紇的和好。

惟彼參伐，實興皇家，天漢美名，方之尚陋，舂陵王氣，比此非多〔二五〕。而物衆藏奸，地寬長孽，敢起在行之衆，因興逐帥之謀〔二六〕。遂使起義堂邊，臺臣夙駕，晉陽宫下，逆豎宵奔；翻勢將冀於連鷄，勇鬥尚同於困獸〔二七〕。詎知長算，已出奇兵，金僕靈鉟，靡留于旬朔，篚輿貫木，已集于都街〔二八〕，此廟戰之功二也。

〔二五〕參伐：《史記・天官書》："參爲白虎，下有三星，兑(鋭)曰罰(一作伐)。"參宿下三星叫伐，主征伐。參宿屬于太原的分野，太原是唐高祖起兵處。天漢：《漢書・蕭何傳》："(項羽)立沛公爲漢王，何曰：'語曰天漢，其稱甚美。'"用天來配漢，所以説甚美。舂陵：在南陽白水鄉，後漢劉秀住處。《後漢書・光武紀論》："王莽使至南陽，遥望見舂陵谷，喟曰：'氣佳哉！鬱鬱葱葱然。'"此指太原興唐勝過漢中和舂陵興漢。

〔二六〕孽：指奸人。在行：部隊在調動中。此指都將楊弁率領横水栅守兵千五百人至太原，因太原兵已出征劉稹(見下)，弁即據太原作亂，與稹聯合。太原帥李石奔汾州。見《通鑑》會昌三年、四年。

〔二七〕起義堂：唐高祖在太原起義處。臺臣：相臣，守太原的李石，太和九年爲相。夙駕：早駕車，指逃跑。晉陽宫：在太原。逆豎：指楊弁。翻勢：指造反的形勢。連鷄：《國策・秦策》："諸侯不可一，猶連鷄不能俱止于棲也明矣。"此指楊弁與劉稹聯合。《左傳》宣公十二年："困獸猶鬥。"

〔二八〕詎：豈。《左傳》莊公十一年："公以金僕姑(箭名)射南宫長萬。"《左傳》文公十一年："公卜使王黑以靈姑鉟(pī)(旗名)率吉。"靡：無。旬朔：十天一月。篚輿：編竹爲車。《漢書・張耳傳》："廷尉以貫高辭聞，上使泄公持節問之，篚輿前。"貫木：銬手脚及頸的刑具。都街：京城的街道。此指德裕很快發兵進討，太原監軍吕義忠召兵擒楊弁來獻。

而潞寇不懲兩竪之凶,徒恃三軍之力,干我王略,據其父封〔二九〕。袁熙因累葉之資,衛朔拒大君之詔〔三〇〕,人將自棄,鬼得而誅。蛙覺井寬,蟻言樹大〔三一〕。招延輕險,曾微吴國之錢;藏匿罪亡,又乏江陵之粟〔三二〕。所謀者河朔遺事,所恃者巖險偷生〔三三〕。今則趙魏俱攻,燕齊併入,奉規於帷幄,遵命於指蹤〔三四〕。亞夫拒吴,驚東南而備西北;韓信擊魏,艤臨晉而渡夏陽〔三五〕。百道無飛走之虞,一縷見傾危之勢,計其反接,當不踰時〔三六〕。是則陳曲逆之六奇,翻成屑屑。葛武侯之八陣,更覺區區〔三七〕。此廟戰之功三也。

〔二九〕潞寇:會昌三年,昭義節度使(治潞州,今山西長治縣)劉從諫死,姪劉稹據鎮自立。兩竪:吴元濟、李同捷因父死據鎮自立,逆朝命被誅。干:犯。王略:朝廷規劃。父封:稹是從諫姪子,自立繼承,比于父子。

〔三〇〕袁熙:袁紹中子,依靠袁家累代作三公,想據有河北。見《後漢書·袁紹傳》。衛朔:春秋衛君,天子召而不往。見《春秋》桓公十六年。此指武宗下詔命劉稹護送從諫喪歸洛陽,稹拒朝旨。

〔三一〕《後漢書·馬援傳》:"子陽(公孫述),井底蛙耳。"李公佐《南柯太守傳》寫蟻以槐樹穴爲大槐安國。

〔三二〕漢吴王濞就豫章郡銅山鑄錢,招天下亡命(無名籍),舉行叛亂,見《漢書·吴王濞傳》。《漢書·武帝紀》:"詔曰:'方下巴蜀之粟,致之江陵(在湖北省)。'"此指劉稹叛亂,既無吴王濞的金錢,又缺乏豐富的糧食。

〔三三〕《舊唐書·李德裕傳》:"德裕曰:'澤潞内地,不同河朔。稹所恃者河朔三鎮耳,但得魏鎮不與稹同,破之必矣。'"河朔遺事:安史之亂後,河北三鎮父子相繼,不從朝命,劉稹想學樣。巖險:指山西的地勢險要。

〔三四〕趙魏：趙指河東劉沔，魏指河陽王茂元。燕齊：燕指魏博何弘敬、成德王元逵，齊指武寧李彦佐等。帷幄：軍帳。《漢書·高祖紀》："運籌帷幄之中，决勝千里之外。"指蹤：指使。《史記·蕭相國世家》："夫獵，追殺獸兔者狗也，而發蹤指示獸處者，人也。"此指德裕决策，指使各路軍隊進攻。

〔三五〕吴楚反，周亞夫爲太尉東擊吴楚。吴軍攻東南，太尉使備西北，吴的精兵果攻西北，不得入。見《漢書·周亞夫傳》。韓信擊魏，陣船臨晉而伏兵從夏陽用木罌渡河。見《史記·淮陰侯傳》。此指攻劉稹的各鎮主將能守善攻。

〔三六〕百道句：指多方面進攻不怕敵人逃跑。一縷句：《漢書·枚乘傳》："夫以一縷之任，繫千鈞之重。"極言將斷。反接：反綑兩手。

〔三七〕陳平，封曲逆侯，凡六出奇計，見《史記·陳丞相世家》。屑屑：瑣屑不足道。諸葛亮推演兵法，在江邊堆石作八陣圖，見《三國志·蜀書·諸葛亮傳》。區區：不足道。

孤寇行静，萬方率同，將盪海騰區，夷山拓宇〔三八〕。高待泥金之禮，雄專瘞玉之辭〔三九〕。烟閣傳形，革車就國〔四〇〕，盡人臣之極分，焕今古之高名。况又奉以嘉聲，諧兹國檢，闞文賜糗；遠箴醉飽之徒，晏子朝衣，横厲輕肥之俗〔四一〕。比周息慮，孤介歸仁，紹續勳家，扶持舊族，罔容私謝，皆事公言〔四二〕。景風至而慶賞先行，仲吕協而賢良必遂〔四三〕。豈直杜伯山之令子，大邑傳家；陶彭澤之孤孫，西曹受署〔四四〕。重以心游書囿，思託文林；提桴於絶藝之場，班揚掃地，鞠旅於無前之敵，江鮑輿尸〔四五〕。故矯枉則黄冶之賦興，遊道則知止之篇作〔四六〕。辭窮體物，律變登高；文星留伏於筆間，綵鳳翱翔於夢裏，此固談揚絶意,仿效何階〔四七〕。

〔三八〕行靜：將平定。萬方：各地。率同：相率服從。盪海騰區：清除海内外的垢汙。夷山拓宇：削平山頭,開拓疆宇。

〔三九〕泥金：金屑。功成告天,用金屑寫在玉檢上,見《漢書·武帝紀》注引孟康説。又封禪向天告成功,要埋玉,見同上:"泰山修封還,過祠常山,瘞玄玉。"這是指平定叛亂後,向天告成功,要舉行大典禮,贊美德裕的功績。

〔四〇〕烟閣：貞觀十七年,詔圖畫長孫無忌等功臣二十四人于凌烟閣,見《舊唐書·太宗紀》。《禮記·明堂位》:"成王以周公有大勳勞於天下,封周公于曲阜,地方七百里,革車千乘。"這指唐朝將酬報德裕的功勳。

〔四一〕國檢：《晉書·庾峻傳》:"此其出言,合于國檢。"國家禮治的要求。鬬文：鬬子文,即令尹子文。《國語·楚語》:"成王聞子文之朝不及夕(吃了早飯没有晚飯)也,于是乎每朝設脯一束,糗一匡,以羞(進獻)子文。"箴：貶責。晏子：《禮記·禮器》:"晏平仲澣(洗)衣濯冠以朝。"厲：矯正。輕肥：輕裘肥馬,指奢侈。此指德裕的節儉。

〔四二〕比周：結黨營私。孤介：孤獨而没有關係的人。紹續：使繼承祖上功勳。私謝：《漢書·張安世傳》:"嘗有所薦,其人來謝,安世大恨,以爲舉賢達能,豈有私謝耶?"此指德裕秉公辦事,不講私情,不結私黨。按德裕對于可爲我用的,不問屬于何派,他用白敏中、柳仲郢(都是親近牛僧孺的)就是;對于威脅他的地位的,要排斥,像牛僧孺、李宗閔就是。

〔四三〕景風：夏至後的暖風。《淮南子·天文訓》:"景風至,辯大將,封有功。"仲吕：古樂十二律中的第六律。《禮記·月令》:"孟夏之月,律中中吕,命太尉贊傑俊,遂賢良,舉長大,行爵出禄,必當其位。"

〔四四〕豈直：豈但。杜伯山：杜林字伯山,爲大司空。死後,光武帝以其子杜喬爲丹水長,見《後漢書·杜林傳》。陶彭澤:陶淵明爲彭澤(今江西湖口縣東)令。梁安成康王秀爲江州刺史,聘陶淵明曾孫爲西曹掾。受署,補吏職。見《梁書·安成康王秀傳》。此指德裕選拔人才。

〔四五〕書囿:書林。文林:文苑。提桴:拿着鼓槌,指親自指揮作戰。絶藝:超越一代的文藝。班揚:指班固揚雄的辭賦都被壓倒。鞠旅:誓師。無前:没有可抵擋的才華。江鮑:指江淹鮑照的作品被打敗。輿尸:抬屍體,指戰死。此指德裕在文壇上作戰,能够打敗名家。

〔四六〕黄冶:道家鍊丹砂作黄金。四川青城峨眉山道士勸德裕鍊丹砂,德裕感嘆世人的被迷惑,作《黄冶賦》來矯正,見《黄冶賦序》。德裕《自敍詩》:"五岳徑雖深,徧遊心已蕩。苟能知止足,所遇皆清曠。"

〔四七〕體物:體察物象來描繪。陸機《文賦》:"賦體物而瀏亮。"律變:格律變化,不再限于登高作賦。《漢書·藝文志》:"傳曰:'登高能賦,可以爲大夫。'"文星:文昌星,舊傳指文運的星。綵鳳:《西京雜記》:"揚雄著《太玄》,夢吐白鳳。"談揚:談論宣揚。仿效:摹仿。此指德裕文章,絶意空談,不作摹仿。

若某徒預宗盟,早塵清鑒,而行藏遷貿,岐路差池〔四八〕。今將抽實吐誠,推心敍款〔四九〕,緘猶未寫,詞已失煩。某爰自弱齡,實抱孤操,寒郊映雪,暑草搜螢〔五〇〕,雖有謝於天姿,或無慚於力學。庾持奇字,信未皆通,敬禮小文,頗常留意〔五一〕。太和中敢揚微抱,竊獻短章,方候明誅〔五二〕,忽蒙復命。荆州一紙,河東百金〔五三〕。叨延月旦之評,長積竹林之戀〔五四〕。竟以事將願背,蹇與身期,離索每多,交攀莫遂〔五五〕。

〔四八〕宗盟：同宗的集會，指同族。塵：辱。清鑒：指賞識。行藏：行止，行動。遷貿：變動。差池：不齊。此指自己早受賞識，只因行動不定，與德裕不一致。

〔四九〕推心：猶披心。敍款：敍述衷曲。

〔五〇〕弱齡：二十歲。映雪：《文選》任昉《薦士表》李善注："《孫氏世録》：'孫康家貧，常映雪讀書。'"搜螢：《晉書·車胤傳》："夏月則練囊盛數十螢以照書。"指己苦學。

〔五一〕《陳書·庾持傳》："好爲奇字。"曹植《與楊德祖書》："昔丁敬禮常作小文，使僕潤飾之。"

〔五二〕微抱：微意。明誅：明教指責。

〔五三〕《晉陽秋》："劉宏爲開府荆州刺史，每有興發手發，郡國莫不感悦奔赴，咸曰：'得劉公一紙書，賢于十部從事也。'"《史記·季布傳》："爲河東守。楚人諺曰：'得黄金百斤，不如得季布一諾。'"

〔五四〕《後漢書·許劭傳》："與從兄靖好共覈論鄉黨人物，每月輒更其品題，故汝南俗有月旦評焉。"《晉書·嵇康傳》："共爲竹林之游，世謂竹林七賢。"

〔五五〕蹇：困難。離索：離羣散處。交攀：相交，有高攀意。遂：成就。

武陵被病，洛表求醫，未及上言，先蒙受代〔五六〕。肩輿而至，杜門以居，蓬藋荒涼，風霜迅厲〔五七〕。今已稍痊美疢，獲託休辰〔五八〕。殷鈞體羸，尚能爲郡；馬卿疾罷，猶可言文〔五九〕。退無井臼之資，進乏交朋之助〔六〇〕。是以徘徊軒幄，託附緘封，冀陳蔡之及門，庶江黄之列會〔六一〕。敢渝孤直，仰累清光〔六二〕。東浪驚年，西飇結欷，矢心佩賜，畢命銜輝，道阻且躋，書不盡意。金楹假蔭，望同相賀之禽；珠岸迴光，庶及不枯之草〔六三〕。明懸肝膽，唯所鑪錘，干冒尊嚴，伏用兢灼〔六四〕。謹啓。

〔五六〕馬援出擊武陵蠻,遇疫氣患病,見《後漢書·馬援傳》。清河孝王慶上書,外祖母王氏老病,請到京城洛陽治病。見《後漢書·清河孝王慶傳》。指自己有病求醫。受代:有人代理職務。

〔五七〕肩輿:轎子。杜門:閉門。蓬藋:園子裏長滿野草。迅厲:風急霜寒。

〔五八〕美疢:指病。《左傳》襄公二十三年:"美疢不如惡石。"討好的話像美好的病害。討厭的批評像討厭的藥石。但前者不及後者。這裏借用。休辰:好時刻。

〔五九〕《南史·殷鈞傳》:"鈞爲臨川内史,體羸(瘦弱)多疾,閉閤臨理(治)而百姓化其德,劫盜皆奔出境。"司馬相如稱病閒居,上《諫獵疏》,是因病罷官後猶可言文,見《史記·司馬相如傳》。

〔六〇〕井臼:汲水舂米,指生活費。

〔六一〕是以:因此。軒幄:車和帳幕,指德裕府第。託附緘封:指寫信求助。《論語·先進》:"子曰:'從我于陳蔡者,皆不及門也。'"言跟我在陳蔡間受困的,都不在門下。《春秋》僖公三年:"齊侯宋公江人黄人會于陽穀。"此言希望到德裕門下,參加會議,即希望提拔。

〔六二〕渝:變。清光:指德裕的聲望。東浪:指時光飛逝如東逝水。西飈:西風,指悲秋。矢心:立誓。銜輝:感德。《詩·秦風·蒹葭》:"道阻且躋。"躋,高而難登。此言時光易逝,期望迫切。

〔六三〕金楹:飾金的柱子。何晏《景福殿賦》:"金楹齊列。"《淮南子·説林》:"大厦成而燕雀相賀。"陸機《文賦》李善注:"孫卿子曰:'玉在山而草木潤,淵生珠而岸不枯。'"此指依靠德裕得到蔭庇。

〔六四〕肝膽:喻真誠。鑪錘:指鍛鍊。兢灼:戰戰兢兢和焦慮。

商隱的四六文,寫當時重大的政治事件,用力最大的,當推《太尉衛公會昌一品集序》和這篇《爲李貽孫上李相公啓》,這兩篇都是給李德裕寫的。李是當時名相,在政治上有建樹,他相武宗,擺脱了文宗受制于家奴的局面,解決了回紇南下的侵擾,平定楊弁的叛亂,削平了劉稹的擁兵自立,不奉朝命,《新唐書》本傳稱爲"王室幾中興"。商隱爲他的集子寫序和代李貽孫給他寫啓，都極爲用力，這是很自然的。序是代桂管觀察使鄭亞寫的，啓是代李貽孫寫的，兩人的地位不同，所以在總結李德裕的功績上，兩篇的寫法也不同，可資比較。貽孫的處境與商隱接近，因此在表達貽孫的感情裏面，也含有商隱自己的感情在内，這就使這篇寫得更富有感情。

啓是寫在會昌四年，概括了李德裕五年爲相的政績，裏面已寫到劉稹的即將平定。分别寫明德裕在政治上的三大功勳。對回紇的南下，一方面是“仍其貴種”，把歸附的嗢没斯從優安撫，使爲我用；一方面是對侵擾的烏介可汗加以討伐，“毳幕天驕，行遺其種落”；同時用計迎接太和公主回朝，削弱烏介可汗的憑藉，寫得極爲具體。寫平定楊弁之亂，寫楊弁“敢起在行之衆，因興逐帥之謀”。叛軍方起，德裕“長算已出奇兵”，極寫出謀定亂。寫平定劉稹，德裕指出他“所謀者河朔遺事，所恃者巖險偷生”，只要“今則趙魏俱攻，燕齊併入”，“人將自棄，鬼得而誅”，寫德裕的廟算之功。又設想德裕中興王室，“萬方率同”，然後舉行大典禮，“高待泥金之禮”，向天告成功。然後圖畫凌烟閣，回到封國去。這正是商隱對唐朝中興的美好設想。可惜武宗去世，宣宗即位，德裕遭到多次貶斥以死，中興之業就告夭折，這也是商隱所抱恨的事，從中也可以看出他的志事來。

這篇啓裏又寫到德裕的文章，在他面前，“班揚掃地”，“江鮑輿尸”，“辭窮體物，律變登高”，這是在藝術上的成就。寫《黄冶賦》來闢道家鍊金的虚妄，這是思想上表現。

又在陳情方面，寫自小孤寒苦學，留意文章。想託庇大廈，同燕雀之相賀，“淵生珠而草不枯”。這些既是代貽孫陳情，實際上也表達了自己的感情。這篇實是商隱四六文中用力寫的重要的一篇。

重祭外舅司徒公文〔一〕

嗚呼哀哉！人之生也變而往耶？人之逝也變而來

耶?冥寞之間,杳忽之内,虚變而有氣,氣變而有形,形變而有生。今將歸生於形,歸形於氣,漠然其不識,浩然其無端,則雖有憂喜悲歡而亦勿用於其間矣,苟或以變而之有,變而之無,若朝昏之相交,若春夏之相易,則四時見代,尚動於情〔二〕;豈百生莫追,遂可無恨。儻或去此,亦孰貴於最靈哉〔三〕!嗚呼!公之世胄勳華,職官揚歷,並已託於寄奠,備在前文〔四〕。今所以重具酒牢,載形翰墨,蓋意有所未盡,痛有所難忘。以公之平生恩知,曩昔顧盼,屬纊之夕,不得聞啓手之言〔五〕;祖庭之時,不得在執紼之列〔六〕。終哀且痛,其可道耶?

〔一〕外舅:妻父,岳父。司徒公:王茂元,濮陽(在今河北省)人。官嶺南節度使,家積財,交通權貴,遷涇原節度使,調忠武軍節度使。會昌三年卒,贈司徒。此重祭文,當在四年作。

〔二〕《莊子·至樂》:"察其死而本無生,非徒無生也,而本無形,非徒無形也,而本無氣。雜乎芒芴(猶恍惚)之間,變而有氣,氣變而有形,形變而有生,今又變而之死,是相與爲春秋冬夏四時行也。"

〔三〕最靈:指人。《書·泰誓上》:"惟人萬物之靈。"

〔四〕世胄:指世代貴顯,王茂元父棲曜,官鄜坊節度使。揚歷:表揚經歷,指居官治績。前文:以前寫的祭文。

〔五〕屬纊:指臨死,《禮·喪大記》:"屬纊以俟絶氣。"用絲綿放在口鼻上看看有無呼吸。啓手:《論語·泰伯》:"曾子有疾,召門弟子曰:'啓予足,啓予手。'"指臨終。

〔六〕祖庭:出殯時祭于庭。執紼:指送葬,古時要牽着靈車的繩。

嗚呼!七十之年,人誰不及,三公之位,人誰不登,何數月之間，不及從心之歲〔七〕。聞天有慟，方登論道之司，時泰命屯，才長運否〔八〕。爲善何益，彼蒼難知。昔澤怪既明，告敖釋桓公之病〔九〕；陰德未報，夏侯知丙吉不亡〔一〇〕。何昔有其傳，今無其證，豈人言之不當，將天道之或欺。雖北海懸定薨期，長沙前覺災至〔一一〕；偃如巨室，去若歸人〔一二〕。處順不憂，得正之喜〔一三〕。在公之德斯盛，在物之痛何言。矧乎再軫慮居，屢垂理命〔一四〕。簡子將戰之誓，惟止桐棺，晏嬰送死之文，寧思石槨〔一五〕。素車樸馬，疏巾弊帷〔一六〕。成一代之清規，揚百年之休問，所謂有始有卒，高朗令終〔一七〕。

〔七〕從心之歲：七十歲。《論語・爲政》："七十而從心所欲，不踰矩。"茂元死時約六十九歲。

〔八〕天有慟：指武宗哀痛。論道之司：指朝廷贈司徒官，爲三公之一。《書・周官》："兹惟三公，論道經邦。"屯、否：指命運不濟。

〔九〕澤怪：《莊子・達生》："桓公田（打獵）于澤，管仲御，見鬼焉。公曰：'仲父何見？'對曰：'臣無所見。'公返爲病。有皇子告敖者曰：'澤有委蛇，見之者殆乎霸。委蛇，紫衣而朱冠。'桓公辴然而笑曰：'此寡人之所見者也。'于是正衣冠而坐，不知病之去也。"

〔一〇〕《漢書・丙吉傳》："封吉爲博陽侯，臨當封，吉疾病。上憂吉疾不起。夏侯勝曰：'此未死也。臣聞有陰德者必享其樂以及子孫。'後病果愈。"

〔一一〕北海：《後漢書・鄭玄傳》："鄭玄，北海高密人。""夢孔子告之曰：'起起，今年歲在辰，來年歲在巳。'既寤，以讖合之，知命當終。"薨期：死期。長沙：《史記・賈生傳》："賈生爲長沙王太傅，三年，有鴞飛入賈生舍，止于坐隅。賈生既以適（謫）居長沙，長沙卑溼，自以爲壽不得長，傷悼之。"

〔一二〕《莊子・至樂》："莊子妻死，莊子曰：'人且偃然（狀仰卧）而寢于巨室。'"巨室指天地。《列子·天瑞》:"古者謂死人爲歸人。"

〔一三〕《莊子·養生主》:"適來,夫子時也,適去,夫子順也。安時而處順,哀樂不能入也。"《禮·檀弓上》:"曾子曰:'吾何求哉?吾得正而斃焉,斯已矣。'"指茂元在討伐劉稹戰事中病死,得正而死。

〔一四〕矧:况。軫:憂念。慮居:《禮·檀弓下》:"喪不慮居。"辦喪事不可厚葬而有破家之憂,慮居即破家之慮,指辦喪事從簡。理命:治命。《代彭陽公遺表》説:茂元的遺囑:"使内則雍和私室,外則竭盡公家,兼約其送終,所務遵儉。"

〔一五〕《左傳》哀公二年:"(趙)簡子誓曰:'若其有罪,絞縊以戮,桐棺三寸。'"《禮·檀弓下》:"晏子(葬父)遣車一乘,及墓而返。"《禮·檀弓上》:"昔者夫子居于宋,見桓司馬,自爲石槨(外棺),三年而不成。夫子曰:'若是其靡(費)也,死不如速朽之愈也。'"

〔一六〕素車樸馬:車不加飾,馬不剪毛。疏巾:疏布巾。

〔一七〕休問:好名聲。《詩·大雅·既醉》:"高朗令終。"高明而又善終。

嗚呼,往在涇川,始受殊遇,綢繆之迹,豈無他人〔一八〕。樽空花朝,燈盡夜室,忘名器於貴賤,去形跡於尊卑〔一九〕。語皇王致理之文,考聖哲行藏之旨〔二〇〕,每有論次,必蒙褒稱。及移秩農卿,分憂舊許〔二一〕。羈牽少暇,陪奉多違〔二二〕。跡疏意通,期賒道密。紵衣縞帶,雅况或比於僑吴;荆釵布裙,高義每符於梁孟〔二三〕。今則已矣,安可贖乎〔二四〕?

〔一八〕涇川:指在涇原節度使幕府。《詩·唐風·綢繆》:"綢繆束薪,三星在天。今夕何夕,見此良人。"指茂元把女兒嫁給他。又《杕杜》:"豈無他人,不如我同父。"指不如茂元的厚待。

〔一九〕名器:表貴賤的稱號和車服等,指茂元與他飲宴談笑,不講貴賤。

〔二〇〕皇王致理：指五帝三王治國説。行藏：出和處。

〔二一〕移秩農卿：開成五年，茂元調京爲司農卿。分憂舊許：爲朝廷分憂，會昌元年，茂元調忠武軍節度使、陳許觀察使。

〔二二〕羈牽：商隱在會昌元年入華州周墀幕府，二年初居許州王茂元幕，不久以書判拔萃，入爲祕書省正字，又因母喪回家，陪茂元的日子少。

〔二三〕《左傳》襄公二十九年："吴季札聘于鄭，見子産如舊相識，與之縞帶，子産獻紵衣焉。"僑吴：子産名公孫僑，吴指吴公子季札。指他和茂元如舊交。《後漢書·梁鴻傳》："聘同縣孟氏。乃更爲椎髻，著布衣，操作而前。鴻大喜曰：'能奉我矣。'字之曰德耀，名孟光。"《列女傳》："梁鴻妻孟光常荆釵布裙。"

〔二四〕《詩·秦風·黄鳥》："如可贖兮，人百其身。"

嗚呼哀哉！千里歸途，東門故第〔二五〕。數尺素帛，一爐香烟，耿賓從之云歸，儼盤筵而不御〔二六〕。小君多恙，諸孤善喪〔二七〕。升堂輒啼，下馬先哭，含懷舊極，撫事新傷〔二八〕。植玉求婦，已輕於舊日；泣珠報惠，寧盡於兹辰〔二九〕。况邢氏吾姨，蕭門仲妹，愛深猶女，思切仁兄〔三〇〕。撫嫠緯以增摧，闔孀閨而永慟〔三一〕。草荄土梗，旁助酸辛，高鳥深魚，遥添怨咽〔三二〕。嗚呼！精神何往，形氣安歸？苟才能有所未伸，勳庸有所未極，則其強氣，宜有異聞〔三三〕。玉骨化於鍾山，秋柏實於裘氏，驚愚駭俗，佇有聞焉〔三四〕。嗚呼！姜氏懷安之規，既聞之矣；畢萬名數之慶，可稱也哉〔三五〕！篋有遺經，匣藏傳劍〔三六〕，積兹餘慶，必有揚名。

〔二五〕東門故第：茂元故居在洛陽東城門崇讓里。

〔二六〕素帛、爐香：指家祭用物。賓從：指弔客。盤筵：指祭席。

〔二七〕小君：諸侯之妻，指茂元妻。諸孤：茂元子。善喪：善于居喪守禮。

〔二八〕商隱自稱下馬升堂則哭，懷念舊恩，加上新傷。

〔二九〕《搜神記》："楊公雍伯作義漿，有一人就飲，以一斗石子與之，使至高平好地有石處種之，云：'玉當生其中。'乃種其石，見玉子生石中。有徐氏女，右北平著姓，女甚有行。公乃試求徐氏。徐氏戲云：'得白璧一雙來，當聽爲婚。'公至所種玉田中，得白璧五雙以聘，徐氏遂以女妻公。天子異之，拜爲大夫。"此指求婚王氏，但没有作大夫，地位比過去的羊公低。左思《吴都賦》："淵客慷慨而泣珠。"李善注："鮫人從水中出，寄寓人家，積日賣綃。臨去，從主人索器，泣而出珠滿盤，以與主人。"此言報德不够。

〔三〇〕《詩・衛風・碩人》："邢侯之姨。"此言商隱的姨妹，是某家的次女，茂元愛同姪女，思念她的父親同于仁兄。蕭門：當時稱大家女爲蕭娘，此當指大家之女。楊巨源《崔娘》："風流才子多春思，腸斷蕭娘一紙書。"稱崔娘爲蕭娘。

〔三一〕《左傳》昭公二十四年："嫠不恤其緯，而憂宗周之隕，爲將及焉。"寡婦不憂織機的横絲少，却憂國亡禍及。此言姨妹寡居，憂傷永痛。

〔三二〕荄：草根。土梗：泥人，指俑。此指無知之物也在悲哀。

〔三三〕強氣：《左傳》昭公七年："陽曰魂。用物精多，則魂魄強，是以有精爽。"古人迷信，認爲貴人的魂強，死後還會顯靈。

〔三四〕《搜神記》："蔣子文者，常自謂己骨青，死當爲神。漢末爲秣陵尉，逐賊至鍾山下，賊擊傷額，遂死。及吴先主之初，其故吏見文于道，謂曰：'我當爲此土地神。'孫主爲立廟堂，轉號鍾山爲蔣山。"《莊子・列御寇》："鄭人緩也，呻吟(誦讀)裘氏之地，三年而爲儒，使其弟(學)墨。儒墨相與辯，其父助翟(弟)。十年而緩自殺，其父夢之曰：'使而(爾)子爲墨者，予也，盍胡(何不)嘗視其壤

(墳),既爲秋柏之實矣。”此言茂元死當爲神,其怨氣結爲柏實。茂元死在討劉稹之戰,故稱。佇:久候。

〔三五〕《左傳》僖公二十三年:“晉公子重耳及齊,齊桓公妻之,公子安之。從者以爲不可,將行。姜曰:‘行也,懷與安,實敗名。’”又閔公元年:“賜畢萬魏。卜偃曰:‘畢萬之後必大;萬,盈數也;魏,大名也;以是始賞,天啓之矣。’”此言茂元參加討叛,並不懷安,不知他的子孫能光大否。

〔三六〕《漢書·韋賢傳》:“遺子黄金滿籯,不如教子一經。”《唐書·南蠻傳》:“浪人所鑄,故亦名浪劍。(南詔)王所佩者,傳七世矣。”此言茂元以經學武功教子。

愚方遁跡丘園,游心墳素,前耕後餉,并食易衣〔三七〕。不忮不求,道誠有在,自媒自衒,病或未能〔三八〕。雖吕範以久貧,幸冶長之無罪〔三九〕。昔公愛女,今愚病妻,内動肝肺,外揮血淚。得仲尼三尺之喙,論意無窮;盡文通五色之毫,書情莫既〔四〇〕。嗚呼哀哉!公其鑑之。

〔三七〕丘園:指隱居處。墳素:墳,三墳,三皇之書。素,素王(孔子)之書,指《春秋》。《左傳》僖公三十三年:“見冀缺耨,其妻饁(送飯)之,敬,相待如賓。”《禮·儒行》:“儒有易衣而出,并日而食。”按會昌二年,商隱因母喪居家,故稱。

〔三八〕《詩·邶風·雄雉》:“不忮(害)不求(貪),何用不臧(善)。”蕭統《陶淵明集序》:“夫自衒自媒者,士女之醜行;不忮不求者,明達之用心。”

〔三九〕《三國志·吴書·吕範傳》:“吕範,字子衡,汝南西陽人也。有容觀姿貌。邑人劉氏家富,女美。範求之,女母嫌,欲勿與。劉氏曰:'觀吕子衡寧當久貧者耶?'遂與之婚。"《論語·公冶長》:"(孔)子謂公冶長可妻也,雖在縲絏(牢獄)之中,非其罪也,以其兄之子(女)妻之。"這是説自已雖貧,還是清白的。

〔四〇〕《莊子·徐無鬼》:"丘(孔子)願有喙三尺。"指願能説會道。江淹字文通夢五色筆,見《牡丹》注〔四〕。既:盡。此指情意無窮,難以表達。

商隱有《祭外舅贈司徒公文》,當是王茂元卒于會昌三年九月寫的,這篇《重祭外舅司徒公文》當是會昌四年寫的。在第一篇祭文末説:"潘楊之好,琴瑟之美,庶有奉于明哲,既無虧于仁旨。"他同岳丈王家是很好的,夫婦也是很好的,對岳丈是很感恩的。在重祭文末却説:"雖吕範以久貧,幸冶長之無罪。昔公愛女,今愚病妻,内動肝肺,外揮血淚。"提到久貧無罪,有所感慨。茂元家是很有錢的,這時可能已嫌商隱家貧,商隱妻也因而得病吧。不過商隱對茂元的感情還是很深的。在重祭文裏提到"豈百生莫追,遂可無恨?"即茂元地下有知,是有恨的。這個恨,同"屬纊之夕,不得聞啓手之言",即商隱夫婦没有送終,没有聽到遺囑。這個恨,實際也是商隱夫婦的恨,所以要寫這篇重祭吧。

這兩篇祭文,前一篇敍述茂元的家世和生平經歷,寫得比這篇長得多,這篇比較短,抒情的成分多,所以選了這篇。兩篇裏都寫到他同茂元的關係,這是研究商隱的有關資料。前一篇祭文,講到他考中進士後,與茂元女結婚:"晉霸可託,齊大寧畏。"婚後,"京西當日,輦下當時,中堂評賦,後榭言詩。品流曲借,富貴虚期"。指出他跟茂元在涇川、在京城時,是評賦言詩的。"公在東藩,愚當再調。賁帛資費,銜書見召。水檻幾醉,風亭一笑,日换中昃,月移朒朓。"指出茂元在許州,又把他調去。他陪着茂元喝酒談笑,一直到日斜月上。不如重祭文寫得有内容。重祭文説:"樽空花朝,燈盡夜室。忘名器于貴賤,去形跡于尊卑。語皇王致理之文,考聖哲行藏之旨,每有論次,必蒙褒稱。"寫出他陪着茂元時,不是以卑賤者來侍候尊貴者,是忘貴賤尊卑的。不光是評賦談詩,是討論政治,考慮出處的。這就比前一篇寫得有内容了。"紵衣縞帶,雅況或比于僑吴;荆釵布裙,高義每符于梁孟。"他在茂元幕府,情同知交;他的就婚王氏,夫婦安于貧賤,這裏寫出了他的品德。

作爲四六文,這篇也有它的特色。它的開頭,不是像四六文那樣用典顯得呆板,是感慨蒼涼,駢散結合,忘掉它是四六文。這是情動于中而形于言,在四六文中具有散文氣盛言宜的特點的。其次是這篇文章富有感情。有的是不限于茂元的,像:"爲善何益,彼蒼難知!"有《史記·伯夷傳》的感慨。有的是爲茂元感嘆的,如:"豈百生莫追,遂可無恨!""則其強氣,宜有異聞。玉骨化于鍾山,秋柏實于裘氏。"寫茂元的遺恨。還有對自己的感嘆,像"植玉求婦,已輕于舊日",對自己的被輕和失意的抑鬱。這樣抒情,使這篇重祭,超過了前一篇的寫茂元的"世胄勳華、職官揚歷"了。

獻侍郎鉅鹿公啓〔一〕

某啓。今月某日,舍弟新及第進士羲叟處,伏見侍郎所製春闈放榜後寄呈在朝同年兼簡新及第諸先輩五言四韻詩一首〔二〕。

〔一〕侍郎鉅鹿公:魏扶字相之,鉅鹿是他的郡望。《舊唐書·宣宗紀》:"大中元年三月,禮部侍郎魏扶奏所放進士三十三人。"因此知羲叟爲大中元年中進士。

〔二〕羲叟:字聖僕,商隱弟。大中元年進士,三年釋褐,爲祕書省校書郎,改授河南府參軍。春闈:指三月進士考試。同年:指同一年考中進士的。新及第諸先輩:新考中的進士,這裏把門生稱爲先輩,是當時的敬稱。《國史補》:"互相推敬,謂之先輩。"

夫玄黄備采者綉之用，清越爲樂者玉之奇〔三〕。固已慮合玄機，運清俗累；陟降於四始之際，優游於六義之中〔四〕。竊計前時，承榮内署〔五〕。柏臺侍宴，熊館從畋，式以風騷，仰陪天籟〔六〕。動沛中之舊老，駭汾水之佳人〔七〕。非首議於論思，實終篇於潤色，光傳樂録，道焕詩家〔八〕。况屬詞之工，言志爲最〔九〕。

〔三〕《周禮·考工記》："五色備謂之綉。"《禮·聘義》："叩之，其聲清越以長。"此指魏扶的詩有文采和音韻之美。

〔四〕玄機：玄妙的變化。俗累：世俗的牽累。陟降：升降。四始：《詩序》以風、小雅、大雅、頌爲王道興衰之所由始。六義：《周禮·大師》："教六詩，曰風曰賦曰比曰興曰雅曰頌。"指魏扶的詩思想高妙，可以同《詩經》比美。

〔五〕内署：指翰林院，魏扶曾兼翰林的職位。

〔六〕柏臺：《漢書·武帝紀》："元鼎元年，起柏梁臺。"《三輔舊事》："以香柏爲梁也。帝嘗置酒其上，詔羣臣和詩，能七言詩者乃得上。"揚雄《長楊賦序》："雄從至射熊館，還上《長楊賦》以諷。"式：取法。天籟：自然界的音響，借指天子的詩。此指魏扶曾侍宴從獵，陪天子作詩。

〔七〕《漢書·高帝紀》："上置酒沛宫，擊筑自歌。"劉邦唱《大風歌》感動沛中父老。漢武帝《秋風辭》："蘭有秀兮菊有芳，懷佳人兮不能忘。"指魏扶的詩使當時的人激動。

〔八〕樂録：記録樂府詩。此指魏扶詩善于修辭，載在樂府，以詩家著名。

〔九〕《書·舜典》："詩言志。"《詩序》："詩者志之所之(向)也，在心爲志，發言爲詩。"

自魯毛兆軌，蘇李揚聲〔一〇〕，代有遺音，時無絶響。雖古今異制，而律吕同歸。我朝以來，此道尤盛，皆陷於偏巧，罕或兼材。枕石漱流，則尚於枯槁寂寞之句；攀鱗附翼，則先於驕奢艷佚之篇〔一一〕。推李杜則怨刺居多，效沈宋則綺靡爲甚〔一二〕。至於秉無私之刀尺，立莫測之門牆，自非託於降神，安可定夫衆制〔一三〕。伏惟閣下，比其餘力，廓此大中，足使同僚盡懷博我，不知學者誰可起予〔一四〕。

〔一〇〕《漢書·藝文志》："《詩經》二十八卷，魯、齊、韓三家。""又有毛公之學。"指魯詩、毛詩兩家開始建立《詩》的軌範。蘇李：漢朝有相傳蘇武和李陵的贈答詩。

〔一一〕枕石漱流：指山水詩，偏向枯槁寂寞。攀鱗附翼：攀龍鱗，附鳳翼，指宫廷詩，偏向驕奢豔麗。

〔一二〕推李杜：推崇李白杜甫的，偏向寫怨刺的詩。效沈宋：效法沈佺期、宋之問的，偏向綺麗柔靡。

〔一三〕刀尺：裁衣具，比衡量文章的標準。門牆：比高要求。降神：《詩·大雅·崧高》："維岳降神，生甫及申。"周甫侯、申侯是天降神靈。此指不是託于大臣，不能作出决定。

〔一四〕閣下：對魏扶的尊稱。比：及。大中：指正確。博我：《論語·子罕》："博我以文。"起予：《論語·八佾》："起予者商（子夏）也。"此指魏扶像孔子能以文辭教人，不知誰像子夏能啓發他。

某比興非工，專蒙有素〔一五〕。然早聞長者之論，夙託詞人之末。淹翔下位，欣託知音，抃賀之誠，翰墨無寄〔一六〕。況乎仲氏，實預諸生，榮沾洙泗之風，高列偃商之位〔一七〕。仰惟厚德，願沐餘輝，輒罄鄙詞，上攀清唱。聞郢中之白雪，愧列千人〔一八〕；比齊日之黄門，慚非八米〔一九〕。干冒尊重，伏用兢惶。其詩五言四首，謹封如右。

〔一五〕比興：指作詩。專蒙：愚蠢。

〔一六〕夙：早。淹翔：淹集，猶留滯。抃(biàn)：鼓掌。翰墨：筆墨，指不能託文辭來表達。

〔一七〕仲氏：指弟羲叟。諸生：指考生。洙泗之風：《禮·檀弓上》："吾與汝事夫子(孔子)于洙泗之間。"偃商：孔子弟子言偃，字子游；卜商，字子夏。當時考中的進士稱主考爲座主，自稱門生。因此用孔子來比座主，自比孔子的學生。《論語·先進》："文學子游子夏。"把羲叟比作孔門的文學科學生。

〔一八〕宋玉《對楚王問》："客有歌于郢中者，其始曰《下里巴人》，國中屬而和者數千人；其爲《陽春白雪》，屬而和者不過數十人。是其曲彌高，其和彌寡。"此指魏扶的詩曲調高，自己的和詩曲調低。

〔一九〕《北史·盧思道傳》："(齊)文宣帝崩，當朝文士共作挽歌十首，擇其善者而用之。魏收、陽休之、祖孝徵不過得一二首，唯思道獨有八首，故時稱'八米盧郎。'後爲給事黄門侍郎。"《西齋叢説》："關中歲以六米七米八米爲上中下，言在穀取八米，取數之多也。"言十成稻穀舂成米可得八成，出米多。指自己的和詩可取者少，他寫了四首和詩。

這篇啓是應酬文字，吹捧他弟弟羲叟的座主詩寫得怎麽好，本無可取。只是其中反映了商隱對詩歌的看法，可供研究商隱詩論的參考。他提出"屬詞之工，言志爲最"。即詩以情意爲主，跟曹丕《典論·論文》提出"詩賦欲麗"，陸機《文賦》提出"詩緣情而綺靡，賦體物而瀏亮"的不同。又提出"雖古今異制，而律吕同歸"，注意講究音律，這同李白的不願受音律拘束，律詩寫得少的不同，他對律詩寫得極爲精工。他對于唐代詩的評論,以爲"皆陷於偏巧,罕或兼材"。認爲偏於一方面的多,兼善各體的少。在這篇啓裏,不可能對當時的詩作全面論述,他只能核要地講,在題材上提出山林和宫廷,認爲寫山林的偏於枯槁,寫宫廷的偏於豔麗,都使他不滿。對學習當代的作家説,推李杜則偏於怨刺,效沈宋則偏於綺靡。從這裏看出商隱的詩論。他認爲寫山林的不應偏於枯槁寂寞,所以他寫山林的詩,也寫得清麗而富有情味。他認爲寫宫廷的詩,不應偏於驕奢豔佚,所以他寫宫廷生活的詩,往往富有寓意,耐人尋味。他認爲效李杜不應偏重怨刺,因此他效法杜甫的詩寫得沉鬱頓挫而健筆凌雲。他認爲效沈宋不應偏於綺靡,所以他的辭采華豔的詩往往富有情意。正像他提出"言志爲最"那樣,他要求以情意爲主,輔以聲律華采,把三者結合,成爲兼材,避免偏巧的不足。他的詩確實做到了這點。這篇啓的可取處在這裏。

太尉衛公會昌一品集序〔一〕

唐葉十五帝謚昭肅,始以太弟,茂對天休〔二〕。遂臨西宫,入高廟〔三〕。將以準則九土,指麾三靈〔四〕。乃顧左右曰:"我祖宗並建豪英,範圍古昔。史卜宵夢〔五〕,震嗟不寧。是用能文,惟睿掌武,以永大業〔六〕。今朕奉承天命,顯登乃辟,庸不知帝賚朕者其誰氏子焉〔七〕。"左右惕兢威靈,迷撓章指,周訥揚吃〔八〕,不能仰酬。

〔一〕李德裕見《李衛公》注〔一〕。此序是代桂管觀察使鄭亞寫的。會昌四年,德裕因平定澤潞功兼守太尉,進封衛國公。大中元年二月,宣宗以德裕爲太子少保分司東都,罷了他的相位,給事中鄭亞外調爲桂管觀察使。九月,德裕編定《會昌一品集》,收集他在會昌一朝所作的册命、典誥、奏議、碑贊、檄文等。寫信給鄭亞請他作序,有《與桂州鄭中丞書》説:"某當先聖(武宗)御極,再參樞務,兩度册文及《宣懿太后祔廟制》、《聖容贊》、《幽州紀聖功碑》、《討回鶻制》、《討劉稹制》五度、《黠戛斯書》兩度、用兵詔勅及《先聖改名制》、《告昊天上帝文》并奏議等,勒成十五卷。貞觀初有顔岑二中書(顔師古、岑文本),代宗朝常相(常衮),元和初某先太師忠公(李吉甫),一代盛事,皆所潤色。小子詞業淺近,獲繼家聲,武宗一朝册命典誥軍機羽檄皆受命撰述,偶副聖情。伏恐制序之時,要知此意。"此序即本德裕來信意而作。

〔二〕葉:代。十五帝:高祖、太宗、高宗(不計武則天)、中宗、睿宗、玄宗、肅宗、代宗、德宗、順宗、憲宗、穆宗、敬宗、文宗、武宗。武宗尊號至道昭肅孝皇帝。文宗暴疾,宰相李珏、知樞密劉宏逸奉密旨以皇太子監國。神策軍中尉仇士良、魚宏志矯詔廢皇太子成美,迎潁王於十六宅爲皇太弟。文宗崩,即皇帝位。茂:盛德。天休:天命。

〔三〕臨:哭弔。西宫:文宗停靈處。高廟:高祖廟。

〔四〕九土:九州,指中國。《國語·魯語上》:"共工氏之伯(霸)九有也,其子曰后土,能平九土。"三靈:日、月、星。《漢書·揚雄傳》:"方將上獵三靈之流。"

〔五〕史卜:《史記·周本紀》:"西伯將出獵,卜之曰:'所獲非龍非螭,非虎非羆,所獲霸王之輔。'於是周西伯獵,果遇太公於渭之陽。"宵夢:又《殷本紀》:"武丁夜夢得聖人,名曰説(悦)。乃使百工營求之野,得説於傅險中,舉以爲相,殷國大治,故遂以傅險姓之,號曰傅説。"指擇相。

〔六〕是用:是以,因此。睿:聖智。此句互文,即是用惟睿,能文掌武。擇相只求聖哲,能文武。大業:指帝業。

〔七〕顯登乃辟:光榮地作你們的君主。登,登位。乃:汝。辟:君。庸:乃。賚:賜。此言不知用誰作相。

〔八〕迷撓:猶迷惑。章指:意旨。周訥揚吃:《漢書·周昌傳》:"昌爲人(口)吃。"又《揚雄傳》:"雄口吃,不能劇談。"指左右像口吃那樣不能回答。

既三四日,乃詔曰:淮海伯父〔九〕,汝來輔予。霞披霧消,六合快望〔一〇〕。四月某日入覲,是月某日登庸〔一一〕。淵角奇姿,山庭異表,爲九流之華蓋,作百度之司南〔一二〕。帝由是盡付玄機,允厭神度〔一三〕,左右者咸不知其夢耶卜耶?金門朝罷,玉殿宴餘,獨銜日光,静與天語。帝亦幽闡,徵《召誥》《説命》之旨,定元首股肱之契〔一四〕,曰:"我將俾爾以大手筆,居第一功〔一五〕。麒麟閣中,霍光且圖於勳伐,玄洲苑上,魏收别議於文章〔一六〕。光映前修,允兼具美。我意屬此,爾無讓焉。"

〔九〕淮海:德裕時爲淮海軍節度使。伯父:《儀禮·覲禮》:"同姓大國則曰伯父。"德裕是唐朝宗室,故武宗稱他"伯父"。

〔一〇〕霞:指祥雲。霧:指昏暗。六合:上下四方。

〔一一〕覲:見帝。登庸:進用。按《通鑑》開成五年:李德裕"九月甲戌朔(初一)至京師,丁丑(初四),以德裕爲門下侍郎同平章事"。新、舊《唐書》同。此作四月,當誤。

〔一二〕淵角:顔回額角似月形,月是水精,故稱淵。見《論語撰考讖》。山庭:指鼻梁高,見《論語摘象輔》。華蓋:張衡《西京賦》:"華蓋承辰。"薛綜注:"華蓋星覆北斗,王者法而作之。"指統率者。百度:各種法度。司南:指南車。

〔一三〕玄機:變化不測的政事,猶萬機,都交德裕處理。厭:同饜,滿足。神度:神的測度,指應驗。

〔一四〕幽闡:闡幽,發明深隱的旨趣。《召誥》,《書》篇名,是召公告誡成王的話。《説命》:武丁命傅説的話。《書·益稷》:"(舜)乃歌曰:

‘股肱(指大臣)喜哉！元首起哉！’”此言武宗與德裕君臣契合。

〔一五〕俾：給。《晉書·王珣傳》：“珣夢人以大筆如椽與之，既覺，語人云：‘此當有大手筆事。’”《漢書·蕭何傳》：“位爲相國，功第一。”

〔一六〕麒麟閣：《漢書·蘇武傳》：“宣帝思股肱之美，乃圖畫其人於麒麟閣。”有霍光等十一人。玄洲苑：《北史·魏收傳》：“(齊武成)帝於華林别起玄洲苑，詔於閣上畫(魏)收，其見重如此。自武定二年以後，國家大事詔命、軍國文詞，皆收所作。”此言德裕掌管軍國文書，功第一。

公拜稽首曰：“臣某何敢以當之。在昔太宗，有臣曰師古，曰文本〔一七〕高宗有臣曰嶠，曰融〔一八〕，玄宗有臣曰説，曰瓌〔一九〕，代宗有臣曰衮〔二〇〕，至於憲祖，則有臣禰廟曰忠公〔二一〕，並稟太白，以傅精神，納非烟而敷藻思〔二二〕。才可以淺深魏邴，道可以升降伊皋〔二三〕。而又富僧孺之新事，識庾持之奇字〔二四〕。清風濯熱，白雪生春〔二五〕。淮南王食時之工，裴子野昧爽之獻〔二六〕。疑王粲之夙構，無禰衡之加點〔二七〕。然後可以宏宣王略，輝潤天文，豈伊乏賢，可纂舊服〔二八〕。”

〔一七〕顔籀字師古，高祖朝遷中書舍人，專掌制誥。太宗擢拜中書侍郎。岑文本字景仁，貞觀元年拜中書舍人。所草詔誥，殆盡其妙。各見《舊唐書》本傳。

〔一八〕李嶠字巨山，高宗時爲鳳閣舍人。朝廷每有大手筆，皆持令嶠爲之。崔融字安成，遷鳳閣舍人。爲文典麗，朝廷所須諸大手筆，並付融。各見《舊唐書》本傳。

〔一九〕張説字道濟，開元時爲尚書左丞相、集賢院學士，封燕國公。掌文學之任凡三十年。蘇瓌字昌容，中宗時封許國公，不及事玄宗，此當作頲。頲，瓌子，襲爵許國公。玄宗以爲中書侍郎，掌文誥。各見《舊唐書》本傳。

〔二〇〕常衮，代宗選爲翰林學士、知制誥。後拜門下侍郎、同平章事。見《舊唐書》本傳。

〔二一〕禰廟：親廟。李吉甫是德裕的父親，所以不稱名，稱親廟曰忠公。李吉甫字弘憲，憲宗任爲考功郎中，知制誥。擢爲中書侍郎、平章事。卒謚忠懿。見《舊唐書》本傳。

〔二二〕《史記・天官書》："察日行以處位太白。"太白晨出東方，察日行以處太白之位。又："若烟非烟，若雲非雲，鬱鬱紛紛，蕭索輪囷，是謂卿雲。"此指以上大臣都稟有太白星的精神，有慶雲的才華。

〔二三〕魏相字弱翁，漢宣帝時爲丞相。丙吉字少卿，代魏相爲丞相。各見《漢書》本傳。伊尹，輔湯伐桀有天下。臯陶，虞舜時執法平正。見《史記》的《殷本紀》、《五帝本紀》。此言以上大臣才比魏邴有餘，道比伊臯不足。淺深猶深，升降猶降，是偏義複辭。

〔二四〕王僧孺字僧孺，聚書至萬餘卷，無所不睹。其文麗逸，多用新事。庾持字允德，善字書，每屬辭，好爲奇字。並見《南史》本傳。

〔二五〕清風：指節操清高，不熱中。白雪：指文辭格調高，有如《陽春》《白雪》之歌。

〔二六〕淮南王(劉)安入朝，上使爲《離騷傳》，旦受詔，日食時上。見《漢書》本傳。梁武帝命裴子野爲書喻魏相元乂，夜受旨，及五鼓，子野徐起操筆，昧爽便就。見《南史》本傳。

〔二七〕王粲善屬文，舉筆便成，無所改定，時人常以爲宿構。然正復精意覃思，亦不能加也。見《三國志・魏書》本傳。禰衡《鸚鵡賦序》："衡因爲賦，筆不停綴，文不加點。"

〔二八〕纂：繼承。舊服：指前人的事業。

帝又曰："舜何人也，回何人哉〔二九〕？朕思丕承，汝勉善繼，無忝乎爾之先〔三〇〕！"公復拜稽首曰："《易》曰

‘中心願也’,《詩》曰‘何日忘之’,臣敢不夙夜在公,以揚鴻烈〔三一〕。”

〔二九〕《孟子·滕文公上》:“顔淵曰:‘舜何人也? 予何人也? 有爲者亦若是。’”回: 即顔淵,孔子弟子。

〔三〇〕丕承: 很好繼承。丕,大。忝: 辱。先: 先人。

〔三一〕《易·泰》:“中心願也。”《詩·小雅·隰桑》:“何日忘之。”夙夜: 朝夜。鴻烈: 大業。

會一日,上明發於法宫之中,念兆人之衆,顧九州之廣,永懷不待之痛,式重如存之敬〔三二〕。公伏奏曰:“惟先后懋守丕基,允資内助〔三三〕。秀南頓嘉禾之瑞,開烈山神井之祥〔三四〕。德駕河洲,淑肩沙麓〔三五〕。將顯降嬀之配,未宏褒紀之恩〔三六〕。淪美椒塗,掩華蘭掖〔三七〕。緣山破莇,夙聞齊主之悲;採石傳形,早降漢皇之慟〔三八〕。繞樞有慶,鳴社承輝〔三九〕。而懿號未彰,貞魂莫祔〔四〇〕。恐無以懋遵聖緒,光慰孝思。”公於是承命有宣懿祔廟之制。

〔三二〕明發: 天亮。法宫: 正殿。《漢書·鼂錯傳》:“處於法宫之中,明堂之上。”《韓詩外傳》九:“樹欲静而風不止,子欲養而親不待也。”式重: 敬重。《論語·八佾》:“祭如在。”

〔三三〕先后: 先帝,指穆宗。懋: 勉力。丕基: 大業。允資: 確實依靠。内助: 指穆宗宣懿皇后。

〔三四〕《後漢書·光武紀》:“南頓令欽,生光武。論曰: 是歲縣界有嘉禾生,一莖九穗,因名光武曰秀。”神農氏一稱烈山氏。《荆州記》:

“隨郡北界有厲鄉村,村南有重山,山下一穴,相傳云神農所生,周圍一頃二十畝,有九井。神農既育,九井自穿。”此言武宗誕生。

〔三五〕《詩序》:“《關雎》,后妃之德也。”詩稱:“關關雎鳩,在河之洲。”《漢書·元后傳》:“元城郭東有五鹿之虚,即沙鹿地也。後八十年,當有貴女興天下云。”此言宣懿皇后德勝周后,淑比元后(漢成帝后)。

〔三六〕《書·堯典》:“釐降二女于嬀汭。”堯把二女下嫁給舜,在嬀水北。《春秋》桓公二年:“秋七月,紀侯來朝。”紀本稱子,因天子將娶紀女,故褒稱爲侯。此言宣懿皇后嫁與穆宗,未受褒揚。

〔三七〕椒塗:皇后房牆上塗椒,稱椒房。蘭掖:蘭殿,正殿兩旁稱掖。此言宣懿皇后的美德被掩蓋。

〔三八〕《樂府詩集·讀曲歌》:“南齊時,朱碩仙善歌吴聲《讀曲》。武帝出遊鍾山,幸何美人墓。碩仙歌曰:‘一憶所歡時,緣山破芿(réng)荏(軟)。’”芿:草。《拾遺記》:“漢武帝思李夫人,李少君曰:‘暗海有潛英之石,其色青,刻之爲人像,神悟不異真人。’乃使人得此石,刻作夫人形,宛若生時。”此言穆宗悼念宣懿皇后。

〔三九〕《帝王世紀》:“少典氏娶附寶,見大電光繞北斗樞星,照郊野,感附寶,孕二十月生黄帝于壽丘。”《藝文類聚·符命》:“《春秋潛潭巴》曰:里社鳴,此里有聖人,其呴(鳴聲)則百姓歸之。”此言宣懿皇后誕生武宗。

〔四〇〕懿號:指當時未有謚號。莫祔:指神主没有附祭在穆宗廟。宣懿皇后韋氏,穆宗爲太子時,得侍,生武宗。穆宗立,册爲妃。武宗立,妃已死,追册爲皇太后,上尊謚宣懿,奉神主附祭于穆宗廟。德裕作《宣懿太后祔廟制》。

初,文宗皇帝思宗社之靈,祧祖之重,傳於夏啓,既不克終,歸於與夷,又未能立〔四一〕。乃推帝堯,敦敍九族之道,宏魏文榮樂諸弟之志〔四二〕。常曰:“潁邸,吾寧忘耶〔四三〕?”及武宗讓踰三四,位當九五,出潛離隱,躍泉在天〔四四〕。揚八采于堯眉,挺四肘于湯臂,故外則上公列辟,内則常侍貴人〔四五〕,咸願擬議形容,依稀彩飾。公搢圭歸美,吮墨摛詞,詠日月之光華,知天者之務也,贊乾坤之易簡,作《易》者之事乎〔四六〕? 公於是有聖容之贊。

〔四一〕宗社:宗廟社稷,宗族和國家。祧祖:曾祖廟。夏啓:禹傳子啓。此指文宗立子永爲太子,太和六年立,開成三年廢,暴死。與夷:春秋宋穆公姪,穆公臨死,傳位於與夷,不傳子。見《左傳》隱公三年。此指文宗病重時,立敬宗第五子成美爲皇太子,文宗死,仇士良立潁王爲武宗,成美不得立。

〔四二〕《書·堯典》:“克明俊德,以親九族。”敦:厚。九族:指同姓親族。魏文帝曹丕爲太子後,猜忌諸弟,並無與諸弟共榮樂事。曹丕《玄武陂》:“兄弟共行游,驅車出西城。忘憂共容與,暢此千秋情。”或指未爲太子時事。

〔四三〕潁邸:武宗未接位前封潁王。按文宗以成美爲皇太子,無傳位潁王意。潁王得位,由太監仇士良擁立,此是替武宗掩飾的話。

〔四四〕《漢書·文帝紀》:“代王(文帝原封代王)西向讓者三,南向讓者再。”《易·乾》:“九五,飛龍在天。”指即位。又:“初九,潛龍勿用。文言曰:‘潛之爲言也,隱而未見。’”此言潁王離開王位。又:“九四,或躍在淵。”淵字避諱作泉。此言潁王離王位升入帝位。

〔四五〕《帝王世紀》:堯“眉有八采”。又湯“臂四肘”。列辟:列侯。常侍貴人:指宦官。《後漢書·宦者傳》:“漢興,仍襲秦制,置中常侍官。”《漢書·李廣傳》:“上使中貴人從廣。”此指武宗的異表和得内外官員擁戴。

〔四六〕搢圭:插朝版於腰帶上。圭,上尖下方的玉器,指朝版。《尚書大傳·虞夏》引《卿雲歌》:“日月光華,旦復旦兮。”《易·繫辭上》:

“乾以易知,坤以簡能,易簡而天下之事得矣。”此指德裕所作《真容贊》。

天寶季年,物豐時泰,骨骾者慕周偃武,肉食者效晉清談〔四七〕。豕不豶牙,蠆因摇尾,氛興燕易,駕狩巴梁〔四八〕。九十年鑾輅不東,三千里華戎遂隔〔四九〕。日者上玄降鑒,元聖恢奇,遂於首亂之邦,先有納忠之帥〔五〇〕。復我疆理,平我仇讎。負羽蒙輪,已聞於深入,赤茀邪幅,將事於駿奔〔五一〕。陳萬賄以展儀,備四旗而告捷〔五二〕。仍願於箕星之分,巫閭之旁,追琢貞珉,彰灼來葉〔五三〕;以文上請,屬意宗臣〔五四〕。

〔四七〕骨骾:指忠直。《書·武成》:“乃偃武修文。”肉食者:指庸俗官吏。《左傳》莊公十年:“肉食者鄙,未能遠謀。”清談:玄談。魏晉時何晏王衍等崇尚老莊學派,談玄理,尚浮虚,不務實。見《世説新語·言語》。

〔四八〕《易·大畜》:“豶(bēn)豕之牙,吉。”豶,防止,防止豕牙損物。不豶牙,指不加防止。蠆(chài):蠍子類,尾有毒鈎。氛:戰氛。燕易:燕州、易州,指安禄山在范陽叛亂。駕:車駕。巴梁:巴州、梁州,指玄宗逃奔入蜀。

〔四九〕鑾輅:有鈴的車子。不東:指安史亂後,車駕不再到洛陽。華戎遂隔:指隴右諸郡爲吐蕃占領。

〔五〇〕上玄:指天。玄字原脱,據《全唐詩》補。元聖:大聖,指武宗。《書·湯誥》:“事求元聖。”首亂之邦:指范陽一帶。納忠之帥:指雄武軍使(治在河北薊縣東北)張仲武。會昌二年,回鶻部將那頡啜南下雄武軍,仲武把它擊敗。見《新唐書》本傳。

〔五一〕負羽:揹旗。《後漢書·賈復傳》:“被羽先登。”注:“被猶負也。

析羽爲旌旗。"蒙輪：用大盾掩護。《左傳》襄公十年："狄虒彌建(立起)大車之輪，而蒙以之甲以爲櫓(大盾牌)。"《詩·小雅·采菽》："赤芾(fú)在股，邪幅在下。"赤芾，赤色的蔽膝，這裏指在股，即幫腿。駿奔：指快跑。

〔五二〕萬賄：多種財幣。展儀：陳列禮品。四旗：《隋書·禮儀志》："有繼旗四以施軍旅。"軍中有四種不同的旗幟。

〔五三〕箕星：《史記·天官書》："尾箕幽州。"箕星的分野是幽州。巫閭：《周禮·夏官·職方氏》："東北曰幽州，其山鎮曰醫無閭。"一稱廣寧山，在遼寧北鎮縣西北。貞珉：指碑石。

〔五四〕宗臣：與君同宗的大臣，指德裕。此指請德裕作幽州紀功碑文。

公乃更夢江毫，重吞羅鳥〔五五〕。町畦河濟，呼嘯神祇，述烈聖之英猷，答大藩之深懇〔五六〕。既事包理亂，思屬安危，不惟嵩岳降神，固亦文星助彩〔五七〕。螭蟠龜戴，蟲篆鳥章〔五八〕。構思而君苗硯焚，灑翰而元常筆閣，公於是有幽州紀聖功之碑〔五九〕。

〔五五〕江毫：見《上兵部楊公啓》〔四〕。《藝文類聚·鳥》引《羅含傳》："含少時晝卧，忽夢一鳥，文色異常，飛來入口。含於是才藻日新。"

〔五六〕町畦(qí)：田界，引申爲規劃。河濟：黄河濟水。當時朝廷不能控制河北，此指用河濟來規劃河北。呼嘯神祇：使神道呼嘯贊助。大藩深懇：指張仲武懇請立碑紀功。

〔五七〕《詩·大雅·崧高》："崧(嵩)高維岳，駿極於天。維岳降神，生甫(甫侯)及申(申伯)。"文星：文昌星助文彩。

〔五八〕螭蟠：碑上刻盤龍。龜戴：龜戴碑石。蟲篆鳥章：指碑上刻的篆字。許慎《説文序》："及亡新(王莽)居攝，使大司空甄豐等校文書之部，自以爲應制作，頗改定古文。時有六書，六曰鳥蟲書，所以書幡信也。"字體像鳥或蟲。

〔五九〕《晉書·陸機傳》："弟雲嘗與書曰：'君苗見兄文，輒欲燒其筆硯。'"《三國志·魏書·王粲傳》注引《典略》："粲才既高，辯論應機。鍾繇（字元常）、王朗等雖各爲魏卿相，至于朝廷議奏，皆閣筆不能措手。"指德裕作《紀聖功銘》。見《舊唐書·張仲武傳》。

天街之北，獯鬻攸居，結以閼氏，降我皇女〔六〇〕。奉春君婁敬嘗爲遠使，下杜人楊望長作畫工〔六一〕。乘以無年，遂忘舊好〔六二〕。分偵邏於甌脱，遺祭酹於蹛林，俾我刁斗晨驚，兜零夜設〔六三〕。

〔六〇〕《史記·天官書》："昴、畢間爲天街。"《正義》："街南爲華夏之國，街北爲夷狄之國。"獯鬻：商周時北方少數民族，借指回紇。攸居：所居。閼氏（yān zhī）：匈奴君主的正妻。皇女：漢以皇女嫁匈奴君主爲閼氏，此指唐以公主嫁回紇。

〔六一〕《漢書·婁敬傳》："賜姓劉，號曰奉春君。"又《匈奴傳》："使劉敬奉宗室女翁主爲單于閼氏。"《西京雜記》："元帝後宫既多，不得常見，乃使畫工圖形，案圖召幸之。諸宫人皆賂畫工，獨王嬙不肯。匈奴入朝，求美人爲閼氏，於是上案圖，以昭君行。及去召見，貌爲後宫第一。乃窮案其事，畫工有杜陵毛延壽、安陵陳敞、新豐劉白、龔寬、下杜陽望樊育，同日棄市。"

〔六二〕乘：四，屢。無年：荒年。即《爲李貽孫上李相公啓》："屢緣喪荒，亟致攜貳。"

〔六三〕甌脱：《漢書·蘇武傳》注："區脱，匈奴邊境爲候望之室也。區讀與甌同。"酹：澆酒祭。《史記·匈奴傳》："秋，馬肥，大會蹛林。"《漢書音義》："蹛音帶。蹛林，地名。"指秋高馬肥，準備南下。刁斗：軍中用具。兜零：籠子。《史記·魏公子傳》："而北境傳舉烽。"《集解》:"作高木櫓,櫓上作桔橰,桔橰頭兜零,以薪置其中,謂之烽。"指告警的烽火。

公乃上資宸斷,旁耀軍謀,心作靈臺,手爲天馬〔六四〕。充國四夷之學,此日方知,薛公三策之徵,他時未爽〔六五〕。既而鬼箝飛辨,邳石降籌〔六六〕。不使郭閎,仍讒於段熲;寧教李邑,更毁於班超〔六七〕。勢協聲同,火熸水灌〔六八〕。遂得朝還貴主,暮遁名王〔六九〕。轄柳塞之歸車,復梅妝而向闕〔七〇〕。

〔六四〕宸斷:帝的决斷。宸,帝居。靈臺:觀察天文氣象的臺,見《三輔黄圖》,指觀察一切。天馬:天馬行空,比起草各種文件的才氣奔放。

〔六五〕充國、薛公:並見《爲李貽孫上李相公啓》第二段注〔一一〕。

〔六六〕鬼箝:蘇秦、張儀的老師鬼谷先生,著《鬼谷子》,有《飛箝篇》,指游説時如何像用飛鉗箝住對方。邳石:下邳圯(橋)上黄石公傳兵書與張良,後化爲黄石。張良後作劉邦謀臣,運籌劃策。見《漢書·張良傳》。

〔六七〕《後漢書·段熲(jiǒng)傳》:"諸種羌共寇并涼二州,熲將湟中義從討之。涼州刺史郭閎稽固熲軍,使不得進。義從役久戀鄉舊,皆悉反叛。郭閎歸罪於熲,熲坐徵下獄。於是吏人守闕訟熲以千數。"《後漢書·班超傳》:"李邑始到于闐,而值龜兹攻疏勒,恐懼不敢前。因上書陳西域之功不可成。又盛毁超擁愛妻,抱愛子,安樂外國,無内顧心。帝知超忠,乃切責邑。"此言德裕力破謬論。

〔六八〕火熸水灌:水澆火滅,指平息叛亂。

〔六九〕朝還貴主,暮遁名王:迎還穆宗妹太和公主嫁回紇者,回紇烏介可汗遁走,見《爲李貽孫上李相公啓》。

〔七〇〕柳塞：高柳塞，在山西陽高縣北。歸車：即太和公主歸朝之車。梅妝：南朝宋武帝女壽陽公主卧含章殿簷下，有梅花落額上成五出花，因有梅花妝。見《御覽》九七〇引《宋書》。

及晉城赤狄，喪帥歸珪〔七一〕。有閼伯之弟兄，誕景升之兒子〔七二〕。將憑蜀閣，欲恃吴錢，姑務連鷄，靡思縛虎〔七三〕。既垂文誥，尚有羣疑〔七四〕。公乃挺身而進曰："重耳在喪，不聞利父；衛朔受貶，祇以拒君〔七五〕。今天井雄藩，金橋故地〔七六〕，跨搖河北，脅倚山東。豈可使明皇舊宫，坐爲污俗，文宗外相，行有匪人〔七七〕？"忠謀既陳，上意旋定。

〔七一〕《春秋》宣公十五年："晉師滅赤狄潞氏。"赤狄，在潞州，今山西長治縣地。此指唐建潞州。《白虎通・崩薨》："諸侯薨，使臣歸瑞珪於天子。"此指澤潞帥劉從諫死。

〔七二〕《左傳》昭公元年："昔高辛氏有二子，伯曰閼伯，季曰實沉，居於曠林，不相能也，日尋干戈，以相征討。"《後漢書・劉表傳》："表字景升。在荆州幾二十年，家無餘積。二子琦、琮。會曹操軍至新野，琦走江南，琮舉州請降。"按劉從諫死，其姪稹抗拒朝命，此借兄弟相争來作比，用典不切。

〔七三〕蜀閣：四川棧道，指凭藉險要。吴錢：吴王濞煮錢，指依靠財富。連鷄：指連合河北三鎮。並見《爲李貽孫上李相公啓》。《後漢書・吕布傳》："操笑曰：'縛虎不得不急。'"指把吕布綑得緊。

〔七四〕《通鑑》會昌三年："上以澤潞事謀於宰相，宰相多以爲回鶻餘燼未滅，復討澤潞，國力不支，請以劉稹權知軍事，諫官及羣臣上言者亦然。"

〔七五〕《禮・檀弓下》："晉獻公之喪，秦穆公使人弔公子重耳，且曰：亡國(失去晉國)恒於斯,得國恒於斯。舅犯曰:父死之謂何?又因以爲利,孺子其辭焉。”衛朔:見《爲李貽孫上李相公啓》第四段注〔二〕。

〔七六〕天井:《宋史·地理志》:“澤州雄定關,舊名天井。”指澤潞。金橋:在潞州,即在山西上治縣西南關。景龍三年,唐玄宗經此橋至京師。

〔七七〕舊宫:《舊唐書·玄宗紀》:“景龍二年兼潞州别駕。開元十一年正月,幸并州潞州,别改其舊宅爲飛龍宫。”外相:劉從諫在文宗太和時加同平章事,爲外相。

俄又埃昏晉水,霧塞唐郊〔七八〕。殊懿公之東徙渡河,若紀侯之大去其國〔七九〕。稽於時議,憚在宿兵〔八〇〕。公又揚笏而言曰:“彼地則義師,帥惟宗室〔八一〕。乃玄王勤商之邑,后稷造周之邦〔八二〕。瓜瓞具存,堂構斯在〔八三〕。苟虧策劃,不襲仇讎,則是獎夙沙縛主之風,長冒頓射親之俗〔八四〕。昔武安君用鉞,坑卒四十一萬;齊桓公受胙,立功一十二國〔八五〕。今真將軍爲時而出,賢諸侯代不乏人〔八六〕。况其俗産代地之名駒,富管涔之良璞〔八七〕;有抱樹辭榮之節,有漆身報德之風耶〔八八〕?躡足以謀,屈指而定〔八九〕。謝安之圍棋尚劫,曹參之飲酒正酣〔九〇〕。適有軍書,果聞戎捷〔九一〕。邯午謝衆,丕豹出奔,樂毅不歸,鄒陽已去〔九二〕。砥磨周鉞,水淬鄭刀〔九三〕。萬里來袁尚之頭顱,二冢葬蚩尤之肩髀〔九四〕。何其纂立大效〔九五〕,樹建嘉績,若是之速歟?”

〔七八〕晉水、唐郊:晉水源出山西太原市西南懸甕山,山麓有晉祠,祀唐叔虞,因稱唐郊。此指太原楊弁作亂,見下注。

〔七九〕《左傳》閔公二年:"衛懿公及狄人戰於滎澤,衛師敗績。狄入衛,又敗諸(衛于)河。(衛人)宵濟。"按懿公戰死,衛人渡河。《左傳》莊公四年:"紀侯大去其國,違齊難也。"紀侯避齊國入侵逃走。此指李石出奔。會昌三年討澤潞,命河東節度使李石以太原兵助王逢軍,李石使楊弁將兵助逢,弁見太原空虛,遂作亂,李石奔汾州。

〔八〇〕時議:《通鑑》會昌四年,楊弁作亂,"朝議喧然,或言兩地皆應罷兵"。憚在宿兵:怕駐軍,即主張罷兵。

〔八一〕義師:指唐高祖在太原起義之地。宗室:李石是唐代宗室。

〔八二〕《國語·周語下》:"玄王勤商。"殷商尊始祖契爲玄王,封於商。《史記·周本紀》:"后稷母有邰氏女曰姜原,生后稷,封於邰。"后稷爲周始祖。這是借商周的始封,比唐高祖起自太原,太原是唐的始封地。

〔八三〕《詩·大雅·緜》:"緜緜瓜瓞。"瓜蔓不斷,由小到大,瓜大瓞小。指唐始封之跡都保存着。《書·大誥》:"若考(父)作室,厥(其)子弗肯堂(作堂),矧(況)肯構(作屋)。"指唐始封營建都。

〔八四〕夙沙:見《爲濮陽公與劉稹書》第五段注〔六〕。冒頓:匈奴冒頓射死其父,見《史記·匈奴傳》。此指劉稹部下將起來背叛。

〔八五〕《史記·白起傳》:"趙括軍敗,卒四十萬人降,武安君(白起)乃挾詐而盡坑殺之。"用鉞(大斧):指用兵。《左傳》僖公九年:"會於葵丘,王使宰孔賜齊侯胙(祭肉)。"《史記·十二諸侯年表》列十三國,因吴在夷狄不計數。

〔八六〕漢文帝稱周亞夫爲"真將軍",後爲漢平吴楚七國之亂。見《史記·絳侯周勃世家》。

〔八七〕《史記·蘇秦傳》:"蘇厲遺趙王書:代馬胡犬不東下,昆山之玉不出,此三寶者亦非王有。"《山海經·北次二經》:"管涔之山,其下多玉。"山在山西寧武縣西南。

〔八八〕介子推隨晉文公流亡,文公回國,子推隱居綿山,文公燒山求子推，子推抱樹，被燒死。見《史記・晉世家》。趙襄子滅智伯，豫讓爲智伯報仇，漆身爲厲，吞炭爲啞，使人不識。見《戰國策・趙策》。

〔八九〕《漢書・陳平傳》："淮陰侯（韓）信破齊，自立爲假齊王，使使言之。漢王怒而罵。平躡漢王，漢王寤，乃厚遇齊使。"《三國志・吴書・顧譚傳》："徒屈指心計，盡發疑謬。"此指德裕算無遺策。

〔九〇〕《晉書・謝安傳》："（謝）玄等既破（苻）堅，有驛書至，安方對客圍棋。"圍棋對殺，有打劫。《史記・曹相國世家》："來者皆欲有言，參輒飲以醇酒，醉而後去。"此言德裕早操勝算，處亂不驚。

〔九一〕《春秋》莊公三十一年："齊侯來獻戎捷。"指河東兵取太原，平定楊弁之亂。

〔九二〕《左傳》定公十年："初，衛侯伐邯鄲午于寒氏，城其西北而守之，宵熸。"注："午衆宵散。"又僖公十年："（晉）丕豹奔秦。"因其父丕鄭被殺而出奔。樂毅爲燕昭王攻齊，下七十餘城。昭王死，惠王疑樂毅，樂毅奔趙。鄒陽仕吴，吴王濞陰有邪謀，鄒陽去之梁。見《爲濮陽公與劉稹書》第四段注〔三〕。此指劉稹叛亂，必使部下衆叛親離。

〔九三〕《書・牧誓》："（武）王左杖黄鉞。"《周禮・考工記》："鄭之刀。"

〔九四〕《後漢書・袁紹傳》："（袁）尚（袁）熙與烏桓逆操軍，戰敗走，奔公孫康於遼東。康曰：'卿頭顱方行萬里。'遂斬首送之。"《史記・五帝本紀》："蚩尤作亂，於是黄帝乃徵師諸侯，與蚩尤戰於涿鹿之野，遂禽殺蚩尤。"《集解》有蚩尤塚與肩髀塚。

〔九五〕纂：繼。立大效：指稹部下郭誼殺稹，澤潞亂平。

宗英可汗既畏王威，遂聞請吏〔九六〕。留犂徑路，對湩酪以知羞，毳幕氈裘，望衣冠而有慕〔九七〕。大畢伯士之胤，呼韓單于之師〔九八〕。或執玉而朝靈囿，或解辮而拜甘泉〔九九〕。並垂於册書，光彼明命，百王共貫，三代同規。

〔九六〕宗英可汗:《通鑑》會昌五年:"册黠戛斯可汗爲宗英雄武誠明可汗。"黠戛斯原出突厥。三年二月,遣使獻名馬。四年三月,遣將軍入貢,請與唐兵聯合攻回紇。

〔九七〕《漢書·匈奴傳下》:"單于以徑路刀、金留犂撓酒。"應劭曰:"徑路,匈奴寶刀也。留犂,飯匕也。撓,和也。"湩酪:乳制品。此指黠戛斯來附。

〔九八〕《國語·周語上》:"今自大畢、伯氏之終也,犬戎氏以其職來王(見王)。"大畢、伯氏,犬戎氏二君。胤:後嗣。呼韓單于:匈奴呼韓邪單于,甘露二年正月謁見漢宣帝。見《漢書·匈奴傳下》。此指回紇將嗢没斯率衆内附。

〔九九〕《後漢書·明帝紀》:"永平二年,宗祀光武皇帝於明堂,禮畢登靈臺。烏桓濊貊,咸來助祭,單于侍子,亦皆陪位。"靈囿:此指靈臺,即天象臺。《漢書·匈奴傳》:"呼韓邪單于正月朝天子於甘泉宫,漢寵以殊禮,賜以冠帶衣裳。"加冠就要解辮。

公於是奉命有討北狄之詔,伐上黨之制,諭回鶻之命五,慰堅昆之書四〔一〇〇〕。每牙管既拔,芝泥將熟,上輒曰:"爾有獨斷,朕無疑謀,固俟沃心,不可假手〔一〇一〕。"公亦分陰可就〔一〇二〕,落簡如飛。故每有急宣,關於密晝,内庭外制,皆不與聞〔一〇三〕。此又豈可與美洞簫而諷於後庭,聞子虚而嗟不同世者〔一〇四〕,論功而校德耶?其有勢切疾雷,機難終日〔一〇五〕。屬宣室未召,武帳不開,公莫暇昌言〔一〇六〕,且陳密疏。賈太傅之憂國,故動深誠,山吏部之論兵,詎因夙習〔一〇七〕。凡所奏御,罕或依違。

〔一〇〇〕討北狄:討伐回紇烏介可汗。伐上黨:討劉稹。諭回鶻:曉喻回紇嗢没斯。慰堅昆：堅昆，古部落名，唐稱黠戛斯，即安慰黠戛斯。

〔一〇一〕牙管：飾象牙的筆管。芝泥：印泥。熟：成熟，製成。沃心：《書·説命上》："啓乃(汝)心，沃朕心。"沃，猶豐富。假手：指詔敕皆由德裕起草，不可請别人。

〔一〇二〕分陰：《晉書·陶侃傳》："侃曰：'大禹聖者，乃惜寸陰，至於衆人，當惜分陰。'"

〔一〇三〕内庭：指翰林學士所掌制誥。外制：指中書舍人、知制誥所掌制誥。此指不歸内庭、外制，都歸德裕。

〔一〇四〕《漢書·王褒傳》："太子(元帝)喜褒所爲《甘泉》及《洞簫頌》，令後宫貴人左右皆誦讀之。"又《司馬相如傳》："蜀人楊得意爲狗監，侍上。上讀《子虚賦》而善之，曰：'朕獨不得與此人同時哉！'得意曰：'臣邑人司馬相如，自言爲此賦。'"

〔一〇五〕《六韜·龍韜·軍勢》："故疾雷不及掩耳。"《易·繫辭下》："君子見幾而作，不俟終日。"

〔一〇六〕宣室：漢未央宫中宣室殿，是漢文帝召見賈誼處，見《史記·賈生傳》。武帳：帝王用的帷幄：《史記·武帝紀》："上嘗坐武帳中。"指武宗没有召見德裕時。昌言：正論。

〔一〇七〕《漢書·賈誼傳》上治安策，表達憂國深心。《晉書·山濤傳》："因與盧欽論用兵之本，以爲不宜去州郡武備，其論甚精。於時咸以濤不學孫吴，而暗與之合。"

及武宗下武重光，崇名再易〔一〇八〕。公又觀圖東序，按諜西崑〔一〇九〕，率億兆同心，列公卿定議，以一十四字，垂百千萬年。藻縟辭華，鋪舒名實。秦晉於玉檢瑶繩之内，平勃於緑疇讒鼎之間〔一一〇〕。方將命禮官，召儒者，訪匡衡后土之議，採公玉明堂之圖〔一一一〕；考肆覲之禮於梁生，取封禪之書於犬子〔一一二〕。盡皇王之盛事，極臣子之殊功。而軒鼎將成，禹書就掩〔一一三〕。然猶進先嘗之藥，獻高手之醫，藏周旦請代之書，追漢宣易名之義〔一一四〕。作爲大誥，祈於昊天〔一一五〕。始終一朝，紹續九德〔一一六〕。其功伐也既如彼，其制作也又如此。故合詔誥奏議碑贊等凡一帙一十五卷，輒署曰《會昌一品集》云。紀年，追聖德也；書位，旌官業也；不言制禁，崇論道也〔一一七〕。

〔一〇八〕《詩·大雅·下武序》："下武，繼文也。"武王繼承文王。指武宗繼承文宗。《書·顧命》："昔君文王武王宣重光。"指雙重光耀。崇名：會昌二年，羣臣上武宗尊號曰"仁聖文武至神大孝皇帝"，五年復上尊號曰"仁聖文武章天成功神德明道大孝皇帝"。即下一十四字。此指兩次上尊號，爲雙重光耀。

〔一〇九〕《書·顧命》："天球、河圖在東序（東廂房）。"按諜：按照譜牒。西崑：《穆天子傳》："天子西登崑崙。"此指李德裕觀察各種祥瑞。

〔一一〇〕秦晉：國勢相等。玉檢瑶繩：封禪大典用玉匣蓋寶繩。平勃：陳平、周勃，地位相類。緑疇讒鼎：《書·洪範·傳》："神龜負文而出，列於背有數至於九。"禹因作九疇。龜色緑，因稱緑疇。《左傳》昭三年有"讒鼎之銘"，讒鼎是寶鼎。此指上尊號跟封禪大典與得寶書寶鼎相似。

〔一一一〕《漢書·郊祀志》："匡衡以甘泉泰畤、河東后土之祠宜可徙置長安。"又："濟南人公玉帶上黄帝時明堂圖。"

〔一一二〕《書·舜典》："肆覲（遂朝見）東后。"《後漢書·祭祀志》："乃詔梁松等按索河（圖）洛（書）讖文言九世封禪事者。"犬子：司馬相如别號。《漢書·司馬相如傳》："其妻曰：'長卿未死時，爲一卷書，曰："有使來求書，奏之。"其遺札書言封禪事。'"此言考求上尊號的禮制。

〔一一三〕《漢書·郊祀志》:"黄帝採首山銅鑄鼎於荆山,鼎既成,有龍垂胡髯下迎黄帝。"黄帝軒轅氏,故稱軒鼎。孔靈符《會稽記》:"昔禹治洪水,厥功未就。乃躋於此山(宛委山),發石匱,得金簡玉字,以知山河體勢,於是疏導百川,各盡其宜。"軒鼎成,禹書掩:暗指武宗將死。

〔一一四〕《禮·曲禮下》:"君有疾飲藥,臣先嘗之。"《書·金縢》:"王有疾,弗豫。周公乃告太王、王季、文王,史乃册,祝曰:'以旦代某之身。'"《漢書·宣帝紀》:"(初名病已)今百姓多上書觸諱以犯罪者,朕甚憐之,其更諱詢。"《舊唐書·武宗紀》:"本名瀍,(會昌)六年,上不豫,制改御名炎。"

〔一一五〕大誥:《書·大誥》:周公作。又《召誥》:"用供王能祈天永命。"此指武宗改名,德裕作《告天地文》。

〔一一六〕紹續:繼承。九德:多種品德。《書·臯陶謨》:"九德咸事。"

〔一一七〕紀年:稱會昌年號。書位:即寫明一品。制禁:指書名不稱制,推崇"論道經邦",不光代皇言。

惟公字文饒,姓李氏,趙郡人。蓋大昴中丘,有風雨翕張之氣;叢臺高邑,有山河隱軫之靈〔一一八〕。萃於直躬,慶是全德。許靖廊廟之器,黄憲師表之姿,何晏神仙,叔夜龍鳳,宋玉閒麗,王衍白皙,馬援之眉宇,盧植之音聲,此其妙水鏡而爲言,託丹青而爲裕〔一一九〕。

〔一一八〕《漢書·地理志》:"趙地,昴畢之分野。"屬二十八宿中的昴宿區域。又:"常山郡,領中丘縣。"中丘,在今河北内丘縣西。叢臺:在河北邯鄲縣東北,相傳趙武靈王作。高邑:在今河北柏鄉縣北。隱軫:富盛。此指趙郡山川鍾秀之氣,誕生德裕。

〔一一九〕《三國志·蜀書·許靖傳》:"評曰:'蔣濟以爲大較廊廟器也。'"指朝廷上的人才。《後漢書·黄憲傳》:"荀淑謂憲曰:'子,吾之師表也。'"《初學記》引《何晏别傳》:"形貌絶美,咸謂神仙之類。"《嵇康别傳》:"而龍章鳳姿,天質自然。"宋玉《登徒子好色賦》:"玉爲人體貌閒麗。"《世説新語·容止》:"王夷甫容貌整麗,恒捉玉白柄麈尾,與手都無分别。"衍字夷甫。《後漢書·馬援傳》:"援爲人明鬚眉,眉目如畫。"又《盧植傳》:"盧植字子幹,音聲如鐘。"《三國志·蜀書·李嚴傳》注:"夫水至平而邪者取法,鏡至明而醜者亡怒,水鏡之能窮物而無怨者,以其無私也。"《漢書·蘇武傳》:"雖古竹帛所載,丹青所畫,何以過子卿(蘇武字)?"以上指德裕的品貌。

至於好禮不倦,用和爲貴;敬一人而取悦,謙六位而無咎〔一二〇〕。意以默識,確乎寡辭〔一二一〕。車匠胡奴,罔迷於半面;背碑覆局,無俟於專心〔一二二〕。聿成儉訓,不有長物〔一二三〕。昔猶卑官,端坐心齋〔一二四〕。江革分謝朓之舊襦,便爲卧具;周正得袁憲之談柄,常在講筵〔一二五〕。五車自娱,三篋能識〔一二六〕。麗則孔門之賦,清新鄴下之詩〔一二七〕。重以多能,推於小學,王子敬之隸法遒媚,皇休明之草書沉著〔一二八〕。異時相逼,當代罕儔。不妄過人〔一二九〕,慎於取友。與李杜齊名者少,願僑札交貺者稀〔一三〇〕。故能應是昌時,媚於天子,憲章皇極,燮理玄穹〔一三一〕。燭耀家聲,粉飾國史。侔帝典之灝灝噩噩,尊王道之蕩蕩平平〔一三二〕。而又不節怨嗟,知進憂亢〔一三三〕。張良竟稱多病,王充方務頤神〔一三四〕。無潁陽之善田,乏好畤之巨産〔一三五〕。何曾之食既去,虞悰之鮓方嘗〔一三六〕。憂其厚味，有爽和氣，肴蔌無佐，琴鶴有餘〔一三七〕。成萬古之良相，爲一代之高士。繄爾來者，景山仰之〔一三八〕。

〔一二〇〕《論語·學而》："禮之用，和爲貴。"《孝經·廣要道》："敬一人（帝）而千萬人悦。"《易·謙卦》有初六、六二、六四、六五、上六都是無咎吉利。此指德裕的德性。

〔一二一〕孔融《薦禰衡表》："安世默識。"張安世能暗記書中文字。《易·繫辭下》："吉人之辭寡。"

〔一二二〕《後漢書·應奉傳》注引《謝承書》："奉少爲上計吏，許訓爲計掾，俱到京師。在路所見長吏賓客吏卒奴僕，訓皆密疏姓名。還郡，出疏示奉。奉云：'前食潁川綸氏都亭，亭長胡奴名禄，以飲漿來，何不在疏？'坐中皆驚。"又："（奉）嘗詣彭城相袁賀，造車匠于内開扇出半面視奉。後數十年，于路見車匠，識而呼之。"《三國志·魏書·王粲傳》："粲與人共行，讀道邊碑，因使背而誦之，不失一字。觀人圍棋，局壞，粲爲覆之，不誤一道。"此指德裕記性好。

〔一二三〕聿：語助詞。《晉書·王恭傳》："恭曰：'吾平生無長物（多餘物）。'"

〔一二四〕心齋：心無思慮，保持安静。《莊子·人間世》："唯道集虚，虚者心齋也。"

〔一二五〕《南史·江革傳》："時大寒雪，（謝朓）見（江）革敝絮單席而耽學不倦，嗟歎久之，乃脱其所著襦并手割半氈與革。"又《袁憲傳》："門客岑文豪與憲候（周）弘正，會弘正將升講座，乃延憲入室，授以麈尾，令憲豎義。弘正亦起數難，終不能屈。""得"當作"授"。

〔一二六〕《莊子·天下》："惠施多方，其書五車。"《漢書·張安世傳》："上行幸河東，嘗亡書三篋，詔問莫能知，惟安世識之。"

〔一二七〕《法言·吾子》："詩人之賦麗以則，詞人之賦麗以淫。如孔氏之門用賦也，則賈誼登堂，相如入室矣。"鄴：在今河南臨漳縣西南。曹操置鄴都，鄴下爲建安七子所聚。

〔一二八〕小學：指六書訓詁，這裏兼指書法。《晉書·王羲之傳》："子獻之，工草隸。"獻之字子敬。王僧虔《名書録》："吴人皇象能草，世稱沉著痛快。"象字休明。

〔一二九〕《後漢書·第五倫傳》："不敢妄過人食。"

〔一三〇〕《後漢書·范滂傳》："滂母曰：'汝今得與李（膺）杜（密）齊名，死亦何恨?!'"《左傳》襄公二十九年："吴季札聘於鄭，見子産如舊相識，與之縞帶，子産獻紵衣焉。"子産名公孫僑。

〔一三一〕《詩·大雅·假樂》："媚於天子。"《禮·中庸》："憲章文武。"《書·洪範》："皇建其有極。"憲章皇極：指建立帝王的正道。燮理玄穹：指調和陰陽。

〔一三二〕《法言·問神》："《商書》灝灝（浩浩，廣大）爾，《周書》噩噩（狀嚴正）爾。"《書·洪範》："無偏無黨，王道蕩蕩（廣遠）；無黨無偏，王道平平。"

〔一三三〕《易·節》："不節若，則嗟若。"不節儉，引起嗟怨。又《易·乾·文言》："亢之爲言也，知進而不知退。"此指憂過於高亢。

〔一三四〕《史記·留侯世家》："留侯（張良）性多病，即道引不食穀。"《後漢書·王充傳》："肅宗特詔公車徵，病不行。乃造養性書十六篇，裁節嗜欲，頤神自守。"此指宣宗即位，德裕已爲東都留守，是清閒職務。

〔一三五〕潁陽：在河南。當指鴻隙。《漢書·翟方進傳》："汝南舊有鴻隙大陂，郡以爲饒。"大陂可以溉田，故有善田。又《陸賈傳》："賈，楚人也，以好畤田地善，往家焉。"

〔一三六〕《晉書·何曾傳》："然性奢豪，廚膳滋味，過於王者。日食萬錢，猶曰無下箸處。"《南史·虞悰傳》："上（武帝）就悰求諸飲食方，悰乃獻醒酒鯖鮓一方而已。"

〔一三七〕爽：乖違。肴：魚肉。蔌：蔬菜。

〔一三八〕緊：惟。《詩·小雅·車舝》："高山仰止，景（明）行行止。"景山,大山。

某昔在左曹,實事先帝〔一三九〕。雖詭詞望利,不接於話言,而申義約文,庶窺於風采。代天之言既集,蟠地之樂難忘〔一四〇〕。蓋屬才華,用爲序引。以騶衍之迂怪,將潁嚴之淺近〔一四一〕。忽焉承命,何所措辭。五嶺幽遐,八桂森爽〔一四二〕。莫逢博約,寧遇切磋。處無價之場,率然占玉,登不枯之岸,粗爾論珠〔一四三〕。雖嘗有意焉,亦不知量也。某叩頭再拜上。

〔一三九〕左曹:左面部曹,指給事中,此代鄭亞説。先帝:武宗。

〔一四〇〕代天:制書是代天子説話。《禮·樂記》:"及夫禮樂之極乎天而蟠乎地。"禮樂有祭天地的。

〔一四一〕《史記·孟子荀卿傳》:"騶衍深觀陰陽消息而作怪迂之變,終始大聖之篇,十餘萬言。"杜預《春秋左傳序》:"末有潁子嚴者,雖淺近亦復名家。"

〔一四二〕八桂:《山海經·海内南經》:"桂林八樹,在番隅東。"借指桂州。

〔一四三〕《尹文子·大道上》:"魏田父有耕于野者,得寶玉徑尺,鄰人取之以獻魏王。魏王召玉工相之。玉工曰:'此玉無價以當之。'"不枯岸:見《爲李貽孫上李相公啓》第七段注〔八〕。

這篇《會昌一品集序》是大中元年桂管觀察使鄭亞請商隱代作的,是商隱四六文中極爲用力之作。商隱對李德裕的事功是極爲推重的,在《爲李貽孫上李相公啓》裏,推重李德裕是"命代先覺","動著嘉猷"。歷舉他的功勳,一是擊破回紇的南下,二是平定太原楊弁的作亂,三是平定澤潞劉稹的叛亂;再指出他的體恤人民,崇尚節儉,任用賢能。這裏,實際上已經接觸到他在開創唐朝中興的局面。《舊唐書》傳贊,稱他與武宗“言行計從,功成事遂,君臣之分,千載一時”。又稱他“料敵制勝,襟靈獨斷”。《新唐書》傳贊稱他“身爲名宰相”,可惜在黨派鬥争中没有處理好,以致“賢知播奔而王室亦衰”,“不然,功烈光明,佐武中興,與姚宋等矣”。指出他可以輔佐武宗完成中興的大業,可惜武宗一死,他被排擠掉,唐朝亦衰落,他在唐朝是中興還是衰敗的關鍵人物,所以商隱替《會昌一品集》寫序,確是當時的大文章。在李德裕時代,唐朝存在着幾個大問題:一是宦官專權。武宗前一代文宗受制家奴,宦官仇士良手握兵權,在甘露之變中殺死宰相大臣,又親自擁立武宗。但德裕擊破了仇士良的排擠,使仇罷職閒居,又使宦官監軍不得干軍政。在他掌權時,宦官已不能干政。二是藩鎮跋扈,軍人驕横。他平定太原楊弁之亂,平定澤潞劉稹之亂,使朝廷的聲威重振。只要假以時日,就可以使河北三鎮收歸朝廷,藩鎮的問題就可解决。可惜武宗只做了六年皇帝,死後宣宗即位,就把德裕趕走,使大功不成。三是回紇等的侵擾。當時回紇已衰,烏介可汗南下,被德裕决策擊敗。還有河湟一帶的收復指日可待。四是官吏聚斂無度,人民窮困。他崇尚儉約,簡冗官,罷額外貢獻,減輕剥削。他確實已經開創了唐朝中興的局面,功敗垂成,更爲可惜。這篇序寫在他被罷相閒居的時候,在對他的贊美裏,更含有這種惋惜大功不成的感情。

這篇序是商隱代鄭亞寫的,鄭亞對這篇序作了不少改動。把商隱原作同鄭亞改本對照起來,可以幫助我們看到從構思到用詞造句中的問題。德裕請鄭亞作序,提出了集中的重點文章,如《宣懿太后祔廟制》、《聖容贊》、《幽州紀聖功碑》、《討回鶻制》、《討劉稹制》、《與黠戛斯書》、《先聖改名制》、《告昊天上帝文》。這些是他提出來的文章,要分别講一下。還有,他指出貞觀初、代宗朝、元和初幾朝掌制誥大臣的事,可以相比。序自當按照來信的要求寫,那末在構思上還需要作什麽改動呢?商隱原作和鄭亞改作開頭就很不同。

商隱原作的開頭,從武宗以太弟即位講起,講到擇相,任用德裕。即轉到德裕來信指出要講貞觀初、代宗朝、元和初幾朝掌制誥大臣的事。商隱爲什麽要從武宗即位任用德裕開頭呢?因爲這是篇大文章,會昌之治，主要是武宗和德裕君臣一心取得的，没有武宗的信任，德裕的政績是不可能取得的。看商隱寫的《韓碑》，即記平淮西吴元濟事。韓愈寫的《平淮西碑》，是一篇大文章，是從憲宗寫起，寫憲宗和相臣裴度的决策，把李愬雪夜襲蔡州擒吴元濟的事寫得很簡單。愬不平，愬妻唐安公主女入宫訴碑文不實，詔令磨韓愈文，命翰林學士段文昌重寫刻石。商隱寫《韓碑》，贊美韓愈的寫法，認爲應該强調憲宗與裴度的君相决策。這篇序是贊美李德裕在會昌年間所作的制誥的，是贊美會昌年間的功績的，那末强調武宗德裕的君相同心，更是切合。這個開頭是符合實際的，是無可疵議的。鄭亞爲什麽要改寫呢？

先看鄭亞改寫的開頭：

綸綍之興，載籍之始，先王發號施令，明罰敕法，蓋本於此也。唐虞之盛，二典存焉，夏殷之隆，厥有訓誥，自《胤征》《甘誓》，乃有誓令之書，皆三代之文，一王之法也。虞夏之際，代祀綿遠，其代工掌制之名氏，莫得而知。至於成湯太甲，則有仲虺伊尹，爲之訓誥，高宗得傅説，則有《説命》之篇，周公召公相成王，則有《洛誥》《酒誥》《周官》《顧命》。秦始皇帝并一區宇，丞相李斯實掌其言。漢興，當秦焚書之後，侍從之臣皆不習文史，蕭曹之輩，又乏儒墨之用，每封功臣，建子弟，其辭多天子爲之，縱委於執翰者，亦非彰灼知名之士。武帝使司馬相如視草，率皆文章之流，以相如非將相器也。厥後寖微寖長，下於魏晉，亦代有其人。我高祖革隋，文物大備。

這個開頭只從《會品一品集》是制誥這一點著眼，講制誥的起源，歷代制誥的演變，歷代寫作制誥的重要人物，一直講到唐朝。鄭亞爲什麽這樣改呢？原來會昌六年三月武宗死，宣宗即位。四月，就罷李德裕的相位，出爲荆南節度使；九月，以李德裕爲東都留守，投置閒散。大中元年二月，德裕再降級，以太子少保分司東都。給事中鄭亞外調爲桂州刺史、桂管防禦觀察使。對李德裕和他信用的人的打擊已經開始，這種打擊有進一步加重之勢。在這個時候寫這篇序，一開頭就强調武宗即位擇相，推重德裕,用史卜的姜太公、宵夢的傳説來比,鄭亞大概認爲在當時的政治氣氛中似不合適,所以他要把這些贊美的話移到結尾,不用商隱的開頭,另從制誥這一角度説。現在看來,寫這篇序,對德裕的贊美是符合實際的,是不能不説的。在開頭説,强調武宗和德裕的君臣同心,贊美武宗的擇相得人,比起把這些話放在結尾説更爲有力。至于宣宗等人對德裕這一派人的打擊,即使不寫這篇序,還是要繼續下去的。因此,鄭亞改寫這個開頭,倘真是從政治上考慮是没有用處的。再説從制誥開頭,寫了這樣多似無必要。比較兩個開頭,還是以商隱的開頭寫得簡括有力。

鄭亞把贊美德裕的話移入結尾,這樣,他改本的結尾不得不寫過。看改本結尾:

> 夫全功難持,大名難兼:日赫于晝而乏清媚,月皎于夜而無温煦;冬之爲候也,則雪霜飄暴,凍入肌髮,夏之爲用也,則金流石爍,火走膚脈,如陽春高秋者稀焉;南則瘴風毒虺之爲厲也,北則獯戎黠虜之爲患也,如洛邑咸秦者幾焉;鵰鶚不傅之以馳騁,驊騮不授之以騫翥,如應龍者鮮焉;仲尼聖賢之宗也,位止于司寇,師聃道德之祖也,官不過柱史,如姬旦者幾焉。是以保衡傅説,佐佑殷宗,召公畢公,寅亮周室,咸著大訓,克爲元龜,書契以來,未之多有。李斯以刻石紀號之文勝,而不在休明之運,又何足數哉?周勃霍光,雖有勛伐而不知儒術,枚皋嚴忌善爲文華而不至巖廊。自是已降,其類實繁。惟公藴開物致君之才,居元弼上公之位,建靖難平戎之業,垂經天緯地之文,萃於直躬,慶是全德,蓋四序之陽春,九州之咸洛,品彙之應龍,人倫之姬旦。後之學者,其景行之云爾。

這個改寫的結尾,看來有兩個缺點:一是專門推重德裕,不提武宗。其實,德裕的建立功業,完全依靠武宗的信任和君臣一心,没有這點,德裕的建立功業是不可能的。二是推崇他有才德而居相位,有武功而擅文章,擅全功,具全德,比於周公。但正如"全功難持",他已被罷去相位,不能竟全功了。即就會昌之政來説,如王涯賈餗,在甘露之變中被宦官所殺，其子王羽賈庠投奔澤潞，平劉稹時被殺。德裕稱"'逆賊王涯賈餗等，已就昭義誅其子孫。'宣告中外，識者非之。"(《通鑑》會昌四年)。德裕又怨牛僧孺、李宗閔，疊加貶斥，貶僧孺循州長史，宗閔長流封州。那末所謂陽春，具全德，未免有愧了。這是贊譽未免稍過。這個結尾，轉不如商隱的開頭結尾的妥貼了。

當然改本也有勝過原本的。如講到《宣懿祔廟制》，改本作："會宣太后懿號未立，帝明發有永懷之痛。公述沙麓神井之瑞，贊繞樞懷日之慶，懋遵聖緒，光慰孝思，於是承命有宣懿祔廟之制。"這比原作寫得扼要而明白。接下來改本講到上武宗尊號，作："及武宗郊昊天，拜清廟，文物胥備，朝廷有禮，華夷述職，河朔修貢。乃顯神庥，薦徽號，奉揚一德，以示萬方，於是撰《仁聖文武至神大孝之册》。"這段也比原作寫得簡要確切。原作在講了《宣懿祔廟制》後，有一段追敍，講文宗傳子不終，傳姪未立，"乃推帝堯"，即推潁王，要傳位武宗。這幾句是虚構的。文宗立成美爲皇太子，典禮未具而死。武宗之立，是宦官仇士良擁戴，非文宗意，這段彌縫，反落痕跡，改本全删是好的。講到上武宗尊號，用了鋪張揚厲的寫法，什麽明堂圖、封禪書都用上了，未免誇張過度，顯得失實了。原本和改本可資比較的地方還很多，這裏就不一一列舉了。總之，原本的構思勝於改本，個别地方的敍述，改本有更簡練確切的。原本是商隱四六中的大文章，研究商隱四六，是值得加以探討的。

樊南甲集序〔一〕

樊南生十六，能著《才論》、《聖論》，以古文出諸公間〔二〕。後聯爲鄆相國、華太守所憐〔三〕，居門下時，勅定奏記，始通今體〔四〕。後又兩爲祕省房中官〔五〕，恣展古集，往往咽噱於任、范、徐、庾之間〔六〕。有請作文，或時得好對切事,聲勢物景,哀上浮壯〔七〕,能感動人。十年京師寒且餓,人或目曰:韓文杜詩,彭陽章檄〔八〕,樊南窮凍,人或知之。仲弟聖僕,特善古文,居會昌中,進士爲第一二〔九〕,常以今體規我,而未爲能休。

〔一〕樊南:樊川之南,在今陝西長安縣南。商隱在開成中住在樊南,本文稱"十年京師寒且餓,樊南窮凍,人或知之"。商隱自編文集稱甲集二十卷,乙集二十卷。

〔二〕樊南生:商隱自稱。商隱約於九歲時歸鄭州,曾從從叔處士李某學古文,所以十六歲即以古文著名。

〔三〕鄆相國:令狐楚,敬宗時爲尚書僕射,相當於宰相。大和三年任天平軍節度使,駐鄆州,因稱鄆相國。華太守:崔戎,字可大,博陵(今河北定縣)人。憲宗時爲華州刺史。

〔四〕居門下:在令狐楚幕府,從楚學今體文,即四六文,作奏記。勅定:告誡寫定。大和七年,商隱往華州依崔戎。

〔五〕開成四年,商隱爲祕書省校書郎,會昌二年,入爲祕書省正字。

〔六〕咽噱:即嗢噱(wà xué),大笑。任范徐庾:梁代任昉、范雲,陳代徐陵,北周庾信,指四家詩文有可笑處。

〔七〕好對切事:好的對句,貼切於事理。聲勢物景:調諧聲律,有氣勢,善寫景物。哀上浮壯:感情激切昂揚,動蕩強烈。

〔八〕韓文:韓愈的古文。杜詩:杜甫的詩。彭陽章檄:令狐楚的章奏檄文。彭陽,在今甘肅鎮原縣東,楚爲彭陽人。

〔九〕聖僕:商隱弟李羲叟字,見《獻侍郎鉅鹿公啓》注〔二〕。居會昌中:處在會昌年間。進士爲第一二:當時進士爲他評定甲乙。

大中元年,被奏入嶺當表記〔一〇〕,所爲亦多。冬如南郡〔一一〕,舟中忽復括其所藏,火燹墨污,半有墜落〔一二〕。

因削筆衡山,洗硯湘江,以類相等色〔一三〕,得四百三十三件,作二十卷,唤曰樊南四六。四六之名,六博、格五、四數、六甲之取也,未足矜〔一四〕。十月十二日夜月明序。

〔一〇〕當表記:商隱在桂管觀察使鄭亞幕作掌書記。

〔一一〕如:往。南郡:今湖北江陵縣。

〔一二〕燹(xiǎn):燒壞。墜落:失掉。

〔一三〕削筆:指改定。衡山:在湖南,指在湘江中過衡山處。以類相等色:分類編排。

〔一四〕四六:格律文,主要用四字六字句,講究平仄對偶。六博:用十二棋,六黑六白,兩人對博,每人六棋,取"六"字。格五:一種棋,走棋碰到五即不能前進,格即阻塞,指不用"五"字句。四數:古代教六歲孩子東西南北四方,取"四"字。六甲:教九歲孩子六十甲子,古人用干支記日,干支有六十個,中有六個甲字,取"六"字。即指取四字六字句,不用五字句。矜:誇耀。

本文是商隱在大中元年十月十二日夜寫的,他編定甲集四三三篇,分二十卷。這個集子早已失傳。今本《樊南文集》,是朱長孺從《文苑英華》《唐文粹》兩書中輯出,馮浩又加補輯而成,分八卷,得文一五〇篇。錢振倫又輯《樊南文集補編》,分十一卷,得文二〇二篇,兩共三五二篇。商隱又有乙集四百篇,兩共八三三篇,則亡失已多。

商隱十六歲時以古文著名,十七歲時從令狐楚學四六文,他的四六文有古文作基礎,所以有他的特點。他不是向六朝駢文家學習,對於任昉、范雲、徐陵、庾信的駢文,要加以嘲笑,説明他看到其中的可笑處。因此,他的四六文,特點是"得好對切事,聲勢物景,哀上浮壯,能感動人。"四六文講對偶,要貼切,好對切事是它的要求。但講聲勢,能哀上浮壯,即感情昂揚,動蕩而壯盛,能感動人,這纔是他的四六文的特色。本文即以古文爲主,間有對句,不全是四六了。

上兵部相公啓〔一〕

商隱啓：伏奉指命，令書元和中太清宫寄張相公舊詩上石者〔二〕，昨一日書訖。伏以賦曠代之清詞〔三〕，宜當時之重德。昔以道均契稷，始染江毫〔四〕；今幸慶襲韋平，仍鐫宋石〔五〕。依于檜井，陷彼椒墻〔六〕。扶持固在於神明，悠久必同於天地。況惟菲陋，早預生徒，仰夫子之文章，曾無具體；辱郎君之謙下，尚遣濡翰〔七〕。空塵寡和之音，素乏入神之妙〔八〕。恩長感集，格鈍慚深，但恐涕洟，終斑琬琰〔九〕。下情無任戰汗之至。

〔一〕大中四年十一月，令狐綯以兵部侍郎同中書門下平章事。五年，商隱由徐州入朝，作此啓。

〔二〕太清宫：長安老子廟。唐制，宰相兼太清宫使。元和九年，張弘靖爲相，兼太清宫使。十四年，張鎮汴，令狐楚爲相兼太清宫使，寄詩與張。上石：刻石。

〔三〕曠代：絶代，當世無比。清詞：清新的詞，指贊美老子廟的詩。

〔四〕契(xiè)稷：兩位堯舜時的大臣，比張宏靖和令狐楚。江毫：江淹夢中有五色筆，見《南史·江淹傳》。指楚作詩寄張。

〔五〕韋平：漢代韋賢、韋玄成，平當、平晏都是父子宰相，這裏比張嘉貞、延賞、弘靖三代做宰相，令狐楚、綯兩代做宰相，故稱“慶襲”。宋石：《元和郡縣志》：“宋州本周之宋國，碭山縣出文石，故名縣。”

〔六〕檜井：伏滔《北征記》：“有老子廟，廟中有九井，水相通。”《太清記》：“亳州太清宫有八檜。”椒墻：用花椒和泥塗墻。此指把碑石嵌在老子廟壁上。

〔七〕菲陋：淺薄鄙陋，商隱謙稱。生徒：是令狐楚的學生。夫子：指楚。具體：《孟子・公孫丑》："具體而微。"有其全體而小。此指不及老師的全才。郎君：指令狐綯。門生故吏，同對方的先代有恩誼的，稱對方爲郎君。濡翰：筆蘸墨，指寫字。

〔八〕塵：辱。寡和：有曲高和寡意，指原詩寫得高。入神：指書法極妙，此句謙稱不妙。

〔九〕格鈍：字的體式呆板。洟：鼻液。斑琬琰：涕洟沾溼碑石。琬琰本指珪玉，借指碑石。斑，斑點。

商隱工於書法，他在大中五年入朝，令狐綯還請他寫碑。商隱《無題》"來是空言去絶踪"首，稱"書被催成墨未濃"，亦是綯請他寫字，這個啓可作旁證。商隱工於四六文，用典貼切，如用"契稷"來比，既切張和令狐的爲相，用"韋平"來比，更切兩家的世代爲相；一稱"道均"，説明有道，一稱"慶襲"，説明沿襲。用"檜井"切合老子廟的典故，用"椒墻"切合宫殿，老子廟正稱太清宫。再像"夫子之文章"，照用《論語・公冶長》："夫子之文章可得而聞也。""郎君之謙下"，暗用應璩《與滿公琰書》："外嘉郎君謙下之德。"滿炳父寵，爲太尉，應璩是他的故吏。像這樣用典更是融化無跡。再像"恩長感集"，用"長"字"集"字都包括兩代在内，"格鈍慚深"，用"深"字既謙稱字寫得不好而慚愧，又感到不能取得綯的信任而慚愧，那末所謂"感集"裏面既感楚的恩德，又感綯的爲德不終；"涕洟"中既有感恩之淚，又有自傷之淚，所以不勝"戰汗"，既是謙辭，又對綯的相國之尊，不勝戰慄汗下了。

上河東公啓〔一〕

商隱啓：兩日前，於張評事處伏睹手筆〔二〕，兼評事傳指意，於樂籍中賜一人以備紉補〔三〕。某悼傷以來，光陰未幾〔四〕。梧桐半死，纔有述哀〔五〕；靈光獨存，且兼多病〔六〕。眷言息胤，不暇提攜〔七〕，或小於叔夜之男，或幼於伯喈之女〔八〕。檢庾信荀娘之啓，常有酸辛〔九〕；詠陶潛通子之詩，每嗟漂泊〔一〇〕。所賴因依德宇，馳驟府庭〔一一〕，方思效命旌旄，不敢載懷鄉土〔一二〕。錦茵象榻，石館金臺〔一三〕，入則陪奉光塵，出則揣摩鉛鈍〔一四〕。兼之早歲，志在玄門〔一五〕，及到此都，更敦夙契〔一六〕，自安衰薄，微得端倪〔一七〕。

〔一〕河東公：柳仲郢，華原（今陝西耀縣東南）人，字諭蒙。累升刑部尚書，封河東縣男，尊稱爲公。大中五年，任東川節度使，聘商隱爲節度書記。

〔二〕評事：管獄訟的官。

〔三〕樂籍：古時官家有歌舞女，屬於樂户的名册。備紉補：備縫補衣裳，是嫁給的謙稱。

〔四〕悼傷：商隱妻王氏約在夏秋間病死，離這時不久。

〔五〕枚乘《七發》："龍門之桐，高百尺而無枝，其根半死半生。"《文選》江淹《雜體詩》有潘岳《述哀》，指悼亡妻的詩。兩句指妻死已存如梧桐半死，纔有悼妻詩。

〔六〕王延壽《魯靈光殿賦序》："自西京未央建章之殿，皆見隳壞，而靈光巋然獨存。"比自己活着。

〔七〕眷言：顧戀，懷念。息胤：子女。

〔八〕《晉書·嵇康傳》："康字叔夜。""男年八歲，未及成人。"《後漢書·蔡邕傳》："蔡邕字伯喈。"《蔡琰别傳》："琰字文姬，邕之女，少聰慧秀異。年六歲，邕鼓琴絃絶，琰曰第二絃，邕故斷一絃，琰曰第四絃。"

〔九〕庾信有《又謝趙王賚（賜）息（子）絲布啓》，稱"某息荀娘"，又稱"稚子勝衣"，即荀娘是子而不是女，或子取女名作小名。指柳仲郢給他子女的東西。

〔一〇〕陶潛《責子詩》:“通子年九齡,但覓梨與栗。”嗟漂泊:感嘆自己在外,不能照顧子女。

〔一一〕因依:指依靠。德宇:恩德的庇護,指府主。馳驟:奔走效力。府庭:指幕府。

〔一二〕旌旄:旗子,指節度使。這句指爲柳仲郢效力。載懷:指還念;載,助詞。

〔一三〕錦茵象榻:飾有象牙的牀榻,鋪有錦綉的褥子。石館金臺:即有藏書的石室和接待賢才的黄金臺。兩句指府主招賢,給與厚待。

〔一四〕光塵:稱人的風采,指陪府主。揣摩鉛鈍:磨鍊鈍的鉛刀,指磨鍊自己。

〔一五〕玄門:指道教。《老子》:“玄之又玄,衆妙之門。”

〔一六〕敦:厚。夙契:早所契合的。指加强這種信念。

〔一七〕衰薄:指禄命的微薄。端倪:頭緒,指得到學道的頭緒。

至於南國妖姬,叢臺妙妓〔一八〕,雖有涉於篇什,實不接於風流〔一九〕。况張懿仙本自無雙,曾來獨立〔二〇〕,既從上將,又託英僚〔二一〕。汲縣勒銘,方依崔瑗〔二二〕;漢庭曳履,猶憶鄭崇〔二三〕。寧復河裏飛星,雲間墮月〔二四〕,窺西家之宋玉,恨東舍之王昌〔二五〕。誠出恩私,非所宜稱。伏惟克從至願,賜寢前言,使國人盡保展禽,酒肆不疑阮籍〔二六〕。則恩優之理,何以加焉。干冒尊嚴,伏用惶灼〔二七〕。謹啓。

〔一八〕妖姬:指美女;妖指美豔迷人。叢臺:張衡《東京賦》:“趙建叢臺於後。”戰國趙有叢臺。妙妓:美好的歌舞女。

〔一九〕有涉於篇什:指詩中曾經寫到她們。不接於風流:跟她們没有關係。

〔二〇〕無雙：美貌和技藝都一時無兩。獨立：《漢書·外戚傳》："李延年歌曰：'北方有佳人，絶世而獨立。'"指世上没有的。

〔二一〕從上將：即跟隨柳仲郢。託英僚：託庇於幕府中英俊的僚屬。

〔二二〕《後漢書·崔瑗傳》："遷汲令。開稻田數百頃，百姓歌之。遷濟北相。"《崔氏家傳》："遷濟北宰（帥），官吏男女號泣，共壘作壇，立碑頌德而祠之。"此句指英僚。

〔二三〕《漢書·鄭崇傳》："哀帝擢爲尚書僕射，數求見諫争，上初納用之。每見，曳革履。上笑曰：'我識鄭尚書履聲。'"此句指柳仲郢官刑部尚書。

〔二四〕河裏飛星：指七夕渡河的織女星飛來。雲間墮月：雲間的月亮掉下來，指張懿仙下嫁。

〔二五〕宋玉《登徒子好色賦》："臣東家之子（女），登墻窺臣三年，至今未許也。"梁武帝《河中之水歌》："人生富貴何所望，恨不早嫁東家王。"一説指王昌。兩句指張雖有情，己實無意。

〔二六〕展禽：即柳下惠。《荀子·大略》："柳下惠與後門者同衣而不見疑。"後門者即無宿處之女；同衣而抱於懷中，用衣裹住，一夜不發生非禮行爲。《世説·任誕》："阮公鄰家婦有美色，當壚沽酒。阮常從婦飲酒，醉便眠其婦側。夫始殊疑之，伺察終無他意。"指保證張與己無關。

〔二七〕伏：表敬語。惶灼：惶恐焦灼，灼指憂慮。

這篇啓事，是商隱在大中五年三十九歲時寫的，當時他正在壯年，妻已死去。府主柳仲郢託人致意，要把能歌善舞的張懿仙嫁給他。張的容貌和技藝，在當時是第一流的。可是他感念亡妻，婉言辭謝。他説早年就志在學道，到這時這種心思更加契合。他對於妖姬妙妓，"雖有涉於篇什，實不接於風流"。他寫的豔情詩，包括《柳枝詩》《燕臺詩》《河陽詩》，寫的雖是妖姬妙妓，"實不接於風流"；至於早年志在學道，更談不上什麽玉陽學仙的豔跡了。他過去倘確有風流豔跡，那末在這裏無用表白，對一時無雙的張懿仙,在他方當壯年,也無用辭謝。把這件事跟他的《李夫人三首》結合起來看,那末他們伉儷之情非常深厚,真是生死不變。他在這裏的表白應該是真誠的,有助于我們去理解他的豔情詩的。

就這篇文章看,也可以看到他工于四六文。四六文用對偶句來敍事是不合適的,所以他的四六文在開頭的敍事部分是用散文的,文字簡練,敍述清楚。"賜一人以備紉補",這樣説,既符合府主的地位,張懿仙的身份,措辭是得體的。再看他的四六文,寫得比較靈活。如"梧桐半死,纔有述哀;靈光獨存,且兼多病。"是四字句兩兩相對,"梧桐"與"靈光"是用典,"多病"與"述哀",一不用典,一用典而融化無跡。接下來"眷言息胤,不暇提攜",似對非對。"或小于叔夜之男,或幼于伯喈之女",用七字句。這些都顯得靈活多變。再像"至于南國妖姬,叢臺妙妓,雖有涉于篇什,實不接于風流"。上面既有"至于",下面又用了"雖"和"實"來表轉折和承接。顯得他雖用四六文,在表情達意方面,仍自然流暢。至于用典貼切,更不用説了。

謝河東公和詩啓〔一〕

商隱啓:某前因暇日,出次西溪,既惜斜陽,聊裁短什〔二〕。蓋以徘徊勝境,顧慕佳辰,爲芳草以怨王孫,借美人以喻君子〔三〕。思將玳瑁,爲逸少裝書,願把珊瑚,與徐陵架筆〔四〕。斐然而作,曾無足觀,不知誰何,仰達尊重,果煩屬和,彌復兢惶。某曾讀《隋書》,見楊越公地處親賢,才兼文武,每舒錦綉,必播管絃〔五〕。當時與之握手言情、披襟得侣者,惟薛道衡一人而已。及觀其唱和,乃數百篇,力鈞聲同,德鄰義比。彼若陳葛天氏之舞,此必引穆天子之歌,彼若言太華三峯,此必曰潯陽九派〔六〕。神功古跡,皆應物無疲,地理人名,亦争承不缺,後來酬唱,罕繼聲塵[七]。常以斯風,望於哲匠,豈知今日,屬在所天[八]。坐席行衣,分爲七覆,烟花魚鳥,置作五衡[九]。詎能狎晉之盟,實見取鄫之易[一〇]。不以釁鼓,惠莫大焉[一一]。恐懼交縈,投錯無地[一二],來日專冀謁謝,伏惟鑒察。謹啓。

〔一〕商隱在梓州河東公柳仲郢幕府裏作了《西溪》詩,仲郢作了和詩,他寫了這個謝啓。

〔二〕次:留駐。西溪:見《西溪》詩注。惜斜陽:《西溪》:"不驚春物少,只覺夕陽多。"短什:《西溪》爲五言排律。

〔三〕劉安《招隱士》:"王孫游兮不歸,春草生兮萋萋。"張衡《四愁詩序》:"依屈原以美人爲君子。"這裏指他的詩有寓意。

〔四〕玳瑁:似龜,甲有斑點,可作裝飾。逸少:王羲之字。《法書要録》:"梁虞龢《論書表》曰:'二王(王羲之、王獻之)縑素書珊瑚軸二帙,紙書金軸二帙,又紙書玳瑁軸五帙。'"珊瑚:生海中,紅潤似玉。徐陵:陳代著名作家,他的《玉臺新詠序》稱"玉樹以珊瑚作枝",又稱"翡翠筆牀",是用翡翠架筆。這裏作珊瑚架筆,當是平仄關係。這是説,這首《西溪》,字寫得不如王羲之,不值得裱起來用珊瑚作軸;詩寫得不如徐陵,不值得用珊瑚作筆架。

〔五〕楊越公:楊素,封越國公,與皇族同姓,掌朝政,故稱"親賢"。善屬文,厚待薛道衡,嘗以五言詩七百字贈薛,爲一時名作。見《隋書·楊素傳》。薛道衡,隋代著名詩人,聲名顯著,一時無比,見《隋書·薛道衡傳》。舒錦綉:指作詩。播管絃:指配樂演奏。

〔六〕《吕氏春秋·古樂》:"昔葛天氏之樂,三人操牛尾投足以歌八闋(曲)。"周穆王有答西王母謡、黄澤謡、黄竹歌,見《穆天子傳》。太華山在陝西,有三峯,中爲蓮花峰,東爲仙人掌,南爲落雁峯。潯陽:在今江西九江。長江在這裏分爲九派。

〔七〕神功古跡:《初學記·華山》:“河神巨靈以手掌擘開其上,以足蹈離其下,中分爲兩,以通河流。今睹手跡于華岳上,指掌之形具在。”應物無疲:應對不窮。地理人名:如太華、潯陽,葛天氏、穆天子。争承:争着先後承接。聲塵:聲韻事跡。

〔八〕哲匠:哲人比大匠。所天:所仰望依靠的人,指仲郢。

〔九〕坐席行衣:坐在席上,走時衣動,指坐或走。分爲七覆:分作七處埋伏。烟花魚鳥:欣賞烟花魚鳥。置作五衡:布置五個陣地。陣作衡,當因平仄關係。這裏指或坐或走,或觀賞景物,作詩争勝,像作戰的設埋伏,布陣地。指仲郢和詩要勝過自己。七覆見《左傳》宣十二年,五陣見《左傳》昭元年。

〔一〇〕詎:豈。狎晉盟:晉楚争做盟主,“楚人曰:‘晉楚狎(輪流)主諸侯之盟也久矣,豈專在晉?’”見《左傳》襄二十八年。這是説楚豈能代晉作盟主,即自己不能勝過對方。取鄅易:《左傳》昭五年:“取鄅,言易也。”魯國取得鄅國非常容易。這是指仲郢勝過自己很容易。

〔一一〕釁鼓:殺俘虜用血塗鼓坼裂處。這句説,自己敗了,仲郢不加懲罰。

〔一二〕投錯無地:投置無地,無地自容。

這篇啓,是謝柳仲郢和他的《西溪》詩而作。它的意義在于説明作者的用意,他不在于寫勝境佳辰,在于“爲芳草以怨王孫,借美人以喻君子。”是有寄託的。因此,只着眼于詩中所寫的芳草美人,忽略了他的“怨王孫”“喻君子”,就没有懂得他的用心,没有讀懂他的詩。因此,這篇謝啓對怎樣讀他的詩有啓發。

這篇謝啓,一方面推重府主,一方面也自占身份。他用楊素來比府主,只取楊素的才兼文武,工于作詩。楊素同楊廣勾結,施展陰謀,陷害太子勇、蜀王秀,不是正人。商隱用他來比柳仲郢,這説明唐人用典,没有這些顧忌的。他自比薛道衡,薛一時無兩,這是自占身份。最後把和詩跟原作争勝,比做戰争,看得特别鄭重。

獻相國京兆公啓〔一〕

某啓。昔師曠薦音，玄鶴下舞，后夔作樂，丹鳳來儀；是則師曠之絲桐，以玄鶴知妙，后夔之金石，以丹鳳彰能〔二〕。然而師曠之前，撫徽軫者不少〔三〕，后夔之後，諧律吕者至多，曾不聞玄鶴每來，丹鳳常至，豈鳴皋藻質，或有所私，巢閣靈心，不能無黨〔四〕？以今慮古，愚竊疑焉。

〔一〕相國京兆公：杜悰字永裕，萬年(在今陝西長安縣)人。萬年屬京兆，故稱京兆公。悰于會昌四年由淮南節度使入爲尚書右僕射兼門下侍郎同平章事，故稱“出持戎律，入踐台司”，稱爲相國。五年，出爲劍南東川節度使。大中三年奏取維州，故稱“詳觀天意，取在坤維”。六年，商隱奉東川節度使柳仲郢命，往西川推獄，本篇當作于此時。

〔二〕師曠：春秋時晉音樂師。《韓非子・十過》：“平公問師曠曰：‘清商固最悲乎？’師曠曰：‘不如清徵。’師曠援琴而鼓，一奏之，有玄(黑)鶴二八，道南方來，集于郎門之垝；再奏之而列；三奏之延頸而鳴，舒翼而舞，音中宫商之聲，聲聞于天。”《書・益稷》：“夔(kuí，即后夔，舜時主管音樂的官)曰：‘戛擊鳴球，搏拊琴瑟。簫韶(舜樂)九成，鳳凰來儀。’”絲桐：指琴。金石：指鐘磬，同戛擊相應。

〔三〕徽：琴上繫絃的繩。軫：繫徽的短柱。

〔四〕《詩・小雅・鶴鳴》：“鶴鳴于九皋(沼澤地)，聲聞于天。”鮑昭《舞鶴賦》：“鍾浮曠之藻質。”聚浮于空曠沼澤的藻類，指鶴以藻爲食。《尚書中候》：“鳳凰巢阿閣。”

伏惟相公正始敦風，中和執德〔五〕。衛玠談道，當海内之風流；張華聚書，見天下之奇祕〔六〕。自頃出持戎律，入踐台司〔七〕。暗合孫吴，乃山濤餘力；自比管樂，亦孔明戲言〔八〕。斯皆盡紀朝經，全操樂職〔九〕；雖魯庭更僕，魏館易衣，欲盡揄揚〔一〇〕，終成漏略。而復調元氣之暇，居外相之餘，偃仰縑緗〔一一〕，留連章句，亦師曠之玄鶴，后夔之丹鳳不疑矣。

〔五〕《詩·周南·關雎序》："《周南》《召南》正始之道，王化之基。"正始指正夫婦。敦風：厚風俗。中和：中正和平。

〔六〕《晉書·衛玠傳》："(玠)風神秀異，好言玄理。琅邪王澄有高名，少所推服，每聞玠言，輒嘆息絶倒(傾倒)。故時人爲之語曰：'衛玠談道，平子絶倒。'"又《張華傳》："(華)雅愛書籍。天下奇祕、世所希有者，悉在華所。"

〔七〕會昌四年，杜悰由淮南節度使守尚書右僕射兼門下侍郎同平章事。出持戎律，指鎮淮南，入踐台司，指同平章事。台司，三公府，指爲相國。

〔八〕《晉書·山濤傳》："吴平之後，帝詔天下罷軍役，州郡悉去兵。濤論用兵之本，以爲不宜去州郡武備，其論甚精。于時咸以爲不學孫吴，而暗與之合。"《三國志·蜀書·諸葛亮傳》："諸葛亮字孔明。亮躬耕隴畝，每自比于管仲、樂毅。"

〔九〕朝經：朝廷上經國大事。樂職：《漢書·王褒傳》："益州刺史王襄，欲宣風化于衆庶，聞王褒有俊才，使作《中和樂職宣布詩》。"樂職是可以演奏的贊美詩。

〔一〇〕《禮·儒行》："(魯)哀公曰：'敢問儒行。'孔子對曰：'遽(忽忙)數之不能終其物(事)，悉數之乃留(久留)，更僕未可終也。'"久則疲倦，雖使臣僕更换來講，也未可盡言，極言其多。《三國志·魏志·荀彧傳》注引《文士傳》："時鼓吏擊鼓過，皆當脱其故服，易著新衣。次(禰)衡,衡擊爲漁陽三撾,容態不常,音節殊妙。過不易衣,吏呵之,衡乃當太祖前,以次脱衣,裸身而立,徐徐乃著褌帽畢,復擊鼓三撾。"原文本指曹操要侮辱禰衡,這裏指先擊鼓,再换衣後擊鼓,要休息一下。揄揚:宣揚贊美。

〔一一〕調元氣:《書·周官》:"論道經邦,燮理陰陽。"調和陰陽,即調元氣,爲三公或宰相之職。居外相:會昌五年,杜悰罷知政事,出爲劍南東川節度使。原爲宰相,調外任,因稱外相。偃仰:俯仰。縑緗:用絲織品寫書,故書卷稱縑緗。

若某者幼常刻苦,長實流離。鄉舉三年,纔霑下第;宦游十載,未過上農〔一二〕。顧筐篋以生塵,念機關而將蠹〔一三〕。其或綺霞牽思,珪月當情,烏鵲繞枝,芙蓉出水,平子四愁之日,休文八詠之辰,縱時有斐然,終乖作者〔一四〕。去前月二十四日誤干英眄,輒露微才〔一五〕。八十首之寓懷,幽情罕備;三十篇之擬古,商較全疏〔一六〕。過豐隆以操槌,對西子以窺鏡〔一七〕,比其闊略,仍未等倫。然猶斧藻是思,丹青不足,亟揮柔翰,屢贊神鋒,詎成褒德之詞,自是抒情之日〔一八〕。言無萬一,瀆有再三,不謂恕以蕭稂,加之金臒〔一九〕。頻開莊驛,累泛融尊〔二〇〕。揖西園之上賓,必稱佳句;攜東山之妙妓,或配新聲〔二一〕。是以疑玄鶴之有私,意丹鳳之猶黨者,蓋在此也。

〔一二〕商隱于開成二年(八三七)中進士第,到四年爲祕書省校書郎,正三年。下第:指品級低。他在開成四年(八三九)爲弘農尉,到大中五年(八五一)在東川柳仲郢幕,柳派他去西川推獄,在成都遇杜悰,已宦游十三年,舉成數稱十載。上農:上等農民。

〔一三〕筐篋:箱子。生塵,指久已不動。機關:可轉動,如户樞等。《意林》二:"户樞不蠹。"此指妻死後,房子空關,户樞將蠹。

〔一四〕謝朓《晚登三山還望京邑》:"餘霞散成綺。"江淹《别賦》:"秋月如珪。"曹操《短歌行》:"月明星稀,烏鵲南飛。繞樹三匝,無枝可依。"鍾嶸《詩品》:"湯惠休曰:'謝詩如芙蓉出水。'"張衡《四愁詩序》:"陽嘉中出爲河間相,鬱鬱不得志,爲《四愁詩》。"張衡字平子。沈約字休文。《金華誌》:"《八詠詩》,南齊隆昌元年太守沈約所作,題于玄暢樓。"詩共八首。斐然:狀文采。此言情景相生,雖有詩思,終不合作者。

〔一五〕干英眄:觸犯英明盼覽,指謁見。露才:顯露詩才。

〔一六〕《晉書·阮籍傳》:"作《咏懷》詩八十餘篇,爲時所重。"江淹《雜體詩序》:"今作三十首詩,效其文體。"此言寫了一些詩送給杜悰,抒情擬古,頗多疏略。

〔一七〕豐隆:雷神。在雷神前操槌擊鼓,在西子前窺鏡自照,極言班門弄斧之可笑。

〔一八〕斧藻:指修飾文詞。丹青:指文采。《法言·學行》:"吾未見好斧藻其德,若斧藻其楶(柱頭斗栱)者也。"原指品德的進修。柔翰:毛筆。神鋒:精神所顯示的鋒鋩,指杜悰。《晉書·王澄傳》:"嘗謂衍曰:兄形似道而神峰太儁。"峰,通鋒。詎:豈。褒德抒情:指五言《述德抒情詩獻上杜七兄僕射相公》。

〔一九〕萬一:指無萬一得當。再三:指再三瀆辱。蕭稂:蒿草和莠草。《詩·曹風·下泉》:"浸彼苞(草叢生)稂","浸彼苞蕭"。金雘(huò 獲):朱紅色。此言自己詩不好,得杜悰夸奬。

〔二〇〕莊驛:指客館。《史記·鄭當時傳》:"當時字莊。常置驛馬長安諸郊,存諸故人,請謝賓客。"融尊:指宴席。《後漢書·孔融傳》:"常嘆曰:'坐上客常滿,尊中酒不空,吾無憂矣。'"

〔二一〕西園:指杜悰的園林。曹植《公宴詩》:"清夜游西園。"是曹丕的園林。東山:謝安隱居處。他早年隱居在浙江上虞東山,後又在金陵東山。《晉書·謝安傳》:“中丞高崧戲之曰:‘卿累違朝旨(不出仕),高卧東山。’”

始榮攀奉,俄嘆艱屯。以樂廣之清羸,披揚雄之顛眩,遥煩攻療〔二二〕,旋曠趨承。游梁苑以無期,竄漳濱而有日〔二三〕。矧以游丁鰥子,不忍羈孤,期既迫於從公,力遂乖於攜幼〔二四〕。安仁揮涕,奉倩傷神〔二五〕。男小於嵇康之男,女幼於蔡邕之女〔二六〕,每蒙顧問,必降咨嗟。撫身世以知歸,望門墻而益戀。

〔二二〕樂廣當作衛玠。《晉書·衛玠傳》:“其後多病,體羸(瘦)。”揚雄《劇秦美新》:“臣嘗有顛眩病。”攻療:治療。

〔二三〕梁苑:《史記·梁孝王世家》:“於是孝王築東苑,方三百餘里。招延四方豪傑。”竄漳濱:劉楨《贈五官中郎將》:“余嬰沉痼疾,竄身清漳濱。”此言未能入杜悰幕,只能抱病歸隱。

〔二四〕游丁:游子。鰥子:無妻的人。羈孤:指無母的兒女。迫於從公:爲公家辦事有程期,指爲柳仲郢辦事。乖於攜幼:不能攜兒女來。

〔二五〕潘岳妻死作《悼亡》詩:“撫衿長嘆息,不覺淚沾襟。”《三國志·魏書·荀彧傳》注引《晉陽秋》:“荀粲字奉倩。婦病亡,未殯。傅嘏往唁粲,粲不哭而神傷。”

〔二六〕男年小於八歲,女年小於六歲,見《上河東公啓》注〔八〕。

當今允推常武,將慶休辰,軒后之憶先、鴻,殷帝之思盤、説〔二七〕。詳觀天意,取在坤維,弼光宅之功,議置器之所,載求列辟,誰敢抗衡〔二八〕。愚此際倘必辨杯蛇,不驚牀蟻，尚冀從下執事，爲太平民〔二九〕。望謝傅之蒲葵，詠召公之棠樹〔三〇〕。恭惟慎調寢膳，克副人祇〔三一〕。伏恐本府已有追符，即日徑須上路〔三二〕。倚大夏之節杖，入彭澤之籃輿〔三三〕，不復拾級賓階，致辭公府。故欲仰青田之敍感，瞻丹穴以興懷〔三四〕。秃逸少之鹿毛，書情莫竭；盡休明之繭紙，寫戀難窮〔三五〕。企望旌幢〔三六〕，無任隕涙感激之至。謹啓。

〔二七〕常武：《詩・大雅・常武》："王命卿士，整我六軍，以修我戎。"指經常整軍討叛。休辰：美好時日。先、鴻：《史記・五帝紀》："黄帝者，姓公孫，名曰軒轅。舉風后、力牧、常先、大鴻以治民。"盤、説：《書》有《盤庚》《説命》，盤庚爲商的賢君，傅説爲商的賢相。此言皇帝當懷念杜悰，加以進用。

〔二八〕坤維：地維，古稱地是方的，四角有大繩繫住稱地維。《列子・湯問》："折天柱，絶地維。"此指杜悰奏取維州（在今四川理番縣西）。弼：輔佐。光宅：《書・堯典・序》："光宅天下。"光照宇内。置器：指拜相。《漢書・賈誼傳》："今人之置器，置諸安處則安，置諸危處則危。"列辟：列侯，指各地大臣。抗衡：對抗。此指唐帝求相，當用杜悰。

〔二九〕《風俗通義》九："予之祖父（應）郴爲汲令，（賜）主簿杜宣酒。時北壁上有懸赤弩，照於杯，形如蛇，宣畏惡之，然不敢不飲，其日便得胸腹痛切。彬還聽事，顧見懸弩。使宣於故處設酒，杯中故復有蛇。宣遂解。"《晉書・殷仲堪傳》："仲堪父師。嘗患耳聰，聞牀下蟻動，謂之牛鬥。"下執事：下面辦事員，借指杜悰。此言心無驚疑，願在杜悰治下爲民，即願入杜悰幕府。

〔三〇〕《晉書・謝安傳》："安少有盛名，時多愛慕。鄉人有罷中宿縣者，還詣安。安問其歸資，答曰：'有蒲葵扇五萬。'安乃取其中者捉之。京師士庶競市（買），價增數倍。"《詩・召南・甘棠》："蔽芾

(盛貌)甘棠,勿剪勿敗,召伯所憩。"此言望杜悰幫助,當歌詠他。

〔三一〕人祇:指能够符合人和神的期望,都希望他康強。

〔三二〕本府:指柳仲郢幕府催他回去。

〔三三〕《史記·大宛傳》:"張騫曰:'臣在大夏時見邛竹杖。'"《晉書·陶潛傳》:"素有脚疾,向乘籃輿,亦足自反。乃令一門生、二兒共舉之。"此言扶杖坐轎回去。

〔三四〕《初學記·鶴》:"《永嘉郡記》曰:'有洙沐溪,去青田九里。此中有一雙白鶴,年年生子,長大便去,只惟餘父母一雙在耳。'"《山海經·南山經》:"丹穴之山,有鳥名曰鳳皇。"此聯係開頭的鶴與鳳而生感。

〔三五〕《晉書·王羲之傳》:"羲之字逸少。"崔豹《古今注》:"蒙恬始造,即秦筆耳。以枯木爲管,鹿毛爲柱,羊毛爲被,所謂蒼毫,非兔毫竹管也。"《三國志·吴書·趙達傳》注引《吴録》:"皇象字休明,幼工書。"《法書要録》三:"(王羲之)揮毫製(蘭亭)序,興樂而書,用蠶繭紙、鼠鬚筆,遒媚勁健,絶代更無。"

〔三六〕幢:旗類。旌幢:指杜悰,節度使有旌幢。

商隱在柳仲郢幕府,奉柳命去西川推獄。他到了成都,寫自己的詩送給西川節度使杜悰,得到杜的贊美,還把他的詩配樂演奏,還問他的健康情況,關心他妻死的家計。這使他感激不盡,很想投到杜的幕府裏去,寫了這篇啓。從這裏可以看到當時文人,對封疆大吏往往獻諛。《新唐書·杜悰傳》稱:"悰于大議論往往有所合,然才不周用,雖出入將相,而厚自奉養,未嘗薦進幽隱,故時號秃角鷹。"商隱對他的推崇,未免溢美。有關這方面的文章,就選這一篇以見一斑。

就修辭看,這篇還有它的特點。開頭用了兩個比喻:"師曠薦音,玄鶴下舞;后夔作樂,丹鳳來儀。"這兩個比喻比什麽不説出來,引起讀者看下文。下文還是不説,只説玄鶴、丹鳳飛來,説明師曠、后夔的音樂奏得好。但對别的奏樂者,不論奏得怎麽好,却没有聽説有玄鶴丹鳳飛來,難道玄鶴丹鳳只是對師曠后夔有偏愛嗎?這就從兩個比喻裏引出"或有所私”,“不能無黨”的懷疑。這兩個比喻比什麽還是不説,造成懸念。用比喻來引起疑問,造成懸念,這是本篇的特點。接下去指出杜悰愛賞詩篇,“亦師曠之玄鶴,后夔之丹鳳不疑矣。”這纔點明所謂師曠后夔是比喻詩篇的作者,玄鶴丹鳳是比賞識詩篇的杜悰,從而消釋了上面提出的疑問。這裏對于開頭所引兩個比喻比什麽是説明了,但對全篇來説,究竟説什麽還不清楚。因此,對這兩個比喻比什麽,實際上只説明了一半,還有更重要的意思還未説明。

下面講到自己寫詩,有寓懷的,有擬古的,送給杜悰看,未免班門弄斧。可是杜悰大加稱賞,還把他的詩配樂演奏。“是以疑玄鶴之有私,意丹鳳之猶黨者,蓋在此也。”自己的詩寫得不好,杜悰那樣贊美,所以疑心他“有私”“猶黨”。這不僅呼應上文的“或有所私”“不能無黨”的疑問,更進一步指出師曠后夔的奏樂,比自己的作詩,玄鶴丹鳳的飛舞,比杜悰的贊賞,這纔把開頭這兩個比喻比什麽的意思説出來了。到結尾,指出“故欲仰青田之敍感,瞻丹穴以興懷”,還是呼應玄鶴丹鳳,表示對杜悰的感激。這樣,這篇文章的主旨,就是把自己的詩篇比作師曠后夔的奏樂,把杜悰的贊賞,比作玄鶴丹鳳的飛舞,最後表達對玄鶴丹鳳,也即對杜悰的感激之情。這樣,這兩個比喻貫徹全篇,使得比喻和全篇結構密切結合,這樣運用比喻是很少見的。用玄鶴丹鳳來比杜悰,是對杜悰的推重;把師曠后夔來比自己,是給自占身份。雖稱美封疆大吏,但絶無卑躬屈節之意,這是可取的。

樊南乙集序

余爲桂林從事日,嘗使南郡,舟中序所爲四六,作二十編〔一〕。明年正月,自南郡歸。二月府貶;選爲盩厔尉〔二〕。與班縣令武公劉官人同見尹〔三〕。尹即留假參軍事〔四〕,專章奏。屬天子事邊,康季榮首得七關,數月,李玭得秦州,月餘,朱叔明又得長樂州,而益丞相亦尋取維州〔五〕,聯爲章賀。時同僚有京兆韋觀文、河南房魯、樂安孫朴、京兆韋嶠、天水趙璜、長樂馮顓、彭城劉允章〔六〕,是數輩者皆能文字,每著一篇,則取本去。

〔一〕見上《樊南甲集序》。

〔二〕大中二年二月,桂管觀察使鄭亞貶循州,商隱于三四月間離桂州北歸。五月至潭州,冬初返長安,選爲盩厔(今陝西周至縣)尉。

〔三〕馮浩注:"班縣令,或班姓而即令盩厔者。武公,疑作武功(在今陝西省),屬京兆府。劉官人似官于武功者。"尹: 京兆尹。

〔四〕假參軍事: 代理法曹參軍。

〔五〕《通鑑》大中三年二月,"吐蕃秦、原、安樂三州及石門等七關來降。六月戊申(二十六日)涇原節度使康季榮取原州(治所在今甘肅固原縣)及石門、驛藏、木峽、制勝、六盤、石硤六關(另有木靖,共七關)。秋七月丁巳(初六日),靈武節度使朱叔明取長樂州(治所在今甘肅狄道縣)。甲戌(二十三日),鳳翔節度使李玭取秦州(治所在今甘肅天水縣)。冬十月,西川節度使杜悰奏取維州(治所在今四川理番縣西)。"益丞相: 益州的丞相,即杜悰以丞相出爲西川節度使。

〔六〕京兆: 唐京城所轄地。河南: 府名,治洛陽。樂安: 郡名,治所在今山東惠民縣南。天水: 治所在今甘肅省。長樂: 在今福建省。彭城: 今山東銅山縣。

是歲,葬牛太尉,天下設祭者百數〔七〕。他日,尹言:"吾太尉之薨,有杜司勳之誌與子之奠文〔八〕,二事爲不朽。"

〔七〕牛僧孺(七七九—八四八),字思黯,狄道(在今甘肅省)人。穆宗時同平章事,武宗時累貶循州長史,宣宗立,還朝爲太子太師,卒,贈太尉。

〔八〕吾太尉:尹當姓牛,故稱吾。杜司勳:杜牧,見《杜司勳》注〔一〕。誌文見《唐文粹》。奠文:失傳。

十月,尚書范陽公以徐戎凶悍,節度闕判官,奏入幕〔九〕。故事,軍中移檄牒刺皆不關決記室,判官專掌之〔一〇〕;其關記室者,記室假,故余亦參雜應用〔一一〕。明年府薨;選爲博士,在國子監太學,始主事講經〔一二〕,申誦古道,教太學生爲文章。七月,尚書河東公守蜀東川,奏爲記室〔一三〕。十月,得見吴郡張黯見代,改判上軍;時公始陳兵,新作教場,閱數軍實〔一四〕。判官務檢舉條理,不暇筆硯。明年,記室請如京師,復攝其事〔一五〕。自桂林至是,所爲已五六百篇,其間可取者四百而已。

〔九〕大中三年,以義成軍節度使范陽(治所在今河北大興縣)盧弘止爲武寧軍節度使,治徐州。徐州驕兵屢逐主帥,弘止至,都虞候胡慶方復謀作亂,弘止誅之,軍府獲安。弘止聘商隱入幕爲判官。

〔一〇〕移:有對人民的告示,有告文官的,要對方改變看法。檄:出兵時誓師宣言。牒:較短的文書。刺:陳述不同意見的文書。關決:關照決定,即不由記室處理。

〔一一〕假:記室請假,也由判官辦理文書,當時幕府中不止一人,所以商隱也參與辦理。

〔一二〕大中五年春,盧弘止卒。商隱由徐州入朝,補太學博士。國子監:唐代的最高學府,統轄國子學、太學、四國學。

〔一三〕大中五年七月,柳仲郢任東川節度使,請商隱爲節度書記。

〔一四〕吴郡：治所在今江蘇吴縣。張黯代爲書記，商隱改爲上軍判官。教場：練兵場。閲數軍實：檢閲軍隊，檢點器械糧餉。

〔一五〕如：往。攝：代理。

三年以來，喪失家道，平居忽忽不樂，始剋意事佛，方願打鐘掃地，爲清涼山行者〔一六〕。於文墨意緒闊略，爲置大篋，塗逭破裂，不復條貫〔一七〕。十月，弘農楊本勝始來軍中〔一八〕。本勝賢而文，尤樂收聚箋刺，因懇索其素所有。會前四六置京師，不可取者，乃強聯桂林至是所可取者，以時以類，亦爲二十編，名之曰四六乙。此事非平生所尊尚，應求備卒，不足以爲名，直欲以塞本勝多愛我之意，遂書其首。是夕大中七年十一月十日夜，火盡燈暗，前無鬼鳥〔一九〕一如大中元年十月十二日夜時，書罷永嘆，際明而不成寐。

〔一六〕喪失家道：大中五年(八五一)夏秋間，商隱妻王氏卒。清涼山：即山西五臺山。行者：修行佛道者，實際是在家修行。

〔一七〕塗逭(huàn)：道路轉運。條貫：整理。

〔一八〕弘農：在今河南靈寶縣南。楊籌，字本勝，官至監察御史。

〔一九〕鬼鳥：《嶺表録異》："有如鵂留(貓頭鷹)，名鬼車，生秦中，而嶺外尤多。"

這篇乙集序，可以考見他從桂林回長安以後的一段經歷，也可看到他的文章散失不少，像被京兆尹稱爲可以不朽的祭牛僧孺文也失傳了。京兆尹稱杜牧的牛僧孺誌也可以不朽。從這裏可以看出杜牧和李商隱對牛李黨争的態度。杜牧寫的誌文是贊美牛僧孺的，但杜牧幾次上書給李德裕，給他提供用兵策略，得到李德裕的採納。可見他並没有牛李黨派之見。商隱在《會昌一品集序》等文裏面,極推重李德裕,他的祭牛僧孺文得到京兆尹的贊賞,當也是贊美牛僧孺的,可見他也没有牛李黨派之見。從這篇序裏,也可見他妻死以後,意志消沉,轉而信佛。

容州經略使元結文集後序〔一〕

次山有《文編》,有《詩集》,有《元子》〔二〕,三書皆自爲之序。次山見譽於弱夫蘇氏,始有名〔三〕;見取於公浚陽公,始得進士第〔四〕;見憎於第五琦元載〔五〕,故其將兵不得授,作官不至達,母老不得盡其養,母喪不得終其哀〔六〕,間二十年〔七〕。其文危苦激切,悲憂酸傷於性命之際,自《占心經》以下若干篇〔八〕,是外曾孫遼東李惲辭收得之,聚爲《元文後編》。

〔一〕元結(七一九—七七二),字次山,河南魯山縣(今屬河南省)人。官至容管經略使,治容州,在今廣西容縣。《元結文集後》即《元文後編》,是元結外曾孫李惲辭編。

〔二〕《元結文編》十卷,《元子》十卷,見《新唐書·藝文志》,《元結詩集》,《藝文志》不載。三書皆元結自編,皆不傳。今本《次山集》,爲後人所編。

〔三〕蘇源明,字弱夫,武功(在今陝西省)人。爲國子司業。肅宗向蘇源明問天下人才,蘇推薦元結,用爲右金吾兵曹參軍,攝監察御史。

〔四〕陽公:陽浚,官禮部侍郎。《文編序》:"陽公見《文編》,嘆曰:'以上第汙元子耳,有司得元子是賴。'明年,都堂策問羣士,竟在上第。"

〔五〕第五琦：字禹珪，長安（在今陝西省）人。以善理財著名，官至同中書門下平章事。元載：字公輔，岐山（在陝西省）人。代宗時累官中書侍郎，縱諸子通賄賂。第五琦講理財，元結體卹民困，主張免賦，又拒絶行賄，當因此被憎。

〔六〕肅宗時，元結攝領山南東道府，治襄州。代宗立，固辭歸去。此即將兵不得授，作官不得達。元結任容管經略使時，遭母喪，民詣府請留，立石頌德。此即不能奉養老母，母喪不能守喪。

〔七〕元結于肅宗至德初出仕，至代宗大曆時去職，約十餘年，舉成數稱二十年。

〔八〕《占心經》：《占心經》以下的文章，爲李惲辭所收集。

次山之作，其綿遠長大，以自然爲祖，元氣爲根，變化移易之〔九〕。太虛無狀，大賁無色，寒暑攸出，鬼神有職〔一〇〕。南斗北斗，東龍西虎〔一一〕。方嚮物色，欻何從生，啞鐘復鳴，黄雉變雄〔一二〕。山相朝捧，水信潮汐〔一三〕。若大壓然，不覺其興，若大醉然，不覺其醒〔一四〕。其疾怒急擊，快利勁果，出行萬里，不見其敵〔一五〕。高歌酣顔，入飲於朝〔一六〕。斷章摘句，如娠始生狼子豽孫，競於跳走，剪餘斬殘，程露血脈〔一七〕。其詳緩柔潤，壓抑趨儒，如以一國買人一笑，如以萬世换人一朝〔一八〕。重屋深宫，但見其脊，牽綷長河，不知其載〔一九〕。死而更生，夜而更明〔二〇〕。衣裳鍾石，雅在宫藏〔二一〕。其正聽嚴毅，不滓不濁，如坐正人，照彼佞者，子從其翁，婦從其姑〔二二〕。豎麾爲門，懸木爲牙，張蓋乘車，屹不敢入〔二三〕。將刑斷死，帝不得赦〔二四〕。其碎細分擘，切截纖顆，如墜地碎，若大嗛餘〔二五〕。鋸取朽蠹，櫟蟒出毒,刺眼楚齒,不見可視,顧顛踣錯雜,汚瀦傷損,如在危處,如出夢中〔二六〕。其總旨會源條綱正目,若國大治,若年大熟,君君堯舜,人人羲皇,上之視下,不知有尊,下之望上,不知有篡〔二七〕。辮頭鑿齒,扶服臣僕,融風彩露,飄零委落,耋老者在,童齔者蕃,邪人佞夫,指之觸之,薰薰熙熙,不識其故〔二八〕。吁,不得盡其極也〔二九〕。

〔九〕自然爲祖:效法自然。元氣爲根:元氣是化生萬物的,即以按照事物自然的變化爲主。

〔一〇〕太虛:太空中有氣,没有一定的形狀。大賁無色:《易·雜卦》:"賁,無色也。"賁是裝飾,大的裝飾聚集各種色彩,没有一定的色彩。寒暑攸出:寒暑從太空氣温變化所造成。鬼神有職:這種變化像鬼神所管。這是指他的文章没有一定的形象色彩,隨着形勢而變化,像鬼斧神工那樣變化不測。

〔一一〕南斗北斗:天文稱中宫北斗星,北宫南斗星。東龍西虎:東宫蒼龍星,西宫白虎星。見《史記·天官書》。這裏講天象的變化,指文章的變化。

〔一二〕方響:樂器名,磬類,銅鐵製,打擊發聲。嚮,通"響"。物色:物品。欻(xū):忽然。啞鐘:《舊唐書·張文瓘傳》:"太樂有古鍾十二,近代惟用其七,餘有五,俗號啞鍾,莫能通者。(文瓘從父弟)文收吹律調之,聲皆響徹。"黄雉變雄:《舊唐書·五行志》:"高宗文明後,天下頻奏:雌雉化爲雄。"這是指元結的文章像方響忽生,啞鐘復鳴,黄雉變雄,即這種拙樸的文章忽然復鳴變雄,成爲一時的雄文了。

〔一三〕山相朝捧:山的形狀像衆峯朝見擁護主峯。水信潮汐:潮水有信,分早潮晚潮。這是指他的文章像山的主峯,水的潮信,爲衆所擁護信從。

〔一四〕大壓、大醉:在六朝文風的大壓力下不覺得元結質樸文風的興起，在衆人大醉下不覺得他的清醒，指出他的文章糾正文風，保持清醒，出于自然。

〔一五〕疾怒急擊：他的文章情緒憤怒，對敵急擊，風格快利堅勁果敢，一時無敵。

〔一六〕高歌入朝：比文章對敵急擊的勝利凱旋。

〔一七〕娠：懷孕。䝐(duō)：似狗，豹文，有角。剪餘斬殘：即除去狼子䝐孫。此指删改，删去多餘殘剩的，使文章脈絡露出來。删去的像斷章摘句，好比狼子䝐孫，争着跑跳，加以删除。

〔一八〕詳緩壓抑：詳盡、柔緩、滋潤，抑制自己使趨于和緩。儒指柔緩。買一笑：以一國之大换人一笑之微，以萬世之久换人一朝之短促。指一種柔婉的風格，力求能打動人心。

〔一九〕見脊：重屋深宫的内容看不見，只看到屋脊。繂(lǜ)：大繩。在長河裏拉繂，看不見船裏載的東西。這裏指文章内容的含蓄深沉。

〔二〇〕死而更生，夜而更明：指文章寫到絶處逢生，暗處轉明，善于轉折。

〔二一〕鍾石：指糧食，六斛四斗爲一鍾，百斤爲一石。雅在宫藏：常藏在宫内，指含蓄。

〔二二〕正聽：端正視聽。嚴毅：嚴肅剛毅。滓濁：汙穢。這裏指他的文章嚴正澄潔，能够照見不正者，使人信從，像子從父，婦從姑。

〔二三〕麾：旗類。牙：衙門。屹：像山豎立。豎一旗作軍門，掛一木作衙門，大官坐車張蓋不敢進去。指文章立論雖簡，貴人不敢反對。

〔二四〕斷死：判處死刑。指他的結論，皇帝不敢動摇。

〔二五〕擘：分開。纖顆：細粒。指文章分析得細緻。

〔二六〕櫟：同擽(lüè)：擊。楚齒：牙齒酸痛。顛踣：跌倒。汙瀦(zhū)：汙水積聚。指除去壞的有毒的，防止跌倒、雜亂、汙穢、傷損。如在〔出〕危處：如脱離危處。“在”當作“出”。如夢中得醒。指文章除去種種弊害。

〔二七〕總旨：總的宗旨。會源：總的源頭。條綱正目：猶綱舉目張。君君堯舜：每個君都像堯舜。人人羲皇：每個人都像伏羲，指道德高尚的人。上不知尊，下不知篡：没有貴賤，没有篡奪，即至德之世。指元結文中的理想境界。

〔二八〕辮頭：頭上梳辮子。鑿齒：齒長。扶服：伏地爬。融風：和風。彩露：《洞冥記》："(武)帝曰：'何謂吉雲？'(東方)朔曰：'其國俗以雲氣占吉凶，若吉事則滿室雲起，五色照人，著於草樹，皆成五色露珠，甚甘。'"飄零委落：指彩露隨風飄落。耋(dié)：老人。齔(chèn)：小孩换牙。蕃：生長。熙熙：和樂。指少數民族前來歸附。天降祥瑞。老人長壽，兒童成長。邪人碰到了，也變得好了。這裏指按照他的文章做去，可以使國泰民安，少數民族歸化，壞人變好。

〔二九〕盡其極：不能使他的文章的作用發揮到極點，指朝廷不能用他。

而論者徒曰：次山不師孔氏爲非〔三〇〕。嗚呼！孔氏於道德仁義外有何物？百千萬年，聖賢相隨於塗中耳。次山之書曰："三皇用真而恥聖，五帝用聖而恥明，三王用明而恥察〔三一〕。"嗟嗟此書，可以無書〔三二〕。孔氏固聖矣，次山安在其必師之耶！

〔三〇〕徒：空，枉自。師：效法。孔氏：孔子。

〔三一〕用真而恥聖：三皇講真淳，以聖德爲恥，因爲有了聖德的人，即有不道德的人，故以爲恥。用聖而恥明：五帝講聖德，以英明爲恥，聖德是講道德，英明是講智慧，道德高于智慧。用明而恥察：三王講究英明，以察察爲恥。英明是智慧，察察是弄小聰明和權術。權術不如智慧。

〔三二〕可以無書：即有了此書，可以不必再有他書了。

唐朝講古文的,首推韓愈、柳宗元。韓柳以前提倡古文的,有蕭穎士、李華、元結等人。韓愈的提倡古文,主張提倡儒家之道,主要是孔子之道。元結的古文却不師法孔子。孔子以聖爲最高道德,元結認爲五帝用聖,但三皇用真比五帝更高,這就背離了孔子,接近于道家學説了。因此,元結在古文上地位,還不如李華、蕭穎士。商隱替《元文後編》作序,却特别推崇元結的古文,這是很難得的。他的推崇元結古文,先要破除"次山不師孔氏爲非"這種思想。他認爲孔子不過提倡道德仁義,元結所提倡的三皇用真,已經超過道德仁義。這實際上是《老子》"失道而後德,失德而後仁,失仁而後義,失義而後禮"的思想。"三皇用真"即得道,"五帝用聖"即失道而後德,"三王用明"即失德而後義、而後禮,"恥察"以察察爲明爲恥,即以法家用法爲恥。老子的這種思想其實是不正確的。商隱推崇元結的這種思想,它的意義不在于這種思想本身,在于他敢于破除孔子思想的束縛上。

這篇文章的價值還在于論文,他從多方面來立論,既指出其文的危苦激切悲憂酸傷,又指出其文的疾怒急擊快利勁果,又指出其文的詳緩柔潤壓抑趨儒。更突出的是通過多種比喻來作説明,如天文的南斗、東龍,音樂的方響啞鐘,自然界的山相水信,人事的大壓大醉;更用複雜的事物來比,如"豎麾爲門,懸木爲牙,張蓋乘車,屹不敢入"等。全文用主要篇幅來論文,這是較爲罕見的。元結的古文不諧于當世,商隱能够賞識他的成就,這是很難得的。

商隱這篇序從多方面來贊美元結的古文,共分六個方面,每一方面用"其"字來標明。試對這六個方面作些説明。

(一)"其綿遠長大",指出元結的文章是按照自然變化來寫的,他不追求形狀和色彩。這種變化像寒暑,像鬼神,像星象。由于不講形象和色彩,比較質樸,所以它像啞鐘,但在他手裏,這種質樸的文章發揮了大作用,又雄飛了,成爲衆所尊奉的山,衆所尊信的潮信。在華靡文風的壓力下它自然興起,在衆人皆醉中他保持清醒。這是指元結質樸的文章,是崇尚自然,有改變華靡文風的作用。

(二)"其疾怒急擊",指出元結文章的堅勁嚴密。就堅勁説,它的所擊,所向無前,得到凱旋。就嚴密説,他剪餘斬殘,除去斷章摘句,掃却狼子豺孫,使得文章脈絡顯露。

(三)“其詳緩柔潤”,指出元結文章柔婉含蓄,它詳細柔緩潤澤,抑止自己使趨向柔和,以求得讀者的歡欣。又像衣裳糧食都藏在宫内,長河拉縴看不見其中的所載。文章寫的,有絶處逢生的妙處。

(四)“其正聽嚴毅”,指出他立論的嚴正,判斷的不可動摇。像正人對着小人,有清澄同滓濁的分别。像軍門那樣威嚴,貴人不敢入。像决獄已定,帝不得赦。

(五)“其碎細分擘”,講他剖析的細微,像切碎顆粒,鋸取朽蠹。通過剖析,能除去種種病毒,除去雜污、傷損,使危處得安,夢中得醒。

(六)“其總旨會源”,指他的文章的主旨綱要,綱舉目張。内容有益于治道,可以改正風俗,提倡德化,使外族歸化,佞人服善。

從這六方面看來,商隱認爲元結的文章崇尚自然,歸于德化,偏向道家,所以同孔子的道不合。他的文章質樸,反對華藻,有糾正文風的作用。風格嚴勁,立論嚴正,一時無敵。也有婉轉柔潤,能吸引人。是有益于治道的。他是在韓愈前提倡古文的。他的成就雖不如韓愈,却也是提倡古文的傑出者。商隱對他的贊譽不免稍過,但也指出他爲文的特點。

蝎　賦〔一〕

夜風索索,緣隙憑壁。弗聲弗鳴,潛此毒螫。厥虎不翅,厥牛不齒〔二〕,爾兮何功,既角而尾。

〔一〕蝎:蠍,頭部前端,下顎爲兩鉗,似蟹螯,後腹狹長如尾,末端有毒鈎,可螫。

〔二〕《漢書·董仲舒傳》:“夫天亦有所分予,予之齒者去其角,傅(附)其翼者兩其足,是所受大者不得取小也。”有利齒的没有角,如虎;

有角的没有利齒,如牛。

這首賦借蠍子來譏刺陰毒的小人,“夜風”指在暗中活動,從隙縫中出來,它又是没有聲音,使人無法防備,暗中用毒鈎螫人。它既用兩鉗夾人,又用毒鈎螫人,有了雙重的毒害。最後用了問天的寫法,天對于生物,像虎有利齒,就不給它翅膀,像牛有角,就不給他利齒,蠍子爲什麽既有兩鉗,又有毒鈎呢?這兩鉗和毒鈎是天生的,所以問蠍子有何功而得此,實際是問天。小人能够暗中害人,一定取得在上者的信任,賦予他害人的權力,所以提出這樣的疑問。

蝨賦

亦氣而孕,亦卵而成〔一〕。晨鷖露鶴,不如其生〔二〕。汝職惟齧而不善齧,回臭而多,跖香而絶〔三〕。

〔一〕氣:氣味,太髒而有氣味處易生蝨。卵:一雌蝨可産卵六七十。

〔二〕鷖(yī):水鳥名。露鶴:周處《風土記》:“鳴鶴戒露,此鳥性警,至八月,白露降,流于草上,滴滴有聲,則高鳴相警,徙所宿處。”《禽經》:“鶴以聲交而孕。”張華注:“雄鳴上風,雌鳴下風則孕。”按鶴的鳴聲嘹喨,因此産生這種説法。此言鷖鶴的生子不如蝨的容易而繁多。

〔三〕《夢溪筆談》:“芸,香草,今謂之七里香。南人採置席下,能去蚤蝨。”

這篇是借蝨來譏刺欺貧怕富、欺弱怕強的人。“回臭而多”,孔子學生顔回很窮,窮就髒,有臭氣,所以蝨子生得多。“跖香而絶”,盜跖富,富了就薰香,薰香了蝨就絶跡。説“回臭”“跖香”只是推想,古代只説回貧,與盜跖徒衆九千人横行天下。這裏只是借指有道德而貧窮的人,與有財有勢的人,蝨只咬前一種人,怕後一種人。又指出像蝨那樣的人"亦氣而孕"是風氣所造成的,是很多的。把這種人比做蝨,有鄙視憎惡的含意,是可取的。

陸龜蒙做了《後蝨賦》説:"余讀玉溪生《蝨賦》,有就顔避跖之嘆,似未知蝨,作《後蝨賦》以矯之。"賦説:"衣緇守白,髮華守黑。不爲物遷,是有恒德。小人趨時,必變顔色。棄瘠逐腴,乃蝨之賊。"這是説,衣蝨是白的,即使穿黑衣也是白的。頭蝨是黑的,即使頭髮變了花白,還是黑的。它不跟着環境的變化而變,具有恒久不變的德性。不像小人,跟着風氣轉變。至于抛棄瘦的,追逐肥的,這是蝨中的敗類。即認爲蝨像君子,有不變的德性,不是趨炎附勢的。陸龜蒙的《後蝨賦》是借蝨來諷刺那些嫌貧趨富的人,借蝨來贊有不變的德性的君子。他同商隱的一篇用意相反。

這兩篇哪一篇寫得好呢?既然稱爲"蝨賦",看哪一篇寫得符合蝨的實際。商隱指"汝職惟齧",蝨是咬人的,這是符合實際的。陸説"棄瘠逐肥",即嫌貧趨富,按趨富是趨附、迎合富人,不是吸富人的血,所以"逐肥"的説法不符合蝨的實際,是不正確的。再説,蝨是咬人的,人們對蝨是憎惡的,不是贊美的。因此,商隱用蝨來比欺貧怕富的小人,是符合人們的感情的;龜蒙用蝨來比有恒德的君子,是不符合人們的感情的。因此,商隱的賦是好的,龜蒙的賦是不好的。

太倉箴〔一〕

險者太倉,險若太行〔二〕。彼懸車束馬〔三〕,爲陟高岡。此禍胎怨府〔四〕,起自斗量。無小無大,不可不防。澄陂萬頃,不廢汪汪〔五〕。火烈人畏,不廢剛腸〔六〕。曷若寬猛，處於中央〔七〕。泉穀之地〔八〕，勿言容易。貪夫徇財，有死無二〔九〕。御黠馬銜，不得不利〔一〇〕。

〔一〕《金石録》："唐《太倉箴》，太和七年十月李商隱撰，行書，無姓名。"《金石略》："李商隱文并書，出京兆府。"

〔二〕曹操《苦寒行》："北上太行山，艱哉何巍巍！羊腸坂詰曲，車輪爲之摧。"

〔三〕《國語·齊語》："懸車束馬踰太行。"車過不去，用繩弔上去；馬上不去，用繩索綑着上。

〔四〕禍胎怨府：釀禍積怨。

〔五〕《世説新語·德行》："（郭）林宗曰：'叔度（黄憲字）汪汪（狀深廣）若千頃陂（湖塘）。'"

〔六〕《左傳》昭公二十年："鄭子産有疾，謂子太叔曰：'我死，子必爲政。惟有德者能以寬服民，其次莫如猛。夫火烈，民望而畏之，故鮮死焉；水懦弱，民狎而玩之，則多死焉，故寬難。'"剛腸：指疾惡。

〔七〕《左傳》昭公二〇年："仲尼曰：'寬以濟猛，猛以濟寬，政是以和。'"

〔八〕泉穀：錢和糧。《周禮·地官》有"泉府"，泉即錢，指錢在各地流通如泉水。

〔九〕賈誼《鵩鳥賦》："貪夫徇財兮烈士徇名。"徇財，爲財而死。

〔一〇〕《漢書·張敞傳》："馭黠馬（不馴服的馬）者利其銜（馬口勒）策。"

下或諛我，過人之聰，是人甘言，將欲相聾。下或夸我，秋毫必睹，是人甘言，將欲相瞽。長如欲戰，莫捨強弩；長如獲禽，莫忘縛虎。衆人之言，有訛有真，如彼五味，有甘有辛，口自嘗取，無信他人。天生五色，有白有黑，目自別取，無爲人惑。而況乎九門崇崇，近在墻東，天視天聽，惟明惟聰〔一一〕。問龠合斗斛何以用銅？取寒暑暴露不改其容，亦像君子，介然居中〔一二〕。終日戰慄，猶懼或失。銜用何利，鍛之以清；虎用何縛，掇之以明；弩用何射，發之以誠〔一三〕。俾後來居上〔一四〕，無由以生，有餘不足，無由以争。心爲準概，何憂乎不直不平〔一五〕。

〔一一〕九門：皇宫有九重門，亦指天宫有九重門。見《禮・月令》："毋出九門。"李白《梁甫吟》："閶闔九門不可通。"崇崇：狀高。天視天聽：承上九門，既指朝廷，亦指上天。與《書・泰誓中》的"天視""天聽"指"民視""民聽"的稍有不同。

〔一二〕龠：重半兩。《漢書・律曆志》："凡律度量衡用銅者，名自名也，所以同天下齊風俗也。銅爲物之至精，不爲燥溼寒暑變其節，不爲風雨暴露改其形。介然有常，有似于士君子之行，是以用銅也。"介然，狀獨特不變。

〔一三〕掇：用手摩撫。此言用清廉英明真誠來對待各種貪污者，有的如黠馬，有的如老虎。

〔一四〕《史記・汲黯傳》："陛下用人如積薪耳，後來者居上。"

〔一五〕《漢書・律曆志》："以井水準其概。"用井水作爲水平儀。準，作爲標準。概，水平儀。

各敬爾職，一乃心力〔一六〕。倉中水外，人馬勿食〔一七〕。陶母返魚，以之嘆息〔一八〕。豈無他粟，豈無他芻，薏苡似珠〔一九〕，不可不虞。倉中役夫，千徑萬塗，桀黠爲炭，眭盱爲鑪〔二〇〕。應事成象，無有定模。緣私指使，慎勿以呼〔二一〕。賓朋姻婭，或來宴話，食中酒醴，慎勿以貰〔二二〕。海翁無機，鷗故不飛，海翁易慮，鷗乃飛去〔二三〕。是以聖人，從微至著，不遺忠恕。借借貸貸，此門先塞。須防蒼蠅，變白爲黑〔二四〕。嗚呼，孰慮孰圖。昔在漢家，倉令淳于，致令少女，上訴無辜〔二五〕。陷身至是，不亦悲乎？敢告君子，身可殺道不可渝。

〔一六〕一乃心力：一汝心，一汝力，即齊心協力。

〔一七〕人馬勿食：官吃倉米，馬飲水，是分内事。勿食：勿貪污分外的財物。

〔一八〕《世説新語·賢媛》："陶公(侃)少時作魚梁吏，嘗以坩鮓(醃魚)餉母。母封鮓付使，反書責侃曰：'汝爲吏以官物見餉，非唯不益，乃增吾憂也。'"

〔一九〕《後漢書·馬援傳》："初，援在交阯，常餌薏苡實。南方薏苡實大，援欲以爲種，軍還，載之一車。及卒後，有上書譖之者，目爲前所載還，皆明珠文犀。"

〔二〇〕役夫：工役。桀黠：不馴順而狡猾。眭盱：跋扈。炭、鑪：生火，指生事。

〔二一〕指使：使唤，指不要爲了私事使唤工役，要公私分明。

〔二二〕姻婭：指親戚。貰：賒。

〔二三〕《列子·黄帝》："海上之人有好漚(鷗)者，每旦之(往)海上，從漚鳥游，漚鳥至者百住而不止。其父曰：'吾聞漚鳥皆從汝游，汝取來吾玩之。'明日之海上，漚鳥舞而不下也。"

〔二四〕《詩·小雅·青蠅》："營營青蠅止于樊。"箋曰："蠅之爲蟲，汙白使黑，汙黑使白，喻佞人變亂善惡也。"

〔二五〕《史記：扁鵲倉公傳》："太倉公者，姓淳于氏，名意。爲人治病。中人(宦官)上書，言意以刑罪，當傳(驛車)，西之長安。少女緹縈乃隨父西上書曰：'妾父爲吏，齊中稱其廉平。今坐法當刑。妾切痛死者不可復生，而刑者不可復續。願入身爲官婢，以贖父刑罰。'書聞，上悲其意，此歲中亦除肉刑法。"

這篇《太倉箴》，馮浩在文末注："刺貪也。"從京城的糧倉太倉開頭，到漢朝太倉令被逮捕止，都講太倉的事。歸結到“身可殺，道不可渝”，前者指無辜陷身，可能被殺；下句指道不可變，保持廉潔，所以是警戒貪污。開頭用“險若太行”來比，因太倉是糧倉，做太倉令的容易結怨。對糧食的出納，不論小數大數，都要謹慎，積小的漏洞，可以變大，管理從嚴，像火烈，待人要寬嚴相濟。管理屬下，不聽阿諛的話，用清廉、明察、真誠來對待，防有失誤。這裏用了“御黠馬銜”，“莫忘縛虎”，把手下作弊的人比做黠馬和老虎，要駕御和縛虎，比喻生動有力。要自己廉平，像銅斗斛，不因氣候變化而有漲縮，像水平儀，没有一點不平，比喻極爲確切。對阿諛的話，指出要“相聾”“相瞽”，使我受到蒙蔽，蔽明塞聰，由他作弊，也説得極爲痛切。這些都是極強調的説法。

下面舉出具體的例子，對于公家的東西，雖小也不可取。像陶侃的母親不取醃魚，還要防備嫌疑，有人把薏苡説成明珠。對工役，不可因私事差遣，對公物不可借貸，要防壞人的中傷。最後用淳于意的事來作戒。這篇的特點，就是善于用比喻，像開頭的“險若太行”，“澄陂萬頃”，中間的“御黠馬”“縛虎”，“心爲準概”，後面的“鷗乃飛去”，“蒼蠅變白爲黑”等都是，其中有的比喻是新創的，具有驚心動魄的力量。

齊魯二生

程　驤

右一人字蟠之，其父少良，本鄆盜人也〔一〕。晚更與其徒畜牝馬草騾一〔二〕，私作弓矢刀杖，學發冢抄道〔三〕。常就迥遠坑谷無廬徼處〔四〕，依大林木，早夜偵候作奸。李師古貪諸土貨，下令衃商〔五〕。鄆與淮海近〔六〕，出入天下珍寶，日日不絶。少良致貲以萬數。每旬時歸，妻子輒置食飲勞其黨。

〔一〕鄆：州名，治須昌，在今山東東平縣西北。

〔二〕原作"草一羸"，據徐刊本改。草即雌的，騾爲驢與馬交所生，比驢大，體健力強。

〔三〕發冢：掘墳盜寶。抄道：打劫路上商旅。

〔四〕迥(jiǒng)：狀遠。徼：游徼，軍警巡查。

〔五〕李師古：祖正己，爲高麗人。師古署青州刺史，本軍節度使，累加檢校司徒，兼侍中。衄商：體衄商人。

〔六〕淮海：《書・禹貢》："淮海維揚州。"指揚州，爲唐代最富庶的大都市之一。

後少良老，前所置食，有大臠連骨，以牙齒稍脱落，不能食。其妻輒起，請黨中少年曰："公子與此老父椎埋剽奪十數年，竟不計天下有活人，今其尚不能食，況能在公子叔行耶〔七〕！公子此去，必殺之草間，毋爲鐵門外老捕盜所狙快〔八〕。"少良默憚之，出百餘萬謝其黨曰〔九〕："老嫗真解事，敢以此爲諸君别。"衆許之，與盟曰："事後敗出〔一〇〕，約不相引。"

〔七〕椎埋：掘墳。剽奪：打劫。意不計：意想不到。天下有活人：在天下還能活着，即認爲定會被捕處死的。叔行：叔父輩，即比少年長一輩。

〔八〕鐵門：當指牢獄。老捕盜：老資格的捕快，抓盜賊的官吏。狙：襲擊。快：快意。毋爲句，指不要被捕快抓住。

〔九〕憚之：怕被抓住，不敢再作案。百餘萬：指錢。

〔一〇〕敗出：敗露，案發被捕。

少良由是以其貲廢舉貿轉〔一一〕；與鄰伍重信義，卹死喪，斷魚肉葱薤，禮拜畫佛，讀佛書，不復出里閈〔一二〕，竟若大君子能悔咎前惡者。十五年死。

〔一一〕廢舉：廢，賣出貨物，物貴賣出；舉，收進貨物，物賤收進。貿轉：貿易轉運，把産地貨物運銷各地。

〔一二〕薤(xiè)：地下有鱗莖，可食，葉細長。閈(hàn)：里衖的門。

子驤率不知〔一三〕。後一日，有過其母，駡之曰："此種不良，庸有好事耶〔一四〕？"驤泣問其語，母盡以少良時事告之。驤號哭數日，不食，乃悉散其財。踰年，驤甚苦貧，就里中舉負，給薪水灑掃之事〔一五〕，讀書日數千言。里先生賢之，時與饘糗布帛〔一六〕，使供養其母。後漸通《五經》、歷代史、諸子雜家，往往同學人去其師，從驤講授〔一七〕。又其爲人寬厚滋茂，動静有繩墨〔一八〕，人不敢犯。

〔一三〕率：大率，大概。

〔一四〕後一日：後來有一天。庸：豈。

〔一五〕舉負：舉債，借債。給薪水灑掃：替人做砍柴挑水灑水掃地來抵償債務。

〔一六〕饘糗：饘，厚曰饘，薄曰粥。糗：炒米粉、炒麵粉。

〔一七〕同學人去其師：他的同學離開他們的老師，跟他學習，認爲他已超過老師。

〔一八〕滋茂：滋潤茂盛，指能幫助人，有生氣。繩墨：規矩，標準。

烏重胤爲鄆帥〔一九〕,喜聞驤,與之錢數十萬,令市書籍。驤復以其餘賚諸生。其里閭故德少良者,亦嘗來與驤孳息其貨〔二〇〕,數年復致萬金。驤固不以爲己有,繩契管楗,雜付比近,用度費耗,了不勘詰〔二一〕,道益高。開成初,相國彭城公遣其客張谷聘之,驤不起〔二二〕。

〔一九〕烏重胤,字保君,張掖(在今甘肅武威縣南)人。官河陽節度使,後徙天平軍節度使,治鄆州,即鄆帥。

〔二〇〕德少良:感激少良,受少良恩德。孳息:用他的錢來生利息。

〔二一〕繩契:繩,繩墨,正曲直具,指檢核。契,契約。管楗:鎖鑰。比近:靠近的人。勘詰:查問。

〔二二〕開成初:文宗開成元年(八三六)。彭城公:劉悟封彭城郡王,因稱子劉從諫爲彭城公。張谷,從諫部下。從諫死,姪稹抗拒朝命,部下郭誼殺稹並殺張谷。

這篇《程驤》,前一部分寫了驤父程少良的故事,讀了這個故事就使人想起法國著名作家維克多·雨果的名著《悲慘世界》,裏面寫一個在逃的苦役犯冉·阿讓的故事。冉·阿讓從小在姊姊撫養下長大,長大後他要掙錢來撫養姊姊和她的七個孩子。一個冬天,他找不到工作,爲了姊姊和七個孩子在挨餓,他打破麵包店的玻璃去偷了一塊麵包,被抓住了,又因他藏有一支獵槍,被判爲苦役犯。後來他越獄逃跑,在社會上做了很多好事,有了地位和名譽,可是他還是苦役犯,被追捕,受迫害,只是爲了打破一塊玻璃、偷了一塊麵包,他無論做了多少好事也無法自贖,這是揭露資本主義社會中勞動人民所遭受的苦難。拿程少良同冉·阿讓比,那末冉·阿讓的罪行真是微不足道,程少良掘墳的罪姑且不說,他在路上結伙打劫,謀財免不了要害命,"竟不計天下有活人",犯了死罪。可是他却一點没有事,到老了洗手不幹,拿出一點錢來做點好事,就騙取了一個像大君子的好名聲。這裏顯示兩個社會的不同。

在資本主義社會裏，冉·阿讓被錯判爲苦役犯後，即使後來做了多少好事，還是逃不了被追捕，陷在悲慘的命運中。在封建社會裏，由于唐朝藩鎮的封建割據，在被割據的地區，更爲黑暗，人民的冤屈無法申訴，得不到昭雪，這從程少良故事的背面可以看到。程少良結幫打劫行旅，他一個人積資以萬數，一幫人所積的就更多了，那不知要傷了多少人命！可是他們却完全没有事，這些被害死的人不正是冤沉海底，説明封建社會更爲黑暗嗎？程少良洗手不幹，就没有事，這正説明封建社會的控制比較寬，也説明作爲鄆帥的李師古，是藩鎮之一，是比程少良更大的掠奪者，這也説明封建統治的更爲黑暗，因此，這個故事的背後更可以使人體味。

這個故事的後半部講程驤，當他知道他父親做了那麼多的壞事積了那樣大的資産時，他號哭數日，把這些不義之財全部散光，靠自己的勞動來過活，這説明他是真正的覺悟。後來他做了同學的老師，可以靠講學來爲生了。鄆帥烏重胤送了他數十萬錢，他不愛錢，把錢都交給附近的人去經管代用。澤潞帥劉從諫聘他去，他不去，這更説明他無意功名，這更顯出他的品格來，不跟那些藩鎮合作。

劉　叉〔一〕

右一人字叉，不知其所來。在魏，與焦濛、閻冰、田濛善。任氣重義，大軀，有膂力。常出入市井，殺牛擊犬豕，羅網鳥雀。亦或時因酒殺人，變姓名遁去，會赦得出。後流入齊魯，始讀書，能爲歌詩，然恃其故時所爲，輒不能俯仰貴人〔二〕。穿屐破衣，從尋常人乞丐酒食爲活。

〔一〕劉叉，唐代元和時河北人。盧仝著述《春秋》之學，時人不得見，只有劉叉得讀。

〔二〕故時所爲：舊時的任俠行爲。俯仰貴人：迎合貴人意志。

聞韓愈善接天下士，步行歸之。既至，賦《冰柱》、《雪車》二詩〔三〕。一旦居盧仝、孟郊之上，樊宗師以文自任，見叉拜之〔四〕。後以争語不能下諸公，因持愈金數斤去，曰："此諛墓中人所得耳〔五〕，不若與劉君爲壽。"愈不能止，復歸齊魯。叉之行固不在聖賢中庸之列〔六〕，然其能面道人短長，不畏卒禍，及得其服義，則又彌縫勸諫，有若骨肉，此其過人無限。

〔三〕《冰柱》：寫屋簷下結成的冰凌，結語稱："我願天子回造化，藏之韞櫝，玩之生光華。"希望天子能使大地回春，即政治清明，藏好冰柱。《雪車》：寫宫中命百姓運雪的車，運來備夏天用。他感嘆"官家不知民餒寒，盡驅牛車盈道載屑玉（雪）。"

〔四〕盧仝：濟源（在河南省）人，隱少室山，號玉川子。嘗爲《月蝕》詩，韓愈稱其工。好飲茶，爲《茶歌》。詩句以奇警著稱。孟郊（七五一—八一四）字東野，武康（在浙江省）人。他的詩感情真實，寫出獨特感受，極爲韓愈所推重。樊宗師：字紹述，南陽（在今河南鄧縣）人。爲文奇澀，所著《絳守居園池記》，至不可斷句。韓愈稱他文章詞句不襲用前人。

〔五〕諛墓中人：韓愈的墓碑、墓誌銘極有名，所得潤筆之資很多。

〔六〕聖賢中庸：《論語・雍也》："子曰：'中庸之爲德也，其至矣乎，民鮮久矣。'"中庸是無過頭無不及，意指劉叉取韓愈金的做法是過分了。

這篇寫劉叉，指出他先是任俠，講義氣，甚至因酒醉殺人。後來折節讀書，但還是不肯迎合貴人，有氣節。他的《冰柱》《雪車》二詩，關心民瘼，是有内容的，得到韓愈等人的贊美。同時也指出他仗氣，敢于當面指斥别人的過錯，不怕得禍；倘對方服義，又親若骨肉，替他補救缺失，加意勸諫。他指責韓愈的阿諛死人得到很多潤筆，這是極有名的故事，也正指出韓文的缺點,不過拿了韓的潤筆金數斤去,未免有些過分了。

讓非賢人事

世以爲能讓其國,能讓其天下者爲賢,此絶不知賢人事者。能讓其國,能讓其天下,是不苟取者耳。湯故時非無臣也,然其卒佐湯,有升陑之役,鳴條之戰〔一〕,竟何人哉?非伊尹不可也〔二〕。武故時非無臣也,然其卒佐武有牧野之誓,白旗之懸〔三〕,果何人哉?非太公望不可也〔四〕。苟伊尹之讓汝鳩仲虺〔五〕,太公望之讓太顛閎夭,則商周之命,其集乎〔六〕?故伊尹之醜夏復歸,太公望之發揚蹈厲〔七〕,當此時,雖百汝鳩、百仲虺,伊尹不讓也;百太顛、百閎夭,太公望亦不讓也。故曰:讓非賢人事。

〔一〕《書·湯誓·序》:"伊尹相湯伐桀,升自陑,遂與桀戰于鳴條之野,作《湯誓》。"陑(ér):山名,《太平寰宇記》謂即雷首山,在今山西永濟縣南。鳴條:在山西安邑縣北。

〔二〕伊尹:一名摯,相湯伐桀,建立殷朝,湯尊他爲阿衡。湯死,其孫太甲無道,伊尹把他流放到桐地。三年,太甲悔過,復迎歸,歸政于太甲。

〔三〕《史記·周本紀》:"武王朝至于商郊牧野,乃誓(師)。武王乃左杖黄鉞(大斧),右秉白旄(旄牛尾做的旗)以麾(揮)。"

〔四〕太公望:吕尚,本姓姜,字子牙。文王出獵見到他,説:"吾太公望子久矣!"號曰太公望。武王尊爲師尚父。佐武王滅紂,有天下,封于齊。

〔五〕《史記·殷本紀》:"伊尹去湯適夏(觀察桀),既醜有夏(看到桀的醜惡),復歸于亳(湯都城)。入自北門,遇女(汝)鳩、女(汝)房,作《女鳩》《女房》。"汝鳩汝房是殷的賢臣。《書·仲虺之誥·序》:"湯歸自夏(伐桀歸來),至于大坰(回亳路上地名)。仲虺作誥。"仲虺,湯的賢臣。

〔六〕太顛、閎夭:文王時賢臣之二。紂王囚文王于羑里,閎夭求有莘氏美女、驪戎文馬、有熊氏九駟獻給紂,紂乃赦文王。其集:豈集,天命豈聚集在商朝或周朝,指商朝周朝可能得不到天下。

〔七〕《禮·樂記》:"發揚蹈厲,太公之志也。"指太公望的奮發有爲。

《論語·里仁》:"子曰:能以禮讓爲國乎?何有(有何難)?不能以禮讓爲國,如禮何?"又《泰伯》:"子曰:泰伯其可謂至德也已矣,三以天下讓,民無得而稱焉。"伯夷、叔齊是孤竹國君的二子,他們把國位讓掉,孔子稱贊他們"求仁得仁";泰伯是周太王的長子,他三次把天下讓掉,孔子贊美他爲至德。孔子又提倡"禮讓爲國"。因此,商隱這篇是針對孔子的話而發。孔子在當時被尊爲聖人,商隱敢于針對孔子的話提出反對,這在當時是極大膽的想法。其實孔子的話有兩方面,一方面主張"禮讓爲國",要講讓;一方面,《論語·衛靈公》:"子曰:當仁,不讓于師。"應當行仁的時候,對老師也不讓,主張不讓。

商隱在這裏主張不讓,即認爲伊尹在相湯伐桀這事上不能讓給汝鳩仲虺,姜太公在輔武王伐紂這件事上,不能讓給太顛、閎夭。一讓,放桀伐紂,建立商朝和周朝的事就不可能實現了。其實伊尹的地位高于汝鳩、仲虺,姜太公的地位高于太顛、閎夭,自然不必讓。即使是老師,應當行仁的時候也不讓,更不必説地位低于自己的人了。所以商隱的話是符合孔子主張不讓的精神的,因此他没有駁倒孔子。孔子是講兩方面,商隱只駁一方面,所以駁不倒孔子。

那末孔子主張禮讓又是什麽意思呢?原來孔子生在春秋時代,那時各國發生不少争奪君位的事,《春秋》隱公元年,"鄭伯克段于鄢",就是哥哥做了國君,弟弟公叔段要奪君位發生戰事。再像五霸之首的齊桓公,在即位前是公子小白,就同公子糾争奪君位,魯國幫公子糾,因而發生齊魯長勺之戰。晉獻公寵愛驪姬,要把君位傳給她生的奚齊,驪姬害死了太子申生,又要害公子夷吾、公子重耳。獻公死,奚齊即位,大臣里克殺了奚齊,奚齊弟卓子即位,里克又殺了卓子。這些都是由于争奪君位引起内亂。因此孔子提出“禮讓爲國”,主張讓來反對争。爲什麽稱“禮讓”呢?不是無原則的讓,是按照禮來讓,即按照當時的規定,該由誰來當國君的,就由誰來當,其他的人都不争。對于該當國君的,是當仁不讓,孔子又是主張不讓的;對于不該當國君的就不該争,要禮讓。孔子是對這兩面都講到的。

孔子爲什麽又贊美泰伯的“三以天下讓”呢?泰伯是周太王的長子,按照周代的規定,應該由長子繼承王位,可是太王要把位子傳給小兒子季歷,因爲季歷的兒子昌有聖德,可以光大周室。泰伯的讓位,是按照父親的意思要把位子傳給昌,即讓賢。泰伯的讓更難,所以孔子稱贊他有至德。那末孔子的主張“禮讓”與“當仁不讓”,即按規定辦,按規定應該即位的不讓,按規定不該即位的不争,即禮讓;按規定應該即位,而自認爲才德不如人,因而讓給人,這是讓賢,更難得。禮讓、當仁不讓、讓賢這三者結合纔是孔子對讓的看法。

商隱爲什麽提出“讓非賢人事”呢?大概當時發生牛李兩派之争,一派上臺就把另一派擠走,另一派也這樣。可能有人提出“禮讓爲國”,要一派讓給另一派,也可能要李派讓給牛派,商隱寫這篇,可能認爲不該讓。當時李德裕當政,很有作爲,唐朝有中興的希望,朝廷的威信在提高,宦官的權力在削弱,政治也比較上軌道,所以商隱認爲一讓,“則商周之命其集乎?”即唐朝的中興就難以實現了,所以不能讓。可惜武宗一死,李德裕就被排擠掉,唐朝中興之業也就完了。這樣看來,商隱的文章該是有爲而發,是符合孔子説的“當仁不讓”的。從理論上説,要是把題目改爲“當仁不讓”,指出伊尹、太公望之當仁不讓,不要反對讓國、讓天下,那就既有針對性,在理論上也比較圓滿了。

《中國古典文學名家選集》已出書目

王維孟浩然選集 ／王達津選注
高適岑參選集 ／高文、王劉純選注
李白選集 ／郁賢皓選注
杜甫選集 ／鄧魁英、聶石樵選注
韓愈選集 ／孫昌武選注
柳宗元選集 ／高文、屈光選注
白居易選集 ／王汝弼選注
杜牧選集 ／朱碧蓮選注
李商隱選集 ／周振甫選注
歐陽修選集 ／陳新、杜維沫選注
蘇軾選集 ／王水照選注
黄庭堅選集 ／黄寶華選注
楊萬里選集 ／周汝昌選注
陸游選集 ／朱東潤選注
辛棄疾選集 ／吴則虞選注
陳維崧選集 ／周韶九選注
朱彝尊選集 ／葉元章、鍾夏選注
查慎行選集 ／聶世美選注
黄仲則選集 ／張草紉選注